国家社会科学基金重大招标项目
「十三五」国家重点图书出版规划项目

国家出版基金项目
NATIONAL PUBLICATION FOUNDATION

外国文学经典生成与传播研究

第五卷 近代卷 下

吴笛 总主编

蒋承勇 等著

北京大学出版社
PEKING UNIVERSITY PRESS

图书在版编目(CIP)数据

外国文学经典生成与传播研究.第五卷,近代卷.下/吴笛总主编;蒋承勇等著.—北京:北京大学出版社,2019.4
ISBN 978-7-301-30338-2

Ⅰ.①外⋯ Ⅱ.①吴⋯ ②蒋⋯ Ⅲ.①外国文学–近代文学–文学研究 Ⅳ.①I106

中国版本图书馆CIP数据核字(2019)第034687号

书　　名	外国文学经典生成与传播研究(第五卷)近代卷(下)
	WAIGUO WENXUE JINGDIAN SHENGCHENG YU CHUANBO YANJIU (DI-WU JUAN) JINDAI JUAN (XIA)
著作责任者	吴　笛　总主编　蒋承勇　等著
组稿编辑	张　冰
责任编辑	李　哲
标准书号	ISBN 978-7-301-30338-2
出版发行	北京大学出版社
地　　址	北京市海淀区成府路205号　100871
网　　址	http://www.pup.cn　新浪微博:@北京大学出版社
电子信箱	liz@pup.cn
电　　话	邮购部 010-62752015　发行部 010-62750672　编辑部 010-62759634
印刷者	北京虎彩文化传播有限公司
经销者	新华书店
	720毫米×1020毫米　16开本　33.75印张　538千字
	2019年4月第1版　2019年4月第1次印刷
定　　价	112.00元

未经许可,不得以任何方式复制或抄袭本书之部分或全部内容。
版权所有,侵权必究
举报电话:010-62752024　电子信箱:fd@pup.pku.edu.cn
图书如有印装质量问题,请与出版部联系,电话:010-62756370

编委会

学术顾问：吴元迈　飞　白

总主编：吴　笛

编　　委（以姓氏拼音为序）：

范捷平　傅守祥　蒋承勇　彭少健　吴　笛　殷企平

张　冰　张德明

目 录

总　序 ………………………………………………………………… 1
绪　论　人的生存方式的演变与现实主义文学经典的生成 ………… 1

第一章　《红与黑》的生成与传播 ……………………………… 14
　　第一节　《红与黑》在源语国的生成 ………………………… 15
　　第二节　《红与黑》在英美两国的传播 ……………………… 23
　　第三节　《红与黑》在中国的传播 …………………………… 30
　　第四节　《红与黑》的影视传播 ……………………………… 38

第二章　巴尔扎克小说的生成与传播 …………………………… 46
　　第一节　巴尔扎克小说在源语国的生成 ……………………… 46
　　第二节　《高老头》在源语国的生成 ………………………… 61
　　第三节　巴尔扎克小说在英美两国的传播 …………………… 68
　　第四节　巴尔扎克小说在中国的传播 ………………………… 76
　　第五节　巴尔扎克小说的影视传播 …………………………… 84

第三章　《包法利夫人》的生成与传播 ………………………… 99
　　第一节　《包法利夫人》在源语国的生成 …………………… 99
　　第二节　《包法利夫人》在英语世界的传播 ………………… 107
　　第三节　《包法利夫人》在中国的传播 ……………………… 113
　　第四节　《包法利夫人》的影视传播 ………………………… 123

第四章 《简·爱》的生成与传播 …… 133
- 第一节 《简·爱》在源语国的生成 …… 133
- 第二节 《简·爱》在欧洲的传播 …… 144
- 第三节 《简·爱》在中国的传播 …… 148
- 第四节 《简·爱》：从舞台到视屏 …… 152

第五章 狄更斯小说的生成与传播 …… 163
- 第一节 狄更斯小说在源语国的生成 …… 163
- 第二节 狄更斯小说在欧美的传播 …… 174
- 第三节 狄更斯小说在中国的传播 …… 180
- 第四节 狄更斯小说的影视传播 …… 186

第六章 《苔丝》的生成与传播 …… 205
- 第一节 "进化向善论"与《苔丝》的生成 …… 205
- 第二节 哈代作品的传播及《苔丝》中文译介 …… 213
- 第三节 《苔丝》的影视传播及其"误译" …… 218

第七章 陀思妥耶夫斯基作品的生成与传播 …… 226
- 第一节 陀思妥耶夫斯基作品在源语国的生成 …… 226
- 第二节 陀思妥耶夫斯基作品在中国的传播 …… 240
- 第三节 陀思妥耶夫斯基作品的影视传播 …… 249

第八章 托尔斯泰作品的生成与传播 …… 271
- 第一节 《战争与和平》在源语国的生成 …… 272
- 第二节 托尔斯泰作品在中国的传播 …… 285
- 第三节 托尔斯泰作品的影视传播 …… 297

第九章 屠格涅夫作品的生成与传播 …… 307
- 第一节 屠格涅夫作品在源语国的生成 …… 307
- 第二节 屠格涅夫作品在中国的传播 …… 324
- 第三节 屠格涅夫作品的影视传播 …… 334

第十章　契诃夫作品的生成与传播 ······ 347
- 第一节　契诃夫作品在源语国的生成 ······ 347
- 第二节　契诃夫作品在中国的传播 ······ 359
- 第三节　契诃夫作品的影视传播 ······ 369

第十一章　《玩偶之家》的生成与传播 ······ 376
- 第一节　《玩偶之家》在源语国的生成 ······ 377
- 第二节　《玩偶之家》与欧洲现代戏剧 ······ 382
- 第三节　《玩偶之家》在中国的传播 ······ 386
- 第四节　《玩偶之家》的影视传播 ······ 390

第十二章　安徒生童话的生成与传播 ······ 398
- 第一节　安徒生童话在源语国的生成 ······ 398
- 第二节　安徒生童话在欧美的传播 ······ 408
- 第三节　安徒生童话在中国的传播 ······ 414

第十三章　马克·吐温小说的生成与传播 ······ 424
- 第一节　《哈克贝利·费恩历险记》在源语国的生成 ······ 425
- 第二节　马克·吐温小说在中国的传播 ······ 433
- 第三节　马克·吐温小说的影视传播 ······ 446

第十四章　左拉小说的生成与传播 ······ 463
- 第一节　自然主义文学的文化成因 ······ 463
- 第二节　左拉小说在源语国的生成 ······ 466
- 第三节　左拉小说在欧美的传播 ······ 474
- 第四节　左拉自然主义在现代主义文学中的衍生 ······ 487
- 第五节　左拉"写实主义"在中国的再生成 ······ 495
- 第六节　左拉小说的影视传播 ······ 504

参考文献 ······ 511

索　引 ······ 515

后　记 ······ 519

总　序

　　文学经典的价值是一个不断被发现的过程,也是一个不断演变和深化的过程。自从将"经典"一词视为一个重要的价值尺度而对文学作品开始进行审视时,学界为经典的意义以及衡量经典的标准进行过艰难的探索,其探索过程又反过来促使了经典的生成与传播。

一、外国文学经典生成缘由

　　文学尽管是非功利的,但是无疑具有功利的取向;文学尽管不是以提供信息为己任,但是依然是我们认知人类社会的一个非常重要的参照。所以,尽管文学经典通常所传播的并不是我们一般所认为的有用的信息,但是却有着追求真理、陶冶情操、审视时代、认知社会的特定价值。外国文学经典的生成缘由应该是多方面的,但是其基本缘由是满足人们的精神需求,适应各个不同时代人类生存和发展的需要。

　　首先,文学经典的生成缘由与远古时代原始状态的宗教信仰密切相关。古埃及人的世界观"万物有灵论"(Animism)促使了诗集《亡灵书》(*The Book of the Dead*)的生成,这部诗集从而被认为是人类最古老的书面文学。与原始宗教相关的还有"巫术说"。不过,虽然从"巫术说"中也可以发现人类早期诗歌(如《吠陀》等)与巫术之间有一定的联系,但巫术作为人类早期重要的社会活动,对诗歌的发展所起到的也只是"中介"作用。更何况"经典"(canon)一词最直接与宗教发生关联。杰勒米·霍桑

(Jeremy Hawthorn)①就坚持认为"经典"起源于基督教会内部关于希伯来圣经和新约全书书籍的本真性(authenticity)的争论。他写道:"在教会中认定具有神圣权威而接受的,就被称作经典,而那些没有权威或者权威可疑的,就被说成是伪经。"②从中也不难看出文学经典以及经典研究与宗教的关系。

其次,经典的生成缘由与情感传达以及审美需求密切相关。主张"摹仿说"的,其实也包含着情感传达的成分。"摹仿说"始于古希腊哲学家德谟克利特和亚里士多德等人。德谟克利特认为诗歌起源于人对自然界声音的摹仿,亚里士多德也曾提到:"一般说来,诗的起源仿佛有两个原因,都是出于人的天性。"③他接着解释说,这两个原因是摹仿的本能和对摹仿的作品总是产生快感。他甚至指出:比较严肃的人摹仿高尚的行动,所以写出的是颂神诗和赞美诗,而比较轻浮的人则摹仿下劣的人的行动,所以写的是讽刺诗。"情感说"认为诗歌起源于情感的表现和交流思想的需要。这种观点揭示了诗歌创作与情感表现之间的一些本质的联系,但并不能说明诗歌产生的源泉,而只是说明了诗歌创作的某些动机。世界文学的发展历程也证明,最早出现的文学作品是劳动歌谣。劳动歌谣是沿袭劳动号子的样式而出现的。所谓劳动号子,是指从事集体劳动的人们伴随着劳动动作节奏而发出的有节奏的呐喊。这种呐喊既有协调动作,也有情绪交流、消除疲劳、愉悦心情的作用。这样,劳动也就决定了诗歌的形式特征以及诗歌的功能意义,使诗歌与节奏、韵律等联系在一起。由于伴随着劳动号子的,还有工具的挥动和身姿的扭动,所以,原始诗歌一个重要特征便是诗歌、音乐、舞蹈这三者的合一(三位一体)。朱光潜先生就曾指出中西都认为诗的起源以人类天性为基础,认为诗歌、音乐、舞蹈原是三位一体的混合艺术,其共同命脉是节奏。"后来三种艺术分化,每种均仍保存节奏,但于节奏之外,音乐尽量向'和谐'方面发展,舞蹈尽量向姿态方面发展,诗歌尽量向文字方面发展,于是彼此距离遂日渐其远。"④这也从一个方面说明,文学的产生是情感交流和愉悦的需要。"单

---

① 为方便读者理解,本书中涉及的外国人名均采用其被国内读者熟知的中文名称,未全部使用其中文译名的全称。
② Jeremy Hawthorn, *A Glossary of Contemporary Literary Theory*, London: Arnold, 2000, p. 34. 此处转引自阎景娟:《文学经典论争在美国》,北京:社会科学文献出版社,2010年版,第27页。
③ 亚理斯多德、贺拉斯:《诗学·诗艺》,北京:人民文学出版社,1962年版,第11页。
④ 朱光潜:《诗论》,北京:生活·读书·新知三联书店,1984年版,第11页。

纯的审美本质主义很难解释经典包括文学经典的本质。"①

再者,经典的生成缘由与伦理教诲以及伦理需求有关。所谓文学经典,必定是受到广泛尊崇的具有典范意义的作品。这里的"典范",就已经具有价值判断的成分。实际上,经过时间的考验流传下来的经典艺术作品,并不仅仅依靠其文字魅力或者审美情趣而获得推崇,伦理价值在其中起着极其重要的作用。正是伦理选择,使得人们企盼从文学经典中获得答案和教益,从而使文学经典具有经久不衰的价值和魅力。文学作品中的伦理价值与审美价值并不相悖,但是,无论如何,审美阅读不是研读文学经典的唯一选择,正如西方评论家所言,在顺利阅读的过程中,我们允许各种其他兴趣从属于阅读的整体经验。② 在这一方面,哈罗德·布鲁姆关于审美创造性的观念过于偏颇,他过于强调审美创造性在西方文学经典生成中的作用,反对新历史主义等流派所作的道德哲学和意识形态批评。审美标准固然重要,然而,如果将文学经典的审美功能看成是唯一的功能,显然削弱了文学经典存在的理由;而且,文学的政治和道德价值也不是布鲁姆先生所认为的是"审美和认知标准的最大敌人"③,而是相辅相成的。聂珍钊在其专著《文学伦理学批评导论》中,既有关于文学经典伦理价值的理论阐述,也有文学伦理学批评在小说、戏剧、诗歌等文学类型中的实践运用。在审美价值和伦理价值的关系上,聂珍钊坚持认为:"文学经典的价值在于其伦理价值,其艺术审美只是其伦理价值的一种延伸,或是实现其伦理价值的形式和途径。因此,文学是否成为经典是由其伦理价值所决定的。"④

可见,没有伦理,也就没有审美;没有伦理选择,审美选择更是无从谈起。追寻斯芬克斯因子的理想平衡,发现文学经典的伦理价值,培养读者的伦理意识,从文学经典中得到教诲,无疑也是文学经典得以存在的一个重要方面。正是意识到文学经典的教诲功能,美国著名思想家布斯认为,一个教师在从事文学教学时,"如果从伦理上教授故事,那么他们比起最好的拉丁语、微积分或历史教师来说,对社会更为重要"⑤。文学经典的一个重要使命是对读者的伦理教诲功能,特别是对读者伦理意识的引导。

---

① 阎景娟:《文学经典论争在美国》,北京:社会科学文献出版社,2010年版,第1页。
② 克林斯·布鲁克斯:《精致的瓮》,郭乙瑶等译,上海:上海人民出版社,2008年版,第232页。
③ 哈罗德·布鲁姆:《西方正典:伟大作家和不朽作品》,江宁康译,南京:译林出版社,2005年版,第28页。
④ 聂珍钊:《文学伦理学批评导论》,北京:北京大学出版社,2014年版,第142页。
⑤ 韦恩·C.布斯:《修辞的复兴:韦恩·布斯精粹》,穆雷等译,南京:译林出版社,2009年版,第230页。

其实,在作者与读者的关系上,18世纪英国著名批评家塞缪尔·约翰逊就坚持认为,作者具有伦理责任:"创作的唯一终极目标就是能够让读者更好地享受生活,或者更好地忍受生活。"[①]20世纪的法国著名哲学家伊曼纽尔·勒维纳斯构建了一种"为他人"(to do something for the other)的伦理哲学观,认为:"与'他者'的伦理关系可以在论述中建构,并且作为'反应和责任'来体验。"[②]当今加拿大学者珀茨瑟更是强调文学伦理学批评的实践,以及对读者的教诲作用,认为:"作为批评家,我们的聚焦既是分裂的,同时又有可能是平衡的。一方面,我们被邀以文学文本的形式来审视各式各样的、多层次的、缠在一起的伦理事件,坚守一些根深蒂固的观念;另一方面,考虑到文学文本对'个体读者'的影响,也应该为那些作为'我思故我在'的读者做些事情。"[③]可见,文学经典的使命之一是伦理责任和教诲功能。文学经典的生成与伦理选择以及伦理教诲的关联不仅可以从《俄狄浦斯王》等经典戏剧中深深地领悟,而且可以从古希腊的《伊索寓言》以及中世纪的《列那狐传奇》等动物史诗中具体地感知。文学经典的教诲功能在古代外国文学中,显得特别突出,甚至很多文学形式的产生,也都是源自于教诲功能。埃及早期的自传作品中,就有强烈的教诲意图。如《梅腾自传》《大臣乌尼传》《霍尔胡夫自传》等,大多陈述帝王大臣的高尚德行,或者炫耀如何为帝王效劳,并且灌输古埃及人心中的道德规范。"这种乐善好施美德的自我表白,充斥于当时的许多自传铭文之中,对后世的传记文学亦有一定的影响。"[④]相比自传作品,古埃及的教诲文学更是直接体现了文学所具有的伦理教诲功能。无论是古埃及最早的教诲文学《王子哈尔德夫之教诲》(The Instruction of Prince Hardjedef)还是古埃及迄今保存最完整的教诲文学作品《普塔荷太普教诲》(The Instruction of Ptahhotep),内容都涉及社会伦理内容的方方面面。

最后,经典的生成缘由与人类对自然的认知有关。文学经典在一定意义上是人类对自然认知的记录。尤其是古代的一些文学作品,甚至是

[①] Samuel Johnson, "Review of a Free Inquiry into the Nature and Origin of Evil", *The Oxford Authors: Samuel Johnson*, Donald Greene ed., London: Oxford University Press, 1990, p. 536.

[②] Emmanuel Levinas, *Ethics and Infinity*, Trans. Richard A. Cohen, Pittsburgh: Duquesne University Press, 1985, p. 88.

[③] Markus Poetzsch, "Towards an Ethical Literary Criticism: the Lessons of Levinas", *Antigonish Review*, Issue 158, Summer 2009, p. 134.

[④] 令狐若明:《埃及学研究——辉煌的古埃及文明》,长春:吉林大学出版社,2008年版,第286页。

古代自然哲学的诠释。几乎每个民族都有自己的神话体系,而这些神话,有相当一部分是解释对自然的认知。无论是希腊罗马神话,还是东方神话,无不体现着人对自然力的理解,以及对人与自然关系的探索。在文艺复兴之前的古代社会,由于人类的自然科学知识贫乏以及思维方式的限定,人们只能被动地接受自然力的控制,继而产生对自然力的恐惧和听天由命的思想,甚至出于对自然力的恐惧而对其进行神化。如龙王爷的传说以及相关的各种祭祀活动等,正是出于对于自然力的恐惧和神化。而在语言中,人们甚至认定"天"与"上帝"是同一个概念,都充当着最高力量的角色,无论是中文的"上苍"还是英文的"heaven",都是人类将自然力神化的典型。

二、外国文学经典传播途径的演变

在漫长的岁月中,外国文学经典经历了多种传播途径,以象形文字、楔形文字、拼音文字等多种书写形式,历经了从纸草、泥板、竹木、陶器、青铜直到活字印刷,以及从平面媒体到跨媒体等多种传播媒介的变换和发展,每一种传播手段都伴随着科学技术的进步以及人类文明的发展进程。

文学经典的生成与传播,概括起来,经历了七个重要的传播阶段或传播形式,大致包括口头传播、表演传播、文字传播、印刷传播、组织传播、影像传播、网络传播等类型。

文学经典的最初生成与传播是口头的生成与传播,它以语言的产生为特征。外国古代文学经典中,有不少著作经历了漫长的口头传播的阶段,如古希腊的《伊利昂纪》(又译《伊利亚特》)等荷马史诗,或《伊索寓言》,都经历了漫长的口头传播,直到文字产生之后,才由一些文人整理记录下来,形成固定的文本。这一演变和发展过程,其实就是脑文本转化为物质文本的具体过程。"脑文本就是口头文学的文本,但只能以口耳相传的方式进行复制而不能遗传。因此,除了少量的脑文本后来借助物质文本被保存下来之外,大量的具有文学性质的脑文本都随其所有者的死亡而永远消失湮灭了。"①可见,作为口头文学的脑文本,只有借助于声音或文字等形式转变为物质文本或当代的电子文本之后,才会获得固定的形态,才有可能得以保存和传播。

第二个阶段是表演传播,其中以剧场等空间传播为要。在外国古代

---

① 聂珍钊:《文学伦理学批评:口头文学与脑文本》,《外国文学研究》,2013年第6期,第8页。

文学经典的传播过程中,尤其是古希腊时期,剧场发挥了极其重要的作用。古希腊埃斯库罗斯、索福克勒斯、欧里庇得斯等悲剧作家的作品,当时都是靠剧场来进行传播的。当时的剧场大多是露天剧场,如雅典的狄奥尼索斯剧场,规模庞大,足以容纳30000名观众。

除了剧场对于戏剧作品的传播之外,为了传播一些诗歌作品,也采用吟咏和演唱传播的形式。古代希腊的很多抒情诗,就是伴着笛歌和琴歌,通过吟咏而得以传播的。在古代波斯,诗人的作品则是靠"传诗人"进行传播。传诗人便是通过吟咏和演唱的方式来传播诗歌作品的人。

第三个阶段是文字形式的生成与传播。这是继口头传播之后的又一个重要的发展阶段,也是文学经典得以生成的一个关键阶段。文字产生于奴隶社会初期,大约在公元前三四千年,中国、埃及、印度和两河流域,分别出现了早期的象形文字。英国历史学家巴勒克拉夫在《泰晤士世界历史地图集》中指出:"公元前3000年文字发明,是文明发展中的根本性的重大事件。它使人们能够把行政文字和消息传递到遥远的地方,也就使中央政府能够把大量的人力组织起来,它还提供了记载知识并使之世代相传的手段。"①从巴勒克拉夫的这段话中可以看出,文字媒介对于人类文明的重要意义。因为文字媒介克服了声音语言转瞬即逝的弱点,能够把文学信息符号长久地、精确地保存下来,从此,文学成果的储存不再单纯依赖人脑的有限记忆,并且突破了文学经典的口头传播在空间和时间的限制,从而极大地改善和促进了文学经典的传播。

第四个阶段是活字印刷的批量传播。仅仅有了文字,而没有文字得以依附的载体,经典依然是不能传播的,而早期的文字载体,对于文学经典的传播所产生的作用又是十分有限的。文字形式只能记录在纸草、竹片等植物上,或是刻在泥板、石板等有限的物体上。只是随着活字印刷术的产生,文学经典才真正形成了得以广泛传播的条件。

第五个阶段是组织传播。科学技术的发展,尤其是印刷术的发明,使得"团体"的概念更为明晰。这一团体,既包括扩大的受众,也包括作家自身的团体。有了印刷方面的便利,文学社团、文学流派、文学刊物、文学出版机构等,便应运而生。文学经典在各个时期的传播,离不开特定的媒介。不同的传播媒介,体现了不同的时代精神和科技进步。我们所说的"媒介"一词,本身也具有多义性,在不同的情境、条件下,具有不同的意义

---

① 转引自文言主编:《文学传播学引论》,沈阳:辽宁人民出版社,2006年版,第55页。

属性。"文学传播媒介大致包含两种含义:一方面,它是文学信息符号的载体、渠道、中介物、工具和技术手段,例如'小说文本''戏剧脚本''史诗传说''文字网页'等;另一方面,它也可能指从事信息的采集、符号的加工制作和传播的社会组织……这两种内涵层面所指示的对象和领域不尽相同,但无论作为哪种含义层面上的'媒介',都是社会信息系统不可或缺的重要环节。"[1]

第六个阶段是影像传播。20世纪初,电影开始产生。文学经典以电影改编形式获得关注,成为影像改编的重要资源,经典从此又有了新的生命形态。20世纪中期,随着电视的产生和普及,文学经典的影像传播更是成为一个重要的传播途径。

最后,在20世纪后期经历的一个特别的传播形式是网络传播。网络传播以计算机通信网络为平台,利用图像扫描和文字识别等信息处理技术,将纸质文学经典电子化,以方便储存,同时也便于读者阅读、携带、交流和传播。外国文学经典是网络传播的重要资源,正是网络传播,使得很多本来仅限于学界研究的文学经典得以普及和推广,赢得更多的受众,也使得原来仅在少数图书馆储存的珍稀图书得以以电子版本的形式为更多的读者和研究者所使用。

从纸草、泥板到网络,文学经典的传播途径与人类的进步以及科学技术的发展是同步而行的,传播途径的变化不仅促进了文学经典的流传和普及,也在一定意义上折射出人类文明的历史进程。

三、外国文学经典的翻译及历史使命

外国文学经典得以代代流传,是与文学作品的翻译活动和翻译实践密不可分的。可以说,没有文学翻译,就没有外国文学经典在中国的传播。文学经典正是从不断的翻译过程中获得再生,得到流传。譬如,古代罗马文学就是从翻译开始的,正是有了对古希腊文学的翻译,古罗马文学才有了对古代希腊文学的承袭。同样,古希腊文学经典通过拉丁语的翻译,获得新的生命,以新的形式渗透在其他的文学经典中,并且得以流传下来。而古罗马文学,如果没有后来其他语种的不断翻译,也就必然随着拉丁语成为死的语言而失去自己的生命。

所以,翻译所承担的使命就是真正意义上的文化传承。要正确认识

---

[1] 文言主编:《文学传播学引论》,沈阳:辽宁人民出版社,2006年版,第52页。

文学翻译的历史使命,我们必须重新认知和感悟文学翻译的特定性质和基本定义。

在国外,英美学者关于翻译是艺术和科学的一些观点具有一定的代表性。美国学者托尔曼在其《翻译艺术》一书中认为,"翻译是一种艺术。翻译家应是艺术家,就像雕塑家、画家和设计师一样。翻译的艺术,贯穿于整个翻译过程之中,即理解和表达的过程之中"。[①]

英国学者纽马克将翻译定义为:"把一种语言中某一语言单位或片断,即文本或文本的一部分的意义用另一种语言表达出来的行为。"[②]

而苏联翻译理论家费达罗夫认为:"翻译是用一种语言把另一种语言在内容和形式不可分割的统一中业已表达出来的东西准确而完全地表达出来。"苏联著名翻译家巴尔胡达罗夫在他的著作《语言与翻译》中声称:"翻译是把一种语言的语言产物在保持内容也就是意义不变的情况下改变为另外一种语言的言语产物的过程。"[③]

在我国学界,一些工具书对"翻译"这一词语的解释往往是比较笼统的。《辞源》对翻译的解释是:"用一种语文表达他种语文的意思。"《中国大百科全书·语言文字卷》对翻译下的定义是:"把已说出或写出的话的意思用另一种语言表达出来的活动。"实际上,对翻译的定义在我国也由来已久。唐朝《义疏》中提到:"译即易,谓换易言语使相解也。"[④]这句话清楚表明:翻译就是把一种语言文字换易成另一种语言文字,以达到彼此沟通、相互了解的目的。

所有这些定义所陈述的是翻译的文字转换作用,或是一般意义上的信息的传达作用,或是"介绍"作用,即"媒婆"功能,而忽略了文化传承功能。实际上,翻译是源语文本获得再生的重要途径,纵观世界文学史的杰作,都是在翻译中获得再生的。从古埃及、古巴比伦、古希腊罗马等一系列文学经典来看,没有翻译就没有经典。如果说源语创作是文学文本的今生,那么今生的生命是极为短暂的,是受到限定的;正是翻译,使得文学文本获得今生之后的"来生"。文学经典在不断被翻译的过程中获得"新生"和强大的生命力。因此,文学翻译不只是一种语言文字符号的转换,而且是一种以另一种生命形态存在的文学创作,是本雅明所认为的原文

[①] 郭建中编著:《当代美国翻译理论》,武汉:湖北教育出版社,2000年版,第4页。
[②] P. Newmark, *About Translation*, Clevedon: Multilingual Matters Ltd., 1991, p. 27.
[③] 转引自黄忠廉:《变译理论》,北京:中国对外翻译出版公司,2002年版,第21页。
[④] 罗新璋编:《翻译论集》,北京:商务印书馆,1984年版,第1页。

作品的"再生"(afterlife on their originals)。

　　文学翻译既是一门艺术,也是一门科学。作为一门艺术,译者充当着作家的角色,因为他需要用同样的形式、同样的语言来表现原文的内容和信息。文学翻译不是逐字逐句的机械的语言转换,而是需要译者的才情,需要译者根据原作的内涵,通过自己的创造性劳动,用另一种语言再现出原作的精神和风采。翻译,说到底是翻译艺术生成的最终体现,是译者翻译思想、文学修养和审美追求的艺术结晶,是文学经典生命形态的最终促成。

　　因此,翻译家的使命无疑是极为重要、崇高的,译者不是一般意义上的"媒婆",而是生命创造者。实际上,翻译过程就是不断创造生命的过程。翻译是文学的一种生命运动,翻译作品是原著新的生命形态的体现。这样,译者不是"背叛者",而是文学生命的"传送者"。源自拉丁语的谚语说:Translator is a traitor.(译者是背叛者。)但是我们要说:Translator is a transmitter.(译者是传送者。)尤其是在谈到诗的不可译性时,美国诗人罗伯特·弗罗斯特断言:"诗是翻译中所丧失的东西。"然而,世界文学的许多实例表明:诗歌是值得翻译的,杰出的作品正是在翻译中获得新生,并且生存于永恒的转化和永恒的翻译状态,正如任何物体一样,当一首诗作只能存在于静止状态,没有运动的空间时,其生命在某种意义上来说也就停滞或者死亡了。

　　认识到翻译所承载的历史使命,那么,我们的研究视野也应相应发生转向,即由文学翻译研究朝翻译文学研究转向。

　　文学翻译研究朝翻译文学研究的这一转向,使得"外国文学"不再是"外国的文学",而是我国民族文化的一个有机的组成部分,并将外国文学从文学翻译研究的词语对应中解放出来,从而审视与系统反思外国文学经典生成与传播中的精神基因、生命体验与文化传承。中世纪波斯诗歌在19世纪英国的译介就是一个典型的例子。菲茨杰拉德的英译本《鲁拜集》之所以成为英国民族文学的经典,就是因为菲氏认识到了翻译文本与民族文学文本之间的辩证关系,认识到了一个译者的历史使命以及为实现这一使命所应该采取的翻译主张。所以,我们关注外国文学经典在中国的传播,目的是探究"外国的文学"怎样成为我国民族文学构成的重要组成部分以及对文化中国形象重塑方面所发挥的重要作用。因此,既要宏观地描述外国文学经典在原生地的生成和在中国传播的"路线图",又要研究和分析具体的文本个案;在分析文本个案时,既要分析某一特定的经典在其原生地被经典化的生成原因,更要分析它在传播过程中,在次生地的重生和再经典化的过程和原因,以及它所产生的变异和影响。

因此,外国文学经典研究,应结合中华民族的现代化进程、中华民族文化的振兴与发展,以及我国的外国文学研究的整体发展及其对我国民族文化的贡献这一视野来考察经典的译介与传播。我们应着眼于外国文学经典在原生地的生成和变异,汲取为我国的文学及文化事业所积累的经验,为祖国文化事业服务。我们还应着眼于外国文学经典在中国的译介和其他艺术形式的传播,树立我国文学经典译介和研究的学术思想的民族立场;通过文学经典的中国传播,以及面向世界的学术环境和行之有效的中外文化交流,重塑文化中国的宏大形象,将外国文学译介与传播看成是中华民族思想解放和发展历程的折射。

其实,"文学翻译"和"翻译文学"是两种不同的视角。文学翻译的着眼点是文本,即原文向译文的转换,强调的是准确性;文学翻译也是媒介学范畴上的概念,是世界各个民族、各个国家之间进行交流和沟通思想感情的重要途径、重要媒介。翻译文学的着眼点是读者对象和翻译结果,即所翻译的文本在译入国的意义和价值,强调的是接受与影响。与文学翻译相比较,不只是词语位置的调换,也是研究视角的变换。

翻译文学是文学翻译的目的和使命,也是衡量翻译得失的一个重要标准,它属于"世界文学—民族文学"这一范畴的概念。翻译文学的核心意义在于不再将"外国文学"看成"外国的文学",而是将其看成民族文学的一个组成部分,是民族文化建设的有机的整体,将所翻译的文学作品看成是我国民族文化事业的一个重要的组成部分。可以说,文学翻译的目的,就是建构翻译文学。

正是因为有了这一转向,我们应该重新审视文学翻译的定义以及相关翻译理论的合理性。我们尤其应注意翻译研究的文化转向,在翻译研究领域发现新的命题。

四、外国文学的影像文本与新媒介流传

外国文学经典无愧为人类的文化遗产和精神财富,20世纪,当影视传媒开始相继涌现,并且在人们的日常生活中占据重要位置的时候,外国文学经典也相应地成为影视改编以及其他新媒体传播的重要素材,对于新时代的文化建设以及人们的文化生活,依然起着极其重要的作用。

外国文学经典是影视动漫改编的重要渊源，为许许多多的改编者提供了灵感和创作的源泉。自从1900年文学经典《灰姑娘》被搬上银幕之后，影视创作就开始积极地从文学中汲取灵感。据美国学者林达·赛格统计，85%的奥斯卡最佳影片改编自文学作品。[①] 从根据古希腊荷马史诗改编的《特洛伊》等影片，到根据中世纪《神曲》改编的《但丁的地狱》等动画电影；从根据文艺复兴时期《哈姆雷特》而改编的《王子复仇记》《狮子王》，到根据18世纪《少年维特的烦恼》而改编的同名电影；从根据19世纪狄更斯作品改编的《雾都孤儿》《孤星血泪》，直到帕斯捷尔纳克的《日瓦戈医生》等20世纪经典的影视改编；从外国根据中国文学经典改编的《花木兰》，到中国根据外国文学经典改编的《钢铁是怎样炼成的》……文学经典不仅为影视动画的改编提供了丰富的素材，也通过这些新媒体使得文学经典得以传承，获得普及，从而获得新的生命。

考虑到作为文学作品的语言艺术与作为电影的视觉艺术有着各自不同的特点，在论及文学经典的影视传播时，我们不能以影片是否忠实于原著为评判成功与否的绝对标准，我们实际上也难以指望被改编的影视作品能够完全"忠实"于原著，全面展现文学经典所表现的内容。但是，将纸上的语言符号转换成银幕上的视觉符号，不是一般意义上的转换，而是从一种艺术形式到另一种艺术形式的"翻译"。既然是"媒介学"意义上的翻译，那么，忠实原著，尤其是忠实原著的思想内涵，是"译本"的一个不可忽略的重要目标，也是衡量"译本"得失的一个重要方面。

对于文学作品改编成电影应该持有什么样的原则，国内外的一些学者存在着不尽一致的观点。我们认为夏衍所持的基本原则具有一定的科学性。夏衍先生认为："假如要改编的原著是经典著作，如托尔斯泰、高尔基、鲁迅这些巨匠大师们的著作，那么我想，改编者无论如何总得力求忠实于原著，即使是细节的增删改作，也不该越出以致损伤原作的主题思想和他们的独特风格，但，假如要改编的原作是神话、民间传说和所谓'稗官野史'，那么我想，改编者在这方面就可以有更大的增删和改作的自由。"[②] 可见，夏衍先生对文学改编所持的基本原则是应该按原作的性质而有所不同。而在处理文学文本与电影作品之间的关系时，夏衍的态度

---

① 转引自陈林侠：《从小说到电影——影视改编的综合研究》，北京：中国社会科学出版社，2011年版，第1页。

② 夏衍：《杂谈改编》，《中国电影理论文选》（上册），罗艺军主编，北京：文化艺术出版社，1992年版，第498页。

是:"文学文本在改编成电影时能保留多少原来的面貌,要视文学文本自身的审美价值和文学史价值而定。"[1]

文学作品和电影毕竟属于不同的艺术范畴,作为语言艺术形式的小说和作为视觉艺术形式的电影有着各自特定的表现技艺和艺术特性,如果一部影片不加任何取舍,完全模拟原小说所提供的情节,这样的"译文"充其量不过是"硬译"或"死译"。从一种文字形式向另一种文字形式的转换被认为是一种"再创作",那么,从艺术的一种表现形式朝另一种表现形式的转换无疑更是一种艺术的"再创作",但这种"再创作"无疑又受到"原文"的限制,理应将原作品所揭示的道德的、心理的和思想的内涵通过新的视觉表现手段来传达给电影观众。

总之,根据外国文学经典改编的许多影片,正是由于文学文本的魅力所在,也同样感染了许多观众,而且激发了观众阅读文学原著的热忱,在新的层面为经典的普及和文化的传承作出了应有的贡献,同时,也为其他时代的文学经典的影视改编和新媒体传播提供了借鉴。

在长达数千年的历史长河中,对后世产生影响的文学经典浩如烟海。《外国文学经典生成与传播研究》涉及面广,时间跨度大,在有限的篇幅中,难以面面俱到,逐一论述,我们只能选择最具代表性的经典作品或经典文学形态进行研究,所以有时难免挂一漏万。在撰写过程中,我们紧扣"生成"和"传播"两个关键词,力图从源语社会文化语境以及在跨媒介传播等方面再现文学经典的文化功能和艺术魅力。

---

[1] 颜纯钧主编:《文化的交响:中国电影比较研究》,北京:中国电影出版社,2000年版,第329页。

绪 论
人的生存方式的演变与现实主义文学经典的生成

《外国文学经典生成与传播研究》(第五卷,近代卷·下)主要研究欧美19世纪现实主义文学经典的生成与传播。

19世纪对于欧美国家无论在政治经济、科学精神、思想文化还是文学艺术上都是一个十分辉煌的时代。这一时期,欧洲社会完成了由封建社会向资本主义社会的历史性过渡,资本主义由自由竞争阶段逐步走向垄断阶段。资本主义的产生与发展改变了人的生存处境,使西方文化价值观念和精神心理发生了变化,也带来了文学思潮的新旧交替与更迭。在这样的文化历史背景下,欧美主要国家相继出现了浪漫主义、现实主义、自然主义、唯美主义和象征主义等文学思潮和流派,从而给近代欧美文学带来了繁荣景象,而最能标志19世纪欧美文学繁荣的是现实主义文学思潮。

作为一种文学思潮,现实主义文学大约于19世纪30年代首先在西欧的法国、英国等地出现,以后波及俄国、北欧、美国、亚非等地,成为19世纪世界性的文学思潮,也是近代欧美文学的高峰。这一时期的欧美各国处在资本主义制度确立与上升阶段,现实主义作家则普遍对资本主义社会的发展感到深深的忧虑,他们通过文学创作对当下的社会制度和社会关系进行深刻的分析与反思,对人的现实生存状况给予了高度的人道主义关怀。由于现实主义文学具有强烈的社会批判性,高尔基将这种"资产阶级的'浪子'的现实主义"称之为"批判现实主义"[①]。"自然主义是19世纪末继现实主义文学思潮之后在欧美兴起的一种写实主义文学思潮。

---

① 高尔基:《高尔基选集·文学论文选》,孟昌、曹葆华译,北京:人民文学出版社,1958年版,第334页。

因其对'写实'的追求与现实主义有相似之处,这两种文学思潮在传入我国的初期,曾被统称为'写实主义'。"因此,本书把自然主义文学经典的生成与传播放在现实主义这一子课题中一并阐发,以便在比较研究中辨析两者的异同。

(一) 社会结构形态的变更与现实主义文学经典的生成

现实主义文学是西欧资本主义制度确立和发展时期的产物。1830年法国爆发"七月革命",从此,法国资产阶级取得了统治地位;1832年英国实行了议会改革,英国资产阶级的统治地位得到了进一步巩固。这两大政治事件,是西欧资本主义制度确立的标志。欧洲各国在英、法资本主义势力的影响下,相继经历了从封建制度向资本主义制度的历史性过渡。这种特定的社会政治经济形势,直接影响着文学,成为现实主义文学经典生成与传播的关键性因素。

社会政治经济结构形态的剧变,使人与人之间的关系恶化,人的道德观念和文化价值观念也发生了深刻的变化。资本主义制度形成后,欧洲社会中人的生存处境发生了重大变化,人对自身的认识也不断深化。资本主义新的政治经济制度打碎了原有的社会结构,改变了人与人之间的关系。在封建时代,每个人在社会秩序中都有自己应该感到满足的固定位置,每个人的地位与价值似乎一生下来就已被确定好了,无需做出个人的努力。爱上帝、爱邻人、四海之内皆兄弟的基督教伦理观念使人与人之间无不"温情脉脉"。在社会经济方面,行会制度限制了商品交换的地域范围,人们参与商品交换的主要目的是为了获取生活必需品,而不是为了积聚财富,否则是要受道德谴责的。因此,在封建时代,商品经济不发达,人的物质生活相对处于贫困状态,但人们却有一种满足感、稳定感和安全感。资本主义出现后,传统的社会关系破坏了,个人从各种封建束缚中解放了出来,商品经济激活了人们的竞争意识和物欲意识,人的自我观念得到了强化,人的命运也发生了重大变化。在资本主义条件下,人不再是万物的尺度,"商人之间的激烈竞争毫无道德限制,就像资本家对工人剥削一样"[①]。在强烈的竞争观念支配下,物欲的无限膨胀使人们想尽办法超过他人,每个人都为自己的利益和自己的成功而奋斗,因而,"人不再是自身的目的,人成了他人的工具";"人被人所利用,表现了作为资本主义制

---

① 埃利希·弗洛姆:《健全的社会》,欧阳谦译,北京:中国文联出版公司,1988年版,第84页。

度基础的价值体系"。① 所以,资本主义制度下,"人的群体关系恶化,个人从家长式的专制及等级制度中'摆脱'出来,却付出了放弃群体联系这个代价。人们的相互关系失去了道德义务感和情感特征,从而变得靠单一的经济利益来维持。所有的人际关系都基于物质利益"。②

因此,资本主义的出现一方面标志着社会的进步和人类文明的向前发展,它给人带来了一定程度的自由、解放和物质的富裕,而另一方面又使人与人、人与社会、人与物之间的关系恶化。新的文明给人带来了新的束缚,尤其是物对人的束缚,使人的自由得而复失。财富的创造提升了人对财富的占有欲和支配欲,"自由竞争"原则为人与人之间的"搏斗"戴上了合理的道德光环,于是,"万物之灵的人类终于悟出了他的兽性;这个兽性原来就是物质'文明'的所赖"。③ 正是在这种历史背景下,人对自身的处境、命运与前途的思考也不断深化。现实告诉人们:启蒙主义者的"民主""自由""平等"与"博爱"并不存在,他们描绘的"理性王国"只不过是肥皂泡而已;浪漫主义者那脱离现实的"理想"也不过是画饼充饥。人们不得不用冷静的眼光来看现实的社会并思考人的命运,从更现实的角度去寻求改善人的生存处境的方法。于是,讲究务实、追求客观冷静地分析与解剖现实的社会心理和风气随之形成。正是在这种心理和风气的影响下,一种写实性与批判性很强的现实主义文学思潮应运而生。而19世纪欧洲的自然科学精神,则进一步催发了现实主义文学的写实精神。

(二)自然科学新思维与现实主义文学经典的生成

自文艺复兴时代起,欧洲人就开始借助科学的力量抨击教会和宗教,展开了对上帝的不停排斥。到了科学空前繁荣的19世纪,人更自信自傲了。科学导致了西方文明史上人文观念的根本性转折,也导致了西方文学对人性理解与文学表现上的根本性变化。也正是由于科学对19世纪现实主义文学的深刻影响,致使其人文观念与人性抒写上拥有了承前启后的特征。

浪漫主义从卢梭的感性主义那里获取灵感与精神养分,发展壮大之后又在整体上构成了对启蒙哲学的反叛。然而,启蒙哲学最主要的精神

---

① 埃利希·弗洛姆:《健全的社会》,欧阳谦译,北京:中国文联出版公司,1988年版,第93页。
② 艾恺:《世界范围内的反现代化思潮》,张信译,贵阳:贵州人民出版社,1991年版,第76页。
③ 梁鹤年:《西方文明的文化基因》,北京:生活·读书·新知三联书店,2014年版,第287—288页。

是张扬理性、崇尚科学,卢梭本人也并不排斥理性,因为理性毕竟是18世纪的最强音。而且,理性与科学几乎在18世纪轰毁了宗教世界观之后,已经阔步地走向了19世纪。因此,尽管浪漫主义不无先见地预感到了人偏于理性与科学的不良后果,但是,由于理性本身所拥有的人文性,启蒙运动也进一步昭示了这种人文性,人们对它的崇尚无疑有增无减。在这种理性精神鼓舞下,19世纪的科学取得了比18世纪更辉煌的成就;或者说,18世纪的理性启蒙之花,在19世纪结出了科学的丰硕之果。"同以往所有时期相比,1830到1914年这段时期,是人类科学发展的顶峰。"①而且,科学与技术相结合加速了财富的创造,给人们带来了生存实惠。所以,科学成了人们心目中给人以力量的新的上帝,理性也自然被认为是人之为人、人之高贵强大的本质属性。较之18世纪,19世纪对理性的崇拜有过之而无不及,甚至达到了"理性崇拜"的地步。科学史家曾经为我们描绘过19世纪人类科学与理性的壮美图画:

> 19世纪的最初25年,此时以工业革命为转机,人类社会已经天光大亮了。这个时代,资本主义高度发展。与成熟的资本主义社会相伴随的经济危机,开始周期袭来。在打破了过去僵化的世界观之后,科学研究也开辟了新的领域。新的发明和新的发现接连不断地涌现出来,19世纪建设科学文明的篇章就由此展开……从而出现了科学的黄金时代。非欧几里德几何学的诞生、能量守恒定律的确立、电报通讯技术的飞速发展……以铁为原料、以煤为动力的大工业取得了巨大发展。达尔文的《物种起源》像一发巨型炮弹炸开,把进化思想带进了哲学、艺术、政治、宗教、社会以及其他一切领域。19世纪下半叶,近代欧洲的政治发生了非常大的变化,80年代,自由资本主义开始进入垄断资本主义,这是近代史上一个转折时期,卡特尔和托拉斯全面发展。革命性的动力——电能的出现和应用,使电动力开始代替蒸汽动力,这是生产中的革命变革。与此同时,19世纪的风格是,科学家——工程师——商人,而不是17、18世纪的科学家——数学家——哲学家的风格了。②

这幅19世纪的科学图画告诉我们:在西方人的文化观念中,19世纪是一

---

① 爱德华·麦克诺尔·伯恩斯等:《世界文明史》(第三卷),罗经国等译,北京:商务印书馆,1995年版,第282页。
② 汤浅光朝:《科学文化史年表》,张利华译,北京:科学普及出版社,1984年版,第70—99页。

个科学取代上帝的时代,是一个理性崇拜的时代,是西方理性主义文化发展到了高峰的时代。此时,人们更坚定了三个信念:人是理性的动物;人可以凭借科学与理性把握自然的规律与世界的秩序;人可以征服自然、改造社会。对科学的崇拜,使人们对科学的理解不仅仅限于科学本身,而是用科学的方法去研究一切问题。英国科学史家丹皮尔曾指出:

> 在19世纪的上半期,科学就已经开始影响人类的其他活动与哲学了。排除情感的科学研究方法,把观察、逻辑推理与实验有效地结合起来的科学方法,在其他学科中,也极合用。到19世纪的中叶,人们就开始认识到这种趋势。①

科学的这种影响在19世纪的欧洲形成了与其他世纪明显不同的普遍风气:任何其他学科,唯有运用科学的方法才令人信服。正如赫尔姆霍茨所说:"绝对地无条件地尊重事实,抱着忠诚的态度来搜集事实,对表面现象表示相当的怀疑,在一切情况下都努力探讨因果关系并假定其存在,这一切都是本世纪与以前几个世纪不同的地方。"②不仅如此,19世纪的许多人还以借助理性思维和科学方法,建立一门科学并相应有一整套严密的概念、定理、范式为荣,为此,人们称这是一个"思想体系的时代"③。恩格斯也对当时的这种现实深有感触地说:"在当时人们是动不动就要建立体系的,谁不建立体系就不配生活在19世纪。"④

正是这样一种有别于以前的精神文化风气,影响着文学的发展,熏陶出了巴尔扎克、福楼拜、左拉等一批写实主义倾向的作家。巴尔扎克就是用动物学、解剖学等自然科学方法去从事文学创作的,正是动物学的"统一图案说"帮助他构建了《人间喜剧》的社会结构图,正是科学思维启发他把文学创作看成研究社会与历史的写实主义工具。左拉几乎在相同的文化思想线路上追随着巴尔扎克且又做出了独特的贡献。福楼拜则借用医学科学的方法,更冷静细致地解剖人的心灵。其他的现实主义作家如狄更斯、托尔斯泰、陀思妥耶夫斯基等现实主义大师,尽管不像巴尔扎克、左拉和福楼拜那样直接运用自然科学进行文学创作,但他们创作中的写实

---

① W. C. 丹皮尔:《科学史及其与哲学和宗教的关系》,李珩译,桂林:广西师范大学出版社,2001年版,第262页。
② Helmholtz, *Popular Lecture on Scientific Subjects*, Eng. trans. E. Atkinson, London, 1873, P. 33.
③ 阿金编:《思想体系的时代》,王国良、李飞跃译,北京:光明日报出版社,1989年版,第2页。
④ 马克思、恩格斯:《马克思恩格斯选集》第4卷,北京:人民出版社,1972年版,第212页。

原则，无不与科学理性精神血脉相连。

也许读者要问：你这里讲的科学、理性对现实主义的影响，不过是在创作方法、艺术思维方式和审美观上的影响而已，这些都是艺术理念上的问题，而不属于人文观念上的事。其实不然。且不说艺术理念原本就要影响文学创作中的人文观念的表达，就是艺术理念本身，也是由作家的人文观念和人文追求决定的。或者也可以说，正由于现实主义作家有一种延续自启蒙理性的人文观念，才会接纳科学的方法与观念去从事他们的文学创作；正是由于接纳了科学方法，现实主义文学才形成了普遍遵循的"真实""写实"理念；正是这种"真实""写实"理念，才会有现实主义文学对人的灵魂的空前真实、细致的剖析，才会出现与浪漫主义文学不同的人文观念。如果说源自启蒙哲学之先验理性、重灵感与感性的浪漫主义文学理念对"人"的形象的塑造起着扩张与外现作用的话，那么，源自启蒙哲学之经验理性、重分析与理智的现实主义文学理念，则对"人"的形象的塑造起着收缩与内敛的作用，而这都直接或间接地影响着19世纪现实主义文学人文观念的表述和人性抒写方式。

由此可见，科学对19世纪现实主义文学的影响，表现在更深层次上，正是它在驱逐了上帝之后带来了人文震撼。

（三）人文观念的更新与现实主义文学经典的生成

在19世纪与20世纪之交，尼采发出了振聋发聩的惊呼："上帝死了！"这一声惊呼告诉人们：以基督教为核心的西方传统文化价值体系崩毁了。

那么，上帝是怎么"死"去的？他的"死"给人类带来的后果是什么？

文艺复兴时代，人文主义者虽然并不反对上帝，但他们以人的感性抗拒上帝对人性的压抑，以人智向上帝索要人的独立性。他们在向上帝标示自身价值与意义时，就意味着人同上帝开始疏离。到了17世纪，笛卡尔的"我思故我在"和培根的"知识就是力量"的口号，实际上是用人的智性能力向上帝标示人的强大，认为人自己就有上帝一般的智慧，因而可以知道上帝才能知道的事——世界的奥秘，这种理念推动了科学的快速发展。18世纪科学的发展，进一步增强了人的信心，也增强了对上帝的傲慢，人们开始以科学为武器攻击上帝存在的合理性，一种没有人格化上帝存在的新的宇宙观和世界观开始形成。再到19世纪，科学走向了前所未有的繁荣，它不仅给人类创造了极大的财富，使人们对它热烈追求，更重要的是,科学使人们确立了新的世界观、人生观和历史观。人们认为有了科学,人可以做一切上帝能做的事,人们把科学当作上帝来崇拜,实际上,科学成了上帝,人也就走到了上帝的位置上,人把上帝给驱逐了。或者说,在人类不再需要上帝之后,上帝也撒手而走了。所以,如果说"上帝死了"的话,那也正如尼采所说的:他是被人杀死的!而且,尽管尼采在19世纪末报告了上帝之死的消息,但这不是一种预告,而是一种对"已死"之实的报告。19世纪就已经是一个上帝退隐的时代。

就这样,从文艺复兴到19世纪的几百年里,西方的所有世俗学说,几乎都在竭尽能事驱赶上帝,改变人与上帝的关系,正如鲍姆(Franklin L. Baumer)所描绘的那样:

> 从宗教改革以来到现在为止的上帝观念史,宛如一份地震仪的记录,所记录的是许多诞生、死亡,以及一次大震撼的事迹。在这段时期,人们把那么多的注意力放在这个大震撼上,竟至很容易忘掉欧洲所具有的创生新神的能力,或赋予上帝新特征的能力,或必要时把旧特征重新加以组合的能力。上述的新神,包括十八世纪自然神论"缺席者"式的神、十九世纪内在演化式的神。这两种神大大不同于"正统的"、超越而全能的上帝。不过,记录在地震仪上最引起纷扰的是宗教大动乱,以及较近的所谓"上帝之死"。尼采所预言的这件事情,不仅仅是意味着一个神的死亡,还意味着所有神氏的死亡。这件事情代表着欧洲思想朝着宗教的怀疑主义与宗教的无所谓心态发展之趋向,这趋向从十七世纪以来就很强烈,后来更是加速发展。这个趋向的最终产物在今天仍具体可见,就是西方文明世界有史以来最世俗化的社会。①

这里所说的"最世俗化的社会"就是上帝退隐的社会,这个社会从19世纪甚至更早一些时候就开始了。

上帝退隐了,西方人实现了多少代人为之奋斗的共同目标。然而,上帝退隐了,魔鬼却肆无忌惮了。这是人的灾难,这是人类文明的悖谬。

人在自然属性上是感性的动物,进入了文明社会之后,才成了理性的动物,然而,人的动物性一面——原始欲望——依然存在,它会导致人自私、贪婪、好斗等劣根性。因此,进入文明社会后的人,必须凭借自己创造

---

① Franklin L. Baumer:《西方近代思想史》,李日章译,台北:联经出版公司,1988年版。

的文明,如国家权力、世俗道德、宗教规范等等,来约束原始本能,以维持正常的人与人、人与社会的关系。宗教在道德的意义上起到了国家权力和世俗道德规范所起不到的作用。上帝设置的天堂与地狱的境界,其实是道德上给所有俗世贱民与权贵、弱者与强者、贫民与富人平等的道德天平,因为在上帝面前,谁也逃脱不了末日的审判,贪婪自私者无论在俗世处于什么位置,都只能因自己的罪恶而进不了天堂。因此,上帝的存在,对世俗的人来说,无疑从道德的角度扼制了贪欲的膨胀,扼制了邪恶的滋长,也就制止了魔鬼的横行。"在上帝之光的普照下,人人平等,无高低贵贱之分。末日审判时,谁进天堂,谁进地狱,一切均取决于人们自身的善恶行为。身后的归宿决定了人们的价值取向。权贵们为了身后的理想去处,不得不对自己的贪婪之心有所收敛。"① 所以,"上帝的意义,在于人的有限性,在于人需要爱护、怜悯和救赎,在于人的灵魂在爱与恨、贪婪与满足之间需要平衡,受伤的心需要慰藉和温暖。上帝是一种光,一份温暖,一线希望,一块精神馅饼。"② 而上帝退隐之后,就意味着他设置的天堂和地狱都不存在了,宗教道德不再对人的善恶起规范作用。对处于19世纪的西方人来说,个性自由、自由竞争,人可以"想干什么就干什么"了。"追求私利和自由竞争创造了出空前的西方物质文明"③,但是,"自由竞争"原则的道德光环摧毁的恰恰是传统的道德原则。一个在道德领域里上帝退隐的时代,必定是一个恶欲横行的时代。这就是19世纪的自由资本主义时代,这是一个上帝远离人世的时代! 这个一向来靠天堂、地狱、上帝等制约人的行为、扼制人的恶欲冲动的西方社会,一旦既有的道德规约逐渐丧失,那将是一个什么样的情形?这是一个"他人成为自己的地狱"的社会。④

在此,我们要引出一个发人深思的问题:启蒙运动激发了人的理性,繁荣了科学,激活了人的个性,改变了社会结构,这无疑是文明的进步,然而,当科学在思想领域里动摇了上帝在人们心目中的地位时,当激活了的个性为了个体生存而无视上帝的规约时,当科学给人以力量和自信进而成了人们崇拜的上帝,而这个上帝又对世俗中的人在道德上无动于衷也无能为力时,人到底是趋善还是趋恶的呢? 人们还应该一个劲儿地倡导

---

① 启良:《西方文化概论》,广州:花城出版社,2000年版,第150页。
② 同上书,第132页。
③ 梁鹤年:《西方文明的文化基因》,北京:生活·读书·新知三联书店,2014年版,第229页。
④ 蒋承勇:《十九世纪现实主义文学的现代阐释》,北京:高等教育出版社,1996年版,第7页。

个性自由与解放吗？这大致上也可以说是19世纪现实主义作家普遍关注与忧虑的问题。现实主义作家也就是在这种情况下，热衷于描写人性中的恶，并借此守护着人的心灵的纯洁，追寻着使人性完善和趋善的方法与途径的。请看：

巴尔扎克在他的《人间喜剧》中"把新生的资本力量、灵魂的统治者——金钱作为他伟大史诗的主人公"。① 他警告人们，恶欲和利己主义已成为这个世界的动力。他的小说，展示了人类的善良天性是如何在金钱的诱惑下向地狱沉落的。他还借《高老头》中高老头之口发出了"这个世界不是要灭亡了吗"的惊呼。

福楼拜在他的小说中揭示了情欲正如"魔鬼"一样潜伏于人的灵魂深处，人的行动不可抗拒地受其控制。由此，他也产生了对世界的悲哀与厌恶。

萨克雷热衷于揭露身居高位的人的丑恶，展示金钱对人的心灵的侵蚀。"他跟维多利亚女王时代早期的大多数作家一样，倾向于对人类的邪恶进行自负的说教。"②

列夫·托尔斯泰描写了俄国社会由封建主义向资本主义转型时期人的心灵状况。他通过对人类做反复细致的研究发现了人类自身存在的恶本能。"没有任何一个人像托尔斯泰那样目睹并感受到了发自尘世的情欲。"③他的小说向人们指出：人本身的情欲与邪恶，是孳生社会罪恶的根源。

陀思妥耶夫斯基一生都处于对人类天性之恶的无休止的发掘之中，他告诉人们："恶在人身上隐藏得要比那些社会主义者兼医生所估计的要深得多，在任何制度下也避免不了恶，人的灵魂永远是那个样，反常现象和罪孽主要来自灵魂本身。"④他的小说告诉人们，由于人自身存在着永恒之恶，因而人永远成不了人文主义者想象的"巨人"，而是"虱子"。

……

不必再多列举了，现实主义作家似乎个个都像有"嗜恶癖"，以展示人

---

① 勃兰兑斯：《十九世纪文学主流》（第五分册），刘半九等译，北京：人民文学出版社，1997年版，第2页。
② 参见 J.G. 罗伯特：《英国文学史》，剑桥大学出版社1996版英文版，第240页。
③ 斯蒂芬·茨威格：《作为宗教和社会思想家的托尔斯泰》，见陈燊编《欧美作家论列夫·托尔斯泰》，北京：中国社会科学出版社，1983年版，第456页。
④ 转引自米·赫拉普钦科：《艺术家托尔斯泰》，刘逢祺、张捷译，上海：上海译文出版社，1987年版，第495页。

之恶为快。其实不然。确实,他们不像浪漫主义者那样一味地张扬个性自由,也极少抒写人性美的颂歌,而更多的是披露人性之恶。然而,他们披露恶是为了消除恶进而保持天然人性之善与美,因而在追求人性之善上,他们与浪漫主义者是大致相仿的。然而,恰恰是现实主义作家的这种"嗜恶癖",使他们的小说空前深入、全面地展示了那个上帝退隐时代的人性之真实状况,于是,他们的作品也成了拥有警世意义的"文学经典"。

19世纪现实主义作家以真实而深度的社会观察与人性剖析,展示了上帝缺位、金钱主宰的社会中人的心灵的千姿百态。他们描写了金钱激发出来的人性之"恶"的破坏力,对此,他们深感忧虑,在这种忧虑的背后,隐含了他们对人性之善的坚守与期待。他们通过自己的创作向当时乃至今天的人们发出了警告:物欲诱发的贪婪,将把人送入地狱。在此,笔者特别要引用18世纪爱尔兰文学史、思想史学者伯克的一段发人深思的话,以进一步引证19世纪现实主义文学之深度人性抒写的经典意义:

> 人们能够享受自由的程度取决于他们是否愿意对自己的欲望套上道德的枷锁;取决于他们对正义之爱是否胜过他们的贪婪;取决于他们正常周全的判断力是否胜过他们的虚荣和放肆;取决于他们要听智者和仁者的忠告而不是奸佞的谄媚。除非有一种对意志和欲望的约束力,否则社会就无法存在。内在的约束力越弱,外在的约束力就越强。事物命定的性质就是如此,不知克制者不得自由。他们的激情铸就了他们的镣铐。①

(四)传播媒介的发展与现实主义文学经典的生成

无论哪位作家,其文学创作得到人们的熟知和认可,都离不开作品的传播媒介。文学的生成与传播需要媒介的承载,而媒介是十分宽泛的,不同时期的主流传播方式也不一样。从古代的口口相传到文字的抄写流传,再到印刷品的出现,乃至现在的电子网络媒介,媒介与传播方式的变化无疑促进了文学艺术的发展。如果说莎士比亚的成名是仰仗于当时为上至王公权贵下至广大市民所喜爱的舞台戏剧这一表演和传播方式,那么19世纪作家的成功,则与当时在印刷技术革新后出版业的快速发展息息相关。

现代报纸是印刷技术革新的产物,它对小说的传播与繁荣起到了重

---

① 陆建德:《破碎思想体系的残编》,北京:北京大学出版社,2001年版,第195页。

要作用。"现代报纸"是指有固定名称,面向公众,定期、连续发行的,以刊载新闻和评论为主,通常散页印刷,不装订、没有封面的纸质出版物。报纸的诞生,最早要追溯到中国战国时期(也有人说是西汉),当时的人们把官府用以抄发皇帝谕旨和臣僚奏议的文件及有关政治情况的刊物,称为"邸报"。11世纪左右(中国北宋时期)毕昇发明了活字印刷,并流传到欧洲,大大促进了印刷品的发展,也丰富了印刷品的种类。欧洲最早开始使用印刷术印报大约是在1450年,那时的报纸并非天天出版,只是在有新的消息时才临时刊印。1609年,德国人索恩出版了《艾维苏事务报》,每周出版一次,这是世界上最早定期出版的报纸。不久,报纸便在欧洲流行起来,消息报道的来源一般都依赖于联系广泛的商人。1650年德国人蒂莫特里茨出版了日报,虽然只坚持发行了三个月左右,但这是世界上第一份日报。

  17、18世纪,欧洲各国的资产阶级革命如火如荼,用来报道新闻事件的报纸也由此在欧洲各国相继发行,并被越来越多的人们喜爱和接受。工业革命促进了社会生产力的飞速发展,从而将报业带入了一个新的时期——以普通民众为读者对象的时期。相对于封建社会时期的贵族化、"小众化",资产阶级革命时期的报刊具有了"大众化"的倾向。由于报纸售价低廉,内容也日渐迎合下层民众的口味,其读者范围不断扩大。当然,这一时期的"大众化"只是初具形态。19世纪末到20世纪初,报纸真正实现了从"小众"到"大众"的质的飞跃,报纸的发行量直线上升,由过去的几万份增加到十几万份、几十万份乃至上百万份;读者的范围也不断扩大,由过去的政界、工商界等上层人士到中下层人士,它宣告了"大众传媒"时代的到来。从英国的情况来看,1476年威廉·卡克斯顿在威斯敏斯特建立了世界上第一家印刷厂,从此印刷术被正式引入英国。之后的一百多年,英国各地陆续出现了一些不定期的新闻印刷品,内容上通常是对某些重大事件进行报道。18世纪50年代,英国的出版物大约有100种,到了18世纪90年代,每年的平均数量急剧增长到370种左右;19世纪20年代,又增加到500种,到19世纪50年代则有2600种[①]。以狄更斯为例,他15岁踏入社会,第一份给他带来收入的工作是在一家律师事务所做小伙计。20岁时狄更斯成为下议院的采访记者,正式进入了报

[①] 雷蒙·威廉斯:《出版业和大众文化:历史的透视》,载于陆扬、王毅选编《大众文化研究》,上海:三联书店,2001年版,第109—110页。

界,从此与报纸结下不解之缘。他长期从事记者和编辑的工作,先后为《议会之镜报》《真实太阳报》《时世晨报》《时世晚报》等报纸工作。1846年1月21日他创办《每日新闻》,自任主编,出版17期后请辞;1850年他创办杂志《家常话》;1859年又创办《一年四季》。不仅如此,他的文学作品几乎都是以报刊的分期连载方式与读者见面的。他的成名作《匹克威克外传》就是首先在报纸上连载的,其受欢迎的程度,可以说是开创了小说出版史上的奇迹。"19世纪上半叶由连载小说开路,通俗小说打开市场,进入极盛时期,而狄更斯则是它的无冕之王。"①可以说,是报刊的连载成就了狄更斯。其实,"连载的通俗小说流行几乎成为19世纪一些发达国家的普遍现象,在法国便有欧仁苏、雨果和大仲马等迷住一代读者的小说作者。"②报纸业从"小众"到"大众"的民间化之路,恰恰是小说从贵族走向民众之路。文学阅读——尤其是小说阅读,在报纸连载这种新的小说发布方式的推动下,迅速成为普通大众的基本文化生活方式。报纸在新时代对现实主义文学的传播、繁荣与对经典的"淘洗"起到了媒介作用。

19世纪初印刷技术的革新,有力促进了图书市场的发展;与传统的精致高价的出版物相比,市场上出现了一种廉价的以定期再版丛书为内容的印刷品。这种丛书大量印刷,每册只卖很低的价格。小说以定期连载的方式出现在这些廉价的小册子上,多个层次的人都可以买到阅读,这使小说的阅读人数显著扩大,促进了小说的发展。"英国的19世纪上半叶,是小说的黄金时期,小说数量之多达到空前。根据一种统计,1820年出版新小说26种,1850年增至100种,而到1864年竟增至300种了。另一种统计,数字更加惊人:1800年以年前最高产量为40种,1822年增至600种,而到世纪中期竟达2600种之多。"③图书出版方式的更新,促进了图书市场的发展。"18世纪以来,小说传统的出版形式是三卷本,定价一个半吉尼,属奢侈品;普通市民可望不可即。19世纪初,租赁小说的图书馆在城市广泛设立,对普及小说起了重要作用。""19世纪小说的兴盛与过去有所不同。这时形成了现代意义上的图书市场。作家(生产者)、出版者、读者(买主)都是这个市场上的不同环节。"④

---

① 朱虹:《市场上的作家——另一个狄更斯》,《外国文学评论》,1989年第4期。
② 同上。
③ 同上。
④ 同上。

总之,印刷技术的更新,加速了出版业和图书市场的发展,同时促进了小说产量的剧增,也促进了小说阅读的普及和读者群体结构的变化。这意味着小说作为一种文学形式逐步走向了大众。"小说对于维多利亚时代,就如戏剧对于伊丽莎白时代和电视对于今日一样重要。"[①]毫无疑问,19世纪的小说是借助于报刊出版的大众传媒新渠道得以传播与繁荣的;现实主义文学经典,是在新传播媒介里被"淘洗"出来的。

---

① 戴维·罗伯兹:《英国史·1688年至今》,鲁光桓译,广州:中山大学出版社,1990年版,第293页。

第一章
《红与黑》的生成与传播

经典总是在文学、美学、伦理等观念的斗争中确立起来的,甚至每种观念内部都要进行不断争论。司汤达(Stendhal)现在被公认为19世纪现实主义文学的大师,但是在司汤达的小说出版后几十年内,关注和阅读他的作品的人很少,甚至有许多人对其百般指责,因而司汤达灰心丧气地称自己的作品为"街头的弃儿"。左拉(Émile Zola)也曾指出《红与黑》等小说受到冷遇:

> 司汤达的两部主要小说《红与黑》(1831)和《帕尔马修道院》(1838)出现之时,并没有获得任何成功。巴尔扎克称赞不已的研究并没有促使大众阅读它们;它们只是停留在文人的手中,仍旧得不到欣赏。①

司汤达小说最初的接受状态与它们在当代的地位大相径庭,这不得不让人追问,司汤达小说经过了怎样的经典化?经典化完成的时间大致如何?这些问题不仅有利于理解司汤达小说的接受和传播历史,也可以给文学经典生成的理解提供一个具体的标本。本章试图围绕司汤达小说的心理真实性的争论,解答司汤达文学经典化的疑问。

---

① Émile Zola, *Les Romanciers Naturalistes*. Paris: G. Charpentier, 1881, p. 82.

第一节 《红与黑》在源语国的生成

(一) 司汤达身前的接受和评论

文学作品的接受和评论,一般有两个重要时间节点,一是作品的出版,一是作家的逝世。作品的出版提供了接受和评论的时间起点,而作家的逝世,将会重新刺激作品的接受和评论。就司汤达来说,1830年《红与黑》的出版,就提供了研究他的作品接受和传播的第一个时间段。

当然,在1830年之前,司汤达早已得到评论界的关注。比如,1829年,《世界报》上出现了一篇对《罗马散步》的评论,它持有的观点,在后来很长一段时间内,仍然对其他的评论有暗示的效果:

> 他的思想中有许多古怪、冒昧以及近乎放荡的东西;他的手法有非常生硬、非常粗糙、非常倨傲的东西,以至于如果没有入迷,如果没有令人心灰意冷或者陷入喜悦或者发怒而来的迷狂,就难以阅读下去。①

这种观点将《罗马散步》的思想和艺术两方面都否定掉了,《红与黑》也要承受这些指责。早在1831年,在《百科全书评论》中,珀特坦(Anselme Pétetin)曾指出《红与黑》刚出版时人们对它人物性格的普遍印象:"人们过多地指责德·司汤达先生,说这个人物被人们发现是不真实的、不可能存在的。"②诚然,于连不像古典主义小说中的角色那样忠于爱情,他仅仅为自尊和野心而战,他甚至漠视教会,在保王派和教会势力仍然强大的19世纪30年代,《红与黑》中的主人公注定要经受意识形态和道德的审判。但珀特坦并没有认同别人的观点,他大胆地提出自己的意见:"我呢,平心而论,把他看作是原创性的、真实的,我大胆地这样说,不担心作出解释。"③

珀特坦的肯定并不能扭转一些评论家的认识。将人物的真实性与道

---

① O. Prosper Duvergier de Hauranne, "Promenades à Rome", *Stendhal*, ed. Michel Crouzet. Paris: Presses de l'Université de Paris-Sorbonne, 1996, p.57.
② Anselme Pétetin, "Le Rouge et le Noir", *Revue encyclopédique*, Février, 1831, p.357.
③ Ibid., p.357.

德心联系在一起,在这一阶段是很常见的批评模式。它的潜在观念是:角色符合道德,则角色真实。这一潜在观念体现了在文化、社会变革的过渡期,人们行为上普遍受到传统规范的约束。雅南(Jules Janin)在 1830 年发表过这样的评论:

> 德·司汤达先生最新的这部小说极不可信,没有道德……德·司汤达先生是这样的一位小说家:有许多名字,有三重面孔,永远都是严肃的,人们不大可能去怀疑它。这是一位冷淡的观察者,一个残忍的嘲笑者,一个凶狠的怀疑家,他因为不相信一切而喜悦,因为不相信一切他有权不尊重一切,有权谴责所有他接触到的东西。在身心上如此的作家,行事没有顾虑,没有内疚,他将敌意投向所有他遇见的东西:青春、美貌、优雅、生活的幻想;甚至投向田野、森林、花朵,他抹黑它们,他破坏它们。①

如果将司汤达看作是现有秩序和真实的破坏者,那么他的小说将是离经叛道之作,他小说中人物的行为和性格将会对现实真实提出挑战。其结果是虽然获得名声,但"人们绝不会爱上这个作家"。

甚至连司汤达的好友梅里美(Prosper Mérimée)也指出《红与黑》人物性格上的过失:"在于连的性格中存在着残酷性,所有人都感到是真实的,但却令人反感。艺术的目的不是显示人性的这一面……为什么您选择这个好像不可能存在的性格?"②梅里美虽然认为于连的性格是真实的,但他认为这种真实仅存在于作品中,由于于连对宗教和爱情的残酷态度,他在现实世界中是令人难以接受的。

司汤达生前得到的最大肯定,莫过于来自巴尔扎克(H. de Balzac)的评价。1839 年 3 月,看到《立宪报》上刊登的一章《帕尔马修道院》后,巴尔扎克满心激动地给司汤达去了封信,在次月的另一封信中,巴尔扎克作了这样的评价:"《帕尔马修道院》是一部伟大的、优美的书;我对您说这个,不是奉承,也不是嫉妒,因为我无法写出这种书,对于我不擅长的东西我能坦率地赞美它。"③这种评价将司汤达提升至伟大作家的行列之

---

① Jules Janin, "Variétés", *Journal des Débats: Politiques et Litteraires*, 26, Dec. 1830: 4.
② Adolphe Paupe, *Histoire des oeuvres de Stendhal*. Paris: Dujarric et Cie, Éditeurs, 1903, p. 77.
③ H. de Balzac, *Correspondance de H. de Balzac 1819—1850*, Paris: Calmann Lévy, Éditeur, 1876, pp. 455—456.

中,对于司汤达的文学经典生成产生巨大的推力,它也产生久远的影响,后来许多的评论家不管认同不认同,他们至少都要面对巴尔扎克的评论。

1840年,巴尔扎克又在《巴黎评论》上发表《论贝尔先生》的专题论文。巴尔扎克将司汤达视为"观念文学最杰出的大师之一",而《帕尔马修道院》中人物的性格无疑是真实的,巴尔扎克从来没有指责过司汤达小说的人物性格。有理由相信,巴尔扎克似乎认为,产生于完美观念下的人物性格构成了一种紧凑的戏剧:"角色们在行动、在思考、在感受,戏剧一直在前进。这个诗人凭借着他的观念而成为戏剧家,他从未在道路上俯下身来捡拾零星小花,一切都像酒神赞歌一样迅速。"①

(二) 司汤达身后的接受和评论

1842年司汤达去世,次年1月,比西埃刊发了纪念论文《亨利·贝尔》。针对司汤达小说人物性格的虚夸,比西埃批评道:"于连·索雷尔这个角色,在某些方面是虚假的、矛盾的、不可能存在的、无法理解的。"②比西埃指出,于连的性格跟当时法国年青人并不一样。虽然如此,比西埃还是对司汤达表示了赞赏,因为在他看来,人们对司汤达的所有指责,都源于这个作家对独创性的不息追求:

> 他要走的每一步,他要说的每一句话,他似乎都提出这个问题:采用这种写作方式是否会与某个人相似?对他来说,由此产生了永不停息的创新的必要性,甚至是在无法创新的细节上也是如此;由此也产生了他的孤立状态。③

比西埃想弱化人们眼中司汤达的缺点,但是人们的习见很难消除。这甚至在有鉴赏力的大作家那里也是如此。

福楼拜(Gustave Flaubert)的意见举足轻重。但他并没有和巴尔扎克站在一边,他毫不遮掩地批评《红与黑》:

> 我在阅览室拿起《帕尔马修道院》,然后认真地读起来。我了解《红与黑》,我发现它写得很差,难以理解,比如在人物性格和意图方面……至于贝尔,在读完《红与黑》之后,我并没怀有巴尔扎克对这类

---

① H. de Balzac, "Études sur M. Beyle", *La Chartreuse de Parme*, ed. R. Colomb. Paris: J. Hetzel, 1846, p. 482.
② Auguste Bussière, "Henri Beyle", *Revue des deux mondes*, 1 Janvier, 1843, p. 292.
③ Ibid., p. 251.

作家的热忱。①

福楼拜是讲究客观、真实的作家,而《红与黑》中于连的行动往往从观念出发,而非从围绕人的环境出发,因而于连的性格在福楼拜眼里是失败的。福楼拜的批评仅仅出现在给私人的信中,流传的范围很小,但另外一个批评家圣-伯夫(Sainte-Beuve)却没有这么客气,他公开表示自己对司汤达的不屑。

圣-伯夫显然觉得司汤达应该被历史的巨浪淘汰掉,但19世纪中叶人们偏偏对他发生了兴趣,这好像是一个历史的玩笑:

> 当他1842年3月23日在巴黎去世,人们对他一片沉默;他很快被大多数人遗忘了。但刚刚过了十年,所有新的一代开始迷恋他的作品,开始寻找他,研究他,几乎像是在古典时期,几乎像是一场文艺复兴。他可能会对此感到非常震惊。②

司汤达长眠在地下,已经无法"感到非常震惊"了,真正震惊的是圣-伯夫本人。他将司汤达热比作是一场文艺复兴,从中可以看到他对司汤达小说经典化的不解和阻挠。文艺复兴让人们联想到不朽的经典、后世的楷模,而司汤达在圣-伯夫眼里算不上是一个作家,勉强只是一个批评家,就连司汤达的遗嘱执行人、维护他声誉的科隆,也认为他是"不完美的",司汤达何足为人师范呢?圣-伯夫将他的攻击点对准了小说中的人物心理真实性:

> 贝尔作为小说家的缺点,在于仅仅以批评家的身份进入这种文体的创作,他遵守着某些预设的、预先的观念;他一点也没有从自然中获得叙事的大才能……他利用两三种他认为是恰当的、而且往往是吸引人的观念,来塑造他的人物,时时刻刻都忙于召唤它们。这些人物不是鲜活的生命,而是构造精巧的机器人;几乎在每一个行动当中,人们都看到机械师站在外面安置和触摸发条。③

按照19世纪流行的批评观点,圣-伯夫认为司汤达小说的人物性格

---

① Gustave Flaubert, "A Louise Colet", *Oeuvres complètes de Gustave Flaubert: correspondence* (Tome Troisième). Paris: Louis Conard, Libraire-Éditeur, 1902, pp. 52—53.

② Sainte-Beuve, *Causeries du lundi* (Tome neuvième). Paris: Garnier Frères, Libraires-Éditeurs, 1854, p. 301.

③ Ibid., p. 330.

不是"有机的",而是机械的、固定的。有理由相信,于连在圣-伯夫眼里就是一个"机器人",司汤达就是一位"蹩脚的"机械师。司汤达预先给他上好了发条,无论外界作何变化,于连都机械地反应,他被虚荣心、自尊心所支配,他一旦认定一种方向,外界的任何幸福和痛苦都无法让他回头。左拉认为圣-伯夫的评论非常肤浅,但是圣-伯夫这里的话确实能切中《红与黑》中于连性格的要害。于连夜闯雷纳尔夫人的房间,并且获得了幸福,在这样一个从来没有情妇的少年心胸里,陶醉的不是初恋的甜蜜,而是老于世故的虚荣:"甚至在最愉快的时刻里,他还企图扮演一个惯于征服女人的男人角色……职责的观念从来没有在他眼前停止出现过。"[1]这种描写,几乎将构成于连生命和欲望的东西,看作是野心与虚荣,而非是肉体。于连的性格中确实是存在着反人性的成分,圣-伯夫的"机器人"说并非没有道理。

圣-伯夫在下文还有语调更重的批评:

> 在现在的案例下,在《红与黑》中,于连具有作者赋予他的两个或三个固定的观念,他很快只是表现为一种令人讨厌的、难以存在的怪物,一个像罗伯斯庇尔的坏蛋,置身于平民生活和家庭阴谋当中:他因为被送上断头台而结束生命。作者想要描述的当时阴谋与政党的图景,在发展的过程中也缺乏这种连续和细微变化,而只有它们才能赋予思想以一种真实的风俗图景。[2]

值得注意的是,在圣-伯夫之前,批评家眼里于连的不真实,往往参照的是外在的社会现实,也就是说,于连的性格与外在的现实发生了矛盾,而圣-伯夫将批评的触角伸向于连性格的内部,他解构了于连性格的一致性,将它看作是古怪结合的观念,缺乏持续和过渡。

圣-伯夫是非常活跃、有很高地位的批评家。他对司汤达的批评损害了司汤达的文学声誉,将司汤达贬低到庸俗作家的程度;但也要看到,他的批评也有积极的一面,因为他可以引起其他批评家、读者的兴趣,这会进一步推动司汤达的文学经典生成。

圣-伯夫令司汤达的文学生命岌岌可危,危难之时,丹纳(H. Taine)强有力地保卫了司汤达小说的地位。在丹纳眼里,于连不仅不是虚假的、矛盾的,相反,它非常真实,非常独特。性格真实性问题现在变成司汤达

---

[1] Stendal, *Le Rouge et le Noir*, Paris: A. Levavasseur, Libraire, 1831, p.150.
[2] Sainte-Beuve, *Causeries du lundi* (Tome neuvième), p. 330.

的优点而非缺点了。但是丹纳不能只是跟圣-伯夫唱反调,他还必须摆出自己的道理。丹纳的理由有两个:第一,人们对于连的指责一方面是少见多怪,谁能保证现实中没有一个这样的于连呢?第二,小说中的人物性格真实与否以人物本身为评价尺度,只要于连的心理和行为在小说中是一致的,于连的性格就是真实的:

> 一种性格当它与自己保持一致时,它就是自然的,所有它的相反面都源于基本的品格,就像一架机器的多样运动完全来自于唯一的发动机一样。人物的行动和感受的真实性仅仅在于它们是始终如一的。人们一旦运用心灵的逻辑,人们就获得了真实性。没有比于连的性格创造得更好的了。①

丹纳破坏了圣-伯夫的有机主义性格真实观,也改变了性格真实性的含义。圣-伯夫从人物性格的构成及其关系上判断真实性,而丹纳把真实性置于人物所有的心理和行为的关系上。两个人的方向正好相反,一种是由深层性格看表面行为,一种就表面行为来看深层性格。因而丹纳得出了与圣-伯夫相反的观点。

丹纳重新确定了司汤达的意义:司汤达是一位优秀的心理分析学家,"他作品中的世界最值得注意和研究"。丹纳甚至还暗示,人们对司汤达的误解,仅仅在于人们比他矮很多:"这种心灵几乎难以让人理解,因为必须要攀爬才能接近它。大众不能达到它的高度,因为大众憎恶麻烦。"②

丹纳在学术界的巨大影响,极大地恢复了司汤达小说的声誉,但是这一阶段并不是司汤达文学经典化确立的时期,许多反对意见仍然不绝于耳。比如1876年出版的《七月王朝文学史》中,作者内特芒对司汤达进行了辛辣的批评:

> 司汤达的小说几乎只是对他那个时代、对人性甚至对上帝的诽谤。尽管他有头脑,但是他的头脑与仇恨相比少得可怜,他作为作家的才能甚至比不过他作为健谈家的头脑。他完全缺乏这种技巧:控制一种行动,发展它,创造真实的或者至少像是真实的角色,表达自然的感受。③

---

① H. Taine, *Essais de critique et d'histoire*. Paris: Librairie de L. Hachette et Cie, 1866, p. 32.
② Ibid., 1866, p. 23.
③ Alfred Nettement, *Histoire de la litérature française sous le gouvernement de juillet*. Paris: Librairie Jacques Lecoffre, 1876, p. 259.

内特芒的批评不仅针对司汤达小说的性格描写,而且将情节、思想等成就一概抹杀,这种宗教裁判式的批评很少出现在文学史中。

圣-伯夫、内特芒的攻诘,显示了司汤达文学经典生成之路的艰辛和困难。作品的经典地位既不是几个有名的作家、批评家登高一呼,就可以一蹴而就的,也不是负面的批评随便就能轻易推翻的。司汤达文学经典的生成,必须依赖一定的社会观念、文学风格。简单来说,他更容易在宗教观念淡薄、文学风格容许主观真实的时代获得成功。19世纪80年代到20世纪初期就是一个这样的时代。

(三) 司汤达小说经典地位的确立

在19世纪末期、20世纪初期,虚无主义在法国扩散,道德观念开始瓦解,兰波在他的《彩图集》中呼唤"重造的、完美的标准",正是这种观念的体现。在这样的背景下,司汤达不仅能摆脱不虔诚的、亵渎神的罪名,而且可能还成为新道德的先驱。而文学观念中,人们开始重视内在的真实性——象征主义诗人们将诗歌的意蕴推进到表象背后,小说中人们对自然主义倾向的作品也开始厌倦起来。蒙克拉尔(Henri de Montclar)在《现代主义评论》中指出了这种文学观念的变化:

> 司汤达在创作中开创了通向新学派的道路,通向巴尔扎克、福楼拜的道路,通向心理分析学派的道路,这种道路被忽略得很厉害,因为人们寻求更加表面的观察,寻求来得更加容易的真实性,寻求比真实往往更加显明的自然主义。①

这种时代里产生了一种新的真实观,它将真实性的内容扩大了,既肯定细节和背景的真实,也肯定内在心理的真实。司汤达小说性格为人诟病的主观性,现在被解除了枷锁,而且获得了全新的价值。在这一时期,最先给司汤达献出鲜花的是左拉。

左拉虽然鼓吹自然主义,但是他的文学胸怀非常宽广,他将司汤达列在他的《自然主义小说家》一书之中,视其为19世纪法国最伟大的作家之一。当然,左拉敏锐地看到司汤达人物性格与环境的脱离状态:"他极少重视环境,我指的是人物浸染于其中的氛围。外在的世界勉强地存在着,但他既不关心他的主人公成长的房子,也不关心他生活的地域。②这种

---

① Henri de Montclar, "Stendhal." *La Revue moderniste*, Janvier, 1885, pp. 93—94.
② Émile Zola, *Les Romanciers Naturalistes*. Paris: G. Charpentier, 1881, p. 84.

意见要比圣-伯夫说得更透彻,司汤达小说人物性格的主要特点,在于他们是从作家头脑中生出的,而不是从人物生活的环境中发展、变化而成的。但是这种性格仍然有深刻的真实性:

> 现在,司汤达的天才之举是什么?在我看来,这在于他运用心理分析的手段常常获得的高度的真实性,尽管它很不全面,很偏执。我说过,我不把它看作是一位观察家。他不观察,也不描摹常人身上的本性。他的小说是头脑的作品,是利用哲学方法获得的极其细致的人性。他深刻地看到了世界,看到的很多;但他不在实际的步骤中来表现它,而是用自己的理论来降服它,通过自己的社会观念来描述它。①

左拉给司汤达进行了很好的辩护,虽然司汤达小说的人物脱离了他们生活的环境,但是因为这些人物的观念来自司汤达极为细致的思考,这些思考是从普遍的现实中抽象出来的。具体的人物和环境既然与普遍的抽象相联系,那么,普遍的抽象也能拥有某种真实性。

蒙克拉尔同样承认司汤达人物性格的不合逻辑:

> 我们在这部作品(《红与黑》)中发现许多准确的、复杂的观察,诚然是有点夸张;我们在其中发现的描述具有一种真实性和完美的简洁性,但是,必须说它也有某些悖论和某些不真实的地方。主人公的性格是司汤达许多古怪观念中的一种;它符合逻辑,却显得不真实,富有趣味,却令人不快,但可以肯定,它富有力量,是出自大师之手。②

蒙克拉尔与左拉相似,体现了这一阶段批评的共同趋势,他们都承认司汤达小说性格的缺陷,但他们不像圣-伯夫、内特芒那样将司汤达一票否决,他们选择了补救措施,即重新理解这种缺陷,使缺陷本身风格化。因而,似乎可以得出这样的结论:文学经典不是人们寻找到的,而是人们"解释"出的,经典是一种价值,它并不客观地码在图书馆的书架上,而是存在于人们的理解和感受中。

在这一阶段,一部重要的著作值得关注,它具有总结性,对后来的文学史影响颇大。这是司汤达文学经典生成的标志之一。这部书就是出版

---

① Émile Zola, *Les Romanciers Naturalistes*, pp. 90—91.
② Henri de Montclar, "Stendhal." *La Revue moderniste*, janvier-fevrier 1885: 73—96.

于1901年的《大作家文选：司汤达》。作者帕里戈（Hippolyte Parigot）在前言中，将《红与黑》称作"完美的杰作"。他指出，《红与黑》中于连的性格的真实性是在与司汤达的比较中产生的，于连就像一面镜子，照出司汤达的心灵。他还解决了司汤达小说文学归类的问题："《红与黑》是一部现实主义小说，属于准确的、注重细节的现实主义。它的观察显的一丝不苟。另外，我们要注意这种现实主义完全是主观性的。"[①]

司汤达在给巴尔扎克的信中，希望自己到1880年的时候能获得声誉。1886年，阿尔伯特在《19世纪法国文学史》中给了司汤达回应："他的预言差不多实现了。"[②]从司汤达19世纪整个接受和评论史上看，他文学经典地位的实现，发生在19世纪末期，而这一过程非常曲折。在司汤达生前，除了巴尔扎克等少数人的赞同之外，司汤达遇到的大多是辛辣的批评，就人物性格刻画方面来说，这种批评主要集中在性格是否道德、是否符合现实的问题上；在司汤达身后，批评和赞美同在，而批评的焦点集中在人物性格是否一致、是否具有自发性的问题上；而在19世纪末期20世纪初期，司汤达小说的经典地位最终确立，在这一时期，批评家谅解了人物性格的道德问题，并且赋予人物性格以主观的真实性。

当代学者认为，文学经典是集体共识的体现，集体共识与社会风气、普遍的文学观念息息相关。集体共识的建立，虽然要经过不同意见的争论，但在普遍的观念并未确立之时，单独的批评家无力促成它，集体共识是时代与文学批评联姻的结果。司汤达的文学经典生成之路，给这种理论提供了绝好的注解。

第二节 《红与黑》在英美两国的传播

（一）《红与黑》在英美两国的评论

司汤达的《红与黑》虽然在法国获得了成功，但如果它想在其他国家获得不朽的声名，这并不容易。司汤达在国外获得的最早的称赞，来自歌

[①] Hippolyte Parigot, *Pages choisies des grands écrivains*. Paris: Librairie Armand Colin, 1901, p. xxxiv.

[②] Paul Albert, *La Littérature française au dix-neuvième siècle* (tome 2). Paris: Librairie Hachette et Cie, 1886, p. 233.

德。1831年,歌德和爱克曼谈到了《红与黑》,歌德认为这是司汤达的最好作品,他说:"不过我不能否认他的一些女性角色浪漫气息太重。尽管如此,她们显示出作者的周密观察和对心理方面的深刻见解,所以我们对作者在细节方面偶有不近情理之处是可以宽恕的。"①歌德像法国批评家一样,注意到人物心理上不真实的地方,但他更加在意司汤达对人们普遍心理的观察。

但在英国,司汤达就没有这么幸运了,他遇到了一个苛刻的批评家帕东。1874年,帕东出版了英语世界第一本司汤达的研究专著,但是奇怪的是,在这部书中,帕东谈到司汤达所写的许多艺术批评方面的著作,但根本没有触及司汤达的小说。帕东并不是没有读过《红与黑》或者《帕尔马修道院》,在帕东眼里,司汤达根本算不上是一个成功的小说家,他的小说不值一提:

> 我现在注意到贝尔的两部小说,这两部都不怎么值得赞许。我绝不想说自然没有赋予他这种能力。像其他艺术一样,它需要学习。现在,贝尔的才能首先涌现在历史、纯文学、音乐和艺术批评中,所有这些都是小说家想象力的杰出辅助,但却不是那种想象力本身。②

由于法国评论家之前的研究英美批评家不得不参考,所以英美的批评往往有法国人的影子。有一些法国人思考过的东西,在19世纪末、20世纪初期在新的舞台上重新得到争论,这几乎是一场假面舞会。司汤达的文学经典生成从源语国搬到了新的国度。

赫德勒(Alex W. Herdler)就是一个典型,他曾这样批评司汤达:

> 他没有认识到大脑和人体其他组织的关系;他也忽略了人物性格置身其中的环境;他的作品是由研究心理机制的独特性组成,没有考虑人类社会和自然的影响,这种影响力不可避免地施加在人以及他理性生活之上。③

赫德勒以头脑和自然的二元对立,确立了司汤达的创作倾向,这明显是左拉式的观点。和左拉相似,虽然指出司汤达的不足,但赫德勒仍然肯

---

① 歌德:《歌德谈话录》,朱光潜译,北京:人民文学出版社,1978年版,第226页。
② Andrew Archibald Paton, *Henry Beyle*, London: Trübner & Co., 1874, p. 204.
③ Alex W. Herdler, "Stendhal", *Modern Language Notes*. Vol. 8, No. 6 (Jun., 1893), pp. 185—186.

定他,说他是能力出众的心理分析家。

而默里(John Middleton Murry)则顺着帕里戈的思路继续思考,他称司汤达是一个悲剧现实主义者:"他不是一个严格意义上的现实主义者,一多半的人类生活非常令他厌烦,他感兴趣的部分具有一种超现实作为弥补。"①

当然,司汤达不用耗费太多时间在英美树立声名,他的翻译者塞缪尔在20世纪初期,就曾经断言道:"《红与黑》是那个时代最伟大的小说,也是整个19世纪最伟大的小说之一。"②司汤达在法国已成经典的事实,将会极大地促进他在英美两国的声誉。文学评论能够引起批评家的肯定,而文学翻译也将扮演关键角色,它能让司汤达赢得普通的读者。

(二)《红与黑》的译本

《红与黑》自从1830年面世后,历史上出现过许多版本。因为英语译本必须借法语文本为母本,故现将法语的版本列表如下。需要注意,由于《红与黑》版本为数众多,许多已经不再流通,因而很难将所有版本尽囊括于下表之中:

序号	时间	出版社	卷数	备注
1	1831（1830年底发行）	勒瓦瑟尔(Levasseur)	2	第一版
2	1831	勒瓦瑟尔	6	第二版
3	1846	J. 黑茨尔(J. Hetzel)	1	第三版
4	1851	巴尔巴(Barba)	1	普及本,112页
5	1854	米歇尔·莱维·弗雷尔(Michel Lévy Frères)	1	第四版,《司汤达全集》本
6	1855	新书店(Librairie Nouvelle)	1	节选本,492页
7	1884—1885	孔凯书店(Librairie L. Conquet)	3	豪华本,源自第一版

---

① John Middleton Murry, *Countries of the Mind*. London: W. Collins Sons & co. Ltd., 1922, p. 231.
② Horace B. Samuel, "Introduction", *The Red and the Black*, trans. Horace B. Samuel. New York: E. P. Dutton and co., 1916, pp. xv—xvi.

续表

序号	时间	出版社	卷数	备注
8	1886	阿方斯·勒梅尔(Alphonse Lemerre)	2	《司汤达作品选》本
9	1899	埃德蒙·吉拉德(Edmond Girard)	4	
10	1905	加尼耶·弗雷尔(Garnier Frères)		
11	1913	海茨(Heitz)	1	
12	1922	G. 克雷公司(G. Crés et Cie)	1	
13	1922	罗纳德·戴维斯(Ronald Davis)	4	
14	1923	爱德华·尚皮翁(Édouard Champion)	2	全集本
15	1925	博萨尔出版社(Éditions Bossard)	2	
16	1927	迪旺(Le Divan)	2	源自第一版
17	1928	R. 戴维斯(R. Davis)	1	68页,缩写本
18	1928	特里亚农出版社(Éd. du Trianon)	2	
19	1929	费尔南·罗什(Fernand Roches)	2	
20	1929	书城(Cité des Livres)	2	
21	1929	纯文学(Les Belles Lettres)	2	全集本
22	1930	内尔松(Nelson)	2	
23	1932	法国新批评(Nouvelle Revue Française)	2	
24	1947	阿藏(Hazan)		源自1925、1927年版
25	1956	万神庙出版社(Éd. du Panthéon)	1	
26	1957	上品书社(Le Club du Meilleur Livre)	2	源自1925、1927年版
27	1958	A. 科兰(A. Colin)	2	源自1925、1927年版
28	1958	A. 阿捷(A. Hatier)		96页,节选本
29	1958	R. 拉丰出版社(Éd. R. Laffont)	1	《百部杰作》本
30	1959	书社(Le Livre Club du Libraire)		
31	1961	布罗塞利昂德出版社(Éditions Brocéliande)		

续表

序号	时间	出版社	卷数	备注
32	1961	法国书社(Le Club français du Livre)		
33	1961	相遇出版社(Éditions Rencontre)	1	《司汤达作品选》本
34	1965	博尔达(Bordas)		
35	1966	袖珍书(Le Livre de Poche)	1	
36	1967	龙巴尔迪出版社(Éd. Rombaldi)		
37	1968—1974	文献俱乐部(Le Cercle du Bibliophile)	2	全集本
38	1971	拉鲁斯(Larousse)	2	
39	1971	阿谢特(Hachette)		78页,缩写本
40	1972	伽利玛(Gallimard)	2	
41	1972	国家教育部(Ministère de l'Education Nationale)	1	
42	1976	文艺复兴出版社(Presses de la Renaissance)		
43	1977	古典文学(Littérature Classique)	1	
44	1983	法国普通出版社(Librairie Générale Française)	1	
45	1991	地图册(Atlas)	2	
46	1993	弗拉马里翁出版社(Éditions Flammarion)	1	
47	1993	门径出版社(Seuil)		
48	1995	PML		
49	1995	修士(Marabout)		
50	2012	基诺斯克里布(Kinoscript)	2	

由表中可以看出,这170多年里,司汤达《红与黑》的法语版本不少于50种。需要注意,虽然有50种版本,这并不代表《红与黑》有50种"不同的"版本。实际上,这50种版本,除了普及本和节选本非全本外,从版本学上看,其余版本在文本上并没有什么变化,仅仅在标题、格式、分卷、有无题词等微末的细节上才有区别,对于一般的读者而言,这些区别可以忽

略不计。

就其流通来看,第一版的二卷本往往成为后来单行本的母本,而第四版的一卷本往往成为全集本的母本。就版本分布的频率来看,20世纪20年代出现的版本最多,为10个,其次是20世纪五六十年代,都不少于6个。《红与黑》版本的数目,可以从侧面看出读者对司汤达兴趣的程度,另外,法语版本在20世纪初期的激增,也间接映证了司汤达文学经典地位在20世纪初期确立的事实。

英美《红与黑》的译本,与法国出现的版本相比,自然在数量上要少很多,在时间上要滞后一些。法朗士曾经说:

> 他从未赢得巴尔扎克、仲马或者雨果那样巨大的读者群,尽管他年青时关于意大利和音乐的一两部作品几乎立即得到了翻译,但他1842年死后的许多年中根本就没有作品被译过。英语里没有他的全集,最富雄心的冒险是司各特·蒙克里夫翻译的五部作品的选集。①

法朗士的话是符合事实的,英美《红与黑》的版本大约出现12种,最早的一种出现在1898年,是罗宾斯的译本,比1830年法语本晚了68年。现以译者为标准,将一个世纪以来的英译本列表如下:

时间	译名	译者	原出版社
1898	Red and Black: A Chronicle of the Nineteenth Century	罗宾斯(E. P. Robins)	G. H. 里士满和索恩(G. H. Richmond & Son)
1914	The Red and the Black: A Chronicle of 1830	塞缪尔(Horace B. Samuel)	基根·保罗,特仑奇·特鲁布纳(Kegan Paul, Trench, Trubner)
1926	The Red and the Black: A Novel of Post-Napoleonic France 又名 Scarlet and Black	蒙克里夫(C. K. Scott Moncrieff)	博奈和利夫莱特(Boni & Liveright)
1949	Stendhal's The Red and The Black	查理斯(Joan Charles)	美国文艺协会(Literary Guild of America)

---

① Peter France, *The Oxford Guide to Literature in English Translation*. Oxford: Oxford University Press, 2000, p. 278.

续表

时间	译名	译者	原出版社
1955	Scarlet and Black	肖（Margaret R. B. Shaw）	企鹅(Penguin)
1958	The Red and the Black	贝尔(Lowell Bair)	矮脚鸡(Bantam)
1961	The Red and the Black：A Story of Provincial France	特吉(Charles Tergie)	科利尔书店(Collier Books)
1969	The Red and the Black	亚当斯（Robert M. Adams）	诺顿(Norton)
1970	The Red and the Black	帕克（Lloyd C. Parks）	印章经典（Signet Classic）
1991	The Red and the Black：A Chronicle of the Nineteenth Century	斯莱特(Catherine Slater)	牛津大学出版社
2002	The Red and the Black	加德(Roger Gard)	企鹅
2003	The Red and the Black：A Chronicle of 1830	拉费尔（Burton Raffel）	兰登书屋（Random House）

从《红与黑》英译本的年代分布来看，20世纪五六十年代为多，合起来为4个版本，而70年代至90年代版本最少，这30年中，只出现了一个版本。这些英译本基本上采用的底本是二卷本，由此可推知，虽然各个版本使用的底本不同，但归根结底，都可上溯到1830年的第一版法语本。

不同的译者的版本，造成的影响也不一样，目前最具影响的是蒙克里夫的，他的译本以优雅、简洁著称，因而在博奈和利夫莱特出版社出版后，迅速被不同的出版社拿去重印，到目前为止，至少有7家出版社采用蒙克里夫的译本，因而造成广泛的影响，现列表如下：

原出版社	重印出版社
博奈和利夫莱特，1926	查托和温达斯(Chatto & Windus, 1927) 现代图书馆(Modern library, 1929) 文化遗产出版社(The Heritage Press, 1947) 企鹅(Penguin, 1947) 人人出版社(Everyman, 1991) 登特(J. M. Dent, 1997) 塔特尔(C. E. Tuttle, 1997)

但是蒙克里夫并不是唯一被其他的出版社看中的译者,拉费尔和特吉的译本也曾被一些出版社重印过,只不过重印的出版社数量要远远少于蒙克里夫的。列表如下:

原出版社	重印出版社
科利尔书店,1961	富兰克林图书馆(The Franklin Library, 1981) 牛津大学出版社(Oxford University Press, 1984)
兰登书屋,2003	现代图书馆(Modern Library, 2004)

需要注意,上述各译本的出版年代,都是初版的年代,这些译本有不少在后来不断地重印,因而每一年都有不同的译本同时发行,非常方便读者获取。

第三节 《红与黑》在中国的传播

司汤达、巴尔扎克等法国作家在英美的经典生成,总体上是主动的生成。所谓主动的生成,指的是英美批评家、译者,甚至包括读者,能够在批判意识之下,对作家艺术和思想进行优胜劣汰,从而确立作家的经典地位。英美评论家往往能权衡法国作家的得失,往往能抓住他们的价值所在。但在东方,19世纪末期以来,由于受到西方现代化的强大压力,由于文化西化的巨大自觉,许多欧洲现代文学作家在中国的经典生成,大都是被动的。所谓被动生成,指的是作家作品背后的整个文化系统,而非作品本身,对文学的经典生成施加了更大的力量。由于西方文化系统、文学史的巨大影响力,中国的译者、评论家往往不待批评,就先入为主地以"名家""大师"的身份将国外作品译介进来,而读者无法阅读原文的作品,又在译介者的学术权力话语下,认同它们是"经典"。

因而司汤达、巴尔扎克等作家在中国的经典生成,往往是学术权力话语造成的,而非单单是作品本身赢得的。这种被动的经典生成,不像主动的生成有一种发展、转变的脉络,不是渐渐累积而成的,它往往是突然树立起来的,是人为的过程。输入不待检验的西方作品,特别是在五四时期,很明显有现实的功用,要么是改良国语,要么是重造文学。国外已经成名的经典,传到中国来,其经典地位不但不容检验,甚而成为一种高高在上的典范,等待中国作家学习。

萨义德的《文化和帝国主义》认为,文化扩张、文化控制成为帝国主义侵略的重要手段,帝国主义的意识渐渐变为普遍意识,实际上这是一种简单的思维模式,它忽略了因为战争和经济的打击,国人对传统文化的主动厌离,以及西方模式的主动确立。正是这种文化"重生"的心理,导致国人热切地拥抱西方经典,不待拣择。

从新文化运动到五四时期,这种西化的思潮是非常强大的,虽然后来由于中日战争和内战,民族化、大众化的呼声骤起,但是这种思潮仍旧不落,只不过对经典的选择,增加了一重意识形态的滤镜而已。

在这种大的时代背景下,司汤达在中国的经典生成,基本上为被动的经典生成。

(一) 司汤达在中国的介绍、评论

在五四时期,中国学者对法国作家的评论和研究,基本受益于英美和法国著作。除此之外,日本学者著作的译介,也是一个重要的传播媒介,对法国作家的传播和经典生成也起到了作用。

日本国内关注自然主义远在中国之前。早在 20 世纪初期,《早稻田文学》上就接连刊载多篇有关自然主义的文章,比如 1907 年,抱月发表了《今日文坛和新自然主义》(今の文壇と新自然主義),相马御风 1908 年发表《莫泊桑的自然主义》(モウパッサンの自然主義),片上天弦 1908 年发表《福楼拜的自然主义》(フローベールの自然主義),这些文章中有些是专门讨论某位作家,有些是介绍整个思潮,这对于司汤达的介绍和传播是有帮助的。

中国最早对司汤达进行介绍的,可能是田汉。他在《少年中国》一卷九期上著文《诗人与劳动问题续》中,提到了司汤达,称其为"法兰西的大文豪 Stendhal"①。田汉在此时并没有读过司汤达的作品,而已经以"文豪"称之,可见在西学东渐背景下,中国学者接受西方的热情态度。这是司汤达在中国被动树立经典地位的一个注脚。其实,田汉这篇文章,引用的是厨川白村《近代文学十讲》一书,原文为尼采的观点,尼采称司汤达为"近代文艺史上的拿破仑"(ニイチエガ呼むて近代文藝史上の那翁てあると褒めた佛蘭西のStendhal)②,田汉误译作"文豪",也算是歪打正着。

---

① 田汉:《诗人与劳动问题续》,载《少年中国》,1920 年 3 月刊(一卷九期),第 21 页。
② 厨川辰夫:《近代文学十讲》,东京:大日本图书株式会社,1912 年版,第 37 页。

《少年中国》4卷9期中,黄仲苏译《法兰西文学批评与文学史之概略》,文中谈到 Stendhal 与浪漫主义的关系,也算是司汤达的介绍之一种。

1923年,另外一个少年中国学会的会员李璜编选了《法国文学史》。书中将司汤达和巴尔扎克都放在浪漫主义小说里面,二人的先后排名上,司汤达在巴尔扎克之后,这显然不是从时间上来编排,而是考虑到了二人地位的差别。书中这样介绍司汤达:"在罗曼派理想小说中,除巴尔扎克以写实见长外,当推斯丹达尔(Stendhal)(183—1842)善于心理解剖小说……"①

文中简单提及了《红与黑》,未作深入探究。

1925年,王维克翻译了法国人波捷(Pauthier)的《法国文学史》,书中将司汤达放到"浪漫小说"中,书中仅仅谈到了司汤达的生平,提及了《红与黑》,和李璜的书一样,都是基本信息的介绍。

1926年,孙俍工的《世界文学家列传》一书问世,该书对司汤达的一生谈论的细节稍稍增多,但和前面二人的书一样,都缺乏对作品的深入分析。

1929年,蒋学楷翻译的《法国文学》中,将司汤达译作"斯旦达"。该书简单介绍了司汤达的写作题材,也提到《红与黑》的书名,但是未能展开。

1930年,徐霞村的《法国文学史》将司汤达放到"写实小说"的名目下,与梅里美共同讨论。书中在简单介绍司汤达的生平之后,文中对司汤达与浪漫主义的纠葛进行了辨析:

> 在理论上,斯坦达尔是大致地与浪漫派的作家相同,并且对他们拥护的;其实他之近乎浪漫主义的地方不过是传统定律的破坏和个人主义的提倡两点而已;后者的过分的想象力,感谢的热烈,以及感伤主义都是与他的分析的写实主义格格不入的东西。②

尽管这样,文中的论述仍然过简,徐霞村没有更多地讨论作品的主题、风格等问题。

1933年,徐仲年的《法国文学 ABC》问世,该书称司汤达为"史当大而"。书中对《红与黑》的故事作了简述,而且对何者代表"红",何者代表

---

① 李璜:《法国文学史》,上海:中华书局,1923年版,第144页。
② 徐霞村:《法国文学史》,上海:北新书局,1930年版,第184页。

"黑"作了说明,这在 20 世纪 30 年代初,已属难能可贵。在前一个十年,虽然不少书籍中出现了司汤达的名字,但是有理由相信,不少作者根本没有读过司汤达的作品,因而司汤达基本上等于一个符号。到了 20 世纪 30 年代,有分量的研究才开始出现,司汤达的真貌终于呈现给中国读者了。

1935 年,穆木天翻译的《法国文学史》是一本重要的书,书中对《红与黑》的故事进行了述评,也对司汤达进行了称赞:

> 《红与黑》(Le Rouge et le Noir, 1830)和《巴尔美的修道院》(Le Chartreuse de Parme, 1839)是斯丹达尔的两篇伟大的小说。在《红与黑》中,斯丹达尔描写维利哀(Verrière)的一木厂主人(有钱、残酷、贪婪)的儿子鸠廉·索烈尔非常聪明,从僧侣处学习了神学和拉丁文学。然而他对于僧侣是憎恨的。他的性格是利己的,傲慢的,刚愎的,伪善的,精于打算的;他的理想的人物是拿破仑,他所爱读的书籍是卢梭的《忏悔录》。他的庞大的野心使他不顾一切地谋富贵利达之道。①

穆木天对法国文学非常感兴趣,本人也借鉴法国诗歌进行文学创作,是 20 世纪 30 年代有名的诗人,因而他的介绍和评论可能会发生更大的影响。

次年,李健吾翻译的《司汤达小说集》出版。李健吾是民国时期为数不多的学识兼备的批评家,他本人对法国文学史和作家非常了解,对作品的批评往往能深入骨髓。在该书的前言中,李健吾这样评价司汤达:

> 他的作品,犹如他的性格,是一种奇怪的组合。一方面是十八世纪的形式、方法、叙述、文笔,然而一方面是十九世纪初叶缅怀中古世纪与异域的心情、材料、故事、情感。这两种揉在一起,做成他观察与分析的根源。这就是为什么,他落了个四面八方不讨好。他用法典做他文笔的楷模;他不喜欢描写风景——所以他不是承继卢骚,而是承继第德罗;他不用辞藻,根本他就不修辞,反对修改,因为修改等于作伪;但是他的人的趣味和立场战胜了他一切仇敌。他往里看;他不要浮光;他探求真理——人生的究竟。而且他很可爱,用他自己做他

---

① 穆木天译编:《法国文学史》,上海:世界书局,1935 年版,第 281 页。

研究的对象。①

对于司汤达的地位,对于他的优点和缺点,李健吾都有足可称道的观点:

> 他是近代心理小说的大师,如若不是祖师。他的两部著名的长篇小说:《红与黑》《巴穆外史》,是人人道的。他很少自己意拟一部小说的事实;他缺乏相当的想象。他的小说差不多全有来源。没有来源的,他很少写完了的。但经过他的安排、布置、扩展,加上他自身的经验,没有一部作品到了他手上不是富有独创性的。②

值得注意的是,现在司汤达的译名,即来自李健吾,这体现了李健吾在翻译和研究上的地位。

1944年,还有一本文学史的著作,这是袁昌英的《法国文学》。书中将司汤达译作"斯旦哈",这本书对司汤达的论述,似乎并没有超过徐仲年1933年的那本书。

之后,李健吾在1950年出版了翻译的《司汤达研究》,为该领域的研究打下坚实基础。由于意识形态的原因,随后很长一段时间的外国文学研究,都被放在无产阶级的观念下进行,比如黄嘉德1958年发表的论文《司汤达和他的代表作》,将司汤达的现实主义判定为"资产阶级范畴的批判现实主义",得出的结论是:"作为一个揭发反动统治阶级的罪恶、捍卫人民大众的利益的卓越的艺术家,司汤达是法国进步文化的重要标志。"③时代的压力,使得李健吾本人的研究也受到影响,他在1959年发表的《司汤达的政治观点和〈红与黑〉》中,将人物形象与资产阶级革命联系起来,认为他们只是个人的英雄主义。李健吾总结道:

> 他创造的典型人物,尽管精力充沛,但自身并没有力量解决社会和他们之间的矛盾。从根本上解决这些矛盾的,将是他们和他们的作者一时看不见的另一个阶级——无产阶级的伟大事业。④

以上情况,使得对司汤达的研究在20世纪60年代后趋于沉寂,到了改革开放新时期,学者们才开始对他重新探索和研究。

---

① 李健吾译:《司汤达小说集》,上海:生活书店,1936年版,第1页。
② 同上书,第2页。
③ 黄嘉德:《司汤达和他的代表作》,载《文史哲》,1958年第3期,第60页。
④ 李健吾:《司汤达的政治观点和〈红与黑〉》,载《文学评论》,1959年3期,第100页。

(二)《红与黑》在中国的翻译

与莫泊桑的作品相比,《红与黑》在中国的介绍并不活跃,与此相应,《红与黑》译本的出现也比较滞后。1947年,赵瑞蕻翻译的《红与黑》由作家书屋出版,这可能是最早的一个译本了。几年后,也就是中华人民共和国成立之后,罗玉君的译本也由平明出版社出版。现在较为通行的译本,是新时期之后出现的,一个是郝运的译本,由上海译文出版社出版,另一个是张冠尧的译本,由人民文学出版社出版。同一时期,闻家驷也有译本出版。民国时期的文学家黎烈文迁居台湾后,也有译本问世。

这几个译本哪个堪称经典呢?还是让我们拿几段译文来比较一下看。

《红与黑》的第2章里,有一段描写雷纳尔夫妇出门散步的场景,郝运的译文是:

> 在秋天的一天晴朗的日子里,德·雷纳尔先生让他的妻子挽着他的胳膊,在忠诚大道上散步。德·雷纳尔夫人一边听着丈夫神情严肃的谈话,一边提心吊胆地望着三个小男孩的一举一动。①

同一段话,张冠尧的译文是:"一个晴朗的秋日,德·雷纳先生挽着妻子的胳臂,在忠诚大道上散步……"②

再看一下黎烈文的译本:"一个晴美的秋日,雷拉尔先生挽着他的女人的手臂在'忠义坪'散步。雷拉尔夫人一面听着她丈夫带着严重的脸色说话,一面提心吊胆地注视着三个小孩的动作。"③

三个译文出现了第一个分歧点:究竟是谁挽着谁的手?张冠尧和黎烈文的译文是雷纳尔先生挽着夫人的手,而郝运的译文是雷纳尔夫人挽着丈夫的手。这里虽然是一个细节问题,但可以反映夫妻二人的关系,而且细节的准确也是优秀译本的一个标志。我们还是参考原文来判断吧。《红与黑》原文为雷纳尔先生"donnant le bras à sa femme"④,这里面明显说的是雷纳尔先生把胳膊交给他的妻子挽着,即妻子代劳,丈夫受之。在这一点上,黎烈文和张冠尧都译错了,郝运是对的。

---

① 司汤达:《红与黑》,郝运译,上海:上海译文出版社,1989年版,第11页。
② 司汤达:《红与黑》,张冠尧译,北京:人民文学出版社,1999年版,第12页。
③ 司汤达:《红与黑》,黎烈文译,台北:桂冠图书,1994年版,第11页。
④ Stendal, *Le Rouge et le Noir*, Paris: A. Levavasseur, Libraire, 1831, p.12.

第二个细节，涉及专有名词的翻译，即"le Cours de la Fidélité"的翻译问题。郝运和张冠尧皆译为"忠诚大道"，黎烈文译为"忠义坪"。"坪"，平地也，往往用作地名，一般没有人工的建筑物，而"大道"则是人工建造的。"Cours"一词，拉丁语词根为"Cur"，指的是"跑"，"cours"就是跑的地方、走的地方，它往往是人工建造的，用作跑步、散步之用。郝运和张冠尧的译文是对的。黎烈文的"忠义坪"虽然更有本土气息，但显然属于误译。误译的原因在于，把"Cours"误看作了"Cour"，"Cour"一词有"院子""场地"的意思。

再看第二段例子，选自第 13 章，写于连和雷纳尔夫人调情的场面，郝运的译文为：

> 她握紧他的手，这也不能让他感到丝毫快乐。对德·雷纳尔夫人这天晚上过分明显地暴露出来的感情，他没有感到自豪，连最起码应该有的感激之情也没有；美丽、优雅、娇艳竟使他完全无动于衷。①

张冠尧的译文为：

> 对方紧握着他的手，但他丝毫不感到快乐。那天晚上，德·雷纳夫人含情脉脉地向他所作的露骨表示，他并不觉得骄傲，亦毫无感激之意，对夫人的青春美貌，典雅风流也无动于衷。②

黎烈文的译文是：

> 人家把他的手紧握着，他也不曾因此感到任何愉快。对于雷拉尔夫人这晚上被一些过于显明的姿势泄露出来的情绪，他不单毫不觉着得意，或至少觉着可感，连美丽、娴雅、鲜艳，几乎全都没有看在他的眼里。③

这句话里，第二句的翻译，三个译者出现了较大的分歧，黎烈文的译文是"过于显明的姿势泄露出来的情绪"，这说明情绪是身体姿势传达出来的，而且姿势的含义很明显。张冠尧的译文是"含情脉脉地向他所作的露骨表示"，这里加了一个形容词"含情脉脉"，则暗示有声音和眼神的动作，因而比黎烈文的翻译在"姿势"上要具体些。张冠尧用"露骨表示"含有赤裸裸的意思，而黎烈文的"泄露"则含有情意是暗传出来的。再看郝

---

① 司汤达：《红与黑》，郝运译，上海：上海译文出版社，1989 年版，第 100 页。
② 司汤达：《红与黑》，张冠尧译，北京：人民文学出版社，1999 年版，第 77 页。
③ 司汤达：《红与黑》，黎烈文译，台北：桂冠图书，1994 年版，第 97—98 页。

运的译文,"过分明显地暴露出来的感情",这里的"暴露",近乎张冠尧的译文,"过分明显地"一语,也没有直接涉及黎烈文所说的"姿势"。

究竟谁优谁劣,还是参照原文来判断吧。原文是"sentiment que madame de Rênal trahissait ce soir-là par des signes trop évidents"①,原义为"雷纳尔夫人今晚太明显的迹象所表露的情感",对照一下,黎烈文的"显明的姿势"属于误译,即把"signes"(迹象)译作了姿势,让那个词特定化了。而张冠尧的"含情脉脉"一语在原文没有着落,属于衍文,偏离了原作。整体看来,郝运的译文要精准些。

下面的小句,郝运的译文是"他没有感到自豪,连最起码应该有的感激之情也没有",与张冠尧的译文接近,但黎烈文的译文与他们有距离:"他不单毫不觉着得意,或至少觉着可感"。"至少觉得可感"似乎有这种意思:"至少让人觉得可以感受得到",这就与"感激"的"感"相差甚大了。考其原文,为"Loin d'être fier, ou du moins reconnaissant",义为"他不是得意洋洋,或者起码心存感激",黎烈文的译文偏离较大,张冠尧的译文没有译出"起码",属于漏译,相较而言,郝运的译文最佳。

再往下看,最后一句,黎烈文译的是"连美丽、娴雅、鲜艳,几乎全都没有看在他的眼里",张冠尧译的是"对夫人的青春美貌、典雅风流也无动于衷",郝运译的是"美丽、优雅、娇艳竟使他完全无动于衷"。不看译文,黎烈文用"鲜艳"一语来形容女人,就不太恰当了,除此之外,黎烈文与郝运的译文接近,而张冠尧的译文又与二者相远。察其原文为:"la beauté, l'élégance, la fraicheur le trouvèrent presque insensible"②,即"对她的美貌、优雅、纯真近乎无动于衷"。"美貌"(la beauté)、"优雅"(l'élégance)、"纯真"(la fraicheur)这三个形容语不必说了,文中一个关键点在于"insensible",义为"没有感觉""无动于衷",他指的不是外在的活动,而是心理的活动,因而黎烈文译的"全都没有看在他的眼里",虽然不错,但有令人误会之处,郝运的"完全无动于衷"又言过了,张冠尧的"典雅风流"则纯属误译。

整体来看,黎烈文的译文有中国风格,但有许多令人误解的地方,并不密合原义,而张冠尧的译文,不乏添油加醋,脱离本文,郝运的译文平实准确,优于这两种译本。

---

① Stendal, *Le Rouge et le noir*, Paris: A. Levavasseur, Libraire, 1831, p. 135.
② Ibid., p. 136.

第四节 《红与黑》的影视传播

《红与黑》成为世界文学经典，在很大程度上得益于影视传播功能。20世纪以来，《红与黑》多次被改编为影视剧得以广泛传播，尤其是那些忠实于原著而成功改编的影视剧对《红与黑》作为经典的传播，起到了至关重要的作用。

司汤达小说《红与黑》在世界各国都有众多的影视改编，较具影响的影视改编版本有：1947年意大利电影《红与黑》(Corriere del re，II)，1954年法国电影《红与黑》(Le Rouge et le noir)，1961年法国电视剧《红与黑》(Le Rouge et le noir)，1965年英国广播公司(BBC)电视剧《红与黑》(The Scarlet and the Black)，1976年苏联电影《红与黑》(Krasnoe i chyornoe)，1993年英国广播公司(BBC)电视剧《红与黑》(The Scarlet and the Black)，1997年法国、意大利、德国电影《红与黑》(Le Rouge et le noir)，2006年克罗地亚电影《红与黑》(Crveno i crno)等。

《红与黑》最早被成功拍摄与播映且在观众中产生影响的经典影视剧，可以追溯到1954年黑白影片《红与黑》，影片由意大利和法国电影公司制作、美国公司发行。导演克劳特·乌当-拉哈，主演杰拉·菲利浦、达尼尔·达黎欧等。该片于1954年10月29日在法国首次上映，之后相继在意大利、芬兰、美国等地上映。相比较后来出现的影视剧，1954版电影《红与黑》是最严格按照原著改编的版本，情节内容严格按照原著描述，电影中的矛盾冲突、情节高潮和原著基本一致，影片也因此成为《红与黑》的教学资料而被广泛使用。电影在人物、对白、情节的设计上严谨、流畅，能较好地引起观众对原著的兴趣。影片长约180分钟，分为上下两集。电影上映时引起了轰动，影片不仅忠实再现了主人公于连追求、幻灭的个人奋斗的一生，也让观众看到了当他前途受阻后无情枪杀心中所爱情人的可怕的一面。影片真实再现了当时法国近20万像于连一样的年轻人拼搏奋斗的生活现实，鲜明地勾画出了19世纪30年代法国社会的广阔图景，形象地揭示了波旁王朝复辟时期最后阶段法国社会各阶层错综复杂的矛盾关系。电影《红与黑》一经播放，立刻受到各国文坛和影界的一致好评。

1976年苏联拍摄的《红与黑》，获俄罗斯文学艺术大奖。70年代，苏联的电影艺术得到了进一步的发展,在电影的组织和管理方面也都得到了加强,于是苏联电影界出现了一个空前的创作高潮,进入一个由复兴趋向繁荣的时期。其中的一个重要的文化策略就是改编外国文学经典作品。1976年苏联版的电影《红与黑》就是在这样的背景下产生的。电影时长超过400分钟,情节内容与其他改编电影比较,是承载原著信息内容和情节最完备的一部。影片中引入了大量画外音,运用图片的穿插等手法,很好地补充完善了影视在改编小说原著内容情节上的缺失。电影一开始有一段画外音,而这段画外音就是原著《红与黑》的第一自然段。尤其是影视作品较难体现的司汤达心理描写的特征,在电影《红与黑》中得到了细腻的表现。影片不仅在内容上尽可能做到忠实原著,更在对小说中人物的塑造所体现出来的审美特征上,符合了苏联文艺理论界所说的通过典型环境中的典型人物体现思想实质的批判现实主义。电影中门窗紧闭的密室里教会僧侣和贵族权贵人士"阴谋聚会",讨论如何避免即将到来的革命的场景,有力地暴露和抨击了王政复辟时期当权的反动贵族和僧侣,使小说的政治意义、批判性质在电影改编中得到了充分的展示。电影更好地体现了"政治小说"和"1830年记事"的作者的创作理念。影片获俄罗斯文学艺术大奖。1976年苏联版《红与黑》的出现,对苏联以及中国等社会主义阵营国家传播《红与黑》产生了广泛而重要的影响。

  1993年英国BBC电视剧《红与黑》的播映,使司汤达及其《红与黑》小说借助电视媒体而红火了一把,在英国普通观众中引起极大的反响。四集电视剧《红与黑》历时近四个小时,保持了BBC的精良水准,剧作制作精致考究,对法国名著的英国本土化演绎十分到位。于连由22岁的法国演员艾瓦尼主演,人物形象符合英国读者和观众心目中的于连,带着年轻人的些许羞涩,不过分高大英俊,但却充满内心的强大与坚韧。

  1997年版电影《红与黑》由法国、德国、意大利合拍,法国公司发行,导演让-丹尼尔·维哈吉,主演吉姆·罗斯·斯图尔特、卡洛尔·布盖等。影片于1997年12月在法国上映,片长120分钟,之后在意大利、匈牙利、葡萄牙等欧洲国家陆续上映。整部影片在节奏上时而舒缓时而紧张,整体风格明朗轻快,故事情节单线发展,注重通过细节表达人物心理。影片上半部分大量运用带有油画般古典美的特写镜头和长镜头,表现男主人公于连曾经拥有的美好时光。下半部随着故事情节的发展,人物的命运发生了突变,影片则较多地采用了短镜头切换的蒙太奇手法,对于连的野心膨胀及其幻想破灭做了较好地诠释。电影的故事情节基本遵循小说的发展线索，其对原著的尊重受到了观众的普遍认可。同时影片又是站在现代人的角度去读解于连形象，于连理想幻灭的悲剧仿佛是发生在当代社会，引起观众的情感共鸣和反思。影片在表演上着力突出于连的人格魅力，给人一种司汤达小说中于连人物形象再现之感，吉姆·罗斯·斯图尔特扮演的于连备受观众追捧，表演十分到位。90年代末期，电影技术和影视艺术发展已趋于成熟，影片较好地运用色彩、光线、节奏、音乐等，使影片的可看性极强，故事情节的发展一直在浪漫而美丽的情爱环境中和现代审美的意象中进行，和观众的审美体验十分切合。在众多的《红与黑》影视改编中，1997版《红与黑》被观众和网友评论得最多，评价也最高，其传播的影响也最大。

纵观众多不同版本的电影《红与黑》，无论从忠于原著精神还是艺术审美角度，1954版和1997版的电影《红与黑》都是影响最大、传播最广的，可以说是世界文学名著电影中的经典之作，对司汤达及其小说《红与黑》的传播，起到了至关重要的作用。在各国的《红与黑》影视与文本的比较评论中，这两个版本的影片也是被解读和阐述得最多的。虽然1954版《红与黑》同1997版《红与黑》都是忠实于司汤达原作的电影杰作，但通过仔细欣赏我们还是可以看到两个版本的区别。从整体上看，1954年法国和意大利合拍的《红与黑》作为小说《红与黑》第一个影视改编本，故事情节严格遵循原著，情节紧凑，较好地表现出原作的戏剧冲突。高潮迭起的剧本改编、鲜明到位的角色演绎让这一版本成为不少《红与黑》文学爱好者心目中的不朽之作。其中于连由当时的著名演员杰拉·菲利普扮演，演员的表演较为传统，具有浓重的舞台剧风格。1997版《红与黑》电影由法国、德国、意大利合拍，这一版本充分运用影视新技术，无论场景设置、音响效果还是人物的服饰化妆、影片色彩等，都具有了全新的视觉听觉冲击力，饰演于连的吉姆·罗斯·斯图尔特以及饰演德·瑞纳夫人的卡洛尔·布盖都是在欧洲影坛享有盛誉的当红影星，表演风格更为自然流畅，更能为当代观众所接受。

1954版的《红与黑》改编显然是带着明显的忠实文学原著理念的。这一点在影片的开头表现得尤为突出。片头在出现制作公司的名称和男女主角的姓名后，紧接着镜头就以书页的形式，依次显现《红与黑》原著的封面、出版社名称、司汤达名字，导演、编剧以及制作等名字则排在最后。那一页页翻过的纸张无疑是在提醒观众，这是一部努力尊重司汤达创作并力图完整再现《红与黑》原作风貌的影片。在整部影片的每一个情节内容转换处，都会打出司汤达小说原作中名言警句来强化影片与小说合二为一的关系。影片具有深沉的历史感，让观众体会到司汤达书中所描写的那个时代人们的言行。影片中人物的穿着打扮、拍摄的背景和并不艳丽的色调使观众能够感受到故事所发生的时代氛围，令观众犹如身临其境。在众多的改编作品中，1954年版本的电影最具历史感。观众在观赏于连的爱情经历与悲剧命运的同时，也看到了当时社会的特征，看到了上流阶级与下层平民之间不可调和的矛盾斗争。主人于连公出身平民，虽有较高文化，担任家庭教师，但是地位低下，与女主人发生恋情，当事情败露后，枪杀恋人，被判死刑。影片立体呈现了于连短暂的人生经历。对独立自由的追求、对幸福和爱情的向往、对生活的热情和渴望、对阶级差异的反抗以及于连身上所表现出来的近乎英雄的气概，使影片完整呈现出了人物经历的内涵所在。电影强调于连的死是由于他的贫贱出身，是由于贵族社会不允许像他那样的平民青年有机会跻身上流社会的行列所造成的，影片从一开始便凸显出19世纪30年代，在法国社会形态转变之前像于连这样的年轻人的悲剧命运主题。影片打破了原作中的时间顺序，使得电影更具有观赏性。电影运用倒叙的方式，以于连被审判作为开端，其后情节的发展是在于连的回忆中展开的。影片开头所提示的贫富悬殊、上流社会与平民阶层势不两立的法庭场景，成为整部影片的背景基调。这样的叙述形式使整部影片无不打上"我"这个第一人称的印记，从而消解了小说文本无处不在的"潜在作者"，电影成了主人公与观众的思想情感交流平台。小说《红与黑》的突出特征是人物的心理描写，对人物的心理描写具有意识流小说的特征，司汤达运用独白和自由联想等多种艺术手法挖掘出于连深层意识的活动。在电影中我们也可以看出于连的内心意识活动，导演运用了大量的内心独白使影片表演与小说相呼应，大量地使用第一人称的画外音形式，表达人物的内心深处的自我意识。如于连走向德瑞那夫人房间的犹豫忐忑心理、对于是不是该抓德瑞那夫人的手等内心心理活动，影片以带有人物独特口吻的画外音与内心独白的混响，传达出于连内心最真实的情感感受，让观众直观地进入人物内在心理，触摸到人物潜意识深处最真实的思想情感。电影中演员到位的表情动作并配以内心独白，使人物的性格及其喜怒哀乐更加形象直观，也能使观众更好地去感知人物复杂心路历程的发展演变。

1997版的影片《红与黑》则主要是通过主人公与其他人物的对话等形式来展现于连的野心，同时影片增加了侧面描写，将小说中人物的心理感受,通过主人公与他人的对话直接表达出来,使故事情节更加清晰,人物表现更为直接,避免了因为大量使用画外音而使电影观赏起来出现断续感和迎合小说的感觉,人物内心心理都在演员的对话中直接表露出来。法庭上的冲突是人物性格的最好体现,在于连的怒吼里我们看到了一个有血有肉的年轻人,他已经不再是那个勾引女人、一心往上爬的漂亮俊友,而是一位敢于反抗专制社会的勇敢斗士,一位渴望平等自由而不得的个人奋斗者的典型,影片深刻而形象地诠释了原著中于连形象。电影画面更为精致,人物更为丰富,叙述角度更为合理,演员也更年轻英俊,更符合小说中的形象描写。整个基调不再那么忧郁,爱情的元素增加,音乐被很好地利用起来,共同营造一种来自小说又不同于小说的爱情氛围。小说中的"政治事件"和"1830年纪事"以及小资产阶级知识分子试图冲击上流社会等的"政治小说"元素被淡化了。原作中对于德瑞那夫人写信给木尔侯爵,揭露于连的原因写得很清楚,是德瑞那夫人在教会的胁迫和挑唆下所为。影片改编中将德瑞那夫人揭露于连归之于"是因为我嫉妒你和那位年轻的姑娘,是别人写的,我照抄而已"。影片中社会不同势力的暗中较量、德瑞那夫人被贵族利用的情节被消解了,社会的残酷政治因素转化成了人物的个人感情因素。然而影片中演员细腻到位的精湛演技,让观众感受到了演员个人的独特魅力。扮演于连的吉姆·罗斯·斯图尔特较为年轻,占有一定的形象优势。他的脸上没有显示出极端的傲气和激情,唯一的气质就是单纯。于连被定义成了一个不谙世事的人,特别是男演员长相极其贴合小说中对于连外形的描写,一副比女孩儿还羞怯、柔美的俊美面孔,并且从他那充满欲望、叛逆、忧郁等丰富情感的眼神里传递出主人公内心矛盾挣扎的信息。举手投足间那种孤傲、超凡的气质完美体现了小说中于连的自尊自爱,形象地显示出于连没有一个高贵的出身却拥有一颗比任何贵族都要高贵的心。扮演德瑞那夫人的女演员卡洛尔·布盖,尽管从外貌上与原著中美貌绝伦的30来岁少妇存在一定的想象差距,但其优雅美丽的仪表,具有古典美感的外形以及情感收放的张力表演,把美丽雅致、情感丰富的德瑞那夫人塑造得惟妙惟肖。然而我们也看到,电影中的市长夫人太过成熟,羞涩不够,在与于连的情爱过程中显得过分的热情奔放、轻车熟路,甚至会为了袒护于连会和自己最要好的女伴争吵,还宣称女伴嫉妒她的幸福。从小说读者的视角来看,影片中人物形象与小说中高雅单纯的市长夫人具有一定的差距。

总体而言,1954版的《红与黑》虽然还留有一些舞台剧的痕迹,然而在忠于原著上、对人物细腻的心理刻画上以及严谨有序的情节设置和女主角的选择上，堪称小说《红与黑》的经典影片，更符合文学读者和知识群体受众的心理预期。从现代观众角度而言，观看1997版的人数比1954版要多，无论从影片的观赏性还是影视的故事性上，1997版《红与黑》更迎合大众的口味，电影的拍摄制作更精致、更现代，尤其男演员选择方面其形象与小说描写更相符合，演技也更传神，更为观众所追捧。直至今日我们还是可以看到很多人在线观赏1997版《红与黑》，并因为观赏了电影而反复阅读原著，可见其传播与影响力之深远。

《红与黑》在中国的影视传播，最早是1979年"电视译制片"栏目首次播放法国电影《红与黑》，它是"文化大革命"之后中央电视台的第一批外国译制片之一。工作人员第一天播放外国译制片后，在打扫地下室时，发现了几盘标有"法国故事片《红与黑》"字样、锈迹斑驳的影片拷贝铁盒。仔细察看，拷贝质量完好无损，于是被选中作为译制片。这套从地下室翻出来的电影拷贝，就是1954版《红与黑》，它是"文化大革命"前法国驻华大使馆赠送给中央电视台的文化交流礼品。影片在中国各大城市先后放映，于是"红与黑"三个字在中国家喻户晓，在一定程度上引发了众多读者观众对小说《红与黑》的阅读兴趣，也让司汤达的《红与黑》走进了中国外国文学研究中心领域，并掀起了一股《红与黑》研究热潮，为文学经典的传播做出了贡献。2000年中国电视剧《红与黑2000》由徐州电视台出品，在中国各大电视台播映，使法国名著《红与黑》的文学与文化概念在中国不同社会阶层不同读者观众中广为传播，得到普遍认知。《红与黑2000》写的是中国年轻人的故事，但其实是司汤达《红与黑》的中国电视剧翻版。剧中讲述了一个中国"于连"的奋斗史。农家子弟于书成一心想通过自己的奋斗获得富裕生活和社会地位。为了父亲的缘故而结婚一事被揭发后，他遭到学校除名。于书成做了一张假文凭，改名于杰，开始了他在繁华的南方都市里的冒险生涯。金运公司女老总穆佳表面上乐善好施，积极支持教育事业，暗地里却是个阴险毒辣的毒枭。她喜欢于杰，不断用金钱、美色、权力诱惑他。在她的推荐下，于杰去大学应聘，得到校长赏识后得以施展才华，得到了他梦寐以求的金钱与地位，还获得了电视节目主持人向小小的爱慕并与之结婚。于杰在真情、欲望和良心之间不断徘徊动摇，也在情感与欲望的漩涡中迷失了方向。他在穆佳的引诱下不断沉迷，深陷其中不能自拔，最后失去了他人的信任，也失去了自己为之奋斗的事业。与《红与黑》中于连所不同的是，于杰最后在向小小爱的感化下与穆佳彻底决裂走向新生。《红与黑2000》电视剧从标题就可以看出，显然说的是法国1830年于连的故事在中国2000年的再现。电视剧的播映在中国观众中产生了极大的影响，让文学爱好者以及普通中国百姓知道了法国作家司汤达及其名著《红与黑》，换言之《红与黑2000》的播映对在中国传播司汤达及其小说《红与黑》起到了普及的作用。

除了影视以外，《红与黑》的传播还表现在戏剧领域。戏剧舞台上的《红与黑》最早可以追溯到1956年与1958年3、4月间上海飞鸣越剧团改编演出的越剧版《红与黑》，剧本取材于司汤达的同名小说。市长雇佣了家庭教师陈中（陆锦娟饰演），但对陈中趾高气扬且百般侮辱。个性孤傲的陈中，决定以勾引市长年轻夫人（李蓉芳饰演）而行报复。当他与市长夫人的恋情被人写密告信揭发后，怒火中烧的市长本想杀死二人，但又怕家庭绯闻使自己的名誉受损，更怕因此而失去自己市长的地位，便以恶毒的手段折磨陈中，使他在痛苦的环境中难以生存，最后只能被迫出走。越剧版的《红与黑》在故事情节和内容的构思上，可以说是纯粹的司汤达《红与黑》的翻版，唯一不同的是编剧将法国的故事变成了中国市民故事，其社会背景和文化背景都具有了中国元素。越剧以唱为主，唱腔清丽婉转，感情真切，准确地表达了人物的情爱以及复杂的心理，情节内容与越剧的抒情性融为一体，给人以全新的艺术感受。越剧《红与黑》的上演，在当时传统曲艺广为流传的中国，引起了一定的轰动效应。戏剧以中国传统艺术形式来演绎西方文学名著，使中国观众对司汤达与《红与黑》有了更清晰更深刻的了解。在很长一段时间内，中国多个城市的许多剧团，都有改编或模仿《红与黑》情节内容的舞台剧上演。较具影响的有2007年上海话剧艺术中心改编的作为纪念中国话剧百年扛鼎之作的同名话剧《红与黑》。该剧于2007年8月在上海安福路话剧中心首次上演，导演雷国华，编剧刘永来、雷国华，主演李宗翰和温阳。话剧叙述的背景和内容与小说基本是一致的，讲述的是19世纪30年代法国王政复辟时期的波旁王朝，社会各阶层的政治势力斗争纷纭而复杂，于连作为下层市民木匠的儿子，英俊漂亮，聪慧敏锐，在市长家里做家庭教师，不甘心自己寄人篱下的生活，为报复傲慢的市长而勾引其夫人，在与夫人的交往中也被夫人的温情母爱与情爱所感动，欲罢不能。当二人的恋情被发现后，于连不得不离开家乡，独自来到巴黎奋斗。在巴黎他获得了侯爵女儿的芳心，正当他沉浸在成功的喜悦中时，市长夫人的告发信使他的希望化为泡影。愤怒的于连赶回家乡，射杀了正在教堂做礼拜的市长夫人而获罪。虽然故事的情节和原著不出左右,但相比较话剧《红与黑》,法国王政复辟时期社会生活的历史背景和时代特征被淡化了,于连与市长夫人、侯爵女儿的感情戏成了剧本表现的主要内容,戏剧的主要冲突不再是于连与社会以及于连的内在心理冲突,而代之以人物之间的感情冲突。话剧改编使《红与黑》由原来的政治小说,变成了一出伪君子的情爱历程戏剧。显然编剧在改编《红与黑》中加入了自己对作品的诠释。与小说和电影相比较,话剧《红与黑》的舞台效果对观众的冲击性更大,真实的人物语言冲突和情感冲突,更加直观地对人物的精神和灵魂进行拷问,于连的外在俊美与内心丑恶形成的鲜明对比,对人物起到了直观否定的价值评判。话剧《红与黑》中人物的直接对话形式,折射的是世界文学名著与中国观众的直接对话,观众与自己内心的直接对话,于连的悲剧起到了如同古希腊悲剧中的让观众心灵净化的作用。话剧《红与黑》是一种全新的艺术创新尝试,也是一次成功的舞台艺术之旅。

第二章
巴尔扎克小说的生成与传播

受自然科学的影响，欧洲19世纪现实主义作家都自觉不自觉地以"文学应具有科学真理的精确性"作为创作的最高理想，文学"必须真实地反映现实生活"是他们创作的基本原则。然而，文学作为"心灵之物"，"只有通过心灵而且由心灵创造活动产生出来，艺术作品才成为艺术作品"①。因此，由于作家的个性、心理素质、精神品格的不同，19世纪现实主义文学思潮中的不同作家，在"真实地反映生活"的过程中会形成不同的创作风格。现代认识论认为，人对世界的认识性质不仅依赖于刺激物的性质，也依赖于感觉的结构和机能的性质，依赖于感受体的内部状态。就文学创作而言，这个感受体就是作家的心灵世界，更确切地说就是作家的审美心理机制。特定的审美心理机制作为一种稳定的心理模式，它的形成既有作家先天生理气质的原因，也有后天社会因素的影响。一个作家的审美心理机制一旦形成，就潜隐于意识的深层，以潜在的方式制约着作家对生活的观察、感知的取向和艺术思维的方式，在创作上就表现为特定的内容与形式技巧。每部作品的风格特点归根到底就是作家特定心理机制的体现，这是所有艺术风格的心理成因。

第一节 巴尔扎克小说在源语国的生成

从经典生成的角度看，巴尔扎克作为19世纪现实主义文学的开创者

---

① 黑格尔：《美学》第一卷，朱光潜译，北京：商务印书馆，1979年版，第49页。

和杰出代表,其小说之"经典性"的生成,与其独特的审美心理机制有直接关系。

(一) 巴尔扎克的审美心理机制

在先天的生理和心理气质上,巴尔扎克倾向于关注事物的外部形态。他对事物外部形态拥有"巨大的观察力和分析力",他是一个"有着丰富想象力,能够建立起一个他自己创造并在其中安置众多人物的世界"的人。① "他有一种异乎寻常的活跃而敏捷的记忆,把无数的事实和细节凝结在他的脑里。""他的记忆力并不是单一型的,而是多种形式的——对地方、姓名、名词、事物以及相貌的记忆力,他能记住他要记住的一切。一度在他眼前出现过的现实中的事物,它当时处于怎样的情境,带上怎样的阴暗色彩,他都能历历在目。"②他"在少年时代就擅长在心里真切地拟构来自书本的印象,当读到关于奥斯特里兹战役的描写时,他的耳鼓竟被炮声、马蹄声和士兵的厮杀声所震荡"③。异常丰富的想象力和出众的观察、记忆能力是巴尔扎克的天赋,这种心理素质在后天因素的诱发和催化、熏陶下,不断得到强化。

巴尔扎克成年后深受实证哲学、动物学、解剖学等自然科学的影响,甚至还受神秘主义骨相学的影响。他自己曾说:"当我重读像维登堡、圣马丹等探讨科学与无限之关系的神秘作家的不平凡的著作,和像莱布尼兹、贝丰、查尔·波奈等自然科学界奇才的著作的时候,我从莱布尼兹的原子论、贝丰的有机分子论、尼特海姆的生命机能说里面,从在 1760 年写过'动物和植物一样生长'的思想颇为奇特的查·波奈的类似部分接合说里面,找到了'统一类型'所依据的'同类相求'这个美好法则的初步概念。"④特别是动物学中的"统一图案说",对巴尔扎克影响格外深刻。他说:"(这种学说很早就)深入我心,我注意到,在这个问题上,社会和自然相似。社会不是按照人展开活动环境使人类成为无数不同的人,如同动物之有千殊万类吗?士兵、工人、行政人员、律师、有闲者、科学家、政治家、商人、水手、诗人、穷人、教士之间的差异,虽然比较难以辨别,却同把狼、狮子、驴、乌鸦、鲨鱼、海豹、绵羊区别开来的差异一样,都是同样巨大

---

① 德·奥布洛米耶夫斯基:《巴尔扎克评传》,刘伦振、李忠玉等译,北京:中国社会科学出版社,1983 年版,第 1 页。
② 同上书,第 16 页。
③ 转引自夏中义:《艺术链》,上海:上海文艺出版社,1988 年版,第 80 页。
④ 王秋荣编:《巴尔扎克论文学》,北京:中国社会科学出版社,1987 年版,第 58 页。

的。因此,古往今来,如同有动物类别一样,也有社会类别。"①科学主义的思想和巴尔扎克那先天的心理品格相交融后,使他对生活的观察和感知方式带上了"瞳孔向外"的特征;动物学、解剖学的理论,使他倾向于对社会外部结构形态和人的外在生活方式进行观察与分析;神秘主义骨相学的理论使他在人的观察研究上重视外部言行举止、相貌神态等。

在日常生活中,他总是以这种"瞳孔向外"的方式去观察和研究人与社会。"巴尔扎克先生到每一个家庭,到每一个炉旁去寻找,在那些外表看来千篇一律、平稳安静的人物身上进行挖掘,挖掘出好多既如此复杂又如此自然的性格,以至大家都奇怪这些如此熟悉、如此真实的事,为什么一直没被人发现。"②巴尔扎克自己也说:"我喜欢观察我所住的那一带郊区的各种风俗习惯,当地居民和他们的性格……我可以和他们混在一起,看他们做买卖,看他们工作完毕后怎样互相争吵。对我来说,这种观察已经成为一种直觉,我的观察既不忽略外表又能深入对方的心灵;或者也可以说就因为我能很好地抓住外表的细节,所以才能马上透过外表,深入内心。"③可见,巴尔扎克的观察,虽然也不是置人的心灵于不顾,但关注的重点是外部形态,是由外而内进行的。

巴尔扎克热衷于宣扬精确、全面、细致、真实的再现现实生活的观点。他说:"法国社会将成为它的历史,我只当它的书记,编制恶习和德行的清单,搜集情欲的主要事实,刻画性格,选择社会上主要事件,结合几个性质相同的性格的特点揉成典型人物,这样我也许可以写出许多历史学家忘记写的那部历史,就是说风俗史。"④他说他只想"充当一名老老实实的书记官的角色而已"⑤。文学的使命就是描写,他说:"只要严格地摹写现实,一个作家可以成为或多或少忠实的、或多或少成功的、耐心的或勇敢的描绘人类典型的画家,成为讲述私生活戏剧的人,成为考古学家、职业名册的编纂者、善恶的登记员。"⑥为此,"他曾埋头调查风俗,了解人的举动,细细观察人的外貌和声音的变化"⑦。他对古代作家感到不满的是,

---

① 王秋荣编:《巴尔扎克论文学》,北京:中国社会科学出版社,1987年版,第63页。
② 同上书,第146页。
③ 同上书。
④ 同上书。
⑤ 同上书。
⑥ 巴尔扎克:《〈人间喜剧〉前言》,转引自《外国文学教学参考资料》第四册,福州:福建人民出版社,1982年版。
⑦ 王秋荣编:《巴尔扎克论文学》,北京:中国社会科学出版社,1987年版,第188、188页。

"在各个时代,埃及、波斯、希腊、罗马的作家都忘了写风欲史"。他对英国历史小说家司各特大为赞赏,但又因为司各特没把小说写成"一部完整的历史"而感到遗憾。巴尔扎克反复谈及的"社会""生活""历史"等,基本上是就人的外宇宙而言的,因而,巴尔扎克实在是一位"站得住脚的社会史家"①,是"一位考古学家、建筑学家、裁剪师、装裱师、生理学家和公证人"②。可见,巴尔扎克的审美心理机制是外向型的。真实细致地描绘社会结构形态,广泛地展示生活的风俗史,是巴尔扎克潜在的心理欲求。他的小说就是这种心理欲求的客观化,明显具有外倾性特征。

(二)"物本主义"指导下的环境描写

在巴尔扎克看来,"精神世界变化的源泉是客观现实"③,因而,似乎只要描写了外部客观世界的真,也就可以描述出内部心灵世界的真。所以,他对人的研究,不是直接深入人的内宇宙;他的小说中,对人的生存环境的描写拥有极为重要的地位。因为,巴尔扎克把人与动物相比拟,他说:"动物是这样一种元素,它的外形,或者说更恰当些,它的形式的种种差异,取决于它必须在那里长大的那个环境。动物的类别就是这些差异的结果。"④在巴尔扎克看来,社会和自然相似,决定人的精神世界差异的是环境,而这个环境是物质环境与社会环境的双重结构,其中,物质的因素又是至关重要的。因此,巴尔扎克小说中的环境不仅具有明显的物态性,而且,还具有物理因素作用下的井然有序性——在不同物质条件支配下的人的生存环境有严格的界限,正如不同生活习性的动物各有特定的生存环境一样。巴尔扎克的小说主要就是通过细致地描写人得以生存的物质环境和外部社会形态来反映生活的,描写的起点是外宇宙,其主要目的是真实、客观地再现外部世界的整体风貌。由于物理环境、社会外部结构形态同人的活动是联系在一起的,物理境与心理场无法绝对分开,因此,在真实地再现物理境的同时,他的小说也一定程度上真实表现了心理场。但细致的心理分析无论如何不是巴尔扎克之所长。巴尔扎克是以真

---

① 王秋荣编:《巴尔扎克论文学》,北京:中国社会科学出版社,1987年版,第188页。
② 同上书,第104页。
③ 德·奥布洛米耶夫斯基:《巴尔扎克评传》,刘伦振、李忠玉等译,北京:中国社会科学出版社,1983年版,第271页。
④ 巴尔扎克:《〈人间喜剧〉前言》,转引自《外国文学教学参考资料》第四册,福州:福建人民出版社,1982年版,第268页。

实地再现社会外部形态的广阔性与丰富性见长的现实主义作家。

我们一打开巴尔扎克的《高老头》，展现在眼前的首先是物态化了的伏盖公寓的写实画。伏盖公寓给人的最初印象显然是一幅风俗画，不过这还不是巴尔扎克对此作精心描写的最终目的。在这幅色彩浓郁的风俗画背后，还隐藏了作者企图让读者领悟的"物"的意识。伏盖公寓有一股浓重的"公寓味"，那就是闭塞的、霉烂的、阴暗的、贫贱的和酸腐的气息，"一派毫无诗意的贫穷"。它与鲍赛昂夫人的那个贵族社交生活中心绝然不同。后者是贵族上流社会生活的风俗画。它在宽敞明亮、金碧辉煌、优雅华贵、富丽堂皇中同样富于"物"的意识。在这种不同的物质环境中生存着的人也就绝然不同。前者因物的贫乏而灵魂酸腐，后者因物的淫浪而精神颓废。而两者在"物"意识作用下的一个共同而深刻的特点是：在物的"上帝"的无形而神秘的操纵下欲壑难填、灵魂躁动不安，在种种面具与遮羞布的掩饰下进行着人与人的殊死搏斗。社会也在物的作用下形成不同的"生态环境"。伏盖公寓和上流社会本身就是两个典型的不同"生态环境"，其中生活着内与外都绝然不同的两类人。这两个环境从物质形态看是壁垒分明的，从社会形态看也是壁垒分明的。在这两个社会形态中生活的人，当他在物的条件上尚未发生质的变异的情况下，是绝不会互相兼容的。高老头以后不能在女儿家的客厅里露面；拉斯蒂涅不改头换面成为阔公子就被非常礼貌地逐出纽沁根太太的家门。所以，社会形态的划分的标准是"物"，社会形态中也就渗透了"物"的意识，它也因此显出了井然有序的理性色彩。

《人间喜剧》描绘的是一个庞大的社会大厦。巴尔扎克用动物学的"分类整理法"的模型来构建这座大厦的基本框架。决定动物生态环境的根本因素是自然条件也即物质条件，巴尔扎克之所以在《人间喜剧》的构思中由"统一图案说"引发出分类整理法，其潜在因素也是"物"，或者说是"物"的意识。就"风俗研究"而言，从"私人生活场景""外省生活场景"到"巴黎生活场景""政治生活场景""军事生活场景"和"乡村生活场景"的徐徐展开，描绘出了"社会的全面确切的画像"。这不同的"场景"便是不同的社会环境，它的严整有序性则取决于其内在的物的"筋络"。在这种严整有序的物态化的人的"生态环境"中，巴尔扎克开始了对人的情欲的实验，从而达到他反映时代、记录历史的目的。巴尔扎克在环境描写中的"物本主义"特征是十分明显的。

(三) 人物对物质环境与社会环境的依存性

在 18 世纪的小说中，人物的性格往往被作为一种不变的品质来区别这一人物与周围人的不同，显出鲜明的个性，"就像颜色和外表形状把这一生物体和另一非生物体区别开来一样"①。这种显示个性的性格在与周围人物的比照中而存在，却极少因为环境而变化。在菲尔丁的小说《汤姆·琼斯》中，汤姆·琼斯历经磨难，其善良、诚实、热情、豪爽的性格始终不变，他与恶毒、狡诈、自私、伪善的布立非形成鲜明的对照。人物的思想与性格同客观环境缺乏内在的联系。19 世纪浪漫主义小说中的人物与环境的联系愈发疏远。浪漫主义者对现实社会有强烈的反叛精神，他们笔下的人物通常在厌恶现实的思想情绪下，与现实形成强烈而鲜明的对立态势，人物的主观因素在性格中占主导地位。这些作家在描写人物的性格时，往往把人物与环境对立起来，把人物从物质世界中分离出来，而且，正是在主人公与环境的对照中，显示出他的个性特征。夏多布里昂的中篇小说《勒内》中的主人公勒内与周围世界格格不入。他似乎看透了社会与人生的一切，他的主观精神凌驾于客观世界之上，没有妥协的余地。他那忧郁、孤独和高傲的性格背离那个社会，环境对它是难以改变的。拜伦叙事作品中的"英雄"形象，与周围环境的对立更为鲜明，主观反抗性亦更强烈。浪漫主义作家并不注重于分析人物的性格与社会的内在联系。

19 世纪的现实主义作家普遍重视人物与环境的关系，"塑造典型环境中的典型性格"是 19 世纪现实主义小说家遵循的一条基本原则。不过，不同的作家对这一原则的理解与实践是各不相同的。巴尔扎克把"物"放在了一个至关重要的位置，因而，在他的小说中，无论是物质环境还是社会环境，对人物性格都起着决定性的影响与制约作用。在这一问题上，他与同样作为现实主义奠基人之一的司汤达相比则有着明显的差异。

司汤达笔下的主人公有极强的主体意识，他们与周围环境的对立性是显而易见的。他们也往往谙熟这个现实社会，甚至在智力上也远远高出周围的人。他们与环境的关系，不是环境改造他们，而是他们在改造或欲改造环境。他们在不同的环境中性格也会有所变化，这一点正体现了

---

① 德·奥布洛米耶夫斯基：《巴尔扎克评传》，刘伦振、李忠玉等译，北京：中国社会科学出版社，1983 年版，第 260 页。

"典型环境中的典型性格"的创作原则,司汤达也因此与巴尔扎克有共同之处。然而,司汤达笔下的主人公在不同环境中展示的不同性格,并不是环境的直接产物,而是既有的性格在新环境下的一种不同的表现形式。他们的性格的内核和本质并不曾被环境所重塑。司汤达的主人公不妥协,他们只是为了保全其内心世界才去学会周围人物的外表风度。在司汤达笔下,主人公的伪装,对敌人环境的适应,乃是与这种环境作斗争的特殊形式,乃是面对敌人的包围势力使自己的信念得以存在和维持下去的尝试。所以,作为现实主义作家,司汤达尽管注意到了人物性格与环境的关系,但远没有巴尔扎克那样把环境放到决定性作用的地位,主观意志依然高于客观环境。在这种意义上,司汤达的小说尚有浪漫主义的痕迹。

巴尔扎克笔下的主人公几乎始终处于物质环境与社会环境的重重包围之中。他们与环境有搏斗,但并不与之对立。他们无法高于所处的那个环境,他们的搏斗也无法战胜那个环境,而是被环境所战胜,被环境重塑。他们与环境的搏斗过程,在终极意义上成了向环境学习的过程。拉斯蒂涅从外省进入巴黎,展现在他眼前的是两相对照的伏盖公寓和上流社会。他的主观意志一开始就在物质的与社会的环境的作用下推动有效的抗御力。对巴尔扎克来说,拉斯蒂涅身上原有的性格元素是无关紧要的,关键的是他如何在巴黎物质的与社会的环境的作用下改变原有的性格。所以,巴尔扎克让拉斯蒂涅往返于伏盖公寓与上流社会之间,在他的心灵中烙上一道道深刻的环境刺激的痕迹,最后重新铸造出他的性格模型,拉斯蒂涅的性格成了环境的产物。拉斯蒂涅刚到巴黎时的性格与埋葬了高老头时的性格形成鲜明对照,造成这种前后演变的根本原因是环境的变换,其中所体现的"物本意识"显而易见。

就人的一般生存状况而言,巴尔扎克小说中的人物通常也都是受制于环境、顺应环境的"奴隶"。鲍赛昂夫人由盛及衰,是不可抗拒的环境使之然。她抗争过,然而无济于事。高老头的被遗弃,也显示了物质环境和社会环境的必然规律。欧也妮与环境抗争,最后环境吞噬了她的青春,环境成了禁锢她生命活力的坟墓。伏脱冷看起来是以恶的方式向社会反抗的"强者",其实他也不过是一个顺应环境的角色,如同高老头的两个女儿。他们认识这个环境,然后去适应它。诸如此类,恰似百川归大海。众多的人物,都各自在寻找着适应环境的方式与道路,否则就"不适者淘汰"。环境的力量,或者说"物"的力量是如此不可逆转。巴尔扎克小说中的人物,在环境面前主体意识与主观意志显得如此薄弱,他们对物质环境与社会环境有高度的依存性。而这就是巴尔扎克对物欲横流、人被普遍"物化"的现实世界的艺术写照,是他小说创作之现实主义"经典性"特征的重要表现。

(四) 细节描写的精确性与细致性

对巴尔扎克小说中的物象描写,人们常常在赞誉其风俗画式的细致真实之外,责怪其描写过于繁琐、冗长。这种指责当然是不无道理的。不过也正是在此类描写中,格外显著地蕴含着作者的"物本意识"。巴尔扎克强调物质与现实高于人的意识,人的意识决定于物,性格的差异取决于人物所处的环境。因此,物象一进入巴尔扎克的小说世界,就与人物的精神与意识相关联。所以,他的小说中有些物景描写尽管显得冗长琐碎,但都不是作者随意安排的,都是在"物本意识"指导下精心选择、精心刻画的产物。这在艺术表现手法上体现为细节描写的精确性与细致性。细节描写的真实性,是现实主义小说创作的又一基本原则。如果说司汤达、托尔斯泰和陀思妥耶夫斯基等内倾性作家的细节描写的真实性主要体现在对心灵内宇宙的微细变化的描述上的话,那么巴尔扎克的细节描写的真实性则是体现在对外部物象描绘的精确性与细致性上。如前所述,《高老头》中的伏盖公寓是物态化了的,这种物态化的艺术效果就基于细节描写之精确与细致。巴尔扎克善于写出建筑物的诸多细枝末节,将物质形态借助于语言文字还原出来。在此,我们不妨截取对伏盖公寓的一角——寓所的集体饭厅——的描述来对巴尔扎克式物质化的细节描写进行解读:

> 饭厅全部装着护壁,漆的颜色已经无从分辨,只有一块块的油迹画出奇奇怪怪的形状。几乎粘手的石器柜上,摆着暗淡无光的破裂的水瓶,刻花的金属垫子,好几堆都奈窑的蓝边厚磁盆。屋角有口小橱,分成许多标着号码的格子,存放寄膳客人满是污迹和酒痕的饭巾。……几盏灰尘跟油混在一块儿的挂灯;一张铺有漆布的长桌,油腻之厚,足够爱淘气的医院实习生用手指在上面刻画姓名;几张断腿折臂的椅子……

这个饭厅是伏盖公寓里的人活动的中心,作者精确细致地描绘饭厅,也便是在界定生活于其间的人的社会身份和精神面貌。透过这幅显示着"毫无诗意的"寒酸的餐厅图画,我们就可以窥见在此就餐者的灵魂。在人物肖像的描写上,巴尔扎克也特别注意勾画人物的外部特征,从衣着打扮到五官的分布,从个子的高矮到身体的肥瘦,都以精确细致的物态化笔法予以真实描绘。巴尔扎克经常从容不迫地花费巨大的精力和冗长的篇幅去描绘物景、物象,用精确细致的细节去交代人与事的因果联系,去解释人物与环境的关系,以求反映生活的全与真。这使他的小说不无历史学、经济学、统计学、考古学等多方面的价值。这种描写很好地体现了他的"物本意识",体现了巴尔扎克式现实主义对外部世界描写的"经典性"特征。

(五) 揭示金钱时代人的无穷欲望

巴尔扎克观照生活的焦点是金钱以及由金钱激发出来的人的情欲,他的创作也因此达到了惊人的深度。正是在这一点上,文学家的巴尔扎克从小说的角度,为革命导师马克思研究金钱秘密提供了事实佐证。马克思为之欣喜并极其钦佩巴尔扎克对社会、对金钱魔力的深刻理解与解剖。① 不过,文学家毕竟不同于经济学家,巴尔扎克的思想水平也不能达到马克思的高度。他们对金钱秘密理解的相似,无非是殊途同归而已。因此,我们不仅要看到巴尔扎克通过对金钱魔力与罪恶的细致描写,为我们提供了认识资本主义社会本质的宝贵资料,还应研究巴尔扎克作为文学家是怎样描写金钱吞噬人性,怎样把对社会的认识诉诸情感化、形象化、审美化的文学作品,从而显示其美学价值的。从文学创作的角度看,巴尔扎克小说对金钱罪恶的描写之所以具有经典性,不仅因为他对社会有深刻的分析,更是因为他对这个社会中的金钱魔力有深刻的体验。他将这种体验所得的情感—心理内容投射于创作,读者正是在他的小说中感悟到了这种情感—心理的内容才引起心灵的共鸣,获得了审美感受进而也认识了小说所描绘的那个资本主义金钱社会。

巴尔扎克的童年和少年是在缺少爱与温暖的家庭中度过的。父亲是个高老头式的暴发户,母亲是满脑子金钱观念的资产阶级太太。父母亲最关心的是金钱以及可以带来更多金钱的权力。他母亲的格言是:财产就是一切。巴尔扎克从小在这样的家庭里受到金钱至上观念的熏陶。也许,关于金钱的作用,在幼小的巴尔扎克的心灵里不会留下深刻的理性认识,但却可以在深层意识中烙下不可磨灭的记忆。心理学认为,童年的心理记忆虽然可能是非自觉和无意识的,但它会成为一个人人格结构的最

---

① 柏拉威尔:《马克思与世界文学》,北京:生活·读书·新知三联书店,1982年版,第429页。

初的、最基本的模型并制约一生的行为动机。人们常常忽视这样一个无法回避的事实：要在人的深层心理中抹去童年记忆是徒劳的；童年无所不在，它是梦中的常客，它是思维的泉源，它是感知世界的参照，它是行为动机的起点。巴尔扎克童年时期关于金钱的最初记忆，在成年后得到强化。心理学还认为，成为心灵的印痕或记忆痕迹，这种印痕、痕迹的浓缩，这种不断发生的心理体验的沉淀就形成了心理结构的基本模式。金钱是青年和成年时期的巴尔扎克梦寐以求的东西。

1918年，巴尔扎克大学法律系毕业，按理，他应该去当一名有钱有地位的律师，但他却偏要去当作家。父母竭力反对，他则一意孤行，不达目的决不罢休。父母无奈，只得让步，但有一个条件：限他在两年时间，若不成功，则乖乖地去当律师，否则，家里停止提供生活费。双方达成协议后，巴尔扎克就埋头创作去了。为了迫使儿子早日放弃当作家的梦想，母亲给巴尔扎克在巴黎租了一处极为破旧的公寓，并且是五层楼顶的楼梯间。以后巴尔扎克回忆道："没有再比这间楼梯间和它又脏又黄的冒穷气的墙壁更惹人讨厌的东西了。……房顶几乎斜到地板上，穿过了露着罅隙的瓦，便清清楚楚地看得见天。……这住处一天破费我三个苏，夜里点的灯油钱又用掉另外三个苏。我自己收拾我的屋子。我穿着法兰绒的衬衫，因为花不起一天两个苏的洗衣费。我用煤烧火，从一整年里所费的煤钱来计算，大约每天用两个苏……所有这些开支一起不超过十八个苏，留下两个苏以备不时之需。我不记得寄居在阿特斯桥的漫长而困苦的日子里，曾付过用水钱。每天早晨我从圣米赤儿广场的喷泉给自己把水弄来。……在我僧院式的独居生活的最初十个月里，我在这种贫乏而蛰伏的方式下过活着，我是自己的主人，也是自己的仆役。以一种难以形容的锐气，我度着一种苦行僧式的生活。"①在这期间，他的生活费是经过父母精打细算后的每月120法郎，刚好是当时生活的最低水准。如此的"作家生活"，实在使巴尔扎克苦不堪言。他在给妹妹的一封信中曾幽默地写道："你的注定要享有伟人荣誉的哥哥，饮食起居也正像个伟人，那就是说，他快要饿死了。"②两年过去后，一心想成为誉满全球的大作家的巴尔扎克并没有成功。但他也没有回心转意去当律师，而是继续走他的作家道路。父母亲也断然停止了生活费的提供。为了生存，他就写一些胡编

---

① 司蒂芬·支魏格：《巴尔扎克传》，上海：上海译文出版社，1983年版，第34页。
② 同上书。

乱造、情节离奇的浪漫小说,但都没有获得成功。这些他自称为"乌七八糟"的作品自然无法为他解决经济上的燃眉之急。于是,巴尔扎克就改行去当出版商。他先是出版莫里哀的戏剧和拉封丹的寓言诗。但出版后生意清淡,亏损了九千法郎。巴尔扎克不死心,接着又借钱办印刷厂、铅字厂,甚至还异想天开地要去开采罗马时代废弃的银矿!可见,此时的巴尔扎克对金钱的欲求是何等的强烈,几乎到了如痴如狂的地步。然而,这一切也都失败了,换来的是债台高筑,达六万法郎之多。此时的巴尔扎克,潦倒不堪,为了躲避债主,他经常隐身于贫民窟,饱尝了贫穷与饥饿的苦楚。正是在此种生存困境之中,他深切地体验到了金钱在社会中的魔力,同时也难以熄灭心头对金钱的熊熊欲火。那时,他是多么急切地渴望能摆脱此种窘迫的处境!可以想象,巴尔扎克会以何种痴心的方式做金钱梦。然而,即使在巴尔扎克成名之后,他的金钱梦也不曾圆过,他至死依然没有卸去债务的沉重负担。成名前的曲折和成名后的艰难,都使巴尔扎克童年和少年时形成的关于金钱的心理记忆得以强化。巴尔扎克一生渴望金钱、荣誉和地位,这种如饥似渴的程度,不是常人可以与之相比的,因而,也极少有人像他那样对金钱的魔力有如此深刻的理解与体验。这种心理体验与情感的积淀,就形成了巴尔扎克那种特定的心理原型。这种心理原型潜隐于他的深层心理之中,制约着他的创作活动。《人间喜剧》之所以成为金钱与情欲的史诗,就巴尔扎克心灵深处那无法排遣的金钱与情欲之情结的投射。

在特定的心理原型的作用下,巴尔扎克对人、对社会、对整个世界产生了富有个性的看法,这也就意味着他是以特定的主体心理结构去观照和表现世界与人生的。他挥笔描绘的这个世界,就无处不闪现着金子的光芒,一如葛朗台老爹眼中那个金灿灿的世界,似乎天上随时都会下起金子雨。这是一个情感化了的艺术世界。唯其如此,它才是一个符合艺术真实的感人至深的生活图画。金钱在巴尔扎克看来既是上帝也是魔鬼,谁拥有金钱谁就拥有了一切,这个社会"有财便是德"。正如伏脱冷所说,尽管浑身污泥,但是只要他拥有财产,坐在漂亮的马车上,那就是正人君子;他只要拥有四百万法郎,他就拥有了四百万个先生和合众国的公民。而要得到金钱,就得不怕危险,投入冷酷的金钱争夺战,制造破产、潦倒,牺牲大量人命。这也正如伏脱冷所说:这个社会里的人,就像装在一个瓶子里的蜘蛛,你吞我,我吞你。在这样一个人堆里,不是像炮弹一样轰进去,就得像瘟疫一样钻进去。清白老实一无用处,雄才大略是少有的,唯有腐蚀的本领。伏脱冷、纽沁根、葛朗台、吕西安、高老头和他的女儿们……，他们都有自己追逐金钱、荣誉和地位的过去或现在，而共同之处都是认准了金钱不顾一切地去占有。伏脱冷为了金钱不惜制造决斗谋财害命；纽沁根为了发家不惜制造假证券，使大量人丧失生命；葛朗台在聚财行为上时而像张着血盆大口的老虎，时而像贪婪狡诈的狼；高老头在大革命时期依靠囤积粮食、打击同行、勾结当权人物大发横财；吕西安为了金钱和地位最终向黄金世界屈服；高老头的女儿们踏着父亲的尸体登上了巴黎上流社会，达到了欲望的高峰。巴尔扎克对他们为金钱而战的大智大勇不无啧啧称赞之情，对他们的节节胜利暗自称喜，对他们的残酷无情又时有谴责。在这些人物身上所流露的爱与恨的矛盾情感，正是巴尔扎克自己从金钱身上所感受到的那种对上帝一样的崇拜和对魔鬼一样的憎恨之情。纽沁根、伏脱冷、高老头之类暴发户身上寄寓了曾经为金钱而奋斗的巴尔扎克的情感、心理与欲望。他们是巴尔扎克心理原型的艺术变体和象征物。在他们身上，巴尔扎克获得了情感与心理的补偿。在这方面，拉斯蒂涅形象是最好的例证。在《高老头》中，拉斯蒂涅经过良心与野心的搏斗，顺应了历史潮流，成了金钱上帝的奴仆，完成了野心家性格形成的艰难历程。他身上所表现的对金钱的渴望与焦灼以及对金钱的那种爱与恨的矛盾心态，很大程度上是巴尔扎克自身情感—心理的外化与投射。就情感与意识的特征而论，拉斯蒂涅在一定程度上就像那个从失败的痛苦中挣扎出来的个人奋斗者巴尔扎克自己！

　　在巴尔扎克的小说中，出现了一系列美貌聪慧的贵妇人。她们常常是那些野心家们追求的对象，而且最后也往往成了这些野心家手中的猎物，甚至成为牺牲品。这一方面的描写，也同巴尔扎克的心理原型直接相关。"在巴尔扎克的心灵中，有三种形式的虚荣在斗争———一是自高自大，这是势力；二是想征服一个不断引诱他但又从他手里滑走的女人，这是野心；三是要抛开一个一直在作弄他这个有身份的男子的上流淫妇，这是愿望。"①生活中的巴尔扎克，一生都在追求着贵妇人，但在这方面，他却不是一个成功者。年轻时，他虽然智慧出众，但却很少得到贵妇人的青睐，因为他是"一个极丑的年轻人"，"他那鬃鬣似的头发上厚厚的油泥，配缺的牙齿，说话一快就唾星四射，与他那总不刮的脸和总不系牢的鞋带，

---

① 司蒂芬·支魏格：《巴尔扎克传》，上海：上海译文出版社，1983年版，第175页。

也都让人感到恶心"①。他是一个"矮胖的,宽肩膀的、嘴唇厚得几乎像黑人的年轻小伙子"②。巴尔扎克自己也说:"实在说来,我是有勇气的,不过它只在我的灵魂里,而不在我的外观上。"③所以,年轻时的巴尔扎克在那些贵妇人面前每每自惭形秽,在成年之后特别是成名之后,巴尔扎克却变得"风流成性而且急躁不堪"④,虽然他很少成功。他在小说中大量地描写野心家征服贵妇人,把她们当作驿马骑,这同样是生活中的巴尔扎克对追逐贵妇人的失败的一种心理补偿。这也可以说是作者心理原型的一种反向投射。更值得我们注意的是,巴尔扎克的这类描写中,并不仅仅表现了一般的男女恋情,更重要的是借男女恋情表现了金钱观念,表现了人对金钱的追逐。巴尔扎克不停地追逐贵妇人,一方面为了达到情欲的满足,另一方面也希望借贵妇人来为自己卸去沉重的债务。事实上,他死后正是韩斯迦夫人为他还清债务的。早年他在给妹妹的信中也曾说:"留神物色一下,是否你能给我找到一个有财产的富孀?⋯⋯并且替我吹嘘一番:——一个超群的出众的青年,22岁,仪表不错,一双有神的眼睛,充满了炽热的光辉!"⑤拉斯蒂涅追逐高老头的两个女儿,理查与欧也妮的爱,阿瞿达侯爵抛弃鲍赛昂夫人等等,都是为了金钱和地位。所以,巴尔扎克小说关于男女恋爱的描写里,仍然有巴尔扎克对金钱的渴望与焦灼。事实上,整部《人间喜剧》都是渗透着巴尔扎克的主观情致和审美评价的个性化的艺术世界,具有对现实生活的变形和艺术表现性特征。

在文学作品中最早揭示金钱秘密的是古希腊悲剧家索福克勒斯的《安提戈涅》,继而莎士比亚在《雅典的泰门》中作了更深刻的描写。以后虽然又有许多作家从不同角度加以描写,但写得最深刻全面的仍是巴尔扎克。这是由巴尔扎克的得天独厚的社会历史条件和独特的主体心理结构所决定的。巴尔扎克所处的是金钱的历史作用发挥得空前显著的时代,是一个人对物的依赖性体现得极为充分的时代。这时人的独立性是建立在对物的依赖性的基础之上的,这种对物的依赖性又集中地体现在对货币的依赖上。这是人类历史发展的一个重要阶段。在这一阶段,金钱作为人类自身文明发展的必然产物,正以前所未有的凶猛态势在人身

---

① 司蒂芬·支魏格:《巴尔扎克传》,上海:上海译文出版社,1983年版,第175页。
② 同上书。
③ 同上书。
④ 同上书,第73页。
⑤ 同上书,第74页。

上显示威慑力。金钱是这个时代中主宰一切的上帝，大多数人忙于财富的创造以证明自身的价值与地位。这说明，从历史发展的眼光看，人们在告别了"对人的依赖"阶段后，在摆脱了自身偶像与权威的依附后，又归顺于物的依附；人在挣脱了"神化"的困境之后，又陷入了"物化"的新困境。F.杰姆逊博士认为："金钱是一种新的历史经验，一种新的社会形式，它产生一种独特的压力和焦虑，引出了新的灾难和欢乐，在资本主义市场经济获得充分发展以前，还没有任何东西可以与它产生的作用相比。"[①]马克思在他的政治经济学著作中通过反复论述金钱的秘密和魔力，揭示了这个时代历史的本质，揭示了人被异化的客观事实。

作为文学家的巴尔扎克，他描写自己的这个时代，不仅需要描绘出这种社会形态的如临其境的艺术画卷，这是作为历史的书记员的巴尔扎克所要完成的任务，更主要的是要展示隐藏在社会历史外壳之下的人的心理—情感的真实形态，披露在金钱的神鞭笞拷下的灵魂的痛苦、焦虑与不安以及为金钱所激活了的人的情欲之流的汹涌澎湃。正如马克思所说："人的心是很奇怪的东西，特别是当人们把心放在钱袋里的时候。"[②]描述那些"放在钱袋里"的心灵的种种形态，是文学家不容推辞的历史使命；文学家也总是站在人的基点上洞察社会和文明的发展对人性、人的情感与心灵产生的挤压力，主动自觉地承担起这一历史使命。处在19世纪初的巴尔扎克，因其对金钱魔力的特殊体悟，因其独特主体心理的驱动，率先担负起了这一历史使命，随之许多作家也相继走上了这条道路，从而形成了蔚为壮观的19世纪现实主义文学潮流。为此，F.杰姆逊博士告诫人们：在研究这一时期的文学时，"不要把金钱作为某种新的主题，而要把它作为一切新的故事、新的关系和新的叙述形式的来源，也就是我所说的现实主义的来源。只有当金钱及其所表现的新的社会关系减弱时，现实主义才能减弱。"[③]现实主义潮流的掀起与金钱时代的出现有因果联系，特别与随着金钱魔力的产生而形成的新的社会心态有密切联系。现实主义的开创者巴尔扎克对金钱的这一"新的历史经验"和"社会形式"的格外关注，既有历史发展的必然性，又有其天然的主观条件。巴尔扎克的特殊生活经历，使他获得了研究金钱社会，尤其是获得了体验金钱时代人的情感—心理之变化的良好机会，这是同时代作家不能与之相比的。巴尔扎

---

① F.杰姆逊：《后现代主义与文化理论》，唐小兵译，西安：陕西师范大学出版社，1987年版，第49页。
② 马克思、恩格斯：《马克思恩格斯全集》，第23卷，第255页。
③ F.杰姆逊：《后现代主义与文化理论》，唐小兵译，西安：陕西师范大学出版社，1987年版，第49页。

克的这些体验促使他以自己的方式解释这个社会,并在小说中以自己的叙述方式表现这个社会。巴尔扎克对金钱的体验尽管来自于个人的生活感受,但根植于时代群体的情感—心理的厚实土壤。因此,当他借助于逼真的艺术形象将它们予以外化而形成文学作品时,他的作品也就艺术地展现了特定时代的社会心态,从这一意义上讲,巴尔扎克是金钱时代社会群体心理的发掘者。

在巴尔扎克看来,"精神变化的源泉是客观现实"[①],人的思想、性格是由物所决定的,人的情欲也是为物所驱动的。因而,似乎只要描写了外部客观世界的真,也就可以描述心灵世界的真。在小说创作中,为了找到人物思想、性格、情欲形成与演变的外在根据,巴尔扎克细致地描摹社会与物质的结构形态。实际上,在巴尔扎克小说中,被细致地描摹的外部形态,已成了人物精神、意识、性格的外化物,或者说是人的精神的物化。巴尔扎克在文学创作中为自己设立的追求目标首先是再现时代风欲史,做法国历史的"书记"员,但在风俗史的物质形态背后,还隐含了人的精神心理史。从创作路线上看,他不像司汤达、托尔斯泰那样直接深入人的内宇宙,而往往从外宇宙开始;他更注重于研究人的心灵怎样在社会外部物质形态的刺激和影响下产生惊人的变化,尤其研究处在金钱时代,人的灵魂怎样在金钱的催化下引起奇妙的"裂变"。因而,巴尔扎克常常在小说中不厌其烦地描写住所的里里外外,细致地记录人物言行举止、音容笑貌甚至鼻梁的高低、嘴唇的宽厚等。"大量的细节描写,使人物的内在特征体现在外部生活中,体现在他的房子、家具、事物、手势、言语中。"巴尔扎克反映生活的起点是社会外部形态,终点是人的内部心灵;他企图记录法国社会的真实历史,同时又自然而然地披露了拜金主义时代"隐藏在金钱珠宝下"的人的丑恶灵魂。所以,真实的社会外部形态是巴尔扎克小说所呈现的艺术世界的第一层面,金钱时代人的情感—心理状态是第二层面。第一层面因第二层面的存在而显示其艺术的、本质的真实;在第一层面的"外壳"下包藏着的是更为广阔的精神宇宙。可见,由外而内地反映生活是巴尔扎克区别于许多同时代作家的经典性特征,也是他发掘人类灵魂的独特方法。

---

① 德·奥布洛米耶夫斯基:《巴尔扎克评传》,刘伦振、李忠玉等译,北京:中国社会科学出版社,1983年版,第271页。

第二节 《高老头》在源语国的生成

(一)《高老头》经典化面临的难题

左拉在他的书中这样称赞巴尔扎克:"他的作品,是斧头劈成的,常常只是粗加雕削,给出崇高与低劣的最惊人的混合,却仍然留下本世纪最博大的头脑的惊人努力。"① 巴尔扎克以这种博大的建构,迅速获得声名,这恐怕在法国,乃至全世界也是罕见的现象。如果探讨巴尔扎克的经典生成,一个问题就不得不加以思考:在巴尔扎克这种爆炸式的创作中,到底有什么核心的价值为他赢得了名声。

巴尔扎克自称其《风俗研究》中,写的是"典型化的个性"②,人们很容易想到,正是这些各具性格的人物赋予了巴尔扎克小说闪光的价值。可是仔细研究它的人物刻画,《高老头》的写法又不能让人满意。

《高老头》人物刻画的牵强人意,不在于人物性格缺少个性。无论是以女儿的生命为生命的高老头,还是一心想靠贵族女人名利双收的拉斯蒂涅,还是连父亲的棺材本都想榨走的雷斯多夫人,每个人物的性格并不黯淡、模糊,相反,它们非常显明,极其清晰。人物性格的轮廓在巴尔扎克的巨笔下抹了又抹,变得粗大起来,甚至有些地方有漫画的特征。如果说福楼拜善于工笔画,能让角色毛发皆现的话,那么巴尔扎克就是一个写意的大师,只消他挥几笔,素材就呈现出各自的精神来。左拉批评他人物写得过于膨胀,好像巴尔扎克"从不认为把他们写得足够巨大"一样。③ 问题在于人物性格另外的方面。

巴尔扎克小说中的人物,与其说是活在感情之中,活在感受之中,还不如说是活在欲望之中。人物与真实事物的关系好像阻隔了,障碍物就是人自己设置的欲望。朗松认为巴尔扎克的小说的人物基本上是纯粹本能的演出:"他固定地创造他角色的内心,给它营造强烈的激情,而这种激情是人物行动的唯一动力,它强行冲破一切家庭或者社会义务的阻力、利益本

---

① Émile Zola, *Les Romanciers Naturalistes*. Paris: G. Charpentier, 1881, p.130.
② 巴尔扎克:《巴尔扎克论文艺》,袁树仁等译,北京:人民文学出版社,2003年版,第527页。
③ Émile Zola, *Les Romanciers Naturalistes*. Paris: G. Charpentier, 1881, p.126.

身的阻力。"①为了服从这种激情的需要,环境的重要性降低了。这不是说巴尔扎克小说中缺乏环境描写,而是说小说中的环境描写其实也是人物性格的化身,就像一面镜子一样,仍然重复着某种类型化的精神。小说开头对伏盖公寓的描写,那种"霉烂的,酸腐的气味",暗示了巴黎社会无所不在的欲望的腐蚀,隐喻了人们集体性的道德破败。可这一切,并不是书中人物感受出的,而是作者人为设计的。巴尔扎克喜欢干预小说的情感格调,他喜欢上帝的工作,把自己的思想强加给创造物上面。因而小说的环境往往带有一定的自传性质,如果追踪巴尔扎克的生活史,我们可以发现某些痕迹可以解释这一切。这样一来,人物与他们环境的紧密关系就大打折扣了。住在伏盖公寓里的人,并没有强烈地感受到餐厅的恶臭;作者也没有充分让我们感觉到,无论伏脱冷、高老头还是谁,厌恶这阴郁的房间、摆设。

拉斯蒂涅和但斐纳的爱情也写的像是欲望的游戏,在拉斯蒂涅这里,我们很难看到初恋的甜蜜和痛苦,有的多是自尊心的冲动;在但斐纳那里,又无非是征服一个男人、并利用他的关系打进社交圈的快乐罢了。在拉斯蒂涅的初恋阶段,但斐纳故意疏远拉斯蒂涅,而拉斯蒂涅心中翻来覆去地想到的,不是花前月下,不是心上人的翻脸无情,而是自己的自尊:"他的焦虑,他受伤的自尊心,真真假假的绝望,使他越来越丢不掉那个女人。"②虽然拉斯蒂涅骨子里巴望富贵,一心想往上爬,但是理智并不是人的全部,人们还不得不受制于自己的身体。身体对环境的感受,是一种自发的、无法预测的力量。巴尔扎克的小说,好像尽量抽掉身体的组织,让人物在大脑的冲动中生活。换句话说,这更像是一部头脑的小说,而非是心灵的小说(a fiction of mind, not of heart)。

《高老头》中人物刻画的问题,还体现在情节上。情节是人物刻画的主要工具,因而凡是主要人物,往往占据中心情节,而次要人物,则占据边缘情节。《高老头》的主要人物,无疑是一个"基督教的圣徒,殉道者般的父亲"③,他和两个女儿的关系,应该是整部小说的主线。但仔细研究作品后可以发现,拉斯蒂涅—伏脱冷和拉斯蒂涅—鲍赛昂太太这两条线,并不亚于高老头,如果将拉斯蒂涅与高老头两个女儿的交往也一并考虑的话,拉斯蒂涅在小说中占的分量,丝毫不比高老头少,似乎拉斯蒂涅才是

---

① Lanson, Gustave, *Histoire illustrée de la littérature française*. Paris: Librairie Hachette, 1923, p. 304.

② 巴尔扎克:《高老头》,傅雷译,南京:江苏文艺出版社,2011年版,第123页。

③ 巴尔扎克:《巴尔扎克论文艺》,袁树仁等译,北京:人民文学出版社,2003年版,第524页。

小说的主人公。而小说中雷斯多夫人所占的分量少于伏脱冷,但斐纳的形象甚至要逊色于鲍赛昂太太,伏脱冷和鲍赛昂太太"衍生"的情节,并不弱于应该处于中心的两个女儿的情节。如此一来,《高老头》就缺乏一个主线,它到底是高老头之死?还是拉斯蒂涅的爱情冒险?这些大大小小不同的情节向各个方向分散,实在难以聚拢成一个主脉络。而这种多元情节自然会导致人物刻画上主要角色不明,主要人物性格不集中的问题。

(二)《高老头》的艺术价值

从小说情节的设置来看,由于没有一个主导的情节,许多貌似无关的情节都串在了一起,这带来小说的一个特征:没有高潮。在莎士比亚或者拉辛的戏剧中,总有一个情节的突转,人物的命运、性格的冲突总会达到顶峰,但是《高老头》中却缺少这种美学特征。简单来看,可能高老头之死是全篇的高潮点,它将两个女儿的真面貌撕破了,但是仔细探究的话,却发现高老头的悲剧并不比鲍赛昂太太的黯然离去、特拉伊抛弃雷斯多夫人严重多少,高老头之死之所以变得异常重要,并不是单纯他的死因,而是前后夹杂着许多角色的悲剧,高老头的死照亮了这些悲剧,而这些其他的悲剧也烘托了高老头之死的悲哀气氛。换句话说,这部小说写出了许多人物的悲剧,高老头只是其中比较显眼的一个罢了。因为,情节和人物的分散化设置,所有众多的悲剧冲淡了高老头悲剧的重要性,因而使得这部小说没有一个统一的高潮。

因而这部小说并不是戏剧式的,我们找不到互相冲突的双方,高老头和他的女儿,还有许多人,既是施暴者也是受害者,没有一个最终获益的人。《高老头》呈现的,是一系列类同性的悲剧,这是一幅多图景的对照。所有人物的不幸,不过是象征或者符号,它们与一个更大的主题相连:激情与恶果。

于是,《高老头》真正的主角出现了。这就是激情,激情盲目前进,吞噬一切,最终自招恶果。这部小说是激情的冒险,而非拉斯蒂涅的包厢和客厅式爱情,也非高老头的当铺式献身精神。虽然作品中有众多不同的人物,有众多不同的情节,但因为这些人物和情节集中地体现了作者所要表达的激情,所以作品具有另一种的统一性。这些人物和情节,好似幻象一样,激情站在一切的中心。这些幻象好像是主角,不管是高老头,还是拉斯蒂涅,他们形形色色的生活抓住了读者的注意力。但是一旦静下来,我们能够通过这种幻象看到那种潜藏在背后的真正的主人。这就像古希

腊悲剧一样,在一切可见的演出背后,站立着个人与世界融为一体的酒神精神。尼采在他《悲剧的诞生》一书中说:

> 我们现在意识到,戏台连上行动,在最开始,基本上被看作是一个幻象,合唱队才是唯一的"真实",它生成幻象,借用舞蹈、曲调和曲词这一整套象征来说出它。①

同样,在《高老头》甚至巴尔扎克其他的作品中,人物和情节不过是一个象征,原始的激情才是真实的存在物。

理解到这一层,我们就可以重新审视巴尔扎克《人间喜剧》的总体构造了。作者说将《风俗研究》视作"果",而《哲理研究》则视为"因",又说"风俗是前台演出,原因是后台机关。"②这里面的意思无非是说,《哲理研究》讨论的是激情对人的毁灭,而《风俗研究》则将这种毁灭形象化、具体化。必须将《哲理研究》和《风俗研究》结合起来,通过前者,可以看到后者中的人物行动及其悲剧的原因,通过后者则可以生动地演示前者。正因为巴尔扎克的着眼点不在单个的人物身上,所以人物缺乏感受就可以理解了。巴尔扎克不想探讨人物与环境的关系,他想关注的是欲望和人的处境的关系。

在《哲理研究》中,许多人物袒露出自己的欲望世界,采取的是非常规的、粗糙的方式,这是符合作者用意的。《风俗研究》不能这样生硬,必须要艺术化。巴尔扎克自己不是也曾说过,艺术家假如他不能"一气呵成地完成一件色调和谐的塑像,那么他的作品就失败了"吗?③那么,作者是怎样设置他的艺术结构的?

如果将《高老头》的主角,看作是激情及其招致的恶果,它寄寓在不同的情节和人物之中,那么,这些情节和人物就紧密地联系在一起,环环相套,组成一种环套形的结构。每一环都不是中心,每一环又不是边缘,它们共同构成了一个有机体。这些环有:

① 高老头对两个女儿的热情,女儿的背叛;
② 雷斯多对特拉伊的热情,特拉伊的背叛,丈夫的报复;
③ 但斐纳对玛赛的热情,玛赛的背叛,丈夫的报复;

---

① Friedrich Nietzsche, *Basic Writings of Nietzsche*. New York: Modern Library, 1992, p. 65.
② 巴尔扎克:《巴尔扎克论文艺》,袁树仁等译,北京:人民文学出版社,2003年版,第526页。
③ 同上书,第106页。

④ 鲍赛昂对阿瞿达的热情，阿瞿达的背叛；

⑤ 维多莉对父亲泰伊番的热情，父亲的拒绝；

⑥ 拉斯蒂涅在道德和伏脱冷为代表的社会腐蚀观念之间的摇摆、沉沦；

……

除了这些，还夹杂有许多的热情与背叛的细节，比如朗日公爵夫人和蒙脱里伏先生，但小说中主要以上面六个环节为主。这六个环中，维多莉这一环是虚写，而其他五环则是实写。因而，《高老头》中最重要的就是这个五环相连的结构，其中拉斯蒂涅这个环是连接其他环的关键。

在这五环中，涉及的感情有父女、夫妻、私情等，基本上反映了普遍的社会生活。激情之所以招致恶果，而非带来福祉，其根本原因，在于它是盲目的，人们都在盲目地追求，谁也无法限制追求的方向，无法合理调节追求过程中彼此双方的关系，这正好体现了《杂阿含经》上所说："受、想、行、识无常，无常即苦，苦即非我。"高老头把女儿的快乐当作快乐，把女儿的生命看作是自己的生命，"一切都是我的错，是我纵容她们把我踩在脚下的"①，两个女儿将高老头榨干之后，把空皮囊扔到大街上；而高老头的女儿雷斯多夫人同样如此地纵容情人特拉伊，她将特拉伊看作是她的幸福，在他身上花了20多万，自己却没有钱付给做衣服的裁缝，倒是让佣人垫钱，结果特拉伊榨干她之后，一走了之。

这种盲目的激情，既无法让角色获得生存的真正意义，也无法保证他们获得福报。他们把幸福、快活看作是自性，是生存的根本价值，一旦这些东西受到威胁，他们的生命就会摇摇欲坠。激情这个梅非斯特，毁灭每个人，这就是《高老头》中始终发生的故事。

(三)《高老头》的思想价值

《高老头》采用一种特殊的形式，来暴露激情的恶果，但激情为什么变得如此盲目？难道它不是人生存的理由？不是人活下去的动力？巴尔扎克的反激情主义，到底有什么时代的合理性？这些问题涉及《高老头》的思想价值，必须将它的艺术价值放在这种思想价值中一并考察。

在启蒙精神的激励下，18、19世纪的法国自我观念崛起，巴尔扎克对激情的否定，明显是对启蒙精神的反拨。在巴尔扎克之前，启蒙哲学家确

---

① 巴尔扎克:《高老头》，傅雷译，南京:江苏文艺出版社，2011年版，第209页。

立了新的标准,政治和宗教面临着新的评估。卢梭的哲学和教育学思想,就是一个典型。卢梭在《爱弥儿》中呼唤良知(conscience),认为良知是人们与生俱来的判断能力,而理性则是后天的,往往误导人。他理想中的自然人,就是按照内在的良知来行动的。由于重内在的良知,则自我势必成为善恶真伪的唯一尺度,所以卢梭认为:"所有我感觉好的东西就是好的,所有我感觉坏的东西就是坏的。"①又说良知"从来不骗人,它是人的真正向导;良知属于心灵而本能属于肉体"②。对理性的怀疑,对内心的崇尚,是对宗教和王权的极大挑战。虽然卢梭将良知和本能对立起来,但人人都聆听内在的声音,内在的声音会不会是本能抚弄出的?如何确保人们所谓的良知不是听命于本能?卢梭无法作出保证,他只是呼吁人按照内在感觉来生活,其结果是自我意识高涨,这势必会冲击传统的宗教和道德秩序。因而卢梭预测不到的现象发生了,封建王权崩溃,自由成为新的君主,上帝被人们拉下神坛,自我粉墨登场。整个社会和个人都陷入一种混乱的、痉挛的状态中。

针对这种思想状况,英国哲学家伯克倡导节制自由,尊重规则,他说:

> 社会需要的,不仅是个人的激情应该顺从于它,而且在大众以及组织中,还需要打磨人们的天性,控制他们的意志,制服他们的激情。这只能通过来自于他们自身的力量才能做到。③

伯克还肯定宗教是"一切善和一切慰藉的源泉",认为宗教是符合人的本能的,相反,凡是违反宗教的思想、机构,注定都不会长久。

在这样的背景下,巴尔扎克的反思想、反激情的倾向就可以很好理解了。巴尔扎克观察到自我是个人和社会混乱的根由,他对激情的痛恨,则表明了他对岌岌可危的旧秩序的担忧,"我是在两种永恒的真理,即宗教与王权的照耀之下从事写作的",巴尔扎克如是说。这种政治和宗教的保守主义思想,有它合理的基础,因为巴尔扎克发现,在他的时代里,激情和思想极大地怂恿本能,毒害人的灵魂,人们原本信赖的良知,现在倒成了罪魁祸首,于是乎人们偏离正道,沦入精神和肉体的濒死状态。

巴尔扎克的《风俗研究》揭示的正是这种濒死状态,人们的本能纷纷地向人们自身捅刀子,拉法埃尔在证实驴皮的神奇效果后,悲哀地说人们

---

① Jean-Jacques Rousseau, *Émile ou de l'éducation*. Paris: Gallimard, 1969, p. 430.
② Ibid., p. 431.
③ Edmund Burke, *The Evils of Revolution*. London: Penguin Books, 2008, p. 33.

自己是自己的刽子手,原因正在于此。雷斯多夫人只顾眼前的痛快,哪怕掏空所有的财产都在所不惜,她难道不像妓女欧弗拉齐?后者在《驴皮记》中这样自诉心肠:"给我几百万,我就会把它们挥霍一空;我不想留一个铜子给明年。活着是为了快乐、支配一切,这是我每次心跳的决定。"①拉斯蒂涅在高老头死后,毅然向那个丑陋的社会宣战,难道不是把自己交给本能,在放纵中自杀?他在《驴皮记》中的话,说出了他在《高老头》中最终领悟到的东西:

> 再也找不到比把生命消耗在快活上更好的办法了。一头扎进深深的荒淫生活之中吧,你的激情或者你本人都会窒息而死。亲爱的朋友,放纵是所有死法中的女王。急性中风难道不是它引起的?急性中风就是朝自己开了一枪,百发百中。纵欲慷慨地送给我们所有肉体的快乐,难道它不是一剂少量的鸦片?当我们狂饮烂醉,这种放纵就是和酒拼死一搏。②

如果说福楼拜一刀一刀地解剖包法利夫人,将她的痛苦及其产生原因暴露出来,那么,巴尔扎克就是一个思想和激情的解剖手。他说:"思想,或者说激情(它是思想和感情的汇合),固然是构成社会的因素,却也是摧毁社会的因素。在这方面,社会的生命与人的生命相似。"③他的着眼点不在个人,而在社会,社会所患的病痛却都体现在每个人身上。他让我们看到,角色们像一个盲目的木偶一样,怎样被本能驱动着赶往绝境,就像羊群被赶到大海里面。

如果小说中每个人物都能控制住自己的本能,那么悲剧就不会重复发生了。假使高老头在父爱之外,意识到父亲的责任,假使雷斯多夫人守住女儿和妻子的本分,假使鲍赛昂夫人认清她渴望的幸福的真相,人们也就不会在泥潭中挣扎了。但是巴尔扎克也无法阻止欲望的这种恶果,他自己不也是无法摆脱放纵的生活吗?但是他毕竟把社会的病根找出来,清晰地摆在了人们眼前。

这就是巴尔扎克,一个文学上的保皇党,一个沐浴日神精神光泽的人。他用动荡不安的欲望的画面,告诉人们平静的灵魂的意义。为了把本能的恶果生动地呈现出来,他在《高老头》中利用种种人物的"合唱",利

---

① Balzac, *La Peau de chagrin*. Paris: Charpentier, Libraire-Éditeur, 1845, p.86.
② Ibid., p.199.
③ 巴尔扎克:《巴尔扎克论文艺》,袁树仁等译,北京:人民文学出版社,2003年版,第260页。

用一种环套形的结构,来强化主题,这就是巴尔扎克长久魅力的秘密,也是他的作品经典生成的主要原因。

第三节 巴尔扎克小说在英美两国的传播

(一) 英美两国对巴尔扎克的介绍和评论
(1) 英美两国对巴尔扎克最初的介绍和评论

英美两国都很早关注到巴尔扎克,在这一点上,巴尔扎克比司汤达幸运不少。几乎同时在19世纪30年代,巴尔扎克就得到了注意。比较起来看的话,巴尔扎克可能更早出现在英国。早在1832年,伦敦的《外文评论季刊》(*Foreign Quarterly Review*)就著文,对巴尔扎克的《哲学小说故事集》进行了批评。该文认为巴尔扎克是"法国的霍夫曼,是幻想和恐怖题材的大师"[①]。这种判断,明显是针对《驴皮记》之类的作品而发的,并不能概括巴尔扎克小说的全部。这说明,此时英国的批评界对巴尔扎克的小说的认识,是有局限的。《外文评论季刊》发表后,美国波士顿的一家杂志《外国文学期刊选刊》,就选载了这篇评论,时间是1833年。这可能是巴尔扎克首次出现在美国杂志之中。

1836年,英国出版了一本书《1835年的巴黎和巴黎人》,该书讨论了巴尔扎克。非常有意思的是,巴尔扎克所在的栏目,代表了英国人当时对他地位的看法:"法国小作家"。作者认为巴尔扎克有着宗教的热忱,他也期待通过阅读,发现这个作家的天才和优点。同年的《双周评论》上,出现一篇题名为《法国小说》的评论,该文对巴尔扎克的宗教热情有相反的观点,它将巴尔扎克小说看作是不道德的,说"再也没有一个腐朽的社会比巴尔扎尔所描写的更卑鄙、下贱、肮脏了"[②]。而两年后,《威斯敏斯特评论》也出现一篇文章,说巴尔扎克小说中的人物,都是抵抗大好道德的豪杰(an excellent antidote to the showy morality)。[③]

[①] Anonymous, "Recent French Literature," *The Foreign Quarterly Review*, Vol. 4, No. 18 (1832), pp. 345—373.

[②] Clarence R. Decker, "Balzac's Literary Reputation in Victorian Society," *PMLA*, Vol. 47, No. 4 (Dec., 1932), pp. 1150—1157.

[③] Ibid.

对巴尔扎克的小说，进行道德批评，在这一时期并不奇怪。宗教观念在 19 世纪后期才开始崩塌，而在 19 世纪三四十年代，它的影响力还很强大，道德作为宗教观念的具体形式，当然对意识形态有极大的控制力。不消说英国，就是法国到了 1876 年，内特芒还批评巴尔扎克的小说没有"道德目的"，"人们在他的书中感受到一种沉闷的、病态的气氛，它阻碍崇高的思想飞翔，它令高贵的情感凋零"①。

到了 1839 年，英国出版了《现代法国文学》一书，该书有专章讨论巴尔扎克，巴尔扎克的声誉明显上升。该书将《高老头》与《李尔王》相提并论，对高老头的故事作了介绍。作者对巴尔扎克的艺术水平有很高的评价：

> 他描写的是多么真实啊！他绘画的现实是多么充分啊！虽然描写的这些是令人感到痛苦的，但它们和存在像是一个模子出来的一样，他不运用想象，将额外的兴趣掺和到图景中。②

但这种现实主义的冠冕，并不是没有异议的，后来的评论家不少人注意到巴尔扎克的"浪漫"精神。

1839 年的纽约，也有一个杂志对巴尔扎克的《赛查·皮罗托盛衰记》进行了述评。该文认可巴尔扎克是一位艺术家，也承认巴尔扎克小说中的道德问题，"我们不把它视作道德的教师"③，论文也清醒地意识到，不能用英国当代的道德标准去评价古代的，也不能去评价国外的作品。

1840 年，伦敦出版的《都柏林评论》，专门评论了巴尔扎克的《高老头》。这可能是《高老头》在英美两国首次得到的专门的批评。文章将巴尔扎克看作是比雨果"低能"的作家，但也是最流行的一位作家：

> 他的风格未受控制，往往失当，但这并不是为了求得某种杰出点，他擅长描绘某些阶层家庭生活的细节；因为当他想描写更高阶层的私人生活时，他马上显示出对他们的举止、习惯甚至是语言的明显

---

① Alfred Nettement, *Histoire de la littérature française sous le gouvernement de juillet*, Paris: Librairie Jaques Lecoffre, 1876, p. 274.
② George W. M. Reynolds, *The Modern Literature of France*. London: George Henderson, 1839, p. 31.
③ Anonymous, "Modern French Romance," *The New York Review*, Vol. IV, No. VIII (April, 1839), pp. 442−456.

无知,他的描写就失败多多。《高老头》是他最好的小说之一。①

作者的批评比较重,但这篇评论将《高老头》的故事进行了评述。难能可贵的是,评述中引用了许多段落,作者将法语原文译作英文,《高老头》以英文的形式呈现在英国读者面前。

1840年后,巴尔扎克的名字更多地出现在英国刊物中,德克尔因而说:"他的名字更频繁地出现在杂志上,对他作品较短片段的翻译出现在几个杂志上。"②巴尔扎克在英国度过了最初的介绍阶段。

(2) 19世纪中期到20世纪初期英美两国对巴尔扎克的继续介绍

19世纪中期,英美两国的介绍和评论就更多了,据《巴尔扎克在维多利亚社会中的文学声誉》一文,19世纪40年代至50年代,有不少杂志讨论巴尔扎克,这些杂志有《评论月刊》(1840、1844)、《外文季刊》(1844)、《威斯敏斯特评论》(1853)、《爱尔兰评论季刊》(1858)等。这些杂志发表的评论,有些攻击巴尔扎克,提醒青年小心他的作品,有些则为巴尔扎克辩护,认为他强调现实和角色的真实性。

这些争论大多发生在伦敦(也有在都柏林的),西大西洋那边的美国情况如何呢? 1843年,著名的杂志《北美评论》刊出了一则《欧也妮·葛朗台》的新书出版消息,巴尔扎克的名字当然在列。随后,《北美评论》在1847年,发表了一篇巴尔扎克的专论:《德·巴尔扎克先生的作品》。该文透露出虽然巴尔扎克已经得到不少杂志的关注,但对于大多数人而言,巴尔扎克仍然是一个无名作家:

> 他(巴尔扎克)在法国非常有名,但是他很少得到翻译,在英格兰和美利坚默默无闻。对此我们不感到惊讶,但总的来说,如果法国小说输入我们的文学中为数甚巨,我们就更愿意评论巴尔扎克,而非苏或者乔治·桑。③

该文注意到巴尔扎克冷静的观察、精确的描写,巴尔扎克似乎是一个解剖家,心中不带感情地观察着社会和人心的隐秘世界,作者认为在这一点

---

① Anonymous, "Modern French Romance," *The Dublin Review*, Vol. IX, No. XVIII (Nov., 1940), pp. 353—396.

② Clarence R. Decker, "Balzac's Literary Reputation in Victorian Society," *PMLA*, Vol. 47, No. 4 (Dec., 1932), pp. 1150—1157.

③ Anonymous. "Les Oeuvres de M. de Balzac by M. de Balzac," *The North American Review*, Vol. 65, No. 136 (Jul., 1847), pp. 85—108.

上，巴尔扎克和歌德非常相像。但歌德是一个自然主义者，巴尔扎克仅仅是一个观察者，一个没有感情的艺术家：

> 巴尔扎克其实只是一名艺术家。他穿越世界，以便从事观察，但他观察现象，仅仅为了提供他艺术的材料。我们常常将歌德看作是一个伟大的自然主义作家。他追求的永远是真实，自然的真实，他乐于寻找这种真实，从它全部的外显，直至它活跃的原则。他也不是道德主义者，而是普遍自然的学生，既涉及物理自然也涉及形而上学的自然，他观察风信子或者一种激情的萌生，观察碱和酸的结合、爱的冲突、康乃馨的绽放、一个民族的革命、火山的爆发，一视同仁，将这一切都归类为自然现象，每一种都像另一种那样值得研究。①

这种评价，有些公允，有些也受到后来评论家的否定。巴尔扎克并不是福楼拜，他作品中主观的东西并不少于客观的东西。

随着巴尔扎克评论和介绍热的兴起，在英美两国，也出现了巴尔扎克的研究专著。比如在1884年，纽约就出版了一部书，名字就叫《巴尔扎克》。19世纪后半叶之前，虽然有许多巴尔扎克的评论，但这些评论要么对巴尔扎克的作品理解不深，要么无法将巴尔扎克的思想和他的作品恰当地结合起来。研究专著的出现，解决了这个问题。这部《巴尔扎克》就对巴尔扎克的思想及其评论非常熟悉，所以持论与以前的相比，就平正多了。比如下面一段评论，虽然法国批评界并不感到新鲜，但是美国有此认识，实在少之又少：

> 观念和感情仅仅是或大或小的行为的溶解剂，他将一个得到公认的事实看作前提，即人为的、偶然的环境强烈激发出的本能，能让人神志不清，甚至致人死亡，而且，当思想受到瞬时的激情力量的加强，它就能成为毒药或者匕首，他从理性带来的破坏中推出，思想是人瓦解的最积极的代理者，随后是社会瓦解的最积极的代理者。②

在维多利亚后期，英国对巴尔扎克仍然有道德上的批评，著名的批评家亨利·詹姆斯就是一个例子。詹姆斯出生美国，后来在英国定居。他

---

① Anonymous. "Les Oeuvres de M. de Balzac by M. de Balzac," *The North American Review*, Vol. 65, No. 136 (Jul., 1847), pp. 85—108.

② Edgar Evertson Saltus, *Balzac*. New York: Houghton, Mifflin and Company, 1884, p. 47.

认为巴尔扎克小说的道德问题是一个严重的缺点。① 但更多的批评家赞颂巴尔扎克小说中的现实精神、科学做法。德克尔判断道,"到了1886年,他在英国的声誉非常牢固地树立起来,以至于一些杂志,比如《康希尔》,给了他毫无保留的称赞,用过分的话,将他与拉伯雷、塞万提斯、莎士比亚等相比较。"②

从批评的态度、数量、研究专著的出现来看,巴尔扎克在这一时期,是经典化的发生阶段。英美两国,普遍将巴尔扎克看作是19世纪法国文学的一大高峰。这种经典化的过程虽然经历了关键的初级阶段,但在20世纪初期,还继续发酵着。

《西沃恩评论》是20世纪上半叶介绍法国作家比较有力的一个杂志。1902年,该杂志发表一篇有关巴尔扎克的论文:《巴尔扎克面面观》。虽然作者布鲁斯仍然揪住老问题不放,说巴尔扎克在道德上"完全是站不住脚的",③但他对巴尔扎克的总体评价,还是令人激动的:"巴尔扎克,实际上,是展示出多样的形式、充足的力量的第一位伟大作家,而这些形式和力量属于具有新世纪精神的第一流天才。"④

欧战之后,《现代哲学》杂志格外值得注意,它连续发表了巴尔扎克的系列研究论文,比如《巴尔扎克研究之二:现实主义的批评分析》《巴尔扎克研究之三:他的总作法》,作者都是达根。该作者后来还出版了专著《巴尔扎克现实主义研究》(1932)、《巴尔扎克〈人间喜剧〉的演变》(1942),可谓巴尔扎克的研究专家。

达根对巴尔扎克是现实主义还是自然主义的问题,作了正名,认为巴尔扎克属于前者。达根对巴尔扎克小说的风格、人物性格、描写手法等艺术问题,全面地进行了归纳,认为他的做法的两大支柱是累积和和谐(accumulation and harmony):

> 在描写、人物性格和情节中,这个小说家遵循一个既定的线路,累积他的高潮点;根据一个明确的方针、一个核心的特征,他处处都

---

① Clarence R. Decker, "Balzac's Literary Reputation in Victorian Society," *PMLA*, Vol. 47, No. 4 (Dec., 1932), pp. 1150—1157.
② Ibid.
③ J. Douglas Bruce, "Some Aspects of Balzac," *The Sewanee Review*, Vol. 10, No. 3 (Jul., 1902), pp. 257—268.
④ Ibid.

将素材协调一致。①

这种具体的艺术手法研究,对于巴尔扎克的经典生成、巩固无疑是有益的。

(3) 巴尔扎克进入英文法国文学史

1876 至 1877 年,劳恩②出版了他三卷本的《法国文学史》,在第三卷里,劳恩列专节讨论了巴尔扎克的《人间喜剧》。劳恩认为巴尔扎克是"法国小说家中的王子,如果不是人性的现代伟大倡导者,也是他那个流派的范本"③。该文学史将《葛朗台》和《高老头》看作是他最富特色、最突出的作品,文中还说:

> 《人间喜剧》的作者……是激情的解剖家,是人心的活体解剖者。没有什么能表达他奇特的天才,这种天才对人性全神贯注。……他的笔就是解剖刀,永远在他的手上。他用制剂来分析,堆满他的实验室。④

作为文学史,书中劳恩还对巴尔扎克在法国和英国受到的批评进行了简要评述。

没几年,另一部《法国文学入门》问世。该书简单回顾了巴尔扎克的职业生涯,然后评论道:

> 巴尔扎克是温和的现实主义流派的真正领袖,优点和缺点俱存。他为了寻求忠实于生活的典型,往往只看到令人厌恶的、邪恶的事物。他的讲解既简单又凝练,他的风格突兀而放任,整体上看是贫乏的。他对细节的关注令人厌烦。⑤

书中对巴尔扎克的评价明显较低,与经典生成后的正常评价还有差距。

1897 年,道登出版了他的《法国文学史》,书中对巴尔扎克的评价,似乎比《法国文学入门》还要低一些:

---

① E. Preston Dargan, "Studies in Balzac: III. His General Method", *Modern Philology*, Vol. 17, No. 3 (Jul., 1919), pp. 113—124.
② 劳恩(Henri Van Laun, 1820—1896),翻译家,出生于荷兰,受教于法国,后来定居于英国。
③ Henri Van Laun, *History of French Literature*. 3 vols. New York: G. p. Putnam's sons, 1877, p. 389.
④ Ibid., p. 393.
⑤ F. M. Warren, *A Primer of French Literature*. Boston: D. C. Heath, 1889, p. 222.

> 巴尔扎克的天才中有些粗俗的东西,他不风趣,不优雅,无节无度,没有令人满意的自我批评,不会轻拿轻放,对于优雅社会的洞察很少,对于自然美怀有不完美的感受,准备将低俗的东西像灵魂的神秘物一样接受,不加区别……他因为艺术本身的原因爱他的艺术吗?情况一定如此,但他同样将其视作权力的工具,视作他追逐名声、攫取黄金的手段。①

1912年,牛津大学出版社在纽约和伦敦同时出版了怀特的《法国文学史》。该文学史回顾了巴尔扎克的文学创作,对他的地位有这样的评价:"巴尔扎克一定永葆法国文学最不可或缺作家之一的地位。他是整个后来一代纪实或者现实主义小说家的领袖。"②这种评价就远比前两种文学史高了。

在1919年的《法国文学简史》中,胡德生将他放在"现实主义小说"的小节下进行讨论,虽然对巴尔扎克的风格和题材有所批评:

> 巴尔扎克的现实主义有两点特别值得注意,其一是他关注至今为止为小说家所忽略的低俗细节……其二,他的现实主义理论,不幸地促使他重复单调的叙述,叙述低级、丑陋的生活部分。③

但是胡德生认为巴尔扎克是小说的巨擘,对巴尔扎克的批评并不能影响他的文学地位。

(二) 英美两国对巴尔扎克作品的翻译

(1) 英美两国对巴尔扎克的初期摘译和改译

巴尔扎克的小说译成英文,最初是从摘译开始的。所谓摘译,大多出现在评论和介绍的文章中。据《巴尔扎克在英国》(1934)一文考证,早在1833年,《都市杂志》连载了《夏倍上校》的英译本,该译本自5月刊出《夏倍上校》的第一、二部分,6月又刊行第三部分。

1933年10月,《都柏林大学杂志》就刊登了巴尔扎克《耶稣降临弗朗

---

① Edward Dowden, A History of French Literature. New York: D. Appleton and Company, 1897, p. 406.
② C. H. Conrad Wright, A History of French Literature. New York: Oxford UP, 1912, p. 723.
③ William Henry Hudson, A Short History of French Literature. London: G Bell and Sons, 1919, pp. 249-250.

德勒》的改编本,作品主人公的名字被替换掉,故事发生的地点也发生更改。比如巴尔扎克原文第一句话是:

> 在比利时历史上的某个时期,卡德藏岛和弗朗德勒沿海地带之间,人们是通过乘坐一只小船进行交往的。后来在新教史上享有盛名的岛上首府米德尔堡,当年的居民还不到两三百户人家。①

而改编本中的地点发生在了英国:

> 在古时候,当爱德华·兰尚克统治这个国度时,英国和欧洲大陆的交通主要靠一种小帆船,每周来往于多佛和加来,这种船叫做"赤龙",源于刻在船上的无法辨识的图案。②

次年,巴尔扎克的《马特·康纳利斯》英译本又在《都柏林大学杂志》中刊出,该译本连续出现在 2 月刊和 3 月刊上,2 月刊刊出第一至第二章,3 月刊刊出第三章。③ 这可能是巴尔扎克小说最早的节译本。

1835 年 2 月的《布莱克伍德的爱丁堡杂志》也摘译过《高老头》。该杂志的译者从伏盖公寓开始选译,删去了公寓中其他次要的人物,直接从高老头开始,然后选译了《两处访问》一章的内容。译文约为 3800 字。

据《巴尔扎克在英国》一文,1836 年 2 月,《钱伯爱丁堡评论》刊登了《戈布塞克》的节译本。

从目前的资料来看,19 世纪 30 年代,巴尔扎克的作品是先历经了摘译和改译的阶段,其后才有正式的译文交由出版社出版。

(2) 巴尔扎克作品的单册英译本

巴尔扎克最早的英译本,可能出现在 1842 年,伦敦出版了一套《浪漫主义和小说家藏书》,其中收录了《巴黎生活场景》中的《母亲和女儿》。

《欧也妮·葛朗台》于 1833 年在法国出版后,于 1843 年被陀思妥耶夫斯基翻译成俄文,而英文翻译则在 1859 年。

《高老头》是巴尔扎克最富声名的作品,1835 年在法国出版,翻译成英文的时间在 1860 年,题名为"Daddy Goriot"。由于该版本笔者未尝亲见,故不知译者为谁。1886 年,出现了两个版本的《高老头》,一种为罗伯

---

① 巴尔扎克:《人间喜剧》,王士元译,第二十卷,北京:人民文学出版社,1997 年版,第 341 页。
② J. C., "Le Dragon rouge," *Dublin University Magazine*, Vol. 2, No. 10 (Oct., 1833), pp. 386—390.
③ Thomas R. Palfrey, "Balzac in England," *Modern Language Notes*, Vol. 49, No. 8 (Dec., 1934), pp. 513—516.

特兄弟出版的,译者为沃姆利(Katharine Prescott Wormeley),出版地是美国波士顿,题名依法文本;一种劳特里奇出版的,译者为黛伊(Fred M Dey),出版地是英国伦敦,题名仍依原本。1896年,伦敦登特出版社出版了马里奇(Ellen Marriage)的译本,并附有批评家塞恩斯伯里的序言,该译文题名为"Old Goriot",与法文本不同,可译为"老戈里奥"或者"老高头"。

1949年,美国的威斯顿出版社出版了查尔斯(Joan Charles)本,题名为:"Old Man Goriot",可译为"老头戈里奥"。

1951年,英国企鹅出版社出版了麦康南(Olivia McCannon)本,题名沿用查尔斯的译本:"老头戈里奥"。

至20世纪末,还出现了新的译本,一种是牛津大学出版社出版的克莱尔谢梅尔(A. J. Krailsheimer)的译本,一种是诺顿出版社的拉费尔(Burton Raffel)的译本。《牛津英译文学指南》中说:

> 在20世纪末期,有两个最新的可以获得的译本,虽然译法不同,但都是成功的。A.J.克莱尔谢梅尔的译本因其接近原作而与众不同,但它也入时,富有活力,生动地传达了变化多端的对话段落。伯顿·拉费尔在细节上较不准确,有些时候过度翻译了(比如用"老糊涂"译"老人"),或者未能抓住微妙的意义(比如用"商人"译"吃利息的人",用"老工人"译"旧佣人")。①

第四节　巴尔扎克小说在中国的传播

同司汤达在中国的经典生成一样,巴尔扎克也属于被动的生成。中国评论家和读者先入为主地将巴尔扎克看成是文学大家,然后对他进行介绍或者研读,巴尔扎克在中国的经典生成缺乏一种主动的选择,也未能有效地对巴尔扎克的优、缺点进行比较。

但巴尔扎克和司汤达在中国的经典生成还有点不一样,即,巴尔扎克得到的关注,要远较司汤达为多。而且,因为预先已将巴尔扎克看作是西方现实小说的代表,将他看作是法国文学的典范,因而巴尔扎克和中国

---

① Peter France, *The Oxford Guide to Literature in English Translation*. Oxford: Oxford University Press, 2000, p. 277.

20世纪二三十年代的文学运动也紧密地联系起来,文学研究会,甚至左翼文学,都能看到巴尔扎克的影响。

(一) 巴尔扎克在中国的介绍、评论

巴尔扎克最早出现在中国是在 1915 年。这一年,林纾翻译了巴尔扎克的短篇小说集,取名为《哀吹录》,巴尔扎克被译为"巴鲁萨"。1920 年,田汉在《少年中国》中著文《诗人与劳动问题》,文中对巴尔扎克的作品、风格作了简介,并认为他在法国文学中的位置是"温和的自然主义 Light Naturalism 向深刻的自然主义 Serious Naturalism 的大桥梁"[①]。

五四时期,中国学者对巴尔扎克的评论和研究,基本受益于英美和法国著作。除此之外,日本学者著作的译介,也是一个重要的传播媒介,对巴尔扎克的传播和经典生成也起到了作用。1921 年,罗迪先翻译了厨川白村的《近代文学十讲》。厨川白村对巴尔扎克赞誉有加:

> 不在议论上,而在实际的作物方面为自然主义的先驱,是巴尔柴克 honore de balzac,假定离开了什么时代思潮什么主义,单从作物的艺术的价值来说,他恐怕凌驾一切浪漫派自然派的诸家了。在小说方面,实为近世最大的作家。[②]

厨川白村对法国批评家的著作比较熟悉,因而他能结合圣-伯夫的观点来评价巴尔扎克,在谈论巴尔扎克的人物描写时,厨川白村说:"描写的人物,变成极端的狂人样子来。使读者的印象,因此反有明瞭活跃的地方。"[③]

厨川白村之后,本间久雄、相马御风等人都著有欧洲文学概论的书籍,书中多少涉及像巴尔扎克这样的自然主义作家。

20 年代后,《小说月报》对巴尔扎克的介绍颇多,1924 年,《法国文学研究专号》中,刊发了佩蘅《巴尔扎克底作风》,1927 年又连续刊出两篇小文章《巴尔扎克的想象力》《巴尔扎克创作的豪兴》。在前一篇文章中,作者"宏徒"称巴尔扎克为"法国写实派的先驱"。1926 年,孙俍工出版了《世界文学家列传》,里面收录了巴尔扎克。文中称巴尔扎克是"法兰西文

---

① 田汉:《诗人与劳动问题》,载《少年中国》,1920 年 1 卷 9 期,第 17 页。
② 厨川白村:《近代文学十讲》,罗迪先译,上海:文学研究会,1921 年版,第 226 页。
③ 同上书,第 228 页。

坛写实派之祖"①,并且对《人间喜剧》简单作了介绍。

在20世纪30年代,巴尔扎克得到了更多的关注,《文艺春秋》杂志1卷2期上,蝉声发表《巴尔扎克的生平思想及著作》一文;1卷7期上,王集丛又发表《简论巴尔扎克》,杨晋豪发表《巴尔扎克评传》,可见,巴尔扎克受到的关注之高。除了《文艺春秋》外,《文学季刊》也对巴尔扎克的话题感兴趣,1卷4期上,李辰冬翻译了《巴尔扎克》,这篇文章实际上是丹纳所作,文中说巴尔扎克的工作不但不优雅,反而粗俗,又说他"在他的人物的周围旋转,像解剖家似的"②,不直接跳进人物的灵魂。丹纳的批评对于中国学术界理解巴尔扎克非常有益,也帮助中国读者把握了巴尔扎克的特色。

《春光》杂志在1934年5月,刊出杜微的《论巴尔扎克》。30年代,左倾革命文学非常兴盛,杜微的论文也体现了时代思潮,认为巴尔扎克是一位革命作家,"他是以艺术作为武器的,而且那武器又并不是只为了艺术"③。因为意识形态的宣传,巴尔扎克身上体现了阶级进步的意义:

> 一个作家,即使他是属于没落阶级的,但只要他是在努力地说着真实,诚意地去追求现实,那他底艺术不但随着伟大,而且他底世界观亦将随着他底艺术底完成而改变成为与现实的世界发展法则一致,因而他底没落物命运也就得挽救了。④

在五四时期,巴尔扎克受到关注,可能与当时"为人生"的文学思潮有很大联系。少年中国学会和文学研究会都关注人生,而它们的杂志也都热衷于介绍巴尔扎克。但到了30年代,"为人生"的思潮渐渐为革命文学所代替,巴尔扎克居然完成了由现实主义作家到革命文学作家的转变,并仍然成为中国作家的典范,这不得不说是一桩"奇遇"。当然,将巴尔扎克看作是无产阶级的革命作家,也并不是杜微的原创,杜微沿用了恩格斯文学和社会批评的一些观念和看法。

巴尔扎克也出现在许多法国文学史的著作之中。1923年,李璜编《法国文学史》,书中评论是根据法国几部书而来。书中将巴尔扎克放到"写实小说"之中,对《人间喜剧》的组成作了说明,书中还批评巴尔扎克的

---

① 孙俍工:《世界文学家列传》,上海:中华书局,1926年版,第230页。
② 李辰冬:《巴尔扎克》,载《文学季刊》,1934年12月,1卷4期,第175页。
③ 杜微:《论巴尔扎克》,载《春光》,1934年5月,第400页。
④ 同上书,第406页。

小说:"因为要特别描写得周到,作者在用笔上面,便有时过于搜寻,文字中难免了奇僻的字句。并且他太注意使阅者知道细密的地方,有时便太写得周到,难免了累赘的叙述……"①当然,李璜也指出巴尔扎克对后世作家的巨大影响。虽然李璜在文中对巴尔扎克有所褒贬,但是考虑到书中的评论大多取之于法国文学史,这种评论的价值就显得微乎其微了。

1924年,王维克翻译的《法国文学史》面世,将巴尔扎克译作"摆而若克",将《人间喜剧》译作"《人类喜剧》"。文中称巴尔扎克为"写实主义之父"。1929年,蒋学楷翻译的《法国文学》发行,文中将巴尔扎克与狄更斯相比,认为"巴尔扎克的确创造得很高明。描写外部的情状没有一个人能比他更生动"②。1930年,徐霞村也编译了一部《法国文学史》,书中将《驴皮记》译作"《悲伤之皮》",将《人间喜剧》译作"《人类的喜剧》"。该书介绍了《人间喜剧》的组成,也评价了巴尔扎克的风格:"巴尔扎克有许多地方是与浪漫主义相近的。他爱写古怪的人物,爱用离奇的结构,爱作神秘主义的倾向。但是在理论上他却承认小说是人生的真实的反映。"③这里的观点,明显受到朗松(Gustave Lanson)的影响,朗松在他的文学史中将巴尔扎克看作是"现实主义中的浪漫主义"。

上面几部翻译的文学史,虽然没有体现出译者的观点,但是给中国读者介绍了巴尔扎克的事迹,仍然有利于巴尔扎克在中国的传播。

1933年,徐仲年的《法国文学ABC》出版,书中将巴尔扎克视为"半浪漫半写实小说家",将《人间喜剧》译作"《人类喜剧》",将《高老头》译作"《爸爸格利乌》"。该书对《高老头》的故事作了简要叙述,对巴尔扎克也作了评价:"想象力、观察力均极丰富、迅速、正确;然而他的文笔,尤其他刻意经营时,实在是糟之又糟!"④这明显是法国文学史常见的批评。1935年,徐仲年在《西洋文学史讲座》中的《法国文学》部分,又谈到了巴尔扎克。但该书实为《法国文学ABC》的重印。

同年,穆木天的《法国文学史》出版,文中称巴尔扎克是"伟大的小说家"⑤。穆木天对巴尔扎克的现实主义似乎很感兴趣,也将这种现实主义抬得很高,"在《人间喜剧》中,巴尔扎克,现实主义地、而且是科学的现实

---

① 李璜编:《法国文学史》,上海:中华书局,1923年版,第144页。
② 蒋学楷译:《法国文学》,上海:南华书局,1929年版,第98页。
③ 徐霞村编:《法国文学史》,上海:光华书局,1930年版,第180页。
④ 徐仲年:《法国文学ABC》,上海:世界书局,1933年版,第30页。
⑤ 穆木天:《法国文学史》,上海:世界书局,1935年版,第283页。

主义地,描写出来社会和人物"。①

1946年,袁昌英出版《法国文学》,书中将巴尔扎克译作"巴尔查",认为:"巴尔查是法国文学史上一座巨碑。他立在两个伟大潮流的中间,一只脚踏住渐渐退落的浪漫主义,一只脚引入自然主义的大波澜。"②文中注意到巴尔扎克环境和人物描写上的真实性,说"巴尔查和和莫力哀都一样只选择个性中一种最强烈的情欲",③换句话说,这实际上说巴尔扎克的人物描写是不够真实的。

1949年之后,对巴尔扎克的研究和评论也得到很大的进步,比如1951年《巴尔扎克传》面世,1962年《巴尔扎克年谱》出版,李健吾、柳鸣九、郑克鲁等学者研究巴尔扎克的文章,也在各种刊物上发表。不过,由于受到意识形态的影响,这时的巴尔扎克研究往往与政治思想联系到一起,这不得不说是时代留下的一大印迹。

(二) 巴尔扎克在中国的翻译

上文已经说过,巴尔扎克在中国的翻译,始自林纾的《哀吹录》。林纾的翻译为文言文,在新文学革命之后,影响力不大。

林纾之后,巴尔扎克的短篇小说有不少翻译到中国。比如《小说月报》第15卷号外上,有巴尔扎克的《刽子手》;1923年的《小说世界》上,有铁樵译的《笑祸》;《北新》第3卷上,有斲冰点译的《失之一笑》;《真美善》第二卷上,有虚白译的《包底隆的美女儿戏弄审判官》。

虽然和莫泊桑相比,巴尔扎克短篇的翻译数量仍然嫌少,但是与司汤达的际遇相比较,那又好多了。

在民国时期,巴尔扎克作品集和长篇作品的翻译也还可观。比如1936年蒋怀青翻译的《巴尔扎克短篇小说》,由商务印书馆出版;1945年陈原译的《巴尔扎克讽刺小说集》,由五十年代出版社出版;1946年罗塞译的《戴依夫人》,由云海出版社出版。

其中穆木天最值得注意。穆木天是五四时期后的象征主义诗人,但同时也对法国小说感兴趣。他在1936年翻译了《欧也妮·葛朗台》,由商务印书馆出版,题名原为《欧贞尼·葛郎代》;随后又在1940年,翻译了《从妹贝德》,同样交由商务印书馆出版;1942年,翻译《巴尔扎克短篇

---

① 穆木天:《法国文学史》,上海:世界书局,1935年版,第289页。
② 袁昌英:《法国文学》,上海:商务印书馆,1944年版,第226页。
③ 同上书,第228页。

集》，由桂林三户图书社出版；随后在1949年，穆木天又翻译了《绝对之探求》，由文通书局出版。穆木天还在1951年出版了他翻译的《高老头》，原书名为《勾利尤老头子》，由上海文通书局出版。

傅雷也是一位重要的翻译家，他翻译巴尔扎克的作品，稍晚于穆木天。1946年他翻译了《亚尔培·萨戈龙》，由上海骆驼书店出版，3年后，出版《欧也妮·葛朗台》，由三联书店出版，1951年，又出版《夏倍尔上校》，出版社依旧。虽然傅雷的译作出现的晚些，但翻译《高老头》却在穆木天之前，他在1946年就在骆驼书店出版了该书。

另外，高名凯也翻译了多种巴尔扎克的著作，他从1946年到1954年，翻译的巴尔扎克的作品，足有一二十部之多，比如1946年出版了《杜尔的教士》《毕爱丽黛》《葛兰德·欧琴妮》，1947年出版的有《发明家的苦恼》《两诗人》《外省伟人在巴黎》《老小姐》《单身汉的家事》《幽谷百合》，1952年出版的有《驴皮记》。

下面就傅雷和穆木天的译本进行比较，寻找两个译本的特色，及相对的优劣。

在《高老头》的《二处访问》中，有一个描绘雷斯多晨妆的细节，原文直译的话，是这样的：

> 拉斯蒂涅猛然转过身，看到伯爵夫人俊俏地穿着一件白色开司米的晨衣，扎着粉红色的结，头发随便地梳起来，像巴黎女人早晨的那样；她身上散着香气，无疑洗过澡了，她的美，可以说是经过调伏的，但像是更加撩人了；她的眼睛湿润润的。[①]

穆木天的译文为：

> 辣斯提尼亚克猛然回过身来，他瞥见伯爵夫人很标致地穿着一件用缎带结起来的白开丝米的梳妆衣，头发随随便便地梳起来的，如同巴黎女人在早晨的那种样子；她身上放散着薰香，她无疑地已经洗过澡了，她的美貌，可以说是经过陶冶的，像是越发淫荡了；她的眼睛，是湿润的。[②]

傅雷的译文是：

> 拉斯蒂涅转过身子，瞧见她娇滴滴的穿着件白开司米外扣粉红

[①] H. de Balzac, *Le Père Goriot*, Paris: Charpentier, 1839, pp. 74—75.
[②] 巴尔扎克:《勾利尤老头子》，穆木天译，上海：文通书局，1951年版，第79页。

结的梳妆衣,头上随便挽着一个髻,正是巴黎妇女的晨装。她身上发出一阵阵的香味,两眼水汪汪的,大概才洗过澡;经过一番调理,她愈加娇艳了。①

原文的第二小句,"看到伯爵夫人俊俏地穿着一件白色开司米的晨衣",文中"俊俏地"原文为"coquettement",该词有标致的意思,也有卖弄风情的意思,考虑到雷斯多夫人为了取悦自己的情人,自然带有媚态。穆木天的译文平实,译为"标致地",不违背此词的原义,但不及傅雷"娇滴滴的"传神。该句的后半部分,"穿着一件白色开司米的晨衣,扎着粉红色的结",原文为两个小句,穆木天将其合为一句:"穿着一件用缎带结起来的白开丝米的梳妆衣。""缎带"一词恐为"noeud"的增译,该词指"结、扣"的意思,往往这种结和扣是装饰性的,不一定是缎带。傅雷的译文为"穿着件白开司米外扣粉红结的梳妆衣",意义就贴切些。而且,傅雷不用"扎着粉红色的结",而用"外扣粉红结",把"穿"和"外扣"连在一起,颇有繁富绚烂的感觉,在中国明清描写女性衣着的世情小说中,也很常见。比如《红楼梦》第三回对王熙凤着装的描写:

> 身上穿着缕金百蝶穿花大红云缎窄袄,外罩五彩刻丝石青银鼠褂,下着翡翠撒花洋绉裙。一双丹凤三角眼,两弯柳叶掉梢眉,身量苗条,体格风骚,粉面含春威不露,丹唇未启笑先闻。

比较起来,傅雷的小说,更有古典气息,富有韵味。

第四小句,"头发随便地梳起来",穆木天的译文为"头发随随便便地梳起来的",与原文相合,傅雷的译文为"头上随便挽着一个髻",这就与原文有偏差了。19世纪法国女性的发饰,有没有中国式的发髻呢,这是一个疑问。想必是傅雷想让译文更有"中国气息"吧。实际上,这个词确实能给人更深的印象。

译文中靠后的二小句:"她的美,可以说是经过调伏的,但像是更加撩人了。""调伏"原文为"assouplie",有"弱化、控制"的意思,穆木天译为"陶冶",指的是经过人为的处理,自然合乎原义,但陶冶一词,有一些衍生的意义,容易让读者产生误解,比如可以指"有意强化"的意思。傅雷的译文"调理",一方面指出"有意为之"的意思,一方面也有人为的"调节"的意思,较穆木天的译文更切。"撩人",原文为"voluptueuse",有"性感"的意

---

① 巴尔扎克:《高老头》,傅雷译,北京:人民文学出版社,1994年版,第54页。

思,它往往暗示肉体上的魅力。穆木天的译文为"淫荡",这个词本来有淫荡的意思,但放在这里却不妥。因为"淫荡"虽然能暗示肉体的魅力,但是给人许多道德上的价值,因而歪曲了原文对感觉刺激力的强调作用。傅雷的译文是"娇艳",这个词排除了道德上的影射,而且体现出观者感觉受到的刺激,优于穆木天。

又另一段伏脱冷揭露巴黎世态人心的几句话,直译的话译文是:

> 你知道在这儿人们是怎样打开局面的吗?靠天才的光辉,或者靠腐化的巧妙。必须要像炮弹一样冲进人群中,或者像瘟疫一样钻进去。正直一点也没有用。人们在天才的威力下弯腰,人们恨他,想方设法污蔑他,因为他独占,不和人分;但如果他坚持,人们就会屈膝;一言以蔽之,当人们不能把他埋在烂泥中时,人们就会跪着崇拜它。腐化所在皆是,天才却很稀少。因而,腐化是众多庸人的武器,您到处都可以感觉到它的锋芒。①

穆木天的译文是:

> 你晓得,在这里,人们是怎样地给自己打路子呢?由于天才的光辉,或者是,由于堕落的高妙。得如同炮弹一样,进到那些个人的堆堆里,或者是,如同百斯笃似地溜到那里边去。正直,是毫无用处。人们在天才的威力下边屈服,人们恨天才,人们尽力想法子去毁谤天才,因为天才并不分给别人的;可是,如果天才是坚持着的话,人们就要屈服啦;一言以蔽之,当人们不能把天才埋到泥底下的时候,人们就要下跪去崇拜他啦。堕落,是多得很。天才却很稀少。因之,堕落,就是那数不胜数的庸人的武器,您到处都可以遇得到那种武器的锋芒。②

傅雷的译文是:

> 你知道巴黎的人怎么打天下的?不是靠天才的光芒,就是靠腐蚀的本领。在这个人堆里,不像炮弹一般轰进去,就得像瘟疫一般钻进去。清白老实一无用处。在天才的威力之下,大家会屈服;先是恨他,毁谤他,因为他一口独吞,不肯分肥;可是他要坚持的话,大家便屈服了;总而言之,没法把你埋在土里的时候,就向你磕头。雄才大

---

① H. de Balzac, *Le Père Goriot*, Paris: Charpentier, 1839, p.142.
② 巴尔扎克:《勾利尤老头子》,穆木天译,贵阳:文通书局,1951年版,第150—151页。

略是少有的,遍地风行的是腐化堕落。社会上多的是饭桶,而腐蚀便是饭桶的武器,你到处觉得有它的刀尖。"①

原文第一句,"你知道在这儿人们是怎样打开局面的吗",其中"打开局面"原文为"fait son chemin",字面上的意思是"闯出道路""获得成功",穆木天译为"打路子",这是直译,忠实于原文,但不太符合中文习惯。傅雷的译文是"打天下",很自然地将原文的意思呈现出来。接着一句"靠天才的光辉,或者靠腐化的巧妙","巧妙"的原文为"adresse",这个词有"机巧""灵活"的意思,穆木天译作"高妙",这个词能传达出"adresse"的意思,但它暗含有中国诗画技法中的自然无痕的意思,是"诗家语",倒不合原文了,傅雷译作"本领",相对来说要好得多。中间一句"因为他独占,不和人分",穆木天译作"因为天才并不分给别人的",将后面半句译出来,但漏了前半句,属于漏译。傅雷译全了,"他一口独占,不肯分肥"。这里的"分肥"用得很好,既有原文"partager"的"瓜分""分享"的意思,又将巴黎社会的某种"江湖气"传达出来,非常传神。下面有一句:"腐化所在皆是,天才却很稀少。""所在皆是"原文为"être en force",指的是数量众多,它的主语是"corruption",穆木天的译文是:"堕落,是多得很。天才却很稀少。"译得比较平实。傅雷的译文是:"雄才大略是少有的,遍地风行的是腐化堕落。"这里将"众多"译为"风行",原意没有大的扭曲,算是妙译,因为"风行"一词比较有力量,能促成好的文风。不过将"天才"译作"雄才大略"就有点偏离本义了,"雄才大略"往往用在政治、经济领域,属于宏大的词语,而原文中的"天才"却没有这些联想。这是傅雷在意译的时候,难免会带来的问题。

整体来看,穆木天的译文平实,忠于原文,但译文在中国化的问题上,做得还有不足,傅雷的译文有气韵,偶尔会偏离原义,但能形成风格,适合中国读者的文学经验,有时能达到化译的地步,这就是傅译《高老头》现在在众多译本里脱颖而出的原因。

第五节　巴尔扎克小说的影视传播

对许多小说家来说,《人间喜剧》拥有文学创作无法企及的高度。在

---

① 巴尔扎克:《高老头》,傅雷译,北京:人民文学出版社,1994年版,第107页。

这一令人难以置信的由小说集构成的庞大社会系统中，巴尔扎克用他永不乏味的描述提供了那个时代法国社会的全景。91部各类小说，加上一些戏剧、杂著，构成了巴尔扎克创作的全部，也给20世纪影视创作提供了丰富的源泉。据不完全统计，从1909年（也许更早）开始出现根据巴尔扎克作品改编的电影短片到今天，共计出现了180多部（集）电影电视作品，其中绝大部分取材于《人间喜剧》，这部小说集的近一半作品——45部——拥有自己的影视改编文本。其中改编次数较多的包括《欧也妮·葛朗台》（15次）、《夏培上校》（14次）、《高老头》（13次）、《驴皮记》（12次）、《朗热公爵夫人》（9次）、《交际花盛衰记》（8次）、《妇女再研究》（8次）和《邦斯舅舅》（6次），这在一定程度上显示出人们对巴尔扎克某些作品的偏好。

现存最早的根据巴尔扎克作品改编的电影是出现在1909年的5部短片，包括阿图罗·安布罗休（Arturo Ambrosio）和路易吉·麦基（Luigi Maggi）共同执导的受巴尔扎克小说《妇女再研究》影响的意大利影片《伪证》（*Spergiura!*）、艾伯特·卡佩拉尼（Albert Capellani）根据同名小说改编拍摄的法国影片《驴皮记》（*La peau de chagrin*）、导演安德烈·卡尔梅（André Calmettes）改编拍摄的《妇女再研究》（*La grande bretèche*）以及导演查尔斯·德克鲁瓦（Charles Decroix）的作品《农民》（*Les paysans*）和D. W. 格里菲斯（D. W. Griffith）于1909年的9月推出的《封闭的房间》（*The Sealed Room*）。其中以格里菲斯的作品成就和价值最高。和这一时期在比沃格拉夫电影公司（Biograph Company）拍摄的诸多短片一样，11分钟长度的《封闭的房间》是格里菲斯采用独特手法表现简短故事的哥特风格情节剧，恐怖病态的内容使影片与其他情节剧相比显得与众不同。编剧弗兰克·E. 伍兹（Frank E. Woods）在题材上采取了故事编排的捷径：他并未完整构思整个故事，而是借用了爱伦·坡短篇故事《一桶蒙托亚白葡萄酒》和巴尔扎克短篇小说《妇女再研究》中的情节，虽然不是直接挪用，但通过密封房间来达到报复目的的主线基本一致。从影片本身里看，它采用了非常简单的主题，但同时被赋予诗意：16世纪的某位国王为王后在王宫中专门建造了一个舒适的房间，房间没有窗户和门，只有一个出口，在这里他可以和自己的妻子享受独处的时间，不幸的是，当国王发现王后和宫廷乐师在房间里幽会时，怒火中烧的国王趁两人不备命令手下用石块将房间密封起来，一对情人最终双双死在了房间里。格里菲斯用他的交叉剪辑技巧来拍摄这个私密房间，房间内外出现两组镜头，通过这种手法,格里菲斯超越了故事本身的戏剧性,并创建了内部和外部空间的诗意感。《封闭的房间》后来被看成是20世纪最初十年里最具有代表性的恐怖电影之一,由阿瑟·约翰逊(Arthur V. Johnson)饰演的国王因其病态性格和影片结尾处在这对情人惊慌失措时发出的狂笑,而成为早期电影中让人印象深刻的恐怖角色之一。

之后,根据巴尔扎克作品改编的电影数量大量增加,在接下来的几年时间里,巴尔扎克最具有代表性的一系列作品相继被搬上银幕,如《欧也妮·葛朗台》《高老头》《夏倍上校》《邦斯舅舅》《交际花盛衰记》等,另有一批小说和戏剧作品虽然在巴尔扎克创作中并不引人注目,却也备受电影改编者的青睐,如《红色旅店》《行会头子费拉居斯》《梅尔卡台》等,也开始出现最早的电影改编文本。

(一)《欧也妮·葛朗台》:被改编次数最多的一部

《欧也妮·葛朗台》是巴尔扎克最优秀的小说之一,也是法国文学里最受欢迎的作品之一。巴尔扎克用恰到好处的艺术手法塑造了令人生厌的守财奴形象,葛朗台的贪婪扭曲了他的灵魂,使他的妻子、女儿的一生也陷入了悲惨的境地。故事的真正悲剧性在于欧也妮注定要过孤独的、没有爱的生活。因此,在巴尔扎克的故事情节中,葛朗台和欧也妮这一对父女是最成功的两个人物形象。许多被这部作品所吸引的电影电视导演都无一例外地会尊重巴尔扎克的原著,但在刻画主题上却容易出现偏差。这并不是因为寻找合适主题的艰难,而是故事本身在改编过程中很难出现新意,同时又不扭曲原著精神。于是,现代改编、截取、改变结局等各种尝试都会出现在改编文本中,但结果却都基本上令人失望。

对这部小说的影视改编始于1910年由两位法国导演艾米尔·克劳塔德(Emile Chautard)和维克多兰·雅塞(Victorin-Hippolyte Jasset)合拍的10分钟短片,之后还出现过1918年的意大利同名版本和1921年的美国版本《爱的力量》(*The Conquering Power*)。《爱的力量》是早期改编版本中最具影响力的一部。值得一提的是,在导演雷克斯·英格拉姆(Rex Ingram)这部长约90分钟的默片中,淡化了贪婪的内容,取而代之的是同样的"着迷的人",只不过重心放在爱情上。欧也妮与查理成了爱情的捍卫者,葛朗台成为阻挠爱情的罪魁祸首,他阻断了查理与欧也妮之间的通信,以至于欧也妮的等待几乎无望,故事以欧也妮无奈与蓬风订立婚约为结尾,但查理的回归使这一段重逢成为爱情的最佳注脚。因此,这部电影可以被看成是一个浪漫故事,诉说爱的等待导致的幸福结局,但除了葛朗台被金钱砸死那一幕有其象征意味之外,已经基本上偏离了巴尔扎克的原著主题。

在《欧也妮·葛朗台》一书中,巴尔扎克呈现了当时陌生但今天却熟为人知的小说元素,如势利小人、外省人、吝啬鬼和许多其他内容。他以详尽的描写清晰地勾勒了19世纪法国外省中产阶级的基本特征,在讽刺贪婪、野心、伪善方面,远远超过了同时代的许多作家。贪婪是本书嘲讽的主要目标,而葛朗台先生是他创造的典型人物。但在1946年由意大利导演马里奥·索达蒂(Mario Soldati)执导的同名电影中,却丝毫看不到这种意图。导演马里奥·索达蒂以编剧见长,他对电影故事内容进行刻意铺陈,使之从查理的巴黎生活开始发生,并掺入了一段旅途经历,使整个故事乍看之下风平浪静。但金钱始终是贯穿巴尔扎克这部小说的主题,贪婪的守财奴葛朗台,为巴尔扎克提供了一个最理想的人物,也为这部电影描述枯燥无味的外省生活提供了一个窗口。尽管马里奥·索达蒂的电影也想梳理出一条关于查理和欧也妮爱情的简洁明快的线索,但葛朗台仍然在影片中占主导地位,就如同他在自己家庭中的地位一样。葛朗台主宰家庭的权力决定了他妻子和女儿的命运,妻子最终被他的吝啬折磨致死,欧也妮也被他灌输的吝啬思想变得心理变态。小说可以在描写葛朗台和欧也妮上占有同样篇幅,但在电影中表现出来的时候难免顾此失彼。

1953年,墨西哥阿格尔电影公司(Filmadora Argel)拍摄的《欧也妮·葛朗台》是对巴尔扎克原著小说的现代改编。电影里的人物与巴尔扎克小说基本一致,但故事情节在结尾处发生了一些改变,欧也妮终生未嫁,并在自己的遗嘱中将自己的遗产留给了堂哥卡洛斯的孩子们。其实,要想在电影中真实再现葛朗台先生其实并不困难,他只需要在故事情节中自始至终保持贪婪、吝啬就可以了。而欧也妮却在自己的人生历程中变得愈加世故。被葛朗台作为特权行使的感情力量害死了他的太太,也永远地毁了他的女儿。因此,欧也妮最终是否与蓬风庭长结婚并不重要,重要的是父亲的影响造就了她,她沿袭了她父亲的生活习惯。

而1960年由谢尔盖·阿列克谢耶夫(Sergei Alekseyev)执导的苏联版本,则是最贴近巴尔扎克原著的改编电影。电影延续了小说那种全知的叙事风格,那种对法国社会阶级意识的犀利见解。虽然《欧也妮·葛朗台》的故事情节并不复杂,但电影很难整体照搬巴尔扎克的小说,尤其是其中的一些细节。因此，阿列克谢耶夫将影片分解为一系列场景构成的系列，这些场景都是从小说中提炼而来。这部影片通过细节将角色，尤其是葛朗台刻画得栩栩如生。与克罗旭父子关于处理破产事务的谈判场景贴切地描绘了一名为了省钱不择手段的吝啬鬼形象。巴尔扎克通过一些夸张描写来向读者表明葛朗台那些行为到底有多贪婪，而阿列克谢耶夫也巧妙地通过电影手法达到了同样目的。与此同时，阿列克谢耶夫也找到了与文学作品微妙之处相配的其他电影风格。他通过熟练运用对白与行动舞蹈，生动描述了外省风俗，甚至让葛朗台对着镜头说话，对故事情节作了说明。另外，他在影片中也表现出了与巴尔扎克同样的嘲讽。例如，在最终场景中，当傲慢的查理得知欧也妮财富的真实数目时，脸上的复杂神情一闪而过，令人倍感讽刺。像《欧也妮·葛朗台》这样一部感人至深的作品，观众们难免会同情欧也妮而憎恨她父亲，但小说也好电影也好，欧也妮对她父亲始终并无恶意。在小说阅读过程中，读者不会因为欧也妮单独继承财产而妒忌她，巴尔扎克引导着读者，让我们忘了自己的看法而接受了小说的观点；而在电影中，阿列克谢耶夫让观众接受了电影的观点而忘记了小说的原貌。的确，在阿列克谢耶夫的执导下，《欧也妮·葛朗台》这部巴尔扎克广受欢迎的作品的细节处拿捏得当，现实主义的风格特色亦掌握得十分恰当，演员合作班底表演相当到位，令人印象深刻。

之后，1976年，香港新联影业公司的影片《至爱亲朋》在故事情节和人物设计上也借用了《欧也妮·葛朗台》小说的诸多内容。

《欧也妮·葛朗台》的电视版本，最早出现在1956年，分别是莫里斯·卡泽纳夫（Maurice Cazeneuve）导演的法国电视电影和美国50年代"午后剧场"（Matinee Theatre）中第二季的同名电视剧集，后一部电视剧也是最早的彩色版本。其他的版本还有英国BBC公司1965年出品的三集TV Mini-Series、联邦德国电视二台（Zweites Deutsches Fernsehen，ZDF）1965年拍摄的长达115分钟的电视电影《我们亲爱的葛朗台小姐》（*Unserliebes Frçulein Grandet*）、法国1968年由阿兰·布岱（Alain Boudet）执导的电视电影，西班牙电视系列片"连续剧"（*Novela*）中的一集（1969）、1977年西班牙著名女导演皮拉尔·米罗（Pilar Miró）执导的电视系列剧"图书"（*Los Libros*）中的一集等。

遗憾的是，没有一部影视改编作品愿意在展现葛朗台家庭生活、欧也妮与查理之间的爱情悲剧两大主题之外，展现更多的外省生活环境。最新一部根据小说改编的影视作品是1994年由让-丹尼尔·维哈吉（Jean-

Daniel Verhaeghe)执导的电视电影,但除了影片中索漠街道上的几个有限镜头之外,故事发展都局限在葛朗台并不宽敞的家中,更像是一部舞台剧的再现。对于《欧也妮·葛朗台》来说,如果欧也妮不是在这样的父亲身边和环境之中长大,就不会是现在这个样子。人与人之间关系的这种机制说明了巴尔扎克思想的一个主流,即遗传学和环境影响两者是不能排除的,欧也妮的命运也许是她一出生就已注定了的。

除《欧也妮·葛朗台》外,讲述自私自利的欲念如何使人变得残酷无情故事的《夏倍上校》是最受导演关注的巴尔扎克小说作品,其中最具有代表性的包括 1943 年由法国电影商业公司(Compagnie Commerciale Française Cinématographique,CCFC)出品,勒内·勒埃纳夫(René Le Hénaff)导演、朱尔·雷姆(Jules Raimu)主演的黑白版本,还有 1994 年由法国"Canal+"电视台等多家公司联合出品,伊夫·安吉洛(Yves Angelo)导演、热拉尔·德帕迪约(Gérard Depardieu)主演的 110 分钟版本。安吉洛认为过去的改编都不成功,他表示自己尊重的既非人物也非历史,而是人的行为。在他看来,夏倍并没有受骗,他的妻子不是魔鬼,只是一个尽力自卫的女人,而夏倍放弃她也是一个男人维护荣誉的行为。为了使过去更加贴近现实,影片以在战场上搜集和埋葬尸体开始,让夏倍上校从这种背景下走出来,好像是从尸体堆里回来的人,使人一开始就感觉到死亡的阴影,它笼罩着过去,也笼罩着现在。[①]

相比起《欧也妮·葛朗台》与《夏倍上校》,小说《高老头》在影视改编方面的次数也相当之多,但质量却有明显的差距。《高老头》的电影改编始于 1910 年阿尔芒·努梅斯(Armand Numès)执导的同名作品。到了 1921 年,出现了由雅克·德·巴隆塞利(Jacques de Baroncelli)改编的同名电影。1926 年由马森·霍普(E. Mason Hopper)执导的影片《午夜的巴黎》(*Paris at Midnight*)同样取材于小说《高老头》。还有 1945 年法国女王电影公司(Regina Productions)出品、罗伯特·韦尔奈(Robert Vernay)执导了同名影片。在电视剧改编方面,最早出现的是 1968 年英国广播公司(BBC)的电视迷你剧。1970 年意大利广播电视公司(Radiotelevisione Italiana,RAI)出品了电视电影。此外还有 1972 年法国导演居伊·若雷(Guy Jorré)的电视电影,西班牙电视系列片"连续剧"(*Novela*)中的一集(1976),2004 年由法国、罗马尼亚、比利时三国合拍的

---

① 吴岳添:《重上银幕的名著》,《读书》1996 年第 10 期,第 39—41 页。

电视电影,由让-丹尼尔·维哈吉(Jean-Daniel Verhaeghe)执导。

(二) 雅克·里维特:最具有巴尔扎克情结的电影导演

20世纪60年代以后,"新浪潮"的导演、制片人和编剧继续改编小说,但是对大作家作品的改编让位给了在这一时期发展的电视剧。电影从在雷内·克莱芒的《洗衣女的一生》或伊夫·阿勒格莱特的电影中占主导地位的自然主义模式过渡到了巴尔扎克模式,但明显已经不是原来的改编了。这体现在里维特的电影中:《一个幽灵》(即《出局:禁止接触》)的灵感来自《十三人故事》,《不羁的美女》灵感来自《玄妙的杰作》;也体现在特吕弗和夏布洛尔的电影中,他们在《四百下》和《表兄弟》中都提到了这位小说家。① 相比之下,巴尔扎克模式经常注重对现代社会的批判性描写,强调构成心理和社会对抗的矛盾。埃里克·侯麦后来回忆道:"我们有着共同的兴趣,奇怪的是我们都是巴尔扎克作品的忠实读者。戈达尔在他的口袋里总是有一本巴尔扎克的书,特吕弗在《四百下》里谈论巴尔扎克。而我呢,我很喜爱这个作家,里维特还让我在他的片子里演出一幕巴尔扎克的戏。"②

作为法国新浪潮的代表人物之一,雅克·里维特是行动决心最强烈的一个。他当初从外省来到巴黎——这是他和巴尔扎克的一个共同点③,他的电影实验性目的很强,拍摄方法比较接近纪实(尽管他拍故事片),接近"真实电影";他偏爱不间断连续拍摄的长镜头,即所谓的"段落镜头"。④ 让观众和制片人都很头疼的是他经常出现篇幅较长的电影作品,擅长在影片拍摄中融合纪录片、戏剧和戏剧排演的元素。在创作方面,"巴尔扎克对我来说一直是很重要的"⑤,里维特在自己的三部作品《出局:禁止接触》(Out 1, noli me tangere)、《不羁的美女》(La belle noiseuse)和《别碰斧子》(Ne touchez pas la hache)中表达了对巴尔扎克

---

① 米歇尔·玛丽:《新浪潮(第3版)》,王译译,北京:中国电影出版社,2014年版,第89页。
② 杨远婴主编:《多维视野:当代欧美电影研究》,梁京勇译,北京:中国电影出版社,2007年版,第72页。
③ 弗朗索瓦·特吕弗:《我生命中的电影》,黄渊译,上海:上海译文出版社,2008年版,第304页。
④ 乌利希·格雷戈尔:《世界电影史(1960年以来)》,第三卷(上),郑再新等译,北京:中国电影出版社,1987年版,第74页。
⑤ Jacques Rivette: Comments at the 2007 Berlinale, http://www.dvdbeaver.com/rivette/OK/axecomments.html[2014—09—06]

的热爱。

《出局：禁止接触》是里维特最重要的电影之一，也是电影史上罕见长度的实验电影之一。剪辑后的影片放映时间长达 12 小时 40 分钟，以至于所有上映和发行部门都予以拒绝，据说完整长度的《出局：禁止接触》仅在 1971 年 10 月的勒阿弗尔放映过一次。1972 年，里维特剪辑了一个与原片有出入的 255 分钟浓缩版本，并在巴黎公映。这种异乎寻常的片长，使得里维特能够慢慢地展现日常生活的节奏，在它们背后，观众感到复杂的、半遮半掩的阴谋潜藏在那里。① 电影独特的片名在某种程度上是里维特兴趣的反映，它的灵感来自于乔托名为《耶稣复活》绘画中的古代场景。② 虽然是第一次根据巴尔扎克作品改编电影，但他在访谈中坦言电影开拍之前他对巴尔扎克的作品的阅读非常有限，他对电影的原著《十三人故事》的阅读也仅仅是序言的一部分而已。但巴尔扎克关于当时巴黎"秘密组织"的描绘显然影响了他在这部电影拍摄的思路，因此里维特的初衷就是"通过电影展现一个集团，一个组织，虽然到底是什么样的形式我并不是很清楚"③。因为影片在拍摄之处并没有完整的剧本或是提纲，另外侯麦在影片中以巴尔扎克研究专家身份的出现以及他对巴尔扎克的热爱也极大影响了里维特对巴尔扎克的深入了解。总的来说，长达 12 小时的《出局》在构思上显然受到了巴尔扎克小说《十三人故事》尤其是其中的第一部《行会首领费拉居斯》的影响，在影片中也多处提到这位伟大作家及其作品。正如雅克·里维特后来在访谈中所说，他并不想整体照搬巴尔扎克的小说，而是将自己的电影编成了以两个前卫剧团排演古希腊悲剧《被缚的普罗米修斯》和《七将攻忒拜》场景为主所组成的即兴电影形式，只有关于科林、弗兰德里克两个社会边缘人物的遭遇的那些场景或多或少跟小说故事情节有关。电影将故事发生的时间放在 1970 年左右，也就是 1968 年风暴过去之后不久的巴黎生活状态之中，影片可以被视为一个带有政治意味的故事，诉说那个时代的不安和萎靡不振的状态。从影片结构上来说，里维特的"兴趣是拍一部不是由两部而是多部影片交叉，

---

① 大卫·波德维尔、克里斯汀·汤普森：《世界电影史》（第 2 版），范倍译，北京：北京大学出版社，2014 年版，第 581 页。

② Mary M. Wiles, *Jacques Rivette*, Urbana, Chicago and Springfield: University of Illinois Press, 2012, p. 53.

③ Jonathan Rosenbaum, *RIVETTE: Texts and Interviews*, London: British Film Institute, 1977, p. 40.

由一系列影片组成的影片……",在该片中,一连串的叙事主题交叉在一起;其中有巴尔扎克的《十三人故事》和在这部小说中所描写的阴谋的主题;有努力破译秘密消息的青年男子,而这些消息又与《十三人故事》有关联(他的努力仍一事无成);后来是匿名信和讹诈的故事;最后牵扯到两出戏剧的上演,其中有埃斯库罗斯的《被缚的普罗米修斯》。这些各自不同的情节线起初是平行发展的,后来逐渐交叉联结在一起,最后又分开,朝各自的方向向前发展。① 观众在观看该片时恰如登山:开始时步履维艰,很费劲,但慢慢地便展现出希望,景观大开,目不暇接,眼花缭乱,似乎观众也被吁请来积极参与了创作。② 在这部影片作品中,里维特以超越时代的电影才华和非凡的影像效果通过拼贴将故事片段加以刻画,看上去毫无关联的几桩事件,渐渐地局部揭露出人们交往当中普遍性内含的秘密、阴谋与欺瞒,以及一些掩盖在日常性之下的潜在悬疑面貌——对人际关系、对事件表象的质疑、不确定。里维特通过这一系列手法,成功将故事情节与人性的探讨摆在观众面前。因《四百击》而享誉全球的让-皮埃尔·利奥德(Jean-Pierre Léaud)饰演的科林相当完美,他细腻地表现出了科林身上的神经质,从假扮聋哑人街头骗钱到装成记者跟踪摸底,他所摆出的姿态暗暗流露出都市边缘人挣扎的情感。

巴尔扎克的《十三人故事》并不是这位作家创作中最显眼的故事,然而故事中的神秘感以及对巴黎底层生活的见解,更能深刻表现出巴尔扎克潜意识中所压抑的情感,也使它备受读者喜欢,常常成为影视改编的素材。影片《出局》在商业上是失败的,但雅克·里维特执意通过尝试使巴尔扎克的作品与电影取得巧妙融合,直到 20 年后,当《不羁的美女》在欧洲公映时,里维特改编的巴尔扎克作品才开始获得欢迎。

拍摄于 1991 年的作品《不羁的美女》(La belle noiseuse)是雅克·里维特在 20 年之后又一次与巴尔扎克的小说结缘,这部影片长度为 236 分钟,里维特电影的冗长沉闷风格依旧保留。这一点难免会让观众望而却步,欣赏电影的过程甚至就像影片中的那位模特维持高难度肢体扭曲姿势一样困难,幸运的是影片拿到了包括戛纳评委会大奖在内的诸多荣誉。尽管里维特与克里斯汀·劳伦特(Christine Laurent)、巴斯可·波尼茨(Pascal Bonitzer)合写的剧本改写了原著《玄妙的杰作》的情节,但讲述的

---

① 乌利希·格雷戈尔:《世界电影史(1960 年以来)》,第三卷(上),郑再新等译,北京:中国电影出版社,1987 年版,第 76 页。
② 同上书,第 77 页。

那幅"未完成的杰作"的主题和关于艺术激情的主题并没有很大的变动，一位迟暮的著名画家先是创作了这幅作品，之后又将它隐匿了起来。影片的独特之处在于，它由一系列单一场景构成，其中尼古拉既是故事的叙述者，又是故事的主要人物之一，这名居住在巴黎的青年画家感到创作灵感枯竭、身心俱疲，于是来到小镇旅游散心，享受创作之外的舒适，并且顺道拜访著名艺术大师爱德华·弗伦胡佛。有一天，他与由艾曼纽·贝阿（Emmanuelle Béart）饰演的情人玛丽安在艺术品经销商的陪同下来到艺术家弗伦胡佛与妻子利斯生活的僻静庄园参观访问，当米歇尔·皮寇利（Michel Piccoli）饰演的艺术家见到年轻美貌的玛丽安之后，重新激发了他尘封已久的创作激情，并决定以她为模特，重执画笔完成杰作。观众们或许期待的是巴尔扎克小说中画家与模特以及青年艺术家之间的微妙关系变化能通过全知视角的电影加以呈现，就像其他几部同时代的巴尔扎克作品改编电影一样。然而，里维特却令观众们失望了，这当然不是一个沉溺于三角爱恋纠葛的故事，里维特用自己惯有的表现手法和风格，耗费了大半部电影的时间来记录作画的过程，并在他的电影语言中巧妙地加入了对艺术，尤其是绘画的理解。影片似乎在暗示：美术家必须以娴熟地表现单个或多个女人的裸体来证明自身，这是一种最高的艺术才能，是普遍而永恒的标志。[1] 当画家弗伦胡佛正视他与妻子的婚姻生活、心怀警惕地看着新一代的出现，直面自己对死亡的恐惧时，观众很难不将这位忧郁的主人公视为导演本人的自画像。[2] 在一定程度上，影片让观众得以一窥享有特权的艺术世界，在这个世界里，画家、画商和密友三人编成了一张微妙的情欲之网。在影片的核心部分，里维特对细节和时间的延宕给予了细腻的关注，他探讨了画家爱德华·弗伦胡佛和他几乎全裸的模特玛丽安之间舞蹈般的和谐关系。他们在作画时情绪几经变化：挫折感、敌意、欢愉。[3] 出色的演员对绘画的表现给影片的情节带来了游戏般的起起伏伏。[4] 影片的大多数场景中，镜头画面都优雅精致，人物之间的对话回味久远。《不羁的美女》最终广受好评，里维特则通过略显拖沓却又

---

[1] 琳达·诺奇林：《修拉：〈摆姿势的女子〉中的人体政治》，施佳译，见易英主编：《共享的价值》，石家庄：河北美术出版社，2004年版，第75页。

[2] 史蒂文·杰伊·施奈德主编：《有生之年非看不可的1001部电影》（修订第7版），江唐、赵剑琳、王甜甜译，北京：中央编译出版社2010年版，第799页。

[3] 同上书，第799页。

[4] 让-皮埃尔·让科拉：《法国电影简史》（第2版），巫明明译，北京：中国电影出版社，2014年版，第98页。

极其准确的拍摄,证明了他在诠释巴尔扎克小说时的过人之处。

与《出局:禁止接触》一样,里维特2007年的影片《别碰斧子》同样取材于《十三人故事》,被看成是"又一部由一系列戏剧性画面构成的巴尔扎克改编作品"①。《十三人故事》是《风俗研究·巴黎生活场景》的第一部作品,由下列三部中篇组成:《行会头子费拉居斯》《朗热公爵夫人》和《金眼女郎》。在故事中,除了死亡和上帝这两种自然界永恒地与人类意志相抗衡的障碍以外,十三人的强大力量,没有遇到任何阻挡。② 但是和第一部《行会头子费拉居斯》不同的是,后两部作品不约而同地遇到了狂暴的激情。作为巴尔扎克"一部以自传体的动力写成的充满激情的小说"③,《朗热公爵夫人》先后9次被改编成电影电视,比较具有代表性的有雅克·德·巴隆塞利(Jacques de Baroncelli)执导、让·吉罗杜(Jean Giraudoux)编剧的1941年版电影、1995年由让-丹尼尔·维哈吉(Jean-Daniel Verhaeghe)执导的电视电影,还有那部未能拍摄成功的原计划由葛丽泰·嘉宝(Greta Garbo)主演的1949年版本。与里维特以往文学作品改编电影不同的是,《别碰斧子》不仅在小说的精髓上同时还在文本的字里行间努力保留了对原著的忠实,里维特回到了小说最初的标题《别碰斧子》,并且回到了戏剧性的场景中,重新进入有关欲望与占有的主题,这一切都或多或少地给他的改编作品以灵感。④ 影片基本上忠实改编了巴尔扎克原著,以18世纪早期拿破仑流放和波旁王朝复辟为背景,以缓慢的节奏来讲述巴黎圣日耳曼区穷奢极欲的贵族生活,朗热公爵夫人与德·蒙特里沃将军的相遇原本只是她众多游戏中的一出,她看中的只是他与众不同的身世以及他辉煌经历的炫耀价值,一如小说创作时德·卡斯特里侯爵夫人对巴尔扎克的态度。但就像电影标题所暗示的,一时任性的激情,却触碰到了让人痛苦甚至取人性命的刀斧。里维特和他的团

---

① Mary M. Wiles, *Jacques Rivette*, Urbana, Chicago and Springfield: University of Illinois Press, 2012, p. 30.

② 巴尔扎克:《第二部〈切莫触摸刀斧〉(〈朗热公爵夫人〉)第一版出版说明》,见《人间喜剧》(第24卷),袁树仁译,北京:人民文学出版社,1994年版,第242页。

③ 卡尔维诺:《巴尔扎克:城市作为小说》,见《为什么读经典》,黄灿然、李桂密译,南京:译林出版社,2012年版,第165页。

④ Mary M. Wiles, *Jacques Rivette*, Urbana, Chicago and Springfield: University of Illinois Press, 2012, p. 127—128.

队"尽可能停留在与巴尔扎克故事最近的位置上,同时还有他讲故事的手法"①,巴尔扎克的小说手法的特点在于:情节酝酿阶段缓缓推进、展开。主题一步一步扣紧,然后闪电般收拢结束(《金眼姑娘》《萨拉金》《朗热公爵夫人》等),同样还有时间的穿插(《朗热公爵夫人》《萨拉金》),很像是不同时期的熔岩混结在地层之中。②《别碰斧子》的开头与结尾都在地中海岛屿上的加尔默罗会修道院,在这座修建在岛屿的尽头、山岩的最高点上的修道院里,巴黎生活曾经的激情在这里都只是过眼云烟,就像回忆中曾经的激情一样。出于对贵族男女和法国民众的同情,巴尔扎克在原著中通过人物的言行将人生的种种隐情写得很有深度,而且引人入胜。这种伏笔写法引起一种十分独特的心理效应,一种难以言传的微妙的心理作用,③但影片在表现朗热公爵夫人内心时,并没有像小说那样进行细腻刻画,而是借助电影语言,运用色彩场景灯光的变换和主人公的表演重现了原著的魅力,地板火光蜡烛等微不足道的道具在里维特的演绎下都成了这则关于等待的难以忘怀的故事的必要注脚。饰演朗热公爵夫人的珍妮·巴利巴尔(Jeanne Balibar)以其卷曲的头发和奢华性感的服装给观众留下深刻的印象,而吉约姆·德帕迪约(Guillaume Depardieu)饰演的德·蒙特里沃将军通过粗鲁的举止和他那条在战争中受伤的腿,增添了小说中所未能提及的独特魅力。

(三) 今天:远离巴尔扎克的时代

在经历了一系列根据巴尔扎克改编影视的风潮之后,从20世纪80年代开始,来源于巴尔扎克小说的电影作品相对减少,取而代之的是一批受众有限的电视电影。在相对沉寂的电影改编方面,似乎在酝酿着一种新的改编尝试。

从1983年的《欲拒还迎》(*Black Venus*)和1987年的《高布赛克》开始,除雅克·里维特之外,越来越多的导演开始尝试用个性化的方式诠释巴尔扎克的作品。1983年由克劳德·缪洛(Claude Mulot)执导的《欲拒还迎》与巴尔扎克原著相去甚远,巴尔扎克从某种意义上来说为这部影片抬高了知名度;由亚历山大·奥洛夫(Aleksandr Orlov)执导的《高布赛

---

① Jacques Rivette: Comments at the 2007 Berlinale, http://www.dvdbeaver.com/rivette/OK/axecomments.html [2014-09-06]
② 马赛尔·普鲁斯特:《驳圣伯夫》,王道乾译,南昌:百花洲文艺出版社,2010年版,第155页。
③ 同上书。

克》是苏联继 1936 年由康斯坦丁·埃格特(Konstantin Eggert)执导的同名影片之后的又一次改编尝试,显示出苏联电影导演对这部作品情有独钟。在刻画高布赛克人物形象的细节上,影片都选择了捡金币的内容;但与 1936 年版本不同的是,1987 年版在前半部分保留了原著小说的框架,以高布赛克和但维尔的交谈引出雷斯托伯爵夫人的故事。在影片结尾处,导演亚历山大·奥洛夫借用但维尔在高布赛克房间里的恍惚让他穿越到现代的法国巴黎街头,见识一个个熟悉的身影,展现永恒主题,不能不说是神来之笔。1988 年由菲利普·德·普劳加(Philippe de Broca)执导的《雪琳娘》(Chouans!)标题来自于巴尔扎克小说《朱安党人》,在故事情节上同样是反映法国大革命时期的人们的精神状态和历程。原著小说中以 1800 年前后法国布列塔尼在保皇党煽动下发生的反对共和国政府的暴动的大背景,在影片中转化成了 1793 年之后布列塔尼地区某个村镇某个家族内部的纷争与爱情悲剧。虽然影片依然像巴尔扎克的原著一样选取法国大革命中的某段不为人知的插曲,但影片的故事情节与巴尔扎克最初的那部赖以成名的长篇小说相去甚远。值得一提的是,影片《雪琳娘》作为 80 年代法国以拍摄美国式的巨片抵抗美国片的一次尝试,却遭到了失败,这种失败不仅是艺术上的,也是商业上的。[1]

  1998 年由戴斯·麦克安纳夫(Des McAnuff)执导的《贝姨》也是这一时期巴尔扎克小说改编电影中具有代表性的作品。小说《贝姨》作为巴尔扎克最初未列入《人间喜剧》的几部作品中最优秀的一部,全书组织精当、结构紧凑、情节错综复杂,然而人物之间的相互关系却使全书联结成为一个整体。对于影视改编来说,要想全面展现《贝姨》的故事情节,容量相对较大的电视剧集是不错的选择,1971 年英国 BBC 广播公司拍摄的 5 集电视迷你剧就是其中的代表。而电影由于受时间和情节的局限,改编会受到很大束缚。罗杰·伊伯特(Roger Ebert)说 20 世纪福克斯公司出品的《贝姨》"这部电影并不像真正的文学改编那样对原著毕恭毕敬,而是填塞了邪恶的流言蜚语和社会讽刺。"电影《贝姨》的故事发生在波旁王朝复辟到 1848 年革命这一段时期的巴黎一个贵族家庭中,那里金钱债务、情感背叛及歧视等等导致纠纷不断爆发,而故事以公爵夫人表妹贝蒂为核心人物,述说这个斤斤计较的老处女以很险恶狡诈的方法,向这个充满混

---

[1] 让-皮埃尔·让科拉:《法国电影新貌》,胡祥文译,《世界电影》1989 年第 1 期,第 236—256 页。

乱、肉欲、激情及野心的世界讨回她所谓的公道。电影对原著情节进行了大量删减和重新组合,以男爵夫人的去世拉开帷幕。男爵夫人死后表妹贝蒂以为能登堂入室成为男爵家的女主人,岂料男爵只留她做女管家。贝蒂拯救了一个开煤气自杀的青年文赛斯拉·史丹卜克——他是一个从波兰逃到巴黎的政治犯。贝蒂把自己的积蓄拿出来供养他。但当贝蒂把她的秘密讲给外甥女奥当斯之后。这一对年轻人却因为在古董店的一次偶遇一见钟情。从此贝蒂开始深谋远虑,利用好友风流的歌舞女郎珍妮来对于洛一家实施她的疯狂报复,最终导致文塞莱斯被妻子霍顿斯误杀,男爵一家债台高筑丑闻不断。美国女演员杰西卡·兰格(Jessica Lange)出演该剧中的阴险善妒的女主角贝姨,伊丽莎白·苏(Elisabeth Shue)饰演大众情人珍妮——珍妮从小说中的交际花改换成了歌舞女郎,显然在人物身份设定上受到了左拉小说《娜娜》的启发。

与《贝姨》在相近时间上映的《沙漠豹人》(*Passion in the Desert*)是1998年又一部改编自巴尔扎克小说的美国电影作品。小说《沙漠里的爱情》跟巴尔扎克的其他中篇小说一样,以"我"为叙述人,向"她"讲述"我"所听到的关于那名锯断了右腿的老兵的以1798年拿破仑远征埃及为背景的故事。这一较为繁琐的叙事框架在电影中被奥古斯丁上尉被救后的回忆替代,小说中老兵被莫格拉班人俘虏并亡命脱逃的情节则被奥古斯丁奉命陪同画家帕拉迪斯旅程中与军队失散的情节取而代之,迷失在荒凉贫瘠的沙漠之后,帕拉迪斯选择了自杀,而奥古斯丁在缺水的情况下误入土著帐篷,逃离时慌不择路来到一座废弃的神庙与一只美丽的金钱豹经历了一段相互对峙、接触、理解、分离、误解与死亡的过程。巴尔扎克的这部小说在《风俗研究》的《军旅生活场景》中并不起眼,但却发挥了粗犷而优美的手法,暗示了一种特别的恋情,它仿佛是短暂的幻觉,就像沙漠中的海市蜃楼。导演拉维尼亚·克利尔(Lavinia Currier)在电影中表现出智慧、敏感性和勇气,将小说中难以表达的沙漠风光与豹的娇媚描绘得淋漓尽致,甚至在影片中增加了奥古斯丁上尉用染料和泥涂抹在他的整个身体上,试图让自己看上去更像一只豹的片段;同时影片借助于摄影机展现了华丽的风景,尤其是沙漠的怪异和美丽与造物者的神奇,充满狂野的异国情调的魅力。当然,影片中出现了太多超越巴尔扎克原著小说的元素,如战争与征服中对文明的摧毁、驯服狂野的努力和失败、小孩子手中所牵的用绳子拴住的狗和奥古斯丁将豹拴在柱子上所引起的误会以及与殖民之间的关系等等。影片本身令人印象深刻,就像阅读巴尔扎克的原著一样，本身就是一场不同寻常的狂野冒险。

进入 21 世纪之后，根据巴尔扎克小说改编的作品数量明显减少，除雅克·里维特的《别碰斧子》之外，与巴尔扎克有关的作品主要还包括 2007 年的《红房旅馆》(L'Auberge rouge)和 2008 年的《纽沁根之屋》(La maison Nucingen)。《红房旅馆》根据法国 1951 年克劳特·乌当-拉哈(Claude Autant-Lara)执导的同名电影翻拍改编而成，而根据相同故事改编的电影可以追溯到 1923 年让·爱泼斯坦(Jean Epstein)拍摄的同名无声电影，故事的原型来自于阿尔代什省的真实案件，广为流传的原因则是巴尔扎克在 1831 年出版的同名小说。而 1951 年版电影的灵感最初来自于巴尔扎克同名小说，但在电影中，除了血腥的主题一成不变之外，人物与故事情节都跟巴尔扎克原著相去甚远。2008 年由法国籍智利导演拉乌·鲁兹(Raoul Ruiz)拍摄的《纽沁根之屋》跟巴尔扎克中篇小说《纽沁根银行》之间的差距也相当明显。这位当代最具革新意识和创造力的电影梦幻大师只是参考了小说《纽沁根银行》中独特的讲故事形式，保留了"纽沁根"这个德国姓氏，借助于电影精彩的摄影机调度呈现故乡智利的独特风光，还有安第斯山脉一带特定的文化传统、传说、吸血鬼故事以及疏离的视野。① 当然，他在影片中采用过去与现在夹杂交错的叙事，达到现实与虚幻相融的谜团氛围，使影片凸显出强烈的个人气质。

---

① La Maison Nucingen: Entretien avec Raoul Ruiz, réalisateur de 'La maison de Nucingen, http://www.cinemotions.com/interview/63371 [2014—09—17]

第三章
《包法利夫人》的生成与传播

福楼拜和司汤达在现实主义的小说上距离不远,但是他们作品的际遇却完全不同。司汤达死后半个世纪才赢得美名,福楼拜则亲眼目睹了自己的成功。左拉曾这样评价福楼拜:"在本世纪,在我们这个20卷书才能勉强给作者传名的时代,再也没有一下子就赢得声誉的别的例子。"① 尽管如此,《包法利夫人》如何成为经典的问题还等待着解答。

第一节 《包法利夫人》在源语国的生成

(一)纯粹风格的探索

福楼拜文学创作的年代,正是浪漫主义文学衰退,现实主义、唯美主义文学崛起的历史过渡期。在小说方面,司汤达的《红与黑》已经开拓了现实主义的道路,在诗歌方面,与《包法利夫人》同年出版的《恶之花》某种程度上实践了唯美主义的原则,时势造英雄,英雄亦造时势,福楼拜不仅吸收了时代新潮,也开拓了新的道路。

在福楼拜之前,小说往往以情节取胜,风格本身是为情节和思想服务的,即使是在《帕尔马修道院》里,我们看到的是野外决斗、狱中调情、宫殿阴谋、结绳越狱等令人瞠目结舌的情节,更不用说《三个火枪手》这样的新骑士小说了。但在《包法利夫人》那里,情节退居其次,甚至许多地方根本

---

① Émile Zola, *Les Romanciers Naturalistes*. Paris: G. Charpentier, 1881, pp.160—161.

没有情节。

包法利医生和爱玛的爱情就是这种"无故事的故事",浪漫主义波澜起伏的题材在福楼拜笔下,变成了"水波不惊"。包法利喜欢爱玛,经常无事来做客,有一次两个人难得地单独在一起,福楼拜却将约会写得极其乏味:

> 她又坐下来,拾起女红,织补一只白线袜;她不言语,低下额头,只是织补。查理也不言语。空气从门底下吹进来,轻轻扬起古板地的灰尘;他看着灰尘散开,仅仅听见太阳穴跳动,还有远远一只母鸡在院子下了蛋啼叫。①

这种寂寥的气氛,像灰尘一样吹进他们的婚姻中来,将一切都笼罩在灰暗之中。包法利医生不知道自己为什么爱着爱玛,或许仅仅是因为爱的缘故,而爱玛对包法利医生也毫无了解,她只是在等着被人爱罢了。等到包法利医生向爱玛求婚的时刻,故事就更没有悬念了:包法利医生压根就没有向爱玛张过嘴,他在爱玛的父亲卢欧老爹跟前吱吱唔唔,倒是卢欧老爹明白未来女婿的心思,卢欧笑微微地说:"把您的事说给我听吧!我还有什么不清楚的!"包法利到底也没有把话说出来,卢欧老爹向爱玛挑明此事,而爱玛的态度也讳莫如深,福楼拜只公布了结果:护窗板推开了——这是卢欧老爹答复包法利医生的一个肯定的信号。

包法利医生和爱玛谁也没有表白,婚姻的马车就拉走了他们,自始至终唯独爱情是缺席的。内心充满浪漫想象的爱玛,最后陷于失望也是在情理之中了。从新婚到爱玛的第一次厌倦,中间可能经历了很短的时间,爱玛除了挪动一下家具,或者与查理散散步之外,并没有发生什么事情,在这微妙的情感变化中,情节退到不可能再少的地步了。福楼拜的解释是:

> 我的书中让人担忧的是娱乐的元素。那部分很虚弱,没有足够的行动。但我坚持认为"思想"就是行动。思想很难引起读者的兴趣,这我知道,但这是风格要解决的问题。现在我连续五十页没有一个事件发生。这不间断描写了死气沉沉的资产阶级的生存和爱情——一个非常难以描绘的爱情,因为它谨小慎微,藏得很深,但是,

---

① 福楼拜:《包法利夫人》,李健吾译,北京:人民文学出版社,2003年版,第18页。

唉！缺少内在的波澜，因为我书中的绅士天性沉稳。①

情节的缺失，正是由于风格的原因。福楼拜追求的小说，并不是戏剧性的小说，人物的行动是次要的，风格才是主要的。这里的风格（style）不是情感、意蕴上的特征，而是形式以及形式与真实性的关系，它还可以译成"文笔"。在福楼拜来看，如何抓住隐蔽的真实，用最恰当的形式表现它，这才是艺术的要务，若以情节取胜，则将会给小说带来灾难：

> 我若置入行动，我就要遵守一个规则，这会破坏一切。人必须用自己的声音歌唱：我决不会采用戏剧的或者吸引人的情节。另外，我相信，一切都是风格的问题，或者说是形式的问题，是表现的问题。②

这种风格带来人物心理、氛围描写的真实性。赖昂告别的情节是爱玛失足前的重头戏，赖昂少不更事，躁动不安，试图以离去来要挟爱玛，令她顺服，而爱玛对赖昂心存幻想，却出于畏惧，不敢越雷池一步。不管谁大胆吐露心声，另一个没准都会投到对方怀里去，可是两人谁都止步不前，既期待对方，又抵抗对方。这种感情的"冷战"，福楼拜通过一场压抑的对话刻画出来：

> 包法利夫人背过脸去，贴住一块窗玻璃；赖昂拿起他的便帽，轻轻拍打臀部。爱玛道：
> "就要下雨。"
> 他回答：
> "我有斗篷。"
> 她转过身来，额头向前，下巴朝下。阳光掠过额头，照到眉毛的弧线，犹如一块大理石，猜不出爱玛望天边望见了什么，也猜不出她心里到底在想什么。③

爱玛和赖昂都知道对方想什么，可是顽固的自尊妨碍了他们，二人只能用无关的废话来搪塞，这使对话变得古里古怪，只具有搪塞的作用。

这种纯粹的风格需要作者隐藏自己，一切靠精心准备的事实说话。纵观全书，不论是罗道耳弗的虚伪、勒乐的狡诈，或者是爱玛的痴狂，福楼

---

① Gustave Flaubert, "To Louise Colet," translated by Paul de Man, *Madame Bovary: Backgrounds and Sources*. New York: Norton, 1965, p.314.
② Ibid., p.314.
③ 福楼拜：《包法利夫人》，李健吾译，北京：人民文学出版社，2003年版，第101页。

拜都没有直接评判,一切都交给细节。福楼拜说:"让我写这么慢的原因,在于这本书中没有任何内容是来自于我自己;我的个性从来没有用得这般少。"①

福楼拜不仅探索隐秘的真实,而且在表现上也格外细致,他的小说是再三雕刻出来的大理石塑像,而不是激情泛滥的河流。为了追求完美,福楼拜总是不断地改写,有时一个星期只写出来五六页的内容。福楼拜曾经这样自诉衷肠:

> 狗娘养的散文!它永远也完成不了,总有东西要重写。而且,我认为可以让它有韵文的持续性。一个优秀的文句应该像一首优秀的诗——无法更易,正如节奏,正如和谐的声音。②

爱玛服毒自杀之前,她愤怒地离开了罗道耳弗,摇摇晃晃地走到野外,福楼拜这样写爱玛的混乱、绝望情绪:

> Le sol sous ses pieds était plus mou qu'une onde,
> et les sillons lui parurent d'immenses vagues brunes qui déferlaient.③
>
> (脚下的土壤比波浪还软;
> 犁沟好像黑色大潮汹涌澎湃。)

这里的"软"(mou),不仅有"柔软"的意思,还有"软弱无力"的意思,可谓一语双关,而"波浪"一词,既将土壤向远处延伸的静象写成了奇妙的动态,而且也衬托出这双无力的脚行走的状态。"波浪"(onde)和"大潮"(vagues)的隐喻,甚至也暗示了包法利夫人心海的激荡不平。这里的几个词,可谓像诗眼一样有力。

除去用词的精练,音节的选择同样也有讲究。从节奏上看,这里的两句可分析为如下的图式:

2+3+4+3
3+7+4+5

可以看出,虽然两句音节数量不同,但是都有四个节拍,每句中三字拍比较多,而且三字拍还能组成更大的拍子(7音的拍子)。三字拍可以视作

---

① Gustave Flaubert, "To Louise Colet", Ibid, p. 314.
② Ibid., p. 313.
③ Gustave Flaubert, *Madame Bovary*. Paris: Michel Lévy Préres, 1857, p. 439.

这个句子的基本节拍。每个句子前两个节拍和后两个节拍,构成一个停顿,类似于亚历山大体的语顿。在基本节拍的作用下,节奏保持着类似于诗歌的持续性。

总的说来,福楼拜在表现的真实性上,在表现的形式上,获得了纯粹的风格,这种风格明晰、简洁,树立了法国小说的新风尚。从与传统小说做法的关系上看,一种新的经典已经确立了。但是福楼拜的小部,如果仅仅自身获得某种成就,还不足以在文学史中确立它的地位,它还必须经受读者与批评家的审视和选择。

(二) 读者和批评家的接受和批评

《包法利夫人》1856 年发表在《巴黎评论》上,次年出版,它很快就收到读者和批评家的评价。1957 年,杰出的批评家圣-伯夫就写专文讨论了这本书。圣-伯夫注意到福楼拜对于精确的极度追求,认为作者完全退居故事之后,作品因而获得某种力量:

> 任何人都没有受到作者的照顾拥有其他的结果,这是为了描述的完全精确、原始,任何人都没有得到像我们爱一个朋友那样的关爱;他完全克制了自己,只是为了绝对地看,绝对地呈现,绝对地说;在小说中的任一部分,我们甚至发觉不到他的侧影。作品完全是非个人的。这是有力量的重要证据。①

这种判断是符合福楼拜的想法的,其中"非个人(impersonnelle)"一语,亦与福楼拜书信中的"个性退场"暗合。这种非个人风格的小说,将成为现代小说中的一种新形式。虽然圣-伯夫对福楼拜仍有不满意的地方,但他对福楼拜下的断语却出奇准确:"我认为我看到了新文学的迹象:科学、观察的精神,老练,略带冷酷。这似乎是影响新一辈文坛领袖们的特征。"②

虽然圣-伯夫敏锐地注意到这部小说的特性,认为新的文学即将到来,但由于福楼拜小说的风格过强,与传统的间隙过大,人们要接受它,必定要经历一个过程,这也是文学经典化的通例。

就在圣-伯夫此文写作的 5 月份,弗勒里(Cuvillier-Fleury)发表文章

---

① Sainte-Beuve, Charles-Augustin, *Causeries du lundi* (tome treizième). Paris: Garnier Frères, Libraires-Éditeurs, 1857, p. 349.

② Ibid., 363.

与圣-伯夫进行争论。弗勒里承认福楼拜的描写精确、严格,他也指出《包法利夫人》中没有受到作者的干预,世界创造的像它原本的样子一样,既不多一分,也不差一毫,但弗勒里认为这种作品没有诗意,没有理想,作品的逼真性只是外在的,进入不到人的心中。弗勒里讥讽这是一种"照相机复制的作法",其结果非但没有令人物鲜活起来,反而让人物死在作者手中。圣-伯夫认为福楼拜这种非个人的作品是有"力量"的,但弗勒里丝毫不讳言自己的异议:

> 我认为正好相反。力量来自于作者,而非来自于作品或者作法。我喜欢作者的心灵在作品中体现出来,画家的心灵在画作中反映出来。正是这种反映才是生命力,人们所说的"艺术",并不是别的东西。①

在弗勒里看来,因为缺乏作者的态度和情感,福楼拜的作品是没有"力量"的,而且这类作品甚至不能成为艺术,因为它们不具备艺术的必备条件:表现性。

弗勒里的批评,明显是浪漫主义文学观念的体现,而福楼拜在某种程度上是提防浪漫主义的。福楼拜年少的时候,也曾迷恋过浪漫主义,他曾写过《拜伦小传》,崇拜过雨果,和他的小伙伴"旋转于疯狂和自杀之间"②,后来才对浪漫的心性发生怀疑。即使这样,福楼拜心中浪漫的精神仍在,他曾在创作《包法利夫人》期间说过这样的话:

> 如实说来,我身上有两个不同的人:一个人迷恋于夸夸其谈、热情奔放、慷慨激昂、音韵锵锵,思想高妙;另一个人挖掘尽可能深的真实,他恭敬地处理卑微的事实,就像对待重大的事实一样,他想让你几乎身临其境地感受到他所创造的事物;后一个人喜欢嘲笑人,热衷于人的动物性的部分……③

第一种心性,就是浪漫主义的福楼拜,而第二种心性,则是非浪漫主义的。写作《包法利夫人》的心性,正是第二种。福楼拜的第一种心性,可能在《安东尼的诱惑》中找得到。因而说福楼拜是反抗浪漫主义的作家是非常

---

① Cuvillier-Fleury, *Dernières etudes historiques et littéraires*. Paris: Michel Lévy Frères, Libraires-Éditeurs, 1859, p. 362.
② 李健吾:《福楼拜评传·序》,桂林:广西师范大学出版社,2007年版,第3页。
③ Gustave Flaubert, "To Louise Colet", translated by Paul de Man, *Madame Bovary: Backgrounds and Sources*. New York: Norton, 1965, p. 309.

错误的,福楼拜是具有两面风格的作家。但就《包法利夫人》而言,福楼拜流露出与浪漫精神完全不同的冷静、克制,这跟他儿时的生活是分不开的。福楼拜的父亲是一位医生,自小生活在医院的环境中,熟悉死尸、病人,福楼拜渐渐的产生阴郁和喜爱解剖的倾向。他曾在书信中说:

> 我生在一家医院……还是小孩子时,我就在解剖室玩耍。这也许就是为什么,我的样子是又忧苦又狂妄。我一点不爱生命,我也一点不怕死亡。绝对的虚无的假说也丝毫引不起我的畏惧。任何时候,我都可以安然投入漆黑的巨壑。①

这种医学解剖熏染的冷静观念、阴郁性格,使得福楼拜能够自然地摆脱浪漫主义的想象和夸张,开创属于自己的文学新路。

因而,虽然福楼拜不是一个始终反浪漫主义的作家,但就他《包法利夫人》一类的创作而言,他却是真正做到了另起炉灶,这也正是弗勒里挖苦他的原因。福楼拜的某些创作在疏远浪漫主义,浪漫主义也会以某种形式来抵制它,新旧两种思潮的潜在对抗不可避免。

弗莱里的批评数年之后,另一个读者梅莱(Gustave Merlet)也站出来指责福楼拜。在梅莱眼里,福楼拜是当之无愧的现实主义领袖,因为福楼拜够坦诚,有才华,但是福楼拜明显有两个缺点,一是关注外在的真实,比如衣着、人物动作,而轻视人物的性格;一是对角色太冷漠,没有情感。第一个缺点,其实指责的是福楼拜在虚构人物的心理上做得不够,本末倒置,第二个缺点则指责福楼拜没有和他的角色心灵相通。梅莱总结道:"福楼拜先生不仅是一个职责搞错的画家,而且还是一个从事解剖的外科医生,有着解剖学专家的冷酷性格。"②总的说来,梅莱认为福楼拜的缺陷所在,还是风格问题,还是缺乏浪漫主义的问题。

19世纪中期之后,随着浪漫主义在法国渐渐衰败,尤其是雨果那个时代的结束,现代主义的各种萌芽开始在法国发生,法国批评家和读者逐渐开始习惯"异端"的主义,这就为福楼拜的经典化提供了保障。在这一时期,左拉的作用不容忽视。左拉倡导自然主义文学,为了赢得最大的关注度,他将福楼拜也纳入他的主义之中。福楼拜这个追求完美风格的作家,摇身一变,成为自然主义文学的典范。好在左拉的自然主义文学主张与福楼拜的追求相去不远,二者没有大的抵牾,左拉在树立自己的主义的

---

① 李健吾:《福楼拜评传》,桂林:广西师范大学出版社,2007年版,第13页。
② Gustave Merlet, *Réalistes et fantaisist*. Paris: Didier et Cie, 1863, p.91.

同时，也有助于让文学界正确评估福楼拜。左拉从《包法利夫人》上面归纳出他自然主义文学的三个特征：客观再现生活、描写普通人物的平常生活、作者隐藏在文字之后。他称福楼拜"建立了一个流派的规则"[①]，似乎福楼拜的文学作品已经奠立了左拉的主义，左拉并不需要做什么，他的工作，只是将现成的原则誊写下来。普雷斯顿·达根（Preston Dargan）曾经指出福楼拜和左拉之间的差距，左拉将福楼拜等人的主张推到了极端。[②] 但不管怎样，左拉对福楼拜的评价还是非常准确的："他迫使小说服从观察的定规，摆脱了人物虚假的夸大，将其变成和谐的、非个人的艺术作品，依靠它自身的美，如同美丽的大理石一样。"[③]左拉这里也用了"非个人"一词，这与福楼拜、圣-伯夫是一致的。福楼拜对自身完美风格的追求，在左拉那里，被形象地称为："如同美丽的大理石"，这概括出形式的冰冷、坚硬、完美。福楼拜的风格真的成为了经典。

左拉的批评非常具有影响力，19世纪80年代，接连出现了两本著作，讨论自然主义，这两本著作都参考到了左拉，福楼拜当然是书中的重头戏。在1883年的《自然主义小说》中，作者认为《包法利夫人》标志了一个时间的结束和另一个时间的开始，而在1884年的《自然主义演化》一书中，德普雷将《包法利夫人》视作"自然主义的首次降生"[④]，认为福楼拜拥有杰出的语言，"传达出模糊的几乎无法传达的感受"。[⑤] 福楼拜作为自然主义文学的大师确立了经典地位。

（三）包法利主义一词的流行

《包法利夫人》1856年刊发后，批评家注意到这种新的作法，于是在19世纪60年代，就出现了包法利主义（Bovarysme）一词，来命名这种创作倾向。有意思的是，包法利主义一词的意义，随着福楼拜的经典化而发生变化，最初是贬义词，用来批评平庸的现实主义小说，比如梅莱1863年出版的著作当中，就出现了包法利主义一词。梅莱肯定福楼拜的艺术水平，他认为包法利主义代表另外的一种创作倾向：

[①] Émile Zola, *Les Romanciers Naturalistes*, Paris: G. Charpentier, 1881, p. 130.

[②] E. Preston Dargan, "Studies in Balzac," *Modern Philology*, Vol. 16, No. 7 (Nov., 1918), pp. 351—370.

[③] Émile Zola, *Les Romanciers Naturalistes*. Ibid, p. 130.

[④] Louis Desprez, *L'évolution naturaliste*, Paris: Tressse, 1884, p. 19.

[⑤] Ibid, p. 38.

这种做法破坏雄辩术和诗性,舍弃常人来迁就粗野的人,摒弃心灵和热情,想借助于堕落的事物的趣味来取悦我们,一味只看身体和道德的丑陋,由此诽谤创作和社会,对于这种作法,我建议我们从此以后称其为"包法利主义"。①

当福楼拜在19世纪末确立起经典地位时,这个词又变成褒义词,成为自然主义作法的典范。比如在1912年出版的《包法利主义的哲学》一书中,作者认为有一种实证的、具体的、众所周知的包法利主义。"这个词指的是当代心理分析的一种行为,所有人都可以观察到它,福楼拜通过它展示主人公心灵的变化,描述心灵所起的作用。"②包法利主义甚至还成为哲学术语,哲学家戈尔捷1892年出版了《包法利主义:福楼拜作品中的心理分析》,该书将包法利主义视为人类普遍具有的一种心理缺陷,这种缺陷使人们构想与自身不同的别的东西。戈尔捷的哲学式理解,在法语和英语世界产生了反响。《包法利夫人》作为文学经典,伴随着包法利主义一词漂洋过海。

第二节 《包法利夫人》在英语世界的传播

《包法利夫人》在法国出版,并广受关注的时候,美国和英国的批评家、翻译家也注意到了它。从历史上看,《包法利夫人》的传播有三个方面值得注意:一,评论;二,翻译;三,改编。而这三个方面的时间顺序是这样的,最早的评论出现在1857年,即该书出版的当年;最早的翻译出现在1886年,即福楼拜的全集出版的次年;最早的改编出现在1948年,作品被改编成戏剧。下面从这三个方面对《包法利夫人》在英语世界的传播进行梳理。

(一)《包法利夫人》的评论

《包法利夫人》最早的评论来自于《北美评论》这个杂志,从整个评论史来看,《北美评论》也是各个杂志中对该作品关注最多的。现将《北美评论》中有关该作品的文献列表如下:

---

① Gustave Merlet, *Réalistes et fantaisist*. Paris: Didier et Cie,1863, p.141.
② Georges Palante, *La Philosophie du bovarysme*. Paris: Mercure de France, 1912, p.47.

篇名	时间	卷期	作者
《最近的法国文学》	1857.10	117期	无名氏
《现代法国小说》	1886.3	352期	亨利·格雷维尔
《法国当前的文学状况》	1899.10	515期	亨利·詹姆斯
《现代艺术中的情感特质》	1902.3	544期	克劳德·菲利普斯
《现代小说中的内容》	1906.6	595期	路易丝·C.威尔科克斯
《重估福楼拜》	1917.9	742期	维拉德·怀特
《福楼拜百年纪念》	1921.12	793期	维廉·H.沙伊夫莱

这些文章对《包法利夫人》关注的焦点各有不同，有些文章只是提到福楼拜，有些文章专门对福楼拜作了研究。最早的一篇文章《最近的法国文学》，基本没有涉及福楼拜的风格，大多谈的是包法利夫人的性格及其悲剧。不同于戈尔捷将包法利夫人作为人类生存普遍悲剧的代表，这篇文章将她的毁灭归因于她太重物质了，而丈夫"没有足够的钱"，由于这个评论出现得特别早，它对作品价值的估计还有保守的地方："《包法利夫人》虽然富有才华，但它既不是不道德的，也不是人们所称的那样原创。"①

进入19世纪末期、20世纪初期，英国和美国的评论界，对《包法利夫人》的评价兴奋起来。比如詹姆斯的《法国诗人和小说家》，它称《包法利夫人》是个"巨大的成功"②，作者满心激动地说现实主义在这部小说中已臻极致，"我们怀疑同样的作法是否能创作出任何更好的作品"③。无独有偶，在1909年出版的《自我主义者：一本超人的书》中，作者说福楼拜是"最具艺术性的小说家"④，而包法利夫人是"小说中创作最完美的画像"⑤。这些赞誉，有些受法国批评家的影响，有些是英美批评家自己所作的判断，它们令福楼拜成为最杰出的一位法国作家。针对这种倾向，

---

① Anonymous, "Recent French literature," *North American Review*. Vol., 85, No. 177 (Oct., 1857): 530.

② Henry James, *French Poets and Novelists*. London: Macmillan, 1904, p.199. 该书首版于1878年，1884年出现了第二版，1904年为重印本。

③ Ibid., p.202.

④ James Huneker, *Egoists: A Book of Supermen*. New York: Charles Scribner's sons, 1909, p.108.

⑤ Ibid., p.108.

《北美评论》中发表了怀特的《重估福楼拜》一文。该文一反批评界对福楼拜的齐声颂歌,将福楼拜从文学大师的席位上拉了下来。怀特认为,艺术作品的形式应该是从内容中发展出的,这是评价作品优劣的关键尺度:

> 艺术家仅仅是思想(idea)发展的土壤,他的风格是新生命得以表现的媒介。形式因而成为故事内容的必然结果,附着在观念的活力和特质上。当故事发展时,形式必须要发展:二者难以分割,一个仅仅是另一个的象征。当思想的强度超过作者形诸文字的能力后,后果就会是不均衡的、费力的。当技艺成为艺术家的焦点,超越了思想时,内在的形式就失去它凝聚的生命力和个性的特征,而且仅仅变成外在美的工具。①

怀特拿出这种"内在的形式",以批驳福楼拜的风格,在怀特看来,福楼拜的风格并不是有机的形式,并不是由内容发展出的,而是附着于、外在于思想的东西:

> 福楼拜的创作方法以及其成品的缺少,明显不同于世界上一切最高水准的作家。当我们分析他的做法时,我们发现,他的美学理念也不同于其他伟大的作家。他主要关注外在的和谐,他一味地追求"材料"上的完美。表面的节奏,并不深奥的节奏运动,是他的目的,为了这个目的他拼搏了 30 年。②

虽然福楼拜的作品获得了某些成功,但是他的作法与伟大作家背道而驰,将他与莎士比亚、巴尔扎克相提并论因而并不妥当。怀特还说,伟大的作家往往创造出人性的戏剧,而福楼拜创作的仅仅是一系列画像,他并不是创造家,只是建造家。

福楼拜引发的争论还在持续,面对怀特的发难,卢博克在 1921 年的《小说的技艺》一书中为福楼拜辩护。卢博克肯定《包法利夫人》作为画像、图景的价值,这是出于更丰富地观察人物的需要:

> 它是图景式的,其目的在于令爱玛的存在像可能的样子那样容易理解,清楚可见。……我们需要投身到她的世界之中,以便获得即

---

① Willard Huntington Wright, "Flaubert: A Revaluation," *The North American Review*, Vol. 206, No. 742 (Sep., 1917), pp.455—463.

② Ibid.

时的体验,也要超乎其外,以便掌握全部的效果,这可以看到比她更多的世界。①

这样,图景式的写作就有了意义,它令人物得到更好的展现。

卢博克甚至还给《包法利夫人》找到另一种戏剧冲突——人物和环境的冲突:

> 人物的画像、人物的研究不是出于它本身的原因,而是出于戏剧特征的某些原因,在这个戏剧中,两个主角一边是一个女人,另一边是她的整个生存环境——这就是《包法利夫人》。②

如此一来,怀特的批评变得毫无依据,因为《包法利夫人》中既有图景,又有戏剧,哪一点也不缺,而且通过复杂的、微妙的做法结合在一起。

不仅《北美评论》特别关注《包法利夫人》,另外一个杂志《西沃恩评论》也较多地讨论与福楼拜有关的话题。另外,福楼拜也赢得英语大批评家的不断评论,比如写作《模仿论》的奥尔巴赫、写作《法国五位现实主义小说家研究》的列文。福楼拜和他的《包法利夫人》在批评家那里成为了经典。

(二)《包法利夫人》的翻译

《包法利夫人》的首个完整的英译本出现于1886年,译者是马克思的女儿马克思-埃夫林(Eleanor Marx-Aveling)。但在1886年之前,实际上还出现了一个节译本。1878年,批评家塞恩斯伯里(George Saintsbury)在《双周评论》中发表《古斯塔夫·福楼拜》一文,文中在讨论福楼拜小说艺术的同时,节译了几段《包法利夫人》,这也是该书首次以英语呈现出来。

埃夫林女士的英译本虽然出现很早,但也是比较权威的版本之一,《牛津英译文学指南》一书称该译本"朴素",虽然没有尝试福楼拜的风格,但与晚出的几个译本相比并"不逊色"③。自1886年以迄于今,有许多出版社重版埃夫林的译本,就可以很好地说明这一点。这些出版社有:

---

① Percy Lubbock, *The Craft of Fiction*. London: Jonathan Cape, 1960, p. 84. 该书首版于1921年。

② Ibid., p. 80.

③ Peter France, *The Oxford Guide to Literature in English Translation*. Oxford: Oxford University Press, 2000, p. 276.

年代	出版社
1886	Vizitelly & Co.
1892	Gibbings & Co.
1906	Maclaren & Co.
1913	A. M. Gardner & Co.
1922	J. Cape
1928	J. M. Dent
1946	Camden Publishing Co.
1952	Folio Society
2003	Collector's Library
2007	The Independent

由上图可知,埃夫林的译本至少到现在,出现在10家出版社的柜台上。就分布的频率来看,20世纪上半叶,埃夫林的译本最受欢迎,尤其是20世纪一二十年代,有3家出版社发行该书。埃夫林的译本得到了广泛的流通,不仅从出版社的数量上可以得见其仿佛,而且可以从出版社重印的情况看出端倪。比如凯普出版社(J. Cape),1922年首版后,1932、1936年都重新发行过,因而书籍印刷的数量相当可观。

1905年,布兰钱普(Henry Blanchamp)也出版了他的译作,该译作凡经三版,出版地都在伦敦。该译作不见录于《牛津英译文学指南》一书,亦不见任何评论。该书与塞恩斯伯里相似,为选译本,不是全译本。

1928年和1948年,有两个译本分别出现,一个是刘易斯·梅(J. Lewis May)译本,另一个是霍普金斯(Gerard Hopkins)译本。二人的译本开始尝试重现福楼拜的风格,"他们重塑福楼拜的句子,减轻它们的压力,让它们更容易地流转"[1]。这种做法令福楼拜的作品英文风格化,增强了可读性。二人的译本也由其他出版社出版过,比如梅的译本后来经柯林斯和默里图书公司出版,而霍普金斯的本子也由牛津大学出版社出版。

1950年,艾伦·拉塞尔(Alan Russell)的译本由企鹅书局(Penguin)

---

[1] Peter France, *The Oxford Guide to Literature in English Translation*. Oxford: Oxford University Press, 2000, p. 278.

出版,它与梅和霍普金斯的相比,"更接近于原作,又倾向于本土化"。①拉塞尔的译本只出现在企鹅书局里,未见于别的出版社,但在企鹅书局里,后来又历经四次重新发行,发行量自然不少。

1957年,斯蒂格马勒(Francis Steegmuller)在人人书屋(Everyman)出版了他的译本,法朗士认为该译本可能是"最令人满意的",与福楼拜的译文也最为接近。斯蒂格马勒的译本,好像印刷、再版的数量并不多。

从1958年到1990年,再也没有新的译本面世,书市上流通的多为埃夫林、梅、拉塞尔、霍普金斯四人的译本,到了1992年,沃尔(Geoffrey Wall)才推出了他的译本。该译本明显取代了拉塞尔的,因而自1992年后,拉塞尔的版本企鹅书局便再无出现。沃尔的译本存在模拟福楼拜原作风格的地方,"但他不是一直注意原作的意义"②,因而译本有不合人意之处。沃尔的译本后经多次重印发行,不同年代发行的版本有些存在着序言上的不同。

2004年,牛津大学又出现了莫尔顿(Margaret Mauldon)的译本,它在2008年又重新发行。2010年,维京出版社出版了一个最新的译本,是戴维斯(Lydia Davis)的,该译本次年又由企鹅书局出版。

从译者来看,一个世纪以来,《包法利夫人》在英美经过10位译者翻译;从一个世纪以来的译本出版来看,约20家出版社关注过它。在这些出版社中,企鹅书局值得关注,它共出版过三个译者的译本,历经十余次重新发行,其情况列表如下:

译者	首版年	重新发行年
拉塞尔	1950	1961、1975、1978、1984
沃尔	1992	1995、2000、2001、2003、2006、2007
戴维斯	2011	2012

(三)《包法利夫人》的改编

《包法利夫人》还出现过英文戏剧改编,时间是1948年。作者柯克思(Constance Cox)将《包法利夫人》改编为3幕20场。原小说的时间跨度

---

① Peter France, *The Oxford Guide to Literature in English Translation*. Oxford: Oxford University Press, 2000, p. 278.

② Ibid., pp. 278—279.

为几十年,地点经过了道特、永镇等许多地方,戏剧必须要将时间和场景加以压缩,于是柯克思的第一幕第一场直接从永镇的金狮旅馆开始,这与原书的第二卷第一章相对应。

为了获得戏剧的歌唱和喜剧效果,改编本将原文中有些地方的对白改成诗歌的形式,比如第一幕第一场中弹子房中人的声音,原作为:"弹子房传出一片震耳的笑声。"而改编的戏剧则将笑声具体化为歌词:

> 只要人还能那样
> 我们就喝
> 就唱
> 就爱
> ……

戏剧版的《包法利夫人》由于内容、呈现方式与纸质版的有很大差距,因而在传播上将是非常有利的。它与纸质版的书籍一起,促进了福楼拜在英美两国的经典地位的确立。

第三节 《包法利夫人》在中国的传播

福楼拜在中国受关注的程度,比之巴尔扎克不足,比之司汤达却又有余。但就研究的深度而言,福楼拜所达到的程度,比起前两位作家来,不但毫不逊色,甚至在思想和风格方面要深入不少。

福楼拜在中国的经典生成,和司汤达和巴尔扎克的一样,都是被动式的。下面从评论和翻译的角度来看福楼拜在中国经典生成的过程。

(一)《包法利夫人》在中国的评论

福楼拜在中国的际遇问题,学界已有研究。比如钱林森曾这样看待福楼拜研究的起点:

> 一九二一年,正当五四新文化运动方兴未艾之际,福楼拜从他长年蛰居的故居克瓦塞来到了中国。他的到来受到了中国新文学界颇为庄重的接待,几家有影响的报刊,如《晨报副镌》《小说月报》《东方杂志》均以重要版面推出了由仲密(周作人)、沈雁冰、谢冠生等人撰写的特载或专文,向这位法国作家表示了热忱的欢迎。这大约是中

国人介绍福氏最早的文字。①

这是钱林森的修辞之文,不小心的读者可能会上当,以为福楼拜真的在1921年访问了中国。其实,福楼拜早在1880年就逝世了。不过,钱林森说的话,大致不错,福楼拜介绍到中国,确实要晚于巴尔扎克,大约是20世纪20年代初的事情。

在1920年3月,《少年中国》刊发田汉的《诗人与劳动问题》,其中介绍到了福楼拜的作品,文中说:

> 福罗贝尔 Gustave Flaubert（1821—1880）
>
> （一）他的著书:《波华丽夫人》"Madame Bovary"、《沙仑波》"Salambo";
>
> （二）他的思想和艺术:他的艺术从他分析的习性而生,他的自然主义和 Zola, Balzac 等的不同,不加一点主观,全立于严肃的客观态度之上;
>
> ……②

这可能是国内最早介绍福楼拜的文字。

到了1921年,《小说月报》上开始出现福楼拜的名字,比如茅盾《纪念佛罗贝尔的百年生日》。虽然在1921年,中国读者对福楼拜还所知甚少,他的作品甚至都没有翻译到中国来,但是这并不妨碍对他进行评论。

茅盾对福楼拜的评价是很高的:

> 法国自然主义的文学,在近代文学中,当然占有重要的地位,而且的确已经对于世界文学给予了重大的影响,这是不用疑惑的;而佛罗贝尔呢,即使不能算是自然主义之母,至少也该算他是个先驱者。如果离开了什么主义,单以艺术而论艺术,则他的《鲍芙兰夫人》(Madame Bovary)在小说界所开的新局面实在已是前无古人了。③

茅盾介绍了福楼拜的生平后,对《包法利夫人》的故事内容也作了简述。值得注意的是,茅盾对《包法利夫人》的关注,与他背后文学研究会"为人生"的宗旨有很大关系。茅盾说:"不但描写鲍芙兰夫人如此,描写

---

① 钱林森:《"爱真与美的'冷血诗人'":福楼拜在中国》,载《蒲峪学刊》,1994年第2期,第31页。

② 田汉:《诗人与劳动问题》,刊《少年中国》,第1卷第9期,第17页。

③ 茅盾:《纪念佛罗贝尔的百年生日》,载《小说月报》,第12卷第12号,第1页。

其余的许多配角都是如此细密,所以全书是真实的人生写照。"①

茅盾的文章虽然比田汉更为细致一些,但是也不能过分夸大茅盾在介绍和研究福楼拜上的重要性。茅盾虽然是文学评论家,毋庸讳言,他的文学评论往往"掠人之美",存在着翻译已有材料,然后拼成文章,以介绍给大众之嫌。这在五四时期资料和信息匮乏的时代,是情有可原的,但是在学术昌明的时代,就要小心谨慎。茅盾在北京大学读预科时,并没深入学习法文,倒是英文较为优秀,而这篇文章中出现的人名和书名都是法文,这好像暗示茅盾读的是法文书。但茅盾在翻译福楼拜的出生地鲁昂"Rouen"时,按照英文读法将其译作"洛亥"。这种做法正好透露茅盾是从别的英文资料上获得该文的某些内容。

日本学者介绍自然主义和福楼拜远在中国之前,比如《早稻田文学》1908年就有一篇论福楼拜的文章,名字叫做《福楼拜的自然主义》(フローベールの自然主義)。在中国还缺少直接阅读福楼拜的批评家时,日本批评家的文章,翻译到中国来,就成为中国读者了解福楼拜的一个重要资源。

1921年,罗迪先翻译了厨川白村的《近代文学十讲》,文中谈到了福楼拜:

> 还有一面,且具浪漫派的风格,且已经成为自然主义的先驱,有基斯塔伐福罗培尔。但此人的名作,如已经说过的《琶坏利夫人》,和巴尔柴克的诸作不同,已经为自然派小说的晓钟。②

1928年,沈端先翻译本间久雄的《欧洲近代文艺思潮概论》问世,书中对福楼拜论述的内容颇多,书中说:"鸠斯它夫·福劳贝(Gustave Flaubert,1821—1880)不仅是近代写实主义的先觉,而且是近代文学家中最有特殊性格及气质的艺术家,他的存在,值得最大的注意。"③

该书还介绍了福楼拜的"一语说"(single word theory),即赋予事物的运动、性质的,只有唯一的一个名词,或者动词,或者形容词。该书甚至还引用莫泊桑作品的序言,以与福楼拜的现实主义相对照。可以公允地说,本间久雄对福楼拜的研究,在20世纪20年代的东亚确实是首屈一指,他所使用的法国文学史以及作家书信和文论的材料,是中国批评界所

---

① 茅盾:《纪念佛罗贝尔的百年生日》,载《小说月报》,第12卷第12号,第2页。
② 厨川白村:《近代文学十讲》,罗迪先译,上海:学术研究会,1921年版,第230页。
③ 本间久雄:《欧洲近代文艺思潮概论》,沈端先译,上海:开明书店,1928年版,第171页。

缺乏的。

1930年,相马御风所著的《欧洲近代文学思潮》也稍稍提及了福楼拜和他的《包法利夫人》。次年,宫岛新三郎著的《现代欧洲文艺思潮》,也经高明翻译得以出版。这两本书对福楼拜的论述过于简单,不足征引。

福楼拜也进入中国人写的各种法国文学史中,这些作品大多参考的是法国人的著作。比如1923年李璜编的《法国文学史》中就在写实主义这一章提到了福楼拜及其《包法利夫人》。1925年,王维克翻译的《法国文学史》,1929年蒋学楷翻译的《法国文学》,1930年徐霞村的《法国文学史》也都提到了福楼拜的代表作,有些还简略地介绍了福楼拜的生平和《包法利夫人》的内容。

这些文学史中,值得注意的是徐仲年的《法国文学 ABC》,该书对福楼拜创作《包法利夫人》的背景做了介绍,对《包法利夫人》的故事内容更为清楚:

> 爱玛·波娃利是乡下——湖昂附近——一个医生的夫人。她受了浪漫小说的引诱,指望过一种比她所过的稍有生趣的生活;她连接地受了数人,终因恋爱而破产,而自杀。
>
> 1857.1.31,巴黎法庭以该小说妨害风化与宗教罪欲罚作者;同年2.7,审过第二堂,宣告作者无罪。佛罗倍尔由此出名。①

像这样具体的介绍,在前面几种文学史中是很难见到的。前面的这些文学史,虽然也都参考了法国文学史家的著述,但是由于对法国文学缺乏系统的研究,也并未认真阅读作品,它们的论述大多粗略而模糊。这是20世纪二三十年代福楼拜研究和介绍的通病,大多数作者在没有对《包法利夫人》研读的情况下,就贸然从一些国外的文学史中摘译概要性的文字,凑成篇幅,他们的著作,因而浮光掠影,多数仅起到作家辞典的作用。

在这种研究力度极为不足的背景下,李健吾的出现就格外引人注意了。在20世纪30年代,李健吾代表了中国福楼拜研究的高峰,他接连发表了许多文章讨论福楼拜,比如发表在《现代》杂志上的《福楼拜的故乡》,这属于文学背景的研究;发表在《文学》上的《福楼拜的书简》,这属于作家书信资料的研究;发表在《文学季刊》上的《论福楼拜的人生观》《福楼拜的内容形体一致观》等,这就属于精深的专题研究了。李健吾能够参考法国

---

① 徐仲年:《法国文学 ABC》,上海:世界书局,1933年版,第39页。引文将原文中的"仔望"改作了"指望"。

文学史,掌握福楼拜的书信和批评家的评论等第一手资料,他的研究不但材料丰富,往往有自己的见地,兼具思想性和艺术性,所以不仅成为福楼拜研究的典范,甚至成为民国时期外国文学研究的一面旗帜。

李健吾1931年赴法留学,本来心系于诗,结果却对福楼拜发生了兴趣,他曾经这样披露自己的心路历程:

> 说实话,我开头对他和他的作品并不怎么清楚;根据文学史的简括然而往往浮浅、甚至于谬误的知识,我知道现实主义和他因缘最近,而我的苦难的国家,需要现实的认识远在梦境的制造以上,于是带着一种冒险的心情,多少有些近似吉诃德,开始走上自己并不熟悉的路程。一走便走了将近二十年之久,寂寞然而不时遇到鼓励,疲倦然而良心有所不安,终于不顾感情和理智的双重压抑,我陆续把福氏的作品介绍翻译过来。①

这表明,李健吾选择研究福楼拜,和茅盾一样,都有当时中国国情的考虑。即福楼拜进入李健吾的视野,首先经历了文化选择的过程。

由于李健吾能直接阅读和翻译福楼拜的作品,所以他对福楼拜的细微之处感知最深,他曾这样透露自己面对作品时的感受:

> "单字"的正确涵义已经需要耐心寻找……因为还要传达一种精神上的哲理的要求,就不可能用另一种主义表达。用流行的滥调来翻译,根本违误原作的语言风格,然而一律用"和"字去翻译et,忠实于形式,去精神固不止一万八千里。而原文字句的位置,到了另一种语言,心理接近,自然而然还是要有一种改易的必要。这就是翻译福氏的困难,他不仅是一位写小说的人,而且是一位有良心的文章圣手。②

能够深得作者著文的用心,当然就更能理解作品的意义和人物的形象。李健吾分析包法利夫人悲剧命运的结果,在于灵与肉的分离:

> 爱玛•包法利追逐理想的失败,如若寻找一个注解,如若想从福氏的观点寻找一个根据,我们可以说,便是"臀与心的永久的揉混"的结果。任何掺杂,到了最后,失去平衡,两相伤害……③

---

① 福楼拜:《三故事》,李健吾译,上海:文化生活出版社,1949年版,第1至2页。
② 同上书,第13页。
③ 同上书,第701页。

这不但从福楼拜本身来找根据,而且将包法利夫人性格悲剧的研究,深入到人性内部,因而外在的压迫便成为一种补充性的解释了。

李健吾1935年出版的《福楼拜评传》,被一些批评家誉为"天才之作"。福楼拜的书是在解剖包法利夫人,而李健吾则在这本书里解剖福楼拜。福楼拜阴郁的童年、悲观的人生与他作品的风格和感情基调都结合起来,李健吾用艺术的手段解释了一个人的艺术。

(二)《包法利夫人》在中国的翻译

《包法利夫人》最早的中文译本,出现在1925年,译者是李劼人。该书题名为《马丹波娃利》,系少年中国学会丛书。李劼人还翻译了《萨郎波》,1931年由商务印书馆出版。1927年,李青崖也出版了他的译本,题名《波华荔夫人传》,由商务印书馆出版。

现在通行的译本是李健吾的,他翻译了多部福楼拜的作品。最早的一部是1936年的《福楼拜短篇小说集》,然后是1948到1949年的两部作品:《包法利夫人》和《三故事》。正是由于李健吾的翻译和研究,现在通行的译名采用的是李健吾的。新时期后,李健吾还翻译了《情感教育》。

除了李健吾的译本外,新近还出现了两种值得注意的译本,一种是周克希的,由上海译文出版社出版,一种是许渊冲的,由译林出版社出版。

下面比较一下李劼人、李青崖、李健吾三个出现得比较早的译本,看看它们各自的特色。

《包法利夫人》中卷第12章,写爱玛和罗道耳弗在野外会面,约好第二天私奔(第二天罗道耳弗抛下她走掉了)。离别的时候,有一个动人的场景,李劼人的译本是这样的:

> 爱玛遂在最后的抚摸中说道:"那么明天再会!"
> 她看着他走远了。
> 他再不回头。她跟他后面跑去,并挨近水边芦叶中叫道:"明天再会!"[①]

李青崖的译文是:

> "那末明天再会罢!"艾玛在最后的温柔中说。
> 于是她便瞧着他走了。

[①] 李劼人译:《马丹波娃利》,上海:中华书局,1925年版,第328页。

他毫不回头看看,她却在后追着,在水边的矮树之间屈着身体喊道:

"明天再会呀!"①

李健吾的译文:

爱玛最后吻了他一下:
"好,明天!"
她看着他走开。
他不回头。她追过去,在水边荆棘丛中,向前斜着身子喊道:
"明天见!"②

这些译文首先有分行的差别,李劼人的是三行,李青崖的是四行,李健吾的是五行,但是分行并不是主要的,因为行多行少,其实跟对话要不要单独分行相关,这没有实质上改变作品的内容。以李青崖的为准,看第一句译文:"'那末明天再会罢!'艾玛在最后的温柔中说。"这就出现了区别了。在李劼人的译文中,二人告别时是在"抚摸",而在李健吾的译文中,却是在亲吻,孰是孰非,还是比较一下原文:

"A demain, donc dit Emma dans une derniere caresse"。③

这句话的本义是:"'明天见',爱玛在最后的抚爱中说。"这句话的核心在于"caresse"这个词,它有"抚爱、抚摸"的意思,往往动作轻柔,含有情意,"抚摸"在这里太过中性,所以李劼人的翻译过平,亲吻虽然也符合轻抚的动作,但是将动作的行使者转为嘴唇,又与原词意义不大相合。对于这句话的前半部分,李青崖译得有点长,和李劼人译的"明天再会"一样,都有点正式,像是用于一般场合的礼仪,而李健吾译的"好,明天!"就比较传神,更符合二人的关系,也符合爱玛当时的心境。

倒数第二句,当罗道耳弗走远了,出现了一个场景:"他毫不回头看看,她却在后追着,在水边的矮树之间屈着身体喊道……"李劼人译的是"他再不回头。她跟他后面跑去,并挨近水边芦叶中叫道……"这与李青崖的译本出现不少的差异,李青崖译文中的爱玛,是在树中屈着身体,而李劼人译文中的爱玛,离没入水中没有几步了。李劼人并没有译出"屈着

---

① 李青崖译:《波华荔夫人传》,上海:商务印书馆,1927年版,第336页。
② 李健吾译:《包法利夫人》,上海:文化生活出版社,1948年版,第314页。
③ Gustave Flaubert, *Madame Bovary*. Paris:Michel Lévy Préres, 1857, p.282.

身子",李健吾的译文是"她追过去,在水边荆棘丛中,向前斜着身子喊道……"这里有"斜着身子"(看来李劼人确实是漏译了),而且是在"水边荆棘丛"中。不同的地点虽然只是小小的细节,但是可以衬托爱玛的心境,还是不能忽视的。如果是在荆棘丛中,那么可以看出爱玛不顾一切的心情,如果是在矮树下,那么她的心情就缓和得多,而要是在水边芦叶附近,则近乎罗曼蒂克了。

福楼拜的原文为:"Il ne se detournait pas. Elle courut après lui, et se penchant au bord de l'eau entre des broussailles..."直译的话是这样的:"他没有回头。她追上去,在水边的荆棘丛中歪斜着身子……"这句话中的一个关键词是"broussaille",这种植物往往生长在荒地,而且带刺,若译成矮树和芦叶,则"刺"没有着落,生长的位置也发生变化。通过比较,可以看到李健吾的译文比较准确。

中卷第13章,一直急切地等着与罗道耳弗私奔的爱玛,收到了负心人的离别信,受辱而绝望的女主妇,跑到高处,准备跳下来自杀。这是心理描写特别突出的一个段落,李劼人的译文为:

> 亮晶晶的光线从下面直腾上来,把她那沉重的躯体只向着地狱引去。仿佛那空场上活动的土地从墙沿上涌起,仿佛那楼板也从另一端上曲折起来,成了一种海船颠簸的样子。她支持在甲板上,几乎像是倒悬着的,四围茫茫的一片天地。蔚蓝的天也侵入她的身上了,大气在她脑里流走,她只有退让,只有一任牠们的侵犯……①

李青崖的译文是:

> 从下面上升的反射光线直接向她射着。她觉得普拉司的地面仿佛沿着那些墙垣全体波动,而楼板也和颠簸的船只一般斜斜地竖起。她攀住窗口,几乎是悬空似的。蔚蓝的天色仿佛也侵害她,而空气在她空旷的脑中旋绕,她祇能听其自然……②

李健吾的译文是:

> 亮光由下面直射上来,把她的身体往深渊拖。她觉得摇曳的地面高到墙头,地板有一边倾侧下去,仿佛船在颠簸。她站在边沿,差

---

① 李劼人译:《马丹波娃利》,上海:中华书局,1925年版,第337页。原文"颠播"应为"颠簸",此处依原文,未加改动。

② 李青崖译:《波华荔夫人传》,上海:商务印书馆,1927年版,第347页。

不多悬在半空,一片大空地环绕住她。天空的蔚蓝袭有她,空气在她空洞的头颅里面流动,她只要顺从,只要束手待缚就成……①

三种译本出现了很大的偏差。看第一句,李健吾的译文是:"亮光由下面直射上来,把她的身体往深渊拖。"这描写的是爱玛站在高处,太阳的光从空地上打上来,站到爱玛的脸上,因而爱玛精神崩溃,而出现错觉,觉得自己要坠下去了。李青崖的译文是"从下面上升的反射光线直接向她射着",意思相差不大,但是明显少了李健吾译文中的往深渊拖的文字。李劼人的译文并没有缺:"亮晶晶的光线从下面直腾上来,把她那沉重的躯体只向着地狱引去。"但在身体前面,多了一个"沉重的"形容词。查原文,为:"Le rayon lumineux qui montait d'en bas directement, tirait vers l'abime le poids de son corps."②直译的话,意思为:"光线由下面直直地伸上来,将她的身体往深渊里拖。"前半句的一个动词"montait",指的是向上升的动作,后半句的动词"tirait",指的是向下扯的动作。因为这两个动作的主语都是光线,所以是将光线拟人化了。光线像一只手伸上来,要把人拽下去。李健吾的译文,前一个动词用的是"射",后一个动词是"拖",则这两个动词并没有同时配合好一个主语,而李劼人用的"腾""引",就更偏了。

第二句,李健吾的译文为:"她觉得摇曳的地面高到墙头,地板有一边倾侧下去,仿佛船在颠簸。"这里是爱玛错觉的继续,她失去了空间的意识,地面与高墙似乎颠倒了位置,因为头晕目眩,所以感觉脚下的地板像是船在颠簸一样。李青崖的译文为:"她觉得普拉司的地面仿佛沿着那些墙垣全体波动,而楼板也和颠簸的船只一般斜斜地竖起。"这里的"普拉司"一词非常奇怪,好像是专有名词,其实是"场地"(place)一词的音译,殊为多余。地面是"沿着"墙在动的用语有点生硬。李健吾的译文中,地板在向下倾,而李青崖的译文中却是在向上竖,正好相反。李劼人的译文为:"仿佛那空场上活动的土地从墙沿上涌起,仿佛那楼板也从另一端上曲折起来,成了一种海船颠簸的样子。"这里"土地从墙沿上涌起",与李青崖的译文一样费解,后半句用的"仿佛"一词放在"楼板"之前,这说明楼板其实并没有乱晃,爱玛并不糊涂。后半句中的楼板也是向上折起来的。原文为:"Il lui semblait que le sol de la place oscillant s'elevait le long

---

① 李健吾译:《包法利夫人》,上海:文化生活出版社,1948年版,第314页。
② Gustave Flaubert, *Madame Bovary*. Paris: Michel Lévy Préres, 1857, p.290.

des murs, et que le plancher s'inclinait par le bout, a la maniere d'un vaisseau qui tangue."直译的话是这样的:"她觉得摆动的地面高过了围墙,而地板的一头倾斜下去,像颠簸的舰船一样。"这样一来就清楚了,原来地面是在翻动,像是高过围墙一样,并非沿着墙在动,而地板运动的趋势是向下。对比一下,李健吾的译文最准确,李青崖的译文偏差最大。

最后一句,李健吾的译文是:"她只要顺从,只要束手待缚就成"。这是写周围的一切,无论是天空的颜色,还是空气,都在侵犯她,爱玛似乎毫无反抗之力。李青崖的译文是"她祇能听其自然",意思相近,似乎爱玛想反抗,但心有余而力不足。李劼人的译文是:"她只有退让,只有一任牠们的侵犯。"似乎暗示爱玛并不甘心,有怨恨之意。虽然这三句话似乎意义都接近,但它们反映出来的心境完全不同。还是参考一下原文吧,原文是:"elle n'avait qu'à ceder, qu'à se laisser prendre",直译为:"她只要顺从,只要听之任之就可。"这里说的是,爱玛感觉外在的环境都在自然而然地拉扯她跳下去,她根本不用作出反应,就可以遂了自杀的心。文中一个关键的语法点,在于"avoir à faire quelque chose",它可以翻译为"需要做什么",李劼人翻译为"只有怎样",李青崖翻译为"只能"怎样,都不太贴切。李健吾的译文比较准确。

总体来看,李健吾的译文,既不像李青崖和李劼人那样,经常有漏译的情况,也不像李青崖那样,有时会出现很大的偏差。李健吾的译文还较这二人更为简易、流畅,文风更好。所以,当李健吾的译本出现后,就赢得读者的喜爱,成为权威的译本了。

(三)《包法利夫人》与《死水微澜》

值得注意的是,《包法利夫人》的译者李劼人,在 20 世纪 30 年代,创作了一部《死水微澜》,引起批评家的广泛关注。一些批评家注意到李劼人的这部作品,借鉴了《包法利夫人》。虽然《死水微澜》涉及更多的历史事件,比如八国联军侵华、袍哥与教民的对抗,但是作为中心人物的蔡大嫂爱慕虚荣,有爱玛一样的性格。她年轻时受到邻居韩二奶奶的刺激,对成都大户人家的浮华生活非常向往,她后来竟然嫁给了一个杂货铺的呆子蔡兴顺。蔡大嫂曾经这样议论她的丈夫:"我们那个,一天到晚,除了算盘账簿外,只晓得吃饭睡觉。说起来,真气人!你要想问问他的话,十句里头，包管你十句他都不懂。"①这个蔡兴顺其实就是包法利医生了。蔡大嫂和袍哥罗歪嘴相熟后，喜欢罗歪嘴的江湖豪气，于是跟罗歪嘴有了私情。罗歪嘴如同是那个罗道耳弗了。不过，罗歪嘴并不是伪君子，他没有遗弃蔡大嫂，只是随着袍哥组织崩溃，罗歪嘴不得不逃亡，从而结束了这段恋情。

似乎《死水微澜》中的故事地点，也像《包法利夫人》一样处在变换中，从第一次婚姻的天回镇挪到了成都。在风格上，《死水微澜》也借鉴了《包法利夫人》环境描写的手法，以及对人物心理的解剖，当然，作品也吸取了中国世情小说的笔法和语言。但总的说来，《包法利夫人》的影响是显而易见的，这可能是《包法利夫人》在中国经典化后留下的一个最醒目的印迹。

第四节 《包法利夫人》的影视传播

自小说《包法利夫人》出版以来，许多评论家都谈到福楼拜的创作是完美而成功的，但作品主题略显平凡。1857 年之后，许多艺术家都在尝试改编《包法利夫人》，使之更加完美，电影的诞生给这部小说的改编提供了全新的广阔背景。自1932 年第一部根据小说《包法利夫人》改编的电影出现以来，已经有 11 部电影、6 部电视电影或电视剧集、4 部"近似式"电影改编作品先后重新阐释了《包法利夫人》，涉及美、法、德、阿根廷、意大利、俄罗斯、印度等多个国家。

《邪恶的爱》(Unholy Love)是由美国导演阿尔伯特·雷（Albert Ray)于 1932 年拍摄的黑白电影，这是《包法利夫人》这部法国小说第一次改编成电影，也是对原著的一次现代阐释。导演阿尔伯特·雷和编剧弗朗西斯·海兰(Frances Hyland)在影片中改换了小说中所有人物的名字，并将故事搬到 20 世纪的纽约黑麦镇，情节以自私的年轻女子希拉·贝利与受人尊敬的丹尼尔·格雷戈里医生的儿子杰瑞·格雷戈里之间的婚姻为切入点。希拉因为无法适应她丈夫的保守生活方式，开始在花花公子的乡间别墅中玩乐，最终造成耻辱和悲剧下场。影片中饰演希拉·贝利和格雷戈里医生的分别是影星乔伊斯·康普顿(Joyce Compton)和

---

① 李劼人：《死水微澜》，成都：四川文艺出版社，1981 年版，第 53 页。

沃纳(H. B. Warner),默片及早期有声电影时代的好莱坞明星莉拉·李(Lila Lee)在片中饰演杰瑞·格雷戈里青梅竹马的女友简·布拉德福德。原著的人物关系和主要情节在电影中已经支离破碎,只剩下一些似是而非的人物和段落,编剧用更符合20世纪30年代的叙事方式来重新排列场景讲述故事,在情节构思方面甚至回退到福楼拜创作《包法利夫人》的初衷,即发生在他身边的朋友的那些悲剧性故事。这部低成本的影片未能赢得影评家的认可,并且和另一部30年代由格哈德·兰普雷希特(Gerhard Lamprecht)执导的德国版《包法利夫人》(1937)一样,最终被人们遗忘。

1933年,在加斯东·伽利玛的邀请下,法国导演让·雷诺阿开始拍摄电影《包法利夫人》,影片内容遵从原著小说,在对白及场景上力求精益求精,为此他甚至到诺曼底取景。由C. I. D.公司发行的《包法利夫人》于1934年1月首映,结果让观众大失所望,电影的最初版本长达3个多小时,但最终的公映部分被压缩至100分钟左右,影片"被删减得面目全非,然后受到不公正的批评"[1]。当时的评论家认为,"这部电影在心理描述和气氛烘托方面都不成功,它没有表现出包法利夫人的热情,也没有反映出外省的烦恼,只是毫无热情地给我们讲述了一个女人的故事,她因为缺八千法郎而自杀。"[2]但实际上,在"电影里有一种风格与小说家所追求客观的原则相悖,但它却是雷诺阿作品中一贯的手法"[3]。影片的前景一般来说仅仅是一些边边角角(家具,特别是门框和窗框),而重要的部分则在远处展开。这些"景中之景",这种盒子套盒子的游戏清楚地表现了故事的主人公们在为自己表演着一出不会终止的戏剧[4]。在影片中,导演的哥哥皮埃尔·雷诺阿(Pierre Renoir)饰演夏尔·包法利,加斯东·伽利玛的情人瓦伦蒂娜·泰西耶(Valentine Tessier)饰演爱玛,她因为"出色地表现了包法利夫人临死前的绝望"[5]而备受赞誉,但她"属于小说最后的人物,她的年纪和形象不会让我们相信她的童贞,也无论如何都无法让

---

[1] 乔治·萨杜尔:《法国电影(1890—1962)》,徐昭译,北京:中国电影出版社,1987年版,第68页。
[2] 皮埃尔·阿苏里:《加斯东·迦利玛:半个世纪的法国出版史》,胡小跃译,北京:人民文学出版社,2010年版,第205页。
[3] 安德烈·巴赞:《让·雷诺阿》,鲍叶宁译,北京:北京大学出版社,2011年版,第238页。
[4] 同上书,第238—239页。
[5] 皮埃尔·阿苏里:《加斯东·迦利玛:半个世纪的法国出版史》,胡小跃译,北京:人民文学出版社,2010年版,第205页。

我们想象到爱玛的年轻时代。"①在雷诺阿看来,所有的电影都有在一定程度上诉说人的命运,因此,他喜欢"将演员放在突出位置,借助他们的表演再现人物,传达导演的精神。"②这部电影导致发行公司破产,加斯东·伽利玛被债务困扰,但这位伟大的出版商相信,在几十年之后,大家会改变看法,认为《包法利夫人》是让·雷诺阿的代表作。③ 安德烈·巴赞在整理雷诺阿电影资料时总结道,《包法利夫人》是一部不被人理解的影片,从商业角度看也失败了④,这恰好印证了雷诺阿的一句名言,"杰作的问世并不取决于作者的意志。"⑤

1947年由圣米格尔电影公司(San Miguel Films)出品,阿根廷导演卡洛斯·施礼佩(Carlos Schlieper)拍摄的《包法利夫人》,因其编剧玛利亚·鲁兹·雷加斯(María Luz Regás)提供了最为自信、结构也最丰富的剧本而对后来的改编电影产生了深刻影响。影片并未以小说顺序或者惯常的首次见面开场,而是以一段福楼拜法庭辩论和包法利夫妇搬迁到永镇作为开始。影片中有不少精妙的情节转换之处,如爱玛与莱昂初次见面通过不经意的窥视转而眉目传情、查理母亲对爱玛生活的干预、由街头流浪艺人的音乐转筒联想到舞会等等。这部常常被人遗忘的《包法利夫人》电影,对永镇上形形色色人们的描绘极为精彩,无论是开场包法利夫妇抵达这一场景还是包法利夫人和莱昂绯闻满天飞的时候,摄影机总是不失时机地捕捉人们的神情,电影在这一方面轻易做到了小说很难刻画的部分内容。

很多作家会抱怨他们的小说一经过好莱坞改编,连作者本人也会认不出来,这在对福楼拜这部小说的处理上也不例外。《包法利夫人》(1949)是文森特·明奈利(Vincente Minnelli)执导的第一部剧情片,他和道格拉斯·塞克(Douglas Sirk)两人凭借这部40年代晚期的作品,"不仅巩固了好莱坞情节剧更为显著的视觉风格和阴郁基调,而且还充实了叙事和主题的惯例,把这种类型带入最为多产的和最迷人的时期。"⑥ 在影

---

① 安德烈·巴赞:《让·雷诺阿》,鲍叶宁译,北京:北京大学出版社,2011年版,第55页。
② 雷诺阿:《我怎样给我的角色以生命》,《当代电影》2000年第2期,第68—69页。
③ 皮埃尔·阿苏里:《加斯东·迦利玛:半个世纪的法国出版史》,胡小跃译,北京:人民文学出版社,2010年版,第206页。
④ 安德烈·巴赞:《让·雷诺阿》,鲍叶宁译,北京:北京大学出版社,2011年版,第240页。
⑤ 让·雷诺阿:《我的生平和我的影片》,王坚良、朱凯东、田仁灿译,北京:中国电影出版社,1986年版,第52页。
⑥ 托马斯·沙茨:《好莱坞类型电影》,冯欣译,上海:上海人民出版社,2009年版,第230页。

片中,珍妮弗·琼斯(Jennifer Jones)饰演的爱玛和詹姆斯·梅森(James Mason)出演的法国作家福楼拜都给观众留下深刻印象。编剧罗伯特·阿特里(Robert Ardrey)以框架结构形式讲述福楼拜因创作出版《包法利夫人》这部小说被检察官指控犯有公共道德罪,在法庭上福楼拜为自己辩护,并开始讲述这部小说的故事情节。和小说一样,电影围绕着爱玛及其恋人之间的故事与生活,用独特的写实主义手法,记录并细致地刻画了在19世纪中期法国社会背景之下一些外省中产阶级的平庸生活,故事的讲述在爱玛死去后将镜头重新切换回法庭。这种改编手法后来被诟病为"叫人啼笑皆非""形象想象方面惊人失败"[1],因为影片摄制者对福楼拜原著中的一些极为重要的道具或者大教堂和医院这类基本的特征,显然丝毫也不感兴趣[2];同时在摄影机应该通过什么手法去模拟福楼拜风格的问题上,出现了不少偏差。在考察这部使文森特·明奈利成为知名导演的电影的艺术特征时,几乎找不到什么确切的特点,除了运用摄影、灯光以及在装饰上的技巧手法以增强影片独特的好莱坞气息外,在设计舞会一场戏的过程中,与会者的服装、贵族府邸的建筑风格及摆设、舞会的主要内容,当然还包括最后用座椅打破窗户的一幕,都不是由小说演变而来的。但是,应该注意到,从这部影片上映的那一刻起,《包法利夫人》已经达到了改编艺术史上的一个真正的新阶段:它把原来那部小说提升到了一个新的高度,或者也可以说是一种新的阐释。在这之前,文森特·明奈利执导的电影大多是歌舞或者喜剧类型,这一次则在题材处理和阐释上挑战性地改编名著,再加上他把个人理念置于忠实性和电影的基本形式之上,所有结果都体现在《包法利夫人》颇为紧凑的故事节奏之中,观众们会在影片开始时经历一个完全出乎意料的开场,但随着剧情的深入,他们能够常规性地进入影片欣赏之中,甚至会通过影片中的一两个场面简洁地意识到:电影正在尝试灌输除了电影艺术改编之外的某些东西,如女权主义、债务问题、已逝的贵族阶层等等。影片中好莱坞影星珍妮弗·琼斯展现了电影史上最美丽的爱玛,这个带着纯真眼神的乡村女孩一心去追求梦想中的虚荣和浮华,最终却被现实世界吞噬。

1969年拍摄的影片《包法利夫人》(*Die nackte Bovary*)英译名为《包法利夫人之罪》。正如该片名所示,这部由意大利和德国合拍的电影重点

---

[1] 乔治·布鲁斯东:《从小说到电影》,高骏千译,北京:中国电影出版社1981年版,第214页。
[2] 同上书,第215页。

在于探讨包法利夫人的堕落及其悲剧性。它因意大利性感明星艾德薇姬·芬妮齐(Edwige Fenech)的参演而拥有广泛观众。影片对小说故事情节的截取非常清晰,故事开始时爱玛已经与查理结婚,并陷入到平庸的生活境地之中,因此留有大量篇幅来描述爱玛的恋情及其遭遇。影片结局却大出意料之外,债台高筑的爱玛并没有选择自杀,而是通过肉体交易换来了妥协,比起福楼拜的原著,结局略显仁慈和温和。艾德薇姬·芬妮齐在影片中通过自己的表演很好地诠释了小说《包法利夫人》里爱玛平庸生活中被压抑的性欲,但就像影片海报所展示的那样,芬妮齐所饰演的角色在电影中占据了绝对的主导地位,以至于其他角色都显得十分黯淡。

亚历山大·索科洛夫(Александр Николаевич Сокуров)被看成是苏联电影大师安德烈·塔尔可夫斯基最好的继承者之一。在名著改编影片方面,索科洛夫从拍摄改编自萧伯纳戏剧的《悲戚的冷漠》(*Скорбное бесчувствие*,1987)开始,就借助阐释名著的方式表达对于生活的看法,并取得了一系列成就。尽管他的《拯救与保护》将《包法利夫人》故事搬到了俄罗斯乡村,空间更为局促,出场人物也大为减少,但影片的超现实风格下隐藏了对原著中特定元素的攫取:充满浪漫幻想的乡下女子、碌碌无为且充满兽性的丈夫、神经质的衣着光鲜的推销员、影子一般跟随医生的药剂师,还有挥之不去的情人们,他们都试图控制这位女子,并最终将她拖入罪恶和堕落的深渊。电影除了在个别场景处理上气氛诡异拖沓之外,前紧后松的情节节奏有利于表现福楼拜小说中的核心内容。电影音乐和音效充满了象征意味和令人颤抖的阴暗色彩,与情节融为一体,形成气氛诡异与悲情故事掺杂的咏叹,其中最具特色的是遥远的火车汽笛声和嗡嗡作响挥之不去的苍蝇声,暗示女主人公期盼的"文明"世界和堕落放荡的行为本身。但要将这一系列内容都搬上银幕,就必须做出可能引发争议的抉择——影片通过大量性爱场景的描绘来刻画人物形象,让观众感受到令人难以置信的沮丧和刺激的视觉体验。如果只是单纯地透过索科洛夫的阐释来解读福楼拜的《包法利夫人》故事的话,《拯救与保护》依然是一部整体结构紧凑而不失精巧的作品。在他看来,爱玛对鲁道夫的爱是幻想的浪漫之爱,是一场不计后果的疯癫冒险,影片在最后20分钟左右讲述爱玛的葬礼,呈现出独特的叙事魅力,反而带有殉道者色彩。还有一些细节,如村庄、悬崖、土路、建筑群等,是对19世纪的俄国农村建筑与农业方式的特殊再现,也使得影片更像在呈现俄罗斯的奇异一面,摄影师在这一方面功不可没。

对于曾经名噪一时的新浪潮导演克洛德·夏布罗尔来说,重拍《包法利夫人》是一次严峻的挑战,因为这部小说被让·雷诺阿、文森特·明奈利等导演改编成电影之后,已经很难再有新意。尽管如此,1991年由法国MK2制片公司、CED制片公司、电视3台制片部出品的电影《包法利夫人》还是引起不小的轰动。人们认为,夏布罗尔版的《包法利夫人》在1991年将优质电影从最坏的境地中拯救出来,然而它却属于雅克·朗一厢情愿地称之为"流行巨片"的失败案例。① 兼任编剧的夏布罗尔在改编过程中力求忠实于原著,同时努力寻找一种特殊的节奏,也有可能会展现书中的那种画面品质②,甚至希望可以呈现出像福楼拜本人构思的那种感觉,当然,由于小说内容过于庞杂,电影要想紧贴原著几乎是不可能的,但影片还是在几个主要情节之间轻松切换,中间偶尔利用画外音通过叙述者来补充或连接。电影从爱玛和查理的首次见面开始,夏布洛尔努力让爱玛呈现出她不安的灵魂,她的过分浪漫天真所带来的可悲和可怜,有效地传承了小说的主旨。夏布洛尔在对包法利夫人悲惨命运进行电影化处理时特别注重细节,并赋予他拍摄的爱玛故事一种真正独特的艺术手法:有的地方大刀阔斧地加以删减,有的地方则加以扩展,在"农业展览会"这一片断中则运用平行蒙太奇手法。当影片临近结束时,故事情节的节奏与小说中几乎一致;夏布罗尔用一个又一个镜头去表现爱玛此时的绝望、痛苦和无助,她奔跑着去寻找律师、奔跑着去寻找鲁道夫试图从他那里得到援助、奔跑着去母亲家听莱昂的回音、奔跑着去找公证人。这组充满动感的画面,让观众看到一袭黑衣的爱玛在债务危机来临时面对的冷酷社会以及那一张张道貌岸然的面孔,一直到"爱玛之死"这一幕,观众在此期间经历的时间和等待和主人公一样漫长。因此,电影不再是对原著小说一种平淡无奇的图解,而是加入了大量再创作的内容。在这部长达140分钟的影片中,伊莎贝尔·于佩尔(Isabelle Huppert)因几乎完美地诠释了爱玛的性格及其悲剧而为众多评论家所津津乐道,她表现出了爱玛特有的冷静,还有在她眼睛里展现的狂热幻想。

在根据《包法利夫人》改编的电影中,由科泰·麦赫塔(Ketan Mehta)执导的印度电影《玛雅》(*Maya Memsaab*,1993)并不引人注目,这部影片

---

① 让-卢埃尔·让科拉:《法国电影简史》(第2版),巫明明译,北京:中国电影出版社,2014年版,第99页。

② 克劳德·夏布洛、弗杭斯瓦·杰希弗:《如何拍电影:夏布洛观点》,缪咏华译,台北:桂冠图书股份有限公司,2004年版,第15页。

之所以会被影评家和影迷提及,很大程度上是因为当时尚未成名的"宝莱坞之王"沙鲁克·汗(Shahrukh Khan)在片中饰演了拉利特一角(即小说原著中的莱昂),而饰演女主角玛雅的迪帕·萨希(Deepa Sahi)如今已经成为制片人、导演和编剧。影片将故事发生地点从19世纪的法国外省转移到20世纪后期的印度小城镇。跟原作不同的是,当影片开始的时候,女主人公玛雅已经去世,而她的家庭则陷入了破产的境地。影片借助于玛雅的日记以及作为旁观者和爱慕者的小伙计的视角,讲述了女主人公的不幸悲剧。虽然《玛雅》讲述的是发生在现代印度社会中的故事,但除了影片的倒叙手法和以警方调查为情节框架之外,基本上忠实于小说原著。

通常,每当电影把小说故事搬到当下时代,人们总是喜欢赋予这些经典名著以时代色彩。然而从文森特·明奈利版的《包法利夫人》开始,改编电影逐渐趋向更深一层地探究福楼拜作品的本质。可以看到,小说《包法利夫人》在21世纪再次让导演们产生兴趣,关键在于小说提供了更多反映现实的可能性。2011年由西班牙旺达电影公司(Wanda Films)与墨西哥电影投资促进基金(Fondo de Inversión y Estímulos al Cine)出品的影片《心之理由》(*Las razones del corazón*)改编自福楼拜的小说《包法利夫人》,编剧帕兹·艾莉西亚·加西亚迭戈(Paz Alicia Garciadiego)构思的剧本选取了原著小说的最后部分来展开,她的丈夫,导演奥图罗·利普斯坦(Arturo Ripstein)借助于生活在都市廉价公寓中的现代女性艾米利亚(Emilia)在陷入困境之后的追忆,将这段视角独特的生活经历和体验呈现在观众面前。黑白影片的设计和场景对白上的设计是利普斯坦惯常使用的电影手段,但却未能给电影增色;追忆的手法也并不是首创,之前的印度影片《玛雅》使用的也是差不多的叙事方式;值得一提的是,影片中的公寓门房和《玛雅》中的小伙计一样,充当了艾米利亚悲剧的见证人。除了原著中的纵欲与平庸生活的内容外,在场景设计方面,利普斯坦的电影超越了对生活无望的慨叹表达,除黑白色调外,整部影片的空间仅限于公寓大楼,在房间内、走廊上、楼梯口和屋顶之间频繁转换,人物类型则包括循规蹈矩的丈夫、不怀好意的流浪乐手、乘虚而入的伪善邻居等等,所有的一切都在展示一种没有灵魂的生活状态。可以说,对小说《包法利夫人》的现代阐释在这部影片中达到了高潮。

值得一提的是,在小说《包法利夫人》及其改编电影传播的过程中,出现了一些"近似式"改编电影,它们都只从小说中吸收一些线索,但都把时代背景推进到当代,并对小说的主题或延伸主题进行深层探讨,比较具有代表性的包括《瑞恩的女儿》(*Ryan's Daughter*,1970)和《亚伯拉罕山谷》(*Abraham's Valley*,1993)这两部,1977年由导演兹比格涅夫·卡明斯基(Zbigniew Kaminski)拍摄的波兰影片《包法利夫人就是我》(*Pani Bovary to Ja*)和1995年由影星艾曼纽·贝阿(Emmanuelle Béart)主演的法国影片《一个法国女人》(*Une Femme Française*)也都可属这一范畴之内。

电影《瑞恩的女儿》的故事来自于著名编剧罗伯特·鲍特(Robert Bolt)与女演员莎拉·米尔斯(Sarah Miles,电影《瑞恩的女儿》女主角饰演者)的婚姻,他和大卫·里恩(David Lean)策划将小说《包法利夫人》以一种特殊的形式搬上银幕。在构思剧本时,罗伯特·鲍特与大卫·里恩似乎并没有在道德与不道德之间纠缠过多,而是将大卫·里恩最感兴趣的爱尔兰政治骚乱主题纳入了电影叙事之中,在宏大背景中给观众展示了发生在爱尔兰偏远乡村里的平凡故事。也许"这种发生在爱尔兰西南海岸的小三角恋情"①,加上有关爱尔兰共和军的部分,很难配得上一种史诗化处理的效果,但大卫·里恩的电影追求的就是"一种优美的风格"②。电影《瑞恩的女儿》的中心人物萝丝·瑞恩是位成长中的世俗幻想者,相对优越的家庭条件使她充满了对爱情和性的幻想,但是婚姻的平淡无奇使她在对现状的极度厌倦和绝望中产生了一种莫可名状的愿望,英军少校鲁道夫的到来使她的愿望得以实现,她陷入到与鲁道夫的恋情之中不能自拔,但随之而来的一系列事件毁灭了一切。在大卫·里恩看来,萝丝·瑞恩的浪漫幻想并不是小说的主题,而是人性愚蠢的某种表现。

《亚伯拉罕山谷》被看成是受"国家意识形态"③影响的电影改编作品,虽然影片中的女主人公同小说中的爱玛一样"在纯粹个人问题的推动下打破了生活环境的规范"④,但导演奥利维拉(Manoel de Oliveira)的初

---

① Roger Ebert. Ryan's daughter. 1970-12-20[2011-12-02]. http://rogerebert.suntimes.com/apps/pbcs.dll/article? AID=/19701220/REVIEWS/12200301/1023
② 乔治·萨杜尔:《电影通史(第六卷)第二次世界大战时期的电影》,徐昭、何振淦译,北京:中国电影出版社,1958年版,第76页。
③ Mary Donaldson-Evans, *Madame Bovary at the Movies: Adaptation, Ideology, Context*. Amsterdam-New York: Rodopi, 2009, p. 39.
④ 略萨:《无休止的纵欲》,见《略萨全集》(44),朱景冬、施康强译,长春:时代文艺出版社,2000年版,第21页。

衷却是真实再现《包法利夫人》,"为了《亚伯拉罕山谷》,我请阿古斯蒂娜·贝萨·路易写一本有关包法利夫人的书,故事要发生在今天的葡萄牙外省……她立刻就对这个建议产生了兴趣,……这样,我就改编了一部改编作品。"[1]由此可见,《亚伯拉罕山谷》绝不是对福楼拜小说的简单复述,然而《包法利夫人》在电影中却兼具潜台词和物质(读物)存在的意义。[2] 电影《亚伯拉罕山谷》在框架搭建上基本上保留了小说《包法利夫人》的内容:年幼时失去母爱的爱玛、自私的父亲、丧偶的医生卡洛斯、丧偶前的相遇、缺乏足够了解的婚姻等等。与小说《包法利夫人》相比,电影《亚伯拉罕山谷》已经无关恋爱故事或者丑闻,而只是尝试着从多个侧面对小说《包法利夫人》进行现代阐释。在《亚伯拉罕山谷》这部长达180多分钟的电影中,奥利维拉以电影小说家的姿态提供了一种缓慢移动的诗意视觉画面,电影中看似凌乱的故事就像一条支流众多的河流,从各个方面探讨不同的人物以及关于婚姻道德的主题,同时让观众瞥见伪善的葡萄牙中产阶级生活。福楼拜所采用的"自由的间接叙述方式"[3]在影片中除了被转化为画面外,对白、音乐以及贯穿始终的画外音,都有效地展现了人物的内心现实及隐秘的心理活动。在影片无所不知的画外音中,观众体会到的更多是对爱玛这个人物的同情和感慨,她与爱玛·包法利在生活的幻想上是一致的,也就是所谓的"包法利主义"(Bovarysme)的状态,虽然她无法认同人们对她的"小包法利"的称呼。

  关于小说《包法利夫人》的影像阐释还没有终结,2014年在法国上映了《婚姻间奏曲》(*La ritournelle*),伊莎贝尔·于佩尔(Isabelle Huppert)饰演的是一名带有中年"包法利夫人"特质的诺曼底妇女,影片显然从福楼拜的原著中获取了灵感;而在2015年年底上映的美国版《包法利夫人》,由新锐导演苏菲·巴瑟斯(Sophie Barthes)执导,影片采用罗斯·巴雷内切亚(Rose Barreneche)的剧本,近年来崭露头角的女星米娅·华希科沃斯卡(Mia Wasikowska)饰演全新的爱玛一角,在这部作品里,增添了比以往改编文本更加复杂的现实层面寓意。

---

[1] 米歇尔·西蒙:《电影小星球:世界著名导演访谈录》,任友谅译,北京:北京大学出版社,2008年版,第61页。

[2] Randal Johnson, *Manoel de Oliveira*. Urbana and Chicago: University of Illinois Press, 2007. p. 77.

[3] 略萨:《无休止的纵欲》,见《略萨全集》(44),朱景冬、施康强译,长春:时代文艺出版社,2000年版,第189页。

在关于小说《包法利夫人》影像阐释的历史中，可以看到，20世纪以来每个阶段对于原著的关注焦点各有殊异：30年代的《包法利夫人》只是对原著的图解；40年代的诠释则是忠实于原著的精致刻画，目的是要落实福楼拜的创作理念和对平庸世界的批判；20世纪后期、21世纪初则重拾爱玛这个人物，更多是为了透过《包法利夫人》故事展现对现实认知的复杂性。每个时代的导演编剧，各自在福楼拜的《包法利夫人》里发现吸引人的观点。毫无疑问，来自福楼拜小说的启发，无论我们关注重点是重视原著还是现代阐释，这些影像的出现对于丰富《包法利夫人》的内涵，其意义都是值得肯定的。

第四章
《简·爱》的生成与传播

夏洛蒂·勃朗特的《简·爱》的经典效应可谓经久不衰,至今很少受到质疑。其经典性体现了文学经典形成的三个重要基元,即作品的新意、传播和接受。首先是作品体现了作者独特的创作意图和非凡的文学造诣,这是构成经典的基础或基因。显然,没有作品,经典性就无从谈起。其次,传播使作品成为经典具有了可能。传播通过媒体、教学、翻译、甚或权力(权威)的推介为一部作品升华为经典创造了条件。再次,接受是作品成为经典的保证。读者的接受和评论者的回应一步一步将作品推向经典。没有传播和接受,作品也只不过是作者自娱的案头作。追溯和探索《简·爱》成为经典的历程,对于《简·爱》的经典性以及文学经典生成等理论问题的认识不无启发意义。

第一节 《简·爱》在源语国的生成

(一)《简·爱》与文学传统

一部作品被尊为经典有很多原因,但是能够有效地借鉴和吸纳文学传统应该是它走向经典的基础。很难想象,一部文学经典会疏离文学传统。夏洛蒂·勃朗特的《简·爱》也不例外。夏洛蒂·勃朗特充分利用不同的小说传统,成功地铸就了自己的小说作品。她从欧洲文学传统所汲取的至少包括童话和民间故事。她爱说故事,这或许能够让读者更容易回溯自己的童年。例如,《简·爱》在许多方面与灰姑娘和蓝胡子的童话相类似。她也受到《圣经》及其他基督教典籍的影响。尤其是在确定《简·爱》的叙事形态和方式方面，班扬的《天路历程》的影响更是显而易见，如简·爱为危险和诱惑所困扰，而常常由于天意的介入而获救。在罗切斯特性格描写方面，她也借鉴了弥尔顿的《失乐园》。此外，她还关注某些社会问题。这一点，在许多读者看来，赋予《简·爱》一种迫切感，增加了时代相关性。那么，在《简·爱》写作和出版的时代，究竟哪些文学传统对当时的读者更具吸引力？概括说来就是哥特式小说传统、成长小说传统、浪漫小说传统，《简·爱》主要继承和弘扬了这三种文学传统。

哥特式小说最初出现于18世纪末的英国。英国作家贺拉斯·沃波尔(Horace Walpole)的《奥托兰多城堡》(*The Castle of Otronto*,1764)一般被认为是哥特式小说的开山之作。哥特式小说在背景和情节设置上与欧洲中世纪流行的哥特式艺术和建筑密切相关。小说背景通常置于偏僻的地方和过去，描述的常常是一些奇异的和超自然的事件。小说男女主人公的描写模式通常是，年轻的女性遭受暴君的威胁，最后为坚毅和勇敢的年轻男性所救助，从而摆脱了她们的厄运。小说中的恶徒通常是一些有权有势的男人，或者是冷酷专横的贵族，或者是腐败堕落的教士。小说以古堡或拥有众多地牢和秘密通道的庄园古宅为背景。小说氛围阴郁、幽闭和恐怖，常常包括了一些身体暴露和性暴力。小说情节通常围绕着遗嘱、继承和贵族婚姻问题展开。这类小说通常会让读者感到兴奋和紧张，获得一种恐惧的快感。沃波尔的《奥托兰多城堡》问世后，许多作家竞相效仿，推出不少哥特式佳作，不久在英国文坛掀起了一股哥特热，对欧洲浪漫主义文学运动的发生产生了重要影响，因此被称之为"黑色浪漫主义"(Dark Romanism)。虽然到夏洛蒂·勃朗特的写作时代，哥特式文学已风光不再，但那一时代的作家，包括勃朗特姐妹、简·奥斯汀、狄更斯等，都有热衷阅读哥特式小说的经验，因此他们的创作不同程度地受到了哥特式文学的影响。

《简·爱》由于包含了太多的现实主义因素，因而不被认为是一部纯粹的哥特式小说。但是它的确借鉴了某些哥特式文学元素和技巧。例如，小说背景是在桑菲尔德府。这栋建筑具有哥特式小说中偏僻而神秘的庄园古宅的元素。楼上传出的神秘声音类似于歌特式小说中用来制造紧张和神秘氛围的手法。女主人公简·爱在决定自己命运方面常常感到孤独无助。小说中有一个中心谜团，即罗切斯特的疯妻子之谜，仿效了哥特式小说中一个共同的主旨。此外，某些幽灵和魔幻元素在小说中也不罕见。将现实主义因素同哥特式文学元素融为一体,这也许是《简·爱》这部小说超越传统哥特式小说的创新之处。

《简·爱》的创作显然也效仿了欧洲"成长小说"(Bildungsroman)的叙事模式。"成长小说"主要描写主人公从小到大心理和道德上的成长,其中性格的改变至关重要。这类小说最早见于歌德的小说《威廉·麦斯特的学习时代》(1795—1796)。虽然"成长小说"起源于德国,但是对欧洲乃至世界范围都产生了广泛的影响。英国历史学家托马斯·卡莱尔(Thomas Carlyle)将歌德的小说译成英文,并于1824年出版。此后,许多英国作家在写小说时深受这部歌德小说的启发和影响,也得到众多读者的青睐。"成长小说"主要叙述主要人物的成长或成熟,这类主人公大都比较敏感,一直在寻求人生的答案和经验。通常在故事开始时,主人公因情感缺失而离家出走。"成长小说"的目的就是写人的成熟,主人公并非在短时间内轻而易举地获得成熟。它突出了主要人物同社会之间的冲突。比较典型的是,社会价值逐渐为主人公所接受,主人公最终融入社会,主人公的错误和失望由此结束。有的"成长小说"的主要人物在获得成熟后也能够伸出手去帮助别人。显而易见,《简·爱》的情节沿用了"成长小说"的模式。它叙述了简·爱的成熟过程,重心是叙述了伴随并激励她成长和成熟的情感和经历。小说清楚地呈现了简·爱成长或发展的五个阶段,每一个阶段都与特定的地点相联系。简·爱在盖兹海德府度过童年时代,在洛伍德教会寄宿学校接受教育,在桑菲尔德府做家庭教师,在沼泽居同李维斯一家住在一起,最后与罗切斯特重逢和结婚。经过这五个阶段的经历,简·爱变成了一个成熟的女性。简·爱的成长历程是符合"成长小说"模式的。欧洲"成长小说"在当时是一种颇受作家看好和读者欣赏的小说类型之一。19世纪最受欢迎的小说,如狄更斯的《大卫·科波菲尔》和《远大前程》、巴尔扎克的《高老头》、司汤达的《红与黑》,无不是对欧洲"成长小说"的发展与超越。其中最主要的发展是将"成长小说"的叙事模式同社会批评结合起来。《简·爱》也不例外。它将简·爱的成长经历同对当时某些社会问题的关注和批评成功地融为一体,将简·爱的渴望同社会的压迫和期望置于冲突之中。《简·爱》,就像大多数维多利亚时期的小说那样,通过不同社会阶层的人物的描写,再现了社会全景,也触及了性别差异问题。勃朗特把简·爱的婚事用作隐喻来探索英国政治问题的解决途径。维多利亚时期,英国社会发生了巨大的变化。像勃朗特这样的作家探索了英国社会的危机和进步。英国对外扩张,成为全球帝国,从殖民地获得了大量财富。英国国内,由于工业革命,制造业成为英国的经济支柱。中产阶级发现了赚钱机会,而新兴的劳动阶级则为增加工资、工作保障和改善工作和生活条件而斗争。《简·爱》包括了从英国社会危机中产生的改良主题:更好的政治诉求、工作条件和教育。在维多利亚社会中,女性地位不高,然而这些社会改良很少是直接用来解决妇女问题的。在小说中,简·爱一直在为经济的和个人的独立而努力,这就触及影响维多利亚时期英国社会的阶级问题、经济问题和性别角色问题。就此而言,《简·爱》以"成长小说"的叙事模式反映了当时英国受众最关心的社会问题,这不难理解为什么《简·爱》一出版后会立刻引起了一般读者和职业批评家们的关注和反响。

《简·爱》还沿袭了另一小说传统类型——浪漫小说(Romance Novel)。这一小说类型主要见于英语国家。该类小说的描写中心是两人之间的关系和浪漫爱情,结局必须是乐观的,人物最终要获得情感上的满足。英国作家萨缪尔·理查生的小说《帕米拉》(1740)属于最早一批的浪漫小说。该小说有两点具有创新意义:一是几乎完全聚焦于求爱,二是完全从女性主人公的视角来叙事。到了19世纪,简·奥斯汀扩展了这种类型的小说。她的《傲慢与偏见》常常被看做是这一类型小说的缩影。《简·爱》中的男女主人公显然就是浪漫小说中的浪漫男女主人公。罗切斯特常有沉思状,有时需要某种精神上的支撑,言行中还带有一点偏激后危险性。他长得并不英俊,但看上去很坚毅。简·爱和罗切斯特在经历了险境和困境之后最终得以幸福的结合。简·爱做了她应该做的,学会了如何对人更加热情和信赖,因此她获得了好报。罗切斯特有意突破那一时代的道德准则,要让简·爱作为他的情人同她生活在一起,尽管被后者拒绝了。当然用今天的道德标准不难对他作出判定,因为在今天,对于他既要照顾他的疯妻子又要同简·爱一起过一种更好的生活的做法,很少有人会大加指责。然而考虑到他的行为有悖于大多数维多利亚时期人的道德信念,那么在婚外同某一个人同居在当时肯定被认为是有违道德的。无论罗切斯特有多么不幸,他都有义务和责任让简·爱成为他的妻子而非情人。罗切斯特为他的错误付出了沉重的代价。他在经历了足够的忏悔之后,小说故事结束时,他也获得了浪漫爱情的回报。应该说,《简·爱》完全符合浪漫小说的特点,这也是该小说引起读者兴趣的因素之一。

总之,夏洛蒂将三个传统小说类型有机地融合在《简·爱》之中,从而使之彰显了深厚的文学传统积淀,让读者从这部小说中感受到了文学的厚重和魅力。须知,哥特式小说、成长小说和浪漫小说这三种文学类型的存在并非昙花一现。它们时隐时现地延续至今,一直是后世作家、批评家和读者的兴趣点。正是《简·爱》这种对传统文学的承继、融合和拓展,使之具有了成为经典的基元和底蕴。

(二)《简·爱》的接受

一部作品问世后,若不能引起读者的持续兴趣和评论者的持续关注,就无从谈起被接受,更难成为经典。《简·爱》,像大多数经典一样,出版后立刻引起了一般读者的兴趣和批评界的热议。就经典形成而言,对《简·爱》的持续不断的评论,无论在当时是肯定的还是否定的,对《简·爱》迈出通向经典的第一步都是不可或缺的助力。《简·爱》不仅深受读者欢迎,更是受到学术界的青睐。对《简·爱》研究和批评的关注概括起来主要集中在以下几方面:其一,《简·爱》是一部以现实主义方法描写人经历的作品;在这部作品中,勃朗特创造了一个可信的中心人物简·爱,这个人物真实地表现了作者本人的社会和情感经历。其二,《简·爱》是一部道德寓言,重在表现简·爱的"朝圣历程";其间她经受了诱惑和挫折,最终获得了婚姻和幸福。其三,《简·爱》是一部浪漫爱情小说;作者在作品中融入了"如愿"的元素。其四,《简·爱》是一部批评某些社会丑恶的小说。该作品特别批评了儿童教育方面存在的弊端。其五,《简·爱》是一部评论基督教改革的作品。其六,《简·爱》是一部女权主义小说;简·爱的言行体现了两性平等的女权思想。从上述批评方面不难看出,《简·爱》不是一部思想内容单纯的作品,而是一部内涵丰富的作品。不同的读者和评论者对这部作品有着不同的解读。正是这种多维的解读,显示出了《简·爱》作为经典的维度和向度。

不管怎样,对《简·爱》最初的接受对其日后成为经典至关重要。当《简·爱》首次出版时,立刻为读者所接受。但是这种接受既有肯定的,也有否定的。大多数评论持欢迎态度,认为这部小说代表了一种新的、大胆的小说创作。"新鲜与创新、真实与激情、在描述自然景象和分析人物思想方面的非凡才华使这部小说与众不同。"(《泰晤士报》)"从一种悲伤经历的深处传出一种声音在向成千上万具有类似经历的读者诉说。"(《爱丁堡评论》)"现实,具有深刻意义的现实,是该书的特征。"(《弗雷泽杂志》)小说的现实主义特征、小说展示的情感力度、小说主人公与众多读者之间因经历和感受的相似性而激起的共鸣感,评论家们都给予了高度的评价。

然而,另一些评论者,尤其是那些宗教性和保守性的媒体,对这部作品不以为然,认为它开了一个危险的先例。"它燃烧着道德上的雅各宾主义。"(《基督教警示》)评论者将《简·爱》同"雅各宾主义"相提并论,意在说明该作品表达了一种极端思想。说一部有关年轻女性生活的作品有可能预示某种政治巨变,对今天的读者来说,似乎过于夸张,但是人们应该记得,《简·爱》出版之时,正是英国和欧洲都处于激烈的政治动荡时期。19世纪40年代,英国宪章运动发展,工人阶级强烈要求政治变革,其中包括扩大国会议员的特权和待遇以便让他们能够称谓各阶层人的代表。1846年至1848年期间,像法国、意大利、奥地利、普鲁士和波兰等欧洲国家发生了革命或其他颠覆性事件,人们担心,随着宪章运动引起的动荡不安的加剧,英国也许会成为下一个大规模动乱的国家。正是在这种背景下,《简·爱》的影响让某些人感到忧虑和不安。这里引用一段伊丽莎白·里格比(Elizabeth Rigby)在1848年12月的《伦敦评论季刊》上发表的一段评论:"《简·爱》很受读者欢迎,这一点证明了对非法之恋的喜好已深深植根于我们的天性。……简·爱彻头彻尾体现的是一种灵魂堕落、为所欲为的精神。……的确,简·爱的行为还不错,显示了强大的道德力量,然而,这只不过是一种根深蒂固的异教思想支配下的力量。在她身上丝毫感受不到基督教的优雅。她丝毫不差地秉承了我们堕落的天性中最深的罪孽——骄傲罪。因其骄傲,她也不知感激。……正是凭借自己的才智、德行和勇气,她得到了人类幸福的极致。就简·爱自己的说法而言,没有人会认为她会为此感激天上的上帝和地上的人。……再则,简·爱的自传性非常明显是反基督教的,其中充满了对富人的舒适和穷人的贫困的低声抱怨。就个人而言,这是对上帝安排的抱怨,其中含有对人之权力的自豪和明确的要求,然而有关这一点,在神的话语和意愿中都找不到权威性的依据。渗透作品中的那种渎神的不满调子体现了那种最显著、最微妙的邪恶。当下正在努力使社会文明化的法律和神职人员却不得不同这种邪恶进行斗争。我们肯定地说,国外那种颠覆权威、违反人类行为准则和神意的倾向和国内滋养宪章精神和反叛精神的思想基调同《简·爱》的思想基调如出一辙。"①伊丽莎白·里格比的观点在当时很有代表性,尽管在今人看来早已见怪不怪了。这恰恰说明,《简·爱》所表达的思想既有现实性又有前瞻性。正是作品中所表现出的这种前瞻性吸引

---

① See *The London Quarterly Review*, No. CLXVII, December 1848, pp. 92—93.

了一波又一波的评论潮。也正是这种持续不断地评论潮支撑并推动着这部杰作走向经典。

从《简·爱》出版到今天,对它批评接受方面的一个重要话题是《简·爱》与女权主义的关系。这一话题,随着西方女权主义运动或女性主义思潮的发展,越来越热,并持续发酵。《简·爱》的主题涉及爱情、性别平等、女权主义和宗教等,难以将简·爱的性别障碍同经济地位分离开来。她的女性身份使她无法像罗切斯特这样的男性人物去闯世界。这是对维多利亚时代的写照:女性在社会事务中不能像男人那样发挥同样的作用,女性在追求自己的生活方面面临着更多的艰难和障碍。罗切斯特出身高贵和简·爱的出身寒微之间的差异直接导致了不平等,而性别不同加剧了这种不平等。《简·爱》包含了许多与维多利亚的理想女性观念相悖的女权主义观点。有评论认为,勃朗特本身就是她那一时代最早一批的女权主义作家。她写《简·爱》就是要向维多利亚时代的社会传达女权主义的信息,因为在维多利亚时期的英国社会,女性受到社会的歧视和压抑。《简·爱》所体现的正是男女之间在婚姻方面乃至社会方面的平等意识。作为一位具有女权思想的小说家,夏洛蒂·勃朗特就是通过她的小说支持和传播当时独立女性的观念:为自己工作,有自己的思想,按照自己意愿行动。有充足的例证表明,小说中的简·爱是一个充满女权意识的人物。她是一个普通的女孩,但敢于以一种独立和坚持的精神追求自己的幸福。她代表了女性对男性支配权的抗争。她所思所想和所作所为仍然关乎今日的女性。因为当今的女性感到,因性别她们曾受到过歧视。19世纪初,社会并没有给予女性多少机会。因此,当她们试图进入社会时,大都感到不适和不安。良好教育机会的缺失、对各职业领域的疏离让她们在生活中的选择受到极大限制。她们要么做家庭主妇,要么做家庭教师。《简·爱》形象地再现了当时英国女性的处境和状况,也通过简·爱的口表达了对在社会和婚姻中男女平等的吁求。正是由于《简·爱》中所传达出来的女权主义思想和信息,引起了此后约一个半世纪的、持续不断的女性主义批评的关注。有关《简·爱》的女性主义批评专著和文章可谓是汗牛充栋。在当代,美国女性主义批评家伊莱恩·肖瓦尔特(Elaine Showalter)在《她们自己的文学:英国女小说家从勃朗特到莱辛》(*A Literature of Their Own: British Women Novelists from Brontë to Lessing*, 1977)中表达了自己对夏洛蒂·勃朗特的高度欣赏。肖瓦尔特认为,简·爱是一个圆满的女主人公,具有非常丰富而实际的社会经历。

简·爱的要求在当时的社会中是革命性的。英国作家弗吉尼亚·伍尔芙在《普通读者》也给予《简·爱》高度评价。她完全相信,在《简·爱》中,作者除了展示了她的卓越的写作艺术和技巧外,也表现了她的其他宝贵的天赋。利用《简·爱》为女性主义写作张目的是美国女性主义批评家桑德拉·吉尔伯特(Sandra Gilbert)和苏珊·古芭(Susan Cubar)合著的《阁楼上的疯女人:女作家和19世纪文学想象》(*The Madwoman in the Attic: The Woman Writer and the Nineteenth Century Imagination*, 1979)。该论著被认为是女性主义的经典之作。通过对简·爱的愤怒和芭莎的疯狂的分析,吉尔伯特令人信服地展示和确证了在男权主义文化中女性所感受到的愤怒。这也许可以将它视为女性批评的范例。显而易见,当代著名的女性主义批评家对《简·爱》的肯定性接受,对作品中女权思想的关注和汲取,更加充实和巩固了《简·爱》作为经典的地位。

《简·爱》生成为经典,传播也功不可没。《简·爱》于1847年问世后被英国各种媒介不断地复制和再现,从而获得了广泛的传播。其中最常见的是对原作的复制,即重印和再版。英国各类教育机构在提供的文学教学中对《简·爱》予以介绍和评论,撰写相关论文等。此外,还可以看到《简·爱》的插图版和画册,甚至仿作。它还被改编成舞台剧、电影、电视剧、音乐剧、芭蕾舞剧等。最有趣的是可以看到由一些后世的富有创意的作家对名作《简·爱》的各种各样的改写或重写。这些再生品不限于英国,也见于其他英语国家和地区。一出根据《简·爱》改编的舞台情节剧早在1856年就在纽约演出过。

《简·爱》在传播和接受的过程中呈现为两种方式,一是读者改变文本,二是文本改变读者;甚至文本也在改变自己。为了弄清《简·爱》之所以成为经典,必须关注《简·爱》的传播的情形。这不仅由于《简·爱》对读者有深度影响,还由于人们以不同的方法对这部名著进行处理和改造。这部名著已植根于各种各样的土壤,且产生出各种各样的果实。关注的重点应该是《简·爱》文本变异的过程,从历史的角度解读它,考察它的变异是如何发生的?为什么会发生?

20世纪70年代末,英国学术界呈现一种新的倾向:传统的文学价值观念受到挑战和颠覆。一反按照跨时空、真实性和艺术创新来判定一部作品是否为经典的惯常做法,后结构主义理论促使人们将雅俗文化视为文本性的延伸,决定文本的主要因素是各种文化力的聚合而不是天才的灵感。这种新倾向改变了人们对文本如何产生的认知,向人们揭示了文本被接受和传播的方式。文学文本不再是"字面图标"的组合,也不再是供人欣赏的固定物,而正变成一种不断生产的历史进程的一部分。法国后结构主义批评家皮埃尔·马歇雷(Pierre Macherey)在《文学生产理论》(*A Theory of Literary Production*,1985)中不再把文学文本当成一种创作或独立的个人作品,而是视为一种在加工过程中使用大量不同材料重新加工和改变的"产品"。他还认为,文学"价值"不是文本本身所固有的,而是由社会机制尤其是教育系统所赋予的。雅各·德里达(Jacques Derrida)在论及"重复性"时说,文本能够被不断地重读和重写,并由此被赋予多种多样的意义和多重效果。

当今时代是快速传播的时代。一本书能够在几秒钟完成下载,也可以一夜成名。然而,维多利亚人的速度也不慢。在英国,还没有哪本书能够像《简·爱》如此快速成名的。1847年8月24日,夏洛蒂·勃朗特将《简·爱》手稿寄给史密斯-埃尔德出版公司。两周后,出版商对这部新书的出版表示了兴趣。又在两周内,出版商寄来了一百英镑的稿酬,并告诉夏洛蒂,正在校稿。在19世纪,一部小说手稿从接受到出版一般需要两年的时间。而《简·爱》仅用了八周的时间于10月7日出版了。在初版《简·爱》的欣赏者中就有萨克雷等著名英国作家。到12月初,《简·爱》第一版销售一空。夏洛蒂为《简·爱》第二版写序。到第二年2月,根据小说改编的舞台剧在伦敦的维多利亚剧院演出。

小说的故事牢牢地抓住了读者——洛伍德学校、简·爱的家庭教师生涯、罗切斯特先生、阁楼上的疯女人、困境和援救、幸福的救赎等。然而,夏洛蒂在小说第一版使用假名"科勒·贝尔"也加速了小说的口头传播。人们纷纷猜测《简·爱》这位神秘作者的身份和性别。这种猜测随着埃利斯·贝尔和阿克顿·贝尔的作品《呼啸山庄》和《阿格尼斯·格雷》在12月间的出版而达到火热的程度。其实,后两部小说早在一年前就被出版商接受了,但是一直尘封在那里,直到《简·爱》出版后获得成功才激励了出版商将它们付梓。这三部小说出版后,夏洛蒂才向她父亲吐露了《简·爱》作者的真实身份。随着人们越来越猜疑"科勒""埃利斯"和"阿克顿"这三个作者很可能就是一个男作者用不同名字写的三部小说,夏洛特去了伦敦找到她的出版商澄清了作者真实身份。

公众从一开始就对《简·爱》充满了热情。《简·爱》作者真实身份披露之后,好奇的人络绎不绝地出现在夏洛蒂·勃朗特的家乡豪沃斯。夏洛蒂在1855年去世。两年后,盖斯凯尔夫人的《夏洛蒂·勃朗特传》出版,造访豪沃斯的人数大增。有的来自遥远的美国。当地商店通过卖勃朗特一家的照片收入大增。夏洛蒂的父亲帕特里克将她的书信剪成碎片来满足人们收藏她的手迹的需要。在勃朗特的家乡,勃朗特三姐妹的书一直在卖,慕名而来的人也是一批又一批的光顾。到1893年,勃朗特协会成立。两年后,一个小型的博物馆对外开放。

亨利·詹姆斯曾对夏洛蒂去世50年勃朗特三姐妹依然盛名不衰感到困惑。他认为那种对勃朗特姐妹生活的迷恋是在不幸地浪费精力。他说,有关她们"沉闷枯燥"的生活故事转移了对《简·爱》和《呼啸山庄》的成就的认识。由盖斯凯尔夫人点燃的、勃朗特崇拜者煽起的"勃朗特热"已经破坏了对她们作品本身的批评性欣赏。弗兰克·雷蒙·里维斯(Frank Raymond Leavis)似乎为了支持亨利·詹姆斯的看法,在他的《伟大的传统》(*The Great Tradition*,1948)一书中将勃朗特姐妹排除在外,理由是《简·爱》只显示了"对不太重要事情的持续不断的兴趣"。《呼啸山庄》尽管"令人惊异",但是也只是"一种游戏"。而在某些男性批评家们眼里,勃朗特姐妹的小说也不过类似于"高档名牌"。然而不可否认的事实是,《简·爱》和《呼啸山庄》在今天不仅拥有众多的读者,而且也为批评界所推崇,并越来越多地走入各种媒体。亨利·詹姆斯若九泉有知想必会感到愕然。其实,围绕着《简·爱》可说是事件层出不穷,活动丰富多彩,评论持续不断。亨利·詹姆斯完全不必担心人们对它冷落。1895年,一些学者创办了杂志《勃朗特研究》;其后,越来越多致力于勃朗特姐妹及其创作研究的学者先后参与该杂志的经办,从而使该杂志历经百年,延续至今。如今该杂志增扩为每年四期,以满足全球勃发的对勃朗特姐妹作品的热情,对铸就经典《简·爱》可说是功不可没。

从早期杂志期刊中,可以读到不少有关《简·爱》的评论。这些评论让我们了解到,《简·爱》主要通过两个平台使其影响从当时的读者延伸到全世界。这两个平台就是舞台情节剧和"女性"小说。《简·爱》给予最初读者的印象完全是革命性的。1848年,一位匿名评论写道,在"革命之年"(1848年)我们发现,《简·爱》的"每一页都燃烧着道德上的雅各宾主义"①。"不公平"是对当时社会现状和权力的反思结果。对《简·爱》的反应表明,保守的英国中产阶级从这部小说的话语中感受到了某种革命的火药味。《简·爱》的早期评论主要集中于简·爱的反抗意识。因此,

---

① Miriam Allott, *Charlotte Bronte*, London: Macmillan, 1974, p.90.

人们认为《简·爱》很适合用作舞台情节剧的素材,因为正如当时评论所说,"情节剧的独白总是充满了激进民主的调子";在情节剧中,"传统需要的真实与道德标准统统受到了质疑"①。《简·爱》刚一出版,其舞台情节剧本便出现了。但是这些剧本对原作做了某些改动,例如通过剧中人物之口夸张性地表达了简·爱的阶级压迫感。到 19 世纪 80 年代初,至少有八部根据《简·爱》改编的舞台情节剧在英国和美国上演,其中包括约翰·考特尼(John Courtney)的《简·爱》(1849)和约翰·布鲁汉姆(John Brougham)的《简·爱》(1856)。这些舞台情节剧从本质上是一种浪漫情绪的表达,但是基于原作的思想和英国社会现实,融入了更为强烈的现实主义因素。例如,考特尼的舞台剧中对原作中简·爱同罗切斯特邀请的贵族客人会面的场景进行了改动。在剧中,简·爱不是一个静坐一旁倾听贵族们轻蔑地品头论足的人,而是一个明确表达自己看法的反叛者。她占据了舞台的中心,向舞台上的演员也向剧院里的观众高声呐喊:"不公平!不公平!"舞台情节剧针对社会现实问题强化了现实主义倾向,引起了观众的共鸣,由此拓展了《简·爱》的影响。

此外,《简·爱》还通过对同时代小说家的影响,延续着自己的生命。奥利芬特夫人(Mrs Olipnant)在 1855 年写的评论中认为,《简·爱》不仅影响了读者,也影响了同时代的女小说家。这些女小说家的作品,像《简·爱》那样,对爱情和婚姻问题给予了高度关注,表达的思想或多或少与《简·爱》相似。不过奥利芬特②夫人更关注的是简·爱对现存对爱情与婚姻的态度的影响,认为作者将她描写成一个有害于"和谐社会"的危险的小人物。她评论道:"这样一个冲动莽撞的小鬼冲入我们的秩序井然的世界,闯过了它的边界,公然蔑视它的原则。最令人恐慌的现代革命已经随着《简·爱》的入侵而到来。"③尽管简·爱看起来举止端庄,但是读者还是不难看出她那求变的不安灵魂。奥利芬特夫人注意到,在夏洛蒂同时代不少女小说家持有和夏洛蒂相同或相似的看法,她们的作品都重复着与《简·爱》相似的主题,在作品中的人物身上多少都能看到简·爱的影子。根据谢利·福斯特(Shirley Foster)在《维多利亚女性小说:婚

---

① Miriam Allott, ed. *Charlotte Bronte's Jane Eyre and Villette*, London: Macmillan, 1973, p. 57.

② Ibid.

③ Margaret Oliphant, "Modern Novels-great and small", *Blackwood's Magazine* 77 (May 1855), p. 557.

姻、自由和个人》(Victorian Women's Fiction: Marriage, Freedom and the Individual, 1985)中的统计,在《简·爱》出版前,类似《简·爱》主题的女性小说只有三部,但是在《简·爱》出版之后,猛增到五十多部。《简·爱》的影响显而易见。1850年11月16日发表在《雅典娜神庙》杂志上一篇评论朱丽叶·卡万纳(Julia Kavanagh)的小说《娜塔莉》(Nathalie, 1850)的文章中说,无论这个世界如何看待简·爱或罗切斯特夫人,对于这个女人,人们吵来吵去,好像她是一个实际存在的女人。无论她是否被当成无耻扰乱我们社会制度的人还是被当成具有"顽强意志"的经典人物,我们只能认为,夏洛蒂·勃朗特笔下的简·爱就是"娜塔莉"的先人。[①]除了朱丽叶·卡万纳的《娜塔莉》外,受《简·爱》影响的女作家作品还有黛娜·木洛克·可雷克(Dinah Mulock Craik)的《奥立弗》(Olive, 1850)、伊丽莎白·巴雷特·布朗宁(Elizabeth Barrett Browning)的《奥罗拉·雷》(Aurora Leigh, 1857)、爱玛·沃波埃(Emma Warboise)的《桑尼克罗夫特府》(Thorneycroft Hall, 1865)。这些女性作家的作品似乎都是夏洛蒂·勃朗特的《简·爱》的演绎本,有意无意地在张扬着《简·爱》这面大旗。

第二节 《简·爱》在欧洲的传播

《简·爱》自1847年出版以来已持续不断地风靡全球。根据帕齐·斯通曼(Patsy Stoneman)在1996年出版的专著《勃朗特变异》(Bronte Transformations)中统计,《简·爱》仅在英国就有23个不同的版本,已被翻译成24种语言在全球出版发行。就《简·爱》在欧洲的传播和影响来说,据目前所知,根据《简·爱》改编成其他欧洲语言的戏剧演出有可能先于翻译出版走入欧洲。戏剧《简·爱》在欧洲的首演是在位于比利时的华伦文化中心。因资料所限,这里主要介绍的是《简·爱》在法国、德国和意大利的传播情况。

根据法语维基百科,《简·爱》最早是由N. L. 苏维斯特(Noëmie Lesbazeilles-Souvestre)于1854年翻译成法文。译者在该译本的前言中说,《简·爱》就其声誉而言是当之无愧的。他翻译《简·爱》的初衷就是

[①] *Athenaeum*, 16.11.1850, p.1184.

让法国读者分享他对这部小说的喜爱。他还指出,这部小说不是以情节剧取胜而以对现实生活的描绘见长。在序言最后,他声称自己的翻译更关注译语的表达,为此有可能失去原作的某些风格。其后,影响较大的法译本有日内维耶·麦克(Geneviève Meker)根据原版改译的版本《简·爱》,1957年1月由法国西岱出版社出版。在H.V.霍夫(H. Van Hoof)的《西方翻译史》(*Histoire de la traduction en Occident*, 1991)一书的第88页提及该译本。1950年,莱昂·布洛多维考夫和克莱尔·罗伯特(Léon Brodovikoff和Claire Robert)翻译了另一版本《简·爱》,由文艺复兴出版社出版。其后在20世纪50—70年代多次再版(1958年版,1967年版,1968年版),由此看出当时法国读者对《简·爱》的热度。最新的法译本是2012年由FOLIO出版、多米尼克·巴伯里斯(Dominique Barbéris)和多米尼克·珍(Dominique Jean)翻译的简装本《简·爱》。译者在译本前言中对《简·爱》及其作者做了详尽的介绍。然而在法国最受欢迎的两个《简·爱》译本分别是由希尔维尔·莫诺德(Silvère Monod)和夏洛蒂·毛莱特(Charlotte Maura)翻译的。前者以三部一套的方式出版,其中包括夏洛蒂·勃朗特的《简·爱》《维莱特》和《教师》三部作品。菲利普·斯特拉福特(Philip Stratford)在法国权威杂志《法语研究》撰文对莫诺德的译本给予了肯定。马里昂·吉尔伯特(Marion Gilbert)和马德莱尼·杜维瓦尔(Madeleine Duvivier)的法译本《简·爱》(1912)被认为是权威性译作,原因是为该译本撰写序言的是法国文学界的名人,即法国当代著名女作家、文学评论家、翻译家和传记作者戴安娜·德·马格里(Diane de Margerie)。她曾为法国文学奖评审委员会评委,也曾在中国和意大利居住过。由于她在文学界和学术界的影响,马里昂·吉尔伯特和马德莱尼·杜维瓦尔的译本理所当然地被视为权威译作。此外,法国还出版了不少给青少年阅读的《简·爱》改写本、插图版、删节版和图画版等,如由法国BH创作出版社出版的弗里德里克·索瓦日(Frédérique Sauvage)和莫尼克·高德(Monique Gorde)的改写本、由拉克劳克斯·法里克斯(Lacroix Félix)插图和米克尔·格尼维夫(Meker Geneviève)翻译的插图译本(1957)、1975年由法国查本提尔出版和皮埃尔·费克斯-玛索(Pierre Fix-Masseau)翻译的删节版、1979年由法国达高德出版社出版和杰克斯·坡里尔绘画的图画版。这些版本扩大了《简·爱》在法国青少年读者中的影响。

值得一提的是,施拉·科勒(Sheila Kohler)的小说《变成简·爱》

(*Quand j'étais Jane Eyre*,2009)的法文版在法国是一部畅销书。这是一部以温情的笔调讲述勃朗特一家传奇的小说。作者出生于南非约翰内斯堡,曾在法国巴黎学习和生活了15年,后移居美国。她自1990年开始发表短篇小说和出版长篇小说,到现在共创作了10部长篇小说,多次获欧亨利奖等文学奖,是当代西方颇具影响的女作家。她的力作《变成简·爱》,更是强化了法国读者对《简·爱》及其作者夏洛蒂·勃朗特的印象,激发了他们对《简·爱》与作者之间联系的好奇心,对《简·爱》在法国的传播起了重要的推动作用。

在德国,相比其他欧洲国家,《简·爱》的传播更早。《简·爱》在英国首次出版的第二年,即1848年,由恩斯特·苏塞米尔(Ernst Susemihl)翻译、邓克尔 & 洪堡德出版社出版了第一部德译本《简·爱》。该译本出版后,引起了德国读者的浓厚兴趣。其后不久F.格里(F. Grieb)再度翻译了《简·爱》,1850年由弗兰克出版社出版。这两个译本成为《简·爱》在德国传播早期的两个权威译本。直到1915年,施赖贝尔出版社出版了一个新译本《简·爱,劳渥德的孤儿》。上述三个译本在出版时,都使用"科勒·贝尔"(Currer Bell)为小说作者的名字。由此可见,在《简·爱》被译介到德国后的约60年间,德国读者并不知晓《简·爱》作者的真名,更说不上对夏洛蒂·勃朗特有何深入了解了。第一次以夏洛蒂·勃朗特作为《简·爱》作者的德译本是1945年由保拉·麦斯特-卡尔维诺(Paola Meister-Calvino)翻译、马内塞·维尔出版社出版的。其后,《简·爱》的德译本便不断出版,尤其在20世纪末《简·爱》翻译出版呈现密集性。其中较有影响的德译本有1958年出版的伯恩哈德·辛德勒(Bernhard Schindler)的译本《简·爱》、1984年出版的伊丽莎白·冯·阿尔克斯(Elisabeth von Arx)的译本《简·爱,一部罗曼司》、1990年出版的英格丽·雷恩(Ingrid Rein)的译本《简·爱,一部自传体小说》、1998年出版的戈特弗里德·罗可莱恩(Gottfried Rockelein)的译本《简·爱》、1999年出版的赫尔穆特·可索多(Helmut Kossodo)的译本《简·爱,一部自传体小说》和2001年出版的安德里亚·奥特(Andrea Ott)的译本《简·爱》。后两位译者都是德国知名翻译家。安德里亚·奥特主要从事英国作家作品的翻译。她不仅翻译的了《简·爱》,而且还翻译了夏洛蒂·勃朗特的另一部小说《谢利》。最近出版的《简·爱》德译本有赫尔穆特·可索多《简·爱,一部罗曼司》(2008)、马丁·英格尔曼(Martin Engelmann)的《简·爱,劳渥德的孤儿,一部自传体小说》(2008)和安德里亚·奥特的

《简·爱,一部罗曼司》(2012)。玛丽·博尔奇(Marie Borch)的《简·爱》(2013)。特别值得一提的是,2012年由德国水蛇出版社出版的勃朗特三姐妹的小说合集,包括5部《艾格尼丝·格雷》《简·爱》《维莱特》《谢利》《呼啸山庄》。其中《简·爱》由克莉丝汀·阿格里克拉(Christiane Agricola)翻译。勃朗特姐妹小说合集出版表明读者的兴趣已从《简·爱》延伸到勃朗特姐妹所有的作品。《辛德勒文学新词典》说,《简·爱》不断地被翻译,每一部译作都有着不同的基调,并且这部作品被改编成戏剧和电影。仅德国维基百科列出了自1934年到2001年期间根据该小说改编成的10部电影。此外,在德国也有根据该小说改编的两个歌剧、三个音乐剧和至少一个广播剧。总之,德国对《简·爱》的接受热度丝毫不逊于英国。正如西方学者所言,大量的德语的《简·爱》翻译、戏剧改编和改写表明了德语国家对自19世纪中叶至今对这部英国小说的极其广泛的接受。

《简·爱》在意大利的译介似乎较法国和德国较晚。然而却呈现为热译。大多数意大利中小学生或多或少都听说过《简·爱》,虽然大都不知道该小说为何人所作。《简·爱》的意大利译本数不胜数。这主要是由于《简·爱》的思想和艺术的魅力和价值促使许多译者决意将它译介给意大利读者。较有影响的意大利语版的《简·爱》是松佐诺(Sonzogno)的1925年和1960年的译本、艾迪松尼·鲍林(Edizioni Paoline)的1980年译本、迦赞提(Garzanti)的1980年的译本、路易莎·梦达多利(Luisa Mondadori)的2002年译本、朱莉安娜·波佐(Giuliana Pozzo)的2003年译本、L.伦巴蒂(L. Lamberti)的2010年译本、斯巴文塔·菲力比(Spaventa Filippi)的2011年译本。最新的意大利语版的《简·爱》有波佐·加莱阿齐(Pozzo Galeazzi)的2012年译本和B.卡帕蒂的2013年译本。

就扩大《简·爱》在意大利读者中影响而言,意大利作家比安卡·皮佐尔诺(Bianca Pitzorno)的小说《法国保姆》(*La bambinaia francese*,2004)功不可没。《法国保姆》可以说是对《简·爱》的模仿之作。它的畅销在很大程度上是基于意大利读者对《简·爱》熟知的基础上的。该小说从索菲娅的视角讲述了简·爱的故事。索菲娅出身贫寒,从小失去父母,是歌剧演员赛琳·范伦的女儿阿黛尔的保姆。赛琳的丈夫爱德华·罗切斯特将她送进监狱,让她在那里终其一生。索菲娅便带着阿黛尔来到爱德华在英国的桑菲尔德府。来到桑菲尔德府后,索菲娅作为一个旁观者见证了负心的罗切斯特与忧郁的家庭教师简·爱之间的爱情。《法国保姆》是对夏洛蒂·勃朗特的《简·爱》由衷的礼赞,但对简与罗切斯特的关系给予了新的诠释。它不再关注他们的爱情神话,而是通过一个法国姑娘的视角重新解读了他们的爱情,批评了生活在巴黎的英国人严苛的生活风格。这实际上透露了作者及其意大利人的生活态度。小说分为两部分。第一部分,故事背景在巴黎,写到了作者所喜爱和熟知的19世纪初法国文化界的著名人物,如雨果、洪堡和戈蒂耶等。该部分可以看作是对《简·爱》主体故事的延展。小说第二部分,故事背景在桑菲尔德府,重新解读了简·爱的故事,但故事结局有所不同,以索菲娅和赛琳移居南美而结束。《法国保姆》正是借由对《简·爱》的模仿和丰富的历史和文化典故而名声大振;反过来,《简·爱》也借助《法国保姆》的模仿而扩大了其受众。

进入21世纪,意大利版的《简·爱》骤然多了起来,既有单册的,也有勃朗特姐妹合集;既有传统纸质的,也有做成有声读物和视频的光盘等现代媒介的。对于《简·爱》在意大利的译介情况,意大利米兰研究大学的马力路萨·比格纳米(Marialuisa Bignami)的文章《〈简·爱〉在意大利的运气》详细介绍了《简·爱》在意大利的翻译情况。该文探讨了作者与翻译的关系、意大利与英国的不同文化语境对《简·爱》翻译的影响,比如,作者指出,《简·爱》译介到意大利后并未像在英国出版时引起争论;同时也从比较文学的视角对众多的《简·爱》意大利译本进行了比较研究。

第三节 《简·爱》在中国的传播

《简·爱》自1847年在英国问世以来,已历时一个半世纪多。期间,它先后通过各种媒介传播到世界各国,为广大读者或观众所喜爱。它被译成几十种语言,几百种版本,数以亿计的书籍发行和研究论著。此外,由原著衍生出来的各种各样的简写本和改写本数不胜数,由原著改编的电影、电视剧、广播剧和舞台剧等更是形成了绚丽夺目的传播景观。当今更是借助网络媒介,《简·爱》的传播和影响几乎遍及世界的每个角落。当然,由于各国国情不同、时代不同、民族意识和文化语境等方面的不同,《简·爱》的传播与接受在不同国家和地区也不尽相同。它在中国的传播与接受也形成一道独特的景观,是靠不同时期的译者和读者的解读和重构来推动的。与其他国家和地区相似,《简·爱》在中国的传播大致经历了作家作品宣介、文本翻译和出版、读者解读(批评与接受)、与译语文化语境的融合与碰撞、与时俱进的媒体译介、对译语文化的影响等这样一个纵横交错的过程。

较之欧洲国家,《简·爱》传播到中国的时间较晚,是在20世纪初,这与五四新文化运动主张介绍西方文化有关。先于译介,最先让中国读者了解夏洛蒂·勃朗特及其《简·爱》的是一些期刊文章、外国文学评论和外国文学史中的有关内容。最早见到介绍夏洛蒂·勃朗特及其《简·爱》的是1917年发表在《妇女杂志》上的署名林育德的一篇文章《泰西女小说家论略》。其后,在郑次川的《欧美近代小说史》(1927)、韩侍桁的译作《西洋文学论文集》(1929年)和周其勋等人的译著《英国小说发展史》都辟有专章介绍夏洛蒂·勃朗特的《简·爱》。这些著作中对简·爱的评论大致表明两点,一是该小说突破了英国文学的美男靓女的传统,塑造了一位相貌平庸而富于才情和个性的女性,二是该小说是一部浪漫主义和写实主义兼而有之的作品。中国对英国女作家夏洛蒂·勃朗特及其《简·爱》的介绍也与五四新文化运动对妇女问题尤其是妇女解放问题的关注有关。1931年7月的《妇女杂志》专辟"妇女与文学专号",不仅刊登了勃朗特姐妹的画像,而且还刊发了仲华的文章《英国妇女中的白朗脱姊妹》,将勃朗特姐妹作为成功的文学天才给予了肯定和称赞。虽然,文章对《简·爱》着墨不多,但客观上却引发了读者这部女性天才之作进一步探索的兴趣。

真正让中国读者开始了解《简·爱》全貌是始于对《简·爱》翻译。在中华人民共和国成立之前,有三个《简·爱》译本值得一提。它们分别是周瘦鹃的《重光记》(1925)、伍建光的《孤女飘零记》(1935)和李霁野的《简·爱自传》(1935—1936)。这三个译本由于译者的文化立场、翻译动机和翻译策略的不同而呈现为不同风貌和特点。

周瘦鹃的译作《重光记》最早被收入1925年7月的上海大东书局的《心弦》中。该译本应该是最早的中译本。像早先的翻译家一样,周瘦鹃根据自己的考虑和需要,对原著采取了节译方法,读起来更像一个缩写本或改写本。这与他的文学观点和趣味有关。周瘦鹃是20世纪初的鸳鸯蝴蝶派作家。他善于写言情小说,宣扬他的爱情观。基于这样一种文学观点,周瘦鹃将《简·爱》改译成一部符合鸳鸯蝴蝶派风格的言情小说,实际上是一种再创作,从而生成了另一个中国式的《简·爱》。这应该说是根据译语文化的需要改译源语作品、有意识误读原作的一个范例。由于周瘦鹃把《简·爱》译成了一部普通的言情小说，未能传递出其作为世界文学名著的特质和精髓，因而无论在文学界还是在翻译界均未产生大的影响。

伍建光的中译本《孤女飘零记》是迄今为止人们所知的最早《简·爱》中译本。早在1927年，伍建光就节译了夏洛蒂·勃朗特《简·爱》，并根据小说女主人的遭遇，题名为《孤女飘零记》，直到1935年，该译本才由商务印书馆出版。伍建光曾赴英留学，精通中英双语。在翻译《简·爱》时，他更多地考虑了中国读者的欣赏需要，基本上采用了归化法，避免欧化句式，对原作做了某种程度的变通和改动，如将原著中的"章"（chapter）改成了中国传统小说中的"回"，并在每一"回"增加了小标题。同时，也为了适应当时中国读者的欣赏习惯，他也采用了节译法，删节了原作中大量的心理和景物的描写，只保留了情节和对话部分，但仍不失原作的精神和风貌。伍建光的译作反映了他本人对《简·爱》的认知和解读，这见于他的中译本《孤女飘零记》的序言。他认为，《简·爱》在描写爱情方面不落窠臼，"此书于描写女子爱情之中，同时并写其富贵不能淫，贫贱不能移，威武不能屈气概，唯女子立最高人格"。伍建光对简·爱的这种解读，既受到当时妇女解放思潮的影响，也透露了传统中国文化的影响。

《简·爱》最早的中文全译本是李霁野的《简·爱自传》。李霁野的译本最初连载于郑振铎主编、上海生活书店刊行的《世界文库》（1935年8月—1936年4月）。作者被译为"C.白朗底女士"。1936年9月，由上海生活书店印发了李霁野的《简·爱自传》的单行本。1945年，重庆文化生活出版社也出版了李霁野的译本，但译本名改为《简·爱》，作者也改为"莎绿蒂·勃朗特"。其后，该译本至1954年，共再版了五次，印数达8000册。受鲁迅的文学为人生的文学思想和直译原文有利于新文学语言的翻译观念的影响，李霁野在翻译《简·爱》时，通篇采取了直译法，忠实于原文的句法，甚至进行词与词或字与字的直译，具有非常明显的欧化倾向。此外，李霁野也奉行文学为人生的理念，认为文学翻译要服务于现实革命斗争。他的这种激进的思想也从他的翻译中的选词用句上体现出来。在他的译作中，革命性词汇频现。意识形态化也许是李霁野译本的特色。

1949年中华人民共和国成立后到1976年"文化大革命"结束，在中国特有的政治和文化语境下,《简·爱》在中国的传播和生产又呈现新的面貌。在20世纪50年代,《简·爱》受到广大年轻读者的喜爱,尤其受到女性读者的青睐。李霁野的译本继续不断再版和重印。1956年4月至1958年1月之间,新文艺出版社加印李霁野的译本共16000册。1962年,上海文艺出版社又印3000册。李霁野的译本成为当时读者阅读和收藏的主要外国作品之一。李霁野译本的不断重印表明了该小说在当时中国读者受欢迎的程度。其原因大致有三:首先,当时中国主流意识形态主要倡导阅读苏联等社会主义国家的作品,排斥西方资本主义国家的作品,但却适度允许了那些以暴露和批判西方资本主义社会黑暗面的所谓批判现实主义经典作品。《简·爱》就属于此类作品。尤其马克思曾高度评价《简·爱》的作者夏洛蒂·勃朗特,认为她同狄更斯、萨克雷和盖斯凯尔夫人一起都是"现代英国杰出的小说家",这些作家"向世界揭露的社会真理比所有政治家、政论家和道德家所揭露的总和还要多"。由于马克思的这番评价,使《简·爱》在当时的政治和文化语境中得以继续传播。其次,根据当时的国内政治需求,国家文化部门要求青少年读革命书籍,但是这些革命书籍政治性较强,而艺术性较弱。相比之下,以《简·爱》为代表的西方古典名著思想性和艺术性更强,自然吸引了大量读者。再者,50年代中期形成的西方古典文学作品热也与当时毛泽东提出的"百花齐放,百家争鸣"的文化方针有关。这一方针的提出标志着当时国内政治环境的相对宽松。在此方针的鼓励下,出现了热衷阅读西方古典文学名著的现象。而李霁野的略带政治色彩的《简·爱》中译本自然受到当时读者的欢迎。然而,不久这种阅读西方古典名著热引起了当时主流意识形态的警觉。因为像《简·爱》这类西方名著虽说有暴露和批评西方资本主义社会黑暗之功,但其宣扬的个人主义性质的人物,却与当时主流意识倡导的集体主义精神相悖,因此,文化部门采取了一系列抵制甚至批判措施,以消除对年轻读者的不良影响。

在"文革"期间,《简·爱》同其他西方古典名著一样被当作封资修的东西受到禁止和批判。《简·爱》的影响销声匿迹了。"文革"结束后,随着文艺政策的拨乱反正,一大批在"文革"期间遭禁的中外文学名著重见天日。在此政治和文化环境下,《简·爱》再度进入了中国读者的视野,并再现《简·爱》热。1979年,电影《简·爱》在我国的公映,将中国观众和读者对《简·爱》热情推向了一个新高度。有人做过调查,在恢复高考后的77级和78级大学生中,《简·爱》和《红与黑》成为热门的读物。鉴于热读《简·爱》的需求,1984年,陕西人民出版社再版了李霁野的《简·爱》中译本。然而,1980年由上海译文出版社出版的祝庆英翻译的《简·爱》成为当时最受欢迎、最具权威性的中译本。根据徐菊的统计,该译本首版就印了约27万册,至90年代末,其印数多达300万册。在此时期,中译本再版和重印与译制片的公映使得《简·爱》获得了前所未有的热度,热评如潮。由此,无论文艺界还是学术界对《简·爱》都展开了多维度的解读、评论和探讨。人们对《简·爱》的理解和认识也更加深广。

此后,时代发生巨变,文学的崇高地位江河日下,文学的政治教化功能受到质疑和冷落,人们的欣赏趣味也经历了由欣赏教化到休闲娱乐的转变。在西方后现代文化思潮的影响下,大众文化取代了精英文化,传统经典被边缘化。尽管如此,读者对《简·爱》的热度似乎并未冷却,《简·爱》仍然在畅销书排行榜上占有一席之地。除了原有的中译本和英文版不断再版,《简·爱》的新译本更是如雨后春笋,层出不穷。据统计,自90年代至今,《简·爱》的各种译本达百种之多。国内各出版社推出外国文学名著系列中更是少不了《简·爱》。这种重印和重译的热度,一是反映了学界对《简·爱》在中国作为经典的认可和重视,二是反映了巨大的读者需求。由于经历了由精英阅读到大众阅读的转变,在《简·爱》的翻译传播方面,也出现了新的变化。国内各出版商更关注图书市场和各类读者的需求,推出了《简·爱》的各种各样的版本,包括英文版、经典版、通俗版、改写版、少儿版、口袋版、英汉对照版、电子版、网络版等,不一而足。其实,在这种眼花缭乱的《简·爱》出版和传播现象的背后,除了一些坚守文学品味的出版社推出了为数不多的高质量译本外,毫无疑问,大多数出版商,特别是在改制之后,都有着商业利益的考虑。它们视读者为消费群体,看重的是读者的口味而不再是翻译的质量。因而在这大量的《简·爱》重译中,既有推陈出新之作,也有急就抄袭之作,以致这些译本良莠不齐。在新的《简·爱》译本中,吴钧燮和黄源深的译本影响最大,也最受欢迎。各种各样的《简·爱》英文版、中译本和电影上映,因文化语境的共同作用,共同铸就了《简·爱》在中国的经典地位。

第四节 《简·爱》:从舞台到视屏

19世纪下半叶,通过戏剧舞台,《简·爱》的影响与当时对女性特质的描述结合起来。其实,早在1848年2月,当夏洛蒂听了《简·爱》和《桑菲尔德庄园的秘密》在伦敦舞台上演后,她就向史密斯·威廉姆斯评论说:"《简·爱》在小剧场上演,毫无疑问对该作品的作者来说是一次非常痛苦的展示,我想一切都会不幸地和令人痛苦地被舞台上演员夸张和庸俗化。我禁不住问自己,他们将怎么演罗切斯特?我经由而在脑海中想象出的是一幅有点丢脸的画面。他们将怎么演简·爱?我从这个询问的答案中看到一个非常不懂规矩和做作的女主角。"截至1916年夏洛蒂百年诞辰,《简·爱》的戏剧版已经在英国、美国、法国、德国、意大利和丹麦等国上演。这一时期的《简·爱》改编剧都集中于女性气质的问题上,它们被看成是男性意识支配下的产物,这一类作品越来越强调简·爱的德性和弱点,呼唤男性的善举,显示出传统观念的回归。其中最有代表性的是夏洛蒂·伯奇-法伊弗(Charlotte Birch-Pfeiffer)的戏剧《简·爱》(1870),在戏剧中强加了传统的女性角色观念,尤其强调了女性求助男性保护的意识,早先作品中简·爱那种要求精神独立平等的意识在这出戏中被大为淡化。在戏中,简·爱对哈雷夫人说,罗切斯特回桑菲尔德府后她会睡得安稳,因为"我们有了一位严厉但可靠的保护者——现在我们家里有了一个男人"。整个戏剧都强化了罗切斯特的善举和保护女性的角色,完全符合英国维多利亚时代有关家的理念,即家是"男人保护女人免遭危险和诱惑"的地方。其他一些改编剧则强化了简·爱的"天使"一面,如1879年由詹姆斯·威灵(James Willing)和莱奥纳德·雷(Leonard Rae)改编的舞台剧《简·爱》、W. G. 威尔(W. G. Will)1882年在伦敦环球剧院演出的同名改编剧等。

进入20世纪,《简·爱》依然吸引着读者的兴趣。20世纪上半期,至少出版了10个版本的《简·爱》画册和几个颇受欢迎的漫画版本。30年代后,根据小说《简·爱》改编的广播节目作品在英国广播电台热播,如1943年播出的《怪圈》(*The Weird Circle*)、1948年勒克斯无线电广播剧院(Lux Radio Theatre)播出的由英格丽·褒曼(Ingrid Bergman)和罗伯特·蒙哥马利(Robert Montgomery)参与演出的42分钟版本《简·爱》等。1936年,艾弗·布朗(Ivor Brown)在为海伦·杰罗姆(Helen Jorome)为《简·爱》撰写的序中把夏洛蒂·勃朗特归入经典作家之列,指出她"年复一年不断抓住众多读者的热忱"。应该说,这些热忱的读者大都是女性。尽管《简·爱》问世后的一个世纪中,英国女性的生活有了很大改变,但是这部维多利亚时代的小说依然关乎女性的生活。20世纪上半叶,尽管英国女性的社会地位有了明显的提高,然而男女之间的权力关系却改变不大。因此,像《简·爱》这样一部描写1847年的性别关系的小说仍然有很强的现实关联性。这种关联性继续推动着《简·爱》朝经典迈进。

1955年出版的漫画书《简·爱》所显示的是一个成功的婚礼而不是一个情感挫败的婚礼。这个时期,《简·爱》的情节成了浪漫小说的基础。波林·菲尔普斯于1941年发表的同名剧本完全是对原作《简·爱》的重写,质疑了勃朗特的女权意识,并用男性至上的妥协取而代之。甚至那些女剧作家也对简·爱的平等吁求感到不安。尽管如此,她们还是以《简·爱》情节为原型去写爱情故事。《简·爱》情节的复杂性也被女性哥特所利用,用来突出表现女主人公对她遇到的男性或对自己将要到来的婚姻的恐惧。《简·爱》虽然采用了浪漫小说的结局,即有情人终成眷属,但是小说的确提供了某些哥特式动机,如被囚禁的伯莎和凶险的建筑等。后来的《简·爱》改写者发现,在浪漫小说和哥特式小说之间确定平衡点并非难事。克里斯蒂安娜·布兰德(Christianna Brand)在《猫和老鼠》(*Cat and Mouse*, 1950)中指出,战后妇女的境况使得哥特式小说模式特别吸引她们。乔安娜·拉斯(Joanna Russ)在《有人设法杀我,我想这个人就是我丈夫:现代哥特式小说》(*Somebody's Trying to Kill Me and I Think It's My Husband: The Modern Gothic*, 1973)中将现代哥特式小说描述为《简·爱》和 达芙妮·杜·莫里哀的《瑞贝卡》的杂交。拉斯描述了《简·爱》的哥特式特征,而这些特征则是现代哥特式小说必具的特征。受《简·爱》哥特式元素影响的小说作品有维多利亚·霍尔特(Victoria Holt)的小说和伊丽莎白·泰勒(Elizabeth Taylor)的小说。尤其后者的许多作品都参考了《简·爱》。总之,由于战后人们对哥特式的兴趣,《简·爱》中的哥特式因素再次被挖掘出来,成为战后女性哥特的酵母,从而进一步加固了《简·爱》的经典地位。

自20世纪60年代以来,《简·爱》引起了更为复杂的反应和接受。一方面,《简·爱》在英国几乎是家喻户晓。另一方面,对大多数读者来说,该小说逐渐地引起了他们自觉的分析性解读,包括再生性"解读"和学术性批评。前者通过改编或改写来体现自己的理解和见解,后者则是从女性主义、马克思主义和心理分析的观点来解读《简·爱》中的矛盾。在小说《简·爱》的衍生文本中,最有名的是多米尼加出生的英国女作家简·里斯(Jean Rhys,1894—1979)1966年出版的小说《藻海无边》(*Wide

Sargasso Sea)和达夫妮·杜穆里埃(Daphne Du Maurier)的小说《蝴蝶梦》(Rebecca)。其中,小说《藻海无边》被视为《简·爱》前传,是对这部经典名著中作为反面人物的疯女人伯莎的解读和改写。在《简·爱》中,疯女人伯莎面目可憎、性格邪恶、淫荡无耻,她破坏了简·爱的幸福,毁掉了桑菲尔德庄园,使罗切斯特致残,而她自己最后葬身于火海,也未得善终。然而简·里斯对《简·爱》中的这个疯女人产生了浓厚的兴趣,以其独特的视角,看到了夏洛蒂·勃朗特想表现却未表现的东西。这部作品被认为是对《简·爱》一种后现代和后殖民的回应,被视为是"一部以第三世界女性观点向帝国主义发出挑战的'后殖民对抗论述'"。[①]《藻海无边》的成功和影响,进一步扩大了《简·爱》在20世纪的影响。当代对《简·爱》的解读,除了文本改写和传统的舞台戏剧形式外,更多体现在现代传媒的传播上,即通过将小说改编成电影和电视剧来实现对这部经典的解读。

在根据《简·爱》改编的17部电影作品中,最早的是1910年由美国比豪泽电影公司(Thanhouser Film Corporation)发行、西奥多·马斯顿(Theodore Marston)执导的同名电影,此后20年,先后出现了9部由小说《简·爱》改编的电影,这些默片作品分别来自于美、意、德等国。1934年拼合字母影片公司(Monogram Pictures)发行了由克里斯蒂·卡本纳(Christy Cabanne)执导的第一部根据《简·爱》小说改编的有声电影。遗憾的是,这部电影被看成是《简·爱》小说改编电影的失败之作,是"彻底混乱糟糕"的电影。虽然在这部时长62分钟的作品中保留了《简·爱》原著的四个主要阶段,即盖茨黑德府、洛伍德、米尔科特的桑菲尔德和荒原庄,导演和编剧也注重通过各个阶段重要的或者代表性的事件来推动情节发展,并以这些事件来构成电影故事的核心内容,但影片在保留故事主线的同时,为了让故事发展更加顺畅,删除和改动了原著中一系列情节,很容易让观众跟不上叙事节奏,对于未读过原著的观众来说感觉尤为明显,这一改动导致《简·爱》小说忠实读者的强烈不满。如果说简·爱离开洛伍德是因为与布罗克赫斯特先生发生冲突这一场景在改动上是必须的话,那么在去桑菲尔德的路途中偶遇罗切斯特先生,而不是像原著中那样是在工作之后一段时间偶遇,就难免会遭来影评家的非议;至于在影片中篇幅过长的罗切斯特先生招待英格拉姆小姐等人的舞会,还有那一段表演拙劣的简·爱拯救罗切斯特先生的未遂火灾,都常常遭人诟病;在

[①] 宋国诚:《从边缘到中心:后殖民文学》,台北:擎松图书出版公司,2004年版,第96页。

《简·爱》小说中最具神秘色彩的罗切斯特夫人的内容,为了切合故事发展的节奏感,被改编得支离破碎,婚礼的草草收场竟然是因为罗切斯特夫人逃离房间与罗切斯特先生、简·爱相见。另外,电影过分注重对简·爱追求自尊的描写,这也与小说的主题风格并不吻合,阿黛尔的故事因其身份被改成是罗切斯特的侄女而缩减。在影片的开头和洛伍德的求学生涯阶段,电影借助展示《简·爱》文本章节的方式,对时间和故事情节的发展做了简单交代,这一做法后来被1943年版的电影《简·爱》所延续。

由美国20世纪福克斯公司(20th Century Fox)出品的《简·爱》(1943)最早于1943年12月在英国公映,影片出现在美国观众面前则是1944年2月之后。这部电影由罗伯特·史蒂文森(Robert Stevenson)导演,担纲男女主角的分别是奥森·韦尔斯(Orson Welles)和琼·方登(Joan Fontaine),年幼的伊丽莎白·泰勒(Elizabeth Taylor)在剧中扮演了简·爱在洛伍德的不幸玩伴海伦·彭斯(Helen Burns)。作为奥森·韦尔斯在《公民凯恩》和《伟大的安巴逊家族》之后的第三部电影,《简·爱》是他第一次在他人执导的影片中担任男主角,他在影片的表演中规中矩,低沉的声音、令人不安的野性眼神和居高临下的态度体现出罗切斯特身上的神秘感和演员本身的人格魅力;琼·方登所饰演的简·爱,是对影片《蝴蝶梦》中类似角色的超越,她把握了简·爱人物性格中的矛盾性,即内心深处脆弱与坚强的结合,但在独立性方面表现不足。电影剧本由约翰·豪斯曼(John Houseman)、奥尔德斯·赫胥黎(Aldous Huxley)、亨利·科斯特(Henry Koster)和罗伯特·史蒂文森(Robert Stevenson)等人合作完成,最初的原稿是1938年奥森·韦尔斯与约翰·豪斯曼等人为CBS广播电台创作演出的"空中水星剧院"系列里的广播剧剧本。影片摄影是凭借《蝴蝶梦》获得奥斯卡金像奖的摄影师乔治·巴恩斯,电影音乐则由伯纳德·赫尔曼(Bernard Herrmann)完成,他有效地引用了《简·爱》歌剧中的一些旋律,而这一段经历对于他后来创作歌剧《呼啸山庄》也有一定的影响。1943年版《简·爱》长期以来被看成对原著小说最完美的诠释,是20世纪40年代好莱坞经典作品之一。影片长度为97分钟,故事情节的讲述也更具厚度和连贯性,简·爱和罗切斯特的爱情成为故事的主线。影片开头延续了1934年版《简·爱》打开书本自述的画面和方式,但是在小说原著中找不到这样的开场白,显然这是为这部电影专门设计的。故事前半部分重点刻画简·爱成长过程中的不幸,后半部分则将其陷入道德困境之中,表现她的雇主对她的爱。就像夏洛蒂·勃朗特的原著一样,电影利用故事情节中的怪诞和荒凉的景观来吸引观众,于是,影片关于桑菲尔德的秘密的描写无处不在,如城堡中隐藏的高塔、行为隐秘的女仆、狰狞的笑声、可怜的呜咽声和夜间的尖叫声等等。在原著小说四个主要故事发生地点中,荒原庄的内容被完全删除,简·爱在离开桑菲尔德之后返回了盖茨黑德府,里弗斯牧师在影片中以里弗斯医生的形象出现,在洛伍德部分就以简·爱不幸遭遇的同情者身份出现,而在盖茨黑德府则成为找寻简·爱下落的衔接故事情节的关键人物。就像奥森·韦尔斯所说的:"你(在改编的过程中)不必完全对原著表示敬意——你是在拍摄一部电影而不是在拍摄一本书。"洛伍德部分对女孩子们生活的描绘,包括邪恶残暴的布罗克赫斯特先生对简·爱的惩罚,在光影配合之下,极具表现主义的手法并在这一段落中,发挥了极为有效的作用。而在表现简·爱玩伴海伦去世的一个场景中,摄影机借助于对两个小伙伴紧紧相连的手的固定画面,通过简·爱对海伦的呼唤和嚎啕大哭的声音来表现,对观众情绪的冲击尤为强烈。而在桑菲尔德部分,古堡等建筑物中阴暗的大厅和蜿蜒的通道和剧中人物长长的影子以及雾气笼罩的阴沉天气,在电影中增加了小说本身所具有的哥特式风格。简·爱与罗切斯特的首次相遇,就是在梦幻般的气氛中设计展开的成功例子,影片没有交代简·爱外出的原因,但却用浓雾的特殊效果来强化故事的哥特式效果,巴恩斯的摄影与伯纳德·赫尔曼的配乐相得益彰,营造了在黑暗中令人不安和迷人的氛围。从这个角度来看,《简·爱》在风格上表现出好莱坞古典主义和表现主义的内容。当简·爱在里德舅母去世之后,听到的来自旷野中的超自然的呼唤声,是对原著这一细节的保留。影片公映期间,正值第二次世界大战期间,这部影片史无前例地宣扬了夏洛蒂·勃朗特,将那些挑战融入了传统的文化接受模式。战后,女性是一种稳定的力量这样一种维多利亚人的观念被认同。在这样的氛围下,《简·爱》通过其电影提供了一种模式,即爱是一种稳定的力量。

  值得一提的是,稍早完成的电影《与僵尸同行》(*I Walked with a Zombie*)似乎给了导演罗伯特·史蒂文森更多的创作灵感,个别演员如伊迪丝·巴雷特(Edith Barrett)则同时参与了两部电影的拍摄。《与僵尸同行》是1943年恐怖片导演雅克·特纳(Jacques Tourneur)为雷电华电影公司(RKO Pictures)制作的恐怖影片,电影情节跟伊内兹·华莱士(Inez Wallace)为《美国周刊》(*American Weekly Magazine*)写的一篇关于海地生活的文章有关。制片人瓦尔·卢顿(Val Lewton)在制作这部电影的过程中要求电影剧本的创作者沿用作家夏洛蒂·勃朗特《简·爱》故事为电影的叙事结构框架,并加入海地巫毒教的一些研究内容。因此,《与僵尸同行》与《简·爱》小说之间形成一种独特的松散关系。当然,影片主题直指人的本性创造的邪恶,跟小说《简·爱》故事则相去甚远。

1952年的印度电影《Sangdil》同样取材于小说《简·爱》,同时加入了很多印度社会生活包括宗教的内容,这部篇幅最长的改编电影由塔尔瓦(R. C. Talwar)执导,值得一提的是电影音乐,由萨加德·赫萨(Sajjad Hussain)担纲的音乐体现了那个时代印度电影在歌舞音乐方面的极高成就。相比之下,1956年由严俊自导自演的邵氏影业公司作品《梅姑》(The Orphan Girl)则是对《简·爱》故事中国化改编的尝试,由林黛饰演梅洁(也就是原小说中的简·爱形象),严俊饰演罗士德(即罗切斯特),萧芳芳扮演年幼的梅洁(这部电影也是她的成名作之一),李翰祥、秦沛、姜大卫等人均参与了这部电影的演出。

1968年由伊尔戈斯·洛伊丝(Yiorgos Lois)执导的希腊影片《简·爱》相对影响较小。之后,1970年版英美合拍影片《简·爱》由德尔伯特·曼(Delbert Mann)执导,1970年12月在英国是以电影形式上映的,而1971年在美国则以电视电影的形式在电视中播出。这部电影1972年由上海电影译制厂译制后在中国上映时引起轰动,给罗切斯特和简·爱配音的邱岳峰和李梓的声音影响了一代中国人的审美情趣,成为当时中国观众心目中外国电影经典之作。实际上,1970年版电影在诸多方面不如人意,在删去了盖茨黑德府的相关内容之后,整个故事结构逐渐向家庭女教师故事以及普通浪漫爱情故事的方向靠拢,为了突出爱情主题,导演和编剧在处理原著故事时渐渐偏离原著。由苏珊娜·约克(Susannah York)饰演的简·爱形象呈现出外表沉静、含蓄内敛的风格,显然是不符合原著精神气质的、逐渐偏向谦恭温顺的女子形象。但影片中努力展现的苍凉静谧的英国荒原,神秘诡异的古堡,阴郁迷离的气氛,加上乔治·斯科特(George C. Scott)的表演,倒是将这个维多利亚时代哥特式爱情故事演绎得凄美动人。本片的主题音乐出自音乐人约翰·威廉姆斯(John Williams)之手,这一主题曲把本片的爱情主题推向高潮,成为这部电影的亮点。

1996年版电影《简·爱》是由法意英美共同合作完成的改编版本。该片的意大利导演佛朗哥·泽菲雷里(Franco Zeffirelli)在导演生涯中曾经改编过《驯悍记》(1967)、《罗密欧与朱丽叶》(1968)、《奥赛罗》(1986)、

《哈姆雷特》(1990)等一系列经典作品,但这一次改编却引来了完全分歧的两种意见。有的评论者认为这一次改编是"令人信服的",用迄今为止所完成的《简·爱》电影版本中最有说服力的和迷人的画面诠释了原著;也有评论者认为这是一次"角色分配相当糟糕但却忠实于原著"的改编、泽菲雷里最糟糕的电影之一。很明显,导演泽菲雷里强调情感的现实性,这一点要比表现出原著中的哥特式风格更重要。因此,原著中的哥特式风格压缩在了一种阴沉但不失宁静淡雅的氛围之中,影片在摄影技术上着意设立灰暗的气氛。泽菲雷里和他的摄影师大卫·沃特金斯(David Watkin)选择一个温和的忧郁的幽灵般的视觉效果,把重点放在两位主人公的受伤的描绘上。泽菲雷里的目的显然在于消除作品的亮色,并努力建立起一个阴冷灰色的世界,就像影片中的对白,"阴影和光面一样重要。"同时,在塑造简·爱这个不屈于世俗压力、独立自主、积极进取的女性形象时,还带有浓厚的浪漫主义色彩,虽然一种明显的误解和不信任感始终萦绕在她的脸上。片中简·爱的扮演者是法国女星夏洛特·甘斯布(Charlotte Gainsbourg),她用自己独特的方式和视角塑造了一个全新的简·爱形象。扮演童年简·爱的安娜·帕奎因(Anna Paquin)之前获得了奥斯卡奖,但显然她并不比其他版本的童年简·爱表演精彩更多。威廉·赫特(William Hurt)的表演则差强人意,他的外貌完全不符合书中人物,他的表演更多体现出"拜伦式"善良和忧郁风格的悲剧人物特征,缺乏狂野和颓废一面。除了在人物塑造方面的自然和忠实态度外,1996版《简·爱》在改编方面还对之前的几个电影版本有所借鉴。由于影片力求精减在2个小时之内,因此,当简·爱得知里德太太病危赶回盖茨黑德府之后,电影情节渐渐与原著内容偏离,后面与圣约翰的一段就被大量压缩。

2011年版《简·爱》由焦点电影公司(Focus Features)和BBC电影公司、卢比电影公司(Ruby Films)合作出品,启用了年轻的墨西哥导演凯瑞·福永(Cary Fukunaga)执导。因《爱丽丝漫游奇境》(*Alice in Wonderland*,2010)的演出而走红的澳大利亚演员米娅·华希科沃斯卡(Mia Wasikowska)扮演女主角简·爱,德裔爱尔兰演员迈克尔·法斯宾德(Michael Fassbender)扮演男主角罗切斯特。众多明星也加盟此片,杰米·贝尔(Jamie Bell)扮演圣约翰·爱·里弗斯(St. John Eyre Rivers),朱迪·丹奇(Judi Dench)扮演桑菲尔德庄园女管家费尔法克斯太太(Mrs. Fairfax),莎莉·霍金斯(Sally Hawkins)则扮演把简送到孤儿院的舅妈里德太太（Mrs. Reed）。这部电影作品的惊人之处是改变了小说《简·爱》的叙述顺序，虽然读过原著的观众都知道，小说《简·爱》是主人公简·爱在与罗切斯特生活在一起之后对往昔生活的回忆，但在电影改编文本中使用倒叙还是头一次。影片开头，展现的是简·爱仓惶逃离桑菲尔德后衣衫褴褛地独自行走在旷野上和瓢泼大雨之中的场景，她在沼泽居被牧师圣约翰·里弗斯先生和他的两个姐妹搭救，并暂时寄居在他们家中。她是谁？在她的身上有怎样的故事？通过闪回，简·爱的身世渐渐明朗，首先，故事回溯到简·爱 10 岁，这个孤儿生活在盖茨黑德舅妈里德太太家中，舅妈以及她的三个孩子虐待她，年少时期简·爱梦魇般的生活通过几个生活小细节呈现在观众们的面前。编剧莫伊拉·布菲尼（Moira Buffini）所选择的故事结构实际上就是影片对原著作出的最大改动，可以把布菲尼对小说的改编看成是她心目中的《简·爱》，她巧妙地改变了原著的结构，并进行了一些必要的删减。在布菲尼的剧本中，简·爱的成长经历以回忆的方式呈现，既与原著契合，又适应了电影改编的需要，可以说"兼具夏洛蒂·勃朗特小说的经典性和具有独特性的原创性"。此外，导演福永和编剧莫伊拉巧妙把握住了故事的关键主题——"我希望女人也能像男人一样勇于生活"。小说《简·爱》是一位女性的"成长史"，简·爱的叛逆和抗争以及夏洛特·勃朗特小说中很多哥特式风格都会令人难忘。但在把这部小说搬上银幕时，前人之作往往更注重简·爱与罗切斯特之间的爱情，而忽略了原著小说的其他内容。布菲尼说："我不可能在剧本中做到原版小说那么完美。所以我做了一点必要的修改。无论如何，我保留了所有和简·爱成长、变化相关的主要元素"，也许正是因为这一种改变，让电影变得风格阴暗以及视角独特。众多影评家在评论这部电影时指出电影"在表达简和罗切斯特之间的关系时缺乏明显的热情或激情"，这显然是不公平的，也是违背夏洛蒂·勃朗特原著精神的。作为 21 世纪第一部《简·爱》改编电影，凯瑞·福永借助服装和布景充分展现了 19 世纪中叶英国乡村生活，同时又体现出小说中原有的哥特风格。这部电影在视觉效果方面令人惊叹：影片开头当简·爱离开桑菲尔德，在荒芜的十字路口和人烟稀少荒原上艰难前行时，她的面前是无尽的单调的丘陵和荒原，简单的布景、明暗对比的影调和颜色上高反差的道具都成为了哥特美学的表现形式。在演员的服装方面——尤其是简·爱的服装，除了展示出 19 世纪的背景外，还要显示出她的性格。在这部距离我们最近的电影《简·爱》中，特写镜头、精美的布景和服装、对细节的把握和捕捉,尤其是柔和的乳白色的色调让海风吹拂下的荒原几乎还原了夏洛蒂曾经生活过的那个世界。

相比电影改编版本,电视剧版本《简·爱》同样绚丽多彩。最早根据《简·爱》改编的电视剧出现在 1951 年,是美国电视系列剧"克拉福特电视剧院"第四季第 23 集的作品。当时,电视作为一种全新的媒体开始进入人们的生活,一些电视制作人也开始尝试制作不同类型的节目,包括对制作一些独具特色的经典的电视剧阐释。这一批收到广泛赞誉的电视剧作品所开创的被称为"电视剧黄金时代"(The Golden Age of Television, 1940—1961),和这一系列剧集中那些片长为 60 分钟的黑白电视剧作品一样,这部《简·爱》揭开了这一名著改编电视剧的序幕。此后,1949—1952 年,哥伦比亚广播公司(CBS)的 Studio One 系列以及 1953 年杜蒙特电视网(DuMont Television Network)的 Monodrama Theater 系列以及 1956 年英国广播公司(BBC)、1957 年意大利广播电视公司(Radiotelevisione Italiana)、1955 年巴西图皮电视台(TV Tupi)先后制作了《简·爱》的电视剧版本。到了六七十年代,根据小说《简·爱》改编的电视剧越来越丰富,涉及英国、美国、荷兰、墨西哥、西班牙、意大利、捷克等诸多国家。在诸多根据小说《简·爱》改编的电视剧中,英国广播公司(BBC)的几部作品影响最广,1963 年、1973 年、1983 年,每 10 年一次的重新拍摄,从最初 150 分钟长度(6 集,每集 25 分钟)的普通电视剧制作逐渐扩展成长达 275 分钟(5 部分)和 239 分钟(11 集)的迷你剧形式。与 1963 年版的默默无闻相比,1973 年版本的《简·爱》篇幅最长,也被看成是最忠实于原著的电视剧成功改编范例,索卡·库萨克(Sorcha Cusack)和迈克尔·杰斯顿(Michael Jayston)两位演员的表演则相当到位,与原著中的人物较为吻合。1983 年分别由泽拉·克拉克(Zelah Clarke)和提摩西·道尔顿(Timothy Dalton)主演的电视剧《简·爱》同样非常受观众喜欢。值得一提的电视剧版本还包括墨西哥特雷维萨电视网(Mexican TV network Televisa)1978 年制作的 20 集电视连续剧《燃烧的秘密》(*El Ardiente Secreto*)和英国 A&E 电视网(A&E Television Networks)1997 年制作的电视电影《简·爱》。2006 年,英国广播公司(BBC)再一次重拍了迷你剧《简·爱》,饰演简·爱的是年轻演员露丝·威尔森(Ruth Wilson),饰演罗切斯特的则是原先寂寂无名的托比·斯蒂芬斯(Toby Stephens),导演苏珊娜·怀特(Susanna White)展现了很多原著中难于表现的阴暗和神秘场景,包括人物内心的很多想法,让作品的哥特风格得以呈现,让原著小说中的人物真正得到视觉上的期待与充实,电视剧还注重音乐与布景设计的运用,使其与故事情节的发展及人物的活动相得益彰。

此外,《简·爱》还通过音乐媒介获得了传播,包括芭蕾舞剧、音乐剧、歌剧、交响乐等多种形式,比较有影响力的版本主要集中在20世纪90年代之后,如1992年尼尔斯·韦基兰(Nils Vigeland)的歌剧《误爱/真爱》(*False Love / True Love*)、1994年伦敦儿童芭蕾舞团演出的由作曲家朱莉娅·戈梅斯卡娅(Julia Gomelskaya)作曲并由柏丽娜·白金汉(Polyanna Buckingham)编舞的两幕芭蕾舞剧、1987—1997年期间英国作曲家约翰·邱博特(John Joubert)为肯尼斯·伯金(Kenneth Birkin)的歌剧剧本创作的曲目、2000年由英国作曲家迈克尔·伯克利(Michael Berkeley)为大卫·马洛夫(David Malouf)的歌剧剧本创作的曲目等。

通过传统媒介和现代媒介的传播,也通过不同时期不同视角的解读,《简·爱》被列入经典已成共识。1983年,莫雅·麦欣杰·戴维斯(Maire Messenger Davies)在《广播时报》(*Radio Times*)上发表评论说:"《简·爱》是一部经典,无论在书市还是在大学都很受欢迎,总是被再版。"希瑟·格伦(Heather Glen)在圣马丁出版社1997年版《简·爱》的介绍中认为,《简·爱》是一部女权主义经典,而且是文学经典中受欢迎、最持久引人注目的小说之一。艾莉森·塞尔(Alison Searle)在《偶像崇拜的想象?》("*An Idolatrous Imagination?*")一文中说,"勃朗特最著名的小说《简·爱》被奉为经典,被视为浪漫主义和女性主义想象的范例"。如今《简·爱》不仅成为英国文学经典,也已成为世界文学经典。它,作为一部世界文学经典,经过各种媒介和媒体的传播,早已走出英国,走向欧洲,走向亚洲,走向全世界。

第五章
狄更斯小说的生成与传播

经典之为经典的缘由和资质各有差异，不同作家之经典性的生成之路大相径庭，而不同经典在当下的存在状态和境遇也各不相同。考察不同作家之经典性的生成差异，也是研究其创作之成败得失的独特视角。狄更斯是一位享有盛誉的经典作家，然而，成名之初的他近乎今天的网络写手和通俗作家——借助新的传播媒介在娱乐读者中名声大噪，而后成了现实主义文学的经典作家。从经典生成的角度看，透析狄更斯小说之娱乐性与通俗性及其与经典性的关系，也是对这位经典作家的一种再发现，抑或是另一种重读。

第一节 狄更斯小说在源语国的生成

（一）阅读趣味、故事性与娱乐性

狄更斯想象力丰富而奇特，他的小说留给人们的一个深刻印象是扣人心弦的故事，而他小说的极强的故事性、趣味性和娱乐性便是他能征服众多读者的重要原因。

19世纪的上半叶，随着报纸和出版等传播媒介的新发展，英国小说走向了繁荣，特别是长篇小说，数量之多是空前的，读小说成了民众的主要娱乐方式。当时的小说评论家R.C.特瑞里说："我们的民族好像是小说爱好者，无论是当今首相还是普通平民家女孩都在读小说。"①"从城市到乡下……不同职业的男女老少，都喜欢读小说。"②读者的阅读趣味虽不一致，但基本上都是以娱乐消遣为目的。这种娱乐性的大众文化阅读浪潮和阅读期待孕育了小说的市场，而市场和读者趣味也反过来引导了作家的创作，尤其当一位写作者渴望成名，寄希望于通过创作来维持生计，往往就会向这种大众文化心理与审美阅读需求相妥协。

早期的狄更斯是以创作迎合大众口味的连载小说"写手"出现于文坛的。连载小说要具有可读性，要用生动曲折的故事把读者日复一日地吸引住，所以，"一想到正在等候的排字工人，他（狄更斯）会有一种急迫感，也许从来没有过在此种条件下写作的小说家"③。这种写作状态颇似我们今天的某些网络文学写手。据《狄更斯评传》的作者安·莫洛亚说，狄更斯在创作《匹克威克外传》之初，"不知道如何写下去，更不知如何结尾。他没有拟订任何提纲，他对于自己的人物成竹在胸，他把他们推入社会，并跟随着他们。"④随着狄更斯名声日盛，拥有的读者愈来愈多，他的创作也就愈发为读者所左右，千方百计地想使自己的小说不让那些翘首以待的读者们失望。"由于广大读者日益增多，就需要将作品简单到人人能读的程度才能满足这样一大批读者。……读者太广泛的作者也许很想为最差的读者创作。尤其是狄更斯，他爱名誉，又需要物质上获得成功。"⑤狄更斯常常将读者当"上帝"，竭尽"仆人"之责。为了让读者能继续看他的连载小说，莫洛亚说"他随时可以变更小说的线索，以迎合读者的趣味"，还"常常根据读者的意见、要求来改变创作计划，把人物写得合乎读者的胃口，使一度让读者兴趣下降的连载小说重新调起他们的胃口"。⑥ 为了吸引住当时在狄更斯看来拥有远大前途的中产阶级读者，"他的作品虽然着力描写了下层社会，但常常为了迎合中产阶级的阅读趣味，描写一些不无天真的化敌为友的故事"。⑦ 狄更斯总是一边忙于写小说，一边关注读者对他的小说的趣味动向。所以，"人们很难确定到底是他被读者牵着鼻

---

① R. C. Terry, *Victorian popular fiction*, 1860—80, London: Macmillan, 1983, p. 2.
② Anthony Trollope, *An Autobiography*, Oxford: Oxford University Press, 1980, p. 219.
③ Boris Ford, *The Pelican Guide to English Literature: From Dickens to Hardy*, London: Penguin Books, 1958, p. 217.
④ 安·莫洛亚：《狄更斯评传》，王人力译，上海：上海译文出版社，1986年版，第20、22页。
⑤ 同上书，第78页。
⑥ 同上书。
⑦ Lyn Pykett, *Charles Dickens*, Houndmill, Basingstoke, Hampshire: Palgrave, 2002, p. 5

子走,还是他牵着读者的鼻子走"。① 狄更斯的创作与读者之间这种密切的"互动"关系,既很好地开掘和发挥了他想象的天赋和编故事的才能,也促成了他的小说的故事性、趣味性和娱乐性。

想象力丰富、爱讲故事并且善于讲故事,是年少时的狄更斯的特点,他曾经根据自己阅读的故事模仿性地改写成剧本。狄更斯"能随口讲出一系列十分动听的故事。讲述自己创作的小说,十分得心应手"。② 成名之后的狄更斯曾以惊人的讲故事才能成为闻名欧美的表演艺术家,"有的作品是在一边写作、一边外出讲述的过程中完成的"。③ 他的讲故事表演受到了听众的高度赞扬。19 世纪 40—60 年代,狄更斯曾多次应邀到英格兰、苏格兰和美国等地举行巡回作讲故事表演。这时,他讲的都是自己创作的小说,从《匹克威克外传》到《奥立弗·退斯特》《双城记》《远大前程》《我们的共同朋友》等。有的作品是在一边写作,一边外出讲述的过程中完成的。他的讲故事表演受到了听众的高度赞扬。1867 年访美期间,他到过波士顿、纽约、费城、华盛顿等大城市。"美国的听众狂热地欢迎了他,人们甚至隔夜睡在售票处窗外的凳子上,等待次日购买入场券。小的会堂不能满足观众的要求时,演出地点就改在大教堂……狄更斯在美国待了五个多月,举行了 370 多次朗诵会。"④狄更斯出色的讲故事表演,固然表现出他出众的表演才能,但同时也说明他的小说具有口头文学、戏剧艺术和通俗文学的那种饶有情趣的故事性,他也为了口头讲述的需要刻意追求小说的故事性。如果没有这种故事性,不可能把他的听众逗得那般如痴如醉。用故事吸引和娱乐听众和读者,成了狄更斯小说创作的强烈心理驱动。

《匹克威克外传》是狄更斯的成名作,它的动人之处在于一连串源源不断、妙趣横生的小故事,并辅之以幽默风趣的叙述方式。这种以串联式故事取胜的特点以后成了狄更斯小说的突出特色。《奥立弗·退斯特》是狄更斯的第二部长篇小说,主人公奥立弗从济贫院到棺材铺,再到伦敦的强盗集团,故事描写完整,情节曲折而集中,紧张中富有悬念。这部小说

---

① W. Blair, *The History of the World Literature*, Whitefish: Kessinger Publishing, 2012, p. 221.
② Lyn Pykett, *Charles Dickens*, Houndmill, Basingstoke, Hampshire: Palgrave, 2002, p. 108.
③ Julian Markels, *Toward a Marxian Reentry to the Novel*, Narrative, vol. 4, No. 3 (October1996), p. 209.
④ 陈挺:《狄更斯》,沈阳:辽宁人民出版社,1982 年版,第 42 页。

的故事讲述技巧超越了《匹克威克外传》。奥立弗的经历不再是一系列小故事的简单串联,而是一个完整集中的人生经历的描述。主人公从流浪、奋斗到圆满的结局这种情节结构方式成了狄更斯后来大部分小说的叙述模式;而情节的曲折、紧张、生动也成了他小说的基本风格。从《尼古拉斯·尼古贝尔》到《老古玩店》《马丁·米什维尔》《我们共同的朋友》《远大前程》《荒凉山庄》《小杜丽》《大卫·科波菲尔》基本上都呈现了这种叙述模式与艺术风格。其中,《大卫·科波菲尔》既是这种模式的典型代表,又在故事性的追求上有所发展。这部小说的中心故事或"母故事"是由主人公大卫从流浪、奋斗到成功的曲折经历构成的。"母故事"本身一波多折,跌宕多姿,从大卫身上引发出来的悬念一个接一个,让读者不忍释手。在"母故事"之外又延伸出三组"子故事",它们分别是:1.辟果提先生一家多灾多难的经历,其中爱弥丽的婚恋曲折和命运多舛扣人心弦;2.密考伯夫妇颠沛流离的故事;3.威克菲与女儿艾妮斯受害与遇救的故事。三组"子故事"都与大卫的生活足迹相联结,因而都与"母故事"扭结在一起。此外,还有德莱顿与苏珊、司特莱博士夫妇、辟果提与巴奇斯、特洛罗小姐等人的爱情与婚姻这三组"次子故事",它们也与"母故事"和"子故事"相缠绕。所以,整部小说的故事情节按轻重主次可分为"母故事""子故事""次子故事"三个层次。这种多层次、多分支的故事层层展开,形成错综复杂、曲折动人的情节网络。这是对串联式口头讲述故事的超越,体现了狄更斯小说叙事艺术的发展与成熟,也是可读性和娱乐性的增强。

离奇的巧合,是叙事文学取悦观众与读者、增强艺术吸引力和感染力惯用的手法,狄更斯对此可谓得心应手。他为了让弱小者逢凶化吉,常常从主观情感出发,近乎随心所欲地让一些人或事出现在小说中,从而改变主人公的命运,至于这种写法是否符合生活的现实逻辑,他不很在意。对此,安·莫洛亚曾说:"狄更斯对自己从事的文学创作中的真实性极其漠视,他随时都可以变更小说的线索。"[1]"每逢遇到难以处理的情节时,他就依靠简单的手法——巧合。"[2]失去双亲的奥立弗一直命运多舛,在遭到歹徒蒙克斯穷追不舍的危难之际,意外地遇到了他父亲的生前好友勃朗罗绅士,这位善良的绅士制服了蒙克斯,并从他口中得知奥立弗是蒙克斯父亲未婚时生的儿子。他的父亲曾写下将财产分给奥立弗和他母亲的

---

[1] 安·莫洛亚:《狄更斯评传》,王人力译,上海:上海译文出版社,1986年版,第78页。
[2] 同上书,第81页。

遗嘱。于是,奥立弗成了大笔遗产的继承人。小杜丽在备受灾难、毫无希望之际,意外地继承了一大笔财产,一夜间成了巨富。为了解除匹普的危难,狄更斯让一直在捉弄匹普的"女巫"式人物哈维仙老小姐在一次偶然的大火中自焚身亡。11年后,匹普从国外回来,恰好在哈维仙老小姐旧居的那片废墟上与他的早年恋人艾泰拉重逢。《双城记》作为历史小说,照样有此类神来之笔。在监狱中度过了18年的精神病人梅奈特医生,奇迹般地恢复了健康;他18年前在巴士底狱写的控告信,正好落到了当年被害者的亲属得伐石夫妇手中,并且信中要控告的恰恰是他女儿露西的丈夫代尔那;当代尔那即将被送上断头台时,一直爱慕着露西且外貌酷似代尔那的卡尔登,以李代桃走上了断头台。自传体小说《大卫·科波菲尔》被认为是狄更斯小说中"第一次摆脱了那种必不可少的夸张虚构"的作品,"在这部书中他几乎完全满足于对真实性很强的种种事件的描绘。"①然而,它也照样借离奇的巧合来讲述奇特的故事。大卫在危难中找到了姨婆;在旅行中巧遇青年时代的同学斯提福;天真的爱弥丽被斯提福诱骗,遭抛弃后九死一生,流浪途中巧遇善良的渔妇从而得救;经受挫折后的爱弥丽回心转意,向忠心地爱着她的海木忏悔,并写信希望得到他的宽恕,而此时海木却在海上遭受风雨袭击,为了救一个遇险的难民而殉身,他和他所要救的人的尸体,双双漂到了正给他送信的大卫的脚下,他所要救的人正是骗走他的意中人的那个斯提福。诸如此类的奇特故事,从表现手法上看,正是安·莫洛亚所说的运用了离奇的"百年巧合"。由于这种"巧合"的频繁出现,读者也责怪狄更斯小说的不真实,其实,这恰恰是狄更斯小说的叙事本色,也是他小说之"故事性"的独特之处。

狄更斯的小说创作对读者的高度依赖和自觉迎合,满足了读者的阅读趣味和娱乐需求;读者的阅读趣味和娱乐期待也反过来激励了狄更斯对故事性的刻意追求。所以,"故事"成全了"娱乐","娱乐"也成就了"故事"、成就了作家和出版商,成就了经典作家和他的经典叙事。

(二)儿童情结、童话式叙述与通俗性

在叙述方式上,狄更斯小说的独特之处是与众不同的童话式叙述。英国的小说评论家奥伦·格兰特说,狄更斯是"描写儿童生活的小说家中

---

① 安·莫洛亚:《狄更斯评传》,王人力译,上海:上海译文出版社,1986年版,第49页。

最杰出的"①,但我们认为他并不属于儿童文学作家,虽然他的一些作品十分适合儿童阅读。狄更斯对儿童的特别关注和出色描写是有其心理与情感缘由的,他小说的童话叙述模式也是其通俗性特质生成的重要缘由。

狄更斯有一种特殊的儿童情结,这和他的童年生活经历有关,也基于他宗教式的对童心的崇尚。如同 W. 布莱尔所说:"儿童意味着人性的自然纯真以及美与善,狄更斯经常通过儿童的描写来表达自己的理想。"②作为一个人道主义作家,狄更斯希望人永葆童心之天真无邪,从而使邪恶的世界变得光明而美好。他在遗嘱中劝他的孩子们说:"除非你返老还童,否则,你不能进入天堂。"③狄更斯把美好的童年神圣化和伦理化,童年、童心、童真等成了他心目中美与善的象征。

狄更斯的"儿童情结"也受 19 世纪初的英国浪漫主义诗人的影响。评论家奥伦·格兰特认为,狄更斯关于儿童的观念,是"他从英国浪漫主义诗歌中继承来的,这种观念表达了成年人的忧虑"④。确实,狄更斯关于儿童的观念同华兹华斯、柯勒律治、布莱克等十分相似。华兹华斯十分崇拜天真无邪的童心,认为孩子的伟大灵性高于成人,认为孩子具有上帝的神圣本性,因而对儿童充满虔敬之心。至于狄更斯与布莱克,"虽然我们没有根据说狄更斯曾经读过布莱克的《天真与经验之歌》,但是,他的小说和布莱克的诗在儿童问题上是十分相似的。布莱克把儿童作为人的自然的、自由的和天然的生命力来歌颂。"⑤狄更斯对人道主义思想的推崇与宣扬,虽然有基督教的泛爱思想和传统人本主义思想成分,但在精神内核上却与他的儿童观念密切相关,或者说他的人道主义是以实现儿童那样的天真、善良、自然、纯朴的人性和人与人的关系为核心内容。儿童的纯真与善良→基督精神→人道主义,这是狄更斯从精神意识到情感心理的三个层面和渊源关系。

对童心、童真的崇尚,把儿童神圣化,使狄更斯的创作心理具有儿童的心理特征,他总是用童心、用儿童的眼光去描写生活。正如安·莫洛亚所说,狄更斯笔下"这些五光十色的景象是通过一个小孩的眼睛来观察

---

① Allan Grant, *A Preface to Charles Dickens*, London: Longman, 1984, p. 92.
② W. Blair, *The History of the World Literature*, Whitefish: Kessinger Publishing, 2012, p. 230.
③ Allan Grant, *A Preface to Charles Dickens*, London: Longman, 1984, p. 95.
④ Ibid., p. 35.
⑤ Ibid., p. 95.

的,也就是说,是通过一个富于新鲜感的、变形的镜头来观察的……狄更斯始终保持着这样一个两重性特点:他见多识广,却又以儿童的眼光看事物"①。英国作家雷克斯·华纳也说:"狄更斯的世界是巨大的世界。他像一个孩子观察一座陌生城市一样地观察着这个巨大的世界……他所看到的亮光比一般人所看到的更为强烈,他所看到的阴影比一般人所看到的更为巨大。"②受儿童情结的驱动,狄更斯的小说叙述就明显具有童话模式。

童话人物一般都以超历史、超社会的面貌出现,他们没有具体的生活时代与背景,甚至也没有明确的国籍和生活地点,他们要么以"从前有一个国王,他有一座漂亮的王宫"的方式登场,要么以"很久很久以前,有一个村子里住着一个樵夫"的方式亮相。在这种虚幻的环境中活动的人物缺乏现实感,他们通常不是一个现实人物的性格实体,而是人类或民族群体的某种伦理观念或道德规范的象征性隐喻;他们一般不与具体的生存环境(其实在童话中,除了那虚幻的世界外也不存在具体的生存环境)对抗,而只是与某种对立的道德观念或伦理规范相冲突,所以,这类人物形象是抽象化或道德化、伦理化的。既然童话人物是超历史、超社会、抽象化的,因而,他们的性格也往往是凝固化的,也超脱了性格与环境的关系。

狄更斯小说描写的社会环境当然是真实、具体而可信的,人物生活在一个客观实在的生存环境中,那是19世纪上半期英国社会现实的写照。然而,生活在这个环境的人物却似乎有一种飘忽感,他们并不完全按照这个环境的逻辑在生活,而是依照自身观念、自我意志和主观逻辑在行动。所以,实际上这些人物被虚幻化和抽象化了,他们的性格自然也就凝固化了,缺少"典型环境中的典型性格"的特征。《匹克威克外传》通过匹克威克俱乐部成员的漫游经历所反映出来的英国19世纪社会生活的真实性与广阔性是为人称道的,其中我们可以看到狄更斯在这部成名作中显示出的现实主义功力。但是,小说中人物与故事的可信度是极低的,其根本原因在于人物性格及人物的行动与环境之间缺乏内在联系,而且,作者在创作中几乎很少顾及这种联系。狄更斯差不多在设想出了匹克威克等人物之后,再把他们安置在那个天地里,就放心地让他们去东游西逛、笑话百出了。无论地点如何变化,无论时间如何向前推移,也无论这些人物怎

---

① 安·莫洛亚:《狄更斯评传》,王人力译,上海:上海译文出版社,1986年版,第12页。
② 罗经国编选:《狄更斯评论集》,上海:上海译文出版社,1981年版,第168页。

样在不同的游历环境中受到挫折乃至吃尽苦头,他们永远一如既往,不变初衷。因此,时间与环境对这些人物的性格几乎是不起作用的,时间与环境的迁移只是为他们提供演出闹剧的新场所;而人物对时间与环境也丝毫不起影响作用。于是,这些人物就仿佛飘浮在一个真空的世界里,飘浮在一个时间停止运转的世界里。这正是童话式的时空观和艺术境界。这位上了年纪的匹克威克始终代表着人的善良天性,他无论走到哪一个邪恶的世界里,永远不会改变这种既定的善良天性。他是一个永远快乐、永远只看到世界之光明的理想主义者,一个永远不会长大的"儿童",或者说,他已返老还童,因为,从心理学角度讲,人越到老年,其心理意识就越像儿童。"塞缪尔·匹克威克那张圆圆的、月亮似的面孔,戴着那副圆圆的月亮似的眼镜,在故事中到处出现,活像某种圆圆的简单纯真的象征。这些都刻在婴儿脸上可以看到的那种认真的惊奇表情上,这种惊奇是人类可以得到的唯一真正的快乐。匹克威克那张圆脸像一面可尊敬的圆圆的镜子,里面反映出尘世生活的所有幻象;因为严格地讲,惊奇是唯一的反映。"①匹克威克是一个典型的童话式人物。

《艰难时世》通常被认为是狄更斯小说中现实主义的代表作之一,然而小说对主人公葛雷硬这一形象的塑造却与通常现实主义原则相距甚远。葛雷硬一出场就以"事实"化身的面貌出现,经过作者漫画式的夸张,这个人物几乎不是一个实实在在生活中的人,而是一个飘忽不定、无所不在的"事实"观念的幽灵。他的言行时时处处都体现他的"事实"哲学,"功利主义是他真诚信仰的一种理论"②,他的性格也就是"事实"哲学的一种人格化体现。他永远按"事实"行事,他生存的那个环境、时间对他都不起作用,小说的最后,在西丝的感化下他的性格才开始出现了不可思议的转变,这也正是童话式叙述的神来之笔。

狄更斯小说中的儿童形象是颇为人称道的。与成人形象的塑造相仿,这些儿童形象更富有童话色彩。在小说家的笔下,出身贫寒而天性善良的儿童常常面对饥饿、贫困和恶人加害,就像童话中的主人公总要碰到女巫、妖魔的捉弄一样。但这些不幸的儿童往往历经磨难而秉性不移,他们总是一心向善,永葆善良之天性,如《奥立弗·退斯特》中的奥立弗、《老古玩店》中的小耐尔、《尼古拉斯·尼古贝尔》中的尼古拉斯、《艰难时世》

---

① 罗经国编选:《狄更斯评论集》,上海:上海译文出版社,1981年版,第80页。
② F.R.利维斯:《伟大的传统》,袁伟译,北京:生活·读书·新知三联书店,2002年版,第379页。

中的西丝、《小杜丽》中的小杜丽、《大卫·科波菲尔》中的大卫、《双城记》中的露西等等。作者往往一开始就把这些人物安置在"善"的模式中,让他们无论走到何处、经受任何磨难都依然代表着善,一如童话人物,他们是某种抽象观念的象征。善良的大卫,不管是处在何种恶劣的环境中,也不管与何种恶人在一起,他始终保持着善的本性,从童年到成年都一贯不变。小耐尔、西丝、小杜丽、露西等女性形象纯洁无瑕,多情而忠实,不管遭受到多么不公平的境遇,始终保持着纯真和善良。她们几乎不是来自生活和存在于生活之中的人,而是从天上飘然而来的天使,是一群专事行善的精灵。狄更斯总是沉湎于儿童般的美好想象,痴心地追寻与塑造着这类形象。

童话所展示的生活本身是虚幻的,它借虚幻的情境表现道德的、伦理的隐喻,从而达到训喻的目的。在童话中,善恶两种势力斗争的结局其实一开始就已明确,但作者总要借助一段曲折的故事来最终阐明,其目的是为了强化训喻的力度。既然结局总是善战胜恶,那么,这段曲折的故事也往往从善弱恶强开始,代表善的人历尽磨难,最后证明善的力量的强大,善终将克服和战胜恶;善有善报,恶有恶报,世界永远光明灿烂。因此,童话有一种基本固定的结构模式:从"贫儿"到"王子"或者从"灰姑娘"到"王后",从"丑小鸭"到"白天鹅"。

狄更斯不一定会自觉用童话模式来建构小说的情节结构,然而他的经历、他的深层情感—心理却决定着他不自觉地进入到了童话式的创作情境里。他看到现实的社会制约和扼杀了人类的天性,愚蠢和残酷的枷锁使人性扭曲,但他又相信人性在本质上是善的,它最终能摆脱重重羁绊回归与善。他对人性的这种信念是从未动摇,他是一个乐观主义者。他常常以这种儿童般的天真去观察这个世界,总以为光明多于黑暗,光明总可取代黑暗。这正是精神—心理上永远"长不大"的狄更斯的天真可爱之处。可以说,狄更斯自己就像那位善良的匹克威克先生,认识不到时代的变迁,觉察不到他们以往遵循的思想、道德和宗教原则已经遭到破坏,觉察不到传统的价值体系已经日益趋向崩溃,而总是怀着儿童的天真与浪漫,做着善必然战胜恶的童话式的梦。狄更斯小说的情节结构也近乎是童话结构模式的翻版:要么是从"贫儿"到"王子",要么从"灰姑娘"到"王后"或从"丑小鸭"到"白天鹅"。奥立弗一出生就不知父亲是谁,母亲也很快离开了人世,从此他就生活在充满罪恶与愚昧的济贫院。在棺材店里,他受尽了老板娘和同伴们的欺凌,逃往伦敦之后,他又陷入了贼窟,被强迫加入盗窃集团。但他那善良的本性使他陷污泥而不染,他也因此苦尽甘来,得到好报,不仅被勃朗罗收为养子,还和心爱的萝斯喜结良缘。至于那些作恶多端的人,也都得到了报应。凶狠贪婪的济贫院院主本布普和妻子最后破产并沦落到济贫院,尝到了当年奥立弗的苦楚,歹徒蒙克斯最后暴死狱中,盗窃头目费金也受到了法律的制裁。这种结局非常明晰地表达了善恶有报的童话式寓意。在这方面,《大卫·科波菲尔》更为典型。孤儿大卫小时候受尽继父和继父之姐的虐待,财产被人侵吞。他十几岁当了童工,为了摆脱屈辱而无望的生活,他逃离火坑,来到姨婆贝西小姐家。心地善良的贝西小姐送大卫上学,他和艾妮斯结下深刻友谊。不久,贝西小姐受希普的坑害破产,大卫也被迫去独立谋生,他从律师事务所的小办事员做到报馆记者,后来成了名作家,在社会上拥有了地位,最后与少年时代的好友艾妮斯结为夫妇,一切都得到了美满结局。小说中所有的好人都得到了好报,如密考伯夫妇、贝西小姐等;所有的坏人都得到了惩罚,如史朵夫、希普等。《小杜丽》的结构是典型的从"灰姑娘"到"王后"的模式。小杜丽是在监狱中长大的,14岁开始做工,这个纤弱苍白的小女孩心地善良,早熟老成,富有自我牺牲精神,在受尽磨难之后,她找到了美好的归属。她的心灵是那么超凡脱俗的美,是美与善的完美体现。《艰难时世》中西丝的经历则是典型的从"丑小鸭"到"白天鹅"的模式。由于她是马戏团小丑的女儿,自然被葛雷硬看成是不屑与之为伍的人——他曾经为女儿与儿子同西丝在一起玩而大为恼火。然而,恰恰是这个被人歧视的西丝才是最富有人性、心灵最美的人,就是她拯救了置身于精神荒漠中的露易莎和陷于困境的汤姆,还在灵魂上感化了葛雷硬。

  作为传统意义上的现实主义经典作家,狄更斯的儿童情结以及他小说的童话式叙述,显示了作家审美心理和写作技巧的独特性,就是凭借童话式的创作,狄更斯的小说一步步地接近了经典之作:童话式叙述在可读性、通俗性中表达了人性的纯真、淳朴与善良,这正是经典之为经典的高雅与崇高,也是狄更斯小说能赢得当时各阶层众多读者的青睐并在广为流传后生成为经典的重要原因。

(三) 狄更斯小说"经典性"生成的启示

  狄更斯是一位具有强烈社会责任感的作家,他的小说因其深刻的思想内涵而具有社会批判与道德教化的作用,在这一方面,狄更斯继承了18世纪英国小说家菲尔丁和斯摩莱特的写实传统。狄更斯小说的笔触涉及英国社会的政治、法律、道德、教育等各个领域,具有深刻的社会批判意义。这种对社会世态人情的真实而深刻、全面的描写,与法国巴尔扎克的传统具有相似之处,这是狄更斯的大部分小说能堪称现实主义经典作品的基本特质。

然而,狄更斯作为现实主义经典作家,其经典性是通过娱乐性和通俗性得以承载和实现的,或者说,娱乐性和通俗性不仅是狄更斯小说生成为经典的方式和途径,而且,它们本身也是经典性成分。娱乐性和通俗性原本也是相辅相成,不可截然分割的。娱乐性意味着通俗性,通俗性也是娱乐性不可或缺的因素,这两者共同促成了狄更斯小说不同寻常的大众阅读效应和图书市场效益。"他的那些令人着迷的作品不只是适于贵族、法官、商人等男女老少的读书人……城乡普通百姓都为之陶醉。"①狄更斯的小说在当时持续畅销,这不仅让作者誉满全球,也给他和出版社带来了丰厚的经济收入,还极大地提高了小说的地位,促进了小说尤其是长篇小说创作的空前繁荣,而这仅仅靠他小说的社会批判性的经典特质显然远远不够。对于狄更斯来说,故事、娱乐、童心、童话、通俗是他的小说风格,是他成为现实主义经典作家之重要的不可或缺的质素。娱乐与通俗是狄更斯小说显现在社会批判性之外的经典特质,或者说娱乐性与通俗性是狄更斯小说的"另一种经典性"。社会批判性和娱乐性、高雅和通俗等共同构成了更全面的狄更斯小说之经典性。

站在文学经典边缘化、文学网络化的今天,狄更斯小说之"经典性"的生成有何启示呢?

第一,文学的娱乐性是必要的,没有娱乐就没有文学经典,但不能为娱乐而娱乐,更不能"娱乐至死"。娱乐是有意味的,"文学在愉悦中让人性获得一种自由,进而让人依恋人生和热爱生命","引导人追求生命的意义与理想,塑造人类美好的心灵"②。若此,娱乐本身也蕴含了经典性成分,正是在此意义上,狄更斯小说的娱乐性成就了经典性。

第二,文学的通俗性是必要的,通俗文学之价值的存在是不容置疑的,但通俗不等于庸俗。通俗传达着人性的美与善,于是,俗中有雅,雅俗共存。狄更斯小说以童话般的纯真、通俗的手法表现对美好人性的向往

---

① James M. Brown, *Dickens, Novelist in the Market-Place.*, London: Macmillan Press, 1982, pp.141—142.
② 蒋承勇:《感性与理性,娱乐与良知——文学"能量"说》,载《文学评论》,2014年第3期,第16、18页。

与歌颂,有大俗又有大雅。如此,狄更斯式的通俗本身就蕴含了崇高感与经典性。正是在此意义上,狄更斯小说的通俗性成就了经典性。

第三,写手有可能成为大家,市场化也有可能成就经典,但前提是,作家和出版家自身要有人类的良知和道德底线,而不是一味迎合低级趣味,满足欲望宣泄并唯利是图。狄更斯小说惩恶扬善的道德追求和社会批判功能以及温情脉脉的人道关怀,融化着现实的冰冷与残酷,呵护了弱小者的尊严与期待,这也使得他在当时的商海中不是沉沦而是崛起,他的小说也在通俗和娱乐的俗世里升华成了经典。

第四,现实主义经典作品反映生活的深刻性、全面性及其社会批判性固然是其经典性的重要内质,但文学创作的想象与虚构要求也允许作家为了读者的审美期待而编造故事、高于生活,追求通俗性和娱乐性。狄更斯怀有人类之良知,为大众读者尤其是普通百姓带来了不可或缺的审美欢乐,提供了受他们欢迎的精神食粮,正如他自己说的,"文学要忠心报答人民"[①],其创作动机和艺术追求有其功利性,更有其崇高性。没有市场、没有读者的作品很难成为经典,当然,听凭市场的泛滥而牟利的作品也未必能成为经典。当今网络化时代,文学界一方面惊呼文学被边缘化,另一方面又以"高雅"与"经典"的名义自觉或不无盲目地崇拜艰深乃至晦涩的现代、后现代文学(笔者并无否认其经典性的意思),甘于曲高和寡、享受"寂寞",同时又对创作生产的数量空前的网络和非网络大众文学否定多于肯定(其间确实优者寥寥)。我们的作家(写手)、传播商拿什么娱乐读者,读者拿什么成就作家(写手)、传播商?在令人纠结的价值期待、阅读趣味和文化背景下,对杰出的现实主义作家狄更斯小说之"经典性"作另一种解读,是否具有另一种意味和意义呢?

第二节　狄更斯小说在欧美的传播

(一) 狄更斯小说在欧美的流传

狄更斯小说在欧美广为流传,19世纪40年代已有多部小说被译成多国文字,在不同国家还曾产生不同程度的"狄更斯热"。狄更斯生前多

---

① 狄更斯:《演讲集》,丁建民等译,杭州:浙江工商大学出版社,2012年版,第123页。

次到欧洲其他国家游历,许多作品就是在出游时陆续创作的。例如法国巴黎是狄更斯喜欢的一个游历之地,狄更斯能够说流利的法语,曾与许多法国作家如雨果、大仲马、戈蒂耶、欧仁·苏等相识。1846年狄更斯与家人一同赴瑞士度假,之后转到巴黎,此时他的小说《马丁·朱述尔维特》正在法国《箴言报》上连载,《大卫·科波菲尔》等作品已有了法文译本,狄更斯的名字已为许多法国人知晓。《世界评论》上刊登了一篇法国著名学者泰纳的评论《查尔斯·狄更斯:他的天才和作品》,称赞他在欧洲的文学界的地位,突出了他作为社会批评家的贡献。一家法国出版社和他商量出版经过精心审校的法文译本。狄更斯曾与雨果会面,当时雨果正在撰写《悲惨世界》。雨果的人道主义精神给狄更斯留下了深刻的印象,也对他的小说创作产生了直接的影响,他的《小杜丽》(1855)很大一部分就是在法国完成的。

还要提到新兴国家美利坚合众国。狄更斯生前在美国的地位似乎远比本国高,在美国曾掀起过"狄更斯热",据说当《老古玩店》在英国报刊上连载时,美国读者甚至跑到码头去等着看轮船运来的报纸,迫不及待地看小说人物的命运,追问"小耐尔还活着吗?"而他的《荒凉山庄》首先是在美国《哈泼氏新月刊》(Harper's New Monthly Magazine)上连载,后来在英国成书出版的。

狄更斯本人曾两次出访美国,受到美国作家和人民的热情欢迎。1842年1月,狄更斯带着家人乘船抵达美国波士顿港口,开始了五个月的巡回访问,之后还去了加拿大。他在美国受到史无前例的热烈欢迎,每天会见客人近百人,有普通市民也有市长,在华盛顿他受到了美国总统约翰·泰勒的接见。狄更斯此行结识了许多作家,其中有"美国文学之父"之称的华盛顿·欧文也来登门拜访。美国的大好风光和人民的热情好客给狄更斯留下深刻的印象,但是美国的监狱以及南方蓄奴制度下的种植园生活状况也令狄更斯十分惊愕。回到英国后,1842年9月狄更斯发表了《游美札记》,真实地展示了美国之行的所见所闻和复杂的感受,表达了对美国人民的敬爱,也毫不留情地揭露自诩自由民主的美国到处存在着专制、压迫与伪善。10月,他开始连载小说《马丁·朱述尔维特》,继续抨击美国南方的奴隶制,谴责种种不人道现象,对统治阶级的剥削和压迫无比愤慨,也表达了对普通百姓的深切关心和同情。两部作品出版后销量很好,但是在美国引起轩然大波,狄更斯收到很多来自美国的责骂信件,在报纸上也对他进行抨击报复,但是狄更斯不为所动,从未表示后悔或者胆怯。

25年之后,即1867年的11月,狄更斯沿着第一次赴美的路线,从利物浦上船,驶往波士顿。此次美国之行,狄更斯会见了朗费罗、爱默生、霍姆斯等人,还和著名的出版商菲尔兹先生及夫人会面——在上一次访美时,这位先生就是狄更斯的崇拜者。波士顿再次掀起了"狄更斯热",他的作品连同作品中的人物以及他本人的穿着打扮,都成为人们追捧的对象。为了看他的朗诵表演,人们排队购票,场场爆满,狄更斯的美国巡回演出取得了巨大成功。

(二)狄更斯小说对欧美作家的影响

狄更斯小说既批判现实,也展望未来,坚守人类崇高理想。他的作品中描绘了英国社会变革、经济转型、人们的生活方式和思想观念的变化以及诸多新的社会矛盾。随着工业革命的深入,许多类似的情况也不可避免地出现在欧美其他国家,越来越多的读者对狄更斯笔下对现实的深刻揭露与批判产生共鸣。同时,狄更斯创新式的长篇小说连载写作方法、特有的狄式幽默风格以及浓厚的人道主义精神和对人类新世界的敏锐观察的艺术再现等,对欧美国家的作家的文学创作产生了深远的影响。

英国工业革命影响了整个欧洲,促生了美、俄、德、意等国的革命与社会变革。资产阶级的统治地位得到巩固和加强,开启了城市化的进程。同时无产阶级与资产阶级的对立也日益加重,在19世纪三四十年代,欧洲各国的工人运动兴起。工业革命带来技术的进步和财富的积累,同时也使人类面临新的矛盾和挑战。狄更斯敏锐地感知到人类在生产方式转变过程中物质生活和精神生活的巨大变化,他不仅以文学创作展示出人类世界经济和政治新格局的诞生,其文学创作本身在内容、艺术形式和创作技巧等方面,也展示出欧洲文化传统的延续与新时代的革新。

狄更斯创造性地运用并发展了长篇连载形式,把创作直接面向当代人的日常生活,使高雅的小说成为大众化的艺术形式。他的作品紧扣社会现实问题,与民生息息相关,他在文学中对人民苦难的描写真实而深刻。15世纪后期,英国开始了圈地运动,进入资本主义原始积累时期。传统的农业经济遭受重创,大批农民流离失所。英国自1601年就发布了《济贫法》,授权治安法官以教区为单位管理济贫事宜,征收济贫税及核发济贫费。救济办法因类而异,凡年老及丧失劳动力者,在家接受救济;贫穷儿童则在指定的人家寄养,长到一定年龄时送去做学徒;流浪者被关进监狱或送入教养院。英国现实中的贫民和孤儿的真实生活状况如何,这些我们在《奥立弗·退斯特》一书中可以管中窥豹;而对儿童存在善的关注贯穿狄更斯一生的创作,他的小说中塑造了一系列在苦难和黑暗中挣扎的儿童形象:奥立弗、小耐尔、小杜丽……1857年丹麦童话作家安徒生(Hans Christian Anderson)到盖德山庄拜访了狄更斯,他笔下的卖火柴的小女孩,以及俄国的契诃夫塑造的小童工的凡卡,他们的身影与狄更斯笔下的这些儿童形象如此接近。

从狄更斯的作品中,美国作家马克·吐温获得了很大的启发。他的创作也擅长从儿童的视角出发来展开情节,如《汤姆·索亚历险记》《哈克·贝利费恩历险记》,并与狄更斯的早期《匹克威克先生外传》一样,具有某些流浪汉小说的特点。在《哈克贝利·费恩历险记》中,马克·吐温对美国现实的揭露,特别是对南方蓄奴制度以及美国存在的种族观念的批判,是对狄更斯在《马丁·朱述尔维特》中表达的观念的发扬。同时,狄更斯小说中令人称道的幽默风格,也在马克·吐温的笔下生动再现:夸张的典型化手法绘画出滑稽可笑的形象,人物对话诙谐风趣,对社会不良制度以及人性的丑恶的厌恶也常常以反讽的方式表达,在笑声中传达着善意和苦涩。

1834年英国议会两次通过《济贫法(修正案)》,史称新济贫法。该法要求受救济者必须是被收容在习艺所中从事苦役的贫民。习艺所内的生活条件极为恶劣,劳动极其繁重,贫民望而却步,被称之为劳动者的"巴士底狱"。黑暗的英国现实会最终导致什么情况出现?狄更斯在《双城记》中做出思考,并向当局提出了警告。而1848年英国爆发规模浩大的宪章运动,其原因我们也可以在《艰难时世》中寻找答案。

对于现实中苦难的描写是狄更斯作品的一个重要主题,这一主题对俄罗斯作家陀思妥耶夫斯基的创作产生了很大影响。狄更斯笔下有众多生活在城市边缘的贫困小人物,他们性格孤僻,行为怪异,有习惯性的口头语和形体动作。陀思妥耶夫斯基也关注城市小人物的生活。他笔下的小人物王国充满罪恶、污秽,表现出小人物的猥琐和悲苦,互相隔膜,孤苦无告。据学者李欧梵研究,1862年狄更斯曾接受陀思妥耶夫斯基的访问。1867年陀思妥耶夫斯基借了法文版的《老古玩店》来读,把《大卫·科波菲尔》也看了数遍。"《我们共同的朋友》对陀氏的《罪与罚》和《白痴》的影响,不仅是犯罪心理的描述,而且更重要的是正面人物的典型——前者的John Harmon和后者的Myshkin王子都是同类的圣洁人物……陀氏不仅深入人性的黑暗面,而且更向往人性善良的一面,两位大师都是基督徒,虽然英国国教和俄国的东正教在仪式上大不相同。"[1]

(三)狄更斯小说的现代主义因素

在狄更斯生活的时代,英国工业革命已基本完成。英国已经由"羊吃人"的资本主义原始积累转向机械化生产和殖民主义发展时期,这个曾经与欧洲大陆隔海相望的偏僻岛屿,一跃成为世界工业文明的领头羊。经济的发展与社会制度的变迁,使得人们的生活方式、思想和价值观念都发生了巨大变化。英国原有的农业文明遭受毁灭性的打击,许多农民家庭陷入赤贫境地,剩余劳动力转向城市,为城市的壮大和工厂的迅速发展提供了条件。但是随着城市的急剧扩大,一系列新的社会问题出现了,人类发明了机器,但机器加速人的异化,工人们在恶劣的环境下工作和生存,无产阶级与资产阶级之间的矛盾日益加剧。曾经的田园牧歌式的生活一去不返,而新的理想中的生活又未出现,人们的困惑、焦虑、愤怒甚至绝望等多种情绪交织在一起。狄更斯以作家特有的敏感捕捉着时代气息,在文学创作中表现这一时代的特性。

在狄更斯的创作中,众多现代主义的因素已初露端倪。狄更斯早期小说如《匹克威克外传》体现了欧洲流浪汉小说传统,结构有些松散,但是后来的创作逐步克服了这种不足。在《荒凉山庄》中他采用了"双重叙述"的表现手法:主干部分是由第三人称的全知叙述,而另一部分则由主角之一的私生女艾瑟以自叙方式表现,二者衔接完整,相互呼应,结构巧妙,受到文艺评论家切斯特顿、哈洛·卜伦等人的推崇。这种多重叙述的写作手法在20世纪之后的西方现代文学得到广泛运用。

狄更斯的小说多是以连载方式完成的,他在情节的发展上设置重重悬念,吸引读者翘首期盼,常常直到小说的结尾才让人恍然大悟,这种以近似现代侦探推理的逻辑来一步步呈现真相,在狄更斯晚期作品《我们共同的朋友》中体现得更加明显。小说中各种错综复杂的线索组合在一起,"巧合、发现、替身"等手法结合使用,作品充分显示了狄更斯作为伟大的小说家的杰出才思和高超的艺术手段,对后来的通俗侦探小说及惊悚文学也产生了极大影响。

狄更斯的小说中有对某些事物反复的描写,例如在《小杜丽》《远大前

---

[1] 李欧梵:《漫谈狄更斯》,《投资者报》,2012年第7期。

程》等作品中的"监狱"①,《董贝父子》中的"铁路"等②,已经成为一个意象,具有象征意味。而对伦敦贫民窟的描写,"道德与人际关系的败坏,社会的压迫,使得它成了黑雾中的黑暗中心"。这可以看作是"废墟书写"的首创,可以看作是20世纪的艾略特《荒原》的雏形。在《荒凉山庄》中,狄更斯从家庭、性别、伦理、城市空间和政治意识形态等各个方面入手,揭示了19世纪的英国金钱关系的确立以及资本社会对人性的腐蚀。对司法界的入木三分的揭露,无疑是对英国所谓的民主、公正的莫大讽刺。而对法庭和律师行业黑暗面的直接揭露,这些在卡夫卡的《城堡》和《审判》中再次成为批判的焦点。

让我们再细细品味一下《远大前程》:在荒僻庄园的阴暗古堡中,善良的匹普每天忍受着变态的老处女郝维辛小姐的嘲弄,爱着神秘的喜怒无常的埃·斯黛拉……历经波折,人到中年的匹普回到古堡,又与埃·斯黛拉重逢。悬疑的情节、隐秘的身世、丢失的遗嘱、家族的秘密、骇人的诅咒等等,最后,悬疑解开,恶人得到报应,男女主人公的爱情扫除了障碍。这些在后来流行的哥特式文学中延续着。

狄更斯描写现实,但不拘于传统,他的作品无论是主题还是艺术风格,都体现出继承中的创新和发扬。现实充满艰难困苦,生活中有许多无法解答的问题,但是在狄更斯作品中,圣诞精神和狄氏幽默缓和了苦涩的现实,给人们以信心和力量,正义和公正终将战胜一切邪恶,因而他受到了广泛的尊敬,成为改变一个民族的伟大作家。1854年,马克思对英国19世纪的现实主义作家进行评价时,称狄更斯是现实主义作家中的第一人,他的小说"揭示了政治和社会的真理,比起政治家、政论家和道德家合起来所做的还多"③。狄更斯以精湛的艺术手法、活灵活现的人物形象和深厚的人道主义精神,折服了无数读者和观众。如今,对狄更斯与小说形式,以及狄更斯与戏剧、电影改编和流传等话题还在被深入挖掘,《狄更斯季刊》(*Dickens Quarterly*)和《狄学》(*Dickensian*)作为国外"狄学"的研究重要研究平台,每年都有新论出现,使狄更斯不断呈现出不同的面貌。

---

① 展素贤、荣丽:《被禁锢的心灵——查尔斯·狄更斯小说〈远大前程〉中的"监狱意象"》,《保定师范专科学校学报》,2004年01期。
② 殷企平:《董贝父子中的"铁路意象"》,《外语与外语教学》,2003年第1期。
③ 马克思:《英国资产阶级》,《马克思、恩格斯论艺术》(第2卷),北京:中国社会科学出版社,1983年版,第296页。

第三节　狄更斯小说在中国的传播

在中国,狄更斯是一位家喻户晓的小说家。20世纪初,他的作品就走进中国人的视线,为广大中国读者和学者所关注。狄更斯小说在中国通过作品的译介、影视网络的传播、学者的批评等多种途径,实现了在中国经典化的历程。

(一) 狄更斯小说的译介

翻译出版是狄更斯作品在中国传播最为有力的途径,也是狄更斯作品在中国跻身于经典之林的重要手段。自1907年,狄更斯的小说汉译本就开始进入国人的视线,除去文革时期译介工作停顿,其余时期狄更斯小说在中国的翻译和出版一直都是比较兴盛的,至今狄更斯作品在中国的译介已经历经100余年。至2012年,狄更斯的15部长篇小说(其中一部未完成),20余部中篇小说,1部随笔,2部长篇游记,3部剧本,1本英国历史,数百篇短篇小说和散文,还有12000余封书信,全部都有了汉语译本,有些重要的作品有数个版本的汉语译本并多次再版重印。

1. 作品的初译

1907—1909年,上海商务印书馆先后出版了林纾和魏易合作翻译的5部小说:《滑稽外史》《〈尼古拉斯·尼可贝〉第1—6卷》、《孝女耐儿传》(《老古玩店》上、中、下册)、《块肉余生述前编》(上、下卷)与《块肉余生述续编》(上、下卷)、《〈大卫·科波菲尔〉》、《贼史》(《奥立弗·退斯特》上、下册)、《冰雪因缘》(《董贝父子》第1—6卷)。1910年9月,上海商务印书馆出版了薛一谔、陈家麟合译的《亚媚女士别传》(《小杜丽》上、下卷)。短短四年时间,就有狄更斯的六部长篇小说汉译本问世,这为他的作品在中国传播和接受打下了良好的基础。

对于狄更斯的早期作品《匹克威克外传》的汉译工作开展得也比较早。1918年常觉、小蝶对其进行节选翻译,名为《旅行笑史》,由上海中华书局出版。1945年,许天虹翻译了《匹克维克遗稿》(第1册),即《匹克威克外传》前四章,由上饶战地图书出版社出版,直到1948年,上海骆驼书店出版了蒋天佐翻译的《匹克威克外传》(上下册,该译本于1948年8月再版),这部作品完整的汉译版本终于完成了。

1926年,上海商务印书馆出版了伍光建翻译的《劳苦世界》(《艰难时世》);1928年,又出版了由魏易编译的《双城故事》(《双城记》)。

"文革"结束后,国人对狄更斯作品的翻译研究工作又一次掀起高潮,一些首次翻译的汉语译作陆续问世。1979年上海译文出版社出版了由王科一翻译的《远大前程》和由黄邦杰翻译《荒凉山庄》(上下册)。80年代上海译文出版社又出版了三部狄更斯的长篇小说的首译本,它们是《马丁·瞿述伟》(上下册),叶维之翻译(1983年出版);《我们共同的朋友》,智量翻译(上下册)(1986年出版);《德鲁德疑案》,项星耀翻译(1986年出版)。

1990年上海译文出版社以平装本和精装本两种形式出版了由高殿森等人第一次翻译成中文的《巴纳比·鲁吉》,至此,狄更斯的15部长篇小说全部有了中译本。

狄更斯有五部中篇"圣诞故事"。早在1914年,《小说时报》第21期就发表了由竞生翻译的中篇小说《悭人梦》,即《圣诞欢歌》;1916年《小说大观》第六集刊载了周瘦鹃翻译的中篇小说《至情》(《人生的战斗》);1947年5月,上海通惠印书馆出版了邹绿芷翻译的《一个家族的故事》,同年11月,该馆将书更名为《炉边蟋蟀》重印出版。至于狄更斯的另外两部"圣诞故事"小说,上海文艺联合出版社在1955年4月出版了高殿森《着魔的人》,1956年1月上海文艺出版社出版了金福翻译的《钟乐》。

在长篇作品的翻译的同时,狄更斯的短篇小说和其他作品的译介工作也展开了。周瘦鹃是最早尝试翻译狄更斯短篇小说的,1916年他翻译了短篇小说《星》,收入《欧美名家短篇小说丛刊》,于1917年由上海中华书局出版;1918年又翻译了狄更斯的短篇小说《幻影》,收入在《瘦鹃短篇小说》(下册),由上海书局出版,另外一篇《前尘》收录在《紫罗兰集》(上册),由上海大东书局1922年出版。1963年8月,张谷若翻译的《游美札记》,由上海文艺出版社出版。1985年狄更斯的随笔《意大利风光》由金绍禹翻译,上海译文出版社出版。1998年8月上海译文出版社出版的《狄更斯文集》中,包含了狄更斯的绝大部分的作品,其中也收录了由陈漪、西海翻译的《博兹特写集》。

2. 狄更斯小说的重译、再版和文集的出版

狄更斯的作品不仅较早就得到国人的持续关注,汉译本一一出版,而且有些作品如《双城记》《大卫·科波菲尔》《奥立弗·退斯特》《圣诞欢歌》等得到多次的重译和再版。以《双城记》为例,它是许多外国文学教材中

作为狄更斯的代表作品加以介绍的小说,其翻译出版也受到特别的重视,1928年魏易的《双城故事》系首次将这部作品翻译出版,1933年再版重印;1934年,上海三民图书公司出版了奚识之的译注本,1947年重印;1938年,上海达文书局出版了张由纪译本,1940年重印;1940年,上海合众书店出版了署名为"海上室主"的文言文版本的《双城故事》;1945年—1946年,许天虹翻译的三册译本,由重庆文化生活出版社出版,后由上海平津书店再版;1948年,上海骆驼书店出版了罗稷南译本,这一译本在新中国成立后经三联书店、上海文艺和上海译文等几家出版社多次重版;1986年四川文艺出版社出版马小弥译本;1989年张玲、张扬翻译的《双城记》由上海译文出版社以精装本和平装本两种形式出版,1998、2003年又分别将其重版;1992年浙江文艺出版社出版了宋兆霖、姚暨荣译本,2000年重版;1996年又有译林出版社版的孙法理译本问世,1999年再版重印。据不完全统计,在20世纪90年代《双城记》就出现了11个新增译本,仅石永礼、赵文娟翻译的《双城记》就再版6次;21世纪第一个十年中《双城记》就有12个新译本面世。

狄更斯的其他作品如《雾都孤儿》《艰难时世》《远大前程》《大卫·科波菲尔》《小杜丽》《荒凉山庄》等都在不同时期有大量的新译或再版的出现,这表明狄更斯作品在中国深受读者的喜爱。

1998年8月上海译文出版社出版了《狄更斯文集》,收入了狄更斯绝大多数的作品,其中包括了他的15部长篇小说:《奥立弗·退斯特》(荣如德译)、《巴纳比·鲁吉》(高殿森译)、《大卫·考坡菲》(张谷若译)、《德鲁德疑案》(项星耀译)、《董贝父子》(祝庆英译)、《荒凉山庄》(黄邦杰译)、《艰难时世》(全增嘏、胡文淑译)、《老古玩店》(许君远译)、《马丁·瞿述伟》(叶维之译)、《尼古拉斯·尼克尔贝》(杜南星、徐文绮译)、《匹克威克外传》(蒋天佐译)、《双城记》(张玲、张扬译)、《我们共同的朋友》(智量译)、《小杜丽》(金绍禹译)和《远大前程》(王科一译);以及《圣诞故事集》(汪倜然等译)、《狄更斯中短篇小说选》(项星耀译)、《游美札记·意大利风光》(张谷若、金绍禹译)、《博兹特写集》(陈漪、西海译)。这套文集在一段时期成为我国经典译著,为广大读者及学界批评提供了比较权威的范本。

时隔14年后,浙江工商大学出版社24卷本《狄更斯全集》于2012年5月8日在杭州举行了首发仪式。这套作品是目前我国乃至世界范围内最具权威性、囊括性和经典性的版本。该全集遴选世界范围内最佳版本进行重新翻译,并参照英国牛津大学出版社和剑桥大学出版社等权威出版机构出版的狄更斯作品作后期审校,同时,广泛联系海内外人士,补入了戏剧、诗歌、演讲、短篇小说、游记、随笔等单本出版的原作,总字数达1346万字,收录了狄更斯的全部作品。其中,《演讲集》《戏剧、诗歌、短篇小说集》《非旅行推销商札记》《重印集》《儿童英国史》等五部作品是第一次被介绍到中国。

(二)中国学界的狄更斯批评

对狄更斯作品的多次译介以及由狄更斯小说改编而成的影视作品的传播,使得中国读者和观众对狄更斯十分熟悉。但是,狄更斯作品能在中国视野中跻身于经典之列,还有一点是不能忽略的,即中国学者的学术批评以及狄更斯作品走进中国大中小学的课堂,成为中国教育中的一部分内容,这是狄更斯作品得到高度评价和认可的重要方式。

自1907年中国出现了狄更斯汉译作品起,中国狄更斯小说批评的大幕就为狄更斯小说在中国的经典化立下功劳。中国的狄更斯批评有总体研究也有针对某一部作品的评论,还有与中国作家作品的比较研究,内容广泛,形式多样;有大量的单篇论文,也有专著问世,近期博士、硕士的毕业论文也成为新时期狄更斯批评的重要组成部分。中国的狄更斯批评,主要在作品的思想意义、人物形象分析、艺术风格和象征手法运用等方面加以论证。

狄更斯小说具有强烈的批判性和深厚的人道主义精神。狄更斯对他所生活的那个时代的英国,对于工业文明的巨变造成的各种社会问题进行了真实的揭露和深刻的反思,热切希望社会改良。严幸智陆续发表了《现世情怀:狄更斯的宗教观》《狄更斯中产阶级价值观论析》《感性改良主义狄更斯》《狄更斯倡导公平教育》等五篇论文来探讨狄更斯小说反映的方方面面的思想内容。另外贺润东《从〈艰难时世〉中西丝的人物刻画看狄更斯的改良主义思想》、王彦军《功利主义的悲剧——重读狄更斯的〈艰难时世〉》、周佳球《〈艰难时世〉的基督教视角解读》、海燕飞《浅析狄更斯小说思想中对现实的批判和人性的探索》、邱细平和朱祥《狄更斯人道主义思想的演义和双重性》、胡磊《从狄更斯笔下的儿童形象看其人道主义思想》,以及一些高校学位论文如李丹《狄更斯早中期小说中产阶级人物属性及道德观念研究》(东北师范大学硕士学位论文,2006)、龙瑞翠《狄更斯〈荒凉山庄〉中小说人物阶级地位及道德属性研究》(东北师范大学硕士学位论文,2006)、张之燕《从人物形象看狄更斯的人道主义思想》(湖南师范大学硕士学位论文,2008)等等,都对狄更斯作品中表达的同情贫弱群体,充满宗教宽容、救赎精神和维多利亚时代的人文关怀加以深入的探讨。

对于狄更斯小说中的人物形象,中国学者从总体特征和具体人物刻画两方面进行了分析。1990年至1991年,周颐连续发表三篇文章论述狄更斯笔下的"扁平人物"——《兼容了历史与喻指价值的人物》《呼唤着人类同情的艺术形象》《表演出舞台效果的喜剧性格》,李宇容的《解读狄更斯小说人物创造的特点》、李增的《狄更斯小说中"边缘人物"与维多利亚意识形态的权利话语》等文章,也对狄更斯小说中漫画式和扁平人物进行了分析,指出狄更斯小说人物形象对欧洲流浪汉小说的继承性和传奇"怪人"的性格刻画。

狄更斯小说中塑造的儿童形象众多,中国学者对此表示关注。陈清兰《狄更斯笔下的儿童教育问题》、郭春林《简论狄更斯笔下的儿童生存环境》、齐晓燕《论狄更斯小说的儿童视角》、朱挺柳的硕士学位论文《狄更斯笔下的儿童形象》等,对奥立弗、小杜丽、匹普、小科波菲尔等文学形象的性格特点、生存状况、教育多方面进行分析论述。

近年来狄更斯小说中的女性形象也越来越多得受到学者的关注。李鸿泉的《维多利亚盛世的女性悲歌——狄更斯与萨克雷笔下的女性群象》、郭荣的《男权社会中的婚姻与女性悲剧——兼论颂莲与郝维仙小姐形象》、严坤的《女性理想化的研究——评狄更斯的〈大卫·科波菲尔〉中的艾妮斯形象》、张雪的《家庭天使——从性别研究的角度分析狄更斯笔下的女主人公》(山东师范大学硕士论文,2002)、邓洪艳的《狄更斯笔下的讽刺型女性形象》(湖南师范大学硕士论文,2011)、郭荣的《远大前程》中郝维仙小姐心理原型的研究(中南大学硕士论文,2008)等,从社会、家庭、性别、伦理等多个角度对狄更斯笔下的女性形象进行了分析。

狄更斯小说具有独有的狄氏幽默。王萍、张磊的《简析狄更斯幽默艺术的成因》、王萍和闻建兰的《乐观、风趣的"幽默史诗"——评查尔斯·狄更斯〈匹克威克外传〉艺术特色》、吴雯莉的《幽默与狄更斯早期长篇小说》(上海师范大学硕士论文,2005)等文章,对狄更斯小说反讽的笔调、辛辣而风趣的叙事风格进行了讨论。狄更斯的幽默风格对中国作家老舍和张天翼产生直接影响,葛桂录在《狄更斯:打开老舍小说殿堂的第一把钥匙》一文中指出:狄更斯的幽默风格触发了老舍"天赋的幽默之感",狄更斯的小说世界唤起了身处伦敦的老舍对故乡的回忆及表现的欲望，狄更斯的人道主义旨趣更投合了老舍的性格。老舍笔下的市井小人物的塑造以及作品的幽默风格也与狄更斯小说的影响分不开。廖利萍的硕士论文《狄更斯对老舍文学创作的影响——〈尼古拉斯·尼克尔贝〉与〈老张的哲学〉的比较研究》和苗艳红硕士论文《论老舍对狄更斯创作的借鉴与发展》探讨了老舍的多部作品在小说题材的选择、人物形象的塑造、作品创作的主导意图、幽默风趣的审美取向诸方面受到的狄更斯的显著影响；张晋军《狄更斯：张天翼文学的基石——论张天翼对狄更斯影响的接受》，从"人物第一"的现实主义小说理念、儿童视角、大胆夸张和犀利的讽刺等方面进行了比较；胡强的《创造性的接受主体——论张天翼的小说创作与外来影响》，童真、胡葆华的《张天翼与狄更斯》等文章论述了狄更斯从创作观念、人物塑造和幽默讽刺风格等方面对张天翼的深刻影响，同时认为张天翼立足于中国社会现实，在坚实的民族文学的地基上，实现了对狄更斯的超越。

近年来，国内学者对狄更斯作品中的象征手法和意象分析的研究取得了不少成果。蔡明水《狄更斯的象征手法初探》、王沁《对〈双城记〉中象征手法的再诠释》、傅云霞《狄更斯象征艺术的诗化效果》等文，指出狄更斯巧妙地运用各种象征手法，使其作品产生了的意味深长的效果。陈晓兰在《腐朽之力：狄更斯小说中的废墟意象》一文中论述了狄更斯通过小说中无所不在的废墟意象，表现了被过度消耗后的都市形态。陈晓兰认为废墟意象表现了狄更斯的时间意识、历史感及其对传统和现代关系的思考。赵炎秋的《狄更斯小说中的监狱》探讨狄更斯小说中的监狱意象，认为在狄更斯的小说中，监狱呈现出正反两面性：在表现监狱正面性质的时候，监狱只是一种抽象的存在，而在表现其反面性质的时候，监狱便成为一种现实的存在。这种巧妙的处理方法反映出狄更斯小说创作的特点和目的：即通过虚化与突出生活的某些方面来全面反映生活。任柳在《死亡与焦虑——狄更斯小说中的火车形象》一文中强调狄更斯小说中的火车是与狄更斯世界相对的"异质"因素，是充满怪诞意味的"庞大怪物"和"死神"，浑身散发出令人恐怖的狂暴力量。殷企平的《〈董贝父子〉中的"铁路意象"》对"铁路意象"的情景语境和社会文化语境进行了分析，揭示了狄更斯对伴随工业革命而盛行的社会价值观的质疑。

进入新世纪，国内的狄更斯研究从单一的社会学批评和实证研究发展到包括新批评、结构主义叙事学、西方马克思主义、接受理论、新历史主义批评、女性批评、文化批评、生态批评、后殖民主义等在内的多元批评，批评的方法和视角丰富多彩，呈现多元互动的特色。

狄更斯作品能在中国传播并历经经典的再生成，首先是中国现实与时代的需要。狄更斯作品最初进入中国正是中国新文化运动酝酿和爆发之时。新文化倡导科学、民主，反封建主义，以白话小说来抵制文言文，大力引进了西方文学与文化，狄更斯小说也是其中之一。当时的中国积贫积弱，迫切希望解放思想，改变观念，重塑民族形象。狄更斯作品处处表达了对儿童、弱者和下层人民的深切同情，深厚的人道主义精神正好与新文化运动的革命者所倡导的相吻合，"饱经战患之苦的中国读者从中能得到精神慰藉"。① 狄更斯作品的批判现实主义风格，关注现实人生、关注社会问题的创作理念与"五四"时期中国学者的"为人生而艺术"的主张相合，对中国作家的创作产生深远影响。

在全球化的今天，中国已经加入到世界大家庭的文化发展中。狄更斯的小说以其高度的艺术性、故事性、娱乐性等大众文化特征，赢得了大量的读者，并以影视、话剧、歌舞剧等多种方式在世界各地传播。中国对狄更斯小说的当代接受与理解，也将成为狄更斯文学的一个重要声音。

第四节　狄更斯小说的影视传播

著名导演和电影理论家爱森斯坦在《狄更斯、格里菲斯和我们》一文中，曾不止一次地提到狄更斯小说创作手法与现代电影之间的某些联系，正如他在评论格里菲斯电影作品时所说的："在方法和风格上，在观察与叙述的特点上，狄更斯与电影的接近确实是惊人的。"② 狄更斯的小说种类繁多，内容广泛丰富，反映了维多利亚时代城市社会一些重要方面的特质。近年来，通过不同的角度和文学观点来分析出现在狄更斯小说现代性特征的讨论文献已经极为丰富。自1895年电影诞生以来，狄更斯的小说激发了许多艺术家的创作灵感，今天仍然对电影导演和编剧有所启发，而狄更斯小说影像改编的发展历程，也从一个方面展现了在电影发展史

---

① 谢天振、查明建：《中国现代翻译文学史（1898—1949）》，上海：上海外语教育出版社，2004年版，第307页。
② 爱森斯坦：《狄更斯、格里菲斯和我们》，见尤列涅夫编：《爱森斯坦论文选集》，魏边实、伍菡卿、黄定语译，北京：中国电影出版社，1962年版，第209页。

上电影与经典文学作品之间的密切联系。

(一) 默片时代的改编尝试

早在1897和1898年就出现了以狄更斯小说《奥立弗·退斯特》改编的电影短片《南茜·塞克斯之死》和《教区执事班布尔先生》,遗憾的是,这些短片都没能保存下来。现存最早的根据狄更斯小说改编的电影是1901年3月制作完成的根据长篇小说《荒凉山庄》片段改编的《可怜的乔之死》,电影的导演是电影先驱乔治·阿尔波特·史密斯(George Albert Smith)。这部早期电影只有1分钟长,描述了主人公乔在大雪纷飞的日子里扫地,因无法抵御严寒,靠在教堂的墙上慢慢滑倒,在冰冻的雪地里奄奄一息,一名巡夜人试图救他,但乔最终在他怀中死去。另一部被认为较早的狄更斯小说改编电影是1901年11月的《斯克鲁奇,或马利的鬼魂》(Scrooge or Marley's Ghost),根据短篇小说《圣诞欢歌》改编,仅存6分钟。据不完全统计,自1909至1912年间,狄更斯的小说《雾都孤儿》(即《奥立弗·退斯特》)就不下8次被改编成电影。这一时期比较具有代表性的改编电影还有1909年由D. W. 格里菲斯导演的《炉边蟋蟀》、1911年威廉·哈姆福瑞(William Humphrey)导演的《双城记》(*A Tale of Two Cities*)和1912年J. 塞尔·道利执导的《匹克威克先生的窘境》(*Mr. Pickwick's Predicament*)。

由于受到拍摄条件的限制,早期根据狄更斯小说改编的电影大都篇幅有限,以长篇小说中的片断或者短篇小说故事为主轴,忽略小说的主题人物等诸多要素。其中,《圣诞欢歌》比较具有代表性,电影一方面能通过短短数分钟的时间将这则短篇小说故事交代清楚,另一方面也能通过电影技术展现有关鬼魂精灵等故事情节,同时强调这部作品作为圣诞节赞美诗的主题。作为狄更斯小说中最受改编者青睐的作品,《圣诞欢歌》多次被改编成电影,除了1901年沃尔特·R. 布斯制作完成的短片外,还有1908年汤姆·里基茨(Tom Ricketts)参与演出的15分钟短片,1910年由J. 塞尔·道利执导片长11分钟的《圣诞欢歌》。

1912年之后,狄更斯小说改编电影篇幅开始发生变化。其中比较具有代表性的是1917年由美国福克斯公司制作、好莱坞导演弗兰克·洛伊德执导的《双城记》和1922年由第一时代华纳兄弟制作的《苦海孤雏》(*Oliver Twist*)。

初读狄更斯的《双城记》,难免会觉得小说人物众多情节错综复杂,在关于这部小说的电影改编历程中,1917年版的《双城记》是最早的尝试之一。在这部将近70分钟的电影中,导演弗兰克·洛伊德(Frank Lloyd)力图处理好错综复杂的情节,以医生马内特的遭遇和不幸以及大革命背景之中的露西·马内特与查尔斯·达内的爱恋故事为主线,以大革命前后的巴黎为动荡年代的主要背景,并借鉴了1911年版本的一些做法,将在小说中没有正面呈现的法国大革命斗争过程在银幕上加以刻画。电影在弱化小说中大量次要情节的同时,和狄更斯一样借助于脸谱化的人物把叙述的重点放在展现革命过程中的悲剧上,在一定程度上起到了同时谴责统治者和被统治者双方残暴的作用。电影《双城记》基本上实现了故事情节的银幕再现,并巧妙地将历史事件与社会生活结合在了一起。

1922年由华纳公司制作的《苦海孤雏》是小说《奥立弗·退斯特》的最后一个默片版本,这部电影的拷贝于20世纪70年代初在南斯拉夫被发现。弗兰克·洛伊德执导的这部电影集中叙述《奥立弗·退斯特》故事里的冒险和流浪经历。借助于默片字幕,这部电影将小说中的核心故事几乎原封不动地展示在银幕上。影片在全方位顾及故事主要情节的同时忽略了许多细节,在人物刻画和伦敦社会环境的描绘方面则毫无可取之处。之后,1933年的《奥立弗·退斯特》是默片与有声电影过渡时期的产物,这部电影使用了一位具有天使般面孔的男孩迪基·摩尔(Dickie Moore)来饰演奥立弗,他的可爱多于他身上应该有的可怜与无辜。作为较为成熟的黑白电影,这部作品有效地利用了阴影和光线,在黑暗中,贼窟的刻画开始变得更加真实。这部电影省略了狄更斯小说中的部分内容,但却更加真实地再现了狄更斯小说的原貌。值得一提的是,这部作品非常罕见地在末尾处保留了费金在监狱中的片段,这在其他几部作品中都被删除了。

《大卫·科波菲尔》(*The Personal History, Adventures, Experience, & Observation of David Copperfield the Younger*)这部电影于1935年1月在美国上映并获得了热烈的反响,《纽约时报》评论它是"摄像机曾给过我们的对一部伟大小说的最令人满意的银幕操控"。导演乔治·顾柯(George Cukor)拍摄过一系列杰出的根据文学名著改编的电影,如《小妇人》(1933)、《茶花女》(1937)等。这部电影延续了他的一贯风格,在对白、人物性格、布景和服装等细节方面下了很大工夫。和小说一样,电影《大卫·科波菲尔》是一部关于人成长的故事,影片将小说大卫·科波菲尔成长的两个主要环节,即童年和青年时期,对应了电影的前后两半部分。由费雷迪·巴塞洛缪（Freddie Bartholomew）饰演的童年时代的大卫·科波菲尔依旧是小说中略显软弱的人物角色，他在母亲和皮果提的溺爱中长大，并落进了摩德斯通的世界。皮果提家乡的短暂旅行之后，大卫自由自在无忧无虑的生活宣告结束。电影选取大卫生活中的某些片段来刻画大卫及其母亲在婚后遭受的不幸，节奏明快地跳过了监狱般的萨伦寄宿学校内容。母亲死后，他又被安排在作坊干活，与密考伯一家的往来似乎一直给人以一种轻松愉快的感觉，暗示着大卫将来的美好前程。只是在失去密考伯一家的依靠之后，大卫才担心自己的归属。贝西·特洛乌德小姐参与了大卫道德成长的每个重要阶段，她的刚毅性格对大卫产生了一定影响。坎特伯雷的岁月在电影中同样被略去，之后大卫作为一个青年人重新进入世界。电影通过他与朵拉之间争吵和好以及贝西·特洛乌德小姐做客两个场景来简单交代大卫的生活困境，当然与小说中那种严酷的生活的磨难内容无法相提并论。相反，皮果提家乡的一系列事件和威克菲尔先生的遭遇却成了电影的主线，电影在后半部分的最大变动是贝西小姐突然破产的情节在电影中被全部删去。同样删改的还有与摩德斯通的重逢以及威克菲尔先生的不幸。作品结尾处关于威克菲尔先生与欧莱尔·西普的争斗最终获得了胜利，大卫与艾妮斯的结合也是影片完美的皆大欢喜的结局。

《双城记》的意义在于狄更斯对道德的呼吁和对社会不公正的抗议，通过小说展现一幅人类友谊和博爱的图画。医生、露西·马内特、查尔斯·达内和西德尼·卡顿，还有一些次要人物像劳里先生、普罗斯小姐和杰里·克伦彻，他们之间的友爱、信任和牺牲与世俗的仇恨、狡诈和残暴形成鲜明的对比。从1935年版本的电影《双城记》开始，电影情节的"金色丝线"就不再是露西·马内特，而是西德尼·卡顿这一人物形象。这一核心人物的刻画从价值观上来说是反政治的，狄更斯在小说中所借用的法国大革命的政治和历史成了剧中人物寻求解脱灵魂的栖息地。于是，在影片创作过程中，导演尽量避免了对原著的照搬照抄，主题不再是借助《双城记》中两个长相相似但性格相去甚远的人物查尔斯·达内和西德尼·卡顿来表现。叛国罪法庭审理的过程被加以改动，露西·马内特形象变得更加天真、感伤和脆弱，即使是她与查尔斯·达内的恋爱和婚姻也被处理得简单草率，没有在现实的、成熟的世界中所见到的恋情与理智等等。影片更多是借助于节奏明快变化无穷的场景转换，忠实地把握了原著小说的节奏与人物基本特征。影片对德伐石夫妇的描写依旧存在脸谱化倾向,显得恐怖阴冷,然而,当查尔斯·达内受到冤屈,在法庭上面对审判的时候,人头攒动的群众在一瞬间给人以震颤之感。实际上,没有导演能像杰克·康韦(Jack Conway)那样将对原著小说的理解和尊重与电影中为数不多的情感爆发画面平衡得如此出色。在制片人大卫·塞茨尼克(David O. Selznick)和演员罗纳德·考尔曼(Ronald Colman)的倾力协作之下,影片的画面充满忧伤和凌乱的感觉,但所有的画面——攻占巴士底狱、法庭上的争辩等等,都将革命风起云涌的感觉和时代的特色置于独特的地位,可以说是电影史上较为难得的场面调度佳作。

(二) 第二次世界大战背景与 40、50 年代的经典改编

40 年代的一批狄更斯作品改编电影是在第二次世界大战后文学作品改编电影繁荣的大背景中制作出来的,这也是受了战时经典文本阅读热潮的刺激。这一股热潮一直延续到 50 年代初,这一时期的英国一代年轻导演趋向于一种明显地带有本国性的不排斥社会问题的电影。狄更斯笔下的维多利亚时代的历史,成为了英国电影在 20 世纪 40、50 年代的主要题材,其中一个重要原因就是它承载的历史与时代本身有关。在观众们看来,狄更斯笔下的匹普和奥立弗都是为 20 世纪 40 年代末精心挑选的人物:就像战争中数以百万计的英国孩子,他们挣扎于艰难困苦、忍饥挨饿、与家人失散的境地之中;和那些孩子一样,对他们来说,一个全新的世界正在建设之中,他们渴望更繁荣的未来。这一具有"转变中时代的种种特征"[①]是这批导演走近狄更斯小说的共同动机,如:大卫·里恩(David Lean)作品中的《孤星血泪》(Great Expectations,1946)与《雾都孤儿》(Oliver Twist,1948),卡瓦尔康蒂(Cavalcanti)之后拍摄的《尼古拉斯·尼克尔贝》(Nicholas Nickleby,1947),还有尼尔·郎格兰(Noel Langley)那部人物性格丰满的《匹克威克先生外传》(Pickwick Papers,1952)和布赖恩·德斯蒙德·赫斯特(Brian Desmond Hurst)的《圣诞颂歌》(Scrooge,1951)。显然,从小说到电影的改编并不是让我们去认同那个时代,而是由敏锐反思的小说与创造性改编的影片,将把读者与观众凝聚在一起。小说到电影的改编过程,是两代极富观众读者缘的天才的完美融合,也是一个世纪后的英国人对维多利亚时代的电影想象。

---

① 卡扎明:《理想主义的反应》,见《狄更斯评论集》,罗经国译,上海:上海译文出版社,1981 年版,第 109 页。

没有一部狄更斯小说改编电影能超过《孤星血泪》(Great Expectations,1946)与《雾都孤儿》(Oliver Twist,1948)这两部20世纪40年代的电影在电影史上的影响,也无法撼动它们在有关狄更斯小说衍生文本的畅销和好评程度中的重要性。① 其中,《孤星血泪》是继1909年和1917年之后的第三个改编版本,也是大卫·里恩第一次改编狄更斯的小说。当影片在美国上映时,著名电影评论家詹姆斯·阿吉(James Agee)用"绝对的优美、雅致和智慧,其中某些地方更甚"②这样的言辞给予肯定。《孤星血泪》的制作团队也是近乎完美的,约翰·布莱恩(John Bryan)的布景设计和居伊·格林(Guy Green)的摄影巧妙地捕捉到了狄更斯笔下伦敦的幽暗恐惧,而里恩则将它们流畅地加以表达③,再加上编剧罗纳德·尼姆(Ronald Neame)的创作,他们在总结狄更斯小说、插图等一系列素材之后,逐渐形成了电影独特乃至阴郁的风格。大卫·里恩用电影为《远大前程》增加了浪漫主义的评注,还有强烈的对虚幻色彩的"期望"的关注,非常符合狄更斯小说"既适应生机勃勃和丰富多彩的日常生活的精神,又和英国气质中最平常、最持久的类型协调一致"④的特点。之后的《雾都孤儿》同样是一部精彩的、迷人的电影,如同小说一样,其巨大成就在于富于说服力地把狄更斯时代英国社会的不平等现象形象化了。⑤ 影片于1948年首次上映。和之前完成的作品《孤星血泪》一样,大卫·里恩的前期创作集中在一种属于伦敦社会生活的怀旧以及有关年轻人在此环境中成长这样的主题之上,这两部作品以其阴郁的风格及充满表现主义倾向的布景,开创了其导演事业的第一个辉煌阶段,充分展示了大卫·里恩作为浪漫主义导演的才能,是关于那个时代何为贫穷的冷酷现实研究。与《孤星血泪》相比,《雾都孤儿》更黑暗也更悲观,它展现了一个关于社会丑恶的肮脏的故事,包括贫困的孩子们、肮脏的济贫院还有狠

---

① Joss Marsh, *Dickens and film*, *The Cambridge Companion to Charles Dickens*. Cambridge: Cambridge University Press, 2001, p. 211.

② Gene D. Phillips, *Beyond The Epic The Life & Films of David Lean*. Lexington: The University Press of Kentucky, 2006, p. 121.

③ Robert Shail, *British Film Directors: A Critical Guide*. Edinburgh: Edinburgh University Press, 2007, p. 130.

④ 卡扎明:《理想主义的反应》,见《狄更斯评论集》,罗经国译,上海:上海译文出版社,1981年版,第109页。

⑤ A. L. 扎姆布兰诺:《狄更斯和电影》,周传基译,《世界电影》1982年第2期,第45—70页。

獗的犯罪。① 狄更斯风格的紧张情节最终在里恩手中转变为令人震悚的灾难和不幸,阴郁的情调不可避免地弥漫于电影中,小说主题的性质及两位艺术家对那个时代英国下层人民的苦难命运的深切关心决定了这一切。狄更斯创作《奥立弗·退斯特》这部小说时年仅25岁,与同时期作家创作不同的是,狄更斯毫无顾忌地让伦敦这座城市及其社会下层生活进入了读者的视野,小说通俗易懂,甚至富于想象力,在许多创作手法上走到了时代的前列。布朗劳先生与格林维格先生等待奥立弗归来的那一场景,体现出复杂的蒙太奇结构,本身就成了几乎不需要任何改编的电影剧本。当然,影片《雾都孤儿》不仅记录了一个狄更斯眼中的真实的伦敦社会,而且把狄更斯小说中的一些场景视为一种独特的文本对象加以呈现。爱森斯坦提到,使狄更斯接近于电影的,首先是他那些小说的惊人的造型性,是那些小说的惊人的视觉性、可见性。② 这部影片具有令人惊异的细致的室内外场景,大都与狄更斯小说中的描述相一致。

1947年的《尼古拉斯·尼克尔贝》是阿尔贝托·卡瓦尔康蒂在伊林影城拍摄的最后一部电影。与之前广受好评的大卫·里恩的《孤星血泪》相比,这一部电影的反响显然不尽如人意。有评论家指出,这也许和电影的选题有关。小说《尼古拉斯·尼克尔贝》的构思远比《远大前程》复杂,情节也起伏多变,因此,将小说的复杂故事情节改编成一个有着清晰视觉叙事的电影,对导演和编剧都是严峻的挑战。电影《尼古拉斯·尼克尔贝》梳理出了一条关于主人公尼古拉斯·尼克尔贝经历的基本清晰的线索,但事件和人物之间的变化过快,以至于很难形成一个固定或是明晰的道德主题,只是浮光掠影般的展现情节和人物的发展以及与之相配套的巧妙而新颖的场景。在电影通过拉尔夫和瓦克福特·斯奎尔斯一家人展现令人难以置信的险恶时,卡瓦尔康蒂电影中一些带有明显现实主义手法的场景的展现,例如在影片前半部分中对学校里的描绘,完全可以与大卫·里恩展现的济贫院或是伦敦贼窟相提并论。影片的后半部分,叙述的内容增多,节奏感也明显加快,例如尼古拉斯·尼克尔贝与斯迈克在戏班子里的流浪生涯显得过于仓促而且无意义。小说中狄更斯在描写人物心理状态方面并不十分成功,尼古拉斯·尼克尔贝、纽曼·诺各斯最终赢

---

① Gene D. Phillips, *Beyond The Epic The Life & Films of David Lean*. Lexington: The University Press of Kentucky, 2006, p. 123.
② 爱森斯坦:《狄更斯、格里菲斯和我们》,见尤列涅夫编:《爱森斯坦论文选集》,魏边实、伍菡卿、黄定语译,北京:中国电影出版社,1962年版,第222页。

得了爱情或是财富,但这更多是因为机遇和他们的性格所致。狄更斯在设计这样的主人公时,一个人的运气、品质和朋友情谊注定要使他得到幸福、爱情和财富。电影《尼古拉斯·尼克尔贝》通过不无风趣的表述、怀旧的细节和大气的音乐嵌入一开场就陷入不幸之中的尼克尔贝一家之中,他们最终战胜了他们的对手,改变了他们的命运。而可怜的司麦克的部分,则形成了一个自始至终让人心伤的故事元素。拉尔夫·尼克尔贝作为一名高利贷商人的恶毒形象似乎受到了《孤星血泪》的影响,是相对应的社会体系中的传统观念、秩序和神秘权力产生的畸形作用的最明显标志。电影《尼古拉斯·尼克尔贝》以一个鼓舞人心的故事的讲述,延续了小说中狄更斯式的不激起强烈的社会批判的语气,影片的现实主义风格将主题引向无情的贪婪所造成的苦难,暗示着正直和毅力最终能疏解困境,得到幸福。

尼尔·郎格兰(Noel Langley)的电影《匹克威克外传》很容易给人一种真实还原小说的感觉,但实际上并非如此。小说《匹克威克外传》篇幅较长,涉及故事情节较为丰富,匹克威克俱乐部成员们的旅行采访内容五花八门,要想在一部120分钟的电影中加以展示,难免会顾此失彼,因此,这部电影在开头之处借鉴了1912年J.塞尔·道利执导的影片《匹克威克先生的窘境》。从文克尔与金格尔交恶的情节开始,郎格兰就有意识地缩减故事内容,几位社友们在驻军演习上巧遇乡绅华德尔的情节变成了拜访,板球比赛变成了打猎中的偶遇,在处理好金格尔与来雪儿小姐的私奔事件之后,琐碎的关于铭文的探讨也被删去。在社员们第二次出发的旅程中,被删减的内容就大大增加了,伊斯登威尔的地方选举完全没有提及,直接进入到了"田园化妆宴会",在山姆出现在旅行队伍中之后,老维勒及其家庭生活的内容则被完全删去;麦格纳与威赛菲尔德小姐的恋情也被加以缩减,变成了穿插在其中的一个插曲;纳普金斯的身份也发生了变化和重叠,在删去了山姆与玛丽的所有恋情之后,故事急转直下,开始了巴德尔太太与匹克威克先生之间的诉讼,中间删去了华德尔女儿伊萨贝拉的婚礼以及文克尔、爱伦、班杰明、鲍勃之间的恋情纠纷,还有文克尔与道格夫妇之间的误会等等,弗利特监狱的内容倒是描绘得淋漓尽致,相关的细节也是丝毫不差,最后,在处理完与金格尔之间的矛盾之后,文克尔与爱伦的婚事也是在和谐的气氛中结束。同时,迎来的还有特普曼与来雪儿小姐、史诺格拉斯与爱米莉的婚礼。电影在后半部分逐渐进入了狄更斯的主题——即诉讼之不可靠性,道奇与福格被刻画成彻头彻尾的讼棍。这部电影真实再现了狄更斯心目中理想化的现代生活,它不再是那部拼凑在一起的故事集,那种不负责任的欢乐和轻松愉快也被大量削减,剩下的那些人物都是可爱的、喜欢喧闹的人们。郎格兰对小说的改造仿佛就跟小说家最初的想法一样,以简短的方式、幽默的笔调描写广博的生活和各具特色的人物性格,尤其是匹克威克先生身上具有的那种乐观精神和善良之心。

与此同时,布赖恩·德斯蒙德·赫斯特(Brian Desmond Hurst)的《圣诞颂歌》(Scrooge,1951)也获得了成功。在狄更斯最初创作这部小说的时候,动机只不过是为了解决债务,如今它已是史上最广受喜爱的圣诞故事之一。赫斯特这位导演擅长以真实描摹的手法对小说原著进行几乎原封不动的改编,只是在一些细微的地方加以增删,比如在关于老费兹的破产和斯克鲁奇及马利的发迹这一事件的表述上。主演阿拉斯泰尔·西姆(Alastair Sim)着重刻画了斯克鲁奇本人的成长过程,他如何从难产中幸存,如何在拜金的资本主义社会里完成原始积累,性格演变成极端的自私与顽固。读者在读这部小说的时候,都对一毛不拔的吝啬鬼斯克鲁奇十分反感,但是当观众们看到他在影片中被迫去和鬼魂一块漫游时,又会开始同情这个倒霉鬼。电影搭配了圣诞节优美悦耳的曲调,是对这则已经成为圣诞文化一部分的故事的巧妙重述。电影完美地展现了斯克鲁奇的转变,于是,圣诞节对人们来说究竟意味着什么,让这部电影和阿拉斯泰尔·西姆所饰演的斯克鲁奇现身说法是再好不过的事情。

虽然1938年版本《双城记》在故事编排和人物塑造等方面留给后继者的空间已经十分有限,但1958年拉尔夫·托马斯(Ralph Thomas)导演的《双城记》依然值得一看。相比而言,这部电影更忠实于原著,在西德尼·卡顿对露西·马内特的表白、马内特医生的回忆、西德尼·卡顿与密探巴塞德的较量几个场景上表现得尤其如此。令人印象深刻的一幕是查尔斯·达内的叛国罪胜诉之后,这一群朋友在马内特医生家里喝茶聊天时,谈到暴风雨到来之前的异常声响,以及之后的电闪雷鸣和狂暴的大雨。狄更斯小说的原意当然是为后来的法国大革命做铺垫,但在电影中就直接将这一幕与攻占巴士底狱的战斗剪接在了一起,形成完美的连缀。影片由德克·博加德(Dirk Bogarde)领衔主演,通过西德尼·卡顿与查尔斯·达内这两个角色和查尔斯·达内陷入的两场审判,将医生马内特的遭遇和不幸以及大革命背景之中的露西·马内特与查尔斯·达内的爱恋故事融入宏大的历史悲剧中。在无尽的革命与权力斗争中,唯有露西·马内特像一盏人性的明灯点亮了西德尼·卡顿的心。电影的结尾处,保留了小说结束时马内特医生由于在恐怖王朝时期的磨难而变成了一个呆滞的人的细节。而当52名被革命法庭判处死刑的犯人被集体处死,自我牺牲的西德尼·卡顿代替查尔斯·达内上了断头台,这部影片在悲壮的行刑一幕中结束,就像狄更斯曾经暗示的那样,法国人民争取自由的壮举最后以失败告终,淹没在断头台可怕的轰隆声中。在社会上,生活的质量不比终身监禁在巴士底狱好多少;不顺遂的事情不断把人抛入无助的困境;一旦与政治交锋,想象力、智慧和意志便都毫无用处。

与大卫·里恩等导演相比,卡罗尔·里德(Carol Reed)在狄更斯小说改编电影的尝试则有些姗姗来迟,之前,他执导的影片如《逃犯贝贝》《第三个人》等作品都取得了巨大成功。1968年,他执导的影片《奥立弗》(Oliver!)是对"英国现代音乐剧之父"莱昂内尔·巴特(Lionel Bart)同名音乐剧的电影改编,也是根据狄更斯小说《奥立弗·退斯特》改编的第一部彩色影片,同时也是奥斯卡最佳影片中唯一一部由英国人编剧、导演、主演的歌舞片,它获得了第41届奥斯卡最佳影片、最佳导演、最佳艺术指导—布景、最佳音响、最佳配乐(音乐类)5项大奖。与其他版本的《奥立弗·退斯特》电影改编文本相比,由于经过了音乐剧这一特殊艺术形式的过滤,电影呈现出与众不同的欣赏效果。音乐剧《奥立弗》1960年6月30日首演于伦敦西区剧院,是英国60年代最优秀的音乐剧,而由英国沃里克电影公司(Warwick Film Productions)与罗米拉斯影片公司(Romulus Films)联合出品的这部影片缩减了小说和音乐剧中的部分情节,包括最初奥立弗的出生以及关于他身世的这一条线索,在此基础上保留了音乐剧中许多精彩的歌曲。导演一方面以流畅自然的手法展现出了维多利亚时代的伦敦中下层生活;另一方面通过精心设计的大型歌舞和旋律悠扬的歌唱曲目表现出浓郁的英伦风情。如影片开场时安排孤儿院小孩排队轮候吃饭的歌舞《食物,绝妙的食物》(Food, Glorious Food),其机械式的表演风格带有浓烈的社会批判倾向;另一场小滑头带着奥立弗在平民市场中开眼界的大型歌舞《想想你自己》(Consider Yourself)中,南希在酒吧中等待塞克斯和为了带走奥立弗引开塞克斯注意的群舞《这就是生活》(It's a Fine Life)与《哦啪啪》(Oom-Pah-Pah),视听效果让人震撼。影片在将奥立弗的冒险经历作为主线的同时,也削弱了他在整部作品中的重要性,同时突出了费金、南希形象以及伦敦中下层平民生活。饰演奥立弗的童星马克·里斯特(Mark Lester)的表演并不十分出众,但他天真无邪的气质与自始至终未被犯罪行为沾染的形象相得益彰。在地牢中,他以孤独恐惧的情感演唱思念母亲的歌曲《谁来爱我》(Where Is Love),深深打动了观众的心;在勃朗罗家中阳台上和小贩们合唱《谁会来买》(Who Will Buy?)一曲时,则显得格外清新动人。导演在处理费金扒手集团时所采取的那种开朗欢乐气息,也让人感觉与众不同,顽童们和奥立弗以幽默俏皮的风格合唱的《扒一两个口袋》(Pick a Pocket or Two)、《我能做任何事》(I'd Do Anything)等几首歌曲充满底层生活气息,给观众带来无与伦比的享受。由莫朗迪(Ron Moody)饰演的费金形象不再像小说那样被定义为恶棍,而是呈现出喜剧风格,无论在小扒手们出发前《平安回家》(Be Back Soon)的群舞,还是抱着珠宝箱准备一走了之时的《认真考虑我的处境》(Reviewing the Situation),都流露出独特的幽默感。值得一提的是,电影结尾对原著改动最大,一无所有的费金与小滑头重新搭档,开始了新的冒险生涯。音乐剧中炫目的巨大并行转台在电影中通过画面的转换轻松加以展现,同时,卡罗尔·里德为了弥补音乐剧中舞蹈内容偏少的现象,在影片中增加了大量舞蹈内容,呈现给观众的是一出情节跌宕起伏激动人心的歌舞片。

值得一提的是,1958年香港中联电影企业有限公司根据小说《远大前程》改编摄制了电影《孤星血泪》,以1929年为故事起点,讲述医生范田笙遭奸商杜济仁诬告结果被判冤狱二十年,逃狱并暗中资助由穷铁匠抚养长大的儿子王复群读书学医的故事。王复群误以为杜济仁是资助人,在学有所成之后出于感恩之心帮杜济仁造药。而杜济仁一直怀疑王复群与范田笙有联系,遂故技重施加害王复群,最终被揭破阴谋身败名裂,范田笙在与他的搏斗中同归于尽。这部由珠玑导演的电影因为少年时代李小龙的参演而受到重视,李小龙在剧中饰演少年时代的王复群。影片《孤星血泪》电影中极具东方元素的故事情节与独特的改编思路搭配在一起,是小说《远大前程》改编电影中风格独特的一部。

(三) 现代化与多样化

对狄更斯小说的改编在60年代之后逐渐呈现出现代化的倾向,一方面随着技术手段的类型增多,根据狄更斯小说改编的动画电影大量出现,另一方面则是电影改编风格的多样化呈现。

最早的由狄更斯小说改编的动画电影是1971年理查德·威廉姆斯拍摄的时长25分钟的短片《圣诞欢歌》。之后包括1984年华威·吉尔伯特（Warwick Gilbert）拍摄的《天涯稚情》(*The Old Curiosity Shop*)、1988年罗德·斯克莱纳（Rod Scribner）拍摄的由迪斯尼公司出品的《奥丽华历险记》(*Oliver & Company*)、1992年由布赖恩·汉森（Brian Henson）执导的《圣诞欢歌》(*The Muppet Christmas Carol*)、1998年由保罗·萨伯拉（Paul Sabella）拍摄的《狗的圣诞颂歌》(*An All Dogs Christmas Carol*)、2001年村上吉米（Jimmy T. Murakami）拍摄的《圣诞礼赞》(*Christmas Carol：The Movie*)、2009年由罗伯特·泽米吉斯（Robert Zemeckis）执导的《圣诞颂歌》(*A Christmas Carol*)等。

从最初的动画短片到3D巨作，从提线木偶到"表演捕捉"(Performance Capture)技术，动画电影的技术日新月异，但表现的题材却大同小异。迪斯尼出品的《奥丽华历险记》改编自《奥立弗·退斯特》，主角改成了一只橙色的小猫咪，场景也由伦敦改成了纽约大都会，剧情则是叙述奥立弗与它的小狗朋友们，还有女孩珍妮之间的故事。此外，动画影片的选材大都集中在《圣诞颂歌》故事上。1971年的动画短片《圣诞欢歌》在所有狄更斯作品改编的动画作品中是最具有影响力的一部作品，它最初是一部电视电影，后来进入院线放映，并获得了1972年奥斯卡最佳动画短片奖。影片由迈克尔·霍登（Michael Hordern）给鬼魂配音，阿拉斯特·西姆（Alastair Sim）给斯克鲁奇配音，迈克尔·雷德格雷夫（Michael Redgrave）担任旁白，再现了他们在1951年真人版电影《圣诞欢歌》及1967年电视电影《狄更斯先生的伦敦》(*Mr. Dickens of London*)中的经典表演。影片充分运用了平移定场镜头和桥接技术，其黑暗基调与阴森的画面与传统的维多利亚式圣诞故事背道而驰，还原了更为逼真的19世纪背景。导演威廉姆斯（Richard Williams）在背景设计上受到狄更斯原作中约翰·里奇绘制的插图以及30年代的米罗·温特的插图风格影响，在部分人物设计上受到1970年罗纳德·尼姆执导的歌舞片《小气财神》的影响。粗糙而悲观的色调导致《圣诞欢歌》没能在圣诞电视档期得到观众的青睐，但事实上威廉姆斯从来就没打算把它拍成一部儿童片。他一直强调这部动画片就应该像原著小说的原名一样，是一个"圣诞节的鬼故事"。这一部动画短片对2009年由罗伯特·泽米吉斯（Robert Zemeckis）执导的《圣诞颂歌》(*A Christmas Carol*)影响极大，尤其是在影片风格和细节表现上。1992年由布赖恩·汉森（Brian Henson）执导的《圣诞欢歌》(*The Muppet Christmas Carol*)提线木偶版本给人眼前一亮的感觉，这也是迪斯尼众木偶们第四次集体亮相在一部主题电影当中。

由罗伯特·泽米吉斯（Robert Zemeckis）执导，金凯瑞（Jim Carrey）在影片中一人分饰四角的《圣诞颂歌》（*A Christmas Carol*）是2009年圣诞节电影的一大亮点。影片在改编狄更斯小说的基础上，吸收和借鉴了之前几部《圣诞欢歌》电影，达到了前所未有的震撼效果。影片通过电脑特效技术的使用渲染了故事的诡异气氛，只有光明而温暖的结局，才跟圣诞气氛最为吻合。导演泽米吉斯喜欢这部作品，他认为影片"具有很强的画面感，适合改编成动画电影；而奇幻式的穿越情节，又必须得用到大量的电脑特效"。

电影《回到过去》（*Scrooged*，1988）是对《圣诞欢歌》最有名的现代改编版本，编剧米奇·格雷泽（Mitch Glazer）将斯克鲁奇的故事搬到了现代社会之中，加上了电视台演出《圣诞欢歌》的背景和热闹非凡的特技镜头，成为一部忠实于原著又具有现代效果的喜剧作品。比尔·默瑞（Bill Murray）在片中饰演冷酷无情的IBC电视网总裁弗兰克·克洛斯，斯克鲁奇人物形象也被赋予更新的含义：圣诞节对弗兰克而言只是提高节目收视率的手段，他对下属冷酷无情，对周围需要帮助的人们漠不关心；而他自己，也存在着工作上的麻烦。电视网的首席执行官似乎对他失去了信心，并带来了一名觊觎他位置的年轻人。圣诞节即将来临，已经死去七年的老板拖着腐朽的身躯回来警告弗兰克，并提醒他将有三名不速之客来访——包括带他回首往日生活和未来境况的出租车司机，带他分享亲情与爱情的小仙女，在电视台排演现场扮演鬼魂的妖怪。在这三个身份特征与之前文本全然不同的鬼魂引领下，弗兰克终于逐渐理解了人生的价值和意义。导演理查德·唐纳（Richard Donner）的演绎手法虽然夸张，但高超的特技和男主角的精彩演出仍然吸引了大批观众。比尔·默瑞在影片中诠释了弗兰克这个十分悲惨的可怜虫形象，借助于他所擅长的夸张喜剧表演，弗兰克这一角色延续了斯克鲁奇的魅力，成了完美的20世纪守财奴形象，但在影片结尾处他打断了电视上演出的《圣诞欢歌》画面并彻底爆发，整部电影随着故事进展会让观众既兴奋又感觉不安，这也许就是狄更斯所想表达的感觉。这种现代化改编的方式获得了一些好评，并在之后的狄更斯改编电影中得以延续。

《烈爱风云》（*Great Expectations*，1998）由20世纪福克斯公司出品，是编剧米奇·格雷泽又一次将狄更斯小说改编成现代风格影片的尝试。与大卫·里恩在1946年的电影相比，这部由阿方索·卡隆（Alfonso Cuarón）执导的电影作品难免会让喜欢读原著的观众失望，但《烈爱风云》提供了更为真实有趣的现代经典版本,在影片中狄更斯小说的故事和主题依然存在,但对于那些不熟悉原文的观众来说,这部讲述现代寓言的电影所呈现的现代爱情故事类型,已经摆脱了原著的束缚,成为彻头彻尾的两个小时现代版《远大前程》。故事从维多利亚时代的英国搬到20世纪后期的美国佛罗里达州,小渔村棚屋生活与巨大的砖石堆砌的天堂庄园(Paradiso Perduto)都充满了神奇色彩,就像现代读者心目中真实的《远大前程》故事一样,没有了狄更斯的想象,取而代之的是更真实的生活。费恩所讲述的故事就像笼罩在树木和蔓藤中的一切,充满了神奇色彩:垂柳、天空中的海鸟、佛罗里达宁静的海湾,甚至是费恩和艾丝黛拉的那一段舞蹈,或者是丁斯莫尔女士脸上的皱纹。场景设计师托尼·伯勒构建了丁斯莫尔女士破旧的豪宅天堂庄园,那个摇摇欲坠的哥特式建筑。花园中当年婚礼的陈设仍然存在,但已经被佛罗里达繁茂的枝叶所覆盖,表达出相当怪诞的艺术效果,与故事前半部分的氛围相得益彰。在更真实的生活场景中,电影《烈爱风云》似乎暗示着一个很特别的主题:即一个属于年轻人的时代的到来。影片中从罗伯特·德·尼罗(Robert de Niro)饰演的逃犯在开头画面中出场,关于马格维奇与蛛穆尔的恩怨被全部省略,姐姐玛吉在作品中的作用被明显弱化,甚至连贝蒂的出现也非常突兀。随着故事环境的改变,原著中很多人物的姓名、职业包括他们的重要性都在发生改变,皮普变成了费恩、郝薇香小姐变成了同样失常的丁斯莫尔女士、马格维奇成为勒斯蒂格,变化不大的只有乔和艾丝黛拉。作品简化了狄更斯原著中的很多次要内容,使电影的节奏感得以加强。费恩与艾丝黛拉的关系以喷泉中的那一个吻作为象征,10年后,费恩在事业上的成功与他跟艾丝黛拉之间的爱情追逐成了作品后半部分的两极,而这两极恰恰与丁斯莫尔女士、勒斯蒂格两个人物密切相关。与此同时,电影在后半部分逐渐偏离狄更斯原著的轨道,如丁斯莫尔女士的悔恨、勒斯蒂格的死,甚至还有那个不太悲观的结局。小说的主题之一——年轻人跨越阶级障碍追求他的梦想,已经被卡隆和米奇格雷泽准确表达出来了。《远大前程》故事之后一直受到改编者的青睐,在21世纪还出现了一些新的版本,如当代观众最熟悉的由英国导演迈克·内威尔(Mike Newell)2012年拍摄的《远大前程》,还有根据在西区沃德维尔剧院演出内容拍摄的戏剧电影《远大前程》(2013)和印度导演阿皮谢克·卡普尔(Abhishek Kapoor)的现代改编版本《远大前程》(*Fitoor*,2016)等。

在大卫·里恩与卡罗尔·里德对《奥立弗·退斯特》这部小说进行了

伟大的改编之后,故事的维多利亚时代背景已经形成定式,关于这部小说的改编电影大多将故事转移到现代社会中来以追求新意,如1996年塞思·迈克尔·唐星(Seth Michael Donsky)的处女作《迷途》(Twisted)、2003年明显受《迷途》影响的由加拿大导演雅各布·提尔尼(Jacob Tierney)执导的《多伦多街童》(Twist)和2004年南非导演蒂莫西·格林(Timothy Greene)的《名为退斯特的男孩》(Boy called Twist),就分别选择现代的纽约、多伦多和开普敦三座城市作为故事发生的地点,展现这些现代都市的地下生活状态。2005年,72岁的罗曼·波兰斯基(Roman Polanski)选定了自己印象深刻的《雾都孤儿》来进行电影改编,目的当然想要超越大卫·里恩或是卡罗尔·里德电影的意义和价值。"波兰斯基告诉我说,"哈沃德(Ronald Harwood,影片编剧)说,"他想给孩子们拍一部电影——他的孩子们。"[1]导演说他想给自己9岁的女儿拍一部她能欣赏的电影。[2] 这位导演还经常谈到自己对19世纪英国文学的"终身"爱慕,比如《德伯家的苔丝》《雾都孤儿》都"充满了改变角色们命运的平常事件",这些也是跟他个人经历有所共鸣的情节。[3] 在影片中,波兰斯基延续了《钢琴师》(The Pianist,2002)中关于善恶主题的探讨,但与他之前电影不同的是,《雾都孤儿》增添了多愁善感、赚人眼泪或是"逃避现实"[4]的成分。因《钢琴师》而获得奥斯卡最佳编剧的罗纳德·哈伍德(Ronald Harwood)将《雾都孤儿》剧本进行重构,进行了情节的增删和改动。

  首先,哈伍德删去了所有次要情节、次要人物和前前后后的历史背景,对奥立弗的出身也绝口不提,而这在势利的维多利亚时代是如此重要的元素。[5] 其他如身世之谜、蒙克斯形象,还有诺亚、班布尔先生内容都被删去,故事情节变得更加清晰,更符合电影叙事的要求,同时表达出让青少年接受一次现实的再教育的主题。《雾都孤儿》和《钢琴师》一样,是对过往经历的追忆,但《雾都孤儿》比《钢琴师》更直接地反映了罗曼·波

---

[1] 克里斯托弗·桑德福:《波兰斯基传》,晏向阳译,南京:南京大学出版社,2012年版,第424页。

[2] 诺曼·莱布雷希特:《被禁于大都会歌剧院》,盛韵、蔡宸亦译,上海:上海书店出版社,2011年版,第156页。

[3] 克里斯托弗·桑德福:《波兰斯基传》,晏向阳译,南京:南京大学出版社,2012年版,第423页。

[4] 同上书,第8页。

[5] 诺曼·莱布雷希特:《被禁于大都会歌剧院》,盛韵、蔡宸亦译,上海:上海书店出版社,2011年版,第157页。

兰斯基自己的童年经验。在哈伍德看来，波兰斯基的个人经历令他同情奥立弗，"罗曼在克拉科夫的犹太隔离区长大，这是一个关于幸存的小男孩的故事"。① 他的回忆录中，曾提到他是战后克拉科夫的"破烂专家"。"我加入了当地收集破烂的小孩的队伍"，他笔下的自己那时也就是跟奥立弗遇见费金的时候差不多大的孩子。波兰斯基自己后来告诉记者说他跟狄更斯笔下的人物"深有同感"。"你记得奥立弗曾长途跋涉到伦敦去吗？我在他那么大的时候也曾经这么走过长长的距离"，他还接着补充说他永远也不会忘记"走得血淋淋的"双脚，还有那饥肠辘辘的感觉。这位10岁的战争幸存者靠着"煮野菜，偶尔几滴牛奶活了下来"。② 维多利亚时代狄更斯笔下半自传体的奥立弗故事，与纳粹德国统治时期的波兰克拉科夫犹太人居住区社会生活内容有很多相似之处——充满冒险的城市、孤儿形象、陌生人的仁慈等等。一如波兰斯基以往的作品一样，这次仍然是对细节孜孜以求：光是背景就花了三个月来搭建。③ 在电影片头片尾的背景中，罗曼·波兰斯基的《雾都孤儿》采用了古斯塔夫·多尔的绘画作品，来描绘维多利亚时代伦敦这座城市以及城市中的居民们的生活。为了使情节叙述结构完整，情节更连贯，电影还借鉴了以往《奥立弗·退斯特》电影文本中的一些情节。如塞克斯在被追捕中抓住奥立弗作为他的人质在高耸而又危险的房顶上逃跑、梅丽太太和布朗洛先生角色的重合、奥立弗恳求布朗罗先生带他去监狱见费金最后一面等等，这些情节使主人公奥立弗的性格特点得以增强，影片则更像是一个简单纯粹的冒险故事。在影片中，饰演费金的本·金斯利（Ben Kingsley）穿着略显破旧的宽大服饰，他乱蓬蓬的淡红色头发和缺牙驼背特征，给人以恐惧的感觉，同时赋予了恶棍一种悲剧的必然性：一位孤独的老人摸索着小物件以寻求安全感和一丁点人间的温暖。④ 在性格特点上，费金在被保留作为罪犯和贼首的同时，金斯利努力刻画这一形象的人性化，即使他利用他的孩子们，教唆他们犯法，但这也许就是他们的命运。整个故事以费金入狱，外面架起了绞刑架结束。狄更斯的大团圆结局中，奥立弗最后被上

---

① 诺曼·莱布雷希特：《被禁于大都会歌剧院》，盛韵、蔡宸亦译，上海：上海书店出版社，2011年版，第157页。
② 克里斯托弗·桑德福：《波兰斯基传》，晏向阳译，南京：南京大学出版社，2012年版，第423页。
③ 同上书，第424页。
④ 诺曼·莱布雷希特：《被禁于大都会歌剧院》，盛韵、蔡宸亦译，上海：上海书店出版社，2011年版，第158页。

流社会所接纳,改编的结局既残忍,又道貌岸然得恰如其分。从这方面以及许多其他方面来看,影片忠实于原著的精神,以及狄更斯的模棱两可①。《雾都孤儿》于 2005 年 8 月 18 日(正好是波兰斯基 72 岁生日时)第一次公映,并于当年秋天全面发行。有些评论家对这部片子"不遗余力地呈现的美丽的维多利亚时代的伦敦"以及"对狄更斯用惊爆的黑色戏剧手法处理的努力"做了公允的评价。但大多数则认为其内容有点贫乏。《卫报》的彼得·布拉德肖说,它"只是部典雅,很具观赏性的电影,但并不明显比任何一部娱乐性的电视片更感人或者更具个性化特色"。尽管其中有些大胆的尝试,"但片中还是一直存在令人厌烦的唠叨,因为波兰斯基认为他是在给我们呈现一幕备受欢迎的儿童经典剧……他的《雾都孤儿》既没有突出也没有遗漏要点,不过书中原有的力量和情感也并未得到什么新的体现"。② 但对于波兰斯基来说,就像他召集自己的演员时所说的,"我们这部电影不是一部《雾都孤儿》,而是唯一的《雾都孤儿》。"③

在 21 世纪最初几年为数不多的狄更斯小说改编电影作品中,道格拉斯·麦克格兰斯(Douglas McGrath)2002 年的《尼古拉斯·尼克尔贝》是对狄更斯第三部小说艰难的一次电影改编。影片长达 132 分钟,充分展示了狄更斯原著的内容和令人眼花缭乱的人物,讲述一名年轻人在这个物欲横流的世界里如何赢得财富和爱情。电影过分依赖于原著,以至于出现了一些莫名其妙的兴奋画面和不协调的人物。无论是尼古拉斯吝啬而无良的叔叔拉尔夫,还是暗中帮助他的职员纽曼·诺格斯,还有表演夸张的斯奎尔兹一家人,最后还有可怜的孩子司麦克。麦克格兰斯的创新之处是他在影片的几个部分分别设计了性格鲜明的人物组合:斯奎尔兹一家人、文森特与克鲁姆斯夫妇和彻瑞伯兄弟。残暴的寄宿学校主人斯奎尔兹夫妇的形象是狄更斯对当时民办教育行业的真实描绘。尼古拉斯和司麦克在流浪途中遇到的流浪剧团老板圣文森特夫妇是他们理想化的生活状态,流浪剧团仿佛是一个充满爱的夸张的团体。麦克格兰斯还通过尼古拉斯和司麦克参与演出的《罗密欧与朱丽叶》,与凯特被卑鄙的桑鹰爵士侮辱这一场景联系在了一起。除此之外,其他几位人物,在塑造上同样栩栩如

---

① 诺曼·莱布雷希特:《被禁于大都会歌剧院》,盛韵、蔡宸亦译,上海:上海书店出版社,2011年版,第 158 页。
② 克里斯托弗·桑德福:《波兰斯基传》,晏向阳译,南京:南京大学出版社,2012 年版,第 427 页。
③ 同上书,第 424 页。

生,拉尔夫像守财奴,他阴险、肮脏、吝啬,完全由金钱的欲望的驱动。不同的是,他没有机会像《圣诞欢歌》中的斯克鲁奇那样在圣诞节前夜有一个赎罪的机会。《尼古拉斯·尼克尔贝》的演员阵容庞大,在饰演过程中都能够很到位地诠释作品中的人物特征,是对于狄更斯小说内容最好的描述,使得麦克格兰斯的电影能够在迅速的场景转换中对原著故事进行顺畅地表达。结果这部电影给人的感觉就像是对狄更斯的小说的完整的呈现。当然,麦克格兰斯的影片对狄更斯的故事做了一些删减,这也许会使得纯粹主义者和铁杆爱好者失望,但对于普通电影观众来说,影片《尼古拉斯·尼克尔贝》以同样动人的故事把握住了狄更斯小说的精髓,即一个堂堂正正的人的追求:他努力保护他的家人,找到爱,最终看到正义得到伸张。作为改编一部经典名著的一种手段,使之受到现代观众的关注,麦克格兰斯的电影是成功的。

近20年来,虽然根据狄更斯作品改编的电影数量有限,但电视剧作品却层出不穷。从90年代开始,由英国广播公司(BBC)出品的6集电视连续剧《马丁·朱述尔维特》(1994)、4集电视连续剧《我们共同的朋友》(1998)、电视电影《远大前程》(1999)和外交官电影公司(Diplomat Films)和英国HTV出品的4集电视连续剧《雾都孤儿》(1999)都给观众留下了深刻印象。之后,英国约克郡电视台(Yorkshire Television,YTV)2001年根据《大卫·科波菲尔》改编的4集电视连续剧《密考博一家》(*Micawber*)、由英国广播公司出品的15集电视连续剧《荒凉山庄》(2005—2006)、14集电视连续剧《小杜丽》(2008—2009)、3集电视连续剧《远大前程》(2011)也都收获了不少好评。2012年,为纪念狄更斯诞辰200年,英国广播公司于当年1月推出2集电视剧《德鲁德疑案》,11月推出5集电视连续剧《尼古拉斯·尼克尔贝》,为系列纪念活动增色不少。值得一提的是,英国广播公司长期翻拍各种欧洲文学名著,有关狄更斯的电视剧大多出自这家经典制作公司。近年来,他们在电视剧改编方面创新不断,故事情节越来越不再拘泥于原作的设定,而往往会进行大刀阔斧的改编。2015年12月开始,英国广播公司的20集电视连续剧《狄更斯时代》(*Dickensian*)以全新的"拼凑"方式将狄更斯《老古董店》《远大前程》《圣诞颂歌》《雾都孤儿》《荒凉山庄》等作品中的人物聚集在19世纪的伦敦,选取了他们可能产生交汇的时间和事件,既不完全脱离原著,又仿佛重新虚构了狄更斯笔下维多利亚时代的社会生活,是狄更斯文学作品影视改编过程中极具里程碑意义的事件。

狄更斯是文学史上最伟大的小说家之一，自从他的一系列小说问世以来，英国全境乃至欧美各地无论男女老幼，均为之深深吸引。爱森斯坦提到：(狄更斯的)这些小说对于当时社会各阶层读者的意义，正如今天……电影对于这些阶层的观众的意义。[1] 狄更斯作品的精神主题与现代化技巧给后来者带来的作用是有极大意义的。

---

[1] 爱森斯坦：《狄更斯、格里菲斯和我们》，见尤列涅夫编：《爱森斯坦论文选集》，魏边实、伍菡卿、黄定语译，北京：中国电影出版社，1962年版，第220页。

第六章
《苔丝》的生成与传播

《苔丝》的作者托马斯·哈代是一位继承了英国传统文化,又极具时代精神和现代性的作家。在长达60多年的创作生涯中,他既以小说创作独特地展现了英国维多利亚时代的社会风貌,从而成为19世纪后期英国批判现实主义文学的杰出代表,又以诗歌创作方面的独特成就而被誉为"现代诗歌之父"。无论在我国还是在西方文学界,哈代都是极受关注的作家和学术界研究的焦点之一。对哈代小说和诗歌作品的研读,吸引着众多的读者和研究者的浓厚兴趣;对哈代的接受、传播和研究,与英美现代文学的进程以及文化思潮的变迁有着密切的关联。

第一节 "进化向善论"与《苔丝》的生成

《苔丝》这部杰作的源语生成中有两个不可忽略的重要因素。一是哈代创作思想上的"进化向善论",二是创作场景中的"埃格敦荒原"。

(一)"进化向善论"

在1920年的一封信中,托马斯·哈代写道:"令我感到悲哀的是,人们将我的由情绪所左右的创作视为某种单一的科学理论。"[1]在创作思想方面,哈代就是这样一位经常被人们误解以及引起争议的作家。对于哈

---

[1] Hicks, Granville. *Figures in Transition: A Study of British Literature at the end of the Nineteenth Century.* New York: McMillan, Co., 1939, p.111.

代创作中所体现的悲观主义思想,学术界也一直存在着种种争议,哈代本人也作出过种种辩解,但是,无论是否把哈代看成是悲观主义作家,都无碍于我们论及他在作品中所体现的悲观主义思想。而且,无可置疑的是,哈代的悲观主义产生于一种科学的世界观,具有一定的认知价值。

托马斯·哈代在一系列的长篇小说以及史诗剧《列王》中,表现了人与命运的悲剧冲突。他的抒情诗,也主要是表述了自然与文明的冲突、爱情与失落、宇宙的冷漠、时间的无常、死亡的必然、战争的残忍等方面的主题,所以,他"理所当然"地被评论界定义为具有悲观主义思想的作家。这一点,尽管他似乎不愿接受,可也难以否认,不过他选择了一个新的名词,把自己标榜为进化向善论者。

按照牛津英语辞典的解释,"进化向善论"(evolutionary meliorism)是乐观主义与悲观主义之间的一种折衷,这一思想认为经过正确引导的人类的努力,世界将会变得更为美好。哈代的"进化向善论"思想,是他悲观主义中的真正的内涵,具有重要的认知价值。

首先,作为一名杰出的现实主义作家,托马斯·哈代并不主张用"乐观主义"的态度来对当时的社会现实进行粉饰,而是主张忠实地展现社会的本来面目,对社会现实中所存在的种种弊端进行大胆的揭露和激烈的批判。然而,如同其他的批判现实主义作家一样,他们展现社会的本来面目,批判资本主义社会中所存在的各种弊端的目的,并不是为了推翻这种现存的社会制度,而是为了诊断出社会的"疾病",以达到改良的目的。

其次,由于受到改良主义学说和达尔文的生物进化论以及斯宾塞社会进化论等思想的影响,托马斯·哈代对他早期尚未成形的创作思想进行了漫长的反思和总结,进而提出了"进化向善论"的思想,认为人类社会的改善就如同宇宙间生物的进化一样,是一个不断变化、不断发展、日趋完善的过程,因此,人类要想得以生存和发展,也必须遵循"适者生存"的规律,努力适应环境的需要。在晚年,托马斯·哈代在许多场合阐述过自己所主张的这一"进化向善论"思想,并在自己的创作中努力以这种思想为指导,所以,这一思想更多地反映在他的诗歌创作中。

如在1922年出版的诗集《早期与晚期抒情诗》的序言中,托马斯·哈代就再一次强调他一贯坚持的观点,他写道:"如果能宽恕我引用我过去说过的话,那么就让我重复我20多年前所发表的、更早的时候所表明的观点,也就是写在题为《在阴郁中》一诗中的诗句:'要想探索更好的生活途径,/就得正视罪恶的现实。'这就是说,对社会现实进行探索,进行直截了当的逐步的认知和审视,着眼于可能达到的最好的结局,简而言之,着眼于进化向善论。"①

这就是哈代"进化向善论"的基本内涵。哈代同时认为,要改善这悲惨的现实世界需要有三个条件。第一,人类要看到现实的丑恶,这是改善现实的出发点……第二,由于造物主对人类的疾苦无动于衷,所以,要改善世界,只有靠人类自己努力奋斗。第三,为改善世界,人类必须从某种信仰中得到启示和指导。② 但是,哈代一方面坚持"进化向善论"的观点,认为事物的自然进程将最终纠正我们目前生存状态的显而易见的错误,另一方面,他也相信这一进程的发生是不以任何个体生命的情感和愿望为转移的。结果,正如我们在长篇小说《苔丝》里面所看到的一样,"现代主义"带来了新的机遇,但是也带来了巨大的"创痛"。所以,研究哈代的这一思想,对于我们理解和鉴赏他的文学创作,是不可忽略的。

哈代在"进化向善论"创作思想的基础上,又形成了与之相应的命运观、时空观、宗教观以及自然观等等。

首先,在命运观方面,哈代深受悲观主义哲学家叔本华和哈特曼等人的影响,认为宇宙间存在着一种超自然的"内在意志力"(Immanent Will)。这一意志力无所不在,没有意志,不知善恶,盲目作用,控制着宇宙间的一切。

哈代尽管在后来认为无意识的意志力将会获得意识,但是,在他从事小说创作的年代,意志力的盲目作用是他作品中所表现的一个重要内容。因为他缺乏对社会发展规律的深刻的认识和分析,所以在一系列社会事件面前感到不知所措,只能用命运的盲目作弄这一观点来进行解释,从而流露出一种人类永远无法逃脱悲剧命运摆布的无可奈何的困惑以及强烈的宿命论思想。这样,哈代小说中的主要人物,总是受到命运的嘲弄和伤害,总是在一种不能承受的压力之下努力而又绝望地挣扎。即使有的时候他作品中人物的失败是出于贫困、愚蠢或错误的选择,但是哈代"一定会再弄些偶然和巧合的因素,以及'天意'等情景,使得结局只有凄惨可悲,毫无欢乐可言。"③

"天意"确实是不能违拗的,哈代的作品中有许许多多出人意料的偶

---

① Thomas Hardy: *Preface to Late Lyrics and Earlier*.
② 关于改善悲惨的现实世界所具有的三个条件,转引自张中载著《托马斯·哈代——思想和创作》,北京:外语教学与研究出版社,1987年版,第168页。
③ 梁实秋:《哈代》,台北:名人出版社,1982年版,第141页。

然事件,都表明了作者的宿命思想;面对命运的魔掌,人是无能为力的,等待他的只能是悲剧的命运。正是出于命运的偶然,长篇小说《苔丝》中的苔丝写给克莱尔的信才被塞进了地毯之下,导致在新婚之夜她被亲人所抛弃,从而导致了她的悲剧命运。

可见,在命运观中,哈代片面地强调了人与命运的冲突,却忽略了社会的因素,从而削弱了作品的批判力量和社会意义,具有一定的局限性。

其次,在时空观方面,哈代的作品中常以宇宙空间的广袤无限来对照人类的微不足道,表现人类在宇宙空间极其渺小和无足轻重。在他的笔下,就连人类所栖息的地球,也不过是一只遭到了病虫害的苹果,只能往月球投下一个极为渺小的阴影。

关于哈代作品中的时间问题,他主要是表现人的渺小、生命的短暂,以及时间的永恒。不过,他的作品中,有着多种层次的时间概念和多种不同的时间意识。既有单向的流动的时间,也有稳固不动的记忆的时间。正是这些不同的时间意识使得哈代常常感受到时间的魔力和悲剧的痛苦。

哈代善于以自己的作品来表现时间和空间的无限以及个人在时空中的有限。如在《苔丝》中,哈代用了一系列的比喻,来说明人类在宇宙空间的微不足道。他把站在四周环山的绿色平原上的苔丝比作一只"落在一张硕大无边的台球桌上"的苍蝇,而且也像苍蝇一样,"于周围景物无足轻重"(第16章);他还把大地比作一张凄凉单调的没鼻没眼的黄褐色的脸,只有两个姑娘(苔丝和玛莲)"像两只苍蝇一般,爬动在黄褐色的脸面上"(第43章)。在时间方面,哈代笔下的苔丝很早就意识到,她的生活只不过是过去的一长串人物中的一个,只不过是重复了别人的角色,"自己的性情以及过去所做的事,正和成千上万的人一个样儿……自己将来的命运和将来所做的事,也要和成千上万的人一个样。"(第19章)

在塔尔勃塞牛奶场上,屋檐的木柱被大大小小的奶牛用肚皮磨得依然光滑发亮,而那些擦过肚皮的奶牛"早已堕入了不可思议的深渊,化为无知无觉的空茫",太阳把现存的乳牛那简朴的身影准确地投射到墙上,"仿佛是在宫殿的墙壁上描绘宫廷美女的侧面像……又仿佛是很久以前在大理石上临摹奥林匹斯诸神,或亚历山大、凯撒和法老们的肖像"(第16章)。作者就是以类似的描述来表现时间的永恒以及生命的短暂。

再则,从宗教观方面,也可以看出哈代对宗教信仰的失望而形成的进化向善思想。在青少年时代,哈代曾经虔诚地信仰宗教,热情地参加教堂的宗教仪式。大约在他二十几岁的时候,由于受到现代科学思想的影响,他逐渐摈弃了基督教信仰,摈弃了有关上帝、拯救人世、以及来生等思想,认为人类依靠上帝来拯救灵魂,来摆脱苦难是完全不可能的,所以他在自己的创作中,以有力的笔触抨击和批判封建的、虚伪的宗教教义。在《苔丝》中,当苔丝在树林里受害的时候,作者大声疾呼:"哪儿有保护苔丝的天使?哪儿有苔丝虔诚信仰的神明?"当苔丝的那个因冒犯社会道德而未施洗礼的婴孩夭折之后,这婴孩只能埋在"上帝允许荆棘生长"的教堂墓地的"寒酸破乱的角落"。当苔丝与克莱尔真心相爱时,以宗教为职业的克莱尔的兄长及其父亲却因为这不是"门当户对"的婚姻而不予接受。

还有,害过苔丝的亚雷克·德伯维尔后来竟然皈依宗教,还以宗教为幌子和工具来对苔丝进行更进一步的迫害。作者哈代也借苔丝之口,严厉地指责了宗教的罪恶与虚伪。就连书中那位虔信宗教的钱特·默茜,也是把"别人看来觉得伤心的事"看成是"上苍向她开颜",按克莱尔的说法,是"极不自然地把人性献给了神力"。可以说,《苔丝》中贯穿着对传统宗教的怀疑,并且充满对进化向善的希冀。他认识到人类依靠上帝来拯救灵魂,来摆脱苦难是完全不可能的,所以在自己的创作中,他以有力的笔触抨击和批判虚伪的宗教教义。但是,哈代并没有因对上帝产生怀疑而跌进绝望的深渊,他虽然强烈地批判了宗教,但他却又去探索更高的精神价值并且结合了"科学知识"和"仁爱"的"新的宗教观"。他在为诗集《早期与晚期抒情诗》而写的序言中,就明确认为宗教是精神生活和情感生活的可见的符号。所以,他的"进化向善论"中也有着新的宗教说教的成分。

最后,哈代的自然观也明确反映了他的"进化向善论"思想。这里所说的自然是指与人类生活和人类文明以及社会法则相对的自然界。在哈代的思想和创作中,他对自然的感受是较为复杂的。一方面,哈代酷爱描写自然的美景,力图在自然中寻找美的源泉,另一方面,在他的笔下,自然又是残酷的,自然界不仅有着凄凉的景象,难以像浪漫主义的自然那样给人类提供慰藉,而且自然意象本身也如同人类,处于一种相互对抗和争斗的状态,自然界的万物似乎成了人类的象征,像人类一样发出痛苦的呻吟,像人类一样展开着激烈的斗争,自然本身已经成了灾难的遭受者。哈代对自然的矛盾和分裂的感受力突出地表现在《苔丝》中。作者在表述苔丝早年悲剧的时候,强调了自然界的冷酷的对立:"凡是有甜鸟欢唱的地方,总是有毒蛇嘶嘶地叫。"当苔丝在黑暗树林里被亚雷克猎取的时候,狩猎林原生的紫杉和橡树却耸立不动,"栖在树上的鸟儿正在安详温柔地做着最后一个睡梦",身旁的一只只野兔也只是"偷偷地蹦来蹦去",大自然以冷漠的态度对待苔丝的苦难,对她的受害无动于衷。可是到后来,当苔丝身处困境的时候,却有"一只嗓音粗哑的芦雀,从河边的树丛中,用悲哀、板滞的声音对她表示问候,那声音好像是断了交的故友似的"。

因此,哈代在不理解社会罪恶根源和社会弊端的症结所在、找不到解决矛盾的办法的情况下,产生了人生、宇宙都已失去目标的更为强烈的悲观主义情绪,发出一种听天由命、悲天悯人的感叹,流露出一种对人类永远无法逃脱悲剧命运摆布的无可奈何的悲哀和困惑以及"现代主义的创痛"。不过,哈代尽管未能认识社会苦难的根本原因,但他却以艺术家的眼光,在自己的创作中真实而又深刻地反映了19世纪后期英国社会的复杂尖锐的矛盾和冲突。

(二)"埃格敦荒原"

《苔丝》得以生成的另一个不可或略的要素是他创作场景中的"埃格敦荒原"。

"埃格敦荒原"是频繁出现在哈代的小说、诗歌以及史诗剧的创作之中的位于南威塞克斯的一片荒原。在哈代文学作品中,这一荒原不是一般意义上的人物活动的场景,而是具有自身的独立的意蕴。通过对于"埃格敦荒原"的研读,我们可以看出哈代对自然的真挚的关爱,以及他对于人与自然之间的相互关系所作出的有意义的探索。

哈代酷爱"埃格敦荒原"的一个最基本的原因,就在于这一荒原本身所具有的未被人类文明所践踏的独特的"原始性"。如在长篇小说《苔丝》一书中,"黄褐色古老的"埃格敦荒原不仅广漠无垠,而且,"每一块高低不平的土地都是史前的残迹,每一道溪沟都是没人动过的不列颠人的遗径,自恺撒大帝时代以后,那儿的一根草、一寸土也没人翻动过。"[①]而在《还乡》中,"埃格敦荒原"简直就是一个小宇宙,它是时空的体现者,这"一片苍茫万古如斯"的荒原,"从有史以前一直到现在,就丝毫没有发生变化",荒原有着一副"丝毫不受扰乱的面目",这副面目"把好几千年掀天动地的进攻都看得如同无物,所以一个人最狂乱的激动,在它那满是皱纹的古老

---

① 哈代:《苔丝》,吴笛译,杭州:浙江文艺出版社,1991年版,第218页。

面庞跟前,都显得无足轻重了"。① 荒原"仿佛是属于古代石炭时期的世界"。

哈代还善于描述自然的人性特征,来表现对大自然的特别关注。哈代在1897年的书信中曾明确写道:"我情不自禁地注意到,自然风景中的景物,例如树木、山冈和房屋,都有表情和脾性。"②

我们阅读哈代的《还乡》《苔丝》《卡斯特桥市长》等"性格与环境小说"以及他的部分诗歌作品的时候,不难发现,他笔下的"埃格敦荒原"具有鲜明的人性的特征和生命的实体。

在长篇小说《还乡》等作品中,不仅全部情节的展开限定在埃格敦荒原,而且人物性格和意识的形成以及人物的命运等都受到荒原的制约,这荒原不再纯粹是人物活动的场景和故事情节的背景,荒原本身就是一个极为重要的"人物形象"。

埃格敦荒原的基本的自然属性和生命特征得以确立之后,对于人物与荒原之间的关系的探讨,或者人类与自然之间的相互关系的探讨,便成了哈代关注的焦点。我们知道,在自然观方面,哈代只是部分地接受了浪漫主义诗人华兹华斯的"原始主义",对大自然有一种独特的双重的感受力。他感受到现代文明给人们带来的心理创伤,认为现代文明摧毁了自然的本性,正如在《无名的裘德》中指出的那样:"自然的意图,自然的法律,自然所以存在的原因,就是要叫我们按着它给我们的本能之快乐,这种本能正是文明所要摧残的。"③所以哈代的主人公要竭力逃避现代文明,回归自然,但是,哈代既在自然界寻找美的源泉,却又让自然充满悲剧色泽。因此,回归自然常常并不是理想的抉择,自然和社会之间的关系成了他主人公的困惑的探索。

由于富有人性特征的"埃格敦荒原"富有原始性和野性,因而也具有了叫人类难以捉摸的神性。正如哈代在《还乡》中的描述:它有一副郁郁寡欢的面容,含有悲剧的种种可能。

在《苔丝》中,作者也多次涉及埃格敦荒原的阴森和魔力。如在第21章中,当黄油制不出来的时候,牛奶场老板克里克首先想到的是埃格敦荒原上的魔术师;在第30章中,哈代把埃格敦荒原比作"面部黝黑的妖魔"。

---

① 哈代:《还乡》,张谷若译,北京:人民文学出版社,1980年版,第414页。
② Thomas Hardy. *Letters of Thomas Hardy*, ed by Carl Jefferson Weber, Waterville: Colby College Press, 1954, p.285.
③ 哈代:《无名的裘德》,张谷若译,北京:人民文学出版社,1958年版。

而且，与埃格敦荒原有关的事件也多半含有悲惨的成分，或是埃格敦荒原也时常与悲惨的事件发生联系。在《苔丝》中，苔丝的父亲死后，一家人不得不搬迁到王陴。周围是埃格敦荒原外围那大片旷野，附近是德伯维尔祖宗的坟墓，可是苔丝一家人却落到了无处安身的地步。在短篇小说《枯臂》中，女主人公罗达·布鲁克就住在埃格敦荒原的南部边缘。悲伤的事情就是发生在荒原上，尽管那还是1825年的事，荒原刚刚被人涉足，还是完整的一体，未被割裂成许多零散的小荒原。在短篇小说《苏格兰舞曲的小提琴手》中，女主人公凯瑟琳路过"静女旅店"时，不得不在小提琴手奥拉莫尔的乐曲声中跳起舞来，一支太长的舞曲使凯瑟琳累得晕倒在地，她的女儿"小凯丽"被小提琴手趁机带走，溜进了埃格敦荒原。

托马斯·哈代为何如此浓彩重墨地刻意渲染"埃格敦荒原"的神秘魔力？这无疑具有多方面的原因，但有以下几点尤为重要。

一是哈代以荒原的原始性、粗犷性、神秘性来烘托故事的气氛，暗示自然环境的威慑力量，并把这种力量看成是与作者思想一向有关的神秘的意志力的体现，这种自然界的超自然的运动力量，尽管不为渺小的人的躯壳所感知，但是却的确存在着。同时，荒原也是生活在这里的人们的思想感情、风俗习惯、社会结构以及心理活动等综合形态的象征和反映。就"原始性"意义来说，这埃格敦荒原（Egdon）简直就是伊甸园（Eden）的一种变体。

二是哈代以荒原的巨大与神奇来对照人的渺小、微贱、柔弱，表现人的命运被荒原巨人所左右，显得不堪一击。这也是哈代悲剧意识的一个重要方面。哈代后期的几部著名小说也因此经历了一个发展变化的过程，从人与自然环境（或自然法则）的冲突演化成人与社会环境（或社会法则）的冲突，最后演化成《无名的裘德》中的人与自然法则和社会法则的双重冲突。

三是对于人类过分关注精神领域中人与上帝的关系而忽略人与自然的关系，他表现出了一定的困惑和担忧。哈代审视这一现象时尖锐地指出："人类总想大大方方地尽力不作有辱创世者的假设，所以总不肯想象一个比他们自己的道德还低的宰治力。"① 所以，对埃格敦荒原神秘魔力的渲染，也是对人类漠视自然的一种警示。

所以，"埃格敦荒原"作为一种巨大的本原的力量，是体现哈代悲观主

---

① 哈代：《还乡》，张谷若译，北京：人民文学出版社，1980年版，第483页。

义思想的"内在意志力"的象征。对人类社会和自然界的双重困惑,形成了他的具有"现代主义创痛"的独特的"荒原意识"。

第二节　哈代作品的传播及《苔丝》中文译介

托马斯·哈代是英国文学史上无可争辩的最为杰出的作家之一,对他的研究,一直受到评论界的关注。然而,令人困惑的是,他的小说家名声和诗人名声却在不同的时代受到不同的推崇。对哈代小说艺术成就和诗歌艺术成就所发生的不同的关注和游移,在一定程度上反映了20世纪文学思想的发展和嬗变。

直到20世纪60年代之前,哈代基本上是作为小说家而被人们所记忆的。这主要是以T.S.艾略特等英美诗人为代表的现代主义诗歌所发生的作用。在"非个性化"占主导地位的时代,个性化极强的哈代的诗歌显然与当时的潮流不相吻合。甚至有人声称,哈代从小说转向诗歌创作,"是他职业上的整体错位"。60年代之后,由于美国自白派等诗歌流派的兴起以及对自我价值和地位的重新关注,以个性化为特征的哈代诗歌开始被人们所关注。在70年代,英国评论家伯纳德·伯齐贡曾经概括地说:"直到最近几年,人们才普遍承认,哈代是一位伟大的诗人,至少他作为诗人像作为小说家一样伟大。"而英国著名诗人菲利普·拉金更是认为哈代是"20世纪最伟大的诗人"。

至此,哈代在文学史上的"双料冠军"的地位才彻底被人们所承认,哈代诗歌创作领域的研究,也和他的小说创作领域的研究一样,开始取得较为卓越的成果,出现了德尼斯·泰勒(Dennis Taylor)、塞缪尔·海因斯(Samuel Hynes)、迈克尔·米尔盖特(Michael Millgate)、彼特·威多森(Peter Widdowson)、威廉·莫根(William Morgan)等一些研究哈代的名家。

在西方文学界,20世纪70年代以来的哈代研究成果呈现出多元化的倾向,但总体来说,主要体现出两个方面的特点:一是表现出对哈代生活与传记的兴趣,重新整理了哈代的相关资料,并在传记中突出了哈代作为诗人的重要性,如迈克尔·米利盖特在近20年中整理完成了七卷本《托马斯·哈代书信集》(1988)、《托马斯·哈代的笔记》(1994)和《埃玛和佛洛伦斯书信集》(1996);二是理论界的新观念、新方法、新视角不断地运用到哈代的研究中,如唐纳德·戴维的《托马斯·哈代与英国诗歌》(1972)一书从文化政治学角度来研究哈代的诗歌;德尼斯·泰勒的《哈代的韵律和维多利亚时期的诗体学》(1988)、《哈代的文学语言和维多利亚时期的语言学》(1993)从语言形式角度来分析哈代的文本,揭示其内在模式;希利斯·米勒的《语言的瞬间》(1985)从解构主义的立场,分析哈代诗歌语言的含混性特点;彼特·威多森的《论托马斯·哈代》(1998年)一书则从接受美学的角度分析哈代的创作。

此外,诸如弗洛伊德理论、结构主义理论、女性主义批评理论等也渗透在哈代研究之中。然而,由于受到世界观等方面的局限性,西方学者在论及哈代时又带有一定的偏见。在近几十年所著的百余种专著中,西方学者尽管十分重视哈代作为一个作家的伟大意义,但对哈代作品尤其是诗歌作品的思想意义等仍然缺乏公正的理解。

我国对哈代的研究,同西方的学术界颇为相似,同样体现了接受视角的游移和拓展这一过程:从局限于小说的研究开始,直到20世纪80年代以后开始认识和研究作为诗人的哈代。

我国的哈代研究,如同其他外国作家的研究一样,与我国的社会政治的变化和发展以及中外文化交流的历程密切相关,大致经历了三个发展阶段。第一个阶段是自五四运动到40年代末;第二个阶段是从新中国成立到"文化大革命"之前的17年;"文革"结束直到现在是哈代研究的第三个发展阶段。

第一个阶段是开始译介并且取得初步成就的阶段。我国自20世纪20年代开始译介和研究哈代。1921年,《小说月报》第12卷第11号的"译丛"栏内,首次译介了哈代的作品,即理白翻译的陶姆司·哈提(哈代)的短篇小说《娱他的妻》(To Please His Wife)。在文后的译者附识中,译者理白简要介绍了作者的生平和创作情况。

1923年11月10日,《小说月报》第14卷第11号上,刊登了徐志摩翻译的两首哈代抒情诗:《她的名字》(Her Initials)和《窥镜》(I Look into My Glass)。在同年12月10日出版的《小说月报》第14卷第12号上,又刊载了两首徐志摩所译的哈代诗作:《伤痕》(The Wound)和《分离》(The Division)。在20年代的随后一些年份里,徐志摩又翻译了《疲倦了的行路人》等十多首哈代的诗作。徐志摩所用的作者译名"哈代",也成了如今作家哈代在我国的通用的译名。

哈代的一些重要作品在三四十年代就在我国得到了比较集中的译

介，有的著作还出现了多种译本，从而使得哈代的作品在我国得到了广泛的传播，并且影响了我国一些作家的创作活动。直到1949年之前，我国翻译家傅东华、顾仲彝、吕天石、杜衡、张谷若等，都参与了哈代作品的翻译，取得了一些显著的成果。

这一时期的哈代研究，也取得了一些成就，如徐志摩所作《汤麦司哈代的诗》等论文，发表在1924年的《东方杂志》上。在文中，徐志摩不仅从一般意义上介绍了哈代的诗歌创作，而且对哈代进行了总体的评价，尤其对《无名的裘德》等小说给予极高的评价，认为："在英国文学史里，从哈姆雷特到裘德，仿佛是两株光明的火树，相对地辉映着，这三百年间虽则不少高品质的著作，但如何能比得上这伟大的两极，永远在文艺界中，放射不朽的神辉。再没有人，也许陀思妥耶夫斯基除外，能够在艺术的范围里孕育这样想象的伟业，运用这样洪大的题材画成这样大幅的图画，创造这样神奇的生命。他们代表最高度的盎格鲁撒克逊天才，也许竟为全人类的艺术创造力，永远建立了不易的标准。"[①]而对于哈代在诗歌创作方面的艺术成就，徐志摩同样作了极高的评价。他写道："哈代的诗，按他自己说，只是些'不经整理的印象'，但这只是诗人谦抑的说法，实际上如果我们把这些'不经整理的印象'放在一起时，他的成绩简直是，按他独有的节奏，特另创设了一个宇宙，一部人生。再没有人除了哈代能把他这时代的脉搏按得这样的切实，在他的手指下最细微的跳动都得吐露它内涵的消息。"[②]

托马斯·哈代在我国的译介和研究的第二个发展阶段，便是从新中国成立到"文化大革命"开始的17年。在这第二个发展阶段，哈代作品的译介工作趋于全面深入。首先，由侍桁、淑勤合译的《卡斯特桥市长》于1955年由上海出版公司出版，至此，哈代最具代表性的四部长篇小说，已经全部译成了中文出版。此外，张谷若先生除了修订再版《德伯家的苔丝》和《还乡》之外，又翻译了哈代的又一部重要的长篇小说《无名的裘德》（人民文学出版社，1958）。这一时期，哈代的短篇小说也开始译介，伍蠡甫和顾仲彝各自翻译的两部《哈代短篇小说集》分别在1956年和1958年由新文艺出版社出版。同时，一些研究性成果也开始在这一时期涌现。如《论哈代的〈苔丝〉〈还乡〉和〈无名的裘德〉》，由人民文学出版社在1958

---

① 徐志摩：《汤麦司哈代的诗》，见《东方杂志》，第21卷(1924)，第2号，第8页。
② 徐志摩：《徐志摩全集·散文集(甲、乙)》，香港：商务印书馆，1983年版，第85—86页。

年出版。全书由《论德伯家的苔丝》等6篇论文组成,主要探讨相关作品的人物形象的意义和主题思想。

第三个发展阶段主要是指20世纪80年代以来的这一新的发展时期。在这个发展阶段,主要特征在于翻译与研究齐头并进,达到了全面的成熟。正是在这一时期,哈代的作品译介开始全面发展,哈代的《苔丝》《还乡》《无名的裘德》《卡斯特桥市长》等四部主要长篇小说或是得以修订再版,或是出现了新的译本,《远离尘嚣》《贝妲的婚姻》《一双湛蓝的眼睛》《意中人》等长篇小说,也都相继翻译出版,短篇小说作品也有了新的译本,如张玲等译《罗曼斯和幻想故事——哈代中短篇小说集》(中国华侨出版公司,1989),蒋坚柏译《哈代短篇小说选》(湖南文艺出版社,1993),文敏译《儿子的否决权》(浙江文艺出版社,2004)等。而且,哈代的一些抒情诗方面的代表性作品也得到了较为全面的译介,蓝仁哲所译《托马斯·哈代诗选》(四川文艺出版社,1987),飞白、吴笛所译《梦幻时刻——哈代抒情诗选》(中国文联出版公司,1992),使得哈代作为诗人的地位得到了充分的重视。哈代的一些重要作品,特别是《苔丝》《还乡》等,出现了多种译本,呈现出百花齐放的局面。而由人民文学出版社出版的8卷集《哈代文集》,除了主要修订再版哈代的作品以外,也收集了《非常手段》等新的译作。

与此同时,哈代的研究论文和专门著作开始出现了繁荣的局面。研究领域从立足一般的评介开始向纵深开拓,出现了张中载所著的《托马斯·哈代——思想与创作》、聂珍钊所著的《托马斯·哈代小说研究》、朱炯强所著的《跨世纪作家托马斯·哈代》、颜学军所著《哈代诗歌研究》,以及吴笛所著的《哈代研究》等研究哈代的学术专著。尤其是聂珍钊先生的《托马斯·哈代小说研究》一书,以其独特的视野,对哈代的小说作了极其深入、富有见地的探讨,是我国哈代小说研究成就的一个重要代表。另外还有陈焘宇编选的《哈代创作论集》(1992年),翻译和编选了国外学者在各个时期代表性的研究成果。此外,国外学者或国外华裔学者的研究著作也以中文或英文形式在国内出版,如祈寿华与威廉·莫根合著的《回应悲剧缪斯的呼唤——托马斯·哈代小说和诗歌研究文集》(上海外语教育出版社,2001)、克拉默所编《托马斯·哈代》(*Cambridge Companion to Thomas Hardy*,上海外语教育出版社,2000)、英国威廉斯所著《哈代导读》(*A Preface to Hardy*,北京大学出版社,2005)等著作,为我国学者研究哈代起了开拓视野的作用。

从以上所述的哈代的译介和研究来看,到现在为止,哈代在我们国家的译介和接受取得了突出的成就。然而,现在虽然已经由以前的立足评介向纵深发展,可是从总的研究态势和成果比重来看,还是比较集中于哈代的小说研究,在通行的中外文学史著作中,哈代仍只是作为小说家而被论及,对哈代诗歌研究仍显得较为薄弱,对哈代的悲观主义思想尤其是"进化向善论"等方面的研究也存在一定的忽略。

因此,对哈代的作品中所体现的思想及其认知价值以及对哈代悲观主义思想对西方文化所产生的深远的影响作一些深入的探索,从一个角度对20世纪西方文学的论争和变迁进行梳理和反思,无疑具有极其重要的理论意义。

哈代的代表作《苔丝》,在中文世界得到了广泛的传播,其翻译也在一定的意义上折射了我国翻译文学的发展。《苔丝》在中文世界的翻译主要体现于两个高潮:20世纪30年代和20世纪90年代。

《苔丝》最早的译本出现在《文艺月刊》1932年第3卷1号-12号,由顾仲彝翻译,题名为《苔丝姑娘》。

其后,1934年10月,吕天石翻译的书名为《苔丝姑娘》的译本,由上海中华书局出版,收入"世界文学全集"丛书。这是我国最早以书的形式出版的哈代的长篇小说(该译本分别于1944、1945、1946、1948年由正风出版社再版)。

时隔两年之后的1936年,又有两个译本面世。严恩椿翻译的哈代长篇小说《黛斯姑娘》由上海的启明书局出版,收入"世界文学名著"丛书;张谷若翻译的《德伯家的苔丝》由上海的商务书馆出版。

此后的半个多世纪里,《苔丝》没有新的译本面世,主要靠张谷若的修订本和再版本《德伯家的苔丝》而流传。

与1936年严恩椿和张谷若的译本相隔55年之后,新的译本开始面世。1991年,吴笛翻译的《苔丝》由浙江文艺出版社出版。其后,孙法理译《苔丝》(译林出版社,1993)、黄健人译《苔丝》(湖南文艺出版社,1993)、孙致礼、唐慧心译《德伯维尔家的苔丝》(河南人民出版社,1999)、王忠祥、聂珍钊译《德伯家的苔丝》(长江文艺出版社,2000)、郑大民译《苔丝》(上海译文出版社,2000)等多种译本先后面世。

在多种译本中,张谷若的译本流传最广。而张谷若的译本以及其译本与吴笛、孙法理等译本的比较研究,是翻译研究中的一个常见的主题。现引用华中师范大学一篇学位论文中的一个例子,看看各自的翻译策略。

原文:"Some had beautiful eyes, others a beautiful nose, others a beautiful mouth and figure: few, if any, had all."（Thomas Hardy, 1985:50）

张译:"她们里面,有的美目流盼,有的鼻准端正,有的樱唇巧笑,有的身材苗条;但是兼备众美的,固然不能说没有,却少得很。"

孙译:"有的姑娘眼睛漂亮,有的姑娘鼻子漂亮,有的则嘴唇漂亮或身段漂亮,但是,全身上下无懈可击的即使不能说没有,却也寥寥无几。"

吴译:"在她们中间,有些人有着美丽的眼睛,有些人长着灵秀的鼻子,还有些人嘴唇妩媚动人,身段婀娜多姿,可是将这些美色集于一身的人,固然不能说没有,却极为稀少。"

原文中的"beautiful"一词,出现多次,分别修饰"eyes""nose""mouth""figure",张译以"美目流盼""鼻准端正""樱唇巧笑""身材苗条"等典雅的修饰中国古代美人的四字成语进行翻译,在翻译策略上倾向于"归化";孙译则以全部按原文词语,重复四个"漂亮"进行翻译,在翻译策略上倾向于"异化";吴译以"美丽""灵秀""妩媚动人""婀娜多姿"进行翻译,在翻译策略上倾向于归化异化并举。①

随着时间的推移和语言的变化,文学经典的翻译必然应适应时代的变革和需求,因此,文学经典的重译不仅体现了传播的需求,也是原著生命力的折射,经典正是在不断的翻译过程中获得新生。以《苔丝》为例,无论是顾仲彝在文艺月刊上刊载的最初的译文,还是吕天石的最初的译本,都未能在传播过程中受到读者的接受,而张谷若的重译,以及新时期的吴笛、孙法理等的重译都收到了学界和读者广泛的接受和认可。可见,由于不同欣赏情趣的读者的存在,不同的译本（当然是严肃的译本）因而有了存在的空间。

第三节 《苔丝》的影视传播及其"误译"

哈代对世界文化的影响是多方面的,由他的小说作品所改编的许许多多的影视作品,同样取得了极为罕见的成功。自1913年他的长篇小说

---

① 参见黄璐:《以翻译规范理论为视角对〈德伯家的苔丝〉的三个译本研究》,华中师范大学学位论文,2011年,第45页。

《苔丝》在美国改编成的无声黑白电影并成功上演起,到新世纪英国面世的由拉夫兰德(Nicholas Laughland)执导的《绿荫之下》(2005)为止,哈代的一些重要的长篇小说和部分短篇小说已经被改编成影视作品达30多种,他的长篇小说《远离尘嚣》《卡斯特桥市长》《绿荫之下》《无名的裘德》《还乡》《林地居民》等,也都先后改编成电影和电视连续剧,尤其是他的代表作《苔丝》,先后6次被改编成影视作品。他的《维塞克斯故事》(Wessex Tales)、《萎缩的胳膊》(The Withered Arm)、《两种野心的悲剧》(A Tragedy of Two Ambitions)等中短篇小说改编成多种电视剧,从而在普及哈代作品方面起了重要的作用。

(一) 视觉形象与影视改编

如上所述,哈代的小说作品被反复改编成影视作品,这与他在小说创作中对视觉形象的关注密切相关。

在视觉形象的传达方面,首先,哈代在小说中特别注重场景描绘,这与他早年从事的建筑工作密切相关。他善于从建筑学以及绘画艺术中汲取营养。他的小说中,无论是文字表达还是场景描绘,都充满了形象性和可视性。以他的《苔丝》《还乡》等最具代表性的四部小说为例,其中就有着很多绘画术语,如"前景""中景""轮廓""层次""平面""曲线"等绘画术语,就出现了30多种,这充分表明了哈代对视觉形象的关注,他善于用一些绘画技巧来勾勒作品中所描述的画面线条与形体,从而极大地增强了文字表达的形象性和作品内容的可视性。他作品所描绘的乡村图画,生动逼真,犹如一幅幅乡村生活的风景画和风俗画。

其次,哈代注重细节描绘,尤其是人物活动、性格发展以及日常生活的许多细节,哈代都成功地一一展现出来,呈现在读者面前。如苔丝从草坪舞会回家时,哈代对家中的景象是这样描写的:

> 苔丝的妈妈就像苔丝离家时那样,身边围着一大群孩子,正俯在自礼拜一就泡了的一盆衣服上……
>
> 像通常一样,德贝菲尔夫人一只脚站在洗衣盆旁边,另一只脚忙于方才所说的事情,也就是摇着最小的孩子。那只摇篮嘛,在石板地面上干了这么多年的苦差事,驮了这么多的孩子,现在连弯杆都几乎磨平了。因此,每晃动一下,都引起剧烈的震荡,使婴孩像织机的梭子似的,从这一边抛向另一边,而且,德贝菲尔夫人由于被自己歌声所激励,尽管在肥皂水里泡了老半天,仍然有的是力气狠劲地晃动

摇篮。

摇篮哐当哐当地响着；蜡烛的火苗伸得很长，然后开始上下跳动；洗衣水从主妇的胳膊肘上向下直滴，小调也匆匆地收尾了，德贝菲尔夫人也不时地瞅一下女儿……①

我们知道，细节是影视剧情中的一个小的单位，虽然它还可以由若干镜头去构成。而且，"影视剧的主题，必须由细节所构成的剧情，或由人物和动作所构成的剧情去体现；而无论是细节，还是人物和动作，必须是视觉的，因而剧情也必定会以造型的形式出现。"②由于哈代注重细节，作品中的很多细节描写犹如电影的若干镜头，从而容易从文字转换成画面。这也是很多影视编导从哈代作品中汲取灵感，将其改编的一个原因。

再则，哈代小说作品中所表现的一些具体技巧也为影视改编提供了启示。这一点，西方评论家比奇（Joseph Warren Beach）在《托马斯·哈代的技巧》一书中作过中肯的评述，他在评价《卡斯特桥市长》时把这部作品的叙事风格比作电影的风格，认为小说中注重电影一般的巧合事件，有着生动的讲述、直接的对话以及外在的冲突，认为小说"所展现的与令人惊讶的剧烈动作有关的场景，直接呈现了视觉效果。"③

哈代的作品中，改编的最多的是《苔丝》，共达 6 次之多。第一次是 1913 年，由道利（J. Searle Dawley）导演，费丝克（Minnie Maddern Fiske）出演苔丝（由于她的成功演出，曾被誉为当时最伟大的女演员）。《苔丝》第二次搬上银幕是 1924 年，也是在美国，由奈兰（Marshall Neilan）导演，出生于芝加哥的斯维特（Blanche Sweet）出演苔丝。

在由哈代的作品所改编的电影中，最为成功的无疑是波兰斯基导演、金斯基出演女主角的《苔丝》。这部于 1979 年上映的影片，在当时轰动了西方影坛。它先后获得了法国第五届凯撒电影奖的最佳影片、最佳导演、最佳摄影三项大奖（1979），奥斯卡最佳摄影、最佳美工、最佳服装设计等三项大奖（1980），还有好莱坞记者协会颁发的两项奖励、德国沙鲁影展最佳女主角奖及日本《银幕》杂志选出的最佳女演员等多项奖励，被西方影

---

① 哈代：《苔丝》，吴笛译，杭州：浙江文艺出版社，1991 年版，第 18—19 页。
② 汪流：《电影编剧学》，北京：北京广播学院出版社，2000 年版，第 119 页。
③ Joseph Warren Beach: *The Technique of Thomas Hardy*, New York: Russell and Russell, 1922. Ch. 2.

评家称作是一部"最长、最美、最昂贵、最具雄心"的影片。①

哈代的长篇小说《苔丝》是波兰斯基当时已故的妻子——美国女影星莎朗-塔特(Sharon Tate)最喜爱的作品,波兰斯基是受到莎朗-塔特的启发而拍摄这部电影的。

这部影片长达3个小时,我们难以指望它完全"忠实"原著,全面展现哈代小说所表现的内容。但是,从一种艺术形式到另一种艺术形式的"翻译",忠实原著的思想内涵,是"译本"的一个不可忽略的重要目标。波兰斯基所导演的《苔丝》之所以获得空前的成功,就在于人们视它为"忠于原著精神的成功之作"②。当然,对复杂的情节加以浓缩以及删改是必不可少的。总体来说,对情节的处理是相当成功的,正如当时的评论所指出的那样:"对原著的删节做得很精明,尽管故事失去了一些引起共鸣的特质,但是仍然保持了故事的构成要素。"③

我们仅从影片的开头和结尾就可以感知影片对原著情节删节方面的成功。

小说中,开头一章的描写是苔丝父亲约翰·德伯维尔走在回家的路上,与本村牧师的相逢和对话,牧师告诉德伯维尔,说他其实是名门世家德伯维尔的直系子孙;然后才是描写游行跳舞的队伍。而在影片中,波兰斯基把这两段描写的位置颠倒过来,让游行的队伍先出现,接着才是约翰·德伯维尔走在路上。开头的镜头电影是在一个傍晚,暮色笼罩着"维塞克斯"辽阔的原野,一群少女身穿白色连衣裙,戴着白花编成的花冠,踏着明快的乡村舞节奏,在草坪上翩翩起舞。在这一乡村舞会中交织着苔丝父亲与牧师的对话以及女主角苔丝与男主角克莱尔的在草坪上的初次相逢。

而在小说的结尾,是在突出苔丝生命得以延续的基础上表现的苔丝生命的"终结",苔丝虽然被人类文明所扼杀了,但是,苔丝的生命却在苔丝的妹妹身上得到了延续:

> "明正"典刑了,埃斯库罗斯所说的众神的主宰,结束了对苔丝的戏弄。德伯维尔家族的那些武将和夫人却长眠墓中,对此一无所知。

---

① 章柏青:《忠于原著精神的成功之作——评英法合拍影片〈苔丝〉》,《电影研究》,1982年第10期,第126页。
② 同上。
③ Janet Maslin: *Tess*, New York Time Review, December 12, 1980.

那两个默默注视的人,跪倒在地上,仿佛在祈祷似的,他们就这样一动也不动地跪了许久许久,同时,那面黑旗仍在风中无声地招展。到后来,他们刚刚有了一点气力,便站起身来,又手拉手地往前走去。①

同样,影片《苔丝》所表现的也是苔丝的"终结",但突出的是庄严的"回归"。片中删除了作品的最后一章,表现的是苔丝在"圆形石林"的被捕及其庄严的"回归":在荒野的尽头之处,有座庞大的祭坛遗迹——建于新石器时代晚期和青铜时代早期的圆形巨石柱群。这时,苔丝疲惫至极,躺在石块上渐渐睡着了,周围的石柱闪烁着青灰的色泽,大平原却依然一片晦冥,忽然,马蹄声从四面八方朝他们包围了过来,随后出现的是前来追捕的警察。克莱尔眼看无法逃脱,便恳求警察让苔丝再躺一会儿。但苔丝醒了,她望了望警察,平静地说了声:"我们走吧。"随后,警察骑着马在荒野上慢慢地走着,中间是戴着手铐的苔丝。这时,镜头固定在祭坛遗迹上,从巨石柱群之间慢慢地升起了一轮血红的太阳。

影片结尾的这种处理,应该说极为成功,恰如其分地表现了原著的精神。考虑到苔丝性格中的叛逆性,她最后在膜拜异教的圆形石柱(祭太阳神的祭坛)的被捕,既体现了她成为传统道德和社会法律的牺牲品,也象征着对叛逆精神的一种回归,富有悲剧性的崇高气氛。

然而,我们在赞美这部影片"忠于原著精神"的同时,也同样应该看到影片中的一些与原著不符甚至冲撞的地方,也就是有一些我们在此所说的将处于纸张上语言符号转换成银幕上视觉符号这一艺术形式"翻译"过程中的"误译"。我们从对托马斯·哈代原著作品中苔丝被害的性质及其对亚雷克的形象的把握、"老马之死"的象征与暗示等方面入手,来探究波兰斯基所执导电影《苔丝》与原著精神的背离与得失。

(二) 影片《苔丝》与原著精神的审视

我们在审视影片《苔丝》中关于苔丝受害性质的处理,以及其对亚雷克·德伯维尔形象的把握方面,觉得波兰斯基的影片在这一问题上基本上背离了作者的思想观点,甚至混淆了一些是非观念,容易给观众造成相反的印象,从而削弱了作品的批判力量和内在精神。

的确,哈代在《苔丝》的序言中强调"只写印象,不写主见",波兰斯基执导的电影也遵循了这一原则,但是,这一印象应该建立在客观真实的基

---

① 哈代:《苔丝》,吴笛译,杭州:浙江文艺出版社,1991年版,第477页。

础上。可是,影片中既没有表现苔丝受害时处于沉睡状态这一关键场景(因为按照当时英国的法律,在女性处于沉睡状态而与之发生的性行为属于强奸的性质),而且还凭空增添了相互亲吻等细节,对苔丝受害的性质进行违背原作的片面渲染。并且在随后的片段中,以湖中的一叶轻舟、两只天鹅结伴而游等具有浪漫主义情调的场景和通常表现真实情感的细节来进行刻意"加工",这无疑是对苔丝受害这一法律性质的"误译",也是对亚雷克文学形象的"误读",以至于观众对亚雷克的形象难以作出正确的评价和理解。

同样,波兰斯基执导的影片《苔丝》中删除了有关亚雷克皈依宗教以及他"现身说法"进行宗教说教并且在布道过程中再次遇到苔丝的情节。这一情节的删除又一次使得观众会对亚雷克形象的把握出现偏差,也没有表现苔丝与传统宗教之间的激烈冲突。

(三)细节真实与影视"误译"

在原著《苔丝》中,哈代巧妙地运用象征性手法和对大自然意象的形象性比喻,使作品产生了一定的寓意性效果,从而深化了作品的主题,并且增强了作品的诗意。

"在象征性手法方面,哈代充分发挥自己的艺术想象力,在总体建构、场景描绘、性格刻画甚至人名、地名等选择使用方面,都广泛地使用了寓意性象征。"[1]

然而,在波兰斯基执导的《苔丝》影片中,在对一些关键性的具有寓意性的情节处理方面,显然与原著的精神存在着距离。譬如,原著作品中的老马王子之死是一个很关键的情节,它不仅是对苔丝走出家门去认本家这一情节的铺衬,也具有一定意义上的象征和暗示的功能,对整部作品的架构起着重要的作用,因为正是"王子"之死导致苔丝感到内疚,最终答应去认"本家",从而开始了悲剧的历程。而且,在结构上,这也与后面的亚雷克之死遥相呼应。可是,影片却将这一情节删除了,从而对观众的把握作品造成了隔阂。

还有,在苔丝与克莱尔结婚之夜,克莱尔得悉苔丝已失贞操,哈代以人物潜意识的梦幻行动,来揭示克莱尔内心深处的真正感情,以梦游情节

---

[1] 吴笛主编:《多维视野中的百部经典·外国文学卷》,杭州:浙江古籍出版社,2004年版,第227页。

来象征克莱尔对苔丝爱恨交加的复杂的情感体验,也被波兰斯基在改编中删除了。在梦游情节中,克莱尔从上楼进了婚房,用床单像裹尸布一般把苔丝裹了起来,并且亲吻着她,亲切地呼喊着她的名字,然后扛起她,把她一直扛到了废墟中的石头棺材里。哈代正是通过梦游情节的描写,来表现克莱尔复杂的既爱又恨的内心世界。由于删除了这一情节,使得观众对于克莱尔的心理状态缺乏客观的理解,而且,由于缺乏铺陈,也为以后克莱尔思想的转变造成了观众理解上的障碍。

有时,虽然小说作品中的一些关键的情节也在影片中展现了,但是对一些细节还是缺乏应有的把握,未能达到精益求精的程度。譬如小说作品中的"王牌"意象,既红桃A的意象,在影片中却没有表现。在小说开始部分,德伯维尔一家之所以派苔丝去认"本家",是因为他们觉得苔丝聪明美丽,是他们家中能够打得出手的一张王牌,而在小说的结尾部分,当苔丝杀死亚雷克之后,房东老太仰头凝望天花板时,看到的正是这样一番景象:在天花板的中央,渗透而下的血液渐渐扩大,整个天花板如同一张硕大的红桃A纸牌。类似这样的容易处理的细节,影片《苔丝》却没有忠实地呈现,渗透而下的血液却是出现在天花板的一角。这种看似简单的疏忽,却影响了对作品的全面理解,同样也造成了"媒介学"意义上的翻译过程中的"误译"。

还有一些细节,影片只是展开情节的开端,却没有深入展开,这样反而增加了情节的复杂性和晦涩性,对于观众的思路反而造成了障碍。而电影是作为"一次过"的艺术,观众在欣赏电影的时候,不可能像在欣赏小说时那样,每当读到不明白的时候,还可以翻回去重新阅读,直到读懂读明白为止。电影中的每一个细节都应该为主题而设计。如苔丝去看克莱尔父母那个情节,电影里突出苔丝所脱下的靴子被钱特所捡走,却无法表现这双靴子的来龙去脉以及对于苔丝的重要性。"匈牙利电影理论家贝拉·巴拉兹在他所著的《可以看见的人类》一书中就曾明确指出.大多数文学作品改编成电影之所以失败,主要是由于编剧拼命地把过多的素材塞在一部长度有限的电影里。"① 俄国短篇小说大师契诃夫在强调作品的简洁性时,就曾经强调,如果描写了墙上挂着一支枪,那么,这支枪以后必须打响,否则就应该毫不犹豫地将此删除。契诃夫的观点对电影艺术无疑也具有指导意义。

---

① 汪流:《电影编剧学》,北京:北京广播学院出版社,2000年版,第119页。

(四) 田园风格与荒原意识

最后我们还可以关注一下人物活动的整体"环境"。托马斯·哈代的这部作品创作于 19 世纪末,反映的是资本主义入侵农村之后小农经济的破产和个体农民走向贫困的过程。而且,原著《苔丝》作为"性格与环境小说"中的重要的一部,故事的背景是"埃格敦荒原",表现的也主要是作为"现代主义创痛"的"荒原意识"。可是,波兰斯基执导的电影《苔丝》,却过多地渲染了大自然的美丽景色和浪漫主义的诗情画意,从而与原著的人与命运的悲剧冲突的整体风格以及世纪末的情绪不甚吻合。

究竟是体现田园风格还是表现荒原意识?关于这一点,影片似乎没有做过多的考虑,无论是作品开头的玛洛特妇女的游行会,还是苔丝被害以后所刻意增添的湖上泛舟,或是牛奶场上苔丝与克莱尔的田园诗般的恋情,都与作品的悲剧基调不相谐调。正是对人物活动的"环境"有着不同的把握,所以对其中的"性格"的塑造也偶尔会出现一些偏差,以至于西方评论家菲尔兹认为:"两部《苔丝》的'文本'都竭力展示家族式的维多利亚文化中被男性所操纵的掠夺性的行为,只是哈代的文本提供了一种似是而非的理论:为什么苔丝会采取谋杀行为;波兰斯基的女主角则显得太惘然若失,没有力量来实施这样的行为。哈代和波兰斯基都同样能够从他们的男性的叙述立场出发,试图站在苔丝的一边,但脆弱的金斯基所塑造的形象所强调的却是波兰斯基在没有把握苔丝人格要素的前提下而对她的极度的怜悯。"[①]这一说法应该是较为中肯。所以,如同不同文本的文学翻译一样,从一种艺术形式到另一种艺术形式的媒介学意义上的"翻译"过程中,作为一个"译者",同样也应该忠实原文的风格,尽可能减少一些"译者"的风格。

毋庸置疑,影片《苔丝》的改编是极其成功的,而且是为名著改编电影提供了一个典型的范例。我们在对《苔丝》进行评说的同时,必须认识到,小说和电影毕竟属于不同的艺术范畴,作为语言艺术形式的小说和作为视觉艺术形式的电影有着各自特定的表现技艺和艺术特性。我们探究《苔丝》从小说到电影的"翻译"及其成就,无论对于文学鉴赏学、媒介学或是电影改编艺术本身而言,都具有一定的启迪意义。

[①] Charles L Fierz. *Polanski Misses: A Critical Essay Concerning Polanski's Reading of Hardy's Tess*, Literature Film Quarterly, 1999.

第七章
陀思妥耶夫斯基作品的生成与传播

陀思妥耶夫斯基(1821—1881)是19世纪俄罗斯著名小说家，从发表第一部书信体长篇小说《穷人》到最后一部小说《卡拉马佐夫兄弟》，一生共创作了长篇小说7部、中短篇小说20多篇。在这些小说中，陀思妥耶夫斯基满怀人道主义和民主主义精神，反映了当时的社会生活，揭露了社会的阴暗面，表达了对"被侮辱与被损害"的小人物的同情，马雅可夫斯基因此称之为"伟大的现实主义者"①。与此同时，他在小说中也十分突出地表现了自己的社会理想、宗教思想与人性观念。因此，作为作家，陀思妥耶夫斯基具有相当的丰富性与多面性。别尔嘉耶夫指出："对于一些人来说，他首先是'被欺凌与被侮辱者'的保护人；对于另一些人来说，他是'残酷的天才'；对于第三种人来说，他是信基督教的先知；对于第四种人来说，他发现了'地下人'；对于第五种人来说，他首先是真正的东正教徒和俄罗斯弥赛亚观念的代言人。"②

第一节 陀思妥耶夫斯基作品在源语国的生成

经典性的生成与很多因素相关，如作品、读者以及批评等。而批评界的观点往往决定着对作家和作品评价的基调和最终结果。无论生前还是身后，陀思妥耶夫斯基在批评界眼中几乎总是"残酷的"、病态的，但最终

---

① Кожинов В. Достоевский или герои Достоевского?, Вопросы литературы, No. 9 (1966), с. 208.
② 别尔嘉耶夫：《陀思妥耶夫斯基的世界观》，耿海英译，桂林：广西师范大学出版社，第3页。

批评界还是承认了作家的经典性。那么,批评界对陀思妥耶夫斯基的评价到底经过了怎样的变化呢?其中原因何在呢?作家为什么能最终征服苛刻的评论界呢?这里我们从陀思妥耶夫斯基生前身后批评界对其的评价来探讨其经典的生成。透过批评这面镜子,我们可以看到这位孤独的天才作家的作品接受和传播的历史,加深对作家经典性的理解。

(一) 陀思妥耶夫斯基作品在其生前的接受与评论

1846—1849年是陀思妥耶夫斯基创作的第一阶段,这一阶段他公认的最优秀作品是其处女作《穷人》。1845年,陀思妥耶夫斯基就写成了《穷人》,并通过格里戈罗维奇转交给涅克拉索夫。涅克拉索夫对作品十分赞赏,把手稿转交给别林斯基,别林斯基也对其赞赏有加并热情地邀请陀思妥耶夫斯基加入自己的文学小组,结果陀思妥耶夫斯基在《穷人》尚未发表时就成了名人。1846年,涅克拉索夫在《彼得堡文集》中发表了《穷人》。别林斯基马上写了评论文章,称陀思妥耶夫斯基为"新的果戈理",称《穷人》为当代最杰出的作品。别林斯基还亲自对他说:"您就是艺术家,洞悉真理是您的天赋,请珍惜您的天赋并做个诚实的人,您会成为伟大的作家!"①于是,陀思妥耶夫斯基一举成名,一下从一个贫穷的小官吏变成了第一大明星。人们写文章讨论他,茶余饭后谈论他,向他讨好,想方设法与他结识,带领他进入上流社会的各种沙龙。一时间,曾经是小市民的陀思妥耶夫斯基被送上了荣誉的顶峰。不过,也有人在《穷人》中只看到了"无聊和乏味"。而且,同年发表于《祖国纪事》的下一部作品《双重人格》几乎完全不被理解,人们对陀思妥耶夫斯基的热烈欢迎和大力抬举转变成了失望和不满。别林斯基不能接受《双重人格》的创新,认为作者偏离了正确的现实主义道路,因而改变了最初的友好态度。自然派的批评家们讽刺陀思妥耶夫斯基是"新出现而不被承认的天才"②。多数批评家认为作品中充斥着脏话,没有价值。只有初出茅庐的年轻批评家В. 迈科夫在《1846年俄国文学断想》一文中指出:"果戈理主要是一个社会的诗人,而陀思妥耶夫斯基先生却是一个心理的诗人。"③陀思妥耶夫

---

① Достоевский Ф. М. «Дневник писателя» 1877 год. Январь. Гл. 2. § 4. Источник: https://ru.wikipedia.org/wiki/Достоевский,_Фёдор_Михайлович#Оценки_творчества_и_личности [2015—10—21]

② Проскурина Ю. М. Натуральная школа. Федор Михайлович Достоевский. Антология жизни и творчества.

③ 谢列兹涅夫:《陀思妥耶夫斯基传》,徐昌翰译,北京:人民文学出版社,2011年版,第87页。

斯基的天才"让他能够极为深刻而又生动地再现这些人的内心世界",他注重的是"细致入微地再现那种极为复杂而又隐秘的心理过程",在这一方面"甚至可以毫不夸张地说,当时无人能及陀思妥耶夫斯基"①。而他是除了别林斯基和涅克拉索夫之外,唯一对陀思妥耶夫斯基早期两部作品做出正面评价的人。这样,初登文坛的陀思妥耶夫斯基就经历了从波峰到谷底的巨大落差。

1850—1859年,是陀思妥耶夫斯基创作的第二阶段。享受初登文坛的短暂荣耀之后,由于参加彼得拉舍夫斯基小组的活动,陀思妥耶夫斯基被判死刑,临刑前被改判流放(4年),然后服兵役(5年)。这期间,他承受了最严酷的折磨与耻辱。可是,流放一结束他就恢复了文学工作,完成了《死屋手记》。1859年,《俄罗斯语言》上发表了陀思妥耶夫斯基的大型中篇小说《舅舅的梦》,《祖国纪事》上发表了他的长篇小说《斯捷潘奇科沃村及其村民》。但是,这时别林斯基已经去世,同时代已没有能对这两部作品做出应有评价之人。曲高和寡的陀思妥耶夫斯基得到的多是不解和批评。

1860年,经过长期的奔走,陀思妥耶夫斯基终于获准回到彼得堡,开始了他流放之后的创作第三阶段。1860年,他出版了两卷本文集。1861年年初,陀思妥耶夫斯基与哥哥一起创办文学—哲学政治杂志《时间》(Время),主要用来发表自己的作品和言论。两年后,杂志被封。1863年他们又创办了《时代》(Эпоха)杂志(1863—1865)。1862年,陀思妥耶夫斯基在《时间》(Время)上发表了相当创新的《死屋手记》。关于《死屋手记》的体裁,至今俄罗斯的文学家们仍然无法做出定论。当时的读者也只能将其视作一大创举而大为震惊,因为"陀思妥耶夫斯基之前,没有任何人描写过流放犯的生活。"②赫尔岑评价说:"在《死屋手记》中,陀思妥耶夫斯基就像进入地狱的俄罗斯但丁。"③他还把《死屋手记》比作米开朗琪罗的壁画《末日审判》,试图将其翻译成英语。可以说,仅凭这一部作品,作家就可以在俄罗斯及世界文学中占据一席之地。

除了《死屋手记》,陀思妥耶夫斯基先后在这两本杂志上发表了《被侮

---

① Кожинов В. Достоевский или герои Достоевского?, Вопросы литературы, No. 9 (1966), с. 209.

② Масанов И. Ф. Словарь псевдонимов русских писателей, учёных и общественных деятелей: В 4-х томах. —М.: Всесоюзная книжная палата, 1956—1960. / Фридлендер, 1956, с. 46.

③ Герцен Александр Иванович. Федор Михайлович Достоевский. Антология жизни и творчества.

辱与被损害的》《一个低劣的笑话》《冬日记的夏天印象》和《地下室手记》。这些作品使杂志广受欢迎，同时再次把陀思妥耶夫斯基推向一流作家的行列。《地下室手记》是一部哲理小说，被称为陀思妥耶夫斯基此后五部长篇小说的"哲学导言"，显示了他后期创作的基本倾向和重要特点，也被认为是陀思妥耶夫斯基天才发展的一个新阶段。①

在谈到《地下室手记》时，陀思妥耶夫斯基曾经说过："我引为骄傲的是，我第一次描写出占俄罗斯多数的真正的人，并且第一次揭示其丑陋和悲剧性方面。悲剧因素就在于丑陋的意识之中"，"只有我一个人写出了地下室的悲剧因素，这个悲剧因素就在于受苦难，自我惩罚，意识到更好的事物，而又没有可能达到它，而重要的是这些不幸的人们明确相信，大家也都如此，因此无需改好！有什么能够支持变好的人们？奖赏，信仰？奖赏——没人给予，信仰——没人可信仰！由此再往前一步，就是极端的堕落、犯罪（杀人）。"②的确，作家在小说中又一次进行了创新，塑造了俄罗斯文学史的一个新典型"地下室人"，揭示了现代文明所造就的病态、畸形、丑陋且具悲剧性的心理和性格特征。

但是，在当时，小说又一次由于作者太过超前的创新而不被时人所理解和接受，人们只能错误地将小说主人公与作者混为一谈。③ 遗憾的是，这样的事情经常发生在陀思妥耶夫斯基身上。而对于《被侮辱与被损害的》，杜勃罗留波夫虽然说它是"年度最优秀的文学作品"④，最终却没有接受它，认为它总体来讲"低于美学要求。⑤"

从1866年开始，陀思妥耶夫斯基的创作进入最后一个阶段：全盛期。他创作并发表了人称"五巨著"的长篇小说《罪与罚》（1866）、《白痴》（1868）、《群魔》（1871—1872）、《少年》（1875）、《卡拉马佐夫兄弟》（1879—1880）。世界文学中颇为独特的《作家日记》和著名的"普希金演说"也创作于这一时期。

---

① Достоевский Ф. М. Полное собрание сочинений в 30 т., -Ленинград, 1972—1990, т. 5, с. 378.

② 《陀思妥耶夫斯基全集》（三十卷本），第16卷，第329页，转引自彭克巽：《陀思妥耶夫斯基小说艺术研究》，北京：北京大学出版社，2006年版，第111—112页。

③ Достоевский Ф. М. Полное собрание сочинений в 30 т., -Ленинград, 1972—1990, т. 5, с. 379.

④ Добролюбов Н. А. Собр. соч.：В 9 Т. Т. 7. С. 228. （Источник：http://dostoevskiy.niv.ru/dostoevskiy/proza/unizhennye/kommentarii.htm [2014—01—25]）

⑤ Там же. С. 239. （Источник：http://dostoevskiy.niv.ru/dostoevskiy/proza/unizhennye/kommentarii.htm [2014—01—25]）

《罪与罚》发表于1866年初,是陀思妥耶夫斯基一部非常成功的社会哲理小说,鲜明地体现出作家创作的艺术特色,同时也为作家赢得了世界声誉。《罪与罚》无疑是一部现实主义小说,陀思妥耶夫斯基别出心裁地选择了凶杀案来展示主人公及其思想和性格,这在此前的俄罗斯文学史上是极其罕见的,说明作家对现实具有独特的看法。从文学创作反映现实的角度来看,陀思妥耶夫斯基向来主张用夸张、怪诞、幻想等手法来反映现实生活中离奇的现象,他重在本质的真实,而不重在现象的真实,他认为"虚幻的现实主义"更能反映现实的本质。陀思妥耶夫斯基曾经说过:"我对于现实有一个与众不同的看法,而且大多数人认为几乎是荒诞的和特别的事物,对于我来说,有时却构成了现实的本质。"① 陀思妥耶夫斯基因小说中对主人公病态心理及其犯罪所流露出来的杂乱无章的思想轨迹的描写,而被现代派作家奉为鼻祖。但是,关于《罪与罚》,当时的批评界只是认为拉斯柯尔尼科夫是一个"疯子""一个精神失常的家伙",其他就说不出什么来了。

在《白痴》中,陀思妥耶夫斯基痛苦地寻找一位正面的主人公,他就像基督一样,不犯任何过错,还要为人们承担痛苦。但是,这篇小说仍然没能被批评界接受。迈科夫对第二部的前两章尚表示好感,但是,后来他却认为陀思妥耶夫斯基的人物太虚幻。小说的第一部赢得了读者的赞赏,后面的部分却引起很多争议。社会上认为,只为别人活着的人是有病的,所以人们抨击他,称他为白痴。只有萨尔蒂科夫-谢德林给出了比较全面的评价,一方面,他赞扬了作者塑造道德高尚的主人公的尝试;另一方面,他又认为,陀思妥耶夫斯基的塑造方式使那些极端珍视高尚情操的人蒙受了耻辱。② 到1870年代中期的时候,《白痴》获得了广大读者的认可。

但是,无论如何,1870年代的批评界仍然远远不能理解和接受陀思妥耶夫斯基在作品中想要向读者传达的东西。长篇小说《群魔》多年居于论战和被揭露的中心,甚至连萨尔蒂科夫—谢德林这样的作家都没能看出陀思妥耶夫斯基作品中反映的这一观点:靠血缘不能建立起完善的国家,世界一直处于分裂之中,时间越久,这一裂变的过程越激烈。在《少年》中,批评家同样没看到一个人的重生。

---

① 转引自李明滨:《略论陀思妥耶夫斯基及其〈罪与罚〉》,《国外文学》1985年第2期,第32页。
② Орнатская Т. И., Туниманов В. А. Достоевский Фёдор Михайлович//Русские писатели. 1800—1917. Биографический словарь. Г—К / Главный ред. П. А. Николаев. —М.: Большая российская энциклопедия, 1992.-Т. 2.-С. 165—177. —624с.

《卡拉马佐夫兄弟》是陀思妥耶夫斯基的最后一部长篇小说，其中凝聚着作家多年来的思考，同时也反映了社会现实中的许多重大问题，小说哲理性的深度和艺术手法的多样性也是作家此前作品所未曾有的。它是作家的思想和艺术的总结性作品，能够代表作家一生的信仰以及创作宗旨和追求，也能代表作家一生最高的艺术成就。对这部小说，更是众说纷纭。有人说作家在小说中描写了"一个畸形人的家庭"，同时，人们再次重提其小说枯燥乏味、没有情节。

　　《作家日记》则是当时报刊激烈论战的对象之一。"普希金演说"虽然被阿克萨科夫评价为"历史性的事件"而被作家本人认为是一次重大的胜利①，可是第二天早上，作家就遭到了西方派（其主要杂志是《欧洲导报》和《语言》）的恶语中伤。《欧洲导报》的观察家说："陀思妥耶夫斯基先生的演讲是建立在虚假的基础之上的——这种虚假只有对恼怒的自尊心才是极度快乐的……一切不过是温顺外表之下的自傲！"②《语言》杂志的观察家认为是听众的特殊情绪才造成陀思妥耶夫斯基演讲成功的假象，因为听众十分激动，"以至于没有认真思考与其想法背道而驰的东西"③。

　　总之，陀思妥耶夫斯基生前基本上是不被理解和接受的，除了少数的例外，他的天才作品只是批评家们戏拟、嘲笑和讽刺的对象。因此，陀思妥耶夫斯基与批评界的关系不能说是友好的，论战时有发生。陀思妥耶夫斯基这样描写自己与批评界的关系："发表出来的文学批评，即使是夸奖我的（这很少见），对我的看法都过于轻率和表面化，以至于好像根本没有发现我带着心痛独创的而且真正发自内心的东西。"④作家认为，评论界"庸俗而渺小"⑤，它是虚假的，对"雅致的文学"视而不见、听而不闻，因为任何人都可以成为批评家："读了几本小说，好，我可以写评论了。这就

---

① Достоевский Ф. М. Полн. собр. соч.：В 18 т. Т. 16. Кн. 2. С. 209.

② С Пушкинского праздника//Вестник Европы. 1880. Июль. Кн. 7. Т. IV（84）. С. 33. Источник：https://ru.wikipedia.org/wiki/Достоевский,_Фёдор_Михайлович#CITEREF.D0.AF.D0.BA.D1.83.D0.B1.D0.BE.D0.B2.D0.B8.D1.87.2C_.D0.9E.D1.80.D0.BD.D0.B0.D1.82.D1.81.D0.BA.D0.B0.D0.B8.D1.8F1993 [2015—10—20]

③ По поводу открытія памятника Пушкину//Слово. 1880. Июнь. С. 157. Источник：https://ru.wikipedia.org/wiki/Достоевский,_Фёдор_Михайлович#CITEREF.D0.AF.D0.BA.D1.83.D0.B1.D0.BE.D0.B2.D0.B8.D1.87.2C_.D0.9E.D1.80.D0.BD.D0.B0.D1.82.D1.81.D0.BA.D0.B0.D0.B8.D1.8F1993 [2015—10—20]

④ Достоевский Ф. М. Полн. собр. соч.：В 18 т. Т. 16. Кн. 2. С. 177.

⑤ Достоевский Ф. М. Полн. собр. соч.：В 18 т. Т. 4. С. 388.

是有那么多没用内容的文章的原因。①"

　　此外,在《双重人格》发表后,陀思妥耶夫斯基也曾给自己的哥哥写信说,两个月之内各种出版物上提到他"将近 35 次"②。批评界对《穷人》和《双重人格》,尤其是后者的评价使他"痛苦得病倒了","有时十分酸楚"。③ 有的评论把他"捧上了天",有的"个别"评论把他"骂了个狗血喷头",还有一种意见认为他"辜负了期待,破坏了本可以很伟大的东西",这让他"难过得要死"。④ 1880 年 8 月 1 日,在给波别多诺斯采夫的信中陀思妥耶夫斯基说,总是支持他的不是批评界,而是读者和公众:"总是支持我的不是批评界,而是公众。哪一个批评家知道《白痴》的结局?——那场景的力量是不可能在文学中重现的。可是,公众知道。"⑤在同一封信中,他还讲到了《卡拉马佐夫兄弟》的结局部分,说"它十分独特,与别人写的完全不同,因此,我根本不指望我们的批评会赞成它。公众,读者则是另一回事:他们总是支持我。"⑥

　　因此,我们认为,由于批评界的不理解和不接受,陀思妥耶夫斯基生前没有成为公认的经典,而他"无冕之王"的地位是"公众和读者"造成的,从某种程度上也是他自己通过批评言论努力的结果(如果可以这样说的话)。

(二) 陀思妥耶夫斯基作品在其死后的接受与评论

　　1881 年,陀思妥耶夫斯基去世。米哈伊洛夫斯基写了著名的《残酷的天才》,对作家几乎所有的作品都进行了评价,但通篇都是否定和不满。⑦ 列昂季耶夫正相反,认为陀思妥耶夫斯基是"属于宗教的"⑧。接下来,批评家们开始说陀思妥耶夫斯基的作品与普通浪漫主义者的不同,充满着基督精神和对上帝、耶稣的爱与信仰。可以说,从这时起,批评界对作家态度悄悄地发生了变化,但形势仍然不容乐观。

---

① РГАЛИ. 212.1.16. С. 277.
② Достоевский Ф. М. Полн. собр. соч.: В 18 т. М., 2005. Т.15. Кн.1. С. 78.
③ Там же.
④ Там же.
⑤ РГАЛИ. 212.1.16. С. 160.
⑥ Достоевский Ф. М. Полн. собр. соч.: В 18 т. Т. 16. Кн. 2. С. 229—230.
⑦ Полное собрание сочинений Ф. М. Достоевского. Томы II и III. СПб. (1882). С. 180—263; Михайловский Н. К. Жестокий талант.
⑧ Леонтьев К. Собр. соч. Т. 8. С. 183. (http://dostoevskiy.niv.ru/dostoevskiy/kritika/ivanov-razumnik-dostoevskij/ivanov-razumnik-primechaniya.htm [2016—01—25])

19世纪末20世纪初的白银时代,俄罗斯文学界开始对陀思妥耶夫斯基及其创作进行大规模的重新评价,写文章、做讲座、进行讨论,并把陀思妥耶夫斯基与托尔斯泰并列,比较他们之间的异同。梅列日科夫斯基在文学随笔《Л. 托尔斯泰和陀思妥耶夫斯基》中热情洋溢地论述了这一问题。遗憾的是只有极少数人对二者抱有相同的好感,大多数人都倒向托尔斯泰一边。В. 维列萨耶夫①、А. 别雷②和纳博科夫都更喜欢托尔斯泰,他们的评价是:光明的托尔斯泰(充满生机的生活)与阴暗的陀思妥耶夫斯基(到处是毒蜘蛛的小浴室)。布宁十分推崇托尔斯泰,对于陀思妥耶夫斯基却建议"把他从现代之船上扔下去③"。他说:"他(指陀思妥耶夫斯基)的作品里根本没有对大自然的描写——这是因为他没有天分。"④斯特拉霍夫对陀思妥耶夫斯基创作的评价充满矛盾,他像罗曼·罗兰一样,崇拜托尔斯泰,却不能理解陀思妥耶夫斯基。这导致他产生了这样的判断:托尔斯泰的"纯净"与陀思妥耶夫斯基的"不纯净"⑤。

1912年,В. 佩列维尔泽夫写道,从内容的真诚与真实、独特与创新看,陀思妥耶夫斯基作品的艺术价值是公认的⑥。他还对此前陀思妥耶夫斯基创作意义的评价进行了总结,认为有代表性的观点主要有三种:一,Н. 米哈伊洛夫斯基的观点——陀思妥耶夫斯基的人物都是有心理疾病的人,跟他们打交道是精神病专家的事;陀思妥耶夫斯基的作品没有艺术价值。二,梅列日科夫斯基的观点——陀思妥耶夫斯基的作品具有预言性和救世性;陀思妥耶夫斯基的人物是新人类的宣告者,但是,我们理解不了陀思妥耶夫斯基作品的意义。三,别林斯基和杜勃罗留波夫的观点——陀思妥耶夫斯基的人物代表着广泛传播的社会现象,"给我们提出

---

① Вересаев В. В. Живая жизнь. О Достоевском и Льве Толстом. —1910.
② Андрей Белый. Трагедия творчества. Достоевский и Толстой. —М.: Мусагет, 1911.
③ Туниманов В. А. Бунин и Достоевский (По поводу рассказа И. А. Бунина «Петлистые уши»)// «Русская литература»: журнал. —1992. —№ 3. —С. 55—73.
④ Достоевский Федор Федорович. Федор Михайлович Достоевский. Антология жизни и творчества. https://www.fedordostoevsky.ru/research/aesthetics–poetics/ [2016–10–20]
⑤ Мирский Д. С. Достоевский (после 1848 г.)// История русской литературы с древнейших времен до 1925 года = «Contemporary Russian Literature. 1881—1925» (London 1926) / Пер. с англ. Р. Зерновой. —London: Overseas Publications Interchange Ltd, 1992.
⑥ Переверзев В. Ф. Творчество Достоевского // Гоголь. Достоевский. Исследования. —М.: Советский писатель, 1982. —С. 346

重大的社会问题,要求我们通过思考和行动找到问题的答案。"①同时,他认为:"米哈伊洛夫斯基完全没理解陀思妥耶夫斯基人物心理的双重性。……米哈伊洛夫斯基错误地了解了陀思妥耶夫斯基创作的性质。"② H. 米哈伊洛夫斯基未能正确评价陀思妥耶夫斯基创作的复杂性和独特性,否定了作家的人道主义,这一点别林斯基和杜勃罗留波夫都注意到了。他还未能发现"伟大的心灵学家"心理中的现实主义创新,而把"残酷的天才"当作他个人心理的一个特点。③

在陀思妥耶夫斯基创作的世界意义尚未确定时,其意识形态的反对者、自由主义者、民主主义者、共产主义者、弗洛伊德主义者、犹太复国主义者都对他持有双重性的观点;"陀思妥耶夫斯基是天才,但是……""但是"之后是负面的意识形态标签。比如,B. 索洛维约夫说预言家陀思妥耶夫斯基"相信人的心灵的无穷力量④",而Г. 弗里德兰德则引用高尔基(社会主义现实主义文学奠基人、曾与陀思妥耶夫斯基论战)的观点,反对陀思妥耶夫斯基"不相信人,夸大所有制压迫在人身上制造的阴暗面、夸大'兽性'的力量。"⑤时至今日,这种观点仍时常可见。

1900年,在华沙的俄罗斯大会上,E. 塔尔列做了题为《莎士比亚与陀思妥耶夫斯基》的报告,成了第一个把陀思妥耶夫斯基与莎士比亚进行对比的人。他认为后者是"全世界文学中最伟大的艺术家"。在此后的一封信中,他写道:"陀思妥耶夫斯基发掘了莎士比亚和托尔斯泰都未能发现的人类心灵最深处的东西。"⑥接着,神学家罗乌恩·维尔亚姆斯也将陀思妥耶夫斯与莎士比亚进行了比较,认为小说家陀思妥耶夫斯基与后者一样,也在创造的同时进行了思索。⑦

同时,С. 布尔加科夫、М. 沃罗申、Вяч. 伊万诺夫、В. 罗扎诺夫等一批

---

① Масанов И. Ф. Словарь псевдонимов русских писателей, учёных и общественных деятелей: В 4-х томах. —М. : Всесоюзная книжная палата, 1956—1960.

② Переверзев В. Ф. Творчество Достоевского // Гоголь. Достоевский. Исследования. —М. : Советский писатель, 1982. —c. 347

③ Там же. С. 348

④ http://www.cablook.com/inspiration/kakaya-krasota-spaset-mir/ [2015—09—15]

⑤ Фридлендер Г. М. Ф. М. Достоевский // История русской литературы. —АН СССР. Ин-т рус. лит. (Пушкин. Дом). —Л. : Наука. Ленингр. отд-ние, 1982. —Т. 3. —c. 115

⑥ Коган Г. Ф. Лекция Е. В. Тарле «Шекспир и Достоевский» // Известия Академии наук СССР. —М. : Наука, 1979. — Т. 38. — С. 477—484.

⑦ Роуэн Уильямс: Я подумывал перейти в православие. Русская служба Би-би-си(12 ноября 2008)

作者也首次提出了陀思妥耶夫斯基作品悲剧性的说法。针对陀思妥耶夫斯基的长篇小说，И.安年斯基和 Д.梅列日科夫斯基引入了一个新术语"悲剧小说"。① 而根据作家作品改编的戏剧也开始出现：根据长篇小说《群魔》改编的话剧于1907年9月29日在彼得堡的文学艺术协会剧院首演，之后莫斯科艺术剧院上演了《卡拉马佐夫兄弟》(1910)和《群魔》（改名为《尼古拉·斯塔夫罗金》，1913年9月23日）。颇为意味深长的是，高尔基对改编的小说持否定态度（见《论卡拉玛佐夫习气》②和《再论卡拉玛佐夫习气》③），得到布尔什维克支持的他还试图对《群魔》的演出进行阻挠。在上述两篇文章中，高尔基做出了陀思妥耶夫斯基是"恶的天才"、自虐狂和受虐狂的评价。

1914年2月2日，莫斯科宗教哲学协会举行会议捍卫话剧《尼古拉·斯塔夫罗金》，会上 С.布尔加科夫做了题为《俄罗斯悲剧》④的报告，Вяч.伊万诺夫也发了言，发言内容后来成了论文《小说〈群魔〉中的主要神话》⑤的主干。这家剧院再一次排演《卡拉马佐夫兄弟》已经是50多年后的1960年了。欧洲剧院的列夫·多丁则从1991年开始排演《群魔》。

这一时期，路标派和俄罗斯宗教哲学家 Н.别尔嘉耶夫、С.布尔加科夫、В.索洛维约夫、Г.弗洛罗夫斯基、С.弗兰克和 Л.舍斯托夫最先注意到陀思妥耶夫斯基创作的哲学倾向。上述作者受到陀思妥耶夫斯基思想的影响，在文章和专著中对作家的创作做出了俄罗斯批评中最正面的评价。

当然，仍然存在着负面批评，所有否定陀思妥耶夫斯基创作意义的作者都会提到作家的癫痫病。当时存在一种错误的认识，即癫痫病发作会导致精神失常。受这种认识的影响，否定者们常把陀思妥耶夫斯基等同于其作品中的人物，或用心理分析的方法研究他，这都是错误的。

可悲的是，苏联刚刚成立时，陀思妥耶夫斯基因为反对革命斗争的暴力方法、宣扬基督教和反对无神论而被排除在官方马克思主义文艺学之

---

① https://ru.wikipedia.org/wiki/Достоевский,_Фёдор_Михайлович#Оценки_творчества_и_личности [2015—10—21]

② Горький М. О «карамазовщине» // Русское слово. газета.—1913.—22 сентября.

③ Горький М. Еще о «карамазовщине»// Русское слово: газета.—1913.—27 октября.

④ Булгаков С. Н. Русская трагедия. Библиотека «Вехи». http://www.vehi.net/bulgakov/tragediya.html [2016—10—21]

⑤ Иванов Вяч. Основной миф в романе «Бесы». Собрание сочинений. Т.4. Брюссель, 1987, С.437—444.

外。列宁不能也不想把宝贵的时间花在作家的长篇小说上,反而将其比作"最恶劣的作家"①。革命文学家们不得不遵照领袖的意愿行事。因此,1920—1930年代,经常出现全面否定陀思妥耶夫斯基的情况。

虽然马克思列宁主义文艺学把陀思妥耶夫斯基当作阶级敌人和反革命,但是作家的创作在西方已广为人知,并得到了很高的评价。为了建设无产阶级文化,革命文艺学被迫将陀思妥耶夫斯基从现代之船上扔了下去,或者对不便提起的尖锐问题避而不谈,擅自歪曲他的作品使之适应意识形态的要求。最著名的例子是卢那察尔斯基。1921年,他在陀思妥耶夫斯基100周年诞辰的纪念大会上发言,将后者归于伟大作家、俄罗斯的伟大预言家之列:"陀思妥耶夫斯基不仅是艺术家,而且是思想家。……陀思妥耶夫斯基是一位社会主义者。陀思妥耶夫斯基是一位革命者!……爱国者"②。作为俄罗斯苏维埃第一任教育委员,他宣布找到了《群魔》中因为审查没能在陀思妥耶夫斯基生前发表的一些章节,并且保证说:"现在这些章节一定要出版。"③

1921年10月,也是陀思妥耶夫斯基100周年诞辰之际,自由哲学协会的成员举行了大规模的庆祝活动,有5位作家(包括B.什克洛夫斯基、A.施泰因贝格和伊万—拉祖姆尼克)在协会的会议上做了八场报告④。但是,这时期马克思主义意识形态开始领导人文科学,先前对陀思妥耶夫斯基的创作做出很高评价的这些宗教哲学家们被迫乘上"哲学家之舟"离开了祖国,这样陀思妥耶夫斯基研究的中心就转移到了布拉格。

(三)经典地位的确立

1929年11月20日,卢那察尔斯基在陀思妥耶夫斯基纪念会上致开幕词,提到陀思妥耶夫斯基是俄罗斯文学最伟大的作家和世界文学最伟

---

① Шаулов С. С. Религиозность Достоевского как методологическая проблема советского литературоведения.—В: Евангельский текст в русской литературе XVIII-XX веков: цитата, реминисценция, мотив, сюжет, жанр: сб. науч. тр., вып. 7 // Проблемы исторической поэтики: ежеквартальный рецензируемый журнал/ Отв. ред. В. Н. Захаров.—2012.—Вып. 10, № 3.—С. 216—223.

② Луначарский, А. В. Достоевский, как художник и мыслитель//Красная новь: журнал.—1921.—№ 4.—С. 204—211.

③ Там же.

④ Белоус В. Г. Кн. 2.: Хроника. Портреты. // Вольфила [Петроградская Вольная Философская Ассоциация], 1919—1924.—М.: Модест Колеров: Три квадрата, 2005.—С. 416—417.—800с.

大的作家之一,提到了陀思妥耶夫斯基式的心理分析并公开同意了 B. 佩列维尔泽夫的评价①:陀思妥耶夫斯基"尽管出身于正式贵族之家,却是平民俄罗斯的代表、小市民的代表……但是,陀思妥耶夫斯基的作品是否有害呢?在某些情况下,特别有害,不过,这并不意味着我认为应该禁止他的作品出现在图书馆和舞台上"②。这说明,官方虽然没有正式承认陀思妥耶夫斯基,但是默许了其经典地位。

20世纪20—30年代,在苏联进行反对反革命和反犹太主义斗争的形势下,"反犹太主义者"和"反革命者"陀思妥耶夫斯基没有被禁。不过,长篇小说《群魔》和《作家日记》只是夹在文集中出版,从未出过单行本,人们避而不谈它们在作家创作中的意义。作家的作品长期被清除出中小学、甚至高等学校文学课的教学大纲。陀思妥耶夫斯基也没有入选苏联政权正式承认的作家文库——苏联中小学校校舍上的浅浮雕像中间没有陀思妥耶夫斯基,一般是普希金、果戈理、托尔斯泰、契诃夫、高尔基、马雅可夫斯基……

1956年,当"陀思妥耶夫斯基在西方的成功超越了他反苏的意识形态罪孽时",苏联文艺学为作家平了反,对他的定性中没有了"反动者"这个蔑称。③ 在1969年版的最新中小学课本里,陀思妥耶夫斯基被加入苏联经典作家之列。④ 这样,陀思妥耶夫斯基作为经典作家在俄罗斯正式生成。

此后,陀思妥耶夫斯基的经典地位日益巩固。从1980年代末起,俄罗斯的陀思妥耶夫斯基创作研究者开始参与国际陀思妥耶夫斯基协会的活动。1997年,陀思妥耶夫斯基研究者 И. 沃尔金创办了"陀思妥耶夫斯基基金会"。

随着时间的推移,对陀思妥耶夫斯基创作的双重评价也在改变。20世纪末,陀思妥耶夫斯基研究专家 Г. 弗里德兰德继续对陀思妥耶夫斯基和托尔斯泰进行对比研究,对这两位俄罗斯文学巨人进行了细致的比较分析⑤,认为他们"从再现生活的艺术力量、深度和广度方面,可以与荷马

---

① Переверзев В. Ф. Творчество Достоевского // Гоголь. Достоевский. Исследования. —М.: Советский писатель, 1982. —С. 130

② Хлебников Л. М. Вступительное слово на вечере, посвященном Ф. М. Достоевскому. Наследие Луначарского.

③ Пономарёв Е. Р. Ф. М. Достоевский в советской школе // Достоевский и XX век: научное издание / Под ред. Т. А. Касаткиной. —М.: ИМЛИ РАН, 2007. —Т. 1. —с. 616—617.

④ Там же. С. 620.

⑤ Фридлендер Г. М. Ф. М. Достоевский // История русской литературы. —АН СССР. Ин-т рус. лит. (Пушкин. Дом). —Л.: Наука. Ленингр. отд-ние, 1982. —Т. 3. —С. 695.

和莎士比亚比肩。"①

Г. 波梅兰涅茨认为,托尔斯泰和陀思妥耶夫斯基表现了"俄罗斯民众更深层次、诅咒进步的情绪"②。他认为,屠格涅夫和冈察洛夫属于自由派,《现代人》小组属于激进派,而托尔斯泰和陀思妥耶夫斯基属于卢梭主义,带有民众对资本主义发展的厌恶。在自己的小说中,他们尝试破解人性恶的秘密,这是人类艺术发展中的一大进步。③

如今,陀思妥耶夫斯基被公认为最好的作家之一,也是被研究最多的作家之一。全世界每年都有几十种专著和上百篇文章问世。④ 俄罗斯当代陀思妥耶夫斯基研究不断推出最新成果,最近一版30卷陀思妥耶夫斯基全集的修订和补充注释⑤即为其中之一。

别林斯基曾这样评价陀思妥耶夫斯基:"他属于那种不会被很快理解和接受的天才,在他的文学生涯之后会出现很多与他对立的天才,但是结果一定是这样的:当他到达自己荣誉顶峰之时,那些人便会被遗忘。"⑥实践证明,别林斯基是对的,而且极富预见性。

(四)关于陀思妥耶夫斯基经典生成的思索

综上所述,陀思妥耶夫斯基斯基之所以能够成为经典,有以下几种原因:

1. 丰富性与多面性。

作为作家,陀思妥耶夫斯基具有相当的丰富性与多面性,在自己的小说中,陀思妥耶夫斯基满怀人道主义和民主主义精神,反映了当时的社会生活,揭露了社会的阴暗面,表达了对"被侮辱与被损害"的小人物的同

---

① Фридлендер Г. М. Ф. М. Достоевский // История русской литературы. —АН СССР. Ин-т рус. лит. (Пушкин. Дом). —Л. : Наука. Ленингр. отд-ние, 1982. —Т. 3. —С. 698

② Померанц Г. С. Направление Достоевского и Толстого // Открытость бездне. Встречи с Достоевским. —М. : Советский писатель, 1990. —с. 26.

③ Там же.

④ Захаров, В. Н. Чего мы не знаем о Достоевском? // II Международный симпозиум «Русская словесность в мировом культурном контексте»: избранные доклады и тезисы / Под общ. ред. И. Л. Волгина. —М. : Фонд Достоевского, 2008. —С. 275. —614c.

⑤ Достоевский, Ф. М. Полное собрание сочинений: в30т. / Ф. М. Достоевский. —Л. :Наука, 1972—1990. Фридлендер Г. М. Ф. М. Достоевский // История русской литературы. —АН СССР. Ин-т рус. лит. (Пушкин. Дом). —Л. : Наука. Ленингр. отд-ние, 1982. —Т. 3. —С. 695.

⑥ Белов С. В. Ф. М. Достоевский и его окружение. Энциклопедический словарь. —СПб. : Алетейя, Российская национальная библиотека, 2001.

情。与此同时,他在小说中也十分突出地表现了自己的社会理想、宗教思想与人性观念。正如别尔嘉耶夫指出的:"对于一些人来说,他首先是'被欺凌与被侮辱者'的保护人;对于另一些人来说,他是'残酷的天才';对于第三种人来说,他是信基督教的先知;对于第四种人来说,他发现了'地下人';对于第五种人来说,他首先是真正的东正教徒和俄罗斯弥赛亚观念的代言人。"①

2. 心理描写的深度:最高意义的现实主义。

陀思妥耶夫斯基不仅仅是个现实主义小说家,更是一个"心理诗人"。作家探讨和考察了人隐秘的内心世界,尤其是对双重人格以及人的病态的精神状况的描写,是作家对俄罗斯乃至世界文学的重要贡献。在晚年回顾自己的文学创作时,陀思妥耶夫斯基明确表示:"我是最高意义上的现实主义者,即描绘人的心灵的全部深度"。秉承这一原则,"他的创作核心一直不变的是人及其隐秘的内心世界"②。他本着完全现实主义的精神力求去发现人身上的人,他善于描写人物心理上最深沉的奥秘和人生最隐蔽的动机,竭力将人的真实面貌展现给读者。俄罗斯当代作家伊戈尔·斯莫利金指出,陀思妥耶夫斯基是"洞悉人心灵的大师""民族思想家""预言家",直至今日他仍旧"和我们在一起,就在我们中间"③。可以说,陀思妥耶夫斯基在反映人的心灵现实方面的深度和广度是很少能有人企及的,"如今我们说,由于陀思妥耶夫斯基的长篇小说,不仅文学发生了变革,心理学也发生了深刻的变革,这是不无根据的"④。

3. 超前性。陀思妥耶夫斯基是"将刻画人的心灵的全部深度视为自己创作的重要成就,亦即他的主要的艺术追求。"⑤而这是之前的任何伟大作家都未能做到的。著名诗人 K. 巴尔蒙特在巴黎陀思妥耶夫斯基100周年诞辰纪念会上的讲话中谈到:"这位俄国天才有过先驱吗,不,他没有先驱,不管在此前或此后在阅读心灵的艺术中都没有人可以与之并驾齐驱……仅仅是陀思妥耶夫斯基在世界上的出现,就意味着摧垮了所

---

① 别尔嘉耶夫:《陀思妥耶夫斯基的世界观》,耿海英译,桂林:广西师范大学出版社,第3页。
② Фридлендер Г. М. Человек в мире Достоевского, Достоевский: материалы и исследования, No. 18(2007), c. 422.
③ Изборцев И. Достоевский и мы, Культура, No. 7(июль, 2011), c. 185—187.
④ Фридлендер Г. М. Человек в мире Достоевского, Достоевский: материалы и исследования, No. 18(2007), c. 422.
⑤ 转引自陈思红:《心理描写:陀思妥耶夫斯基研究中的重要课题》,《北京大学学报》1999年第1期,第158—159页。

有以前在艺术上接近心灵真实的途径,并指出了一条崭新的道路。"这大概就是他能够成为俄罗斯经典作家的一个重要缘由。

4. 为"穷人"说话。陀思妥耶夫斯基之所以长期不被批评界接受,除了其艺术与思想的超前性、复杂性之外,还有很重要的一点,就是:陀思妥耶夫斯基是一位为"穷人"说话的作家。"得民心者得天下",这句话同样适用于文学。这大概也是陀思妥耶夫斯基经典化给我们的一个启示。

第二节　陀思妥耶夫斯基作品在中国的传播

陀思妥耶夫斯最初在中国的传播节奏很慢。当他的第一篇中译作品《贼》(乔辛瑛译,今译《诚实的贼》)于1920年5月26—29日在上海《国民日报》副刊《觉悟》上连载时,离他的名字1907年第一次在中国读者面前出现已经过去了13年。不过,"是金子总会发光的",经过中国译介者们30余年的努力,到40年代末的时候,陀氏终于在中国人眼中的俄国大作家行列中站稳了脚跟。

(一)文学扫盲:陀氏小说在近现代中国的翻译与介绍

20世纪前30年,陀氏在中国的状况可谓久闻楼梯响,始见人下来。

1907年,一篇题为《虚无党小史》的译文提到了一个叫陶德全的人:"其中有工兵中尉陶德全(Dostoyevski,即其后负文学之大名者也)。"①这个"陶德全"就是陀思妥耶夫斯基,陀氏由此首次出现在中国人的视野。此后10余年里陀氏名字几次出现在读者面前,特别是新文化运动时期,周作人、刘半农等在为新文学运动造势的同时,也顺势为陀氏烧了一把火:1918年第4卷第1号《新青年》刊登了周作人译文《陀思妥夫斯奇之小说》之后,刘半农杜撰名为王敬轩的读者来信,称"陀思之小说则真可当不通二字之批评。某不能西文,未知陀思原文如何,若原文亦是如此不通则其书本不足译"②。然后再以"记者半农"名义撰文反驳,称"陀氏为近代之世界的文豪"③。这一"炒作"有效维持了一直只闻其名的中国读者对陀氏的关注。

---

① 烟山专太郎:《虚无党小史》,渊实译,《民报》,1907年第11号。
② 刘半农:《王敬轩君来信》,《新青年》,1818年版,第4卷第3号。
③ 刘半农:《文学革命之反响》,《新青年》,1818年版,第4卷第3号。

1920年5月《国民日报》副刊《觉悟》对《贼》的连载,标志着陀氏作品终于登陆中国,陀氏形象开始有所依附。《贼》的"译者志"中,译者提到了一部叫做《犯罪与受罪》的小说,认为它虽然不像《破屋记》(即《死屋手记》)等那样"最出名",但"终不失为十九世纪有名小说之一"。此书即后来屡受中国译者青睐的《罪与罚》,这里译者说得还是有些保守,它不仅"有名",而且完全可以说是陀氏"最出名"的小说。在此后一系列陀氏作品的翻译成果中,我们可以从《罪与罚》译介情况之一斑而窥陀氏翻译景象之全貌。

《罪与罚》中译本的完整呈现要归功于陀氏译介的老"劳模"韦丛芜。与1931年陀氏逝世50周年相关,30年代的陀氏译介呈现出较为厚重的成色。代表性成就便是他的几部重要长、中篇作品的翻译出版。韦丛芜译《罪与罚》就是在这个背景下由未名社分两册分别于1930年6月和1931年8月出版的。该译本在1930—1940年代曾6次再版。1947年,在正中书局支持下,韦丛芜着手《陀思妥夫斯基全集》的翻译,并于当年9—12月出版了包括《罪与罚》在内的三部作品。在整个30—40年代,一些摘译、缩写之类的中文版《罪与罚》也不断出现。如1934年,上海新生命书局出版了徐懋庸改编的《罪与罚》缩写本;1936年汪炳琨自英文转译的《罪与罚》由上海启明书局出版并于其后多次再版;1935年,伍光建选译本(题名《罪恶与刑罚》)于上海商务印书馆出版;1945年,巴金选译了《罪与罚》第2章《马尔蔑多夫的故事》(《时与潮文艺》1945年第4卷第5期)。

值得补充说明的是,新中国成立后,已经成为"经典"的《罪与罚》不仅多次重印(韦丛芜译《罪与罚》直到1980年都还由浙江人民出版社出过修订本),而且吸引了不少学者进行重译。其中1979年7月出版的岳麟译《罪与罚》系新时期较早之陀氏作品中译本,也是从俄文原版中译出的一个较好的译本,80年代和90年代都曾重印。另据学者统计,1990—2000年,《罪与罚》有14种新译本;2001—2005年,《罪与罚》至少出了10种新译本[1],这还都没有包括改编本、缩写本、节译本等。近几年《罪与罚》仍屡现新译和重印本,曾思艺译《罪与罚》就是一个很受欢迎的新版本,自2006年首次出版(长江文艺出版社)后,已由长江文艺出版社(2009、

---

[1] 田全金:《陀思妥耶夫斯基在中国的译介与接受》,张变革编:《当代中国学者论陀思妥耶夫斯基》,北京:北京大学出版社,2012年版,第75页。

2011)、中国友谊出版公司(2014)、上海三联书店(2015)、河南文艺出版社(2015)等多家著名出版社出版,这也从一个侧面显示出陀氏作品在当代中国强大的生命力。

再回到对经典形成具有关键意义的现代文学时期。在《罪与罚》受到欢迎的同时,陀氏其他重要作品如《白夜》《死屋手记》《被侮辱与被损害的》《地下室手记》《赌徒》《白痴》等都先后与中国读者见面了。特别是在被战火笼罩的40年代中国,陀氏译介仍取得了不俗的成绩,这尤其要感谢耿济之等专业翻译家,是他们的坚持才使陀氏译作得以成建制的出现。1940年8月,上海良友复兴图书印刷公司出版了耿济之译本《兄弟们》(《卡拉马佐夫兄弟》)上卷(1947年10月,该书全译本由上海晨光出版社以《卡拉马助夫兄弟们》为名推出)。这是国内第一本直接由俄文翻译过来的陀氏作品。40年代耿济之在陀氏作品翻译领域中的贡献还包括译出了《白痴》(1946年)、《死屋手记》(1947年)、《少年》(1948年)等。韦从芜1947年着手《陀思妥夫斯基全集》翻译,在出版了3部作品后,虽然由于内战未能继续,但由桂林迁移至上海的文光书店于1946年组织邵荃麟、韦丛芜等参与了《陀思妥夫斯基选集》出版工作,取得了重大收获,这一持续到1953年的工程,以九卷本的《陀思妥夫斯基选集》的成果"结题"。"选集"涵括了陀氏绝大部分比较重要的文学作品,可以说代表了40年代中国陀氏作品翻译的基本成就。而且新中国成立之初的一段时期内以重译重版为特征的陀氏译介也主要是以这些译本为基础的。

(二) 形象再塑:陀氏小说在近现代中国的研究与评价

正是与1920年代起以《罪与罚》等为代表的陀氏作品陆续进入国人视野这一现象同步,一批"自主知识产权"程度越来越高的中国陀氏研究评论也陆续出现,带有中国视角的陀氏意义逐步得到揭示。

1921年,《东方杂志》特辟一期陀氏和法国福楼拜的纪念专栏"俄法两大文豪的百年纪念",其中胡愈之的《陀思妥以夫斯基的一生》[①]是20年代介绍陀氏生平与创作最完整的一篇长文,文章称陀氏为"能完全代表此旷野民族的伟大精神的"俄罗斯文学中的唯一作家,并着重对《罪与罚》进行了分析,指出拉斯柯尔尼科夫的"伦理的虚无主义特征",认为其"蔑弃一切伦理的戒条和规律的意思"就是其犯罪的真正思想动因。热衷陀

---

① 胡愈之:《陀思妥以夫斯基的一生》,《东方杂志》,1921年第18卷第23期。

氏译介的沈雁冰在1922年《小说月报》第13卷第1号"文学家研究"特辑的《陀斯妥以夫斯基的思想》一文中，细致分析了《白痴》《群魔》《卡拉玛佐夫兄弟》等长篇小说的中心思想及艺术形象特点，并感叹，"陀氏的思想是人类自古至今的思想史中的一个孤独的然而很明亮的火花。对于中国的现代的青年，是一剂良好无比的兴奋剂。他的对于将来的乐观，对于痛苦的欢迎，他的对于无产阶级的辨诬和同情……都是现代的消沉、退缩、耽乐、自悲的青年的对症药"，表明其出发点仍和他的同道一样是着眼于对中国社会变革的促进。

纪念成果中也出现了一些批判性接受的文章。1922年3—4月，《时事新报》副刊《文学旬刊》连载了署名为C.P的文章《朵思退益夫斯基与其作品》，在高度赞扬其人道主义精神的同时，对陀氏的创作手法和美学特色表达了不满，称他"实非艺术家。他的著作，没有很整齐的范式，好比杂珠沙金石于一炉而治之的东西一样，驳而不纯、散漫而不贯串"，认为那种"专写人生与灵魂的悲剧，并且专拣那最黑暗、最悲惨、最恐怖的写在纸上"的做法"未免写得过于龌蹉"。郑振铎在《俄国文学史略》(1924)一书中，也对陀氏创作艺术性的欠缺提出了批评。20年代后期，不同意见的音量持续增大，特别是创造社和太阳社革命文学的倡导者以无产阶级文学的理论为出发点，把所有的小资产阶级作家都归入"自己所属阶级的代言人"加以攻击，陀氏也难以幸免。如李初梨著文讥讽陀氏的《罪与罚》是"小布尔乔亚写实主义"的"好例"，① 麦克昂（郭沫若）也认定陀氏小说为"不革命的作品"②。

30年代，仍有一批文章基本沿用"为人生"的路线对陀氏小说继续"点赞"，特别是对其作品中的人道主义思想大加褒扬。如淑平认为它"显示出在多重屈抑与痛苦中的人类的向上力。极端黑暗的环境之下，被驱迫到疯狂的人类，也还竭尽他的精力以探求光明的悲壮剧"，对于陀氏的基督教观念则认为"这宗教不过作为真理的象征品而存在"③。与此同时，左翼阵线则高扬了20年代革命文学倡导者们的批评态度。茅盾的

---

① 李初梨：《对于所谓"小资产阶级革命文学"底抬头，普罗列塔利亚文学应该怎样防卫自己？——文学运动底新阶段》，饶鸿竟等编：《创造社资料》(上册)，福州：福建人民出版社，1985年版，第267页。

② 麦克昂：《桌子的跳舞》，饶鸿竟等编：《创造社资料》(上册)，福州：福建人民出版社，1985年版，第202页。

③ 淑平：《杜思退益夫斯基再观》，《清华周刊》，1934年第42卷第5期。

《陀思妥耶夫斯基的〈罪与罚〉》①就与之前他对陀氏赞赏有加不同,更多地批评了其思想上的消极性,在仍然肯定陀氏同情"被侮辱者和被损害者"的同时,又指出《罪与罚》中陀氏对现实态度的二重性。一贯高举"主观战斗精神"大旗的胡风针对《罪与罚》中浓厚的基督教思想,更是尖锐地指出:"《罪与罚》的作者努力地想证明法律和'人性'的冲突,但我们要指明,这个证明是徒劳的。不是法律和什么抽象的'人性'的冲突,是以一个特定的阶级的要求为基础的法律和别的阶级的要求的冲突。"②不过,一些具有民主主义色彩的文评家则对左翼观点并不买账。冰蝉替陀氏"抱不平"说:"最沉挚的人道主义作家陀思妥夫斯基,如谓是那一阶级的工具或武器,也实在不免冤枉。"③冬芬则批评左翼文学评论者们不懂"陀思妥以夫斯基被称为人道主义的极致者"那"特有的精妙的才技"④。

在因为抗战爆发而受到一段时期的冷落后,40 年代的陀氏研究又获得了某种程度的"复兴"。特别是以新翻译的几部陀氏长篇小说为基础发表的一些论文、论著及若干译序与后记,显示出一定的深度与新意。如 1940 年,耿济之译《卡拉马佐夫兄弟》时,就明确指出作品"包含了陀斯托也夫司基氏哲学和宗教方面全部的中心思想"⑤,他还对该小说的结构、心理描写等给予了精彩分析和高度评价。1947 年,韦丛芜着手《陀思妥夫斯基全集》翻译时,特别强调了陀氏心理学的突出贡献,称其是"斯拉夫民族灵魂的发掘者,尤其是'不幸者'的灵魂的发掘者"。⑥ 常风也认为,《白痴》和《卡拉玛佐夫兄弟》一样,本质上"都是具有强烈的宗教意识",他提醒读者应着重注意去"探索弥漫在他的书中的那种力量、那种精神"⑦。

还有一类越来越普遍运用的研究路数是社会学批评。这种批评从对陀氏的态度来看,有褒有贬。比如,胡风在 40 年代的一系列文评中对陀氏的批评进一步升级。他说:"象鲁迅所说的同时是灵魂底伟大的审问者

---

① 茅盾:《陀思妥耶夫斯基的〈罪与罚〉》,《汉译西洋文学名著》,上海:亚细亚书局,1935 年版,第 195 页。
② 胡风:《关于〈罪与罚〉和〈海底梦〉》,曾庆瑞等编:《品书絮语》,北京:中国青年出版社,1994 年版,第 223 页。
③ 冰蝉:《革命文学问题》,李何林编:《中国文艺论战》,上海:东亚书局,1932 年版,第 49 页。
④ 冬芬:《文学与革命》,李何林编:《中国文艺论战》,上海:东亚书局,1932 年版,第 88 页。
⑤ 耿济之:《卡拉马助夫兄弟·译者前记》,上海:晨光出版公司,1947 年版,第 1 页。
⑥ 韦丛芜:《陀思妥夫斯基全集·总序》,《穷人及其他》,上海:正中书局,1947 年版,第 1 页。
⑦ 常风:《陀思妥也夫斯基的〈白痴〉》,《开明》,1948 年新 4 号。

和伟大的犯人的,残酷的天才朵斯托伊夫斯基,好象替八十年代底反动开路似的,已经在七十年代用《恶魔》和《少年》鞭打了革命者和社会主义。"①默涵认为陀氏作品"往往诬蔑革命"②,艾青更是将陀氏小说归入"地主资产阶级的文学艺术"行列③。这些评论都采用了鲜明的阶级分析方法,甚至将社会学批评衍变为一种政治批判。与此同时,社会批评派中的陀氏粉丝也一直在发出自己的声音。1943年,静生的《读〈被侮辱与被损害的〉》一文就充分肯定了《被侮辱与被损害的》的战斗性和历史进步性,高度赞赏了陀氏鲜明的创作立场④。邵荃麟在翻译《被侮辱与被损害的》时,也突出强调了该书中的阶级对抗主题,给予陀氏极高的评价:"在19世纪40年代的人道主义运动中,杜思退益夫斯基的声音无疑是最杰出的,这是由于他来自社会的底层,亲身经历过种种的痛苦和迫害。在这一点上,他实在比同时代从贵族出身的屠格涅夫或托尔斯泰是具有更伟大的意义的。"⑤王西彦也认为:"屠格涅夫和杜思退也夫斯基所发明的虚无主义,是一种非常激烈的革命思想,否定一切政治的或宗教的权威,主张彻底改造社会制度。"⑥

(三) 价值重建:陀氏小说在近现代中国的影响与遗憾

就像陀氏在中国褒贬不一的名声与托尔斯泰、高尔基等其他著名俄苏作家较为稳定的地位相比颇显异类一样,陀氏及其作品对中国现代文学的影响也是相当个性化的。

"为人生的现实主义作家"是中国现代文学界对陀氏的基本定位。由于五四时期中国学人对俄国文学最重要的认识就是"文学为人生",在这种大背景下,陀氏、托尔斯泰、屠格涅夫这些风格各异的作家,在中国文学界的眼中,都是"为人生"的类型,哪怕是陀氏作品中的基督教思想也被加入了社会批判的内涵,其深刻的精神病学心理分析也被套进"为人生"的笼子,以至于新文学早期,陀氏甚至被赋予了"革命家"光环。比如胡愈之就不无夸张地说:"俄国革命之成功,与其谓托洛茨基、列宁之力,不若谓

---

① 胡风:《A.P.契诃夫断片》,《胡风评论集》(下),北京:人民文学出版社,1985年版,第45页。
② 默涵:《从何着眼》,北京大学等主编:《文学运动史料选》第五册,上海:上海教育出版社,1979年版,第401页。
③ 艾青:《创作上的几个问题》,《艾青论创作》,上海:上海文艺出版社,1985年版,第640页。
④ 静生:《读〈被侮辱与被损害的〉》,《新华日报》,1943年7月28日。
⑤ 邵荃麟:《被侮辱与被损害的·译后记》,上海:文光书店,1946年版,第609页。
⑥ 王西彦:《文学与社会生活》,上海:中华书局,1949年版,第46页。

赫尔岑、陀斯妥耶夫斯基、高尔基之力也。"①周作人为译文《陀思妥夫斯奇之小说》所作《译者案》中，曾称赞《罪与罚》"致为精妙"，并热情洋溢地赞颂拉斯柯尔尼科夫的新生或复活，称拉斯柯尔尼科夫"以苏涅之劝，悔罪自首"，流放西伯利亚七年，其"向上之新生活，即始于此"②。这篇可以说是中国人写的关于陀氏及其《罪与罚》的第一篇"原创"评论，鲜明地表现了现代中国的新文化人"为人生"的文艺观，其中蕴涵着深厚的人道主义和个性解放的思想。尽管《罪与罚》中拉斯柯尔尼科夫的新生作为基督教文化背景下的复活，是对暴力和理性的扬弃，实际上与现代中国的新文化人所追求的启蒙理想有根本差别。20 年代末以后，由于中国思想启蒙需要和民族救亡背景，对陀氏革命性的肯定仍一直存在，以致 1950 年文光书店版的《陀思妥夫斯基选集》的"编者语"中依然认为："他对于被压迫阶级的同情和启发激起了读者对于旧社会的反抗，成为新时代革命的大动力。"③王西彦读《罪与罚》特别是读到拉斯柯尔尼科夫犯罪情节时的情绪反应也是基于这样的理解："一面读、一面强忍着眼泪，很想站起身来、冲出房子、跑上大街，向过往行人大声呼喊：'我要杀人！我要毁坏这个世界！'我相信，如果当时眼前出现一个放印子钱的吸血鬼老太婆，自己手里也有一把利斧，也可能会做出和拉斯柯尔尼科夫同样的行动。"④国人对拉氏因思想困惑而杀人既费解也不认同，宁愿解释为是社会制度所造成的阶级矛盾冲突导致的结果，而且这也符合了当时社会变革的需要。也正因为如此，《罪与罚》被当时许多人认为比《穷人》《被侮辱与被损害的》等更具有社会进步性也就顺理成章了。

几乎不可避免的是，国人夹杂着自己的需要所理解和塑造的"为人生"的中国式陀氏形象反过来又被不少作家视为同道或知音，他们的一些思想与创作因此打上了陀氏烙印。

鲁迅虽然批判了"陀思妥夫斯基式的忍从"的社会危害性⑤，但也曾在《〈穷人〉小引》中承认陀氏"拷问灵魂"的伟大，而且对他基督式的博爱思想给予了充分的肯定："爱是何等地纯洁，而又何其有搅扰诅咒之心呵！

---

① 胡愈之：《革命与自由》，《胡愈之文集》第 1 卷，北京：生活·读书·新知三联书店，1996 年版，第 101 页。
② 周作人：《陀思妥夫斯奇之小说》译者案，《新青年》，1918 年第 4 卷第 1 期。
③ 韦从芜：《西伯利亚的囚犯·编者语》，上海：文光书店，1950 年版，第 1 页。
④ 王西彦：《打开的门窗：我和外国文学》，《中国比较文学》，1985 第 1 期。
⑤ 鲁迅：《陀思妥夫斯基的事》，《且介亭杂文二集》，北京：人民文学出版社，1973 年版，第 163 页。

而作者其时只有 24 岁,却尤是惊人的事。天才的心诚然是博大的。"①鲁迅也表现出对陀氏文学艺术风格的浓厚兴趣。据山上正义回忆,鲁迅曾经说过:"我的小说都是些阴暗的东西。我曾一时倾慕过陀思妥耶夫斯基等人,今后我的小说大约也仍是些阴暗的东西。"②鲁迅的第一篇现代小说《狂人日记》与陀氏的处女作《穷人》一样也提出了"人"的问题;阿Q的"精神胜利法"与陀氏中篇小说《两重人格》中有着病态自尊心、在幻想中寻找出路的小公务员戈利亚德金神似;《孤独者》中的魏连殳与陀氏《罪与罚》中的拉斯柯尔尼科夫也有许多相似之处;两位作家都善于通过对人物非常态行为的描写,刻画人物的扭曲心理,更深刻地发掘和展示人物的内心世界……这些决不完全是巧合。

巴金曾表示,相较但丁、莎士比亚等等大文豪,他"更喜欢屠格涅夫、托尔斯泰、陀思妥耶夫斯基、左拉几位"③,他在解释为什么把自己的一部反映下层人民生活的短篇小说集命名为《抹布集》时说:"陀思妥耶夫斯基,他的作品是直诉于人们的内心的。在他,所有的人无论表面生活如何惨苦,社会地位如何卑下,恰象一块湿流流的抹布,从里面依旧放射出光芒来。"④巴金作品浓厚的忏悔情结也与陀氏有一种潜在的契合。在《新生》的结尾,他引用了在《卡拉玛佐夫兄弟》题辞中也曾出现、陀氏本人颇为欣赏的福音书里的一段话:"一粒麦子不落在地里死了,仍旧是一粒,若是落在地里死了,就结出许多子粒来。"这种以自我牺牲为手段的宗教救世精神在陀氏作品中也是常见的。许多年以后,我们还能从《十年一梦》等文章中看到晚年巴金对陀氏有更深刻的体悟与共鸣。

郁达夫对陀氏的喜爱更是持续了一生。他曾这样表示:"若要提出问题的话,至少也应该同杜思退益夫斯基一样地创出几个具体的有血肉感情的人出来才行,这一点是我在读无论什么小说的时候常常感到的想头。"⑤他还认为,"《罪与罚》一类的故事,我以为是最有价值的题材"。⑥在心理描写、尤其是在病态心理描写上,郁达夫被认为是很明显地取法于

---

① 鲁迅:《〈穷人〉小引》,《集外集》,北京:人民文学出版社,1976 年版,第 88 页。
② 山上正义:《谈鲁迅》,鲁迅研究资料编辑部编:《鲁迅研究资料》(2),1977 年版,第 187 页。
③ 巴金:《断片的纪录》,《巴金全集》第 12 卷,北京:人民文学出版社,1988 年版,第 442 页。
④ 巴金:《〈秋天里的春天〉译者序》,《巴金全集》第 17 卷,北京:人民文学出版社,1991 年版,第 146 页。
⑤ 郁达夫:《读刘大杰著的〈昨日之花〉》,《郁达夫文论集》,杭州:浙江文艺出版社,1985 年版,第 449 页。
⑥ 郁达夫:《介绍美丽的谎》,《郁达夫文论集》,杭州:浙江文艺出版社,1985 年版,第 895 页。

陀氏的中国作家之一。郁达夫作品的特色"是一种带点灰色、感伤的调子，——仿佛是一些穷愁潦倒、孤独愤世者的倾诉和叹息"，这与陀氏某些作品颇为接近；尤其郁达夫在一些作品中有意地把人物逼到奇特荒诞的绝境中予以心灵的拷问、倾心于人物的双重人格和分裂心理世界、聚焦若干畸形的社会现象，与陀氏风格更加神似，例如其代表作《沉沦》，"在坦率暴露病态心理这一点上，郁达夫显然受了卢梭、陀思妥耶夫斯基以及某些自然主义作家的影响"①。

当然，对于陀式某些艺术特色比如心理分析特色尤其是其对病态心理的冗长分析，包括对于其人物形象塑造与思想表达，现代中国作家中颇感不适的也所在多有。比如新感觉派甚至嘲笑《罪与罚》是"一服良好的催眠剂"②，有人则认为"陀氏的许多大著作……都不容易读，文字艰涩、冗长，插着不少的长篇大论；小说中的人物见解都互相仿佛，显然是作者自己的思想"③。这也难怪，陀氏主人公语言的精微、独特之处，及其小说中种种"微型对话"的复调艺术世界，要到巴赫金那里才被发掘出来，至此陀氏语言艺术的价值也才得到普遍的推崇和仿效；而在中国，为陀氏语言艺术翻案的巴赫金的著作则要到20世纪80年代以后才能与广大读者见面。

综上，陀氏小说在中国受到广泛传播并产生广泛影响，其根本意义在于其被视为具有"为人生"的主题和"现实主义"的艺术特征，这是时代要求和当时的文化语境所赋予的一种"归化式"解读所致，目的在于进行中国本土社会批判和思想教化，这也是其得以经典化的根本理由。还必须说明，已经进入经典行列的陀氏及其小说在新中国的命运和他的多数同胞一样也不是一帆风顺的。20世纪50—60年代，陀氏被塑造成为一个兼具艺术天才和反动思想的混合体，几乎是苏联学术界的附和或回响；十年"文革"，十年文化荒漠，陀氏远离了人们的视野；只有进入新时期以来，逐步开放的中国学界才对陀氏价值恢复名誉并进行了某种程度的重构或者调适，人们从社会文化、宗教哲学、诗学理论等方面入手，力图最真实准确全面地抵达陀思妥耶夫斯基的思想艺术内核并为我所用。当他的深刻性被众多拥趸认为可以比肩托尔斯泰甚至还有过之时，当"死屋""地下室"成为陀氏小说的专有词汇，"复调理论""狂欢化"等"诗学问题"被视为陀氏创作的标志性特色时，中国当代文坛便实实在在地从中获取了一种

---

① 唐弢主编：《中国现代文学史》第一册，北京：人民文学出版社，1979年版，第229页。
② 穆时英：《被当作消遣品的男子》，穆时英：《公墓》，上海：现代书局，1933年版，第17页。
③ 平万：《俄罗斯的文学》，上海：亚东图书馆，1933年版，第158页。

有别于之前的视野与营养,这也显示着陀氏在中国的价值与意义仍在不断生成和刷新。

第三节　陀思妥耶夫斯基作品的影视传播

（一）在表现主义的阴影下——陀思妥耶夫斯基作品的早期改编

根据陀思妥耶夫斯基作品改编的电影最早出现于1910年,即由导演彼得·伊万诺维奇·恰尔迪宁（Пётр Иванович Чардынин）执导的《白痴》。在根据陀思妥耶夫斯基小说改编同名电影之前,他已经先后将伊波利特·什帕任斯基的戏剧《女巫》和果戈理的小说《死魂灵》搬上银幕。1910年,在拍摄《白痴》这部电影的同时,他还尝试着对普希金的《黑桃王后》和莱蒙托夫的《瓦吉姆》进行改编。这部距今100多年的电影仅长15分钟,以故事片段的形式,包含了一些在小说中极为有名的场景,如"梅什金公爵与罗戈任在火车车厢里的相遇""娜斯塔西娅将整包钱扔到壁炉中并跟随罗戈任离开""罗戈任试图杀死梅什金公爵""罗戈任找到在大街上的梅什金公爵并告诉他自己杀死娜斯塔西娅的真相"等内容。此后,还曾出现过根据陀思妥耶夫斯基其他几部代表性作品改编的电影,如不足十分钟的短片《罪与罚》（1913）、雅柯夫·亚历山大罗维奇·普洛塔占诺夫（Яков Александрович Протазанов）根据《群魔》改编的《尼古拉·斯塔夫罗金》（Николай Ставрогин, 1915）和维克多·图尔金斯基（Вячеслав Туржанский）自编自导的《卡拉马佐夫兄弟》（1915）等；在美、意、德等国,也开始出现了一些根据陀思妥耶夫斯基作品改编的电影,其中以《白痴》的默片改编版本最为集中,包括1919年塞尔瓦托·阿瓦萨诺（Salvatore Aversano）执导的《白痴》、1921年欧亨尼奥·佩雷戈（Eugenio Perego）的《白痴公爵》（Il principe idiota）、德国导演卡尔·弗洛里希（Carl Froelich）的影片《犯错的灵魂》（Irrende Seelen）以及弗洛里希与迪米特里·布克霍维茨基（Dimitri Buchowetzki）在1921年共同拍摄的《卡拉马佐夫兄弟》等。

到了1923年,德国导演罗伯特·维内（Robert Wiene）导演的《拉斯柯尔尼科夫》堪称为默片时代第一部伟大的根据陀思妥耶夫斯基作品改编的经典电影,这部片长2小时15分钟的电影由德国列奥纳多电影公司（Leonardo-Film）和诺依曼电影制作公司（Neumann-Filmproduktion）联合出品。陀思妥耶夫斯基的文学创作风格通过一些德国作家如古·迈林克(1868—1932)的创作,对 20 年代初德国电影艺术中的一整套以电影导演 P. 维内和弗·朗格、演员 B. 克劳斯和 K. 弗洛伊德等人的名字为代表的流派产生了影响。① 作为德国表现主义最重要的人物之一,罗伯特·维内曾经以影片《卡里加利博士的小屋》成为欧洲表现主义运动中最引人注目的电影导演,在这位擅长把造型艺术的表现主义风格搬到电影中来的德国导演身上,对陀思妥耶夫斯基思想和艺术问题的兴趣,往往是与那种倾心于描绘出由绝望情绪和无历史前途感所引起的各种类型的模糊心理、幻想心态与噩梦的爱好结合在一起的②,甚至在他们看来,这就是"陀思妥耶夫斯基精神"的一种很有代表性的表现。影片由"莫斯科艺术家剧场"的一群演员出演,风格化的布景让人联想到维内之前的几部作品,同时他继续了带有悲观主义色彩的影片风格,出现了倾斜建筑与灯柱,并通过有意的夸张表演匹配布景风格,除了把主人公设置成与他一贯思路相一致的病态心理或与世隔绝的人物,还通过布光与照明,借助场面调度和夸张的布景,形成假定性的虚幻情境,如拉斯柯尔尼科夫幻觉在法官面前自我控诉;墙角的一张蜘蛛网主动加入滑头的法官和神志不清的凶手间的"表情决斗"。③

　　进入 30 年代之后,出现了一个改编陀思妥耶夫斯基作品的电影的高潮。代表性作品有德国影片《杀人犯德米特里·卡拉马佐夫》(*Der Mörder Dimitri Karamasoff*,1931)、苏联影片《死屋》(Мертвый дом,1932)、《彼得堡之夜》(Петербургская ночь,1934),还包括 1935 年分别来自于法国和美国的两部《罪与罚》。

　　《杀人犯德米特里·卡拉马佐夫》由德国导演埃里克·恩格斯(Erich Engels)和费奥多尔·奥采普(Fyodor Otsep)共同执导,是一次并不成功的对小说《卡拉马佐夫兄弟》的改编尝试。影片更侧重于德米特里与父亲的冲突这一条主线并围绕德米特里与格鲁申卡的故事,对其他人物都进行了虚化,因此在最大程度上缩减了故事情节,也削弱了原著中的主题思想及内涵,使之更像是对于凶杀案件来龙去脉的交代和对于爱情故事的

---

① 格·米·弗里德连杰尔:《陀思妥耶夫斯基与世界文学》,施元译,上海:上海译文出版社,1997年版,第 332 页。
② 同上书。
③ 齐格弗里德·克拉考尔:《从卡里加利到希特勒:德国电影心理史》,黎静译,上海:上海人民出版社,2008 年版,第 108 页。

完整叙述。与表现主义时代的德国电影相比,《杀人犯德米特里·卡拉马佐夫》回避了德国电影中明显的和现时的错误——阴郁的象征、同义反复或者类似形象的徒劳重复、猥亵、对畸形的爱好、邪恶①,而作曲家卡洛尔·拉特豪斯(Karol Rathaus)的配乐中包括了心理描写、表现主义的咖啡馆音乐和突然插入的音响效果②,提升了影片的艺术特色。在演员的表现方面,弗里茨·科特讷(Fritz Kortner)的表演显现出拘束和不合时宜的夸张,对德米特里·卡拉马佐夫的演绎较为单一。而影片女主角史丹·安娜(Sten Anna)的演技则更胜一筹,她正是凭借这部影片的出色表演引起美国制片人高尔温(Samuel Goldwyn)的注意,才有了后来的好莱坞经历。

1932年,苏联导演瓦西里·费多罗夫(Василий Фёдоров)根据什克洛夫斯基的剧本拍摄了影片《死屋》,影片内容主要根据长篇小说《死屋手记》和作家本人的传记材料改编,试图表现出陀思妥耶夫斯基在19世纪40年代的生活片断(那时他参加了彼得拉舍夫斯基小组);表现出后来他的世界观如何发生变化;他如何拒绝了空想社会主义的进步思想,而陷入了宗教的神秘论。③但是这部影片并没有获得好评,被看成是"毫无成果的形式主义实验","过分热衷于揭露沙皇时代彼得堡的阴暗气氛和苦役犯所处的艰苦环境,却一点也没有正确阐明《死屋手记》中所提出的复杂问题。"④只有美工师弗拉基米尔·叶果洛夫和陀思妥耶夫斯基一角的扮演者——卓越的演员尼古拉·巴甫洛维奇·赫米辽夫(Николай Павлович Хмелёв)的工作至今仍值得重视,仍保有自己的价值。⑤

1934年上映的《彼得堡之夜》由格利高里·罗沙里(Григорий Львович Рошаль)和薇拉·斯特洛耶娃(Вера Павловна Строева)共同执导完成。作为电影剧本基础的是陀思妥耶夫斯基早期的短篇小说《白夜》和《涅托茨卡·涅兹万诺娃》的情节,讲述革命前一个天才的孤独的人的

---

① 博尔赫斯:《电影》,徐鹤林译,见《博尔赫斯散文》,杭州:浙江文艺出版社,2001年版,第23页。
② 克利斯多夫·帕尔默、约翰·吉勒特:《电影音乐》(续),尚家骧译,见《当代外国艺术》(第10辑),北京:文化艺术出版社,第136—144页。
③ 苏联科学院艺术史研究所:《苏联电影史纲》(第一卷),龚逸霄译,北京:中国电影出版社,1983年版,第397—398页。
④ 同上书,第398页。
⑤ 波高热娃:《论改编的艺术——陀思妥耶夫斯基小说的改编》,俞虹译,见陈犀禾选编:《电影改编理论问题》,北京:中国电影出版社,1988年版,第448页。

命运。影片拍得新颖独特,在这里可以看到陀思妥耶夫斯基早期短篇小说的特殊风格(尽管作者们并没有极力准确地再现它们的情节)。影片的创作者们把音乐家叶菲莫夫——由于贫困和非正义而在寒冷、窒闷的彼得堡死去的农奴百姓的天才代表人物形象放到了影片的中心。导演竭力通过电影艺术的表现手段强调出在真正人民的天才和包围着他的残酷世界之间的悲剧冲突,竭力通过主人公的命运反映和概括许多天才俄国人的典型命运。① 年轻的音乐家卡巴列夫斯基为这部关于音乐家的影片创作了十分严整而首尾一贯的音乐,并使之立刻成为影片的剧作构成的主要成分之一,而开始为影片的情节服务。②

1935年出现了两部受到表现主义影响的《罪与罚》电影,分别为皮埃尔·谢纳尔(Pierre Chenal)执导的法国版《罪与罚》和冯·斯登堡(Josef von Sternberg)执导的美国版《罪与罚》。在由谢纳尔执导的那部高品质电影中,饰演拉斯柯尔尼科夫和波尔菲里的皮埃尔·布朗沙尔(Piece Blanchar)和哈里·博尔(Harry Baur)是两名杰出的舞台剧演员,他们贡献了非常精彩的表演。但是,长篇小说主人公的精神悲剧和他的复杂的内心生活,在影片中仿佛都退居到后景。导演把犯罪的情节推到前景上来。③ 在场景布置上,拉斯柯尔尼科夫房间外的走道带着些许表现主义风格④。除此之外,这部影片中充斥着大量的所谓"俄罗斯式的"细节(圣像、茶炊、伏特加酒瓶),但是却没有表现出作品的俄罗斯特色。⑤ 1930年至1940年间,正是导演冯·斯登堡在好莱坞经历的一个缓慢的戏剧性的衰退过程,他在派拉蒙公司执导的8部影片巩固了他在好莱坞传奇般的形象,但从艺术水准上来说,却再也无法达到《蓝天使》的高度。在拍摄完《美国的悲剧》之后,斯登堡转投哥伦比亚电影公司,第一部影片选择的就是根据文学作品改编的《罪与罚》,遗憾的是,影片同样平庸而毫无出色之

---

① 波高热娃:《论改编的艺术——陀思妥耶夫斯基小说的改编》,俞虹译,见陈犀禾选编:《电影改编理论问题》,北京:中国电影出版社,1988年版,第448—449页。
② 切列姆兴:《有声影片中的音乐》,钟宁译,北京:中国电影出版社,1958年版,第76页。
③ 波高热娃:《论改编的艺术——陀思妥耶夫斯基小说的改编》,俞虹译,见陈犀禾选编:《电影改编理论问题》,北京:中国电影出版社,1988年版,第450页。
④ 大卫·波德维尔、克里斯汀·汤普森:《世界电影史》(第2版),范倍译,北京:北京大学出版社,2014年版,第369页。
⑤ 波高热娃:《论改编的艺术——陀思妥耶夫斯基小说的改编》,俞虹译,见陈犀禾选编:《电影改编理论问题》,北京:中国电影出版社,1988年版,第450页。

处①,只有彼得·洛(Peter Lorre)饰演的痛苦不堪的拉斯柯尔尼科夫给观众留下了深刻的印象。

(二) 有声时代的到来——40、50年代的陀思妥耶夫斯基作品改编电影

与30年代不同的是,40年代改编陀思妥耶夫斯基作品的电影的高潮出现在后半阶段,从1945年由福斯德曼(Hampe Faustman)编导的《罪与罚》(*Brott och straff*,1945)这部颇有问题的影片②开始,随后是阿尔弗雷德·蔡斯勒(Alfred Zeisler)的美国黑色电影《恐惧》(*Fear*,1946)、乔治·兰平(Georges Lampin)的《白痴》(1946)、皮埃尔·皮隆(Pierre Billon)的《戴礼帽的男人》(*L'homme au chapeau rond*,1946),以及罗伯特·西奥德梅克(Robert Siodmak)执导的《赌徒》(又名《绝代艳姬》,*The Great Sinner*,1949)。

与默片时代片相比,有声时代的改编影片《白痴》从一开始就试图抓住原著的主题。1946年由萨沙·戈尔迪纳电影公司(Films Sacha Gordine)拍摄的《白痴》是早期比较受关注的改编版本之一。作为乔治·兰平正式导演的第一部作品,在编剧查尔斯·斯帕克(Charles Spaak)以及两位伟大演员杰拉·菲利浦(Gérard Philipe)和艾薇琪·弗伊勒(Edwige Feuillère)的共同努力下,《白痴》被视为那个时代法国电影中难得一见的从伟大小说到伟大电影的代表作之一,尤其是艾薇琪·弗伊勒的表演,远远超越了原节子在黑泽明版本中的表现。③

电影《赌徒》的主要情节来自于1886年的同名短篇小说,部分素材还与《罪与罚》以及作家的生平相关。这部影片是格利高里·派克(Gregory Peck)与艾娃·加德纳(Ava Gardner)的第一次合作,由派克饰演到威斯巴登来寻找素材的青年作家费佳。艾娃·加德纳饰演一位俄国上校的女儿葆琳·奥斯特洛夫斯基,她冷酷而又敏感,却无意中使费佳沉湎于赌博之中。影片导演罗伯特·西奥德梅克是米高梅老板梅耶(Louis B. Mayer)为拍此片专门从环球影业(Universal Picture)借来的,电影投资

---

① 乔治·萨杜尔:《世界电影史》,徐昭、胡承伟译,北京:中国电影出版社,1982年版,第288页。

② 乔治·萨杜尔:《电影艺术史》,徐昭、陈笃忱译,北京:中国电影出版社,1957年版,第316页。

③ Dan Callahan, The Idiot at FIAF. http://www.slantmagazine.com/house/article/the-idiot-at-fiaf [2014—09—26]

200万美元,云集各路明星,除了派克、加德纳、巴里摩尔、休斯顿,还有梅尔文·道格拉斯、弗兰克·摩根以及艾格尼丝·莫尔海德。宏伟的场景与绚丽的服饰让人回想起了19世纪豪华典雅的欧洲胜地。① 毫无疑问,《赌徒》是一部上乘之作,但冗长的剧本初稿和面面俱到的要求使这部影片在1948年11月份封镜时长达8小时,后来经过多次重新拍摄和剪辑,最终长度为130分钟。影片在纽约首映后,《纽约时报》记者鲍斯雷·克劳瑟称之为"枯燥乏味的片子"。《新闻周刊》又雪上加霜:"虽然是精英荟萃,但冗长累赘的故事单调而做作,与自称的娱乐片或是正统戏都搭不上边。"配角们的表演总体得到好评,而派克与加德纳却少有褒奖。②

50年代的根据陀思妥耶夫斯基作品改编的电影更加异彩纷呈,比较具有代表性的影片包括黑泽明(黒澤明)的《白痴》(1951)、费尔南多·德·富恩特斯(Fernando de Fuentes)执导的墨西哥影片《罪与罚》(1951)、乔治·兰平导演的法国影片《罪与罚》(1956)、卢奇诺·维斯康蒂(Luchino Visconti)的《白夜》(1957)、理查德·布鲁克斯(Richard Brooks)执导的美国影片《卡拉马佐夫兄弟》(1958)、伊万·培利耶夫(Иван Пырьев)导演编剧的影片《白痴》(1958)和《白夜》(1960)、克劳德·奥当—拉哈(Claude Autant-Lara)执导的法国影片《赌徒》(*Le joueur*,1959)、丹尼斯·森达斯(Denis Sanders)执导的第一部剧情片《美国罪与罚》(*Crime & Punishment, USA*,1959)、亚历山大·鲍里索夫(Александра Борисова)执导的《顺从的人》(Кроткая,1960)等。与此同时,根据陀思妥耶夫斯基作品改编的电视电影和电视系列剧开始逐渐出现,原联邦德国导演柯特·戈茨—普弗拉格(Curt Goetz-Pflug)与弗兰克·洛塔尔(Frank Lothar)共同执导的根据《罪与罚》改编的《拉斯柯尔尼科夫》(*Raskolnikow*,1953)是最早的电视电影作品。同年,美国齐夫电视节目制作公司(Ziv Television Programs)推出的电视系列剧集《你最爱的故事》(*Your Favorite Story*)中,包括有根据陀思妥耶夫斯基作品改编的《赌徒》,美国哥伦比亚广播公司(CBS Television Network)的专题电视剧集《菲利普·莫里斯剧场》(*The Philip Morris Playhouse*)则包含《罪与罚》一集,英国广播公司(British Broadcasting Corporation,BBC)推出的电视系列剧集《BBC周日剧场》(*BBC Sunday-Night Theatre*)也包括

---

① 格利·弗斯格尔:《格里高利·派克》,董广才、胡小倩、马雅莉译,北京:昆仑出版社,2010年版,第115页。
② 同上书,第116页。

《罪与罚》一集。到了1959年,意大利广播公司(Radiotelevisione Italiana,RAI)拍摄了最早的电视迷你剧集《白痴》(6集7小时长)。

由于《罗生门》在国际上赢得的成功,之后在1951年黑泽明拍摄了《白痴》这部日本战后人道主义电影的代表作品①。陀思妥耶夫斯基是黑泽明最喜爱的小说家,但影片《白痴》在艺术上并没有表现出他最佳作品的水准。恐怕是因为它过分忠于原著的缘故,原著中所有的主要人物都处于歇斯底里的边缘。即便如此,电影中也具有一些令人难以忘怀的美丽场景,如在日本最北方岛屿北海道拍摄的美丽的落雪场景。② 在黑泽明看来,没有必要在东京的电影制片厂摄影棚里搭置彼得堡的布景,只要能着力表现出小说的特点和对主要人物的性格刻画就可以了,于是他把故事的发生地搬到了日本北部。梅思金和罗果静第一次会面发生在太平洋上行驶的一艘轮船的舱房里,随后剧情便转到日本的一个积雪的小城市中来。影片具有它独到的成功之处,并且在创作上也是饶有趣味的,画面中令人窒息的白雪给观众留下了深刻印象,而三位主要演员森雅之、三船敏郎、原节子在影片中的表演也还算出色。

1957年,意大利导演鲁奇诺·维斯康蒂根据陀思妥耶夫斯基的中篇小说拍摄了影片《白夜》,但只用了原作中的部分情节,并把故事更改为在现代背景中的意大利发生,但是影片完全是在摄影棚里拍摄的,因此并没有特别的城市风光的展现,这一系列改变使人感到惊讶,甚至"颇有争议"③。那时维斯康蒂正醉心于非理性的遐想和表现人的本质性的孤独,醉心于运用那种在艺术上虽有意义,但实质上都属于颓废的"先锋派"的风格。④ 虽然在这之前,维斯康蒂拍摄的《大地在波动》(1948)、《情感》(1954)等都是根据文学作品改编,但相比之下,他在影片《白夜》中更有意识地将作品内容与意大利的现实环境联系起来,表现出他对"罗曼蒂克写实主义电影"的探索和对当时意大利社会现实的困惑,也包含了他对当时意大利电影发展态势的反思。在影片中,著名演员玛丽亚·雪儿(Maria Schell)、马塞洛·马斯楚安尼(Marcello Mastroianni)、让·马莱(Jean Marais)分别扮演了主要角色。到了1960年,当维斯康蒂拍摄《罗科和他

---

① 佐藤忠男:《日本电影大师们》(贰),王乃真译,北京:中国电影出版社,2013年版,第259页。
② 奥蒂·波克:《日本电影大师》,张汉辉译,上海:复旦大学出版社,2014年版,第230页。
③ 同上书,第402页。
④ 阿里斯塔尔科:《故事与反故事》,艾敏编译,见费里尼等:《费里尼:甜蜜的生活》,济南:山东画报出版社,2013年版,第39页。

的兄弟们》时,他终于回归到通过电影作品展现浓郁时代气息和真实再现意大利尖锐社会矛盾的创作道路上来。从风格上讲,维斯康蒂在这部影片里,发展了他曾在《情感》《白夜》等影片里试图创立的风格:一种现实主义的、近似小说的叙事风格。《罗科和他的兄弟们》很容易使人联想到《白痴》,因为两者的关系是显而易见的。他是带着批判的观点在重提陀思妥耶夫斯基的;尽管他的影片是心理片,但并不局限于心理范畴。罗科犹如《白夜》中的马里奥,是维斯康蒂所有作品中最陀思妥耶夫斯基式的人物:他的思想基础是乌托邦,代表性格孤僻、思想颓废的人。[1]

1958年,小说家出身的美国导演理查德·布鲁克斯(Richard Brooks)把长篇小说《卡拉马佐夫兄弟》搬上了银幕,这也许是这部小说改编史上观影人数最多的一部。从艺术水准来说,与后来改编自辛克莱·刘易斯原著的《灵与欲》(Elmer Gantry,1960)相比,他的两部改编自文学作品的影片《吉姆爷》(Lord Jim,1965)与《卡拉马佐夫兄弟》"较为一般"[2]。刚刚在《白夜》中饰演女主角娜塔莉亚的玛丽亚·雪儿在米高梅(Metro-Goldwyn-Mayer, MGM)选角时击败玛丽莲·梦露(Marilyn Monroe),在影片中扮演了所有女星梦寐以求的角色格鲁申卡。刚刚获得奥斯卡影帝的尤·伯连纳(Yul Brynner)饰演德米特里·卡拉马佐夫一角。在布鲁克斯看来,"百分之九十九要改编成电影的小说,必须要经过大的删削和改动才能成为好电影",[3]因此,在编剧爱泼斯坦兄弟(Julius J. Epstein & Philip G. Epstein)的笔下,原著小说中的大部分次要情节和人物被全部删去。故事围绕着核心内容展开,包括人物心理的冒险和浪漫的一面,但关于宗教的探讨分析和哲学心理学方面的思考等都没有涉及,德米特里被处理成影片绝对的主角,伊万和阿列克谢则退后为配角。《卡拉马佐夫兄弟》可以是一个犯罪故事,一个爱情故事,或者一部情节完整的惊悚片,但这部规模宏伟、耗资巨大、但是却不够深刻的影片,引起了舆论界的批评。[4] 这部具有明显好莱坞特色的影片根本没有

---

[1] 阿里斯塔尔科:《维斯康蒂的"小说电影"》,艾敏、何振淦译,见《当代外国艺术》(第4辑),北京:文化艺术出版社,1987年版,第87—95页。

[2] 乔治·萨杜尔:《世界电影史》(第二版),徐昭、胡承伟译,北京:中国电影出版社,1995年版,第440页。

[3] 布鲁克斯:《小说不是电影》,石明译,见陈犀禾选编:《电影改编理论问题》,北京:中国电影出版社,1988年版,第355页。

[4] 波高热娃:《论改编的艺术——陀思妥耶夫斯基小说的改编》,俞虹译,见陈犀禾选编:《电影改编理论问题》,北京:中国电影出版社,1988年版,第451页。

表现出陀思妥耶夫斯基的哲理和诗意、他对社会的不公正所给予的严峻而炽烈的批评、他的人道主义、他对不幸的"社会底层"的同情以及他在描述他所处的那个世界的残酷无情时所体验到的那种痛苦的矛盾心情。①事实上，以金钱为主线来处理原著中的情节与人物关系，甚至成为一切罪恶的根源和主题，这一点与陀思妥耶夫斯基的精神相去甚远。总的来看，影片并没有达到布鲁克斯的要求，演员们中规中矩，电影配乐有效地补充了故事中戏剧性的情绪以及逐渐紧张的危机感。但最难让人接受的是影片的结尾，德米特里更多被看成是一位被冤枉的无罪的人，因此最后画面着重表现德米特里与女友格鲁申卡出逃的希望，而在陀思妥耶夫斯基的原著中，故事结束于小儿子阿廖沙和孩子们之间的交谈。

值得一提的是，法国导演布列松（Robert Bresson）对陀思妥耶夫斯基的作品也是情有独钟，曾多次从他的小说取材创作。他拍摄于1959年的《扒手》（*Pickpocket*）被认为是最能反映他严峻准确风格的作品之一，影片在某种程度上受到了陀思妥耶夫斯基《罪与罚》的影响。在影片中，主人公米歇尔是一个自我强迫的扒手，偷窃并不是为了金钱或快感，而只是因为那是一种工作，或者说是一种自我实现。他会偷自己濒死的母亲，也会在她床边哭泣。就像是陀思妥耶夫斯基笔下的拉斯柯尔尼科夫，米歇尔也一直在和警察争辩。而且，和《罪与罚》的主人公一样，米歇尔认定有些人是可以超越法律的，因为他们对社会来说是不可缺少的。② 与陀思妥耶夫斯基作品中某些人物相似的是，布列松电影中的人物角色多半沉默寡言行为退缩，内心充满折磨也很少外露出来。③ 与《扒手》的取材不同的是，在1969年拍摄影片《温柔女子》（*Une femme douce*）时，布列松直接地从陀思妥耶夫斯基的小说《温顺的女性》摄取素材。这部影片中的角色同样压抑他们的情感，甚至是由导演对细节之操控而在观众头脑中形成的。比如说在影片的开头，一位绝望女子的自杀是由以下几个镜头组成：首先看到的是紧闭的玻璃门，切到中景的阳台椅子被踢倒，然后，一根白色的丝巾从阳台上飘下。1971年，他根据中篇小说《白夜》创作拍摄了

---

① 波高热娃：《论改编的艺术——陀思妥耶夫斯基小说的改编》，俞虹译，见陈犀禾选编：《电影改编理论问题》，北京：中国电影出版社，1988年版，第451页。

② 保罗·施拉德：《论〈扒手〉》，黄渊译，见杨远婴、徐建生主编：《外国电影批评文选》，北京：世界图书出版公司北京公司，2014年版，第80页。

③ 路易斯·贾内梯、斯科特·艾曼：《闪回：电影简史》，焦雄屏译，北京：世界图书出版公司北京公司，2012年版，第211页。

《梦想者四夜》(Quatre nuits d'un rêveur)。在布列松看来,这部影片的主题是:"爱情只是一场梦,来吧,咱们继续做吧!"①在这部影片中,布列松还运用了音乐与画面不搭调的手法:一艘巨大的海上夜总会巡游在塞纳—马恩省河上。船速缓慢而平稳,但配乐却是有生气的舞曲(直到下一幕我们才发现,乐声来自船上)。快节奏音乐和缓慢船速的奇怪组合,产生一种神秘的效果。②

(三) 伊万·培利耶夫的"陀思妥耶夫斯基情结"

在众多致力于把陀思妥耶夫斯基小说改编成电影的苏联导演中,伊万·培利耶夫(Иван Пырьев)是最具有代表性的一位。根据他本人的描述,他对陀思妥耶夫斯基"这位艺术魅力和悲惨遭遇都与众不同的作家怀有一种由来已久、不可动摇的偏爱。阅读他的作品时,我永远被他作品中蕴含的感人肺腑、惊心动魄的东西所感染。"③从50年代后期开始,这位曾经的音乐喜剧导演主要从事陀思妥耶夫斯基文学作品的改编工作,导演编剧的影片有《白痴》(上集《娜斯达西娅·菲里波夫娜》,1958)、《白夜》(1960)、《卡拉马佐夫兄弟》(1969,共三集)三部。在拍摄《白痴》之前,他的全部创作生涯中共拍摄了16部反映现代人的影片,主要是反映集体农庄庄员和工人生活的现代题材,影片的主人公都是苏维埃人:集体农庄庄员、拖拉机手、养猪姑娘、工厂的工人、共青团员、建筑工人、工程师、党的干部、伟大卫国战争的游击队员、苏军士兵和军官。④但在培利耶夫看来,只拍现代题材影片,不将经典著作搬上银幕(他根据托尔斯泰、果戈理、陀思妥耶夫斯基的小说写了许多电影剧本),那么这种学习是不完全的。⑤但是,就像陀思妥耶夫斯基所说的,"真正艺术的特征在于它永远合乎时代要求,为时代所迫切需要,于时代有益的……而与时代不相适应、不符合时代要求的艺术是根本不可能存在的"。因此,培利耶夫"在改编陀思妥耶夫斯基长篇小说时,摈弃了所有驾轻就熟的手法,似乎进入了

---

① 《关于〈金钱〉》,任友谅译,见米歇尔·西蒙:《电影小星球:世界著名导演访谈录》,北京:北京大学出版社,2008年版,第11页。
② 大卫·波德维尔、克里斯汀·汤普森:《电影艺术:形式与风格》(插图第8版),曾伟祯译,上海:世界图书出版公司,2008年版,第320页。
③ 培利耶夫:《我和我的创作》,丁昕译,北京:中国电影出版社,1989年版,第173页。
④ 同上书,第164页。
⑤ 同上书,第164—165页。

一个从未涉足过的天地"①,他"力求慎重地、富于逻辑顺序地揭示小说的内容,详尽地表述它的情书并富于创造性地再现小说的内在艺术形象。"②

早在1947年,培利耶夫就写好了《白痴》的电影剧本,而开始构思的时间还要早些。"我很喜欢这部小说,主人公给我留下了清晰的印象,上边我谈及的主人公的那些特点使我心驰神往。"③在写《白痴》电影剧本过程中,培利耶夫反复阅读陀思妥耶夫斯基的原著,同时还写出了根据中篇小说《白夜》改编的电影剧本。之后,因为忙于拍其他影片和担任莫斯科电影制片厂厂长的缘故,拍摄计划一再往后拖延(另外一个重要的原因是找不到扮演主角的演员)。其间,培利耶夫还把剧本先后交给С.尤特凯维奇和托夫斯托诺戈夫拍摄,但都因为找不到扮演梅什金这一角色演员而未能如愿。后来,在导演丘赫莱依(Григорий Наумович Чухрай)试拍影片《第四十一个》(Сорок первый,1956)过程中,未被选上的候选演员雅科夫列夫(Юрий Васильевич Яковлев)进入了他的视野,"他朴实、和善,谈吐亲切。他浑身洋溢着一种难以名状、能立刻使你倾倒的魅力。我越来越觉得他能演好梅什金。"④饰演娜斯塔西娅·菲里波芙娜角色的女演员则选择了当时莫斯科最有才华的话剧女演员之一尤利娅·鲍里索娃。电影《白痴》准确地追随着原著小说开篇所展现的那些事件,影片就是根据小说的第一部分由四个大场面组成的:在车厢里(在这里发生了梅思金、罗果静的相遇);在叶潘钦将军府邸(在这里展开了对所有那一群人物的性格刻画);在伊沃尔金宅第的那场戏,这是由好几个片断组成的;还有在娜司泰谢·费里帕夫娜房间里那一最富有戏剧性的以"虚伪的结局"收尾的高潮场面。⑤ 关于梅什金的人物命运,在小说的第一部分以及在影片中还都只提到了一部分,小说的另外三个部分被留在镜头之外,还没有被拍摄出来,应当说这三部分是涵义最复杂的,对于银幕体现来说也是最困难的。⑥ 培利耶夫使影片只局限于小说第一部分的材料,不但减轻了

---

① 培利耶夫:《我和我的创作》,丁昕译,北京:中国电影出版社,1989年版,第165页。
② 波高热娃:《论改编的艺术——陀思妥耶夫斯基小说的改编》,俞虹译,见陈犀禾选编:《电影改编理论问题》,北京:中国电影出版社,1988年版,第448页。
③ 培利耶夫:《我和我的创作》,丁昕译,北京:中国电影出版社,1989年版,第160—161页。
④ 同上书,第162页。
⑤ 波高热娃:《论改编的艺术——陀思妥耶夫斯基小说的改编》,俞虹译,见陈犀禾选编:《电影改编理论问题》,北京:中国电影出版社,1988年版,第458—459页。
⑥ 同上书,第465页。

自己的任务，同时也使影片结构更加明晰完整。在培利耶夫看来，《白痴》通过梅什金这个正面主人公形象表现了力求寻找解决生活重大问题的答案的趋向。这位道德净化的人从瑞士的雪山之巅堕入艰难、昏暗、令人忧心的资本主义生活的深渊。① 然而，离开人屈服于金钱势力这个主题统一起来的整个形象体系，不论梅什金的形象多么重要，多么富有魅力，也不会得到正确地处理。② 因此，在拍摄过程中，导演努力将这个主题贯穿整部影片，乃至每一个场面。影片的美工师沃尔科夫后来回忆道，当他得知"导演和电影剧本作者是伊凡·亚历山大罗维奇·培利耶夫……这就意味着，主题的处理将会是鲜明突出，充满激情而别具一格。"③ 培利耶夫在思考如何最富有成效地表达出陀思妥耶夫斯基长篇小说的特点，如何揭示最复杂的潜台词，如何表现主人公们的内心世界时，没有放弃电影表现手段武库中的任何一种手段，不过他却把自己的注意力集中放到了演员身上。④ 在影片中，尤利娅·鲍里索娃饰菲里波芙娜仿佛是故事冲突的中心，但梅什金更像是道德的、思想的中心。他有自己的痛苦和欢乐，时而情绪昂扬，时而意气消沉，既有毫无私念的爱心，也有使心灵显得空虚的贪欲。⑤ 此外，影片在很多细节方面都精益求精，包括场景色调音乐的处理。出于对小说实质的现实主义解释的需要，影片呈现出深沉含蓄的色调处理。这样，在所有的场面中，包括外景场面在内，深褐色的、黑的、黄的色调就占据了优势。这使各个场面取了仿佛是素描的格调，而且无论如何都是深沉含蓄的，也就使这些场面的彩色处理具有简洁的特点。⑥ 影片保留了一个背着手摇风琴的流浪乐师和一个用纤细的童声卖唱的女孩形象，除了创造必要的时代气氛外，楼下院子里纤细的童声卖唱及其"不幸的浪漫曲"的内容，恰如其分地烘托出瓦里娅·伊沃尔根娜把梅什金引进的昏暗房间的气氛。⑦ 影片《白痴》的成功是不容置疑的。批

---

① 培利耶夫：《我和我的创作》，丁昕译，北京：中国电影出版社，1989年版，第150页。
② 同上书，第151页。
③ 沃尔科夫：《小说——改编——造型处理》，戴光晰译，见周承人编：《论电影美术》，南昌：江西人民出版社，1983年版，第198页。
④ 波高热娃：《论改编的艺术——陀思妥耶夫斯基小说的改编》，俞虹译，见陈犀禾选编：《电影改编理论问题》，北京：中国电影出版社，1988年版，第463页。
⑤ 沃尔科夫：《小说——改编——造型处理》，戴光晰译，见周承人编：《论电影美术》，南昌：江西人民出版社，1983年版，第198页。
⑥ 同上书，第204页。
⑦ 培利耶夫：《我和我的创作》，丁昕译，北京：中国电影出版社，1989年版，第157页。

评界是有争议,但影院里观众却场场座无虚席。那些悲剧性的场面,特别是讨价还价和焚烧钞票的场面非常逼真,富有令人痛心的人性。尽管这些行为和激情令人难以置信,却显得非常真实。这是一个很长的场景,出场人物众多,对白冗长,又只用一个布景加以处理,但却丝毫没有话剧的痕迹,足以见导演对蒙太奇、景别的交替、照明、彩色的把握是多么得心应手,信心十足。① 但是,影片最终是以人性战胜金钱、功名、私利、自私和卑鄙而告终。这样的结局有悖于陀思妥耶夫斯基的原意②,从另一方面来讲,这种改编尝试为揭示文学形象的社会实质和永不枯竭的生命力,表达出当时那一时代的色彩,找到了言简意赅而富有表现力的形式。③ 在成功地将《白痴》的上集《娜斯塔西娅·菲里波芙娜》搬上银幕之后,培利耶夫最终没有拍出《白痴》的下集,这大概这是他电影拍摄生涯中的一次遗憾。虽然如此,培利耶夫并没有放弃与陀思妥耶夫斯基的小说进行新的碰撞,这就是根据中篇小说改编的,由莫斯科电影制片厂拍摄的《白夜》。

《白夜》在陀思妥耶夫斯基所著小说中被看成是表达"感伤的罗曼史"的一部作品。小说写幻想者回忆自己青年时代爱上少女娜斯琴卡的故事,他们偶然相遇度过了在彼得堡的五个白夜,最后娜斯琴卡终于等到了自己的恋人,留给幻想者的是忧郁与孤独。培利耶夫在电影的叙述方法上沿用了小说的基本结构,将情节按照五夜的顺序依次展开,同时又通过序幕、尾声以及时常出现的叙述人使整个故事形成框架结构,其中改动最大的就是在第二夜将幻想者的思想经历和娜斯琴卡的生活经历全部通过画面讲述出来,这些"幻想的场面,缺乏诗意和丰富的想象力,显得格外贫乏无力。"④在影片这部分叙述内容中,前半部分是幻想者的故事,他以骑士、王子、绅士等不同形象出现,一个又一个故事之间有明显的跳跃性,利用插入中间色调的画面来进行转换过渡。后半部分则是娜斯琴卡与房客的恋爱故事。两个故事恰似生活的两面:幻想者的生活只停留在幻想中,娜斯琴卡的故事更现实。在前者的处理上,培利耶夫利用了自己擅长的

---

① 尤列涅夫:《序》,丁昕译,见培利耶夫:《我和我的创作》,北京:中国电影出版社,1989年版,第14页。

② 同上书,第15页。

③ 苏联科学院艺术史研究所:《苏联电影史纲(第三卷)》,张开等译,北京:中国电影出版社,1992年版,第551页。

④ 尤列涅夫:《序》,丁昕译,见培利耶夫:《我和我的创作》,北京:中国电影出版社,1989年版,第15页。

喜剧,却达到了反讽的目的。在培利耶夫看来,《白夜》是一部刻画细腻、抒情、令人感奋的作品。它的字里行间饱含着获得爱情的欢乐、理想不能实现而产生的痛苦、普希金式的淡淡的忧伤以及默默无闻、谦卑的自我牺牲精神。① 与《白痴》改编中关于对人的思想的分歧不同的是,影片《白夜》试图改变陀思妥耶夫斯基原著中悲观绝望的笔调。培利耶夫没有去表现空旷的彼得堡夜色令人迷惘的魔力,也没有描绘因理想破灭渺茫而产生的痛苦感觉。② 总的来说,培利耶夫在改编《白夜》时完全没有获得成功。虽然在这部影片中也还可以找到个别的、毋庸置疑的优点,但是影片的处理却是与陀思妥耶夫斯基的小说格格不入的,因而在报刊上引起了严厉的批评。③ 在影片中饰演男女主人公的分别是当时正走红的影星斯特里热诺夫(Олег Александрович Стриженов)和年轻演员马尔琴柯(Людмила Васильевна Марченко),两位演员的表演也中规中矩。

《卡拉马佐夫兄弟》是培利耶夫导演生涯的绝唱,也是他第三次改编陀思妥耶夫斯基的小说。众所周知,培利耶夫在他导演生涯的晚期不断选中陀思妥耶夫斯基的小说绝非偶然。他既不是为了学究式冷静地改编,更不是为了图解他的作品,而是为了有幸浸沉到他那复杂、矛盾的、艺术的、道德的和哲学的世界中去,为了能够同某个问题展开激烈的争论,但更多的是为了在小说中找到与自己相符合的内心体验和观点,是为了赞美这位热爱俄罗斯的艺术家和社会和谐的痛苦探索者的洞察力。而最后,则是为了避开对卡拉马佐夫兄弟的形象,对他们的命运、苦难和悲剧冲突上所做的大量设注、解释和处理,他要重新发掘他们。④ 与《白痴》《白夜》相比,《卡拉马佐夫兄弟》更像是一部巨著,也带有更为丰富的社会心理和哲理。在这部总结性的长篇小说中结构复杂、各种矛盾尖锐对立,这给改编带来了不少难题,而小说中非常浓郁的俄罗斯风格和深刻的民族性也让诸多改编者知难而退。培利耶夫在改编过程中遵循了"取其原意,彻底改变情节"⑤的办法,首先对原著内容进行大量压缩,因此故事情节在改编中有所变化,次要线索被大量删去。小说的许多复杂线索在影

---

① 培利耶夫:《我和我的创作》,丁昕译,北京:中国电影出版社,1989年版,第169页。
② 尤列涅夫:《序》,丁昕译,见培利耶夫:《我和我的创作》,北京:中国电影出版社,1989年版,第15页。
③ 波高热娃:《从书到影片》,伍菡卿、俞虹译,北京:中国电影出版社,1962年版,第76页。
④ 波高热娃:《论改编的艺术(二)——陀思妥耶夫斯基小说的改编》,俞虹译,见《世界电影》1983年第2期,第184—203页。
⑤ 培利耶夫:《我和我的创作》,丁昕译,北京:中国电影出版社,1989年版,第174页。

片中仿佛被拉直了,简单化了。小说中的历史背景——正在经历着俄国贵族阶级的危机,新力量和新思想风起云涌,西欧派和斯拉夫派持续进行斗争的七十年代末期的俄罗斯,也消失不见了,说得更准确些,也被人给抹掉了。① 以至于在当时的电影评论家看来,这部电影把小说中的一切都简化为光秃秃的情节,结果搞出来的几乎是描写在莫克洛叶发生的一桩公案的侦探片。② 但实际上,就像培利耶夫所推崇的那样,"要设法在可靠的历史材料中挑选最富于表现力的东西。从那里面把对于小说中的规定情景最有表征意义的东西找出来。"③譬如在影片的开头,观众们首先看到的是教堂内的蜡烛照耀下圣像与神龛的画面,然后转到教堂外部金色的圆顶,教堂门口拥挤的礼拜的人们,第一个出现的主要人物德米特里·卡拉马佐夫与众多礼拜的人们擦肩而过匆匆忙忙地往教堂里面走。在接下来卡拉玛佐夫一家在最受尊敬的佐西马长老的小修道室会聚并接受长老的调解时,整部影片中的所有主要人物均出场并毫无保留地呈现在观众们面前:卑鄙丑恶的老卡拉玛佐夫、纯洁善良的阿辽沙、性情暴躁的德米特里、阴郁内向的伊凡。于是,在父亲和儿子之间的悲剧以及在家族中那种与普通人的道德准则相冲突的道德世界逐渐呈现在画面中,同时也包含了从培利耶夫阐释角度出发的基于原著的对生活意义和宗教道德的探索。影片的作者们一下子就广泛而全面地刻画出了卑微渺小和令人嫌恶的费多尔·巴夫洛维奇的性格,然后,又仿佛令人不知不觉地把他的形象挤到后景上去,而把注意力集中到伊凡·卡拉马佐夫身上。④ 饰演伊凡·卡拉马佐夫的演员基里尔·拉夫洛夫(Кирилл Юрьевич Лавров)在第一场戏中通过"苍白的脸,轻蔑的伴笑,藏在圆镜框玻璃后边的那双眼睛"⑤等提供了充满深刻含义的人物内心世界。除此之外,还有安德烈·米亚科夫(Андрей Мягков)扮演阿辽沙一角,与小说比较起来,这个角色尽管有所删节和疏漏,但创造的绝不是主人公们单线条的性格,而是突出表现了最使他痛苦的东西:渴求和谐的生活、对生活中充满着的

---

① 波高热娃:《论改编的艺术(二)——陀思妥耶夫斯基小说的改编》,俞虹译,见《世界电影》1983年第2期,第184—203页。
② 同上书,第184—203页。
③ 沃尔科夫:《小说——改编——造型处理》,戴光晰译,见周承人编:《论电影美术》,南昌:江西人民出版社,1983年版,第200页。
④ 波高热娃:《论改编的艺术(二)——陀思妥耶夫斯基小说的改编》,俞虹译,见《世界电影》1983年第2期,第184—203页。
⑤ 同上。

残忍和不公正现象的痛心疾首和愤怒。最后是由米哈伊尔·乌里扬诺夫（Михаил Ульянов）扮演的德米特里·卡拉马佐夫,对他来说最主要的是能表达米佳（即德米特里）的精神形成过程。乌利扬诺夫成功地扮演了这一角色。① 他认为重要的是通过米佳来表现一个理解别人的痛苦,也希望被人所理解的人的故事。尽管米佳性情狂暴,但他却有着孩童般的性格。正是孩子的性格使他心灵温柔,不能屈从这种生活的规矩,因此他要造反,要呐喊。② 格鲁申卡无疑是陀思妥耶夫斯基最喜爱的女主人公之一,她善良、可爱、美丽,具有独特的俄罗斯式的美,但女演员培利耶娃（Лионелла Пырьева）却在银幕上创造了一个更具有独特风格的、多面的形象。格鲁申卡在影片中更像是一个被自己的堕落所损害了的要向周围的人进行报复的,而本质上却是一个富于爱心的女人。其中,在莫克洛叶的那场戏是培利耶娃表演得最好的一场戏,格鲁申卡露出她的本色——善良的、热爱人的、准备自我牺牲的女人。总的来说,在影片中导演、摄影师和演员以真正的热情,通过逐渐加强的节奏,通过与陀思妥耶夫斯基的风格相一致的对比色调表现了所有这一切。难怪评论家说,当你看完三集片《卡拉马佐夫兄弟》以后走出来的时候,就会怀着一种复杂的感情、一颗被扰乱了的心灵和一种极欲弄清种种矛盾感觉的愿望。你会迫切地需要重读一遍小说,你会再一次惊讶地感到它是何等深邃。③ 不幸的是,导演培利耶夫在拍完影片第二部后突然去世,使他未能完成这部影片,米哈依尔·乌利扬诺夫只得同演员基里洛姆作为导演完成了这项工作。这一意外的尝试显示了米哈依尔·乌利扬诺夫另一方面的才华。④

今天,培利耶夫被看成是电影史上改编陀思妥耶夫斯基作品最成功的导演与编剧之一。在影片拍摄过程中,培利耶夫几乎一直担心影片能否达到与原著相称的水平,他的目的在于像原著作者用文学手法那样用电影艺术手段深刻地揭示人的思想、人的心理。正如他本人所说,在接触了对经典著作的改编以后,他逐渐明白了许多现代题材的剧本和影片所

---

① 别索洛娃:《遨游美的世界——莫斯科》,桑抗、葛华如、汪宗正译,重庆:重庆出版社,1987年版,第210页。
② 乌里扬诺夫:《把技巧放在一边》,伍菡卿译,见《当代外国艺术》（第十五辑）,北京:文化艺术出版社,第4—12页。
③ 波高热娃:《论改编的艺术（二）——陀思妥耶夫斯基小说的改编》,俞虹译,见《世界电影》1983年第2期,第184—203页。
④ 别索洛娃:《遨游美的世界——莫斯科》,桑抗、葛华如、汪宗正译,重庆:重庆出版社,1987年版,第210页。

缺少的是什么东西,首先是真正的艺术作品应该具备的深度和高度的艺术真实。①

(四) 始于《白痴》,终于《白痴》——在戏谑中回归忠实的当代改编

从 60 年代前后开始,苏联和欧美其他国家都很少有忠实于陀思妥耶夫斯基的改编影片出现,无论是 1966 年康斯坦丁·沃伊诺夫(Константин Наумович Воинов)执导的《舅舅的梦》(Дядюшкин сон)和同年完成摄制却遭到禁映的阿洛夫(Александр Александрович Алов)和纳乌莫夫(Владимир Наумович Наумов)联合执导的《倒胃口的笑话》(Скверный анекдот)、阿列克谢·巴塔洛夫(Алексей Владимирович Баталов)执导的《赌徒》(Игрок,1972)、伯努瓦·雅克(Benoît Jacquot)执导的《音乐家杀手》(*L'assassin musicien*,1976),还是 1983 年由芬兰导演阿基·考里斯马基(Aki Kaurismaki)执导的处女作《罪与罚》(*Rikos ja rangaistus*)、雅克·杜瓦隆(Jacques Doillon)根据《永恒的丈夫》改编的《一个女人的报复》(*La Vengeance d'une femme*,1990)、苏联与瑞士及意大利三国合拍由安德烈·艾沙帕金(Андрей Эшпай)执导的《被侮辱与被损害的》(Униженные и оскорблённые,1991)、迪米特里·塔拉克(Дмитрий Таланкин)与伊戈尔·塔拉克(Игорь Таланкин)合拍的《群魔》(1992)、李奥尼德·克维尼希泽(Леонид Квинихидзе)执导的《白夜》(Белые ночи,1992)、帕夫洛维奇(Zivojin Pavlovic)根据《永恒的丈夫》改编的《逃兵》(*Dezerter*,1992)、秘鲁导演弗朗西斯科·J.隆巴蒂(Francisco J. Lombardi)根据《罪与罚》改编的《无情》(*Sin compasión*,1994)、美国导演加里·沃尔克(Gary Walkow)的《地下室手记》(*Notes from Underground*,1995)、荷匈英三国合拍的《赌徒》(*The Gambler*,1997)等都只能说差强人意。例如在导演克维尼希泽(Леонид Квинихидзе)拍摄的《白夜》(1992)中,陀思妥耶夫斯基的原著故事被改造成现代生活中的经历,幻想者在影片中成了分送面包的卡车司机,神秘的房客则成了以诱惑者形象出现的"新俄罗斯人",而纳斯琴卡依旧是痴心的恋人形象。导演似乎在通过不同人物夜间生活方式的对比凸显出俄罗斯社会的变革,但把这一思路依附于陀思妥耶夫斯基的作品之上,不能不说是一次失败的尝试。影片甚至被认为"不是旧时代的残余,而是以戏

---

① 培利耶夫:《我和我的创作》,丁昕译,北京:中国电影出版社,1989 年版,第 166 页。

谑的方式亵渎古典文本的一种新的改编方式"。① 因此,可以把列夫·库里让诺夫(Лев Александрович Кулиджанов)执导的《罪与罚》(1969)看成是对20世纪陀思妥耶夫斯基作品"忠实性"电影改编的最后一部作品。在这部影片里,导演信赖小说的原文,他没有再臆造或添加什么东西。②同时,导演库里让诺夫选择年轻演员吉奥尔吉·塔拉托尔金在影片中扮演拉斯柯尔尼科夫,利用他特殊的眼神气质和准确的演绎来传达拉斯柯尔尼科夫式的意味深长的和充满矛盾的内心世界。在导演的特写镜头下,电影人物的内心世界得到了很好的展现,这既符合于陀思妥耶夫斯基的心理描写,也符合于几乎是作为自白、作为主人公的内心独白结构的小说的风格。特写镜头同主人公大量的过场戏配合在一起,这时,他仿佛也被嵌进彼得堡的风景中去了。③ 库里让诺夫的《罪与罚》是陀思妥耶夫斯基作品电影改编史上难得的经典之作。

　　1981年莫斯科电影制片厂出品由亚历山大·扎尔赫依(Александр Григорьевич Зархи)导演的《陀思妥耶夫斯基一生中的26天》(Двадцать шесть дней из жизни Достоевского)是关于这位作家生平与创作描写得最好的一部传记影片,讲述作家同纪录《赌徒》的年轻女速记员二十六天的罗曼史,影片"所选择的陀思妥耶夫斯基生活中的这一段真实片断,本身的情节性和戏剧性很强,简直就像是什么人编写的"④。之后,对陀思妥耶夫斯基作品的电影改编逐渐陷入到一种难以自拔的癫狂状态之中。以《白痴》的电影改编为例,1985年安德烈·祖拉斯基(Andrzej Zulawski)拍摄了影片《狂野的爱》(*L'Amour braque*),这是这位波兰导演继1984年《没有私生活的女人》(*La femme publique*)之后与陀思妥耶夫斯基小说的又一次相遇。与前一部作品只是以小说《群魔》改编电影拍摄工作为内容不同的是,《狂野的爱》选择了以一种极为松散的方式来诠释《白痴》,这种松散的方式与影片结尾处一句"电影的灵感来自陀思妥耶夫斯基的小说《白痴》,这也代表着对这位伟大作家的致敬"形成了鲜明的反差。这位以改编斯特凡·热罗姆斯基(Stefan Zeromski)与屠格涅夫作品

---

① 李芝芳:《当代俄罗斯电影》,北京,文化艺术出版社,2003年版,第202页。
② 波高热娃:《论改编的艺术(二)——陀思妥耶夫斯基小说的改编》,俞虹译,见《世界电影》1983年第2期,第184—203页。
③ 同上。
④ 巴维尔·费恩:《陀思妥耶夫斯基的二十六天·后记》,孟大器译,《电影创作》1982年第3期,第85页。

而声名鹊起的导演,用一种充满强烈个人经验的方式来表现对世界的认识和理解,他的镜像世界似乎永远处于灾难的边缘。在电影中,他选择了用一种癫痫般的状态来描绘这个发生在现代法国社会边缘的混乱故事,一面是地狱般的世界中的暴力和复仇,一面是迷宫般的世界、城市、街道,以及爱情。从影片开头怪诞夸张风格的抢劫银行到后来戏剧化的黑帮枪战,三角恋爱和警匪片的俗套被包装得极具后现代气质。通过主人公莱昂和米奇,影片探讨的似乎是人的两面性问题:暴力杀戮与纯洁善良的互补性;而通过女主人公玛丽,观众看到的是一个年轻人所遭受的苦痛,而你觉得她不应遭此不幸。因此在女主角苏菲·玛索看来,这个故事是关于一个非常年轻的女性的遭遇,她的生活非常戏剧化,她太年轻,以至于无法承受她所经历的一切。[1] 当时,苏菲本人为了拍这部影片跟高蒙公司解约,当时正好处于人生的转折期。

另一位对陀思妥耶夫斯基情有独钟的波兰导演安杰依·瓦伊达(Andrzej Wajda),和祖拉斯基一样,他先是在1988年拍摄了《群魔》(Les possédés),后又在1994年与日本歌舞伎艺术大师、日本现役女形最具代表性人物坂东玉三郎(五代目)合作拍摄影片《娜斯塔西娅》(Nastazja),这是《白痴》电影改编史上的惊人之作。坂东玉三郎在剧中以"一人分饰两角"的方式同时扮演梅什金公爵和娜斯塔西娅两人,永岛敏行饰罗戈任。故事以娜斯塔西娅在婚礼上的逃脱,以及小说的结局部分,也就是罗戈任在杀死娜斯塔西娅后请梅什金公爵来到他家并告诉他真相为起点,通过罗戈任与梅什金公爵回忆起他们之间的恩怨往事。影片借助耳环、披肩等道具的使用,提醒观众们故事发展的变化。

《白痴》的"随意性"改编在2000年前后达到了高潮,先是1999年由捷克和德国合拍的电影《愚人的回归》(Návrat idiota)。主人公法兰特斯基要回到自己的家乡,他是一个天真、单纯的人,生活经历有限,因此,当他"幸运"地成为一对兄弟和一对姐妹的三角恋爱的见证人时,他性格中善良单纯的一面与涉世未深、很难理解爱情以及家庭冲突的一面发生了冲突,最终逃离了这一他原以为很美好的生活状态。《白痴》中复杂的情节和人物性格在编剧兼导演萨沙·戈迪昂(Sasa Gedeon)的电影中被处理得极为简洁。《愚人的回归》虽没有娜斯塔西娅这样的悲剧人物,但影片整齐地勾画出主人公法兰特斯基毫不掩饰的正派和一系列并不明智的

---

[1] 杨澜:《杨澜访谈录之巾帼》,上海:三联书店,2011年版,第41页。

行为和言辞,并通过爱情纠纷唤起他的生活的痛苦,电影配乐则恰到好处地表现了人物内心深处的复杂思绪。之后的俄国电影《道恩豪斯》(又译《倾覆的房子》,Даун Хаус,2001)则是"对于陀思妥耶夫斯基的《白痴》主题流氓式的喜剧改写"。这种对于经典充满不敬的改写更像是普京政权初期的电影风格①。这部并不为人所熟知的喜剧电影将故事安排在20世纪末的现代莫斯科,导演罗曼·加查诺夫(Роман Романович Качанов)将摄影机指向90年代的"新俄罗斯人",影片中出现的悍马H1吉普车、贿赂、暴力、嫁妆等等,无一不是对俄罗斯社会现实的讽刺批判。但也正是如此,它渐渐偏离了《白痴》的原意,成为"后苏联时代"充斥着混乱的社会生活的闹剧化展现。

仅仅几年之后,对陀思妥耶夫斯基作品进行随意性改写的局面随着电视连续剧《白痴》(2003)意外走红戛然而止。由名著改编电视连续剧或电影大片,在苏联时期早有先例。随着2001年俄罗斯政府颁布《俄罗斯文化五年发展纲要》,对各类文化事业作出重新规划,这在某种程度上促进了本国电视剧的繁荣发展。俄罗斯电视台拍摄的电视连续剧《白痴》于2003年播出,这是《白痴》第一个完整的影视版本。导演弗拉基米尔·博尔特科(Владимир Владимирович Бортко)从80年代后期表现出自己的才华,他以极高的艺术水准把俄罗斯文学经典如《狗心》(Собачье сердце,1988)、《大师与玛格丽特》(Мастер и Маргарита,2005)搬上电视银屏,还拍摄了如《塔拉斯·布尔巴》(Тарас Бульба,2009)等很受欢迎的名著改编电影,他的一系列影视作品不仅在俄罗斯,而且在世界影坛上引起了极大的关注。电视剧《白痴》在剧情上基本遵循原著,甚至在拍摄过程中按照陀思妥耶夫斯基故事的发生地点选取外景:在莫斯科和圣彼得堡的建筑和街道以及在瑞士的某些地点。在故事情节上,这部长达550分钟的10集电视连续剧并没有像原著一样以梅什金返回彼得堡的三等车厢为起点,而是虚构了一段托茨基、叶潘钦将军两人与娜斯塔西亚就婚约问题摊牌的场景,而梅什金与罗戈任的相识与攀谈被放置在了公爵拜访叶潘钦将军时等待见面的回忆之中。黑白的回忆画面将两个主要人物——梅什金与罗戈任——的不同性格和深刻含义独特地呈现在观众面前。在叙事上,电视剧没有严格遵照陀思妥耶夫斯基的意愿,"把人的精神生活事

---

① 凯瑟琳·塞尔莫·涅波姆尼亚奇:《昨日重现:电影中的俄国名著》,田溪译,见《当代世界文学,中国版》(第五辑),北京:中国社会科学出版社,2014年版,第138—144页。

件,塞进受矛盾律和因果律保护的'故事'中去"①,而是通过改编,使原著故事更符合一般小说的特点,也就是以烦琐的日常生活和尖锐的情感冲突为主。该剧对原著的故事情节部分则改动很少,尽可能多地保留了原著中人物对白,使观众们在听到这些对白时产生文学经典的亲切感,更重要的是,这些经典名著和文本作为文化资本仍然具有顽强的"名牌价值",因此它们成了一种可以吸引人们眼球的手段,人们试图利用它们重塑后苏联时代的国家叙述②。《白痴》播出后获得了观众和评论家的一致赞誉,标志着俄罗斯"电视剧的制作有了质的飞跃,……正在挤掉电视上的外国连续剧。"③ 导演博尔特科和饰演梅什金公爵的演员叶甫盖尼·米罗诺夫(Евгений Миронов)因在电视剧《白痴》中精湛的导演与表演而获得俄罗斯 2004 年度索尔仁尼琴文学奖。

《白痴》"对批评家、对观众而言都出乎意料"的成功带动了俄罗斯电视剧的繁荣和名著改编电影的热潮,此后,"国产影片和电视连续剧在我国电视节目中已占据主要地位。这在 2004 年更是特别明显。远非所有连续剧的质量都很高,但许多都受到批评家和电视观众十分热烈的欢迎。"④根据陀思妥耶夫斯基作品改编的电视连续剧此后在俄罗斯保持了长盛不衰的势头,如 2006 年《群魔》、2007 年的《罪与罚》、2009 年的《卡拉马佐夫兄弟》,还有 2011 年由导演弗拉基米尔·霍京年科(Владимир Иванович Хотиненко)执导、讲述作家生活与创作的 11 集电视连续剧《陀思妥耶夫斯基》和霍京年科于 2014 年重新拍摄的 4 集电视连续剧《群魔》等。总的来说,改编剧的激增之所以能引发一部分观众如此强烈的情感,是因为这些电影既要考虑(忠实于)原著这一问题,又试图以电影和电视为媒介,借助经典文本来重新讲述民族历史,从而表达当下的欲望和焦虑。⑤

进入 21 世纪之后,根据陀思妥耶夫斯基作品改编的电影数量不减,包括不少来自第三世界的电影导演用自己的作品诠释了对这位文学大师

---

① 列夫·舍斯托夫:《在约伯的天平上》(灵魂中漫游),董友、徐荣庆、刘继岳译,北京:生活·读书·新知三联书店,1989 年版,第 66 页。
② 凯瑟琳·塞尔莫·涅波姆尼亚奇:《昨日重现:电影中的俄国名著》,田溪译,见《当代世界文学 中国版》(第五辑),北京:中国社会科学出版社,2014 年版,第 138—144 页。
③ 李芝芳:《当代俄罗斯电影》,北京:文化艺术出版社,2003 年版,第 56 页。
④ 罗伊·麦德维杰夫:《普京总统的第二任期》,王尊贤译,北京:社会科学文献出版社,2007 年版,第 169 页。
⑤ 凯瑟琳·塞尔莫·涅波姆尼亚奇:《昨日重现:电影中的俄国名著》,田溪译,见《当代世界文学 中国版》(第五辑),北京:中国社会科学出版社,2014 年版,第 138—144 页。

的敬意,比较具有影响力的作品有以色列导演米纳罕·戈兰(Menahem Golan)的《罪与罚》(2002)、巴西导演埃托尔·达利亚(Heitor Dhalia)改编自《罪与罚》的《黑眼圈》(*Nina*, 2004)、捷克导演佩特·泽伦卡(Petr Zelenka)的《卡拉马佐夫兄弟》(Karamazovi, 2008)、意大利导演吉奥里亚诺·蒙塔尔多(Giuliano Montaldo)讲述陀思妥耶夫斯基生平的影片《圣彼得堡的邪魔》(*I demoni di San Pietroburgo*, 2008)、泽基·德米尔库布兹(Zeki Demirkubuz)执导的土耳其影片《地下室手记》(2012)、达赫让·奥米尔巴耶夫(Дарежан Омирбаев)拍摄的哈萨克斯坦影片《罪与罚》(2012)等。其中最受关注的影片当属 2013 年英国导演理查德·艾欧阿德(Richard Ayoade)执导、根据同名小说改编的电影《双重人格》(*The Double*)。在这部目的在于"完善他所不满意的地方,我们要做陀思妥耶夫斯基做不了的作品"①的电影中,陀思妥耶夫斯基的彼得堡故事被搬到现代都市,并"用一些超现实的道具和细节来表达情绪。比如一间看似在黑夜却又被阳光围绕的建筑"②,在摄影师埃里克·威尔逊(Erik Wilson)的镜头中被进行了超现实主义风格的改造。阴暗压抑的都市生活与充满官僚气息的公司相得益彰,呈现在主人公詹姆斯·西蒙周边的世界充满了迷雾、阴影和黑夜,无论是街道公寓还是酒吧地铁。在影片的第一个场景中,他在空荡的仅有两人的地铁车厢中被迫离开自己的位置。这正是西蒙生活场景的象征性表达,也体现了《双重人格》作为一则寓言的作用和地位。小说《双重人格》是陀思妥耶夫斯基被派往西伯利亚劳改营之前写的最后一本书,书中的两位戈里亚德金被看成是现实生活中的"我"和近乎普遍的幻想的另一个"我",在影片中幻化成为西蒙·詹姆斯和詹姆斯·西蒙两个迥然不同的人物。陀思妥耶夫斯基笔下相对模糊的情节在电影中被爱情主线串联起来形成整体,而相对纷乱的故事线索和荒谬的情节提供了这个毁灭性的悲观的世界的全部:地铁、公司、餐馆、医院,还有上校的广告、养老院的无奈、警察的询问、蓝色的液体等等。总之,就像理查德·艾欧阿德理解的那样,"最简单的答案就是,我可以看到陀思妥耶夫斯基的意象无处不在而不仅仅是二元状态。"③

---

① 《〈双重人格〉:科技宅挑战陀思妥耶夫斯基》,《电影世界》2014 年第 4 期,第 77—79 页。
② 同上。
③ Tim Lewis, *Richard Ayoade*: "Making films is exhilarating-and terrifying". http://www.theguardian.com/culture/2014/mar/23/richard-ayoade-making-films-exhilarating-terrifying-submarine [2014—09—26]

第八章
托尔斯泰作品的生成与传播

托尔斯泰(1828—1910)是19世纪俄罗斯伟大的作家,于19世纪50年代登上文坛,在将近60年的文学生涯中,创作出大量卓越的艺术作品,其中包括多部长篇以及中短篇小说,以及戏剧、艺术方面的论文、政论文、文学批评文章以及大量的信件和日记,为俄罗斯文学和世界文学留下了一笔十分珍贵的遗产,绥拉菲莫维奇称其为"天才中的天才",阿·托尔斯泰则认为"托尔斯泰对每一个作家而言都是一所科学院"[①]。在创作中,托尔斯泰认为文学必须面向现实、忠实于生活,真实地描写社会现实。托尔斯泰指出,"艺术家之所以是艺术家,只是因为他不是照他所希望看到的样子,而是按照事物本来的样子去看事物。"[②]从读者的角度来说,艺术作品本身应该可以使人们感到真实,不将其想象为别的什么东西,他们想象的正好就是他们所见、所闻、所理解的真实时,才是真正的艺术作品。可以看出,托尔斯泰极力主张的创作原则是要对社会现实持忠实的态度。因此就内容而言,托尔斯泰的创作突出地反映了1861年农奴制改革以后到1910年俄国广阔的社会生活及其矛盾,在作品中"反抗各种形式的社会不平等以及对人的压迫,反对社会虚伪和谎言"[③],列宁因此称其创作方法为"最清醒的现实主义"。托尔斯泰善于观察生活并从自己的观察中抓住生活现象背后的本质,如实地描写现实,揭露现实的矛盾。И.И.卡达耶夫指出,"在托尔斯泰的创作中一切都服从于唯一的一个原则——生

---

① Толстой сегодня, Вопросы литературы, No. 11(1960), c. 6.
② 托尔斯泰:《〈莫泊桑文集〉序》,见《列夫·托尔斯泰文集》第14卷,陈燊译,北京:人民文学出版社,1987年版,第84页。
③ Толстой сегодня, Вопросы литературы, No. 11(1960), c. 13.

活真实性的原则"①。

第一节 《战争与和平》在源语国的生成

托尔斯泰是一位在世时就已成为经典的伟大作家。纳博科夫的《俄罗斯文学讲稿》中写道:"托尔斯泰是无法超越的俄罗斯散文家。不算他的前辈普希金和莱蒙托夫,所有的俄罗斯作家可以这样排序:第一托尔斯泰,第二果戈理,第三契诃夫,第四屠格涅夫。"②尽管如此,他的每一部作品也不都是一经产生就被奉为经典,包括《战争与和平》这样的史诗巨著。

时至今日,评论界往往仍然给这部作品冠以多种称谓,如"不朽巨著""气势雄浑的史诗""人民史诗""不朽的史诗""俄罗斯以及世界现实主义文学的高峰""描绘1812年卫国战争的伟大丰碑""气势恢宏的经典之作""人类文明史上的丰碑"等等。

但是,《战争与和平》在同代的批评中没有得到真正的发现和解释,其经典化经历十分复杂。那么,《战争与和平》经历了怎样的经典化过程?人们对这部巨著的理解是否达到作家的高度?在此我们试图就围绕《战争与和平》艺术创新的争论,解答托尔斯泰文学经典的疑问,以期为文学经典生成的理解提供一个具体的标本,充实托尔斯泰接受和传播的历史。

(一)《战争与和平》的文体之争

《战争与和平》是托尔斯泰创作的第一部真正的长篇小说(虽然此前在1863年发表的《哥萨克》被某些学者称为长篇小说,但其篇幅实际上是个中篇,因此也有学者称之为中篇小说),也是他最重要的代表作之一,最初发表于1868—1869年的《俄罗斯导报》杂志上。1867年12月《战争与和平》前三卷出版,1868年3月出版第四卷,但这不是唯一的版本。前两版的时候,小说分为六卷,第五卷、第六卷分别于1869年3月、1869年12月出版。在问世之初,这部作品得到的评价是多方面的,既有诚挚的表扬,也有恶毒的攻击,但更多的是惊奇乃至震撼和迷惑、不解。

实际上,《战争与和平》前三卷刚刚出版后的1868年,就已经开始出

---

① Толстой сегодня, Вопросы литературы, No. 11(1960), с. 7.
② Набоков В. В. Лекции по русской литературе[M]. —М., 2001.

现很多文章和评论。文学界热烈地讨论这部小说,涉及了历史和美学方法的问题;大家感兴趣的不仅是描写对象与史实是否相符,还有作品不同寻常的形式及其深刻的艺术特色。讨论的焦点之一是:"《战争与和平》是什么?"所有的批评家和评论家都在问自己,但是没有一个人能够理解得了托尔斯泰作品的独特创新性。只有屠格涅夫(在同代人中,他是对《战争与和平》关注最多的人)指出了托尔斯泰作为俄罗斯作家在艺术方法上的独特与创新:"这不是瓦尔特·司各特的方法,自然也不是亚历山大·仲马的方法","在这部巨作中洋溢着时代精神……"[1]在这里,屠格涅夫指出了《战争与和平》有别于瓦尔特·司各特型的传统历史小说的最根本的东西,因此托尔斯泰的作品不是小说,是史诗。

但是,屠格涅夫也不是一开始就得出这样的结论的。起初,屠格涅夫是把《战争与和平》当作历史小说来读的,因此以评价历史小说的标准来评价这部小说,发现了很多的不足之处。"这里哪儿有时代特征——哪儿有历史的色彩?杰尼索夫的形象根本没有表现出来,其实它可以很好地装饰背景——可小说里却没有背景。"经常意外打断叙事的议论,即"哲学性的章节"也令屠格涅夫感到惊讶:"托尔斯泰的小说不好,不是因为它也沾染了'夸夸其谈的恶习':这没有什么可怕的;它不好是因为作者什么也没有研究出来,什么也不知道,只是以库图佐夫和巴格拉季昂的名义给我们展现了一些带有奴性的现代小军阀。"屠格涅夫的第一个,也是十分重要的观点是:《战争与和平》不具备历史小说应有的足够的历史性。"所有这些小玩意儿,巧妙地被发现并华丽地被表达出来的这些细小的心理说明,这一切在历史小说的广阔画卷之上,显得是多么的渺小。"而且,按照历史小说的标准,所有年代的纪事应该是"整齐划一"的。但是,托尔斯泰笔下的1812年事件表现得很宏大,而1825年的前景只是一种预测,似乎融化在皮埃尔、尼古拉·罗斯托夫和尼科连科·鲍尔康斯基生活的心理细节之中了。对此,屠格涅夫表示了怀疑:"他怎么能把十二月党人事件整个忽略了呢?这件事在20年代可是起到了很大的作用。"[2]

此外,屠格涅夫还认为《战争与和平》是一部俄罗斯心理小说,从当代的辩证哲学中吸取了很多东西。"难道托尔斯泰不厌倦这些没完没了的议论吗?不厌倦战斗中的这一切病态现象吗?说什么'我究竟是不是胆

---

[1] Тургенев И. С. «Русские пропилеи»[M] // Полное собрание сочинений, т. III, —М., 1916. с. 229.

[2] Фет А. Воспоминания[M], http://bonread.ru/afanasiy-fet-vospominaniya.html [2016—03—01]

小鬼呢'。"在1868年4月25(13)日写给安年斯基的信中,他写道:"夸夸其谈"消耗着托尔斯泰的天才,只有"在他脚踏实地的时候,他才能像安泰一样,重新获得自己的力量……"①

至于小说的美学问题,则更让屠格涅夫感到不安。"这一切是多么冷漠、枯燥,作者的想象力是多么不足,作者是多么幼稚,——在读者面前起作用的只有回忆,对琐碎、偶然和无用之物的回忆。"屠格涅夫认为托尔斯泰的新历史小说没有之前的《哥萨克》好,他认为前者是一个"不幸的产物"。

在感到不满的同时,屠格涅夫却急切地盼望着小说的后续部分,并认真阅读新的章节。"尽管如此,这部小说中还是有着太多极其完美之处,"——他承认:"那样的生命力,那样的真实和新鲜,以至于不得不承认,从《战争与和平》开始,托尔斯泰在我们所有的同代作家当中独占鳌头。我急切地等待着第四卷的出版。"后来,屠格涅夫的观点改变了许多,他不再只把《战争与和平》仅仅当作特定时代的编年史或一部现代小说来读,而是把它当作俄罗斯生活之书。屠格涅夫说:"有连续整整几十页,奇异,一流好,一切都是日常的,描述性的(打猎、夜间兜风等等)……""像托尔斯泰这样的大师我们国内是没有的。"屠格涅夫不仅发现了,而且以全新的方式提出了《战争与和平》的历史和美学问题。"在这部小说中,有些东西除了托尔斯泰,整个欧洲没有人能写得出来,它们使我狂喜到产生忽冷忽热的感觉。"②他甚至称《战争与和平》为"伟大作家的伟大作品"③。

屠格涅夫在给Я. 波隆斯基的信中写道:"托尔斯泰的长篇小说是令人惊异的作品;但是,其中最弱的地方恰恰是公众感到激动的地方:历史和心理……所有日常的、描写的和军事的都是一级棒的。"④在这里,屠格涅夫批评了托尔斯泰的"心理描写",即他那种强化的心理主义。但是,托尔斯泰天才的全部力量和独特性恰恰就在于这种表现人的"心灵辩证法"

---

① Тургенев И. С. Письмо к П. В. Анненкову от 26 (14) февраля 1868 г. [J], «Русское обозрение», —М. ,1894, февраль. с. 495. http://tolstoy-lit.ru/tolstoy/pisma-o-tolstom/letter-29. htm [2016-10-24]

② Там же. С. 490.

③ Толстой Л. Н. Собрание сочинений в 22 т. [M], —М.: Художественная литература, 1981. т. 7. с. 398—401.

④ Первое собрание писем И. С. Тургенева[M], —СПБ. , 1884, стр. 136, 6/III 1868 г. с. 135—136. https://www.prlib.ru/item/1095991 [2015-10-25]

的罕见才能,这种艺术方法表明其艺术发展进入了一个新的更高级阶段。

　　托尔斯泰的《战争与和平》很快被译成欧洲各国的语言。屠格涅夫第一时间把法文译本寄给了法国文学大家福楼拜,后者读了之后给屠格涅夫写信说:"谢谢您让我读了托尔斯泰的长篇小说。这是一流的作品。伟大的自然风光描写者,伟大的心理学家!"与屠格涅夫一样,福楼拜也不太赞同托尔斯泰的哲学性插叙,甚至遗憾地说:"他唠唠叨叨,夸夸其谈。"但是,即使托尔斯泰的唠唠叨叨和夸夸其谈都让他觉得是小说形式本身的重要特点,更别说小说的内容了。值得一提的是,福楼拜把《战争与和平》当作一本"关于自然与人类"的书,同时他指出,书中随处"可见他本人,即作者,而且是俄罗斯的作者","多么高明的艺术家,多么高明的心理学家!"福楼拜写道:"前两卷很了不起……他有时让我想起莎士比亚。"①

　　俄罗斯和西欧的文学大师们一致认为《战争与和平》的体裁与众不同。他们觉察到,托尔斯泰的作品不是按照传统的形式和的西方小说的经典模式写成的。托尔斯泰本人也是这样理解的。在《战争与和平》的后记之中,他写道:"《战争与和平》算什么?它不是长篇小说,更不是长诗,更不是编年史。《战争与和平》是作者打算并得以以它被表现出来的形式表达出来的东西。"那么,《战争与和平》与古典小说的区别是什么呢?1888年,法国历史学家阿尔伯特·邵莱尔曾把《战争与和平》与司汤达的《帕尔马修道院》进行了比较。他对比了司汤达的法布里斯在滑铁卢战役中的表现和托尔斯泰的尼古拉·罗斯托夫在奥斯特里茨战役中的自我感觉:"两个人物和两种战争观之间的道德差别是多么巨大!法布里斯只是对战争表面的光芒的痴迷和对个人荣誉的简单的好奇。当我们和他一起经历了众多表现精彩的情节之后,我们不由得出结论:怎么,这是滑铁卢,仅此而已?这是拿破仑,仅此而已?可是,当我们跟随奥斯特里茨城下的罗斯托夫时,我们和他一起体会到巨大的民族失望的痛苦情感,我们理解他的激动之情……"作家托尔斯泰的兴趣不仅集中在表现个别人的性格,而且集中在他们在变动不居而互相联系的世界中的关系上。托尔斯泰本人也感觉到《战争与和平》与过去的英雄史诗之间的明显相似,但他仍然坚持认为二者之间存在本质的区别:"古人给我们留下了英雄史诗的典范,其中的英雄代表着历史的全部兴趣,而我们还不能习惯于认为,对于

---

① Фет А. Воспоминания[M], http://bonread.ru/afanasiy-fet-vospominaniya.html［2016—03—01］

我们人类的时间来讲,这种历史毫无意义。"①

事实上,在《战争与和平》中,托尔斯泰果断地打破了传统的"个人生活"与"历史生活"的二分法。他笔下的尼古拉·罗斯托夫一边与多洛霍夫打牌,一边"像在阿姆施泰滕桥战场上那样向上帝祈祷",而在奥斯特罗夫纳亚城下的战役中,他一下子"截住涣散的法国龙骑兵队伍的去路","就像扑过去挡在一匹狼的面前一样"。这样,在日常生活中,罗斯托夫的感觉和第一次历史性战役中的感觉一样,而在奥斯特罗夫纳亚城下的战役中,支撑并滋养他的斗志的是和平生活娱乐中产生的打猎的感觉。身受重伤的安德烈公爵在历史性的时刻"想起了他1810年舞会上初次见到娜塔莎时她的样子,细细的脖子,细细的胳膊,无比兴奋的、受到惊吓似的、幸福的脸,于是,对她的爱和柔情,比以往任何时候都生动和强烈,在他心里苏醒了过来。"和平生活中的丰富感受在历史性的关头不仅没有离开托尔斯泰的人物,反而在他们心里更加强烈地复活和重生。对这些和平的生活价值的依赖使安德烈·鲍尔康斯基和尼古拉·罗斯托夫更加坚强,成为他们英勇和力量的源泉。

但不是所有的托尔斯泰同代人都认识到了他在《战争与和平》中所进行的创造的深度。那时的文学习惯于把生活明确划分为"个人的"和"历史的"两部分,把其中之一看作是"低级的""庸俗的",把另外一个看作是"高尚的""诗意的"的风格。这种习惯妨碍了他们对《战争与和平》的理解。在《1812年回忆》中,与皮埃尔·别祖霍夫一样是个军人并参加了波罗金诺战役的 П. А. 维亚泽姆斯基这样谈论《战争与和平》:"让我们从下面这一点说起:在提到的书中,很难确定,甚至难以猜测,历史和小说的界限在哪里。这种历史与小说的交织或者更确切地说,是混淆,毫无疑问,损害了历史,在健全、公正的批评面前,不会彻底地提高后者,即小说的真正价值。"②

П. В. 安年科夫认为,《战争与和平》中个人命运与历史的交织使"小说之车的轮子不能正常运转。实际上,他毅然决然地改变了传统的历史视角。如果说他的同时代人都坚信历史凌驾于个人之上而自上而下地看待个人生活,那么《战争与和平》的作者则自下而上地看待历史,认为,首

---

① Вяземский П. А. Воспоминание о 1812 годе [M]//Вяземский П. А. Полное собрание сочинение Т. VII. —СПб., 1881. с. 191—213. http://dugward.ru/library/vyazemskiy/vyazemskiy_vospominanie_o_1812.html [2015—12—20]

② Там же.

先，普通人的生活比历史生活更宽广和丰富；其次，它是历史生活赖以生长和存在的根基、土壤。"A．A．费特更是指出：托尔斯泰看待历史事件"是从自己的利益出发的"。就是在波罗金诺，在这个对俄罗斯来说有着决定意义的时刻，皮埃尔在拉耶夫斯基炮兵连中能感觉到"那种所有人共有的，类似于家庭兴旺的东西"。当士兵们对皮埃尔"不怀好意的怀疑"之情消除之后，"这些士兵马上就从心理上接受皮埃尔加入自己的家庭，把他当作自己人并给他起了个绰号。他们叫他'我们的老爷'并在私下里亲切地笑话他。"托尔斯泰无限地拓宽了对历史的理解，将人们的"个体"生活的全部引入其中。

用法国批评家德·沃盖的话讲，托尔斯泰做到了"史诗的伟大风尚与分析的无穷小之间的唯一结合"。在他那里，历史无处不生动，在任何一个"个体的""普通的"人身上都栩栩如生，它表现在人们之间联系的性质中。比如，民族纷争和分裂的形势通过1805年和俄罗斯军队在奥斯特里茨战役中的失败及皮埃尔错误地娶了放荡的世俗美女海伦为妻表现出来，表现在失落感、生活意义缺失感上。相反，俄罗斯历史上的1812年则给人全民族统一的深切感觉，全民族统一的核心是人民的生活。产生于卫国战争期间的"和平"使娜塔莎和安德烈重新相遇。透过这次相逢的表面的偶然性，必然性为自己打开了一条路。1812年的俄罗斯生活赋予了安德烈和娜塔莎的人性一个新高度，只有在这个高度上这次见面才是可能的。如果娜塔莎没有爱国情怀，如果她对人的爱心没有从家庭转向整个俄罗斯，她就不会采取果断行动，不会说服父母从大车上卸下各种家什，让伤员们坐上去。

1880年1月，屠格涅夫指出，《战争与和平》的主要价值在于史诗般的叙事艺术。"这部博大精深的作品洋溢着史诗风格，19世纪最初那些年俄罗斯的个人及社会生活在其中得以巧妙地重现。"《战争与和平》是复杂的、包罗万象的，因为其中表现了民族生活的历史形式和永久形式，"展现在读者面前的是一整个时代，充满着重大的事件和伟大的人物……打开整个世界，其中有很多直接来源于生活的社会各阶层的人。"因此，屠格涅夫对《战争与和平》给出了这样的总体评价：这是一部百科全书式的书，其中包含关于俄罗斯的全部知识："托尔斯泰伯爵是彻头彻尾的俄罗斯作家，那些没有被稍微的冗长和奇怪的论断吓退的法国读者可以有资格这样说：在《战争与和平》中，他们可以更加直接和更加准确地了解俄罗斯人民的性格和气质以及整个俄国生活，这胜过读几百部有关民族学和历史的著作。"

福楼拜说:"世界上恐怕没有第二个艺术家,像托尔斯泰那样,身上所存在的荷马的不朽的史诗因素那么强烈。他的创作中栖息着一种史诗的天然伟力,它的雄伟浑朴和像大海那样均匀地呼吸的节奏,它那沁人心脾的强烈的清新气息和辛辣的风味,不朽的健康,不朽的现实主义。"这就是荷马的素质——故事绵延不绝、艺术与自然合而为一、纯真的健康、宏伟的真实。毫无疑问,《战争与和平》无愧于"现代的《伊利亚特》"这样一个称号。自然,《战争与和平》的百科全书式的叙事风格与它的独特的史诗文体密切相关。①

(二)《战争与和平》的主题之争

接下来的许多年,史诗小说引发的批评文章数以百计,其中包括至今还有意义的《旧贵族》(Д. И. 皮萨列夫)、《Л. Н. 托尔斯泰的〈战争与和平〉中的历史及美学问题》(П. В. 安年科夫)、《从战胜的角度看托尔斯泰伯爵的〈战争与和平〉》(М. И. 德拉戈米罗夫)、Н. Н. 斯特拉霍夫的系列文章等。但是,总体来看,1860年代的文学批评没有能力正确而深刻地解释托尔斯泰的伟大创作。这一奇怪现象的原因之一是:同代人无法正确认识托尔斯泰作品中不同寻常的艺术创新及其创作者独特的思想观点。

反动贵族的代表责怪作家歪曲了1812年的历史时期,认为他嘲笑贵族上流社会,亵渎了父辈的爱国主义情感。而实际上,继普希金之后,是托尔斯泰第一个揭露了上层贵族的虚假爱国主义,将之与人民群众的真正爱国主义和英雄主义对照。这当然不能为鄙视劳动人民的反动阵营所接受。

"激进派"和民粹派也对《战争与和平》进行了围攻,谴责托尔斯泰在小说中没有反映革命知识分子,也没有揭露农奴制的罪恶。他们以激进平民杂志《实事》为代表,批评《战争与和平》美化19世纪初的贵族生活与贵族文化,"没有深刻的生活内容"等。他们对《战争与和平》的反感是可以理解的。在1860年代下半期,俄罗斯社会意识形态斗争十分激烈、民粹运动正在酝酿之中,尽管有亚历山大二世的一系列改革,但社会问题依

---

① 朱宪生、陈静洁:《〈战争与和平〉的百科全书式叙事风格新论》,《上海师范大学大学学报》(哲学社会科学版),2006年第一期,第95页。

然很多,在这样的条件下,社会需要的是批判,而不是提出或确立新的思想,而托尔斯泰恰恰热衷于确定某种(哲学)思想而不是批评,再加上小说是刊登在被进步人士视为反动的杂志《俄罗斯导报》上的,——这一切都会引起激进派的不满。当时,代表时代的政治宣言是《战争与和平》成书当年出版的 H. 弗列罗夫斯基的书《俄罗斯工人阶级的现状》。因此,激进的文学批评要求展现统治阶级与人民群众之间的社会与道德对抗,出于革命宣传的目的他们奉行的是社会"分化"路线。在这样的社会历史条件下,《战争与和平》和它所颂扬的"共同生活"、民族统一只能是一种不和谐的音符。另一方面,小说的"人民思想"又被斯拉夫派、土壤派阵营的批评家们按照自己的方式进行了阐释,他们宣称托尔斯泰是他们的"勇士",而《战争与和平》是"民众潮流"的《圣经》,因此进一步加剧了民主阵营对本书作者的忿恨之情。

　　自由主义批评一如既往地站中间立场。П. 安年科夫在 1886 年自由派杂志《欧洲导报》(第 2 期)上发表文章强调了托尔斯泰在表现战争场景和战争中人的心理方面的超凡技巧、将历史叙事与主人公个人生活叙述有机地结合在一起的能力。但是,习惯于传统历史小说美学规则的安年科夫还是发现了《战争与和平》之中小说成分的不足,教导托尔斯泰说"在所有的长篇小说中,伟大的历史事实都应该居于次要地位"。后来,安年科夫把斯佩兰斯基和阿拉克切耶夫称为"伟大的平民",批评托尔斯泰没有在自己的小说中"稍微掺杂"对这一"相对野蛮、残酷和独特的元素"的描写。在文章结尾,安年科夫断言,"《战争与和平》构成了俄罗斯小说史上的一个时代"。[①] 在这一点上,他的观点与 И. Н. 斯特拉霍夫对小说的评价一致。"《战争与和平》是一部天才的作品,可与俄罗斯文学所产生的所有最优秀、最伟大的作品比肩。"[②]——斯特拉霍夫在一篇不长的述评《文学新闻》中通告第五卷的问世并做出这样的评价。在史诗小说全部出版之后,斯特拉霍夫写文章说:"很显然,自 1868 年起,即自《战争与和平》问世起,被称为俄罗斯文学的东西的组成,即我们的作家的组成,获得了新的形式和新的意义。Л. Н. 托尔斯泰公爵在这一组成中占据首位,这是至高无上的地位,使他的文学远远高于其他文学的水平……当今的西

[①] Лебедев Ю. Литература. Учебное пособие[Z], https://studfiles.net/preview/3052916/page:27/[2016—03—05]

[②] Там же.

方文学无法提供任何与我们现在拥有的同等或相近的东西。"①

斯特拉霍夫的贡献在于,他第一个赋予《战争与和平》以这部小说"很久以后才获得并永久保留的崇高地位"。托尔斯泰本人也这样认为。刊登斯特拉霍夫文章的《曙光》杂志的编辑 B. B. 喀什比列夫甚至拒绝在杂志上刊登 П. B. 安年科夫对冈察洛夫小说《悬崖》的分析(在分析中,作者把《悬崖》与《战争与和平》进行了比较)。编辑部确认,《战争与和平》是"俄罗斯天才的伟大创造之一,只有普希金的创作才能与之相比"。②

斯特拉霍夫虽然高度评价《战争与和平》,但他还是以他所需要的精神对小说进行阐释,因此远远不能真正理解它的思想和艺术特色。他对《战争与和平》的史诗性质避而不谈,反而称它为"家庭编年史",因此大大贬低了这部天才作品的价值。依据 A. 格里戈里耶夫的美学评价,斯特拉霍夫认为史诗小说的内容是格里戈里耶夫偏爱的"隐忍"的俄罗斯人优于"强盗"的欧洲人的思想的再现。他把所有的"俄罗斯民众"都归于"隐忍的英雄主义"的代表,可托尔斯泰在《战争与和平》中歌颂的是高举"人民战争的大棒"的人民群众的实干的英雄主义,这种英雄主义极其鲜明地体现在季洪·谢尔巴托夫的形象之中。

《战争与和平》的同代批评中,思想深刻的当属著名军事家和作家 М. И. 德拉戈米罗夫将军总题为《从军事观点看〈战争与和平〉》的系列文章。他认为,《战争与和平》当属每个军人的案头必备之书,因为小说中常见的战争场景"具有很高的教学价值","可以作为任何一本军事艺术教程最好的补充读物之一",献身于军事事业的人,可以从托尔斯泰的小说中吸取"不可估量的实践指导"。最高军事专家的这种评价说明托尔斯泰深切了解作战人群的心理,在小说中以惊人的真实记录了人在战争中的表现。批评家同时指出,《战争与和平》中巴格拉季昂的形象"刻画得堪称完美"。他认为图申、季莫辛与普通士兵一样是真正的、能决定战争命运的英雄,他们的形象具有很高的艺术价值和教育价值。作家对于波罗金诺战役中俄军的描写异于这一战役的官方记载,这一点也得到了批评家的全面肯定,认为通过托尔斯泰的创举,"迄今为止我们头脑中未能解释清

---

① Лебедев Ю. Литература. Учебное пособие[Z]. https://studfiles.net/preview/3052916/page:27/[2016—03—05].

② 屠格涅夫:《文论.回忆录》,张捷译,石家庄:河北教育出版社,1994年版。

楚的很多东西得到了全面的思考。"①

综上,同时代关于《战争与和平》的评论文章中,有很多包含了对小说的积极评价,但是,这部俄罗斯及世界文学中最伟大的作品,总体上并没有得到正确和深刻的诠释。

(三)《战争与和平》经典地位的确立

随着《战争与和平》各卷的出版,人们对这部杰作的兴趣不断增长。冈察洛夫说:"他,也就是伯爵大人,成了文学中真正的雄狮。"屠格涅夫在致费特的信中写道:"我刚刚读完《战争与和平》的第四卷。有令人无法忍受之处,也有令人惊异之处;而那些令人惊异的东西本质上是占上风的,真是太好了,我们的文学中从没有任何人写得比这好过;也未必有写得与这一样好的。第四卷和第一卷稍弱一点,尤其是与第三卷相比;第三卷几乎完全是杰作。"②赫尔岑读了前几卷后,就对小说大加赞赏。萨德科夫—谢德林虽然不同意小说的哲学观点,但同时也说:"伯爵狠狠地批评了我们所谓的'上流社会'。"③与此同时,革命民主派批评却对《战争与和平》对贵族生活的美化表示不满。托尔斯泰的好友、诗人费特则于1877年4月写诗表达了对这部巨著的感受——《致列·尼·托尔斯泰伯爵——值长篇小说〈战争与和平〉出版之际》:

> 辽阔的大海啊,曾几何时,/你以自己那银灰色的法衣,/自己的游戏,使我心醉神夺;/无论波平浪静还是雨暴风横,/我都珍惜你那溶溶蔚蓝的美景,/珍惜你在沿岸礁岩上溅起的飞沫。//但如今,大海啊,你那偶然的闪光,/就像一种神秘的力量,/并不总使我感到喜欢;/我为这倔强刚劲的美惊奇,/并面对这自然的伟力,/诚惶诚恐地浑身抖颤。④

作为一个"纯艺术派"的领袖,费特一方面不喜欢《战争与和平》所描写的一切,尤其是其"倔强刚劲的美"与自己的柔美观念迥然不同,但另一方面他的艺术敏感告诉他,这是一部像辽阔的大海一样代表"自然的伟力"的杰作,因而,他较早地如实写出了对这一长篇巨著的感受:"诚惶诚恐地浑

---

① М. Драгомиров, Разбор романа «Война и мир»[M], —Киев, 1895. с. 71. http://az.lib.ru/d/dragomirow_m_i/text_1895_pazbor_romana_voina_i_mir.shtml [2015—12—22]
② А. Фет, Мои воспоминания[M], ч. II, —М., 1890. ч. II, 174.
③ Кузминская Т. А. Моя жизнь дома и в Ясной Поляне[Z], http://dugward.ru/library/tolstoy/kuzminskaya_moya.html [2016—03—05]
④ Фет А. А. Полное собрание стихотворений[M], —Л., 1959. с. 360. 此处为曾思艺译。

身抖颤",充分表现了这一巨著丰厚复杂而又特别强大的艺术魅力。

到了托尔斯泰创作的晚期,列宁的评论构成了对托尔斯泰理解和批评的高峰,他发表了很多文章,为以后苏联的托尔斯泰研究定下了基调。

1908年的纪念活动中列宁所写的《列夫·托尔斯泰,俄国革命的一面镜子》最为有名,文章主要探讨的是《战争与和平》。在这里,列宁揭示了托尔斯泰与俄国革命的深刻联系,指出其作品、观点和学说中所有的突出矛盾都是19世纪后三分之一俄罗斯生活矛盾的反映。在他的艺术作品和学说中反映了俄罗斯农民运动的长处和短处、农民的极度天真和他们对美好事物的追求,同时也反映了"幻想的不成熟性、政治素养的缺乏、革命的软弱性。"①列宁指出,托尔斯泰世界观和作品中的矛盾在于,他是一位天才的艺术家,一位专制俄罗斯一切国家、社会、宗教秩序的狂热揭露者,同时,托尔斯泰又是不以暴力抗恶理论的宣扬者,培养了"极其恶劣的宗教迷信"。这些矛盾与他关注的俄罗斯历史生活、俄罗斯农民的群众运动密切相关,因而有着极其深刻的历史必然性。

1910年,托尔斯泰去世。列宁再次发表了一系列文章,精彩地评价了这位伟大作家及其文学遗产。在《Л. Н. 托尔斯泰》中,列宁认为,托尔斯泰创造了世界文学中最高等级的作品,它们构成了人类艺术发展中的一个时代,具有无可比拟的世界意义。他说,在描写革命前的旧俄罗斯,地主和农民的俄罗斯时,托尔斯泰能够在自己的著作中提出如此重大的问题,能够上升到如此的艺术实力,以至于他的作品在世界文学中占据首位之一。但是,他获得世界意义恰恰是因为他在自己的作品中天才地记录了"整个第一次俄罗斯革命的历史特色及其长处与短处"②。列宁说,在托尔斯泰的遗产中有将要进入历史的东西,也有属于未来的东西。③

1911年,列宁发表文章《Л. Н. 托尔斯泰和他的时代》,指出托尔斯泰在《战争与和平》中借助列文之口"极其鲜明地表达出了这半个世纪以来俄罗斯历史陷入低谷的原因。"④

苏联时期,列宁不止一次表达了自己对托尔斯泰的天才的极度骄傲之情,他曾对高尔基说过:"……在这位伯爵之前,文学里就没有过艺术

---

① Ленин В. И. Полное собрание сочинений [M]. —М. Государственное издательство политической литературы, 1963. т. 15, 185.

② Там же. т. 16, 294.

③ Там же. т. 15, 183.

④ Там же. т. 17, 29.

家。"他还坚定地认为,在欧洲,无人能与托尔斯泰比肩。①

总之,在其创作晚期的时候,托尔斯泰的《战争与和平》才在列宁的论文中得到了最深刻和科学的阐释。列宁之前所有的观点,即使是最优秀的托尔斯泰批评文章,对这位伟大作家充满思想矛盾的文学遗产的真正理解也只是接近而已;他之后的苏联文艺学也基本按照列宁的方法来考查托尔斯泰创作的思想性和艺术性。可以说,列宁正式确定了托尔斯泰经典作家的地位。

列宁之后,《战争与和平》得到了充分的评价,经典地位也得到了进一步的巩固。苏联时期以及后苏联时期,涌现了许多研究《战争与和平》的重要著作,分别探讨这部史诗巨著的题材、主题、形象体系、时空体、诗学及其他问题。但诗学研究渐成主流,出现了下列重要论著:《托尔斯泰的〈战争与和平〉》(С. И. 列乌舍娃,1954)、《Л. Н. 托尔斯泰的〈战争与和平〉:问题与诗学》(А. А. 萨布罗夫,1959)、《托尔斯泰长篇小说的诗学》(В. Г. 奥季诺科夫,1978)、《作为艺术家的托尔斯泰》(М. Б. 赫拉普钦科,1978)、《论 Л. Н. 托尔斯泰艺术散文的风格》(В. А. 科瓦廖夫,1983)、《Л. Н. 托尔斯泰的长篇小说〈战争与和平〉》(С. Т. 博恰罗夫,1978)、《叙事作品的诗歌世界:论托尔斯泰的长篇小说〈战争与和平〉》(В. 卡米亚科夫,1988)、《Л. Н. 托尔斯泰:艺术美学探索》(Г. Я. 加拉金,1991)、《Л. Н. 托尔斯泰的诗学》(Е. Н. 库普里亚诺娃,2001)等。这些著述奠定了俄罗斯新时期托尔斯泰创作研究的理论及方法论的基础。在新的诗学研究主流中,《战争与和平》作品主题的艺术表现形式与手段成为焦点。Я. С. 比林吉斯在其专著《论 Л. Н. 托尔斯泰的创作》(1959)中系统地研究了《战争与和平》中历史事件与个人生活之间相互关系、民族历史上个别时期之间的联系及个别个人与整个人类之间关系的规律性。М. Б. 赫拉普钦科的专著《作为艺术家的托尔斯泰》(1978)的第三章专门研究史诗小说《战争与和平》,涉及的问题包括小说的创作历史、研究现状、题材与主题、历史文化语境、形象体系、历史事件和史实与艺术构思的相互关系、心理分析的特点及其他。该分析可算是单个研究中涉及面最广的了,其中他着重研究了小说的英雄—爱国主义倾向;"《战争与和平》明显地拓宽和深入了英雄—爱国主义的叙事线索,同时得到拓宽和深入的还有小说有别于其他作品的特点。英雄—爱国主义线索极其有力地表现在作品中那些在刻

---

① Горький М. Полное собрание сочинений[M],т. 22,М. —Л.,1933. т. 22,215—216.

画民族性格方面具有里程碑性质的节点上,而这些节点在个别人物的生平中是起到决定性作用的。"①

А. А. 萨布罗夫在其专著《论长篇小说〈战争与和平〉的历史主义》(1988)中强调小说的基本思想是民族生活的共同根源。С. Т. 博恰罗夫在其专著《论艺术世界》(1995)中探讨了《战争与和平》心理分析的"心灵辩证法",指出:Л. Н. 托尔斯泰的心理分析"试图找出人的内心生活中最简单的分子,而这些分子从本质上讲是人类共有的,可以表现出人类自然属性的一致性。"②关于人类共性和统一的问题,著名文学家 Л. Я. 金兹伯格和 В. 卡米亚科夫都在自己的论著中进行了卓有见地的研究。在专著《论心理散文》中,Л. Я. 金兹伯格研究了西欧文学中始于卢梭的心理散文,其中大部分篇幅用来探讨俄罗斯经典文学,尤其是 Л. Н. 托尔斯泰、Ф. М. 陀思妥耶夫斯基创作中心理主义的特点。他指出,欧洲现实主义的代表人物巴尔扎克、福楼拜和左拉都"经过了浪漫主义的熏陶",同时他又证实"在同时代的伟大作家中,托尔斯泰是第一个没有受到浪漫主义流派影响的人。这一点最深刻地表现在他对待个人与全体的态度上。托尔斯泰比任何人都理解作为个体的人,但是其创作认识的极限不是个别的人,而是超越于个别个体之上的人类经验总和。托尔斯泰是最伟大的性格描写大师,但是为了发现和表现人类共同的生活,他跨越了个体的界限。"③此外,金兹伯格还探讨了与《战争与和平》有关的其他问题:人与社会、历史与现代、事实与艺术构思、性格问题……

还有一些著名学者研究了《战争与和平》中的艺术时间。Н. К. 格伊指出;"……时间透视法的开发运用直接导致语言的艺术演变为人类生活的哲学和历史哲学。"④ Я. С. 比林吉斯在其论文《Л. Н. 托尔斯泰的〈战争与和平〉:个人生活与历史,过去与现在》中分析了不同历史时代在作家散文中的相互作用。⑤ Ю. 比尔曼在其论文《〈战争与和平〉中时间的性质》中得出如下结论:小说中时间的运动不是直线的,不是从过去到现在,而是有断裂的,伴随着回忆的,总体来讲,《战争与和平》中时间的特点是"波浪

---

① Храпченко М. Б. Лев Толстой как художник[M]. —М., 1965. с. 78.

② Бочаров С. Г. «Мир» в «Войне и мире» [A]//О художественных мирах. —М., 1995. с. 428.

③ Гинзбург Л. Я. О психологической прозе[M]. —М., 1988. с. 271,

④ Гей Н. К. Искусство слова. О художественной литературе[M]. —М., 1987. с. 271,

⑤ Билинкис Я. С. «Война и мир» Л. Н. Толстого: прошлое и современность[A]//Проблемы жанра в истории русской литературы. —Л., 1979. - Т. 32. с. 471,

式的时间节奏"①。

综上可知,在承认《战争与和平》的史诗体裁、历史性主题和高超艺术性的前提下,当代俄罗斯学者又拓展了《战争与和平》研究的新领域,进一步挖掘了这部伟大史诗性作品的思想价值和艺术价值,对屠格涅夫和列宁等人所确立的经典性起到了锦上添花的作用。但伟大作品的研究是无限的,《战争与和平》的经典性还有待更进一步的充实和丰富。

无论如何,毋庸置疑的是,《战争与和平》标志着俄罗斯文学达到了一个新的高峰。贝奇柯夫指出:"在俄罗斯文学中,没有第二部作品在思想主题的重大、艺术表现力的丰富、社会政治反响的广泛和教育作用的深远方面,能够和《战争与和平》相并立。"②更有学者认为,"无论是在托尔斯泰本人的创作中,还是在所有俄国小说,乃至世界所有小说中,若要挑选出一部'最伟大的小说',人们往往还是都会首先提及《战争与和平》"③。而且,"就'巨人写巨著'而言,几乎很少有哪一位作家及其作品可以与托尔斯泰与《战争与和平》相提并论"④。的确,《战争与和平》在世界文学作品中居于显要地位,其"一般人物心理刻画的精确、细致和真实是这样的深刻……连普希金也没有达到这种完美的程度"⑤,"《战争与和平》确实达到了人类思想感情的最高峰,达到了人们通常达不到的高峰"⑥;"就描写历史事件的广度、艺术形象的鲜明和真实而言,这部长篇小说在整个世界文学中都没有与之并驾齐驱的作品。"⑦

第二节　托尔斯泰作品在中国的传播

纵观俄国文学史,有不少大作家曾对中国的文化、历史、思想等发生

---

① Бирман Ю. О характере времени в «Войне и мире»[J] // Русская литература. —Л., 1986. No 3. c. 133.

② 贝奇柯夫:《托尔斯泰评传》,吴钧燮译[M],北京:人民文学出版社,1981年版,第162页。

③ 刘文飞:《小说、文学与民族的文化崛起——以托尔斯泰的〈战争与和平〉和〈安娜·卡列尼娜〉为例》,《外文研究》2013年第1期,第49页。

④ 朱宪生:《史诗型家庭小说的巅峰——论〈战争与和平〉的文体特征》,《俄罗斯文艺》,2010年第3期,第31页。

⑤ 古谢夫:《托尔斯泰艺术才华的顶峰》,秦得儒译,武汉:湖北人民出版社,2000年版,第71页。

⑥ 同上书,第126—127页。

⑦ Шифман И. Лев Николаевич Толстой[J]// Исторический журнал, No. 11(1940). c. 63.

兴趣,并在自己的作品中有所反映,如普希金、冈察洛夫、契诃夫等。这其中表现最突出的则是列夫·托尔斯泰。托尔斯泰与中国文化有着深刻的关联。他曾翻译过《道德经》,写过数篇论述老子、孔子及孟子等的文章,并曾说:在东西方的哲学家中,孔子、孟子对他影响"很大",老子则"巨大"①。与之相应,对中国、中国人民,托尔斯泰亦怀有浓厚的兴趣和情感。在他逝世那年,他还说:"假如我还年轻的话,那我一定要到中国去。"②

虽然在有生之年,托尔斯泰未能踏上中华大地,但他的作品却在他去世前已登陆中国。据郭延礼先生考证,托尔斯泰小说最早于 1905 年被译入中国,这就是曾受到涅克拉索夫称赞的《枕戈记》(今译《伐木》),由日文转译,发表于《教育世界》第 8、10、19 期③。继《枕戈记》之后,托尔斯泰的作品就不断被译介进来,进而对中国新文学的创建及发展发挥了巨大影响。限于篇幅,这里笔者以其三大代表作为例,来探讨一下托尔斯泰小说在中国的传播与再生成。

在三大代表作中,《复活》最先步入国人的视野。1914 年,马君武先生翻译的《心狱》由上海中华书局出版④。虽然学者们一般谓此即《复活》,其实《心狱》仅是《复活》三部中的第一部。译文共 57 章,由德文转译,用浅近文言夹杂少量欧化语句译出;在翻译的过程中,对原著有所删节。陈平原教授在《二十世纪中国小说史》中曾指出:"马君武译《复活》第一部,删去第七、八章中不少关于法官、副检察长和司祭的分析介绍,所有这些都是出于这同一种考虑。删改后的译作,线索更加清晰,笔墨也更加'干净'……"⑤然而,尽管这是一个删节译本,仍然受到学者们的好评。

---

① 1891 年 10 月彼得堡的出版家列杰尔列询问托尔斯泰,世界上哪些作家和思想家对他的影响最深,他答复说孔子和孟子"很大",老子则是"巨大"。参见戈宝权:《托尔斯泰和中国》,《上海师范大学学报》,1981 年 4 月,第 38 页。

② 转引自叶水夫:《托尔斯泰与中国》,《外国文学研究》,1987 年 12 月,第 6 页。

③ 参见郭延礼:《文学经典的翻译与解读——西方先哲的文化之旅》,济南:山东教育出版社,2007 版,第 99—101 页。国内相关文章多指出:托尔斯泰作品最早的中译,是 1907 年出版的《托氏宗教小说》。这是不准确的。此说最早出自戈宝权先生《托尔斯泰和中国》,但戈先生的原话是这样的:"在我所发现的托尔斯泰作品的中译本当中,最早的单行本就是在一九〇七年(清光绪三十三年)出版的《托氏宗教小说》。"

④ 国内相关文章一般指出:马君武先生翻译的《心狱》于 1913 年由上海中华书局出版。此说最早或出于戈宝权先生《托尔斯泰和中国》,后者从之。

⑤ 陈平原:《20 世纪中国小说史》(第一卷,1897—1916),北京:北京大学出版社,1989 年版,第 58 页。

阿英先生曾说,马君武1914年译的《心狱》和林纾1918年译的《现身说法》(即《童年·少年·青年》)在当时堪称"名著名译"①。陈平原教授也视《心狱》为名译,因为"译者虽有删节,但能理解原作精华,不失原作韵味。"②因此,《心狱》于1914年9月初版后,1916年9月再版,1933年出了第四版。继马君武之后,1922年商务印书馆又出版了耿济之先生译的《复活》。这是译者从俄文原文译出,分上、中、下三集出版。此译本商务印书馆于1922年、1923年、1926年连印三版,1935年又印了两版。可见其受读者之欢迎。据戈宝权先生统计,至新中国成立前,《复活》在国内已有四个译本③。

继马君武译《复活》之后,《安娜·卡列尼娜》于1917年由陈家麟、陈大镫两位先生译成中文,书名为《婀娜小史》。该译本系据英译本转译,文言,四编,每编又分上、下册,共八册,计948页(32开本),由中华书局出版。虽然鲁迅先生曾说这个译本"并不好"④,但至1930年已出了第四版,是30年代之前流行的版本。因此,《婀娜小史》中虽存在着一些误译及漏译等,但对于《安娜·卡列尼娜》在中国的流传,还是做出了富于开创性的贡献。1937年,周扬先生翻译的《安娜·卡列尼娜》上册(第1—4部)出版,署名"周筧"。周扬的译本是根据加奈特夫人(Constance Garnett)及毛德(Almer Maude)的权威英译本转译的,因此虽是转译,但译文既忠实,又相当的流畅,故产生了很大影响。可惜的是,周扬先生仅翻译完下册的第6部第3节,就因抗日战争的爆发,带着一家人去了延安,致使《安娜·卡列尼娜》下册的出版搁浅。后来生活书店又约请罗稷南续译,故下册出版时由周筧、罗稷南共同署名。因罗稷南译文与原文有较大出入,1956年人民文学出版社再版此书时,便请谢素台从下册第6部第4节起重新译出。该译本后于1978年再版,1989年出第3版。总的来说,周、谢译笔严谨典雅,虽为转译,但不失为一部具有重大影响的译本。1943年,战时桂林又出版了宗玮翻译的《安娜·卡列尼娜》(分上、

---

① 阿英:《晚清文学丛钞—俄罗斯文学译文卷》,北京:中华书局,1961年版,"叙例"。
② 陈平原:《20世纪中国小说史》(第一卷,1897—1916),北京:北京大学出版社,1989年版,第58页。
③ 《复活》的另两个译本是:张由纪、秋长分别翻译的上、下两册本,于1938—1939年出齐;高植翻译的《复活》,于1943—1944年出版。
④ 鲁迅先生在1934年10月31日致孟十还信中提到:"托翁的《安娜·卡列尼娜》,中国已有人译过了,虽然并不好。但中国出版界是没有人肯再印的。"参见《鲁迅大辞典》编委会:《鲁迅大词典》,北京:人民文学出版社,2009年版,第367页。

中、下三册)。因此,至1949年以前,《安娜·卡列尼娜》也可以说有了三个中译本。

与《复活》《安娜·卡列尼娜》相比,《战争与和平》的中译出现较晚。究其实,一是因为其篇幅浩瀚,译来难度大;更重要的则是因为其并不为当时中国现实所急需。但到了20世纪30年代,郭沫若尤其是高地翻译此书时,情形则有了很大的不同。此时抗日战争已然爆发,翻译此书就具有了现实意义与价值。高植①曾坦言,在翻译此书的过程中,经常感到有些情形"虽事在两国,时隔百年,却宛然似是今日中国的事情"②;并在"译校附言"中说道:"俄国当时抗战的情形,也可以让我们借鉴。那时,帝俄受侵略,今中国受侵略;那时,帝俄的军队向后退,甚至宁愿放弃了莫斯科,为的是要长期抗战,如总司令库图佐夫所说的,'能够救俄国的是军队,与其为了保守一个城市而损失军队,毋宁失城而保留军队'。……他是守着这个原则'时间——忍耐'与拿破仑周旋,终于获得最后胜利。这一点诚然与我们的长期抗战原则相合。而将士的英勇更是今日中国战士们的写照。中国虽然失去若干城市,但主力尚在,且在加强中,为了在文学杰作上,给中国读者们一个'抗战必胜'的例子,也是我译此书的一个原因。"③这里明确指出了翻译与时局的关系。虽然郭沫若先生是国内第一个翻译《战争与和平》者(始译于1931年),但他并未译完;而且诚如他自己所言:"不是本书适当的译者"④,加之时间紧迫(书店急于出版),因此,译本颇多舛误。茅盾先生曾以味茗的笔名撰文对之批评。茅文指出,郭译本在字眼上的译错还属"小节",致命的"不忠实于原文"则是"在艺术上改变了原作的面目"⑤。因此,当文艺书局于1931—1933年出版了第一分册(上、下)、第二分册、第三分册,因营业问题难以为继时,郭沫若本人也感到庆幸;就此卸下了全译的重负。但同时令人遗憾的是,《战争与和平》的中译也就此搁浅了。直至1938年,高植才开始动手校补、"修改"郭沫若的译文;又经过一年多的努力,终于续译完毕。这样经过郭沫若和高植的努力,《战争与和平》的中文全译本终于在1942年问世。虽然署名为郭沫若、高地合译,但主要工作应该说是高植做的。郭沫若本人曾郑重(但

---

① 高植,即高地,国内最早译完托尔斯泰三大名著的翻译家。一些文章将其视为两人,谬也。
② 高地:《战争与和平》,上海:骆驼书店,1947年版,"译校附言"。
③ 同上书。
④ 郭沫若:《序〈战争与和平〉》,《文学月报》,第1卷第2期(1940)。
⑤ 味茗:《郭译〈战争与和平〉》,《文学》,第2卷第3期(1934)。

有些过谦地)声明:"我在这次的全译上丝毫也没有尽过点力量,这完全是高君一人的努力的结晶";并肯定高植的译文道:"译笔是很简洁而忠实,同时也充分表现着译者性格的谦冲与缜密。"①这里亦可见出郭沫若的宽怀与大度。该译本于1942年由出版社在重庆出版后,1947年骆驼书店又推出新的版本;1951年文化生活出版社出版时,高植又做了较大修正,此后则反复再版。总的说来,经过一再修正的高植译本较忠实于原著,文笔生动,是一个有着长久价值的译本,受到读书界的欢迎。稍后于高植,董秋斯亦开始了《战争与和平》的翻译。董秋斯的翻译态度非常严谨,因此至1949年仅翻译、出版了上册,全书直到1958年才译完。虽然是从英文转译,董秋斯的译本似乎更加忠实。因此,茅盾曾以董译《战争与和平》为例来说明虽然"原则上应以直接翻译为主,但也不能一概而论","《战争与和平》有过几个译本,直接从俄文翻译的本子也有过,但都不理想,还是董秋斯从英文转译的本子好些"②。该译本由人民文学出版社出版,后亦反复再版。

总的来说,至此《战争与和平》已有了两个较好的中译本。

与此同时,托尔斯泰的中短篇小说也被积极译介进来。仅三四十年代,托氏的中篇名著《克莱采奏鸣曲》就有孟克之、邹荻帆两个译本③;《伊凡·伊里奇之死》有顾绶昌、方敬两个译本④;《哥萨克人》也有侍桁、吴岩两个译本⑤,等等。

总之,至20世纪40年代末,托尔斯泰的重要小说基本都译介过来,而且一些作品还有多个译本,并反复再版。由此可见,以三大杰作为代表的托尔斯泰小说在中华大地传播之速、之广。

托尔斯泰小说为何如此受中国读者欢迎?

诚然,这与托尔斯泰小说巨大的艺术感染力密不可分。其实,更与其所表露的思想、情感息息相关:托尔斯泰小说对专制官僚社会的全面批

---

① 郭沫若:《序〈战争与和平〉》,《文学月报》,第1卷第2期(1940)。
② 茅盾:《茅盾译文选集·序》,《翻译研究论文集》(1949—1983),北京:外语教育与研究出版社,1984年版,第19页。
③ 孟克之译:《克列采长曲》,长风书店,1940年版;邹荻帆译:《爱情!爱情!》,文聿出版社,1943年版。
④ 顾绶昌:《伊凡伊列乙奇之死》,北新书局,1930年版;方敬译:《伊凡·伊里奇之死》,文化生活出版社,1944年版。
⑤ 侍桁译:《哥萨克人》,文艺奖助金管理委员会出版部,1943年版;吴岩译:《哥萨克》,开明书店,1949年版。

判，对平民的真诚的人道主义态度，以及贯注其中的崇高的人格境界、爱人之心，正与当时中国知识分子的思想、心态与诉求相契合。彼时的中国正处于破旧立新的时代。"五四"知识分子承担着破除旧传统，批判旧社会，弘扬新道德，建设新文化，反对专制压迫的历史使命。这一切他们在托尔斯泰的作品里均找到了呼应，找到了启示，也找到了范本。因此这时人们主要关注的是思想家的托尔斯泰，而非艺术家的托尔斯泰。这可以从时人对其之评介、研究中得到证实。国人对托尔斯泰的第一印象不是文学家或小说家，而是道德家、思想家甚至革命家。中国最早评介托尔斯泰的文章，寒泉子的《托尔斯泰略传及其思想》(1904)开篇即云："今日之俄国有一大宗教革命家出矣。其人为谁。曰勒阿托尔斯泰也。"①1907年《民报》上登载托尔斯泰的照片，称其为"俄国之新圣"。陈独秀在《现代欧洲文艺史谭》(1915)中，论及托尔斯泰时亦指出："托尔斯泰尊人道、恶强权，批评近代文明，其宗教道德之高尚，风动全球。"②李大钊在1916年则撰文《介绍哲人托尔斯泰》，称其为"哲人""近代伟人"，"倡导博爱主义"，论及其著作时称其"为文字字皆含血泪，为人道驰驱，为同胞奋斗，为农民呼吁"③。凌霜在《托尔斯泰之平生及其著作》(1917)中则称托尔斯泰为"二十世纪之社会革命家、道德家"，并称其"以道德文字，陶熔一世"④。鲁迅亦称托尔斯泰为"轨道破坏者"⑤"偶像破坏的大人物"⑥……由此可见，此时托尔斯泰在国人心目中的形象主要是一位思想者甚至革命者而非艺术家。其中的偏颇不难见出。但事实诚如马克思的那句名言所指出："理论在一个国家的实现程度，决定于理论满足这个国家的需要的程度。"⑦此时学人之所以瞩目思想家的托尔斯泰，盖出于当时中国现实的需要。

与之相应，学界对托尔斯泰作品的评价、研究亦着眼于其思想。早在《安娜·卡列尼娜》被译成中文以前，即有了对它的评介。王国维先生在《脱尔斯泰传》(1907)中这样论及《安娜·卡列尼娜》："《俺讷小传》起稿于一千八百七十四年，四载而竣事，篇幅甚巨。盖本其四十年来之阅历，以

---

① 闽中寒泉子：《托尔斯泰略传及其思想》，见陈建华主编：《中国俄苏文学研究史论》(第四卷)，重庆：重庆出版社，2007年版，第6页。
② 陈独秀：《现代欧洲文艺史谭》，《青年杂志》，第1卷第3、4期(1915)。
③ 李大钊：《介绍哲人托尔斯泰》，《晨钟报》，1916年8月20日。
④ 凌霜：《托尔斯泰之平生及其著作》，《新青年》，第3卷4号(1917)。
⑤ 鲁迅：《鲁迅全集》第1卷，北京：人民文学出版社，1981年版，第192页。
⑥ 同上书，第333页。
⑦ 马克思、恩格斯：《马克思恩格斯选集》第1卷，北京：人民出版社，1995年版，第10页。

描写俄国上流社会之内幕者也。观其书名,虽似以俺讷为主人,实则就正邪二面两两对写,以明其结果之福祸,又以见姻缘之美满,家庭之和乐,尚非人生究竟之目的。篇中所写烈文之精神烦闷,盖著者自道也。观烈文之为人,勇毅而沉默,正直而强拗,虽谓脱氏性质,已隐然现于纸上可矣。"①显然王国维关注的是《安娜·卡列尼娜》的内容、思想。《复活》最早的中译本,马君武先生名之为《心狱》,从这个译者自定的书名可见出,译者瞩目的是作品的思想、道德教诲等。总括说来,这一时期对托尔斯泰作品多是一些概述性的介绍,专门针对某一具体作品进行分析、研究的文章不多。以托尔斯泰的三大长篇为例,据笔者查考,这一时期的文章大致有:关于《战争与和平》的,主要有《托尔斯泰的〈战争与和平〉》(茅盾,收入《世界文学名著讲话》,1936 年)、《〈战争与和平〉所反映的民族战争观》(以群,载《中苏文化》14 卷 7—10 期,1943 年)、《〈战争与和平〉及其作者》(林海,载《时与文》第 18 期,1947 年 7 月 11 日)等;关于《安娜·卡列尼娜》的,主要有《托尔斯泰及其杰作婀娜小史》(陈瘦竹,载《武汉文艺》,1932 年 1 月)、《心理的俘虏》(羊枣,载《太白》2 卷 2 期,1935 年 4 月)、《〈安娜·卡列尼娜〉的构成和思想》(邢桐华,载《东流》1 卷 6 期,1935 年 5 月)、《安娜·卡列尼娜》(端木蕻良,载《文艺春秋》4 卷 2 期,1947 年 2 月)、《论安娜·卡列尼娜的死》(曹湘渠,载《文潮月刊》3 卷 6 期,1947 年 10 月)、《〈安娜·卡列尼娜〉中的人物风格和场面》(晓放,载《东南日报》,1948 年 10 月 20 日)等;关于《复活》的,主要有《托尔斯泰的〈复活〉》(谢六逸,收入《水沫集》,1924 年 4 月)、《托尔斯泰的〈复活〉》(茅盾,收入《汉译西洋文学名著》,1935 年 4 月)、《托翁写作〈复活〉的时代和动机》(张西曼,载《中苏文化》13 卷 7—8 期)、《从俄罗斯精神说起——谈〈复活〉》(鹇溪,载《中苏文化》13 卷 7—8 期),等等。纵观这些文章,其主要关注的是小说的思想内容,论述艺术者极少。这从文章的题目即可见一斑。虽然如此,我们并不能否定这些文章的意义和价值,其中有的文章的分析是相当深刻和到位的。例如,曹湘渠在《论安娜·卡列尼娜的死》一文中指出,安娜的悲剧是"人生的悲剧、社会的悲剧":"人生的悲剧在于她想爱而得不到爱,既得到爱又不能满足她的爱;社会的悲剧在于环境不许她爱,她偏要爱。于是社会上到处限制她的爱,阻拦她的爱,讥刺和鄙视她的爱,

---

① 王国维:《脱尔斯泰传》,见陈建华主编:《中国俄苏文学研究史论》(第四卷),重庆:重庆出版社,2007 年版,第 16 页。

终于使她做了爱的牺牲者。"①这里对安娜悲剧的分析应该说是相当到位的。虽然从宏观看来,我国学人在关注托尔斯泰小说思想性的同时,亦能认识到其艺术性、其巨大的艺术才能;但是在具体分析、论述时,却往往忽视后者,而专注于前者。

与其相应,托尔斯泰小说对中国文坛的影响也主要表现在思想层面。

这影响之一便是启发了中国新文学"为人生而艺术"原则的提出。著名俄国文学翻译家及研究家耿济之先生在《俄国四大文学家合传》中写道:"托尔斯泰……运用其高超之哲学思想于文学作品,以灌输于一般人民。他是俄国的国魂,他是俄国人的代表,从他起我们才实认俄国文学是人生的文学,是世界的文学。"②这里说明,曾经主导了中国新文学发展总体氛围的对俄国文学"为人生"倾向的概括和认同,在很大程度上来自于对托尔斯泰作品特色的总结。这一时期,耿济之还翻译发表了托尔斯泰集中表达自己文艺主张的《艺术论》,在文坛引起很大反响。作家们从《艺术论》中找到了同道和支持者,《艺术论》也帮助作家深化了对新文学的认识。可以说,《艺术论》对"五四"作家文学观的确立发挥了很大作用。王智量等先生主编的《托尔斯泰览要》指出:耿济之"所译作品,尤其是《艺术论》,直接启发了新文学'为人生而艺术'原则的提出"③。这一时期,周作人撰写的两篇名文亦需提及,即《人的文学》与《文学上的俄国与中国》。在前文中,周作人提出了"人的文学"的响亮口号,并称《安娜·卡列尼娜》是"绝好的人的文学"④。在后文中,周作人试图寻找中俄文学在"为人生"的旗帜下相互契合的原因,并以此号召向俄国文学学习,向托斯泰学习⑤。综上可见,托尔斯泰的小说创作和艺术主张对"五四"作家"为人生而艺术"原则的确立功不可没。

托尔斯泰对中国作家的另一重大影响就是贯注其作品的人道主义及崇高的人格境界。这包括对社会丑恶的批判,对受压迫被侮辱的人们的同情,对自我道德完善的追求,及深刻的忏悔意识。纵观中国新文学的代表,他们大多受了托尔斯泰此方面的影响。以新文学的旗手鲁迅先生为

---

① 曹湘渠:《论安娜·卡列尼娜的死》,见陈建华编:《文学的影响力:托尔斯泰在中国》,南昌:江西高校出版社,2009年版,第192页。
② 耿济之:《俄国四大文学家合传》,《小说月报》,第12卷号外《俄国文学研究》(1921)。
③ 王智量、谭绍凯、胡日佳主编:《托尔斯泰览要》,贵阳:贵州人民出版社,2006年版,第648页。
④ 周作人:《人的文学》,《新青年》,第5卷第6期(1918)。
⑤ 周作人:《文学上的俄国与中国》,《新青年》,第8卷第5期(1921)。

例,人们在研究其与俄国文学的关系时,常关注他与果戈理、安德列耶夫及契诃夫等的相通;其实鲁迅和托尔斯泰亦关系密切。孙伏园在回忆鲁迅时有这样一段话:"从前刘半农先生赠给鲁迅一副联语,是'托尼学说,魏晋文章'。当时的朋友都认为这副联语很恰当,鲁迅自己也不加反对。"①这里"托尼"即托尔斯泰和尼采。"托尼学说"一语虽难以概全,但亦点出了鲁迅曾受托尔斯泰思想影响之大。那么,主要是何思想使托尔斯泰对鲁迅先生产生了如此影响?王瑶先生曾对此解释道:"我们认为就鲁迅先生所受到的影响说,托尔斯泰的人道主义和尼采的发展个性的超人思想,都是反映着启蒙时代的人的发见和人的保卫的,鲁迅先生凭借着他的民主革命的理性的火光和现实主义的批判精神,使这些都在中国的民主革命过程中发生了一定的积极作用。"②可见,托尔斯泰在思想方面对鲁迅的影响主要就是其博大的人道主义。纵观鲁迅的创作,从《孔乙己》到《阿Q正传》,从《药》到《祝福》……鲁迅在对其主人公"哀其不幸,怒其不争"态度的背后,是其深沉的人道主义。

与之相比,中国新文学的另一代表、茅盾先生所受托尔斯泰的影响更加显著。茅盾本人对托尔斯泰的作品曾有深入研究,写过数篇论述托尔斯泰的文章,对其甚为推崇和喜爱。在《我阅读的中外文学作品》中,他曾写道:"我也读过不少巴尔扎克的作品,可是更喜欢托尔斯泰。"③在《从牯岭到东京》中,他则说道:"我爱左拉,我亦爱托尔斯泰。我曾经热心地——虽然无效地而且也很受误会和反对,鼓吹过左拉的自然主义,可是到我自己来试作小说的时候,我却更接近托尔斯泰了。"④总的说来,茅盾先生在思想方面所受托尔斯泰的影响主要是"为人生""为被压迫的劳苦大众"而创作,和创作要真实地反映大众社会、反映现实人生的文学观念的确立。他的著名小说《蚀》《霜叶红似二月花》《子夜》《虹》《春蚕》……莫不是这种创作观念的体现。当然,茅盾所受托尔斯泰的影响更显著地表现在艺术层面,有关于此笔者将在后面论述。

托尔斯泰的小说对中国新文学的又一重要代表巴金亦产生了很大影响。巴金先生曾自认为他可能是中国现代作家中"最受西方文学影响的

---

① 孙伏园:《鲁迅先生二三事》,长沙:湖南人民出版社,1980年版,第46页。
② 王瑶:《鲁迅与中国文学》,西安:陕西人民出版社,1982年版,第24—25页。
③ 茅盾:《我阅读的中外文学作品》,《福建文学》,1981年第6期。
④ 茅盾:《茅盾全集》第19卷,北京:人民文学出版社,1991年版,第176页。

一个"①；而对他影响最大的西方作家就是托尔斯泰和屠格涅夫②。他最重要的著作《家》公认是受到《复活》中忏悔和赎罪思想的启发。实际上，巴金的一生都在行着托尔斯泰的忏悔之教，他的许多作品，如《作者自剖》《生之忏悔》及《随想录》等都浸透了从"小我"到"大我"的痛苦的反省、忏悔。他甚至和托尔斯泰一样要肩负起整个旧阶级的罪责，提出"为上辈赎罪"的思想③。可见托尔斯泰在思想上对巴金影响之大。

老舍先生在谈到托尔斯泰对中国现代文坛的影响时，曾说道："他影响了所有新文学的代表。"④从思想层面来说，确乎如此。

然而与之形成鲜明对照的是，托尔斯泰在艺术上对中国作家的影响则相对小得多。对此，刘洪涛教授在《托尔斯泰在中国的历史命运》一文中曾指出："托尔斯泰是世界文学史上屈指可数的几个顶峰之一，且在中国传播最广，声望最高，然而，他对中国作家创作的具体影响，反远不及其他一些西方作家。"⑤赵明教授在《托尔斯泰·屠格涅夫·契诃夫——20世纪中国文学接受俄国文学的三种模式》中亦指出："一定意义上说，托尔斯泰在中国，其实是个被介绍得最多，但又在文本世界学习得最少的作家。"⑥这里我们可以作家邓友梅的表白作为一个例子。他曾说："这些人（按：俄苏作家）里我最用心读的是托尔斯泰，别人的书给我什么影响我讲不出，托尔斯泰给我的影响却至死难改，最要紧的是两点：一是道德上的自我完成，一是宽宏的人道主义。托尔斯泰在做文上对我有什么影响，我看不出来……"⑦

为何托尔斯泰在小说艺术上没有对中国作家产生大的影响呢？在分析个中原因时，学者们多指出：托尔斯泰的主要艺术成就在篇幅浩瀚的长篇小说，而中国现代小说则以中短篇见长，二者并不相宜。这当然是一个重要原因。其实或许还有更深层的原因。亨利·詹姆斯在《屠格涅夫和

---

① 巴金：《答法国〈世界报〉记者问》，香港《大公报》，1979年7月1—2日。
② 1981年4月15日，巴金接受了舒展、顾志成的拜访。在谈到所受外国作家的影响时，巴金说道："对我思想和艺术影响更大的则是屠格涅夫和托尔斯泰。"见舒展、顾志成：《拜访巴金漫记》，《中国青年报》，1981年5月7日。
③ 巴金：《巴金选集》第4卷，成都：四川人民出版社，1982年版，第501页。
④ 康·洛穆诺夫：《托尔斯泰传》，李桅译，天津：天津人民出版社，1981年版，第364页。
⑤ 刘洪涛：《托尔斯泰在中国的历史命运》，《外国文学研究》1992年第2期。
⑥ 赵明：《托尔斯泰·屠格涅夫·契诃夫——20世纪中国文学接受俄国文学的三种模式》，《外国文学评论》，1997年第1期。
⑦ 邓友梅：《我读外国文学》，《外国文学评论》，1989年第2期。

托尔斯泰》一文中曾指出:"托尔斯泰是一面巨大得好似天然湖似地反映事物的明镜;是一只套在他伟大的题目——整个人类生活——上的怪兽,恰像是把一只大象套在一辆住家用的大篷车而不是一辆小车上让它去拉一样。他本人做来神奇美妙,而依样学来却极其悲惨:除非是大象一般的弟子,否则只能被他引入歧途。"①这里亨利·詹姆斯指出了托尔斯泰小说艺术的一个"特点":难以学习——"除非是大象一般的弟子"。应该说,这是托尔斯泰小说艺术在中国文坛没有产生广泛影响的另一重要原因。当然这也并不意味着托尔斯泰的艺术是完全不能学的。在中国现代文学史上,众所周知,茅盾的长篇小说在艺术上就深受托尔斯泰的影响。前已叙及,他本人曾说过:"我曾经热心地——虽然无效地而且也很受误会和反对,鼓吹过左拉的自然主义,可是到我自己来试作小说的时候,我却更接近托尔斯泰了。"茅盾在创作上"接近托尔斯泰",首先突出地表现在其小说结构、构思的"史诗性"上。众所周知,史诗性是托尔斯泰长篇小说的一大特色;茅盾的创作亦具有如此特点。苏联科学院的 B.索洛金曾指出:除茅盾外,"中国作家中大概没有人描绘出中国历史上这变动的几十年间国家生活的如此辽阔多彩的画面,没有人描绘出几乎代表着社会生活各个方面的如此五光十色的人物画廊"②。日本作家增田涉亦指出:茅盾"抓住了广泛的现实社会中所有问题的各个方面,揉合起来,而且把它当作一个整体纳入时代的历史潮流的方向……他的视野是广阔的,并且具有要把整个时代竭力描绘出来的大陆式的劲头"③。茅盾的这种史诗性的创作特色与自觉接受托尔斯泰小说的影响不无关系。他本人曾具体指出学习托尔斯泰的艺术经验:"一是研究他如何布局(结构),二是研究他如何写人物,三是研究他如何写热闹的大场面。"④他还曾将易卜生和托尔斯泰做一比较:"伊柏生多言中等社会之腐败,而托尔斯泰则言其全体也。"⑤可以说,社会全体、整体性,或者说史诗性艺术,是茅盾和托尔斯泰小说的最大共性,也是前者向后者学习的结果。这突出表现在其代表作《子夜》里。《子夜》那宏大的规模、广阔的场面、复杂的结构、众多的人

---

① 亨利·詹姆斯:《屠格涅夫和托尔斯泰》(智量译),《文艺理论研究》,1982年第2期。
② 转引自倪蕊琴:《列夫·托尔斯泰比较研究》,上海:华东师范大学出版社,1989年版,第136页。
③ 同上书,第139页。
④ 茅盾:《茅盾文集》第十卷,北京:人民文学出版社,1961年版,第145页。
⑤ 雁冰:《托尔斯太与今日之俄罗斯》,《学生杂志》,第6卷第4—6号(1919)。

物、丰富的情节,带有鲜明的《战争与和平》的特色。其实茅盾本人曾明确地说,《子夜》"尤其得益于托尔斯泰的《战争与和平》"①。可以说,茅盾是艺术上受托尔斯泰影响最大的中国作家。

然而纵观中国现当代文学史,像茅盾这样在艺术上受托尔斯泰较深影响的作家是不多的。当代小说家王火,创作有宏篇巨制《战争和人》:小说共3部,160多万字,以主人公童霜威、童家霆父子在抗战全过程中的漂泊行踪为线索,展现了抗日战争时期南半个中国的全景画卷,具有突出的史诗结构和鲜明的史诗风格,被誉为"史诗般的巨作"②。这可以看作是托尔斯泰小说艺术对中国当代文坛发生影响的一个例子。

总体说来,托尔斯泰小说在艺术上没有对中国作家产生显著影响。这不能不说是文坛的一大憾事。

当然,这并不意味着托尔斯泰小说对读者、译者失去了魅力。纵观托尔斯泰小说在中国百余年的传播史,我们会发现,中国读者对托尔斯泰的小说始终怀着浓厚的兴趣,而中国翻译家对托尔斯泰作品的翻译则从来没有停止过。这里尤其值得一提的是,2004年上海文艺出版社出版了由草婴先生耗费20年精力翻译的《托尔斯泰小说全集》。这是国内首次由一位翻译家独力从俄语原文翻译完成的托尔斯泰小说全集,被评论界誉为"国内收录最完整、译文最权威的托尔斯泰小说中译本"③。草婴译本的出现,对于托尔斯泰小说在中国的译介、研究无疑具有里程碑的意义。

高尔基曾说托尔斯泰是"一个完整的世界",阿·托尔斯泰说他是"一座完整的科学院",费特则说托尔斯泰是"文学艺术中世界性的学校"。因此,对于托尔斯泰与其小说,我们还远没有穷尽,已有的认识也还较为有限。相信随着国内学界对托尔斯泰作品译介、研究的愈益深入,随着我国文学界创作水平的整体提高,将会有更多的读者、作家从中受益。托尔斯泰小说必将为建设有中国特色的社会主义新文化、新文学发挥更大的作用。

---

① 苏珊娜·贝尔纳:《走访茅盾》,见《茅盾研究在国外》,长沙:湖南人民出版社,1984年版,第569页。
② 萧乾:《读长篇小说〈战争和人〉》,《人民日报》,1992年9月23日。萧乾先生在文中还说道:"说这三部史诗般的巨作是《战争与和平》也罢,说它是一幅时代与个人命运的交织图也罢……"该文将《战争和人》与《战争与和平》相提并论。
③ 王钦仁:《译著出版精品之路——由〈托尔斯泰小说全集〉的翻译出版谈起》,《出版广角》,2005年第5期。

第三节　托尔斯泰作品的影视传播

20世纪初当电影刚刚摆脱杂耍游戏而成为一种全新的艺术形式的时候,托尔斯泰小说改编的电影就开始出现在银幕上,他的许多小说被陆续改编成了电影广为流传。通过电影传播媒介我们更好地认识和理解了托尔斯泰在他作品中传达的社会生活、鲜活的人物形象以及清醒的现实主义和浓郁的人道主义,在屏幕中让观众得以立体地去认识和理解托尔斯泰主义。苏联电影大师米哈伊尔·罗姆把托尔斯泰称为"最具电影性的作家之一","在他的每一句话里,你都可以感觉到作家是从哪个角度看的、看到了什么,他是怎样听的、又听到了什么。因此,托尔斯泰写的任何一个场景从本质上说都是出色的电影剧本的一部分。"

托尔斯泰小说的影视改编,从1908年至今长达百年的历史中,有20多个国家影视改编多达120多次。从1908年电影先驱大卫·格里菲斯改编拍摄托尔斯泰小说同名影片《复活》以来,托尔斯泰的作品被众多国家电影工作者改编拍摄。改编最多的是托尔斯泰的三大代表作《战争与和平》《复活》和《安娜·卡列尼娜》。

《战争与和平》自1913年彼得·伊凡诺维奇导演的同名影片问世以来,至今有13个影视改编的版本问世。《战争与和平》展示的是俄国特定时代社会历史与人文精神,然而作品并没有随着时代的远去而淡化,小说中的故事不断被展示在银幕和银屏上,被广泛传播并产生深远影响。在众多的《战争与和平》电影改编中,较具影响力的有1956年由美国和意大利合拍、好莱坞金·维导演的《战争与和平》。影片以俄法战争为背景,以娜塔莎等人的人生轨迹为线索,展现了一幅十九世纪初俄罗斯社会的巨幅画卷。影片对原作宏大的场面和复杂的情节做了简化处理,淡化了原作中对腐败社会的揭露和对俄罗斯贵族及其社会出路的精神探索,倾力演绎了一段纷繁复杂的战争背景下人物经历种种坎坷而终成正果的爱情故事。影片虽然没能展现原著的全部精髓,但浩大的战争场面、栩栩如生的人物塑造、好莱坞两大明星的精湛演技,尤其是奥黛丽·赫本扮演的气质高雅的娜塔莎和亨利·方达扮演的文质彬彬的皮埃尔,都深受观众喜爱,该片成为好莱坞改编俄罗斯名著的成功范例。影片获得了第29届奥斯卡金像奖最佳导演提名、最佳摄影和最佳服装设计提名。

1966年出版的由苏联谢尔盖·邦达尔丘克导演的《战争与和平》,分为4部,影片以1812年俄国卫国战争为背景,以贵族小姐娜塔莎(柳德米拉·萨维里耶饰)、贵族青年皮埃尔(谢尔盖·邦达尔丘克饰)和安德烈公爵(维亚切斯拉夫·吉洪诺夫饰)三人的情感故事为线索,反映了1805年至1820年的重大事件,展示了当时俄国社会的风貌。影片中充满艺术感染力的电影语言以及具有俄罗斯气质的人物塑造,使整部影片准确地传达出原作的思想精髓,真实地展示了那个特定时代的社会生活和战争场面。影片场面宏大,气势非凡,先后动用了10万之众的群众演员,并有部队加盟拍摄,成为世界电影史上迄今为止群众演员最多的一部电影。影片耗时五年完成,投入高达5亿6000万美元,堪称电影史上最昂贵的影片之一,在苏联电影史上有着举足轻重的地位。这部长达六个半小时的宏伟巨制,以其宏大的场面和史诗般的镜头语言,完美地呈现了俄法战争时期俄罗斯大地广阔的历史画卷,也极其忠实地再现了托尔斯泰的长篇巨著。影片被评为第41届奥斯卡金像奖最佳外语片。

《战争与和平》最新改编的版本是2016年美英合拍的同名电影,导演汤姆·哈伯,主演保·达诺、莉莉·詹姆斯和詹姆斯·诺顿。影片在宏大的俄罗斯社会与历史的场景中,凸显死亡与宽恕两大主题。在战争动荡年代,个体的命运就像蜉蝣一样,只能随时势没有目的地漂浮,每一天都需要做好"今天是最后一天"的准备。死亡是自身肉体与外在世界的终极和解,宽恕则是个体内在与上帝之间的终极和解。影片对托尔斯泰小说内涵的独特解读、演员精彩绝伦的表演、镜头巧妙的运用、艳丽的视觉色彩以及感人的背景音乐等,赋予了电影全新的意义。影片具有较好的视觉观赏性,同时通过银屏画面对小说所内蕴的人生哲理做了很好的诠释。

除了大量的电影改编以外,《战争与和平》同时被改编成电视剧,形成更大的经典传播热潮。以1972年英国广播公司(BBC)拍摄的同名电视剧为例,该剧在英国获得了高收视、高评价的同时,观众中掀起了一股"托尔斯泰热",好评如潮,以至于BBC将最后一集破例延长至80分钟,以告慰观众。《战争与和平》的播出在英、俄两国具有截然不同的评价,俄国读者和观众认为电视改编冲淡了原著的原汁原味,而英国观众则藉此而走进了俄罗斯,走进了托尔斯泰的创作圣地。尽管争论不断,但有一个不争的事实是原著热卖。随着《战争与和平》的播出,其原作小说在英国的许多书店成为了畅销书,销量直线飙升。显然,《战争与和平》影视剧成为了传播经典名著的导引。

《复活》先后有不同国家的8次电影改编。其中既有苏联的改编影片,也有英国、意大利、捷克等国的同名电影改编片在欧洲传播。最具传播影响、最被学界与观众认可的是莫斯科电影制片厂1962年出版的《复活》,导演米哈伊尔·什维采尔,主演塔玛拉·西耶米娜、耶夫基尼·马特维耶夫。影片忠实于原著,较好地展示了托尔斯泰笔下苦难的俄罗斯现状,勾画了一幅已经走到崩溃边缘的农奴制俄国的社会图画。该剧以玛丝洛娃的苦难遭遇和聂赫留朵夫的精神探索为线索,在对法庭、监狱、官僚腐败和教会伪善的展示中,揭露批判了封建统治阶级骄奢淫逸的生活和反动官吏的残暴昏庸、毫无人性。影片同时植入了一个充满电影元素的道德情感故事,所讲述的故事是众多观众所喜闻乐见的女性悲剧。影片由三部分构成,第一部分展现喀秋莎作为妓女和下层女性的满不在乎,第二部分是对昔日情人的愤恨,第三部分是宽恕和解放。坚定的追随革命者去流放,完成了自己从肉体到精神的复活。塔玛拉·西耶米娜扮演的喀秋莎是美丽的,漆黑的眼睛和头发、丰满的胸脯、娇小的身材、天真童稚的五官、纯洁得像孩子一样的面孔和诱人的肉体,人物身上体现出的那种神奇的性感与托尔斯泰笔下那个有吉普赛血统的女性形象十分贴近。该片一直以来被誉为《复活》改编的经典影片而广泛传播。

2001年由意大利、德国、法国摄制,保罗·塔维安尼改编,史蒂芬妮雅·若卡主演的《复活》,意大利语和俄语版同时上映,因为不同国家民族的文化差异,影片虽然没有很好地表达出原著所蕴含的深邃思想,只是单纯片面的着重于讲述聂赫留朵夫与喀秋莎的故事,将沉重的人物悲剧染上了欧洲文艺片中特有的轻柔,然而影片中异于寻常的人物命运故事以及精湛的演技和现代影视技术的运用,使影片深受观众喜爱,该片获2002年度莫斯科电影节圣乔治金奖。

香港豪华电影企业公司也曾于1955年改编出品了《复活》,导演陈文,主演张瑛和芳艳芳。影片讲述的是在国外留学的少爷范俊杰返乡探望患病姑母,与婢女阿卿相逢互生好感并相恋。范俊杰出国前阿卿献身于他。范俊杰一去音讯全无,阿卿怀孕被发现后,被诬告与他人私通,将被处死。阿卿遇救脱离险境后,产下一子,四处寻找范俊杰,却发现他已经成婚。悲痛欲绝的阿卿为抚养儿子,不得不靠出卖肉体维持生计。孩子染病死后,阿卿也在一次冲突中因错手杀人而入狱,幸得已成为律师的范俊杰辩护而脱罪。范俊杰得知一切后,前去狱中向阿卿忏悔,并愿与阿卿重组家庭,却遭到了阿卿的拒绝。她决定离开范俊杰,开始新的生活。

影片将俄罗斯的故事改编成具有中国色彩和中国元素的影片,受到港台地区以及广大华人观众的盛赞。

在托尔斯泰小说众多的影视改编中,《安娜·卡列尼娜》是迄今为止被改编拍摄次数最多的,曾有 30 多次被美国、德国、意大利、法国、匈牙利、印度、阿根廷和苏联以及中国等国搬上银幕。其中改编最多的国家有苏俄(共有 7 部,包括 1 部芭蕾舞剧、1 部电视剧)、美国(共有 5 部)、英国(共有 4 部,包括 2 部电视剧)等,原著还不断地被各国改编成电视剧、歌剧、话剧、音乐剧、舞剧甚至交响乐等。《安娜·卡列尼娜》在世界范围内的影视传播之广、影响之大、受各国观众追捧程度之高可见一斑,也成为电影艺术史上的奇迹,不仅彰显了这部作品的文学魅力,也创造出电影艺术发展史上的电影经典。《安娜·卡列尼娜》在 19 世纪批判现实主义文学和苏俄文学创作中,树起了一座不朽的艺术丰碑,安娜也成为不朽的艺术典型。各国导演按自己的理解把安娜搬上银幕,安娜形象一直感动着不同时代、不同民族的观众,从文学精英到普通民众无不知晓安娜,安娜成了女性和爱情的代名词。《安娜·卡列尼娜》被多次改编为电影,搬上电影屏幕,受到广泛关注,也在很大程度上推动了小说原著的传播与影响。不同时代、不同国别电影版本的《安娜·卡列尼娜》呈现出不同的时代以及地域特色。着重点的不同,对原著的呈现及其人物形象的塑造也截然不同,影视技巧的多元化也使小说的艺术性呈现出不同的视觉效果。各版本的《安娜·卡列尼娜》电影各有千秋,在故事背景、创作风格、人物形象、精神意蕴上呈现出各自的艺术风采,让观众享受到了一个又一个独具审美情趣的改编之作。不同的读者和观众对原著的解读各有不同,就像"一千个读者有一千个哈姆雷特"一样,这也正是为什么《安娜·卡列尼娜》不断有新的电影改编版本出现而不断为观众所接受甚至追捧的原因。我们相信,只要有文学经典传播的社会氛围存在,只要有文学艺术的审美需求存在,只要有小说读者和电影观众存在,新的更多更好的《安娜·卡列尼娜》影片一定会不断出现。

《安娜·卡列尼娜》作为影视艺术的传播,大致可以分为两个阶段。第一个阶段是 1911—1919 年,这一阶段的影片为黑白片和无声片。这个阶段改编的影片基本上为时间较短的黑白默片,由于当时电影作为一门独立的艺术形式刚刚出现,受电影改编观念和改编技术条件的限制,改编手段比较简单,改编的作品还仅仅是将文字转化为可视的影像,是对文学名著的图解。主要版本有:1911 年首次被搬上银幕的俄国版电影《安娜·卡列尼娜》。1911年法国百代电影公司版,导演莫里斯·贝耶。1912年法国版,导演艾伯特·卡佩拉尼,主演珍妮·戴尔维尔。1914年苏俄版,导演弗拉基米尔·戈丁,主演玛瑞亚·姬玛诺娃。1915年美国福克斯电影公司版,导演戈登·爱德华,主演贝蒂·南森。1917年意大利版,导演乌戈·法拉那。1918年匈牙利版,导演迈斯顿·盖亚。1919年德国版,导演弗雷德里克。1927年美国版《爱情》,导演约翰·吉尔伯特,主演葛丽泰·嘉宝等。第二个阶段从1935年至今,主要是以有声和彩色电影为主。这一阶段的影片因为拍摄技术的进步而不断寻求突破,影片变得愈加精致,演员演技更加成熟,加之银幕画面和色彩音响等的提升,极大地提高了电影的艺术品位和观赏性。伴随着时代和科技的发展、电影观念的成熟、对文学经典全新读解、影视受众审美情趣提升以及电影拍摄技术的改进等,一些成就较高的《安娜·卡列尼娜》改编影片逐渐出现。主要版本有:1935年美国米高梅公司版,导演克拉伦斯·布朗,主演葛丽泰·嘉宝和弗雷德里克·马奇。1948年英国电影制片厂版《春残梦断》,导演朱利恩·杜维威尔,主演费雯·丽和拉尔夫·理查德森。1952年印度版。1953年莫斯科电影制片厂版,导演卢卡金维奇,主演艾拉·塔拉索娃和尼古拉·索思宁。1955年香港华达电影影业有限公司版《春残梦断》,导演李晨风,主演白燕和张活游。1956年阿根廷版。1961年英国广播公司电视中心版,导演鲁道夫·卡迪亚,主演克莱尔·布鲁姆和肖恩·康纳利。1967年莫斯科电影制片厂版,导演亚·扎尔赫依,主演塔基杨娜·莎莫伊洛娃和瓦西里·兰诺沃依。1974年莫斯科电影制片厂版,主演玛亚·普里谢斯卡娅。1974年意大利电视台电视剧版,导演桑德罗,主演蕾雅·马萨利。1977年英国广播公司版10集迷你电视剧,导演巴兹尔·科尔曼和唐纳德·威尔逊,主演尼古拉·帕特和斯图尔特·威尔逊。1985年美国版,导演西蒙·兰顿,主演杰奎琳·比赛特和克里斯托弗·里夫。1997年美国华纳兄弟影片公司版《爱比恋更冷》(又译《浮世一生情》),导演伯纳特·罗斯,主演苏菲·玛索和肖恩·宾。2000年英国迷你型系列电视剧版,导演大卫·布莱尔,主演海伦·麦克罗瑞和凯文·麦克基德。2009年俄迷你系列电视剧版,导演谢尔盖·索洛维约夫,主演塔雅娜·德鲁比奇。2012年英国版,导演乔·怀特,主演凯拉·奈特莉、亚伦·泰勒-约翰逊和裘德·洛等。

《安娜·卡列尼娜》在中国早就有不同版本的电影播映,也有以安娜爱情故事为蓝本的中国电影改编。电影媒介的引入,对中国观众认识和读解《安娜·卡列尼娜》小说,对托尔斯泰名著在中国的传播,起到了极大的推动作用。

1955 香港出品的《春残梦断》就是改编自托尔斯泰的《安娜·卡列尼娜》,导演李晨风,主演白燕、张活游、马师曾和梅绮。它保留了原著的故事架构,对原著的时代背景、生活环境、人物名称等都做了对应的置换。故事背景是 40 年代的中国城市,人物虽然做了中国化的改编,但人物的人生遭遇却不尽相同。影片中年轻貌美的潘安娜与安娜有着相似的家庭状况和个人追求。在专制蛮横的丈夫陈克烈眼中妻子就是家中花瓶。在窒息的生活环境中,潘安娜与温文尔雅的王树基产生了感情。但《春残梦断》中的人物缺乏小说中安娜追求爱情自由的激情和勇气,潘安娜犹如一只被驯服的关在笼中的金丝雀,徒有对外面美好景色的向往而缺乏抗争的勇气。潘安娜终归是恪守妇道,隐忍激情,放弃了自己追求爱情的权利。影片与原著在精神主旨方面有明显的差异,这主要是由中俄两国不同的社会时代、生活环境决定的,原作中作者意在揭露贵族的腐败,探索社会的出路,而《春残梦断》的矛头指向的是中国封建礼教和人性的觉醒。电影与原作在女性解放、个性追求上,具有异曲同工之妙。影片的改编中,人物内心爱的激情洋溢在演员的一颦一笑举手投足中表露无遗。潘安娜的隐忍与牺牲自己的幸福,也是对封建礼教、婚姻制度束缚压抑人性的一种控诉。影片的改编播映,一方面具有反封建反礼教的思想内涵,另一方面也是间接地普及与传播托尔斯泰《安娜·卡列尼娜》。"文化大革命"期间《安娜·卡列尼娜》电影被禁播,直到 80 年代中期,不同国家拍摄的电影《安娜·卡列尼娜》纷纷在中国上映。时至今日,托尔斯泰及其《安娜·卡列尼娜》成为家喻户晓的作家作品,并被展开深入的研究。《安娜·卡列尼娜》作为文学经典的形成及其在读者观众中的巨大影响,与电影的传播是密不可分的,通过影视媒介,越来越多的人们走进了文学大师托尔斯泰和他的文学经典《安娜·卡列尼娜》。

在众多的电影改编版本中,播映影响最大、艺术含量最高,无论在观众的欣赏还是影评家的评论中,最具有代表性的电影版本为 1967 年的苏俄版和 1997 年英国版《安娜·卡列尼娜》影片。尽管它们拍摄的年代不同、导演和演员的国度不同,但两部电影在整体上都勾勒出了《安娜·卡列尼娜》的历史轮廓,代表着不同的改编模式,分别体现出了不同的时代风格、民族特色以及独特的艺术审美和价值取向。

1967 年莫斯科电影制品厂版的《安娜·卡列尼娜》是俄国的同名作

品改编中最优秀的影片,是在众多改编电影作品中最尊重原著的一部电影,在体现俄罗斯生活和人文气质上是最契合原著的一个版本。无论是生活场景还是人物形象,观众所看到的是地道的俄罗斯风格电影。影片开头画面与原著完全一样,以家庭生活为开端。影片通过安娜曲折的爱情故事,将安娜悲剧的必然性立体地呈现了出来。安娜因无法忍受丈夫卡列宁的伪善和冷漠,与英俊的彼得堡军官渥伦斯基相爱。性格单纯而执着的安娜,不愿意偷偷摸摸和渥伦斯基相爱,提出和丈夫卡列宁离婚。卡列宁为了名誉和地位,宁愿默许安娜与渥伦斯基的关系,也不愿公开离婚,并以不让安娜带走儿子为要挟。重病中的安娜以为将不久于人世,请求卡列宁的原谅,渥伦斯基因绝望而试图自杀。病愈后安娜实在无法忍受冷漠的卡列宁,在渥伦斯基的热烈追求下,毅然离家出走,与渥伦斯基一起去意大利度蜜月。回国后安娜住进了渥伦斯基府邸,他们的关系被社会舆论所反对。安娜再次提出离婚,又遭到拒绝。孤独的安娜精神忧郁,经常和渥伦斯基争吵,最后当发现渥伦斯基又有新的相好,悲愤欲绝的安娜卧轨自杀。在情节结构上,影片挑选了原著中最重要场景,如火车站、赛马场、剧院等,全剧围绕重要的人物安娜、渥伦斯基和卡列宁展开,线索结构的推进与原著一致,因此几乎是将小说中的重要内容全搬上银屏。影片较好的结合原著内容设置细节,精妙的细节对应彼此的关联,细节中暗喻人物的命运。如影片开头在火车站附近发生的火车压死人的细节与安娜最后又在火车站卧轨相呼应,而其中火车站工人轧死的场景多次在影片和安娜的梦中出现,暗示安娜的爱情和命运悲剧的结局。影片与其他版本最大的不同在于,编导不是因为自己的爱好或者受电影时空的限制,而随意删除,导致主题思想的欠缺。如作者对列文的线索,虽然出场的篇幅缩减了,但通过列文所表达的作者的思想依然很好地得到了保留。如影片后半部分,列文去拜访安娜,安娜对列文说了自己对待生活的观点:"我只想生活,除了自己不对任何人做坏事。"列文则表达了自己的观点:"生活不是为了吸引我们的东西,而是为了上帝,谁也不能理解和决定的上帝。"电影对小说原作中的内容进行了压缩调整,但这并不影响电影对小说主旨思想的传达。另外,影片很好地体现了小说中托尔斯泰心理描写的特色,片中大段的内心独白、旁白、画外音内容,配以音乐和环境背景,再现了小说的心理描写。片中尤其注重将文学作品改编成电影时对各种视听造型的塑造,音乐成为电影中的语言元素受到了重视。如安娜和渥伦斯基火车站见面时的音乐、舞会上的音乐等等。影片对环境的视觉效果做了极大的改进,如对舞会的场景、乡下的风光、收割归来的场面都做了宏大的处理,勾画了丰富的社会背景。1967年苏联版《安娜·卡列尼娜》是我国观众最熟悉的一个电影版本,具有美丽俄罗斯神韵的安娜为观众广为接受,在感受俄罗斯风光、人文素养、社会风情的同时,也对托尔斯泰笔下的贵族社会有了真切的认识,对安娜的爱情悲剧有了更为深入的理解与同情。

1997年美国华纳兄弟影片公司伯纳特·罗斯执导了《安娜·卡列尼娜》改编影片《浮世一生情》(又译《爱比恋更冷》),由法国著名演员苏菲·玛索饰演安娜,影片在俄罗斯实地拍摄。片中19世纪俄罗斯上流社会的宏大奢华场面以及演员的靓丽迷人,都给人以视觉上的直观美感和强烈震撼,堪称《安娜·卡列尼娜》电影版本中的经典。在所有的电影改编中,1997版影片在安娜与列文的情节线索处理上,最切近原著,二条线索交替出现,相互补充,合二为一。影片的开头别具一格,以列文的一段自述拉开序幕来讲述安娜的故事。列文叙说他梦境中被一群狼追逐而陷入困境,画外音出现"我经常梦见自己抱着树枝,眼睁睁地等待死神降临,死时还未懂得爱情真谛,那就比死亡本身更可怕了,在这种黑暗深渊的何止是我,安娜·卡列尼娜也有过同样的恐惧",以此引出安娜的爱情悲剧故事,预示了安娜爱情的痛苦与恐惧意识。影片一开始就奠定了全片的感情基调,暗示列文社会生活追求的恐惧死亡感与安娜爱情自由追求的恐惧死亡感,如出一辙。在列文与吉提故事线索展开后,镜头引向了火车站,在安娜与渥伦斯基相遇中,开启安娜的故事线索。编导最大限度地使两条线索不断相互交汇融合,在某种程度上甚至可以看作是编导竭力通过影片想去解决原作中两条线索很少交汇的问题。如列文要去哥哥尼古拉家,画外音表达人物的内心独白"安娜的使命是补救兄长的家庭,正如我要同哥哥重修旧好,我们都热切渴求爱的感受"。甚至影片中托尔斯泰的精神探索和价值取向,几乎都是从列文线索中呈现出来的。如表现托尔斯泰对婚姻家庭、生活生命的思考,影片结尾处列文的画外音说道:"那段崭新的感受并没有改变我,并不如我梦里想的那样,取悦我,启发我,生了孩子也没有改变我,但我不知道这是不是信仰的问题,受过惊才有这种感受","我无法明白我祈祷的理由,但我依然继续祈祷,但是我现在的生命,整个生命已经焕然一新,不像过去那样过得浑浑噩噩,我现在活得很充实,很有意义,我已有了足够的力量掌握这一生。"人物的内心心理与片头梦境的遥相呼应,形象地显示和深化了原作的主题意义。影片中常常以画外音连接两条情节线索,采用"合—分—合"形式将安娜、渥伦斯基与列文、吉提这两条线索连接在一起,展开内容对比,通过安娜揭示贵族生活的腐败。安娜最后的悲剧是对俄罗斯社会现实的否定,列文的精神探索和幸福美满的家庭婚姻,是对探索俄罗斯贵族出路的肯定。影片在改编过程中对情节线索进行重新编排,在两条故事线的编排中,在保证电影语言和故事叙说完整性的同时,最大限度地去还原小说中作者的思想观念和主旨意义,然而也因此遭到诟病,有影评认为,以文学的尺度来衡量电影,以作者的观念来改编电影,多少都有些偏颇。电影受特定的播映时空限制,并不是所有的小说内容和作者理念都可能承载的。列文的部分在原书中体现了托尔斯泰的一种理想,列文的精神复活和幸福美满的婚姻生活,可以作为安娜悲剧的对比存在,从而表达作者的价值取向。但在电影中则会显得多余,与其想面面俱到或者无法充分展开,还不如删去,将有限的时空让位于安娜的线索,以使安娜的描述更加丰满凸显,中心思想或精神实质更为单一清晰。这也是一种评价的思路。

影片对安娜的心理活动表现细腻生动,尤其出色的是安娜对爱情的追求与负罪心理矛盾冲突,十分切合小说中安娜内心矛盾的描写,体现了托尔斯泰作为心理描写大师的艺术特色。如安娜流产的一幕,安娜发着烧,双颊通红,分居多月的丈夫卡列宁跑来看她,将手抚在她的面颊上,安娜推开丈夫的手,执拗地将脸转向另一边,直言道"我再也不怕你了,我就快死了",即使死也不会回头的决绝心理可见一斑。但紧接着她想到这一切都是自己的错罪,想到自己快要死了,又软弱起来,请求他宽恕自己的任性与背叛,短短的几个镜头将安娜复杂的内心心理表露无遗,立体显示出托尔斯泰"心灵辩证法"的心理描写艺术特征。一方面家庭生活的窒息、丈夫的蛮横专制,让她义无反顾地投向渥伦斯基的怀抱,另一方面受传统伦理道德束缚,又始终觉得自己是有罪的,是一个坏女人,是一个抛夫弃子的负心女子,充满了强烈的羞耻感与负罪感。影片中为突出安娜的这种矛盾心理给人物带来的痛苦,甚至多次表现安娜借助药物和酒精来麻痹自己,将安娜身上爱的快乐和爱的痛苦形象地展现在银幕上。最后安娜自杀中哭泣着"饶恕我"的自言自语,与其说是安娜寻找解脱,不如说是整个上流社会包括他们的伦理宗教观念参与下的一场对安娜的集体谋杀。苏菲·玛索的表演本色纯美,具有东方特质,尽管苏菲所扮演的安娜看起来不像俄国人,与小说读者阅读想象的安娜形象有不合之处。但苏菲单纯艳丽的表演,将外表美丽、情感真诚、内心世界丰富、充满生命活力的安娜,形象地展示在观众眼前。苏菲饰演的安娜一方面高贵与庄重,另一方面,人物平静外表下涌动着埋藏在心底的澎湃激流。苏菲饰演的安娜犹如一位爱的女神——高雅神秘、感性天真又略带狂野不羁,尤其那双惹人怜爱又略带忧伤迷离的眼神摄人心魄,时而闪闪睫毛、迷人眉宇下洋溢着内心激情,充满了对爱的刻骨铭心,将人物对生活和情感的追求无望显示于凄美的眼角。影片最精彩的镜头是安娜决心卧轨前往火车站的路上,短短的站台此时在脚下显得漫长而遥远。闪回镜头中欢畅快乐的生活画面一一从眼前掠过,安娜为了爱情而放弃这一切。这通向死亡的道路让她悲恸绝望,当安娜孤立无援地静静伫立在站台边时,所有的快乐与哀伤都湮没在那无奈的眼神里,在安娜倒向铁轨的瞬间,她那褐色眼睛里深藏着的绝望,随着睫毛的抖动传达到观众的心里。安娜的美丽芳姿及其所演绎的凄美无限的动人爱情,深深感动了每一个扼腕叹息的观众,苏菲东方美女风格的高雅妩媚与俄罗斯贵妇人安娜的悲惨命运融成一体,显示出崇高的悲剧美。

除此以外的托尔斯泰小说影视改编中,较具传播影响的影视改编主要有:1961苏联拍摄的《哥萨克》,导演瓦西里·波罗尼,主演雷尼达·古巴诺维、鲍里斯·安德列耶夫、济娜伊达·基里延科。影片故事情节、人物关系沿袭小说内容,表现重点放在了语言的对应、人物形象的外在特征及独特民俗风情上。另有1921年和1987年版的《哥萨克》影片。1987年苏联米哈伊尔·什维采尔导演的《克莱采奏鸣曲》,对托尔斯泰后期小说的解读起到了很好的传播作用。影片中表现的男女权利与义务关系及其矛盾冲突,在当代的社会生活中仍有现实意义。影片改编历时多年,可谓精耕细作,在结构安排和摄影技巧上都颇具匠心,是一部难得的精品之作。《克莱采奏鸣曲》另有1915、1956、1969和2008年版的改编影片。除此之外对托尔斯泰小说具有不同层面的传播意义的影片还有1911年拍摄的《保卫塞瓦斯托波尔》;1917、1978、1990年先后拍摄的《谢尔盖神父》;1918、1929、1937、1968年先后拍摄的《活尸》;1924年拍摄的《黑暗的势力》;1969、2000年拍摄的《一个人需要多少土地》;1978年拍摄的《伪息券》;1985年拍摄的《伊凡·伊里奇之死》;1996年拍摄的《高加索俘房》等。

第九章
屠格涅夫作品的生成与传播

屠格涅夫(1818—1883)于19世纪30年代中期开始文学创作,在整个创作生涯中,他尝试过诗歌、戏剧、随笔、中短篇小说、长篇小说、散文诗等各种文学形式;1843年以长诗《帕拉莎》为文学界和读者所认识,此后发表长诗《交谈》(1845)、《安德烈》(1846)、《地主》(1846)以及一些抒情诗和几个中篇小说,成为小有名气的诗人;1847—1852年他以《猎人笔记》获得巨大成功,得到俄罗斯广大读者和评论界的盛赞,一跃成为全俄罗斯瞩目的作家;此后他创作了一系列中短篇小说,1855年则以《罗亭》拉开了其六大长篇小说创作的序幕,直到晚年在病榻上仍笔耕不辍,为世人留下一部饱含诗意与哲理的《散文诗》。屠格涅夫以其丰厚而又独特的创作获得了巨大的成功,生前与身后获得的赞誉数不胜数。

第一节 屠格涅夫作品在源语国的生成

有这样的说法:"从创作的数量、持续性、趣味性和品质的角度来看……正是屠格涅夫把文学作品变成了受教育阶层重要的日常需求……也正是他教育了一代代的读者"[①]。我们认为,这是对屠格涅夫这位伟大的经典作家最中肯的评价。下面我们从屠格涅夫诗意的现实主义出发,探讨屠格涅夫之所以为经典作家的原因。

---

① Галина Ребель, "Гений меры": Тургенев в русской культуре, Вопросы литературы, No. 6 (2009), с. 335—336.

(一) 现实主义的诗意表达

屠格涅夫的文学之路是以诗歌始、以诗歌终的。综而观之,他的作品"充满诗意的风格",而其散文具有"抒情哲理性的音韵结构"。俄罗斯学者扎哈尔琴科甚至认为,"抒情是屠格涅夫叙事的结构原则",是作家独特的"名片"①。早在20世纪初,著名文学史家、评论家米尔斯基就指出,屠格涅夫身上永远流淌着诗意或浪漫的血液,这与其主要作品中的现实主义氛围形成对峙。他对大自然的态度始终是抒情的,他亦始终怀有一种隐秘的愿望,欲跨越现实主义教条为俄国小说家设置的藩篱。在屠格涅夫这里,抒情因素俯拾即是。即便他那些最为现实主义、最具公民色彩的长篇小说,其结构和氛围也主要是抒情性的。②波洛夫涅娃研究了屠格涅夫19世纪50年代创作的抒情哲理性小说后指出,屠格涅夫这些小说的结构组织原则之一就是"具有抒情主题体系以及表达主题思想的细节的体系"③。俄罗斯著名语言学家维诺库尔指出:"屠格涅夫创作中篇小说和短篇小说时用的不是散文式的语言,而是诗歌式的语言。"④可以认为,屠格涅夫之所以成为俄罗斯当之无愧的经典作家,主要在于他是一位"富有诗意的现实主义作家"⑤,"以迷人的诗意与敏锐的现代主义精神的结合,准确地把握住了时代的脉搏和心理"⑥。

早在大学时代,屠格涅夫就开始写作抒情诗、叙事诗和诗剧,翻译莎士比亚、拜伦和歌德等人的诗歌作品,其诗作受到普列特尼奥夫教授的欣赏。1838年,普列特尼奥夫在自己任主编的《当代人》杂志上发表了屠格涅夫的两首抒情诗《黄昏》和《致美第奇的维纳斯》,屠格涅夫由此开始了创作生涯。19世纪30年代至40年代初期,屠格涅夫的创作以诗歌为主,这并不难理解:一方面,"就天性而言,屠格涅夫是富于诗人气质的",

---

① Черкезова О. В. «Отцы и дети» И. С. Тургенева в кинорецепции А. Смирновой, Вестник Томского государственного педагогического университета, No 11 (2013), с. 64.
② 米尔斯基:《俄国文学史》,上卷,刘文飞译,北京:人民出版社,2013年版,第265—266页。
③ Черкезова О. В. «Отцы и дети» И. С. Тургенева в кинорецепции А. Смирновой, Вестник Томского государственного педагогического университета, No 11 (2013), с. 64.
④ Винокур Г. О. Рец.: Формальная халтура: Творческий путь Тургенева. -Пг., 1923. -[Вып.] I // Леф. —1924. — No 4. с. 205—206.
⑤ 莫洛亚:《屠格涅夫传》,谭立德、郑其行译,太原:山西人民出版社,1983年版,第181页。
⑥ 朱宪生:《在诗与散文之间:屠格涅夫的创作和文体》,西安:陕西人民教育出版社,1999年版,13页。

是一个"容易感受诗意的人"①;另一方面,屠格涅夫成长于俄罗斯诗歌的黄金时代,满怀着对普希金、莱蒙托夫、丘特切夫等诗人的喜爱和崇拜,也因此满怀着当一名诗人的梦想。

但是,在屠格涅夫开始创作的年代,当时有影响力的诗人,如普希金、莱蒙托夫和柯尔卓夫相继在1837年、1841年、1842年去世,而且普希金和莱蒙托夫在创作后期都已经开始创作小说并取得了相当的成就,果戈理则以小说创作登上文坛并一举成名,因此批评家们一致认为此时俄罗斯诗歌的时代结束了。屠格涅夫似乎也意识到了这一点,他的诗歌创作逐渐从抒情诗转向叙事诗。1843年他发表第一部受到较多关注的叙事长诗《帕拉莎》,《帕拉莎》之于小说家屠格涅夫可谓"一切开端的开端"。《帕拉莎》通过男女主人公帕拉莎和维克多的故事,塑造了作家的第一个优秀俄罗斯女性形象,关注了具有"多余人"某些性格特征的人物,并把帕拉莎的不幸和维克多性格的形成归结于当时的社会环境。长诗取得了独特的艺术成就:"在这部长诗里,屠格涅夫表露出他是一个琢磨入微的心理学家和洞悉妇女心灵的能手。他以一种难于表达的爽快心情激动地叙述着崇高、轻信而又羞怯的妇女的爱情,窥视到少女心灵的最深处,塑造出少女初恋时的动人形象。帕拉莎有权在屠格涅夫的中短篇小说和长篇小说的富有诗意的女主人公画廊里,占据一席显著的位置。"②别林斯基高度评价了《帕拉莎》,认为它实质上是一部"诗体短篇小说"③。综而观之,《帕拉莎》吸引读者和评论界目光的不外乎两个方面,即"诗意"和"现实"。别林斯基专门著文高度评价《帕拉莎》,惊叹诗歌那"正确的观察力,深刻的思想,从俄国生活的秘处取得的、洗练而微妙的讽刺,在这种讽刺下又隐藏着如许的感情"④,认为这首叙事长诗是"俄罗斯诗歌醒来片刻所讲述的美梦之一","不仅是用优美的诗句写就的叙事诗,而且是贯穿了深刻的思想、充实的内容,既有幽默,又有讽刺的好诗"⑤。安年科夫也指出了读者喜爱《帕拉莎》的原因:"《帕拉莎》中对并非复杂的事件的出色讲

---

① 朱宪生:《在诗与散文之间:屠格涅夫的创作和文体》,西安:陕西人民教育出版社,1999年版,13页。
② 普斯托沃伊特:《屠格涅夫评传》,韩凌译,北京:人民文学出版社,1983年版,第15页。
③ 安齐费罗夫:《屠格涅夫》,见季莫菲耶夫主编《俄罗斯古典作家论》下卷,陈冰夷等译,北京:人民文学出版社,1958年版,第813页。
④ 同上。
⑤ 转引自朱宪生:《在诗与散文之间:屠格涅夫的创作和文体》,西安:陕西人民教育出版社,1999年版,13页。

述以及对其中人物的轻松的嘲讽态度,极其新颖,富有新萌生的健康的情感,因此引起广泛的关注。"①在别林斯基的评论发表之后,《俄罗斯残疾人》杂志随即也刊载了匿名作者评价《帕拉莎》的文章,其中写道:"莱蒙托夫死后我国的诗坛一片冷清,我们都已经失去了再次听到俄罗斯竖琴之声的希望;《帕拉莎》的出现让我们重燃希望……这首表现当代风尚的长诗中所有典型人物描写得十分出色。长诗中……一切都准确、朴实、自然。"②普列特涅夫在《现代人》上发表评论,肯定《帕拉莎》的内容朴实,然而却一切都充满了诗意,一切都源自生活。1846年格里戈里耶夫在评论《地主》时曾指出,屠格涅夫在《帕拉莎》中对自己诚挚的精神和喜爱的思想的表达是新颖而又动人的。③

1847年是屠格涅夫创作历程中极为重要的一年。该年初,他在《现代人》杂志第一期上发表了以"摘自猎人笔记"为副标题的《霍尔与卡里内奇》并获得巨大成功,读者纷纷给《现代人》编辑部写信询问"猎人笔记"的续篇何时刊出,由此作家先后创作了25篇此类作品,集为《猎人笔记》于1852年出版并被视为文学界的重大事件。《猎人笔记》给屠格涅夫带来了巨大的文学声誉,使其一跃成为俄罗斯文坛名人,深受全国读者的喜爱和欢迎,学术界甚至认为屠格涅夫作为卓越的现实主义作家,其创作道路是从《猎人笔记》开始的。

从时间上来看,《猎人笔记》是屠格涅夫的第一部大型作品,一直被视为作家的成名作和作家走向创作高峰的起点。就《猎人笔记》的内容而言,屠格涅夫主要关注的是其中所描写的时代的核心问题,即农奴制问题,他通过艺术的方式和手法评判农奴制以及这一制度下形成的俄罗斯现实中的诸多现象。正如安年科夫所言,对于当时社会"环境中出现的主要倾向",屠格涅夫在《猎人笔记》中"明确而又艺术地表达出来"④。

事实上,在屠格涅夫之前已经有一些作家描写过俄罗斯人民,比如拉季舍夫、普希金和果戈理等,而19世纪40年代中期在别林斯基的号召下,很多进步作家顺应时代的需求在作品中将俄罗斯农村和农民作为描写对象,真实地展现农奴制下处于被奴役地位的俄罗斯人民的不幸遭遇

---

① И. С. Тургенев. Полное собрание сочинений и писем. В Тридцати томах. Том 1. М.: «Наука», 1978, с. 462.

② Там же. С. 463.

③ Там же.

④ Там же. С. 404.

和处境,例如赫尔岑(《谁之罪》《偷东西的喜鹊》《克鲁波夫医生》)、涅克拉索夫(《三套马车》《在大路上》《祖国》等)、格利戈罗维奇(《乡村》《苦命人安东》)、冈察洛夫(《平凡的故事》)等等。在众多同类题材的作品中,《猎人笔记》备受赞誉,因为其具有"进步的思想内容、动人的艺术力量和令人耳目一新的形式和风格"①。具体而言,屠格涅夫在《猎人笔记》中发展了"风俗随笔"这一刚刚诞生的文学样式。他首先准确细腻、富于诗意、激情满怀地描绘了俄国中部的大自然。那千姿百态的森林、辽阔富饶的草原、繁星闪烁的静夜、露珠晶莹的清晨、各种各样的飞禽走兽以及悠闲自在的蓝天白云……大自然的一切,都得到了生动优美的描绘,作家因此成为描绘大自然的圣手。而且,"屠格涅夫所爱的主人公们,像作家本人一样,对于祖国大自然的生命、大自然的多变的和多样化的美具有一种永不消衰的敏感"②,同时《猎人笔记》中的大自然,对作品的主人公——纯朴的人们和故事讲述人,即作者,有着积极的影响"③。在这美丽动人的大自然背景下,作家进而塑造出一系列具有代表性的典型农民形象,描写了形成和揭示主人公性格的生活环境。由此,评论界认为,《猎人笔记》不仅反映了反农奴制的人道主义思想,同时还展现了一幅"农奴制时代俄罗斯人民生活的诗意的画卷"④。更重要的是,在屠格涅夫的笔下,俄罗斯农民不再是饱受欺凌践踏而又隐忍的苦命人,作家在描绘俄罗斯农村现实生活的同时,更着意于表现人民具有卓越的才干、美好的精神世界和高尚的道德力量,其中"最平平常常的画面也充满了诱人的诗意和深刻的内容"⑤。总之,"屠格涅夫强调农民身上的人道精神、想象力、诗意天赋和艺术才华,以及他们的自尊和智慧。正是凭借这种心平气静、悄无声息的方式,此书使读者猛然意识到农奴制之不公与荒谬"⑥。基于上述特点,别林斯基认为作家从以往任何人都没有过的角度接近了人民,这也是屠格涅夫

---

① 朱宪生:《在诗与散文之间:屠格涅夫的创作和文体》,西安:陕西人民教育出版社,1999年版,35页。

② 安齐费罗夫:《屠格涅夫》,见季莫菲耶夫主编《俄罗斯古典作家论》下卷,陈冰夷等译,北京:人民文学出版社,1958年版,第821页。

③ 比亚雷、克列曼:《屠格涅夫论》,冒效鲁译,上海:上海文艺出版社,1962年版,第47页。

④ И. С. Тургенев. Полное собрание сочинений и писем. В Тридцати томах. Том 3. М.: «Наука», 1978, с. 399.

⑤ Галина Ребель, "Гений меры": Тургенев в русской культуре, Вопросы литературы, No. 6 (2009), с. 309.

⑥ 米尔斯基:《俄国文学史》,上卷,刘文飞译,北京:人民出版社,2013年版,第258页。

成为经典作家的一个重要原因。

果戈理在读过《猎人笔记》的一些篇章以后,认为作家具有卓越的天才。涅克拉索夫非常喜欢《猎人笔记》,盛赞其中的作品非常优美和富有感染力。丘特切夫更是认为:"这本书里竟有如此丰富的生活和出色的天才……对人类的同情和艺术家的感情这两个难以结合的成分,竟结合得如此之好,如此妥帖是难得的。另一方面,人类现实生活中的最含蓄的部分和对诗情画意的大自然的透彻理解这两者的结合也同样是出色的。"① 冈察洛夫、列夫·托尔斯泰等作家也纷纷表达了对屠格涅夫及其《猎人笔记》的肯定。赫尔岑指出屠格涅夫的这些描写农奴生活的随笔是"以诗意的语言控诉农奴制",是"极为有益"的作品②。

1857年,车尔尼雪夫斯基在给屠格涅夫的信中写道:"在您的《猎人笔记》之后,还没有任何一本书令人如此欣喜"③。不仅如此,《猎人笔记》在俄罗斯现实主义文学史上"起了重要作用"④,萨尔蒂科夫—谢德林就此曾经指出,《猎人笔记》不仅仅"开创了以人民及其需求为描写对象的文学潮流",而且还与作家的其他作品一起大大提高了"俄罗斯知识分子的道德和思想水平"⑤。列夫·托尔斯泰、列斯科夫、柯罗连科、契诃夫、高尔基等俄罗斯著名作家都坦言深受《猎人笔记》的影响。《猎人笔记》也对世界文学产生了一定的影响,德、法等国率先翻译了该书,在西欧屠格涅夫已经声名鹊起,各个文艺沙龙都将他的到来视为荣耀,他的作品在年轻人中广为传阅,目前欧美和亚非的许多国家陆续都有了该书的译本。可以说,"正是《猎人笔记》将屠格涅夫带进了世界文学,特别有助于后来其声望在国外的传播"⑥。

1856年初屠格涅夫在《现代人》杂志社第一期和第二期上开始发表《罗亭》,1859年发表第二部长篇小说《贵族之家》并获得巨大成功,自此之后他便成为更加引人注目的作家。这两部小说很快在文学界和读者当

---

① 鲍戈斯洛夫斯基:《屠格涅夫》,冀刚等译,上海:上海译文出版社,1983年版,第191页。
② Герцен А. И. Собр. соч.: В 30-ти т. М.: Наука, 1954—1965, с. 228.
③ Чернышевский Н. Г. Полн. собр. соч. М., 1949, т. XIV, с. 345.
④ И. С. Тургенев. Полное собрание сочинений и писем. В Тридцати томах. Том 3. М.: «Наука», 1978, с. 399.
⑤ Салтыков-Щедрин. Собрание сочинений, В двадцати томах. т. 9, М.: «Художественная литература», 1970, с. 459.
⑥ И. С. Тургенев. Полное собрание сочинений и писем. В Тридцати томах. Том 3. М.: «Наука», 1978, с. 421.

中引起热烈而又多样的讨论，基本上围绕小说主人公的形象和小说提出的问题展开，评价了罗亭以及"多余人"的进步意义和俄罗斯知识分子的历史作用。

从本质上来说，罗亭和拉夫烈茨基都是贵族阶级优秀的代表人物，在很大程度上能够代表和反映当时贵族的整体面貌和发展状况，被视为"多余人"的典型代表。诚然，对贵族知识分子相关的思考，尤其是"多余人"形象的塑造并非屠格涅夫的首创，但是不可否认，罗亭和拉夫烈茨基是"多余人"形象发展的重要一环。车尔尼雪夫斯基的《幽会中的俄罗斯人》、杜勃罗留波夫的《什么是奥勃洛摩夫性格》《真正的白天何时到来》等文章就"多余人"（包括屠格涅夫的《罗亭》《贵族之家》及其主人公的形象）发表评论。车尔尼雪夫斯基对毕巧林、别尔托夫、罗亭等"多余人"进行了对比分析，得出了罗亭远远超过其他"多余的人"的结论，而新的一代之所以能够向前迈进一步，得益于奥涅金、毕巧林尤其是罗亭等"先驱者"为他们铺平了道路，扫清了道路。① 杜勃罗留波夫指出"多余人"把一些新的思想灌输到某一个圈子中，他们是启蒙者、宣传家，他们在当时是人们所需要的②。可以说，缺少罗亭和拉夫烈茨基这两类人物，俄罗斯贵族及其进步知识分子的发展就无法形成完整的链条，这正是屠格涅夫之于俄罗斯文学乃至文化的重要贡献。而且，值得注意的是，"多余人"的说法是在1850年屠格涅夫的中篇小说《多余人日记》出版后才确定下来的。因此，在这一文学类型的定义中，屠格涅夫是最高权威。契诃夫曾戏拟过屠格涅夫的"多余人"形象，其中篇小说《决斗》里的拉耶夫斯基实际上就是屠格涅夫笔下的多余人。小说中有这样的情节：拉耶夫斯基的友人冯·科伦同意他是"罗亭的翻版"，但同时也对他自称"多余人"表示讥讽："您就这样理解，公家的文件夹一连几周躺在那里无人开启、他蒙头大睡而别人吃吃喝喝不是他的错，而是奥涅金、毕巧林和屠格涅夫的错，因为屠格涅夫想出了一个不成功的人、一个多余的人。"③而后来的苏联文艺学家A.拉弗列茨基甚至认为，"倘若所有研究40年代的材料中只剩下了《罗亭》

---

① 见《车尔尼雪夫斯基论文学》，下卷，二，辛未艾译，上海：上海译文出版社，1983年版，第172—200页。

② 见《杜勃罗留波夫选集》，辛未艾译，上海：上海译文出版社，1983年版，第一卷，第179—243页；第二卷，第259—330页。

③ Лаврецкий〈И. М. Френкель〉. Электронная библиотека научно-образовательной, финансовой и художественной литературы. Литературная энциклопедия：«Лишние люди» (1931).

或《贵族之家》,那么还是可以确定时代特色和性质的。根据《奥勃洛莫夫》做不到这一点。"①屠格涅夫笔下的另一多余人形象——晚期长篇小说《处女地》的主要人物之一阿列克谢·德米特里耶维奇·涅日达诺夫还被称为"俄罗斯的哈姆雷特"②。由此可见屠格涅夫的多余人的地位和影响。

　　"罗亭是屠格涅夫笔下第一个登上社会斗争舞台的人物"③。因长篇小说《罗亭》的意义,安年科夫称《罗亭》为"社会小说",认为在该书中"第一次出现了一个几乎是历史性的人物,这人物很早就以自己的勇于否定、从事宣传的性格引起作者本人和俄国社会的注意了"④。与此同时,也有不同声音,如著名批评家皮萨列夫认为罗亭是一个"用空话代替行动的典型人物"⑤。不过,随着《罗亭》和《贵族之家》的发表,屠格涅夫此前创作的中短篇小说也引起关注和肯定评价。1856年11月,屠格涅夫出版了《中短篇小说集》,这是继1852年《猎人笔记》之后作家出版的第一部文集,其中收入了一些诗作、《猎人笔记》、1856年前创作的中短篇小说、《浮士德》、长篇小说《罗亭》,基本上是作家19世纪40年代中期至50年中期这十几年间的作品,作家此前这些未被关注的中短篇小说成为评论屠格涅夫、确定其创作特点、考察其创作道路以及确定作家在文坛上的地位的主要依据之一。车尔尼雪夫斯基认为屠格涅夫是别林斯基忠实的学生,并认为作家在当时的俄罗斯文学中占据首要地位,其中短篇小说,例如《木木》《旅店》和《猎人笔记》《罗亭》一样都是优秀的作品。此外,很多评论家都发现了屠格涅夫中短篇小说的抒情和诗意,德鲁日宁根据上述文集认为屠格涅夫是一个"富有诗意的观察者"⑥。1956年12月《现代人》就屠格涅夫的《中短篇小说集》刊载匿名评论文章称这些小说中富有"细

---

① Лаврецкий 〈И. М. Френкель〉. Электронная библиотека научно-образовательной, финансовой и художественной литературы. Литературная энциклопедия: «Лишние люди» (1931).

② Тихомиров В. Н. Электронная библиотека научно-образовательной, финансовой и художественной литературы. «Лишние люди» в произведениях И. С. Тургенева и А. П. Чехова. Запорожский национальный университет.

③ И. С. Тургенев. Полное собрание сочинений и писем в 30 т. 2-е изд., испр. и доп. М.: Наука, 1980, Т. 5 с. 475.

④ 转引自陈燊:《论罗亭》,《外国文学评论》1990年第2期,第95页。

⑤ 纳乌莫娃:《屠格涅夫传》,刘石丘、史宪忠译,天津:天津人民出版社,1982年版,第129页。

⑥ И. С. Тургенев. Полное собрание сочинений и писем. В Тридцати томах. Том 4. М.: «Наука», 1980, с. 548.

致的观察和诗意"①。由此我们看到,屠格涅夫的创作既有对社会现实中最为迫切的问题的关注,同时又融入了浓厚的抒情和诗意的氛围,其中最为突出的是《贵族之家》,这是一部"充满抒情气息的小说","整部小说都浸透在音乐的旋律之中"②。

1860年,屠格涅夫发表了俄罗斯文学史上首次塑造"新人",即平民知识分子的长篇小说《前夜》,此后很快便开始构思《父与子》并于1862年发表。与《罗亭》和《贵族之家》等中的"多余人"不同,《前夜》和《父与子》中的"新人"形象是首次进入文坛,在以往的文学中还没有出现过这样的人物,这无疑是屠格涅夫经典性的一个表现。

《前夜》准确地反映了俄罗斯在农奴制改革之前社会力量的发展趋势。在作家看来,俄罗斯已经处于农奴制改革的前夜,处于需要英沙罗夫——即"新的人物和新的英雄"的前夜。对此,屠格涅夫明确指出:"我把这部中篇小说定这样一个名称是因为我考虑到它出现的时代,那时,俄罗斯开始了新的生活,并且,像叶琳娜和英沙罗夫这样的人物就是这种新生活的先驱者……为了把事业推向前进——就必须有自觉和真实的英雄"③。这样的英雄很快就以鲜明的立场和毅然决然的否定精神出现在长篇小说《父与子》中。屠格涅夫开始创作《父与子》是在1860年,而发表是在1862年,时间跨度恰好在农奴制改革及其前后。在这段时期,屠格涅夫敏锐地捕捉到了60年代民主主义平民知识分子的特性,清楚地看到了革命民主主义者和自由主义者之间的矛盾、分歧和斗争并在作品在予以反映,通过塑造巴扎罗夫的形象肯定了前者对社会发展和进步的意义。屠格涅夫曾经宣称,整部《父与子》"都是针对着这个贵族先进阶级的"④。因此,主人公巴扎罗夫是俄罗斯文学史上真正意义上的第一个"新人",是一个全新的典型。

不言而喻,《前夜》和《父与子》仍然是"社会小说",它们与现实生活的紧密联系是公认的。但是,评论家们还是发现屠格涅夫的这些小说充满了浓厚的抒情气氛,鲍特金就曾指出,"我不知道在屠格涅夫的哪部中篇

---

① И. С. Тургенев. Полное собрание сочинений и писем. В Тридцати томах. Том 4. М.:«Наука》,1980,с. 548.
② 纳乌莫娃:《屠格涅夫传》,刘石丘、史宪忠译,天津:天津人民出版社,1982年版,第147页。
③ 转引自朱宪生:《在诗与散文之间:屠格涅夫的创作和文体》,西安:陕西人民教育出版社,1999年版,135页。
④ 纳乌莫娃:《屠格涅夫传》,刘石丘、史宪忠译,天津:天津人民出版社,1982年版,第167页。

小说中具有如此之多的富有诗意的细节描写",这些充满诗意的细节描写是"真正具有艺术性的","充满着生活最美丽的色彩的芬芳"①。屠格涅夫不愧是一位"诗人艺术家","屠格涅夫充满诗意的散文"早就是为屠格涅夫研究者们所公认的模式②。屠格涅夫的同时代批评家甚至认为,其作品中的人物要用"诗人的想象力才能创造出来"③。他的每一部长篇小说,都有对生活的细致而精确的"写实",从而成为"时代的艺术编年史,是19世纪后半叶俄罗斯受过教育阶层的道德、精神和社会生活的百科全书,也是40—70年代俄罗斯贵族和平民知识分子的思想探索史"④。与此同时这些作品中又弥漫着浓郁的诗的氛围。米尔斯基指出:"他的艺术能满足每个人的需求,这是公民作品,却不具'倾向'。它们依照生活原样描绘生活,选择最迫切的现实问题作为题材。它们充满真实,与此同时却又富有诗意和美。它们左右逢源。"⑤

除此而外,屠格涅夫现实主义作品的诗意还表现在如诗如画的风景描写和丰富的抒情性上:"景物的色彩和情韵与时代、生活、人物的情绪个性融为一体,叙述则被注入诗的血液","总是把抒情水乳难分地溶注于叙事、心理描写、肖像描写和风景描写之中"⑥。比如,《罗亭》中的罗亭与纳塔利娅早晨在花园幽会时,有一段诗意朦胧而隽永的景色描写:

> ……鸟不住地唱着,这欢愉的啁啾应和着刚下的阵雨的潺潺,听来是悦耳的。多尘的路上冒出烟来,急骤的雨点将尘土打得点点斑斑。于是云收雾散,微风吹拂,草上开始显出了翠绿和金黄的颜色……潮湿的树叶子粘在一起,变得更为透明……四周各处,全都发出一股浓郁的香味……

能言善辩、才华横溢的罗亭赢得了贵族少女纳塔利娅的芳心,两人第一次悄悄地约会。在这样充满诗意的景色中,男女主人公那隐秘的热情呼吸和刚刚萌发的情思呼之欲出。

---

① И. С. Тургенев. Полное собрание сочинений и писем в 30 т. 2-е изд., испр. и доп. М.: Наука, 1981. Т. 6. с. 454.

② Никитина Н. С. Обзоры и рецензии. Новая книга о поэтике Тургенева. Русская литература, 10(2002), с. 208.

③ Галина Ребель, "Гений меры": Тургенев в русской культуре, Вопросы литературы, No. 6 (2009), с. 336.

④ Там же.

⑤ 米尔斯基:《俄国文学史》,上卷,刘文飞译,北京:人民出版社,2013年版,第254页。

⑥ 卢兆泉:《屠格涅夫六长篇的诗意美》,《杭州师范大学学报》,1997年第2期,第48页。

同样,在《贵族之家》中,在拉夫列茨基与丽莎倾心交谈之后踏马归去的时候,屠格涅夫也营造了一种美妙的诗一般的意境:

"……在马蹄的得得声里,有着神秘的愉快;在鹌鹑的鸣叫声里,浮着玄妙的欢喜。星星隐在光明的雾里了;月亮还没有圆,泻着它的永恒的光辉,清光如同溪流,布满了蔚蓝的天幕,而在那浮荡的薄薄云空之上,则又幻为一抹淡淡的金黄……"

杜勃罗留波夫指出,在叙述主人公的事情时,屠格涅夫"就像谈论他的亲近的人们一样,他从他们的胸膛里提炼出热烈的情感来,他跟自己所创造的人物一起欢乐、悲伤,他自己就神往于他一直喜欢把他们置身于其间的那种诗意的环境"①。在上面的文字中,读者能感觉到,静谧温馨的月色里,弥漫着男女主人公之间相爱的欢愉和淡淡的愁绪……

总之,屠格涅夫的作品在现实主义的内容中,带有一种充满诗意的艺术魅力,一种"使整个俄罗斯为之流泪"的魔力,从而形成了其独具特色的"诗意的现实主义"。

(二) 屠格涅夫与俄罗斯文学传统

为什么"诗意的现实主义"可以称为经典的成因之一呢?这里必须要涉及屠格涅夫与19世纪俄罗斯文学传统的关系及其对后世俄罗斯文学的影响。事实上"诗意的现实主义"表现出屠格涅夫对19世纪俄罗斯现实主义文学传统的继承与创新,而他的创造对后代作家也产生了不可估量的影响。

众所周知,卡拉姆津的名篇《可怜的丽莎》虽然是感伤主义的代表作,但它对女主人公心理的真实细腻的描写、对俄罗斯大自然的诗意描绘尤其是对被欺凌被侮辱的人们的人道主义博爱精神,为俄国诗意现实主义的发展打下了良好的基础。普希金的《叶甫盖尼·奥涅金》《上尉的女儿》等一系列作品,莱蒙托夫的《当代英雄》等作品,以对人物心理的真实、细腻、深刻的表现,对俄国大自然乃至整个生活的诗意描绘,对当代人们情感的迷惘、心灵的困惑的生动刻画,真正开创了俄国的诗意现实主义流派。

屠格涅夫初登文坛时,作品带有明显的模仿痕迹,主要模仿普希金、莱蒙托夫、果戈理等人,接受了浪漫主义、现实主义两种思潮的影响,作品

---

① 《杜勃罗留波夫选集》,上海:上海译文出版社,1983年版,第1卷,第6页。

内容涉及诗意盎然的俄罗斯大自然、迷人而伤感的爱情、外省贵族的腐朽生活、贵族知识分子"多余人"形象、贵族知识分子与平民知识分子的矛盾等，基本上涵盖了日后所有作品的主题。此时他的抒情诗大多模仿痕迹较重，缺乏自己独特的个性。不过，也有部分诗歌远离浪漫的幻想、夸张，而转向对大自然和人的仔细观察和准确描写，走向了现实主义，并体现出其创作的主要特点：观察细致，富于诗意，简洁洗练，如《秋》《秋日黄昏》《春日黄昏》等。而组诗《乡村》九首更是与散文特写集《猎人笔记》有着共通之处——对大自然的细致观察和精确描绘。《地主》接受了果戈理的影响，以讽刺性的笔调描写当时俄国地主及其庸俗的农村生活，是一部真正的现实主义作品，也是屠格涅夫在现实主义道路上迈出的真正的第一步。

当然，如果只有模仿，那就没有经典作家屠格涅夫，没有俄罗斯文学"三巨头"之一。在创作进入中期之后，屠格涅夫在继承俄国诗意现实主义刻画人物心理、描绘俄国生活（包括大自然和社会生活）、反映当代人的问题等的基础上，又逐渐摆脱普希金、莱蒙托夫和果戈理的影响，开始了独创性的工作，逐步形成了自己的风格，并成功地实现了体裁的多样化，其创作体裁有长篇小说、中短篇小说、特写故事和戏剧，包括四大长篇在内的很多著名作品都发表于这一时期，具有思想深刻、画面广阔、笔法精致等特点，其诗意的现实主义日趋成熟。在内容方面，屠格涅夫发展了普希金的现实主义文学传统。他善于抓住时代的脉搏，捕捉社会生活孕育的新思想，反映时代的需求，清醒地提出激动整个社会的重大问题，并且通过鲜明的艺术形象表现出各种历史力量和倾向的斗争，展现这种斗争在社会认识和人的心理中所引起的变化，他的好多作品几乎就是时代的缩影，堪称与时俱进，典型的例子是他的四大长篇。而在俄国现实主义文学的很多方面，特别是在描写农民和农民生活方面，屠格涅夫则是一名开拓者。《猎人笔记》就不仅描写了包括"下层等级"在内的社会各个阶层代表人物的日常矛盾，同时还反映了当时备受奴役和压迫的农民的生活，揭示了农民与地主之间的矛盾，塑造了一系列有血有肉的农民形象，提出了当时俄国社会正在孕育着的一个重大问题——废除农奴制的问题，从而完成了俄国文学在平民化发展道路上的一次"彻底革命"。而农民和农民生活是普希金几乎没有触及的内容。

天生极富有诗人气质的屠格涅夫，如他自己所说是个"善解诗意"的人，他的思想观点、思维方式、价值取向、伦理道德、性格特征，乃至他的兴趣爱好等本质上讲都是理想主义和浪漫主义的。而他生长在俄罗斯诗歌的"黄金时代",由于其独特的诗人气质,对这一时期的浪漫主义元素极其敏感,并深受影响,在进行文学创作时不由自主地把浪漫主义作为基本创作方法,使得他摆脱前辈的影子,成为一个充满浪漫气质的现实主义作家。浪漫主义的精神气质和现实主义的创作方法在他身上"如此完美的结合",不仅是俄罗斯文学的幸运,而且是屠格涅夫经典性的成因。

屠格涅夫诗意的现实主义表现在戏剧方面,则是他开创了俄罗斯抒情心理剧。19世纪20、30年代,普希金和果戈理使俄罗斯戏剧园地呈现一派繁荣景象,《鲍里斯·戈都诺夫》和《钦差大臣》代表着这一时期戏剧的最高成就,其特点是深刻的现实主义力量和精妙绝伦的戏剧性构思。但是,到了1840年代,由于普希金的去世和果戈理的转向,俄罗斯戏剧出现萧条,有现实主义力量的戏剧作品几乎绝迹。

"屠格涅夫就是在这种情势下走上剧坛的,他继承果戈理的现实主义戏剧传统,以其幽默和讽刺的天才,以其诗人的敏锐和情怀,为40年代贫乏的和充满虚饰的剧坛带来了清新的气息。"[1]他在继承果戈理戏剧传统的基础上,进行了开拓性的创新。最初的剧作《疏忽》和《残缺》虽然还处处显示出模仿果戈理的迹象,但是,从写作《猎人笔记》的时期,即从1847—1851年间开始,屠格涅夫创作出一批脱去了模仿痕迹的戏剧作品,鲜明地表现出了剧作家屠格涅夫的独创性。具体表现就是:现实主义的题材更为广泛,除了继续表现农民和农民生活,还涉及"小人物",尤其是表现了后来其小说创作中着意表现的人物和冲突,又显示出其戏剧题材的独特性;"以抒情诗人的才情和心理学家特异的洞察力,在情感和心理变动中表现了社会的时代的内容,创造出了他独特的戏剧手段和俄罗斯戏剧的新形式"[2],成为连接果戈理和奥斯特洛夫斯基的桥梁;最重要的是,他创造了俄罗斯抒情心理剧,为契诃夫后来在这方面的巨大成就奠定了基础,提供了范例。屠格涅夫抒情心理剧的特点是:把笔力集中到人物的内心世界,并凭借自己诗人和心理学家的才华,成功地把人物心理的内部冲突转化为情节的外部冲突,最有代表性的是《村居一月》。在这个方面,屠格涅夫已经远远超越前辈果戈理和普希金,成为新经典的开创者。

---

[1] 朱宪生,《俄罗斯抒情心理剧的创始者——屠格涅夫戏剧创作简论》,《上海师范大学学报》(哲学社会科学版),1998年3月第27卷第一期,第96页。

[2] 同上,第97页。

（三）屠格涅夫作品经典性生成的启示

由上可知，屠格涅夫作品生成为经典，虽然经历了一个过程，但在这过程中，却有一个本质性的东西，那就是他的诗意的现实主义，这是其作品成为经典的关键。从今天的文学发展的眼光来看，屠格涅夫这种诗意的现实主义，主要有三个方面给我们以启示。

一是时代性。主要指作家敏锐把握时代先兆（新动向、新人物），迅速反映社会重大问题。每一个时代有每一个时代的特点，也有每一个时代的问题，文学如果能把握住这一根本点，就会打动广大读者，拥有普及性和广泛性，受到时代的热烈的欢迎。屠格涅夫在1880年版长篇小说集序言中宣称，他所创作的六部小说，使尽了最大的力量和本领，把莎士比亚称为"形象本身和时代印记"的东西、"把作为我的主要观察对象的俄国知识阶层的人物迅速变化着的面貌认真地和公正地描绘出来，并将其体现在适当的形象之中"①。

六部小说都表现出了鲜明的时代性，它们敏捷捕捉生活的细微变化，迅速反映当代社会的一系列迫切问题，并且在这方面享有盛名（其实，如前所述，《猎人笔记》也表现了时代的核心问题，即农奴制问题）。《罗亭》和《贵族之家》塑造了带有时代新特点的"多余人"形象，也表现了具有普遍意义的社会问题。

《罗亭》敏锐地捕捉并成功地塑造了当时社会的一种新形象——长于宣传而短于行动的"多余人"，并且不仅使之成为那个时代的典型，而且成为每一时代都可能有的一种典型：沉迷于理论、思想，总是充满热情与幻想，总是不断寻求新的东西，因而往往失去真正的行动能力，也难以固定在某一个地方。作品所提出的主要问题是：时代需要热情的宣传家，但语言和行动应该统一起来，否则只会给自己和他人带来悲剧。

《贵族之家》一方面顺应时代潮流，继续塑造了拉夫列茨基这个缺少积极行动的"多余人"形象，思考了俄国贵族之家如何在时代发展中生存的问题；另一方面比较超前地提出了当时俄国具有普遍意义的重大婚姻问题：旧的婚姻观念乃至宗教观念（受东正教婚姻是上帝的旨意、婚姻关系不可解除观念的影响，当时俄国社会反对离婚，甚至，"在19世纪下半

---

① 《屠格涅夫全集》，第11卷，张捷译，石家庄：河北教育出版社，1994年版，第442页。

叶,农民认为离婚是十恶不赦的罪过"①)扼杀正常的人情人性,导致人生的悲剧。

《前夜》和《父与子》则在平民知识分子即将登上历史舞台的前夕,首次把"新人"形象引进俄国文学之中。《前夜》塑造了优秀的平民青年——性格坚强、目标坚定、富有行动力量和牺牲精神的保加利亚留学生英沙洛夫形象,和追随丈夫走向革命的坚强、热情、精神高尚、一往情深的贵族女子叶琳娜的形象,塑造了俄国文学史上第一个"新人"形象和新型俄罗斯妇女的形象,把民族解放这一社会紧迫问题引进了小说之中。小说问世后,引起巨大反响和激烈争论。批评家杜勃罗留波夫同年在《现代人》发表评论《真正的白天什么时候到来?》,很有眼光地指出:"屠格涅夫君在他的小说中,只要已经接触到了什么问题,只要他描绘了社会关系的什么新的方面,——这就证明,这个问题已经在有教养人们的意识中真正出现,或者快要出现了,这个生活的新的一面已经开始露脸,很快就会深刻而鲜明地呈现在大家眼前了。"②《父与子》则相当敏锐地抓住时代的先兆,让巴扎罗夫概括了车尔尼雪夫斯基、杜勃罗留波夫尤其是皮萨列夫这类虚无主义者"新人"的特点:否定一切,甚至艺术和爱情。

《烟》(1867)在俄国文学中较早地描写了俄国侨民的生活,为俄国文学引进了新题材。作品否定性地描写了两类人物:一类是出国游山玩水的俄国官僚、将军,一类是流亡的"虚无主义者",他们全都一天到晚沉溺于空谈之中,无所事事,把时光和生命消磨在无聊的琐事中。《处女地》(1877)较早描写俄国"革命者"形象——既写了向往革命并参加了革命的知识分子,也塑造了索洛明这样稳重、冷静的革命者,和马凯洛夫这样莽撞而忠贞的革命者。但作品的意义主要在于从另一个角度描写了一些接近革命、试图革命的自发革命人士,并相当超前而真实地写出了知识分子渴望革命然而又无法融入革命的困境,直到20世纪阿·托尔斯泰(1883—1945)才在其长篇小说《苦难的历程》中比较圆满地解决了这个问题:描写知识分子如何经过迷惑乃至错误,经过锻炼和考验,成为了真正的革命者。

二是哲理性。主要指渗透于屠格涅夫大多数作品的爱情的神秘性和不可抗拒性、命运无常和人的悲剧性生存等哲理观念。文学是人学,它像

---

① 米罗诺夫:《俄国社会史》,上卷,张广翔等译,济南:山东大学出版社,2006年版,第162页。
② 《杜勃罗留波夫选集》,第二卷,辛未艾译,上海:上海译文出版社,1983年版,第264—265页。

宗教、哲学一样，有一种对人的终极价值与终极意义的关怀与表现，而这是一个作家能成为真正的经典并且能永存不朽的根本原因之一。屠格涅夫的作品对人的存在有着独特的表现，具有颇为深刻的哲学内涵，概要地说，这哲学内涵，可以概括为——人：宿命的悲剧性存在。在屠格涅夫看来，人总是处于大自然力量的控制之下，大自然是人的上帝，人的命运的主宰，人只是一种宿命的悲剧性存在。1849年7月他在致维亚尔多夫人的一封信中指出："谁说人命中注定应该是自由的呢？历史向我们证明了相反的东西。歌德当然不是出于想当个宫廷的阿谀者而写下自己著名的诗句：'人不是生而自由的。'他是作为一个准确的自然的观察者而导出了这一简单的事实和真理的。"在他看来，大自然就是命运，而命运不仅是盲目的，而且不分善恶，任性乖戾，为所欲为："他觉得，宇宙好像是受一些无穷而又无形的力量主宰的，这股势力对我们凡夫俗子所注重的善恶、正义、幸福根本不屑一顾。"[1]即使为人们所赞美的爱情，也不是一种情感，而是一种自然本性和自然力，甚至是一种疾病，往往神秘莫测、出人意料地降临，具有不可抗拒的左右人的力量，而且"爱情中绝没有平等。爱情中只有一个主人和一个奴隶"，"偶然的机缘威力无穷"[2]。人处在这种状况下，只能是一种宿命的悲剧性存在。在其著名文章《哈姆雷特与堂吉诃德》中，他既鼓励人们为人类的幸福忘我斗争，又悲观地指出："而结局是握在命运的手里的，只有命运能向我们表明，我们是和幽灵战斗，还是和真正的敌人战斗，我们头上戴着什么武器……而我们的事情就是武装起来并且进行战斗。"但最终，"一切都要过去，一切都要消失，最高的地位、权力、包罗万象的天才，一切都会像轻烟似的消散……"[3]这样，在一系列小说和戏剧中，他描写了命运与爱情对人的捉弄，生动表现了人是宿命的悲剧性的存在这一哲学主题。

屠格涅夫的中短篇小说大多思考永恒普遍的人性，通过人生的际遇尤其是具有神秘力量的爱情，探索人生不幸和痛苦的根源，《阿霞》（1858）、《初恋》（1860）、《春潮》（1872）等是杰出代表，如《春潮》充分写出了爱情的神秘性及其巨大的左右人的力量：主人公萨宁因等车偶遇已有未婚夫的意大利女孩杰玛，两人神秘地相爱了；但又因筹钱准备结婚去找同学波洛索夫的妻子——美丽妖艳而放荡不羁的玛丽娅，被深深诱惑，不

---

[1] 莫洛亚：《屠格涅夫传》，谭立德、郑其行译，太原：山西人民出版社，1983年版，第199页。
[2] 同上书，第204页。
[3] 易漱泉等编选：《外国文学评论选》，上册，长沙：湖南人民出版社，1982年版，第89页。

能自已,抛弃了杰玛,酿成自己终生的悲剧。长篇小说在迅速反映当时社会的一系列迫切问题的同时,具有深刻的哲学内涵,体现了人是宿命的悲剧性存在的一贯主题。《罗亭》写罗亭战死在1848年巴黎革命的街头,也是人的命运无定、人是宿命的悲剧性存在这一哲学观念的体现。《贵族之家》中瓦尔瓦拉的突然逝世和突然归来,在某种程度上也体现了作家那在命运无常、一切无定的生存中,人只能是一种悲剧性的存在的哲理观念。《前夜》中叶琳娜对英沙洛夫的爱情,表现了爱情的突然性,而英沙洛夫的英年早逝,也体现了作家生命无定的悲剧性哲学观念。《父与子》中巴扎罗夫一方面把爱情贬得一文不值,一方面又情不自禁地爱上并追求阿金佐娃,最后莫名其妙地在解剖尸体时割破手指染上破伤风而英年早逝,也体现了作家那爱情神秘、命运无常、人是宿命的悲剧性存在的哲理观念。

《烟》通过李维特诺夫与伊琳娜的两次恋爱悲剧——青年时代因伊琳娜贪图富贵而失败;在巴登见面后旧情复燃,但到关键时候虽然李维特诺夫毅然放弃与未婚妻塔妮娅的婚约,伊琳娜却再次难舍富贵而逃出了爱情。李维特诺夫遭此打击,再加上目睹俄国社会和俄国在国外的形形色色各类人等的丑态,深感一切如烟,昏朦朦来又轻飘飘去,才聚即散,毫无意义……这特别生动、深刻地写出了爱情的神秘性和不可抗拒性,也写出了人生如烟如梦的悲剧性存在感。《处女地》通过涅日丹诺夫的自杀,体现了作家人是宿命的悲剧性存在这一哲学观念,对此,王智量曾有论述:"我觉得,也是这个'冷漠'的大自然给了罗亭和拉夫列茨基以蹉跎凄凉的遭遇,给了英沙罗夫一个'壮志未酬'的遗憾,给了涅兹丹诺夫一株苹果树的树荫和一粒子弹让他去收拾自己一生的残局。至于纳塔莉亚、丽莎、叶琳娜、薏林娜以及屠格涅夫笔下那许多美丽的少女,在她们的命运中,我们又何尝不能发现这个'冷漠'的大自然的支配力,只不过有的显著些,有的隐晦些罢了。"①

三是抒情性。抒情性主要表现为浓郁的诗意,具体表现为作家善于描写富于诗意的自然画面,构织富于诗意的故事情节,尤其是因为其哲理观念,更是使得他的绝大多数作品都有一种忧郁乃至悲观的基调,从而构成其抒情性的底色。法国著名传记作家莫洛亚因此称屠格涅夫是"一位富有诗意的现实主义作家"②

---

① 智量:《论普希金、屠格涅夫、托尔斯泰》,北京:光明日报出版社,1985年版,第120页。
② 易漱泉等编选:《外国文学评论选》,上册,长沙:湖南人民出版社,1982年版,第149页。

此外,特别值得一提的是,传播在屠格涅夫作品的经典化中也有不小的作用。再优秀的作品也需要良好的传播手段和传播平台,广为人知后才能得到认可并有可能成为经典。屠格涅夫作品的传播有其自己的特点,在其经典生成方面起到了重要作用。与其他作家不同的是,屠格涅夫的生活与创作有很大一部分发生在国外,因此其作品的传播从空间上被分成两个部分:国内与国外。

在国内,屠格涅夫与当时最有影响的大型杂志《现代人》合作并发表作品,从创作初期一直到1860年代初因意见不合而决裂,几乎所有他的重要的作品都发表在这本杂志上。《现代人》的影响力自不待言,它对屠格涅夫作品的传播起到重要的作用。

在国外(1863年起),屠格涅夫与巴登巴登的自由资本主义杂志《欧洲导报》合作,其晚年的所有作品,包括最后一部长篇小说《处女地》都是在这个杂志发表的。同时,由于大部分时间侨居国外,屠格涅夫结识了很多欧洲作家,尤其是法国作家,与之建立了密切的创作联系和深挚的私人友谊,其中包括普洛佩斯·梅里美、古斯塔夫·福楼拜、乔治·桑、埃德蒙·德·龚古尔、阿尔封斯·都德、爱弥尔·左拉、居伊·德·莫泊桑。这些人几乎总是能够最先读到屠格涅夫作品的法文译本并对其做出及时的评价。应该说,这些外国作家对屠格涅夫作品的接受与传播起到了很大的作用,推进了作家在国外乃至世界范围的经典化。

由此可见,国内国外两地的传播,加强了屠格涅夫作品接受与认知的过程,促进了其经典性的生成。

第二节　屠格涅夫作品在中国的传播

20世纪70年代,西方学界曾爆发了一场关于经典问题的论战。论战中的两派:拓宽经典派和捍卫经典派围绕经典的品质、经典的生成机制等问题展开了激烈的交锋。一派的学者认为,经典的生成和权力政治、意识形态有密切关系[①];另一派学者,如哈罗德·布鲁姆则认为经典的生成是由其本身的美学价值所决定的,与政治因素无甚关系[②]。应该说,两派

[①] 参见赵一凡、张中载、李德恩:《西方文论关键词》,北京:外语教学与研究出版社,2006年版,第294页。

[②] 参见哈罗德·布鲁姆:《西方正典》,江宁康译,南京:译林出版社,2005年版,第412页。

学者的观点各有其合理之处,但又各有其偏颇。笔者认为,综合说来,一部作品是否能真正成为经典,大致取决于以下几个因素:

其一,作品本身的品质,或曰作品自身的审美性。一部作品能否成为经典首先应取决于作品自身的品质。这自身的品质又可粗略地分为两方面,即艺术品质和思想(精神、情感)品质。这是一部作品能否成为经典的根本因素。一部经典作品,必须具有高度的艺术性和恒久的艺术魅力,否则难以成为一部文学经典;同时,它也必具有丰富、博大、深厚的人文内涵、人文精神。文学需得关乎真善,关乎爱与美,一部经典作品必须具有丰厚、深刻的人文内涵,展现独特的人文价值和人文关怀。

其二,一代代读者的喜爱和阅读。萨义德说得好:"对每一部经典作品的每一次阅读和解释都在当下把它重新激活,提供一个再次阅读它的契机,使得现代的、新的东西一起处于一个宽阔的语境中。"①从接受美学的观点来看,一个文本未被阅读之前,还不能成为审美对象,即使它的内涵再丰富;文本只有在被读者阅读之后,才构成审美对象,才真正成为作品。对于文学经典来说,它必须引起一代又一代读者的喜爱和阅读,读者的阅读既是对作品经典化的参与,也是作品经典化的重要因素。

其三,批评家、学者们的评介、研究、阐释。经典作品都具有丰富、深刻的内涵,这些内涵往往首先为批评家、学者所关注、发现,进而通过他们的评介、阐释而为广大读者所瞩目、喜爱和接受。而对于某些相对晦涩的作品,其价值的发现更有赖于学者们的研究、阐释。因此,学者、批评家们的积极参与,也是作品经典化的一个重要因素。

其四,翻译家们的译介。经典应具有时空跨越性,不仅为一个地域、一个时代的读者所喜爱、接受,而且应为众多地域、众多时代的读者所阅读并喜爱。但限于大多读者的接受水准,一部作品若想进入一个异域语境,必须经过译者、翻译家的中介。只有通过他们的译介活动,一部作品才能为他国众多读者所认识、接受,进而为其经典化铺平道路。

其五,影响力。一部经典作品、一个经典作家必须具有巨大的影响力及震撼力。这既是指对于一般读者,亦是指对其他作家。一部经典作品因其震撼力,必然会对其读者产生影响,甚至在某种程度上改变他们的生活、人生道路。同时,一部经典作品因其巨大的魅力,也必然会对其他作

---

① 爱德华·W.萨义德:《人文主义与民主批评》,朱生坚译,上海:三联书店,2013年版,第31页。

家产生影响,为他们所喜爱,模仿,借鉴,或超越,在他们的创作中留下自己深刻的印记。这是一部经典作品的重要标志。

综上,笔者认为,一部作品是否能真正成为经典,大致取决于这五个因素。

至于俄国大作家屠格涅夫,其小说在中国的经典化之路,笔者拟从以下几个方面来考察:其小说在中国的译介、其小说在中国的研究、其对中国作家的影响等。从对其小说的译介方面来看,长久的、反复的翻译,既可以看出中国学人对其的评价,亦可见出中国读者对其之喜爱、接受;从对其之研究来看,则可以见出其小说的丰厚内涵、艺术特色,其内在的经典品质;从其对中国作家的影响来看,则可见出其穿越时、空的恒久魅力与巨大影响力——从而展现了屠氏小说在中国的经典化之路。

1915年9月15日,一份在中国现代文学史及思想文化史上具有重要意义的刊物在上海诞生了。这就是《青年杂志》[①]。在这刊物的创刊号上赫然登载了陈嘏先生翻译的俄国作家屠格涅夫的中篇小说《春潮》。译者称:"屠尔格涅甫氏,乃俄国近代杰出之文豪也。其隆名与托尔斯泰相颉颃……其文章乃咀嚼近代矛盾之文明,而扬其反抗之声者也。"[②]这是屠格涅夫的小说第一次被译入中国。自此,屠格涅夫的小说就与中国文学、中国学人及中国社会结下了不解之缘。

纵观屠格涅夫小说在中国的经典化之路,大致可分为三个阶段:

(一) 初入中国,刮目相看:"五四"之前

1915年9月,《青年杂志》在其创刊号上开始连载陈嘏用文言文翻译的中篇小说《春潮》。这是屠格涅夫的小说第一次被译成中文。紧接着,《新青年》又连载了陈嘏翻译的屠氏的另一中篇名作《初恋》。紧随《新青年》之后,1917年3月,上海中华书局出版了周瘦鹃翻译的《欧美名家短篇小说丛刊》,在下卷的"俄罗斯之部"中收有屠格涅夫的《死》。1919年4月,冷风译的《死》亦连载于《晨报》副刊。

在此期间,陈独秀在《青年杂志》第一卷第3、4两期上发表了《现代欧洲文艺史谭》一文,介绍了当时欧洲的文艺思潮。在谈及"近代四大代表

[①] 1916年,群益书社接到上海基督教青年会来信,信上说该杂志同青年会杂志《青年》《上海青年》同名,要求《青年杂志》改名。于是自第二卷第一期(1916年9月1日出版)起《青年杂志》改名为《新青年》。

[②] 陈嘏:《〈春潮〉前言》,《青年杂志》,第1卷第1期(1915年)。

作家"时,陈独秀将"俄国屠尔格涅甫"列为其中之一,并将其视作俄国"自然主义"的代表①。由此可见,屠格涅夫一入中国,即受到推崇,其著作被目为"杰作",其在中国的经典化已经开始。

不过,纵观"五四"之前的这几年,国内学界对屠格涅夫小说的译介还刚刚起步,仅有零星的翻译,且均为中短篇。盖因相比于长篇,译中短篇出手较快,易于翻译;而题材以爱情为主,亦因对普通读者而言,这一题材更有吸引力;且译文都是从英译本转译。这一时期,严格说来尚谈不上对屠格涅夫小说的研究,有的主要是一些介绍性的文字。由此可见,国内对屠格涅夫的译介尚处于起步阶段。

(二)译研互促,传播迅广:20 年代

"五四"之后,屠格涅夫小说的翻译及研究便在中华大地蓬蓬勃勃地开展了起来。从 1920 年 1 月起,《晨报》副刊接连连载了沈颖根据俄文原文译的屠氏小说《失望》《梦》和《霍尔与喀里奈赤》。沈颖应是我国最早直接从俄文翻译屠氏小说的翻译家,也是译屠氏作品最着力的译者之一。同年由北京新中国杂志社出版的《俄罗斯名家短篇小说第一集》里,又收入了沈颖译的《九封书》(即《浮士德》);1921 年 8 月,沈颖译的《前夜》由商务印书馆出版。除沈颖外,耿济之是这一时期另一位直接从俄文原文翻译屠氏作品的翻译家,亦可谓译介屠氏作品最着力的译者。从 1920 年起,耿济之根据俄文接连翻译了《约阔派生克》(即《雅科夫·巴生科夫》、《尺素书》(即《往来书信》)、《猎人日记》(即《猎人笔记》)、《父与子》等。此间,胡愈之、胡仲持合译了《唔唔》(即《木木》);赵景深译了《罗亭》等;樊仲云译了《畸零人日记》(即《多余人日记》)、《烟》等;郭沫若译了《新时代》(即《处女地》);张友松译《春潮》等;徐冰铉译了《初恋》;涤尘、斯曛译了《爱西亚》(即《阿霞》);黄药眠译了《烟》;高滔译了《贵族之家》……一时,屠格涅夫成了"被译得最多"的外国作家②,出现了争相翻译屠格涅夫的局面:他的 6 部长篇小说,以及《猎人笔记》《木木》《多余人日记》《初恋》《阿霞》《春潮》等重要作品都有了中译本,而且有的还不止一种译本。这在中国翻译文学史上是很罕见的。

由此可见,屠格涅夫小说的广受译者、读者的青睐:屠格涅夫虽不是

---

① 陈独秀:《现代欧洲文艺史谭》,《青年杂志》,第 1 卷第 3、4 期(1915)。
② 鲁迅先生在致孟十还的信中曾说:"屠格涅夫被译得最多,但至今没有人集成一部选集。"见《鲁迅全集》第 12 卷,北京:人民文学出版社,1981 年版,第 582 页。

最早被译入中国的俄国作家,但却后来居上。究其原因,这一现象的出现,一是因为屠格涅夫的小说具有"为人生"的特点,是"人的文学";其作品中所蕴含的那种对农奴制和专制制度的批判与否定,那种深厚的人道主义情感,那种对社会现实的深切关注,以及对社会解放、人的解放的向往与追求,深深吸引了中国译者和普通读者,激起了他们的共鸣;同时,这种思想、情感的表现又与高超的、近乎完美的艺术性相结合,与浓郁的诗情画意相浑融,在予人教益、启悟的同时,又给人以美的享受。这一切恰契合了当时中国现实的需要:社会的解放、人的解放,与创建新文学。这是摆在"五四"有识之士面前的两大使命。屠格涅夫作品以其深厚的思想内涵既呼应了第一方面的需要,同时其"诗意的现实主义"的创作手法、独具一格的文体和高妙的艺术手段又为新文学的创建者们提供了借鉴。因此,一时屠格涅夫成了"被译得最多"的作家。而且这一时期译本质量也有所提高,已有通晓俄语的译家开始直接从原文翻译,如耿济之、沈颖等。这是屠格涅夫小说翻译史上的一大进步。

与此相呼应,对屠氏小说的评介、研究也红红火火地铺展开来。

1919年5月,田汉在其洋洋洒洒五万言的长文《俄罗斯文学思潮之一瞥》中,对屠氏的长篇小说给予了极高的评价,他认为《罗亭》《贵族之家》《前夜》《父与子》是"通俄国文学史之各时代无及之者"[①];并最早指出屠格涅夫才能的一个重要特点:"屠格涅夫之天才特色即对于社会大气之动摇一种敏锐之感觉,其作物对于时代思想时代精神,如镜之映物……"[②]田汉对屠氏作品的这种评介,标志着国内屠氏小说的评介研究开始进入一个新的历史时期。

1920年,茅盾在一系列文章中论及屠格涅夫。茅盾很重视其小说的社会性特点,称赞其具有"平民的呼吁和人道主义的鼓吹"[③]。在《文学上的古典主义浪漫主义和写实主义》一文里,茅盾写道:"都介涅夫是个过人的艺术家,他虽然曾在法国多时,受有写实主义的影响,然而他毕竟是个诗才,做起写实的文学来,没有完全倾向于'恶的美化',所以他的文学,人家出名唤他为诗意的写实文学。"[④]这里对其艺术特色的把握是相当准确的。

---

① 田汉:《俄罗斯文学思潮之一瞥》,《民铎》,第1卷第6号(1919)。
② 同上。
③ 沈雁冰:《俄国近代文学杂谭》(上),《小说月报》,第11卷第1期(1920)。
④ 沈雁冰:《文学上的古典主义浪漫主义和写实主义》,《学生杂志》,第7卷第9号(1920)。

同年2月,胡愈之撰写的《都介涅夫》在他主编的影响颇大的《东方杂志》上发表。这是中国学者撰写的第一篇专论屠格涅夫的文章。文章认为,屠格涅夫和托尔斯泰是近一个世纪以来最重要的俄国作家,因为"有了他们两人以后,俄国文学才真的变成世界文学了"。不过,如果从艺术的角度看,屠格涅夫则更应受到中国文坛的重视,"托尔斯泰是最大的人道主义者,都介涅夫是人道主义者又是最大的艺术天才……诗的天才的丰富,结构印象的美丽,在俄国作家中,谁也及不上来的";"都介涅夫的最大特色,是能用小说记载时代思潮的变迁……都介涅夫却能用着哲学的眼光,艺术的手段,把同时代思潮变化的痕迹,社会演进的历程,活泼泼地写出来……要是把他一生大著作汇合起来,便成一部俄国近代思想变迁史。这种反映时代精神的艺术手段,恐怕全世界找不到第二个呢!"①总的说来,该文相当细致、比较完整地介绍了屠格涅夫的生平、著作、创作特色和文艺思想,对扩大屠格涅夫在中国的名声和影响,起了重要的推动作用。

这一时期,瞿秋白撰写的《十月革命前的俄罗斯文学》尤其值得一提。该文对屠格涅夫小说里的"多余人"及"新人"形象的分析十分精到。论及罗亭和拉夫列茨基,瞿秋白说道:"俄国文学里向来称这些人是'多余的',说他们实际上是不能有益于社会。其实也有些不公平,他们的思想确是俄国社会意识发展中的过程所不能免的:从不顾社会到思念社会;此后才有实行。——他们的心灵的矛盾性却不许他们再前进了;留着已开始的事业给下一辈的人呵。"②对"新人"巴扎罗夫,他分析道:"巴扎罗夫以为凡是前辈所尊崇所创立的东西,一概都应当否认:对于艺术的爱戴、家庭生活、自然景物的赏鉴、社会的形式、宗教的感情——一切都是非科学的。然而他的实际生活里往往发出很深刻的感情,足见他心灵内部的矛盾;——理论上这些事对于他都是'浪漫主义'。屠格涅夫看见巴扎罗夫是一种暂时的现象,——社会的人生观突变的时候所不能免的。"③这些分析都相当深刻。

郑振铎为中译本《父与子》撰写的序言、郭沫若为《新时代》撰写的译序、赵景深为《罗亭》撰写的译序等,也都有其独到之处。

---

① 胡愈之:《都介涅夫》,《东方杂志》,第17卷第4期(1920)。
② 瞿秋白:《十月革命前的俄罗斯文学》,《瞿秋白文集》(2),北京:人民文学出版社,1953年版,第496页。
③ 同上书,第498页。

总的来说，这一时期对屠格涅夫小说的评介、研究非常活跃，与前一时期不可同日而语。同时表现出这样几个特点：一、论者大多既能注意到屠格涅夫小说的思想性，同时又能注意到其艺术性。而且对他的艺术才能，更是表现出极大的兴趣，给予极高的评价和推崇，甚至认为在艺术性上，屠格涅夫高于托尔斯泰，例如胡愈之、赵景深等。这种既重思想性又重艺术性的特点在中国学界对外国作家的译介史上是比较少见的。二、论者大多着眼于中国现实的需要，既包括社会的需要，也包括文学的需要，如茅盾、胡愈之、郭沫若等。三、译介、研究相辅相成，互相推动。应该说，对屠氏小说的评介、研究，是促使这一时期其译本大量涌现的一个重要原因；同时，译本的大量出现，又便利了这种研究。

这十年可以说是屠格涅夫小说译介及研究史上的一个高潮，也是其在中国经典化的一个高潮。

（三）青睐依然，经典确立：30—40年代

进入30年代及40年代，"新俄文学"受到读者的普遍关注，但作为古典作家的屠格涅夫依然是译者瞩目的一个热点，人们对其作品依然保持着浓厚的兴趣。其间，他的一些尚未有中译的中、短篇小说得到翻译，如《两朋友》《难忘的爱侣》《静的旋流》，等等。已有中译的小说则不断再版，而且很多又有了新译。例如，陈西滢翻译了《父与子》（由商务印书馆出版）；卞纪良翻译了《初恋》（由上海启明书局出版）；陈学昭翻译了《阿细雅》（由商务印书馆出版）；陆蠡翻译了《罗亭》与《烟》（由文化生活出版社出版）；丽尼翻译了《贵族之家》与《前夜》（亦由文化生活出版社出版）；蓝文海翻译了《父与子》（由上海启明书局出版）；浮尘翻译了《虔敬的姑娘》（即《贵族之家》，由中心书店出版）；巴金翻译了《父与子》《处女地》，由文化生活出版社出版——文化生活出版社编辑出版的"屠格涅夫选集"，至此全部出齐；丰子恺翻译了《初恋》（由开明书店出版）；马宗融翻译了《春潮》（亦由文化生活出版社出版）……由此可见，这一时段，屠格涅夫小说的翻译及出版仍是很活跃、很可观的，诚如杨晦当时所言："屠格涅夫和托尔斯泰的小说，在中国的读者之多，恐怕只有高尔基的才比得上。"[①]总的说来，后来者在前人基础上的译本与先前的译本相比，更为完善、更为忠实。此外，在屠氏小说的翻译出版方面，开始出现某种计划性、系统性，如

---

① 杨晦：《屠格涅夫的〈父与子〉》，《新华日报》，1944年10月23日。

文化生活出版社组织了一批青年翻译家,重译了屠氏的六部长篇,以《屠格涅夫选集》为名出版;而此前,1933年出版了黄源编辑的《屠格涅夫代表作》。

这一时期,关于屠格涅夫小说专论性的文章逐步增多,从而进入了一个比较深入、平稳发展的阶段。1933年,值屠格涅夫逝世50周年之际,多家刊物设立了特辑或专栏,集中刊发纪念文章。如《文学》杂志将第1卷第2号设立为"屠格涅夫纪念号",刊发了郁达夫的《屠格涅夫的〈罗亭〉问世以前》等多篇文章及译作;《现代》杂志刊发了茅盾的《屠格涅夫》等文章;《中华月报》刊发了刘石克的《屠格涅夫及其著作》等文章。纵观这一阶段国内学界的屠格涅夫研究,钟兆麟的《什么叫做虚无主义》、胡适的《宿命论者的屠格涅夫》、刘石克的《屠格涅夫及其著作》、胡依凡的《屠格涅夫的"罗亭"》、卢蕻的《从奥布洛莫夫、罗亭论中国知识分子的几种病态生活》、郁天的《屠格涅夫和他的〈父与子〉》、常风的《屠格涅夫的〈父与子〉》、王西彦的《论罗亭》等文章都颇有见地。例如,钟文是第一篇比较完整地论述巴扎罗夫的虚无主义思想的论文,文章指出:"所谓虚无主义者,就是不屈服于任何权威的人,换言之,也就是不盲从过去,对万事万物都持着批评精神的人……虚无主义是一种以自然科学为根据,持着批评的精神,否认既成的权威,追求人生新意义的社会哲学。"①刘文则对屠格涅夫小说中的女性形象作了研究。胡文对罗亭这一形象出现的历史背景及其悲剧所在,作了细致分析。郁文则敏锐地指出屠格涅夫小说中的人物特点及潜藏其中的自我批判。常文对《父与子》进行了深入的、独具特色的解读,颇富启发性。王文则对罗亭这一典型性格做了深刻剖析,并对他与他的同窗好友列兹尧夫进行了对比,见解独到。

总的说来,这一时段屠格涅夫小说专论性的文章陆续增多,标志着国内学界的屠格涅夫研究在走向深入、具体及多样化,学术性增强。很多论者将研究兴趣集中在对屠氏长篇小说主人公形象的分析上,如胡依凡的《屠格涅夫的"罗亭"》、王西彦的《论罗亭》等;有的论者开始关注屠格涅夫笔下的女性形象,并做了较有深度的研究,如刘石克的《屠格涅夫及其著作》等,具有新意。

与之同时,屠格涅夫小说对中国作家的影响开始凸显。不少作家坦言自己的创作得益于屠格涅夫。

---

① 钟兆麟:《什么叫做虚无主义》,《中央大学半月刊》,第1卷第6期(1930)。

郁达夫在《屠格涅夫的〈罗亭〉问世以前》(1933)中这样说道:"在许许多多的外国作家里面,我觉得最可爱、最熟悉、同他的作品交往得最久而不会生厌的,便是屠格涅夫。这在我也许是和人不同的一种偏嗜,因为我的开始读小说,开始写小说,受的完全是这一位相貌柔和,眼睛有点忧郁,绕腮胡长得满满的北国巨人的影响。"①可见屠格涅夫对郁达夫的影响。其实,早在20世纪20年代,就有人指出:"郁达夫的笔法有点像俄国的Turgenev。"②纵观郁达夫的创作,从题材到技巧都留有屠格涅夫影响的印迹。例如,在"零余者"形象的塑造上,在小说的形式结构上,在作品浓郁的抒情风格上,等等。究其实,郁达夫与屠格涅夫有着深切的精神共鸣。可以说,郁达夫是中国现代作家中与屠格涅夫艺术个性最为相近而受其影响最深的作家之一。

在中国现代文学史上,另一位深受屠格涅夫影响的大作家是巴金。众所周知,巴金是我国著名的屠格涅夫翻译家,一生翻译屠格涅夫作品多部,被誉为"屠格涅夫著作汉译者中最勤奋、最持久的一位"。因此,巴金在创作中受到屠格涅夫的影响是自然不过的事情。在屠格涅夫笔下,缠绵的爱情总是与艰巨的事业缠结在一起,并且常常把爱情作为揭示主人公性格的手段。巴金的《爱情三部曲》同样如此。在《〈爱情三部曲〉作者的自白》(1935)中,巴金曾坦言道:"我也许受了他的影响,也许受了别人的影响,我也试来从爱情这关系上观察一个人的性格,然后来表现这性格。"③不仅如此。表现两代人的矛盾和冲突,是巴金《激流三部曲》的重要主题。在这套小说里,巴金塑造了以高老太爷为代表的封建主义父辈和以觉民为代表的追求个性自由与幸福的子辈形象,描写了他们之间的矛盾与冲突。这一主题的表现显然是受了屠格涅夫小说《父与子》等的影响。在《秋》的第12章里有这样一段话:"不错,他(按:觉民)读过屠格涅夫题作《父与子》的小说。他知道父代与子代中间的斗争……他相信他们这一代会得着胜利,不管这斗争需要着多少时间和多大的牺牲。"④在《家》中,觉慧还多次引用《前夜》中的一句话:"我们是青年,不是畸人,不是愚人,应当给自己把幸福争过来。"⑤这些都清楚表明了《激流三部曲》

---

① 郁达夫:《闲书》,上海:良友图书公司,1936年版,第85页。
② 殷公武:《萵萝集》的读后感《晨报副镌》,1924年3月9日。
③ 巴金:《〈爱情三部曲〉作者的自白——答刘西渭先生》,天津《大公报》,1935年12月1日。
④ 巴金:《秋》,上海:开明书店,1941年版,第179页。
⑤ 沈颖:《前夜》,上海:商务印书馆,1921年版,第152页。

的创作受到了屠氏小说的影响。距《〈爱情三部曲〉作者的自白》大约半个世纪后(1981),巴金再次谈到所受外国作家的影响时这样说道:"对我思想和艺术影响更大的则是屠格涅夫和托尔斯泰。"①

沈从文亦曾坦言受惠于屠格涅夫的创作。在《新废邮存底》(1947)中他谈道:在写《湘行散记》时,他有意"用屠格涅夫写《猎人笔记》方法,糅游记散文和小说故事而为一,使人事凸浮于西南特有明朗天时地理背景中"②;并谈论《猎人笔记》道:"屠格涅夫《猎人笔记》,把人和景物相错综在一起,有独到处。我认为现代作家必须懂这种人事在一定背景中发生"③。

此外,像郭沫若、艾芜、王统照、丽尼、孙犁以及鲁迅、茅盾、丁玲、沙汀等著名作家,其创作都曾在不同程度上受惠于屠格涅夫。他们虽然风格各异,但都受到了屠格涅夫作品某种程度或某一侧面的影响。孙乃修教授在概述屠格涅夫对中国现代作家的影响时曾说:"鲁迅得屠格涅夫沉重、悲哀的一面,郁达夫得屠氏忧郁、感伤的一面,巴金得屠氏热情、缠绵的一面,丽尼得屠氏柔婉、清丽的一面,孙犁得屠氏明洁、隽永的一面。"④可以说,屠格涅夫是对中国现代文坛产生最广泛影响的外国作家。个中原因,赵明教授曾指出:"屠格涅夫作品所表现出的丰富而深刻的思想内容,对现实问题的敏锐观察和及时反映,以及作品所具有的高度的审美抒情的特点,非常切合中国文人内外两方面的心理需要。中国作家群体的社会愿望和个体的审美需求在屠格涅夫身上得到了完美的体现。"⑤因此,屠格涅夫"成为中国新文学所效仿的一种最好模式"⑥。至此,屠格涅夫在中国的经典化完全确立。

综上所述,自五四时期至1949年以前,屠格涅夫小说在中国的传播大致经历了起步、繁荣、稳步发展三个时期,译介与研究同步进行,二者相辅相成,互相推动。至新中国成立前,屠格涅夫的小说,无论长、中、短篇均已基本译出,有的甚至出现了不止一个译本,如《父与子》有了四个译本(耿济之译本、陈西滢译本、蓝文海译本、巴金译本),《贵族之家》有了三个

---

① 舒展、顾志成:《拜访巴金漫记》,《中国青年报》,1981年5月7日。
② 沈从文:《新废邮存底》之22,《沈从文文集》(12),广州:花城出版社,1984年版,第67页。
③ 沈从文:《沈从文谈自己的创作》,《中国现代文学研究丛刊》,1980年第4期,第320页。
④ 孙乃修:《屠格涅夫与中国》,上海:学林出版社,1988年版,第173—174页。
⑤ 赵明:《托尔斯泰·屠格涅夫·契诃夫——20世纪中国文学接受俄国文学的三种模式》,《外国文学评论》,1997年第1期,第117页。
⑥ 同上。

译本(高滔译本、丽尼译本、浮尘译本),《烟》也有了三个译本(樊仲云译本、黄药眠译本、陆蠡译本),《罗亭》则有了两个译本(赵景深译本、陆蠡译本),《前夜》亦有了两个译本(沈颖译本、丽尼译本),《处女地》也有了两个译本(郭沫若译本、巴金译本)。此外,屠格涅夫著名的中短篇小说,像《木木》《初恋》《阿霞》《春潮》及《浮士德》等也都有了多个译本。这充分说明了屠格涅夫小说的巨大魅力、中国读者对它的深深喜爱。与其相伴,对屠氏小说的研究也日渐深化、多样化。无论对其思想性,还是艺术性,学者们均给予了高度评价并做了较透彻的揭示。这在中国现代学界对外国作家的译介史上是很少见的。同时,屠格涅夫对中国现代文坛产生了广泛而深刻的影响,很多著名作家都曾坦言受到屠格涅夫著作的影响。总之,经过这一时期的译介、研究,屠格涅夫的小说已广为中国读者所熟知、喜爱,并产生了巨大影响,其经典作家的地位在中国已经完全确立起来。

第三节　屠格涅夫作品的影视传播

根据屠格涅夫作品改编的最早的电影作品是 1913 年由乌巴尔多·玛丽亚·科尔(Ubaldo Maria Del Colle)自导自演的意大利电影《别人的面包》(*Il pane altrui*)(1913),这部作品的主要来源是屠格涅夫两幕喜剧作品《食客》(1857),与意大利作曲家奥瑞费契(Giacomo Orefice)根据《食客》改编的歌剧《别人的面包》(*Il pane altrui*)也有着紧密的联系。虽然最早的电影作品来自意大利,但在屠格涅夫小说改编电影的历史上真正的主角始终是俄罗斯电影。从 20 世纪初开始,一批卓有成就的电影导演陆续将屠格涅夫的作品搬上银幕,并将其作品中的抒情风格和人物内心变化通过电影技术或画面加以呈现,对俄罗斯电影风格的形成也起到了突出的作用。

最早将屠格涅夫作品搬上银幕的俄罗斯导演包括叶甫盖尼·鲍艾尔(Евгений Францевич Бауэр)、弗拉迪米尔·加丁(Владимир Ростиславович Гардин)和谢尔盖·爱森斯坦(Сергей Михайлович Эйзенштейн)。叶甫盖尼·鲍艾尔被认为是俄国默片时代的电影大师,在电影发展史上有着举足轻重的地位,他于 1915 年拍摄完成的《死后》(После смерти)被看成是默片时代最有名的一部根据屠格涅夫作品改编的电影。鲍艾尔的电影以华丽的装饰、服装、照明和明暗对比,甚至是"颓废"风格为特色,在人物心理刻画方面则独树一帜,在包括蒙太奇、场面调度、灯光和框架组成等电影手段的影响力方面一直为后人所称道,这一切都与他早年的戏剧经验密不可分。《死后》改编自屠格涅夫1883年同名中篇小说,同时继承了原著中的悲剧性和病态色调风格。影片首先通过诗意的电影图像,展现年轻人雅科夫的孤独状态,摄影机多次通过半开的狭窄的门来展示雅科夫的生活,他正在自己的书房中看书,或者巧妙地利用光线的明暗来构图,有意识地照亮演员的面孔,暗示人物的室内状态。同时,这部默片还利用各种色调来表达场景的差异。其中,雅科夫与伦斯基在社交聚会上的出现无疑是最好的电影场景,在粉红色的色调下,通过缓慢平移摄像机以展现伦斯基在聚会上的游刃有余和雅科夫的不适应,在那里他第一次遇见克拉拉,她的第一次亮相就给人迷离的感觉。众所周知,屠格涅夫的爱情小说是他晚年渴望爱情幸福而又未能如愿的内心矛盾冲突在扭曲状态下的显现。① 故事虽然同样追求纯真的爱情,但注意力并不在爱情本身,而在沉溺于爱之中的男女主人公的心理上。克拉拉的死对雅科夫的折磨,甚至让人恐惧;而雅科夫在克拉拉死后对她的迷恋,再加上他的负罪感,这一切最终接管他的生活。在影片后半部分,鲍艾尔采用了倒叙手法展现卓娅死在舞台上的整个过程;同时,通过梦想的原野的设计,制造出屠格涅夫小说中特意渲染的那种扑朔迷离的意境,来表达生之苦闷中寻求昙花一现的欢乐,在独特的荒诞里追寻异乎寻常的美丽。摄影师非常出色地描绘了一种原野上的梦想气氛,在明亮的阳光照耀下克拉拉头发和背景的轮廓呈现,是这部影片最令人难忘的画面之一。1915年由叶甫盖尼·鲍艾尔执导的《爱的凯歌》(Песнь торжествующей любви,英译Song of Triumphant Love)是根据屠格涅夫晚期短篇小说改编的另一个不同凡响的电影版本,这部电影几年后被流亡国外的俄国导演维克多·陶尔扬斯基(Вячеслав Константинович Туржанский)重拍,即1923年信天翁电影公司(Films Albatros)出品的72分钟长度的《爱的凯歌》(Le chant de l'amour triomphant)。总的来说,屠格涅夫晚期作品中的颓废风格与俄国革命前后知识分子在生活与思想中的微弱音符不谋而合,组成这一时期电影艺术创作中感伤旋律,这种柔和诗意自有它的动人之处,成为电影史上的一段绝唱。

---

① 张建华:《屠格涅夫晚期浪漫主义中短篇小说初探》,见李兆林、叶乃方编:《屠格涅夫研究》,上海:上海译文出版社,1989年版,第292页。

同样作为俄国电影大师和在世界电影发展史上有着举足轻重地位的谢尔盖·爱森斯坦,跟屠格涅夫结缘是因为电影《白静草原》(Бежин луг)。《白静草原》是爱森斯坦的第一部有声电影,他回到俄国之后曾经发誓要摄制一部有助于社会主义建设的影片,从 1935 年初开始为《白静草原》这部影片的拍摄作准备,在摄制过程中,他的创造性艺术被重新激发起来,开始了探索"创作的心醉神迷状态"的新时期。① 《白静草原》本可能是使爱森斯坦电影走向诗意的形象刻画的转折点②。电影剧本作者拉热谢夫斯基(Александр Георгиевич Ржешевский)当时受共青团委托,以少先队员和他们对苏联农业集体化的贡献为主题编写一部电影剧本。他想到了屠格涅夫写过的叫做《白静草原》的故事,其中一群牧马人把他们经历的故事告诉了屠格涅夫——显示了 19 世纪 50 年代俄国儿童的心理状态。③ 在爱森斯坦与巴别尔(Исаак Эммануилович Бабель)、拉热谢夫斯基等人编写的剧本中,屠格涅夫的故事其实已经所剩无几,作品的主人公是以少先队员巴甫立克·莫洛佐夫的真人真事塑造的新时代儿童史坦波克,他是一个富农的儿子,他组织同伴捍卫集体农庄收获的庄稼,因此触怒了策划破坏行动的父亲,最终父亲杀死了儿子,巴甫立克则成为了全苏联的英雄人物。因为屠格涅夫在创作中从轮廓线条的画法中提炼出运用于文学方面的要素——即用孤立一点的手法,用把信手拈来的部分描绘得尽善尽美的手法——所以从屠格涅夫的手法和氛围中,应该也可以提炼出处理电影的手法。④ 这正是爱森斯坦梦寐以求和经常谈论的通过影片这种媒介工具变成动力化的艺术的综合。在影片摄制过程中,为了获得自然的拍摄效果,爱森斯坦始终采用一种极为独特的方法,他对艺术精益求精的态度在诸多方面表现出来:史坦波克演员的挑选、白静草原村庄拍摄场所的选择、甚至是因为道路上的电话线影响了美观而要求改变哈尔科夫那边的道路等等。从 1935 年到 1937 年,电影经过多次的改写、批评、讨论之后最终被苏联中央电影事业管理局命令停止摄制工作。《真理报》上的文章指责爱森斯坦误用他的创作机会和供他使用的大量资金,不向生活学习,而却过分相信他自己的"学术深邃性",摄制了一部"有

---

① 玛丽·塞顿:《爱森斯坦评传》,史敏徒译,北京:中国电影出版社,1983 年版,第 409 页。
② 同上书。
③ 同上书,第 409—410 页。
④ 同上书,第 411—412 页。

害的形式主义的"影片①,影片无法反映出集体化年代里苏维埃农村社会改革和生活重建的真实过程,对革命力量的表现没有为观众显示出这个时期的特征,也没有对新社会的建设显示出透彻的理解。影片《白静草原》的停止拍摄以及之后的讨论成了一次著名的事件,这一事件在爱森斯坦发表了正式声明《〈白静草原〉的错误》后宣告结束。

1959年由莫斯科电影制片厂拍摄的影片《木木》(Муму)根据屠格涅夫同名短篇小说改编而成,被看成是苏联50年代为数不多的成功的文学名著改编电影之一。《木木》的电影改编版本最早可以追溯到国内战争期间,属于俄国革命后第一批专为儿童观众改编的古典作品。② 而由勃布洛夫斯基(Анатолий Алексеевич Бобровский)和捷捷林(Евгений Ефимович Тетерин)共同执导的1959年版《木木》不再是"图解式"改编,影片不仅表达了古典作品的情节内容,而且表达了原作的思想、形象体系的丰富性和风格的特征。③ 电影《木木》在故事讲述上基本严格遵循原著内容,并借用了一些原著话语,以画外音的形式将故事更加紧密地连接在一起,同时刻意展现人物内心世界。影片还特意安排了原著中没有的几个场景来交代故事情节刻画人物形象:影片开头,太太的马车在乡间陷在泥中,大家都无计可施的时候加拉新将马车推了出来,因此得到太太的"赏识"来到莫斯科作庄园守门人;加拉新来到太太房里送木柴,看到镜子觉得很新鲜,他呆头呆脑的样子让太太和她的女食客们哈哈大笑。在刻画太太和加夫利罗、专管衣服的女人等形象时,小说大多采用讽刺性语言,影片则借助太太的生活琐事、加夫利罗的谄媚无奈、专管衣服的女人对主人的诚惶诚恐和对达尼亚的专横几个细节加以表现,影片中对太太形象刻画时加强了任性冷酷的地主形象。在木木逃回来之后的某个晚上,太太一边弹琴一边叫那群寄食女人跳舞,还要把人都叫来,让她们在她的琴声中跳得高兴点,不一会儿又阴沉着脸叫大家"都给我滚开"。这一部分内容在原著中是这样描写的:

> 宅子里的人并不喜欢太太快活,因为首先,她快活的时候总要求大家立刻跟她一样快活,谁要是面无喜色,她就要发脾气;其次,她这

---

① 玛丽·塞顿:《爱森斯坦评传》,史敏徒译,北京:中国电影出版社,1983年版,第428页。
② 苏联科学院艺术史研究所:《苏联电影史纲》(第2卷),龚逸霄译,北京:中国电影出版社,1983年版,第525页。
③ 苏联科学院艺术史研究所:《苏联电影史纲》(第3卷),张开等译,北京:中国电影出版社,1992年版,第598页。

种心血来潮似的兴致是长不了的,往往不久便一落千丈,变得闷闷不乐。①

1959年由苏联莫斯科电影制片厂和保加利亚索菲亚电影制片厂联合摄制的影片《前夜》(Накануне)根据屠格涅夫同名长篇小说改编,导演和编剧是彼得罗夫(Владимир Петров)。关于作品中的主人公英沙罗夫的定位,曾经造成屠格涅夫与杜勃罗留波夫之间的意见分歧:在屠格涅夫眼中温和进步的活动家在杜勃罗留波夫看来则是革命者。影片在英沙罗夫角色的设计上显然倾向于后者。同时,影片也接受了杜勃罗留波夫对叶琳娜的评价,表现出"一种几乎是不自觉的、但却是新的生活、新的人们的不可阻挡的要求"②,她对幸福的渴望和向目的锐进的精神、与周围人们的格格不入,衬托出她独特的性格和追求。电影以她对理想追求的思考贯穿始终,最初的她感兴趣的是:"我为什么活着,幸福是什么,青春有什么用处,我为什么要有灵魂,这一切都有什么用呢,多奇怪,到现在我谁也没爱上过,可是,我觉得我是能够爱的……"后来爱上保加利亚青年英沙洛夫时,叶琳娜说:"我幸福,我真的幸福吗?"而当她护送着英沙洛夫的灵柩返回保加利亚时,她依然在思考:"我在寻求幸福,我会得到的。"影片也突出描写了叶琳娜身边的人们,她的父母亲和两位追求者——哲学家别尔申涅夫和雕塑家舒宾,讲述了亲人的不理解和真挚的友谊、无私的爱情,而后两位的平庸衬托出英沙罗夫的斗士品质。但在那个风雪弥漫的日子,叶列娜跟英沙洛夫回保加利亚的日子,所有人来给他们送别,所有一切都让位于忠于祖国和民族事业的决心。

1959年的影片《父与子》(Отцы и дети)根据屠格涅夫同名长篇小说改编,影片导演是别尔坤盖尔(Адольф Бергункер)和娜塔莉亚·拉舍斯卡娅(Наталья Рашевская),后者还是影片的编剧,主演则包括维克多·阿夫久什科(Виктор Антонович Авдюшко)、尼古拉·谢尔盖耶夫(Николай Васильевич Сергеев)等。小说《父与子》在俄国政治历史中占有重要地位。书中有对于获得解放以前的不安定的俄国农民的出色研究,除此之外,《父与子》还是一部把两代人之间的冲突和差异戏剧化的小

---

① 屠格涅夫:《屠格涅夫全集》(第5卷),南江等译,石家庄:河北教育出版社,2000年版,第288页。
② 杜勃罗留波夫:《真正的白天什么时候到来?》,见《杜勃罗留波夫选集》(第二卷),辛未艾译,上海:上海译文出版社,1983年版,第295页。

说。遗憾的是,小说《父与子》中的明快风格和深刻内容并没有能够在电影中得以延续,影片扼要地交代了原著小说中的核心故事情节,对原著几乎没有改动,但在将近100分钟的有限电影时间里人物刻画不够清晰的缺陷非常明显,影片对于19世纪中叶俄国实行变革的力量的考察也相当薄弱。由娜塔莉亚·拉舍斯卡娅改编的剧本舞台剧痕迹明显,人物对话过多,虽刻意只保留主要情节,但仍显得过于面面俱到,影片结尾处删去了尼古拉与阿尔卡狄婚礼的画面,只保留了巴扎罗夫的父母来带墓地看望儿子的场景。与屠格涅夫原著相比,电影在人物刻画上并没有突出巴扎罗夫的中心位置,于是,在原著中借助于巴扎罗夫与每个重要人物关系对人物的刻画方式,在影片中不存在了。巴扎罗夫不再是实用主义者、科学家和革命的思想家,只是带有虚无主义色彩的平民知识分子形象。平铺直叙的电影情节基本上忽视了屠格涅夫原著中对各种感觉印象的描绘,演变成为新老两代人关于思想意识和政治的激烈辩论及冲突,尤其是巴扎罗夫与巴威尔这两位的针锋相对。在巴威尔·基尔沙诺夫身上,电影显现出他所具有的优雅情趣和强烈荣誉感,例如他的穿着打扮以及在公爵夫人的画像前所表露出来的浪漫激情。在影片的后半部分,巴扎罗夫与奥津左娃夫人交往的段落中,巴扎罗夫的浪漫激情与他原先所持有的观点——女人仅仅是消遣和愉悦的工具——产生了冲突,两人之间的互相吸引和爱情的不幸在影片中只是通过两人的交往、散步、聊天来呈现,显然并不足以表现原著小说内容和人物复杂的内心世界。对于屠格涅夫来说,巴扎罗夫是时代真正的英雄,但是到了20世纪50年代,这种观点已经早就不合时宜。

根据屠格涅夫作品改编的电视剧最早出现在1949年,在美国哥伦比亚广播公司电视台(CBS)的"一号演播室"系列剧集第一季和第二季中,先后出现了根据屠格涅夫同名长篇小说改编的《烟》(*Smoke*,1949)和《春潮》(*Torrents of Spring*,1950)。50年代之后,根据屠格涅夫作品改编的电视剧开始明显增多。如1951年BBC电视台根据《父与子》改编的电视电影《马里诺的春天》(*Spring at Marino*)、50年代BBC电视剧集"周日夜剧场"(BBC Sunday-Night Theatre)第二季中根据屠格涅夫剧本《单身汉》改编的同名电视剧、1954年小道格拉斯·范朋克制作公司(Douglas Fairbanks Jr. Productions)与NBC合作的电视剧场"小道格拉斯·范朋克系列作品"第二季中的《外省女人》、1956年哈尔·罗奇工作室(Hal Roach Studios)拍摄的电视剧集"导演剧场"(*Screen Directors*

Playhouse)第一季中根据屠格涅夫小说改编的《梦》、1959年BBC电视台根据屠格涅夫小说改编的电视电影《春潮》、1959年天才联盟有限公司(Talent Associates)制作的电视系列剧"每月一戏"(Play of the Week)第一季中的《乡间一月》(A Month in the Country)(情节取材于屠格涅夫戏剧剧本《村居一月》)。到了60年代,更多的欧洲国家开始拍摄以屠格涅夫作品为素材的电视剧,如联邦德国、法国、葡萄牙、芬兰、南斯拉夫、民主德国、奥地利、西班牙、荷兰、波兰等。

对屠格涅夫小说《贵族之家》的改编,可以追溯到1915年由苏联著名导演弗拉迪米尔·加丁(Владимир Ростиславович Гардин)拍摄的默片版本,但1969年莫斯科电影制片厂出品的《贵族之家》则被认为是最佳改编版本。其实,要从社会历史和艺术这两个角度来鉴赏屠格涅夫的小说《贵族之家》,就必然会涉及作品中突出表现的所谓的"西欧主义者"与斯拉夫派之间的那场文化论争。《贵族之家》清楚地表达了屠格涅夫在这场论争中的洞察力和自由精神,小说中的男主人公拉夫列茨基体现了斯拉夫文化优越论在感情上和心理上的丰富性,同时又避免了它的僵化和偏颇,他与女主角丽萨一样是俄国的象征,尽管他们命运多舛,却显示了英雄气概。然而,这一点也是小说改编成电影的最大问题所在,拉夫列茨基引用斯拉夫派的论点,主张俄罗斯的生活和精神取决于普通平民,并且把浅薄自私的官僚潘辛那一套陈词滥调一一驳倒,这一画面很难像《罗亭》那样在银幕上直接表现。因此,在1969年版《贵族之家》中这一方面内容被大大压缩,拉夫列茨基甚至在与潘辛的争论中处于下风。导演安德烈·康查洛夫斯基(Андрей Сергеевич Михалков-Кончаловский)在电影中对拉夫列茨基的观点表达和价值评判进行归纳的形式,就像屠格涅夫在小说中对丽萨形象的刻画,不是直接把他的内心世界展现给读者,而是通过他的一举一动来让观众全面把握。和屠格涅夫的一些小说一样,《贵族之家》也是运用人物的谈情说爱来考验男女主人公的力量和价值,但影片中对俄罗斯的爱被赋予了更为重大的意义。就像瓦尔瓦拉对拉夫列茨基所说的:"你甚至臆想出你的俄罗斯,实际上它并非如此"。影片开头拉夫列茨基第一次露面就是在海外长期漂泊后回到庄园,他凝视着破败的庄园和凌乱的房间,在老仆人的讲述中回想起自己的早年经历。作品刻意强调了拉夫列茨基作为贵族和农奴儿子的独特身世。至于他的婚姻,则通过他回想自己与浅薄的妻子瓦尔瓦拉巴黎生活的画面加以表现。画面中刻意强调法国颓废和矫揉造作的舞会场景与美丽纯净的夏日俄罗斯乡村场景形成明显的对比,同时,在俄罗斯乡间生活中,拉夫列茨基的自由和个性以及他对土地的爱得以充分展示。影片中的女主角是莉莎,她在原著中就被赋予那一代俄国妇女的所有特征,她的性格诚挚、忠实、善良、正派,正是影片结尾处潘申与拉夫列茨基交谈中体现出永恒的普遍的优良品质的形象,作为一名笃信宗教的姑娘,她最为动人之处是她道德上的力量和纯洁,而不是她外表的魅力。通过大量的俄罗斯乡村景色描绘,小说《贵族之家》故事所围绕的那个核心的爱情故事在电影中变得较为松散;夏天环境的内容,在影片时时打断故事的讲述,让观众陶醉其中。整个故事中夏日的美景跟男女主人公的感情和谐一致。例如,莉莎与妹妹连诺奇卡在夏日的阳光下愉快追逐的场景以后她躲避潘申寻找时偶遇拉夫列茨基时的顽皮与羞涩,莉莎的甜美笑容与乡村小路上漏下的阳光交织在一起,莉莎的华丽装束及慵懒的举动都弥漫着难以言喻的美丽,充溢着夏天的气氛。夏日景色和乡村风光似乎是电影不可缺少的一个组成部分,它们在人物上场之前早就为爱情故事布置好了舞台。同样,小说中的次要角色,例如令人厌恶的潘辛,热情的德国老头列蒙,莉莎的母亲以及她执拗而又精明的姑妈玛尔华·季莫费叶夫娜,拉夫列茨基卑鄙而又恶毒的妻子瓦尔瓦拉,所有这些令人难忘的人物都有助于衬托和反映那两个中心人物。影片通过寥寥几个镜头,使他们的性格和形象特征极为鲜明。背景音乐、环境以及对次要人物的塑造等,都有机地结合起来,从而使爱情故事产生了独特的效果。这种独特效果使小说的结构显得非常紧凑、协调,臻于完善,向观众显示了人所具有的超越痛苦和在磨难中成长的内在力量。值得一提的是,《贵族之家》还有一个中国的电影改编版本,那就是1947年由上海电影公司中企影艺社拍摄的《春残梦断》。

1860年发表的中篇小说《初恋》是屠格涅夫最具自传性的小说作品,也是"至今还使我本人感到愉快的作品,因为这是生活本身,这不是编造的……《初恋》——这是体验过的事。"[①]故事中那种令人神往的内容吸引了当代诸多导演将这部作品改编成同名的影视文本,如1941年的西班牙电影、1963年的法国电视剧、1964年的英国BBC电视剧、1965年的西班牙电视剧、1974年的墨西哥电影、1975年的日本电影和1995年的俄罗斯电影等等,另外还有像1984年的英国和爱尔兰合拍的电影《夏日闪电》

---

① 陈敬咏:《屠格涅夫笔下的少女形象和抒情风格》,见李兆林、叶乃方编:《屠格涅夫研究》,上海:上海译文出版社,1989年版,第386页。

(Summer Lightning)也是根据这部小说改编而成。1970年的联邦德国电影《初恋》(Erste Liebe)在这一系列改编电影中成就最高,影片由马克西米连·谢尔(Maximilian Schell)执导,他也是编剧和主要演员之一(饰演父亲一角),集结了70年代欧洲电影的两位偶像:约翰·梅尔德-布朗(John Moulder-Brown)和多米尼克·桑达(Dominique Sanda),担纲摄影的是斯文·奈奎斯特(Sven Nyquist)。在这部关于青春、爱情和失去纯真的电影中,谢尔将原著故事情节切割成片断和主人公亚历山大心情的碎片,同时拓展和丰富了屠格涅夫小说中的意境:时常盘旋在空中的乌鸦和其他鸟类、飘零的树叶与林荫道路上漏下来的阳光、坍塌的庄园等等。谢尔在影片中刻意保留原著的抒情风格,并使之在镜头前隐晦地展示,却能够因此形成令人难忘的场景。电影在叙事上经常被突如其来的交谈打断,还穿插了很多与故事情节似乎无关的内容,如森林大火、林中的士兵枪战、成群结队情绪激昂的人们,还有朝圣的队伍等等。虽然故事依旧发生在俄国,但影片提供了更广泛的社会背景内容。2001年由海外电影集团(Overseas Film Group)出品的影片《恶意的诱惑》(Lover's Prayer,又名All Forgotten)同样以《初恋》为主要故事情节,并且加入了契诃夫短篇小说《村妇》的部分内容,这部英美合拍影片请来了尼克·斯塔尔(Nick Stahl)和克尔斯滕·邓斯特(Kirsten Dunst)担纲男女主角,拍摄基本上在捷克的乡村完成,但就像许多英美电影公司在改编俄罗斯文学名著时所犯的通病那样,影片只是对《初恋》故事情节的简单重复,而没有能够真正深入作品理解其含义。屠格涅夫的《初恋》始于晚餐后弗拉基米尔·彼得罗维奇答应讲述的故事,核心内容是这位男孩弗拉基米尔第一次恋情的故事。屠格涅夫借助此书写出了男孩阅历丰富的过程与他对成人世界复杂性认识的提高。但导演雷文吉·安塞莫(Reverge Anselmo)显然缺乏驾驭屠格涅夫原著的能力,在屠格涅夫与契诃夫故事缝合中则出现多处不协调的地方。《村妇》中无奈的三角恋爱与《初恋》中的恋爱故事确实有相通之处:男人是故事中的罪魁祸首,但他们的激情强烈明确,是一种"自私的激情",而女人,无论是农妇还是贵族小姐都是这一出出恋爱故事的悲剧人物。但电影中关于《农妇》的改编部分基本上游离于核心故事之外,未能形成有效的结合或互补。影片在结尾处讲述弗拉基米尔因事务耽搁晚到莫斯科,但却见到了奄奄一息的娜伊达并与她作了临终告别,屠格涅夫小说中永远的遗憾在电影中被适当弥补,但却未能改变影片整体的忧伤情调,这与屠格涅夫原著中的"清冽纯净"有着相当大的区别。《初恋》在21世纪的新版本还有日本导演鹤冈慧子（Keiko Tsuruoka）的《初恋》（はつ恋，2013）和加拿大导演纪尧姆·西尔维斯特（Guillaume Sylvestre）的《初恋》（1er amour，2013）等。

和《初恋》一样，《阿霞》也是屠格涅夫同时期爱情题材中篇小说中最受欢迎的作品，他"怀着极大的热情，几乎是含着眼泪写的"①。作品中人物与众不同的性格、文本所具有的独特艺术感染力，在追求爱情过程中的执着和不幸，包括在刻画人物时所表现出来的对俄国社会阶级意识的见解，都使之备受尊崇。1978年由苏联与民主德国合拍的电影《阿霞》是对这一段德国小城故事的美妙回忆，影片由约瑟夫·赫依费茨（Иосиф Ефимович Хейфиц）担任导演和编剧，叶泽波夫（Вячеслав Иванович Езепов）饰演的尼尼细腻地表现出男主人公的处境与性格：正派而敏感，内心漫溢却竭力克制情感。尽管耶乐娜·科若那娃（Елена Алексеевна Коренева）在饰演阿霞时年仅25岁，但她的表演情感丰富，在展现人物性格矛盾和多变性方面的表现相当灵巧。在赫依费茨看来，"在改编时应当破坏原作的基本语言结构，以便用电影语言的手段创造它的艺术等价物"，②他在电影中添加的几段场景——如尼尼先生在山中旅行的三日、尼尼先生与阿霞在街头偶遇手摇风琴艺人——确实有效地用电影语言表达了原著小说中的情感，与屠格涅夫刻意将人物内心世界的倾诉与直观的景物描写交相辉映感染读者的手段较为吻合。对于阿霞这样一名沉迷于浪漫境地而内心冲动的女性形象，影片通过她偷放小狗小鸟、给自己编花环等等细节，表现出她的青春活力以及自由、叛逆的性格，而在爱情经历中，她心中的激情、渴望、自尊、忧郁等感受，电影也一一加以呈现。就像阿霞所希望成为的"达吉亚娜"一样，《阿霞》故事同《叶甫盖尼·奥涅金》都在诉说不正视内心的真实情感会导致结果的不幸。电影结尾处尼尼先生和加京寻找阿霞以及尼尼与阿霞的交谈将贵族知识分子经不起生活实践考验的"多余人"形象刻画得栩栩如生。电影通过熟练运用民乐与舞蹈生动描述了当地民俗色彩并为角色的社会背景作了素描，渡船上农夫的笛声、山中旅行时婚礼上快乐的歌声便是最好的例子，因此在手摇风琴艺人的歌声中尼尼先生与阿霞翩翩起舞，表现出来的正是赫依费茨所想象的浪漫爱情的特质。1997年，西班牙导演泽维尔·伯尔穆德兹

---

① 《屠格涅夫全集》（第12卷），张金长等译，石家庄：河北教育出版社，2000年版，第322页。
② 伍菡卿：《关于外国电影改编的若干理论问题》，见《当代外国艺术》（第七辑），北京：文化艺术出版社，1988年版，第55页。

(Xavier Bermndez)的影片《宝贝》(Nena)则以当代故事的形式将《阿霞》故事再一次搬上银幕。影片集中表现丹尼尔·帕兹与大卫、伊莱在度假地的偶遇和交往经过,以及丹尼尔·帕兹与伊莱的短暂爱情故事,借助于度假地美丽的风光和异国情调,屠格涅夫小说中特有的散文笔调得以保留,乡村生活中自由感得以显现,而那种原先隐含在小说中对世事的感叹和对等级关系的谴责则荡然无存。丹尼尔·帕兹不再是俄国历史环境中的"多余人",而伊莱身上依然保留着阿霞复杂、矛盾的性格,整个爱情故事就像一段回忆那样旋律优美,令人回味无穷。

1976年,导演康斯坦丁·沃伊诺夫(Константин Наумович Воинов)改编了屠格涅夫的小说《罗亭》,电影剧本由沃伊诺夫本人与尼古拉·费格洛夫斯基(Николай Фигуровский)共同完成。屠格涅夫在《罗亭》这部"以爱心、深思熟虑写的"的长篇小说里刻画了罗亭这个聪明、高尚而有才华的知识分子的形象。电影试图像屠格涅夫一样从列兹涅夫的立场上来观察罗亭,力图客观揭示出他的性格特征,问题是在影片中列兹涅夫形象并不突出,在故事的后半部分才渐渐成为中心人物。在影片开头,观众在银幕上看到的是在外省贵族社会代表人物视野中的罗亭,通过庞达列夫斯基、毕加索夫、达里雅·米哈伊洛夫娜·拉松斯卡雅等人对罗亭的评价可以在发现他身上许多与世俗生活格格不入的地方。和小说一样,电影不遗余力地通过罗亭的宏篇大论突出他的性格特点,他在一系列问题的争论中击败了毕加索夫,并以他的雄辩口才吸引周围人们的注意。问题是,这些努力并没有能够成功阐释屠格涅夫小说的精神,苏联文艺界人士认为,电影《罗亭》影片从各个片断的外部运动来看都是屠格涅夫式的,对话也一样,主要人物也很像,穿着也是屠格涅夫式的,场面设计也复现小说的环境。但是屠格涅夫是思想家(思想的主宰者),而在电影院内看这部影片,观众却感到寂寞和枯燥。①影片在结尾处,保留了旅店里列兹涅夫与罗亭偶遇的场景和屠格涅夫刻意添加的罗亭在巴黎巷战中英勇牺牲的内容,却删去了巴西斯托夫从莫斯科带回消息的段落,他人的"幸福"生活和罗亭依旧漂泊的状态再次形成鲜明对比,观众通过罗亭与列兹涅夫的交谈得知罗亭想要通过行动取得实际效果,但他的教育活动由于因循守旧的环境而失败。影片最后的画面停留在罗亭在巴黎街垒战斗中牺牲

---

① 朱善长:《当代苏联电影的某些特点》,见上海外国语学院编:《上海外国语学院第十四届科学报告会论文汇编》,上海:上海外国语学院,1985年版,第86页。

的画面上,给罗亭加上了光辉而高尚的特征。

1977年,俄国导演罗曼·巴拉扬(Роман Гургенович Балаян)将屠格涅夫的《孤狼》搬上了银幕。《孤狼》创作于1848年,是小说集《猎人笔记》中发表较早的作品之一。这部小说作品令读者感到震撼的地方在于主人公孤狼福玛·库兹米奇固执的性格和他贫困而不幸的家庭。他为了尽看林人的职守"什么人也不肯放过",但他却放走了因为无法忍受挨饿而来盗伐木材的庄稼人。小说故事情节简单,语言朴实流畅,主题明确,但电影只花了不到五分之一的时间来讲述小说故事,其余则在续写这部作品。这部由罗曼·巴拉扬亲自参与编剧的《孤狼》充满人道主义情怀,在悲剧故事的编写上表现出色,情感真挚,悲怆动人,富有极强的感染力。巴拉扬对屠格涅夫的小说故事的延续自然流畅,并使之与屠格涅夫整部《猎人笔记》的基调相契合。他形象地展现了剧中小人物的悲惨生活境遇,并借此控诉造成这一悲剧的社会,塑造了一个阴冷的世界。小木屋以外的人们——无论是贵族还是庄稼人——都冷酷无情地用各种手段将孤狼这样的不幸者踩至脚底的尘埃中,在这样令人窒息的世界里,唯独卑贱的守林人与他的女儿乌丽妲身上流露出人性的微弱光芒。但即便如此,孤狼不得不依靠那些他所厌恶的人,并因此感到反感、迷茫和羞辱。除了内容以外,巴拉扬在创作形式上也受到屠格涅夫以及《猎人笔记》小说集的启发:他在影片中设置了三次林中大雨的场景,分别对应邀请布尔森尼夫到家中躲雨同时抓获第一个盗伐者、第二个盗伐者纠集村里人捆绑孤狼后盗伐林木、孤狼寻找乌丽妲三个事件。林中大雨场景在《猎人笔记》中出现过几次,是形成故事情节的重要因素之一;第二个事件是对《孤狼》小说中"有些人不止一次想把他弄死"的呈现;后两个事件是对孤狼和女儿在困苦中相依为命的写照;故事结尾处有意识地将孤狼的惨死安排在一个晴朗日子,乌丽妲大病初愈后带着婴儿来吃富人们留下的剩饭,影片在富人们的轻松交谈声中戛然而止,整个故事编排在银幕上的展现一气呵成。人们在阅读小说的时候会有意识地关注人物的命运,但当观众们在欣赏影片时看到人物不幸命运的时候就能感受到故事编排中的想象与小说创作主题相互冲撞所形成的张力,巴拉扬的影片中充满了无法控制的情感,但同时又愤恨于那种无动于衷的冷漠。

在中国,屠格涅夫的作品《春潮》曾两次被搬上银幕。第一次是在1933年,亨生影片公司用自己研制的录音设备拍摄了《春潮》,成为中国第一部用国产录音设备制作的片上发声的有声电影,成为中国有声电影发展中民族化的重要标志。这部由蔡楚生编剧、郑应时导演、高占非和王人美主演的影片通过狱中囚犯国华的回忆讲述他与表妹玉瑛、情人媚梨之间的爱恋故事，作品在结尾处以媚梨抛弃国华、国华刺杀媚梨被判无期徒刑、玉瑛受到刺激病逝等一系列悲剧性情节置换了屠格涅夫小说中的淡淡哀愁。另一次则是1960年（香港上映）由国际电影懋业有限公司出品的同名电影，影片上半部分以澳门为背景，讲述苏尔宁途经澳门与潘梅娘偶遇并订下婚约的故事，后半部分则是苏尔宁筹措结婚费用到香港求见陆太太，结果受她引诱后又遭抛弃的经过。这部由陶秦导演，林翠、田青、李湄等演员主演的电影是早期"电懋"比较具有代表性的作品。除了这两部中国电影之外，《春潮》的电影改编版本还包括1968年捷克斯洛伐克巴兰道夫电影制片厂（Filmove studio Barrandov）出品由瓦茨拉夫·克瑞斯卡（Vaclav Krska）执导的《春潮》（*Jarni vody*）、1989年苏联、奥地利、捷克斯洛伐克联合摄制的影片《威斯巴登之旅》（Поездка в Висбаден）和1989年由波兰电影导演杰兹·斯科利莫夫斯基（Jerzy Skolimowski）执导的《急流的春天》（*Torrents of Spring*）等。

第十章
契诃夫作品的生成与传播

契诃夫(1860—1904)是俄国19世纪后期登上文坛的著名作家,他与法国的莫泊桑(1850—1893)、美国的欧·亨利(1862—1910)并称世界三大短篇小说之王,同时也是具有世界意义和影响的戏剧家,对现代戏剧的发展影响深远。列夫·托尔斯泰最早指出契诃夫创作的世界意义,而高尔基早在1899年就曾表示,他认为契诃夫是"伟大而又独特的天才",是一位"在文学史上和在社会情绪中构成了时代的作家"[①]。

第一节 契诃夫作品在源语国的生成

在俄罗斯文学史上,契诃夫的创作与19—20世纪之交的文学景观有机地融合在一起,他因其创作中自然主义、象征主义和印象主义等所体现的某些现代主义元素,成为19世纪俄罗斯最具现代性的现实主义作家。但是,契诃夫经典在俄罗斯的生成并非一日之功,而是经历了一个漫长、渐变、渐进的过程。

(一)契诃夫作品在其生前的接受与评论

1870—1886年可以看作是契诃夫创作的早期,期间他主要在一些小的幽默杂志上发表幽默小品。第一部作品集《墨尔波墨涅的故事》寂寂无名。直到1886年第二部作品集《形形色色的故事》出版,契诃夫的名字才

[①] Бердников Г., Чехов в современном мире, Вопросы литературы, No.1(1980), с.65—97.

开始进入文学评论界的视野。这部集子一出版即引起了评论家的注意,但并非所有的声音都是褒扬的。比如,А. М. 斯卡比切夫斯基虽然承认这位文学新人有着很高的才华,但是认为他与小报合作等于自杀,说他的前途像所有的"报纸小丑"一样堪忧,只会陷于贫困和被遗忘。很多更有影响的批评家也对轻浮的幽默杂志对年轻的天才作家的不良影响表达了忧虑。奥博隆斯基是早期契诃夫最优秀的研究者之一,他也曾经说过,契诃夫是在一个乌七八糟的环境和一堆废纸中(指幽默杂志)成长起来的。К. К. 阿尔谢尼耶夫对《形形色色的故事》评价也不太高,但是指出了作家的实力。① 总之,早期的契诃夫基本上是不被评论界接受的,评论家们唯一承认的是他的天分。

  1886 年冬,契诃夫开始与阿列克谢·苏沃林的报纸《新时代》合作,首次以真实姓名发表作品。1887 年,他的作品集《黄昏》问世,好评如潮。评论界肯定了契诃夫的才华及其以简单的笔触描画自然风光、描写不同类型人物和创造诗意情绪的能力,将《黄昏》与通俗小说区分开来。这次,评论家们都断言年轻作家前途无量,他们已经不只强调其天才,而是努力解释其天性。许多人对作家所表现事物的真实性有好感,但暂时他们还只是把契诃夫当成引人入胜的短篇小说的创造者。凭借这部作品集,契诃夫获得了普希金文学奖,这提高了"粗俗"的微型小说体裁的地位,使之可以进入"厚重的"文学杂志。同年,契诃夫的话剧《伊万诺夫》在科尔什剧院上演,引起了评论界的普遍关注,一些著名的文学家,如 Д. В. 格里戈罗维奇、А. Н. 普列谢耶夫、В. Г. 柯罗连科等都对契诃夫表示了极大的支持,促使他重新看待自己把文学活动当作轻松的消遣的态度,从而正式进入"大文学"。同时,理解与解释契诃夫的历史也拉开了帷幕。

  1888 年,契诃夫的中篇小说《草原》在《北方导报》杂志发表。这表明批评界对作家的态度发生了转折。在"厚重"杂志上发表长作品本身已经说明作家被彻底提升到严肃作家的地位。凭借此作,契诃夫被认为是 19 世纪末俄罗斯最大的文学天才之一。

  对于契诃夫《草原》中的特殊叙事风格和独具特色的形象,有人推崇,有人不屑,还有些批评家干脆认为,这部中篇小说是不成功的,预示着契诃夫文学之路的终结。在那个时代,契诃夫对各种不同规模的事件同等

---

① Арсеньев К. К. Беллетристы последнего времени (Вестник Европы, 1887, № 12) // Чехов А. П. В сумерках. Очерки и рассказы / АН СССР; Изд. подгот. Г. П. Бердников, А. Л. Гришунин; Отв. ред. Г. П. Бердников. —М.: Наука, 1986. —С. 294—311.

对待、缺乏作者的直接注释和评价这些特点都被说成对被表现对象的冷漠、对生活素材的思索不够深刻、没有能力把纷繁复杂的情节汇集成统一的思想，几乎是没有思想，并逐渐形成了固定的批评观点，长期在对契诃夫的评价中起决定作用。早期这种评价的代表是米哈伊洛夫斯基，追随他的是 П. 佩尔佐夫、М. 尤日内（М. Г. 杰尔曼诺夫）、Ю. 尼古拉耶夫（Ю. Н. 戈沃鲁哈—奥特罗克）和其他一些不太有名的批评家，这样就形成了对于作家的一种观点：缺乏热情、没有总体思想和明确的世界观。后来，在此基础上，对于结构不确定性的批评也随之而来：没有传统上的前情交代、对主人公的明确评价、没有事件、叙事不完整和某种"无结局性"。上述所有与小说传统规则的不切合，基本上被批评家认为是不足。

但也有个别观点认为契诃夫具有绝对的个人特色、创造了"新的形式"、他的表现方法是印象主义的。列夫·托尔斯泰最早指出契诃夫的小说像印象派绘画一样："不加任何选择地、信手拈来什么油彩就在那里涂抹，好像涂上的这些油彩相互之间也没有任何联系。但是倘若你离开一段距离后再看，一个完整的全面的印象就产生了。"① 马克·斯洛宁认为，契诃夫不像一般现实主义作家那样一丝不苟地收集材料，他善于运用印象主义手法，他不叙述事件的发展，也很少把一个角色完完整整地刻画出来，他只是简单地交代一两件事，并致力营造出一种气氛和感受。他喜欢语焉不详，言近旨远。在他的小说中，零散的谈话片断、无意间的念头、刹那间的印象都极为重要。②

其实，同时代人早在契诃夫早期"碎片阶段"结束时就发现了契诃夫的小说才华和他独特的写作技巧，其中最有远见卓识的 Д. С. 梅列日科夫斯基将契诃夫推向 1880 年代作家的首位。他专门写了许多文章讨论契诃夫的散文，1888 年秋天发表在《北方导报》上的论文《关于一个新天才的旧问题》是早期契诃夫研究最优秀的成果之一。③ 文中，他认为，之前所发表的两个散文集《黄昏》和《短篇小说》充分表明契诃夫是位"新天才"，而这位"新天才"被评价过低。批评中之所以没有对契诃夫艺术的同

---

① 转引自帕佩尔内：《契诃夫怎样创作》，朱逸森译，上海：上海译文出版社，1991年版，第12页。

② 马克·斯洛宁：《现代俄国文学史》，汤新楣译，北京：人民文学出版社，2001年版，第75—76页。

③ Чудаков А. П. Чехов и Мережковский: два типа художественно-философского сознания // Чехов и «серебряный век» -М: Наука, 1996. -С. 51.

等评价,是因为在俄罗斯缺少能够"感知和分析生动形象的生动之美"的"艺术的"批评①。梅列日科夫斯基自认为是这样的批评家,能够发现和正确评价契诃夫散文的根本美学创新。他认为,契诃夫的这种创新因其音乐性、简洁性、片段性、印象主义特性而属于欧洲最新文学的典范。

在《关于一个新天才的旧问题》中,梅列日科夫斯基首先确定契诃夫的作家天分,他称之为和谐性。"契诃夫先生身上结合了两种元素、两个艺术领域,这些特质只有在极其和谐的天才身上才能完全均衡地融合在一起。"②梅列日科夫斯基高度评价了契诃夫对自然风光的描写,同时也积极评价了契诃夫细腻的审美认识:"使用独特修饰语的技巧"和细节的精准选择。而且,他认为作家除了具有高超的艺术洞察力,对无意识的自然界生活还有着本能的理解。"诗人能够感知大自然深处的秘密:证明观察所带来的审美享受让位于一种更深刻的神秘感、一种几乎是恐惧的感觉,但仍保持有不确定但迷人的魅力。"③

此外,梅列日科夫斯基还分析了身负"重大道德使命"的《仇敌》。他认为作者立场的本质是高度的客观性,帮助契诃夫同样理解每个人、使读者对二者都产生同情之心;契诃夫这篇小说和其他作品中渗透的人道主义情感,与对大自然的诗意描写结合在一起,表明契诃夫是一位真正的艺术家,他证明"可以做一位无限自由的诗人,既歌唱'山川、蓝天和大海的美丽',又真诚地同情人类的苦难、拥有敏锐的良知并对'当代生活的可恶问题'做出回应。"④

梅列日科夫斯基认为,"与时代同步的作家(契诃夫就是这样一位作家)的一项艰巨而重要的任务"是要善于表现鲜明的个性,而契诃夫具备这样的才华。同时,他又将人物刻画的"轮廓性"和"画面性"解释为是作家选择的"短小片段小说的形式"。批评家同时认为,契诃夫散文中存在着一种贯穿始终的、"他刻画得最得心应手"的人物类型,即充满幻想的失意者、狂热的理想主义者。"诗人钟爱的这个失意主人公无处不在而且形象、身份各异:漂泊的苦役犯、无人认识的修士、创作赞美歌的圣人、有教

---

① Мережковский Д. С. Старый вопрос по поводу нового таланта // Мережковский Д. Акрополь. Избранные литературно-критические статьи. М. : Наука,1991. -С. 26. Далее ссылки на страницы этого издания в тексте.

② Там же.

③ Там же.

④ Там же.

养的俄罗斯知识分子(迷恋新潮进步思想)、部队的军官(幻想找到理想的不存在的'丁香花一样的小姐')、孤苦伶仃的无家可归之人萨夫卡和农村的唐璜。本质上讲,这都是不同面孔、不同服饰和不同情形之下的同一个人、同一种基本类型……"①梅列日科夫斯基认为,短篇小说《在路上》的主人公利哈廖夫就是这样的人物;在这篇小说中,上面所说的类型已经创造完成,"比在其他作品中都更深刻、更广泛"。

梅列日科夫斯基把契诃夫的散文作为一个新的完整艺术体系来解释,他给出的重要依据是:一、重复出现的失意者和幻想家的类型;二、他觉得契诃夫对熟知的"戏剧性状态""这种状态中两种心理因素的强烈对立及不可调和的对抗怀有极大的兴趣,这两种心理状态是——意识、本能、情感、激情、内心的无意识的不可分解之力"②。同时,他认为契诃夫艺术及其"对社会的益处"在于:以"服务于美的理想""灵感、甜美的声音和祈祷"增加"人类所能达到的"审美享受的诸多现象③。

接下来的20年间,梅列日科夫斯基不止一次探讨契诃夫的创作。1892年,他发表著名的题为《论俄罗斯文学衰退的原因及其新流派》的演讲,把《草原》的作者契诃夫归于年轻作家之列,称其代表着俄罗斯文学的"新流派";在这次演讲中,梅列日科夫斯基再次将契诃夫的意义确定为其语言艺术的目的本身,认为契诃夫的散文代表着俄罗斯文学中已经到来的美学更新——在他的其他论文,如《契诃夫与高尔基》(1906)、《阿福花与洋甘菊》(1908)和《契诃夫与苏沃林》(1914)中,也多次提出这种观点。

总之,梅列日科夫斯基实际上第一个尝试了确定那时还年轻的契诃夫的诗学创新,看到了"他不仅仅是一位描写日常生活的作家,还具有存在主义的深度",他把契诃夫引向了欧洲文学语境。

1880年代末至1890年代初,越来越多的批评家认为契诃夫在年轻的散文家中是最有才华而出类拔萃的一个,他们尝试着解释他创作风格的一些特点。А. С. 苏沃林对话剧《伊万诺夫》(1887)④的评论是最早的比较成功的尝试之一。他认为作家敏锐的观察力、心理主义和突出的、有时

---

① Мережковский Д. С. Старый вопрос по поводу нового таланта // Мережковский Д. Акрополь. Избранные литературно-критические статьи. М.: Наука,1991. -С. 26. Далее ссылки на страницы этого издания в тексте.

② Там же.

③ Там же.

④ Михайловский Н. К. «История новейшей русской литературы» А. М. Скабичевского //. Собрание сочинений. СПб., 1909. -Т. 7. -С. 112—124.

达到"无情"的客观性,与契诃夫的个性和医生职业有关。苏沃林认为,契诃夫作品具有不可争议的优点,使作家在同代作家之中鹤立鸡群,那就是表达的真实性。契诃夫对这篇文章评价很高,认为这篇文章准确地揭示了他在文学中的地位[①]。

随着《妻子》《第六病室》《无名氏的故事》等作品的问世,契诃夫的声望越来越大,也越来越受欢迎,到1890年代中期,几乎每一部作品的问世都能引起足够的重视,人们将他与果戈理、屠格涅夫和托尔斯泰并列,他的作品被译成外语,国外也在发表文章讨论他。1902年,俄罗斯的教材里第一次提到了他的作品[②],应该说,至此契诃夫作为经典作家的地位初步确立。当然,不能说在1890年代的评论界已经完全承认了契诃夫、彻底改变了对他评价,应该说,主要趋势是这样的:从怀疑和有时强烈的反感,到十分关注,有时甚至热情洋溢。

从1890年代中期起,一些批评家急于给契诃夫的创作做总结,提出了其创作的分期。相关的文章有 М. А. 普罗托波波夫的《萧条时代的牺牲品》(《俄罗斯思想》,1892年第6期)和 П. 克拉斯诺夫的《秋天的小说家》(《劳动》,1895年第一期)。总体来讲,1890年代初的时候,值得重视的谈论契诃夫的文章多了起来,例如 Н. К. 米哈伊洛夫斯基的《关于契诃夫先生的一点看法》(《俄罗斯财富》,1902年第2期)、Е. 阿尔博夫的《А. П. 契诃夫创作发展中的两个时刻》(《神界》,1903年第一期)、Е. А. 利亚茨基的《А. П. 契诃夫及其短篇小说》(《欧洲导报》,1904年第一期)、А. С. 格林卡—沃尔日斯基的专著《契诃夫概论》(圣彼得堡,1903)等。

(二) 契诃夫作品在其去世之后的经典生成

事实上,在俄罗斯对契诃夫真正认知的历史始于作家去世之后。正是从1904年开始,研究契诃夫文学遗产的文章源源不断地出现——1904—1905年间的相关文章从数量上讲比作家生前最后岁月里的出版物翻了很多倍,人们对其创作本质和其创作在俄罗斯文学中的作用的认识发生了根本性的转变。如果说,作家生前评论界主要考虑的是契诃夫的世界观和理想,试图从中找到其写作风格的话,那么,契诃夫的离世则

---

① Михайловский Н. К. «История новейшей русской литературы» А. М. Скабичевского // Собрание сочинений. СПб., 1909. -Т. 7. -С. 124—150.

② Михайловский Н. К. «Мужики» г. Чехова // Михайловский Н. К. Собрание сочинений. СПб., 1914. -Т. 8. -С. 654—666.

促使批评家们思索他的历史—文学意义。正是从这时起,契诃夫研究者都开始讨论作家对艺术的革命性作用,认为他的作品是继普希金之后新文学之路上的一个新的里程碑。

最早提及契诃夫伟大创新的是象征主义者。梅列日科夫斯基在《论当代俄罗斯文学衰落的原因及其新流派》中首次强调了契诃夫风格的印象主义特性①。别雷在20世纪初先后写过三篇评论契诃夫的文章,认为相对立的流派——象征主义和现实主义在契诃夫那里相遇、交汇,在契诃夫身上既体现着对列夫·托尔斯泰文学传统的继承,又储存了能够引爆诸多俄罗斯文学过渡流派的真正象征主义的甘油炸药,因此契诃夫的创作可以视为"俄罗斯象征主义的基石"。契诃夫的形象的"全部表层是现实主义的。……但是他的目光越深入生活关系的结构,他对其形象结构研究得越详细,则这些形象就越加透明,于是木已非木,而成为多样性奥秘的集合"②。别雷同时指出,契诃夫的作品具有一种独特的象征主义,其特色是"真正的象征主义同真正的现实主义相吻合",他是一位"象征主义的现实主义或现实主义的象征主义"作家,作品通过现实的描绘表现深刻的象征意蕴:"尽管契诃夫的主人公们在闲扯淡,在吃喝和睡觉,生活在四堵墙的范围之内,在灰蒙蒙的小道上徘徊——但在某个地方,在深处,你会感到,就连这些灰蒙蒙的小道也是生活的小道,因而在有着永恒的未经探索的空间的地方是不存在什么四堵墙的。"③像《第六病室》《变色龙》《草原》等等,这些象征的表层形象并非神秘莫测不可捉摸,而是鲜明突出且与其深层意蕴巧妙结合,这也是契诃夫作品的迷人之处。也正因为如此,别雷甚至直截了当地指出,"契诃夫是真正的象征主义者,因为他在自己的创作中勾画出新的现实形象,并且引领人们去理解生活的奥秘。与文学史上象征主义戏剧家梅特林克相比,契诃夫更像是一个象征主义者"④。别雷在对契诃夫的巅峰之作《樱桃园》的评论中多次提出,剧作者透过琐事的世界解开"某个神秘的密码",同时"作为一个现实主义者借此

---

① Мережковский Д. С. О причинах упадка и о новых течениях современной русской литературы // Мережковский Д. С. Эстетика и критика. В 2-х тт. Т. 1. М. : Искусство, 1994. С. 210.

② 安·别雷:《安·巴·契诃夫》,见《白银时代名人剪影》,周启超主编,北京:中国文联出版公司,1998年版,第28—31页。

③ 格罗莫夫:《契诃夫传》,郑文樾、朱逸森译,郑州:海燕出版社,2003年版,第340页。

④ Лысякова А., "Чехов и западноевропейские символисты", Вестник ВГУ. Серия: Филология. Журналистика. No. 1 (2005), c. 63.

抚平生活的褶皱"并保证"对永恒的穿越",即真正实现了象征主义"从现实到最现实"运动的纲领性设想①。契诃夫在戏剧方面的创新之一,也被认为是在"印象主义方法"方面,他的描写技巧、对复杂多样的色调的运用十分精细巧妙,使其戏剧具有了印象主义的特点②。

1900年代下半期至1910年代,契诃夫的主要形象、主人公的类型、固定的故事情景、其作品中著名的"情绪"的所有成分、它们诗学的基本原则,获得了补充性的象征意义,逐渐成为描写当代经验的语言。研究1900年代末1910年代初的俄罗斯文学,不把研究契诃夫的形象和主题作为最低条件已经是不可能的了。契诃夫几乎成了被引用最多的作家,填补着俄罗斯文学的认知空间。正如Э.波洛茨卡娅所言:"契诃夫创作对于各种文学流派和潮流的'适宜性'来源于其创作的性质本身,这种创作中包含了各种艺术趋向。"③学术界开始指出契诃夫诗学对象征主义散文的巨大影响。Л.希拉尔德得出结论:契诃夫既是象征主义文学的先驱,也(间接地)是象征主义之后文学的先驱。

当然,研究契诃夫经典的生成,不能不提及侨民文学对他的评论。事实上,第一次移民潮的文学评论中表达了对契诃夫个人及其创作的无限崇敬,认为他的"被放逐的俄罗斯"乃是俄罗斯文学经典最高伦理价值的化身。他们中一些与白银时代美学观点紧密相连的人把注意力集中在作家完全不同的世界感受与创作本身上面,在以俄国经典文学泰斗为参照、与之对比中找到和确定了契诃夫的独特才能。

Д. П. 斯维亚托波尔克—米尔斯基是侨民中较早评论契诃夫的人之一,他称契诃夫为已经"完全脱离了传道和说教"而有别于他人的作家,属于新时代——"用自己对技巧有意识的努力探索"说出必需的东西。④

1929年,契诃夫逝世25周年之际,M. 采特林发表论文称契诃夫出道伊始就表现出了非凡的天分和鲜明的特性;他很快就掌握了一种短小的、几乎是微型的小说的形式,成了"这种体裁在俄罗斯的第一位大

---

① Белый А. Вишневый сад // Весы. 1904. № 2. С. 48.

② В. Е. Еоловчинер, «Три сестры» А. П. Чехова в контексте исканий драмы начала XX века, Вестник Томского государственного педагогического университета, № 8(2010), с. 5—7.

③ Полоцкая Э. А. Антон Чехов // Русская литература рубежа веков (1890-е—начало 1920-х годов). Кн. 1. М.: Наследие, 2000. С. 441.

④ Святополк-Мирский Д. П. Русское письмо. Вводное // The London Mercury. 1920. Дек. Т. 3.

师"①。他认为,1886年《形形色色的故事》的问世标志着"大作家安东·契诃夫诞生了"②。他在作家的短篇小说中找到了托尔斯泰、陀思妥耶夫斯基和屠格涅夫的"影子",认为在契诃夫的夹杂着"思想杂质"的许多作品中,《决斗》反映了托尔斯泰的伦理思想:"其情节是道德的堕落和在爱情之中的回归。"③屠格涅夫总是描绘人物的外表,详细讲述他们的历史,契诃夫与他不同,总是以某种明暗面"从内部塑造人物外形,照亮其面孔"④。М.采特林还指出,契诃夫作品中最重要的是"情调"——黄昏的、晚上的、忧郁的情调,因此,他断定契诃夫是俄罗斯第一位印象主义者,发掘了中间色调的昏暗。М.采特林认为作家是精神最自由的俄罗斯人之一,属于1880年代被理解为心理范畴的人,即俄罗斯知识分子最基本和最本质的类型之一。但是,契诃夫散文的特殊声音在翻译中也没有失去其魅力,因此,对于"1880年代人"来讲,契诃夫既是俄罗斯的作家,又是全人类的作家。

Г.阿达莫维奇⑤认为,契诃夫可以与普希金相提并论。他与这位伟大前辈一样,表现俄罗斯精神,也与自己所处的时代紧密交织在一起。契诃夫不仅再现了很多"知识分子"的形象,而且捕捉到了最"新潮"的时代风气,因此,他和普希金一样是俄罗斯历史的一部分。契诃夫不批评人,而是通过发现无数的琐事、模糊的想法、模糊的感觉和模糊的事情去观察人。作为一个大艺术家,他把"用一个词表达,尤其是展示一切的技巧"带进了文学。但是,那时契诃夫的印象主义"还只是一种方法",虽然作家的心"由于同情、恐惧、悲伤、怜悯和爱而破碎",其最主要的魅力恰恰在于爱的成分,在这方面他与最伟大者处于同一水平面。

В.В.纳博科夫在自己的文章中将契诃夫置于第三位,仅次于托尔斯泰、果戈理,而将前辈普希金和莱蒙托夫放置一边。⑥ 他认为,在所有作家中,契诃夫第一个使潜台词表达具体意义起到重要作用。契诃夫的主人公使俄罗斯读者认识了一类俄罗斯知识分子、一类理想主义者。因为无助,他们令人感到亲近。"典型的契诃夫主人公是一个不成功的全人类

---

① Современные записки. Париж. 1930. № 41. С. 486.
② Там же. С. 491.
③ Там же. С. 495.
④ Там же. С. 496.
⑤ Последние новости. Париж. 1929. 14 июля
⑥ В. В. Набоков Lectures on Russian literature. N.-Y.；London, 1981.

真理捍卫者,自动承担的责任使之骑虎难下",他总是不幸并给别人带去不幸。但是,这种完全忘我、精神纯粹的人的存在本身在纳博科夫看来就意味着"全世界的美好未来,因为在所有的自然规律中,最美好的可能就是弱者的生存"。①

纳博科夫将《带狗的女士》归为世界文学中最伟大的作品之一。他认为,这部作品"带着对详细描写、重复和强调的极大蔑视"和对"微不足道,但令人吃惊的细节"的用心淘选和分配,从而达到了精确而深刻的刻画;在任何一个具体的描写中,"每一个细节都选配得如此精妙,以至于整个行为都闪闪发光"②。

В. 霍达谢维奇将杰尔查文与契诃夫进行了对比:杰尔查文是抒情作家,而契诃夫是叙事作家;但是,杰尔查文的抒情是阳刚的,总是力图成为史诗,而契诃夫既是抒情的,又是阴柔的。但是,在契诃夫的抒情之下,隐藏着"契诃夫创作的真正的、原始的动力——叙事文学"。

1934 年,П. М. 彼茨利发表了文艺学小册子《果戈理与契诃夫》,认为果戈理和契诃夫这两位风格迥异的作家在哲学和方法上很相近。他认为最伟大的"纯艺术家"果戈理属于那种"超越于时间之外"的"永远的同路人"。"想要理解泼留希金,根本无需成为俄罗斯人,因为果戈理是一位令人震惊的'全人类视角的人的鄙俗'的表现者"。③ 但是,每个民族都有自己的"鄙俗特色"。契诃夫是当年唯一的以不同寻常的敏锐发现了俄罗斯式鄙俗的人,"在与'亲爱的、十分尊敬的柜子'说话时、在复述'完美'少女的言语时,作家似乎漫不经心地、没有任何所指地嘲笑它"。他还发现契诃夫的《草原》与果戈理的《塔拉斯·布尔巴》《死魂灵》有令人意想不到的相同之处。阿达莫维奇曾在文章中提到人性是契诃夫的主要特点,而彼茨利则认为这一特点的特色在于"对一切生物宽容同情的态度,加上必不可少的塞万提斯、菲尔丁、普希金式的幽默色彩"。

彼茨利还在论文《契诃夫〈无名氏的故事〉简论》中尝试对契诃夫与屠格涅夫进行文体对比分析,指出契诃夫中篇小说与屠格涅夫长篇小说《前夜》"结尾"的相似;指出契诃夫的 1880 年代"阴郁的人"与屠格涅夫的"多余人"、1840 年代"小城镇里的哈姆雷特"很接近。

---

① Набоков В. В. Лекции по русской литературе: Чехов, Достоевский, Гоголь, Толстой, Тургенев. М., 1996. С. 327

② Современные записки. Париж, 1934. № 56. С. 302.

③ Там же. С. 305.

1964年，契诃夫逝世60周年，Г.加兹达诺夫在《新杂志》发表了文章《关于契诃夫》，称契诃夫为俄罗斯文学中最优秀的作家之一，指出他与托尔斯泰和陀思妥耶夫斯基的不同在于他的作品中"没有任何宏大的东西"，在"完全没有希望和幻想"这方面，无人可与之相比。"他好像在说：瞧，我们生活的世界就是这个样子的……什么都不可能改变。世界是这样，因为人的本性就是这样的。"

Ю.艾亨瓦尔德称契诃夫为"有意味的作家"，认为契诃夫和他的"苦闷"在任何时候，任何时代，即使是英雄主义时代也是可以想象的。[①]

1960年代，苏联正统文艺学开始把契诃夫的创作归入白银时代：在苏联科学院世界文学研究所发表的集体成果《19世纪末—20世纪初的俄罗斯文学，19世纪90年代》（1968）中，作家契诃夫在自己的祖国第一次被看作是白银时代的人物。从1980年代末期起，"契诃夫与白银时代""契诃夫与现代主义"逐渐成为俄罗斯及世界斯拉夫学界研究最多的一个问题。有学者称契诃夫创作时期为"契诃夫时代"，认为契诃夫代表的是"19世纪的结束，20世纪的开端"以及"新的艺术思维类型"。在20世纪初的俄罗斯，契诃夫的创作及作家本身决定着对现代性的经典的理解，决定着人对自身的自我认知、病痛与渴望、自己在世界上的地位的理解。М.穆里尼亚指出："20世纪是在'契诃夫的影子下'产生的，由于契诃夫笔下的形象、思想以至行为方式而充满着共同的世界感。"[②]丘达科夫认为，"偶然性"是契诃夫艺术中的核心问题，是其艺术地、哲理地思考世界的一种表现形式。[③]

20世纪初，戏剧大师斯坦尼斯拉夫斯基就说过："契诃夫是擅长采用多种多样的、往往能在不知不觉中起影响作用的写法的，在有些地方他是印象主义者，在另一些地方他是象征主义者，需要时，他又是现实主义者，有时甚至差不多成为自然主义者。"[④]契诃夫作品中的现实主义、自然主义、印象主义、象征主义既多元并存，又融合一体，从而自成一格，形成了俄国文学史乃至世界文学史上独特的契诃夫风格，也使其创作具有浓厚

---

① Айхенвальд Ю. Силуэты русских писателей. 4-е изд. Берлин，1923；цит. по：Айхенвальд Ю. Силуэты русских писателей. М.，1994. С. 323.

② Муриня М. А. Чеховиана начала XX века（структура и особенности）// Чеховиана. Чехов и «серебряный век». М.，1996. -С. 15.

③ Чедаков А. П. Мир Чехова：Взникновенее и утверждение，М.：Сов. писатель，1986，с. 365.

④ 《斯坦尼斯拉夫斯基全集》，第一卷，史敏徒译，北京：中国电影出版社，1985年版，第261页。

的现代性。到20世纪末,库列绍夫更是明确指出,契诃夫艺术方面的现代性在于融汇了象征主义、印象主义、意识流、心理分析等多种创作手法[1]。

当代契诃夫研究中,"俄罗斯现实主义的终结者"和开创了通向20世纪文学之路的"创新者"这两种角色已经不再相互对立:契诃夫就是俄罗斯19世纪最后一位现实主义作家和20世纪文学的先驱,这两种使命与契诃夫是三位一体的。莫斯科的俄罗斯科学院高尔基世界文学研究所出版的新教材《世纪之交的俄罗斯文学(1890年代—1920年代初)》中收录了艾玛·波洛茨卡娅专论契诃夫创作的论文,这表明契诃夫的创作归入俄罗斯"白银时代"有了权威的根据。这样,契诃夫作为经典作家的地位得到进一步巩固。

(三)契诃夫戏剧的传播

戏剧是契诃夫经典必不可少的一部分。而戏剧经典的成就与剧场的诠释和传播密不可分。作为戏剧家,契诃夫的名字与莫斯科艺术剧院有着扯不断的联系,而在契诃夫戏剧的诠释和传播中,莫斯科艺术剧院功不可没。与高尔基一道,契诃夫代表和主导着19世纪先进民主主义知识分子的思想和情绪。而创建于革命高潮年代的莫斯科艺术剧院则反映了这种思想和情绪。同时,契诃夫也是舞台艺术大胆创新的倡导者,莫斯科艺术剧院在创作根本思想上与契诃夫不谋而合。正是基于以上两点,年轻的莫斯科艺术剧院选择了契诃夫。先是《海鸥》,后来是契诃夫所有的其他剧目,都是在莫斯科艺术剧院首演的,从而掀开了俄罗斯和世界戏剧艺史上新的一页。

К. С. 斯坦尼斯拉夫斯基和 Вл. И. 涅米罗维奇—丹钦科和契诃夫都意识到必须针对当时资产阶级剧院盛行的低级庸俗、墨守成规和死板形式进行深刻的舞台改革,因此他们走到了一起。当时演员的表演存在着很大的弊病:毫无创新、陈规旧套、生硬做作、过分夸张,而契诃夫主张最大限度地使艺术真实接近生活真实。他的戏剧要求用全新的导演和表演方法对之进行诠释,追求的是在舞台上真实地反映真正的生活及其所有矛盾。莫斯科艺术剧院正是看准了契诃夫的这一点而坚决与之合作。

---

[1] Кулешов В. И. История русской литературы XIX века. М.: Изд-во Москов. ун-та, 1997, с. 617.

契诃夫追求演员表演的极度真实,他曾经写道:"痛苦应该表现得像在生活中一样,即不是通过手和脚,而是通过语气、眼神;不是通过肢体的动作,而是通过身体的姿态。"艺术剧院的演员在表演中实现了契诃夫的要求。他们在舞台上栩栩如生地传达了最细微的心理活动。在生活中,一个人最深刻、最强烈的感情都是隐藏着的,但是,在莫斯科模范剧院,它们以精准的画面表现出来,变得让观众理解和熟悉,在观众心中引起强烈而真诚的共鸣。

当然,力图在舞台上表现契诃夫戏剧的不止莫斯科艺术剧院。早在1902年,即《海鸥》首演五年之后,亚历山大剧院就重新上演这部剧,然后又排演了《瓦尼亚舅舅》《樱桃园》和《三姐妹》。俄罗斯外省的很多大城市也上演了契诃夫的剧目。在莫斯科艺术剧院的演出之后,所有排演契诃夫剧本的人都努力遵循莫斯科艺术剧院开拓的道路,把追求生活真实当作演出契诃夫戏剧的必要"核心"。

因此,正是莫斯科艺术剧院这所在契诃夫时代高举舞台真理旗帜的剧院,首先赋予契诃夫的剧本以真正的舞台生命并最完美地体现了他的戏剧原则。必须承认,没有以莫斯科艺术剧院为主的演出活动,契诃夫的戏剧不可能得以广泛传播,其艺术创新也不可能广为人知。从这个意义上可以说,莫斯科艺术剧院部分地成就了契诃夫戏剧的经典。

第二节　契诃夫作品在中国的传播

契诃夫是作品与作者同步进入中国的最早的俄罗斯经典作家之一,可谓名副其实的"中国人民的老朋友"。契诃夫小说在中国的接受经历了一个由浅入深、由表入里的过程,而在这一渐进过程中,一幅轮廓渐趋清晰而生动的有"中国特色"的契诃夫面孔出现在广大中国读者的视野。

(一) 清末民初:或"款款西去",或"施施东来"

清末革命党人完成推翻帝制的任务后,那种宣传不择手段推翻帝制的虚无党主张的俄国政治小说完成了历史使命,中国文学界开始出现一批真正有文学价值的俄国名篇,其中标志性的作品就是契诃夫的《黑衣教士》。阿英对此有风趣而贴切的描述:"虚无美人款款西去,黑衣教士施施东来。"①《黑衣教士》由吴梼翻译,商务印书馆1907年6月出版。其他较早的契诃夫译作还有:1909年鲁迅和周作人合译的《域外小说集》中收录的两篇契诃夫小说《戚施》和《塞外》,1909—1910年间包天笑在他主编的《小说时报》上翻译发表的《写真帖》《火车客》《六号室》,由冷(陈景韩)译的《生计》也发表在1909年的《小说时报》。1916年,陈家麟、陈大镫译述的《风俗闲评》中收入契诃夫小说23篇,其中包括契诃夫的一些名篇如《肥瘦》(今译《胖子和瘦子》)、《一嚏而死》(《一个文官的死》)、《囊中人》(《套中人》)等,以及一些在后来得到多次重译的作品如《律师之训子》《宝星》《小介哿》《儿戏》等。

当然,相比同期其他西洋文学及其作家如狄更斯、司各特等的译介,俄国文学还只能暂时屈居"第三世界";②就是相比文名已经远播的同胞托尔斯泰,契诃夫的这番译介也只能算是小露了一把脸。而且客观地说,这一时期对契诃夫的翻译还存在着许多先天的欠缺。如《域外小说集》《风俗闲评》等采用文言,所选作品基本是根据日译本、英译本等"二手"转译等,这既体现了中国译者选择视野的局促,也不可避免地影响了对原作的忠实程度。尤其是当时译界林纾体的流行,导致原文内涵深刻性和丰富性的流失(如对《黑衣教士》的翻译就略去大段心理描写)和艺术风味的"归化"(如有的译文运用了传统的说书人口气)。

这一时期对契诃夫及其小说也开始有了入门级的介绍和评价,其中有的属于转译,有的则是中国译者自己初识契诃夫庐山面目的"第一印象"。如《黑衣教士》译文后的"跋"称契诃夫"与哥尔基齐名,为俄国文坛健将。其为小说,专为短篇著,世称俄国之毛拔森(莫泊桑)。文章简洁而犀利,尝喜抉人间之缺点,而描画形容之,以为此人间世界,毕竟不可挽救,不可改良,故以极冷淡之目,而观察社会云"③。也有译者注意到契诃夫小说的审美特征。如包天笑在《写真帖》的小序中将其归于"写实派",并认为"其文多匿剑帷灯,含蓄,文情于言外"④或"仅闲闲着笔,其意固已在于言外尔"⑤。在这里,契诃夫"冷静客观"的小说风格已为中国论者所

---

① 阿英:《翻译史话》,《小说闲谈四种》(第四种),上海:上海古籍出版社,1985年版,第238页。
② 《晚清小说目》收1903—1913年翻译小说书目571种,其中俄国小说只有15种;《民国时期总书目》的"外国文学卷"收录1911—1917年初版的国外译作372种,其中俄国仅15种。
③ 转引自陈建华:《二十世纪中俄文学关系》,北京:高等教育出版社,2002年版,第67页。
④ 笑:《写真帖·序》,《小说时报》,1909年第2期。
⑤ 笑:《火车客·序》,《小说时报》,1909年第3期。

意识到,并借用传统文学批评术语予以表述。

在包括契诃夫翻译在内的早期外国文学翻译活动中,不论是在对翻译小说的选择标准,还是在翻译的方法上,周树人、周作人兄弟都显示出不同于一般的现代意识与非凡眼光。他们在1921年新版《域外小说集·序》中就清楚地谈到当时翻译的目的:"我们在日本留学时候,有一种芒漠的希望:以为文艺是可以转移性情,改造社会的。因为这意见,便自然而然地想到介绍外国文学这一件事。"①《域外小说集》书后的"著者事略"表明,选译《塞外》(今译《在流放中》)等蕴涵着契诃夫对俄罗斯民族精神与生存状态深刻而丰富的思考的作品,着眼的就应该是周氏兄弟对中国国民性的思考:"契诃夫……多闻世故,又得科学思想之益,理解力极明敏,著戏剧数种及短篇小说百余篇,写当时反动时代人心颓废之状,艺术精美","契诃夫虽悲观现世,而于未来犹怀希望,非如自然派之人生观,以决定论为本也。《戚施》本名《庄中》,写一兀傲自熹,饶舌之老人晚年失意之态,亦可见俄国旧人笃守门第之状何如。《塞外》者,假绥蒙之言,写不幸者由绝望而转为坚苦卓绝,盖俄民之特性,已与其后戈里奇(即高尔基)小说中人物相近矣。"②遗憾的是,当时的中国读者对侦探小说、言情小说和政治小说津津乐道,尤其对林纾体译风情有独钟,周氏兄弟在审美风格、思想内蕴的认识和实践上的"超前性",注定了包括《戚施》(今译《在庄园里》)和《塞外》两篇契诃夫作品在内的《域外小说集》的惨淡命运,所发挥的影响自然也就极其有限。这一时期的契诃夫影像处在虽依稀可辨但还颇不真切的状态。

契诃夫小说得到大量译介并对中国文学的现代化提供较丰富养料,契诃夫的形象逐渐变得有血有肉、触手可感,还是从五四时期开始的。有论者统计,在当时所译的65种俄国文学中,"托尔斯泰12种,契诃夫10种,屠格涅夫9种……"③这其中的契诃夫小说有1919年《新青年》第6卷第2号周作人翻译的《可爱的人》(《宝贝儿》),胡适翻译的《一件美术品》(《新中国》1919年9月1卷1号)、《洛斯奇尔的提琴》(《努力周报》1923年8月)、《苦恼》(《现代评论》1925年1月)等。沈雁冰也陆续翻译了《在家里》《万卡》等。

---

① 鲁迅:《域外小说集·序》,《集外文集》(上),张梦阳等校注,杭州:浙江人民出版社,2002年版,第175页。
② 鲁迅:《域外小说集》,长沙:岳麓书社"旧译重刊"本,1986年版,第4—5页。
③ 智量等:《俄国文学与中国》,上海:华东师范大学出版社,1991年版,第231页。

最热心契诃夫译介且成绩突出的当是《小说月报》。1920—1927年间，该刊共登载了契诃夫27篇小说，还发表了不少有关契诃夫的评论和回忆文章。如《小说月报》12卷号外是"俄国文学研究"专号，其中包括论文、译业、附录三大重要版块。"论文"部分虽没有关于契诃夫的专论，但涉及一些对契诃夫的简单评论，如《近代俄罗斯文学的主潮》（日本升曙梦著，陈望道译）第19节是对契诃夫的专门介绍。"译业"中有2篇契诃夫的小说《异邦》和《一夕谈》。"附录"中的《俄罗斯文艺家录》中也有对契诃夫生平的简略介绍并刊有契诃夫的头像。之后，《小说月报》刊登了一些关于契诃夫的评论，如1926年第17卷第10号就刊有陈著译《克鲁泡特金的柴霍甫论》、赵景深译俄国作家蒲宁的回忆文章《柴霍甫》、徐志摩译《柴霍甫零简——给高尔基》等。赵景深还译有科布林的《怀柴霍甫》（《小说月报》1927年第18卷第5期）。《小说月报》上刊登的文学史著作如郑振铎的《文学大纲》《俄国文学史略》中也有对契诃夫文学的介绍。

这些译述活动促进了中国读者对契诃夫的理解。诚然，这张成绩单在数量和质量上仍无法与后来相比，却对后来契诃夫传播的走向起到了导引作用，可以说基本体现了现代中国文坛对契诃夫的认知眼光和接受视野。

契诃夫进一步受到当时中国文学界关注和引进的主因是五四新文学的主张与契诃夫作品中深厚的人道主义精神和鲜明的现实主义色彩、对"小人物"的大力刻画、短篇小说的独有结构等达到了相当程度的契合。其时，不同流派和倾向的人群和期刊都在契诃夫作品中找到了适合各自口味的那碗"菜"，他们也从各自的出发点译介和接受契诃夫。像《小说月报》《晨报副刊》《东方杂志》等并非同一阵线的刊物，却都不约而同地经常登载契诃夫的作品；极力倡导"为人生"的"文学研究会"和主张自我表现的前期"创造社"、倾向现实主义的茅盾与倾向浪漫主义的徐志摩等等，都不谋而合地对契诃夫表现出极大的热情。正是在这不同动机的多重目光的观照下，契诃夫文学得到较前更为广泛和全面的译介。中国现代文学对契诃夫的理解，因此逐渐走向新高。

应该说，五四时期对契诃夫的理解和利用是存在前后差异的。前期译介中，"为我所用"的功利性目的更为明显，大家按照各自所需去理解，选取适合当时语境的作品并有意识对这些作品的内涵与特色进行倾向性引导和阐释，从作品的文学价值角度考虑得并不多，堪称"六经注我"式。

以1919年周作人译《可爱的人》和胡适译《一件美术品》为例。《可爱的人》(《新青年》1919年6卷2号)刻画了一个"可爱"又可笑女人,突出的是女人的性格特征;《一件美术品》(《新中国》1919第1卷第1号)叙述一个雕有裸体女像的烛台的经历与令人发笑的结局,讥笑小市民阶层的虚伪。作为早年"契洪杰"时代的作品,它们与契诃夫当时按部就班生产出来的其他幽默"小零碎"一样结构简单,深意有限,《一件美术品》甚至曾被幽默作家和出版人莱金看作是"《花絮》的标准作品"①。但译作发表于五四前夕《新青年》等激进杂志大声疾呼"妇女解放"的背景之下,而这两位译者正是其中的积极分子之一,那么其用意就不那么简单了②。周作人特别在小说译文后附有两篇关于《可爱的人》的讨论。一是托尔斯泰的评论,一是周氏本人的评论。针对托氏对作品中女性性格的赞美的"误读",周作人表示"他的主张,可以佩服的极多,但这篇评话,却尚有可商的余地",认为女性必须驱除自身的附庸性,成为"有自我的女人";同时,又要求对造成这种人格的社会进行批判。周作人的议论明显体现了在中国当时思想文化语境下对女性问题的思考,也是与契诃夫创作一个"可爱"而又可笑的女子的简单动机有较大出入的。胡适也显然是将这篇小说置于当时的思想语境中解读和"挖掘"其价值,特别是试图从小说中引申出人性解放的意义,以及对旧的腐朽道学的批判。中国五四时代的作者们能从一篇轻松的幽默小说解读出如此"高大上"的思想意义,恐怕是原作者始料未及的。

(二)五四时期:从"六经注我"到"我注六经"

五四后期对契诃夫的接受则开始向"我注六经"式转型,既从文学外部的思想语境要求出发,还有意识地从文学观念、文学技巧上更客观地解读契诃夫,即给予"写什么"和"怎么写"的双重关注和借鉴。虽然由于认识惯性和语境所限,"误读"仍在所难免,但毕竟"这一时期,契诃夫被中国研究者看作是写实成就最高的外国作家之一,'契诃夫式'成为当时短篇小说创作的范式"③。

《小说月报》所发表的一些译述对契诃夫的艺术风格就比较关注。如

---

① B.叶尔米洛夫:《契诃夫传》,张守慎译,北京:人民文学出版社,1960年版,第55页。
② 《新青年》1卷1号登载陈独秀《妇人观》之后,长期发声为妇女解放呐喊,周作人和胡适在发表这两篇译作前也参与其中,周作人发表了《贞操论》(译文,4卷5号)、《人的文学》(5卷6号)等,胡适则发表了《易卜生主义》(4卷6号)、《贞操论》(5卷1号)等。
③ 刘研:《契诃夫与中国现代文学》,东北师范大学博士学位论文,2003年,第1页。

《怀柴霍甫》谈到契诃夫是如何创作的,并说他是奇怪的客观主义者。《克鲁泡特金的柴霍甫论》则具体地从细节描写、人物刻画、文章布局结构等方面对契诃夫的文学特色进行阐述。在此基础上,郑振铎在《俄国文学史略》中对契诃夫的论述就比较中肯:"一切人出现于他小说中的,虽然是范围十分的广大,类别十分的复杂,而个个人却都是真实的,个个人的心理且分析到微妙而无可赞一辞。且他的个性与特性,在每篇小说都印下了极深的痕迹,使读者一看,即知作者是谁。"[①]袁昌英的《短篇小说家契诃夫》[②]在当时的契诃夫创作艺术研究中具有示范意义,文章通过剖析《一个美术家的故事》等具体作品,从人物形象的塑造、日常人情世故的客观描写、创作主体的审美情感等角度对契诃夫短篇小说客观写实的叙述方式进行了研究。

由于"为人生"是五四时期主要的文学主张,热切投身新文学探路与建设的人们恰恰从俄国文学中"发现"了这种精神,其中特别注意到了契诃夫所表现出的所谓"灰色的人生",于是契诃夫作品的价值更显突出。周作人在《文学上的俄国与中国》一文中特别强调俄国近代文学的特色是"社会的,人生的",而"中国的特别国情与西欧稍异,与俄国却多相同的地方。所以我们相信中国将来的新兴文学,当然的又自然的也是社会的人生的文学";谈到俄国文学"第二反动期"时他又说:"这时候的'灰色的人生',可以在契诃夫与安特来夫的著作中间历历看出。"[③]上文所谈到的《近代俄罗斯文学的主潮》一文,也谈到"他(契诃夫)底作品里,充满着基于现实无常的痛切的苦闷与对于人生苦的病的意识与忧郁底情调"。[④] 1924年为纪念契诃夫逝世20周年,曹靖华在翻译其戏剧作品的同时,还根据有关资料编写了长达近2万字的《柴霍甫评传》,其中心论题就是契诃夫是否是一个悲观主义者。契诃夫相当多作品中的主题用当时的主流话语描述为"灰色的人生"自无不可,但契诃夫的幽默讽刺风格更是其标签之一,而《小说月报》中所刊登的有关评论中,最为人们注意的却是前者,后者被选择性忽视。这表明五四后期人们的期待视野在尽力达到真

---

① 郑振铎:《俄国文学史略》(五),《小说月报》,1923年第14卷第9号。
② 袁昌英:《短篇小说家契诃夫》,《太平洋》,1924年第4卷第9期。
③ 周作人:《文学上的俄国与中国》,《新青年》,1921年第8卷第5号。《小说月报》,1921年第12卷号外"俄国文学研究"。
④ 升曙梦:《近代俄罗斯文学的主潮》,陈望道译,《小说月报》,1921年第12卷号外"俄国文学研究"。

切的努力过程中仍存在偏向性。

这一时期契诃夫作品的价值还特别体现在对中国儿童文学的积极影响上。《万卡》《渴睡》《牡蛎》等作品以深厚的同情心描写城市贫苦儿童的不幸遭遇,一些中国译者、作家对此感同身受,不仅这些作品一再重译(如《万卡》从1920—1929年被7次翻译),而且一些原创小说如叶绍钧的《阿凤》、赵景深的《红肿的手》、许志行的《师弟》等都能看到《万卡》等的影子。契诃夫的《在家中》《孩子们》《格利沙》《变故》等洋溢着童真童趣的小说也受到一些作家的青睐。凌叔华就翻译过契诃夫小说《一件事》(即《变故》,载1928年《现代评论》),她于1929年创作的《小哥儿俩》(收入1935年出版的儿童小说集《小哥儿俩》)与《变故》在故事情节、叙事视点、表达情趣上也很相似。

(三) 30—40年代:从"悲观主义者"到"批判现实主义者"

30年代初,由赵景深译、开明书店出版的《柴霍甫短篇杰作集》1—8卷第一次向国人规模化地展现了契诃夫小说世界。这套书以Constance Garnett的13卷英译本为底本,共译了契诃夫162篇作品。在相当长时间内,这套"杰作集"都是国内契诃夫小说的主要汉译本,另外只有蒯斯勋、黄列那译《关于恋爱的话》(1931)、鲁迅译《坏孩子和别的奇闻》(1936)、华林一译《吻》等几个篇幅不大的短篇小说集和徐培仁译《厌倦的故事》(1930)、彭慧和金人分别翻译的《草原》(1942、1944)等几个中篇面世。

30—40年代的中国式契诃夫形象是对五四时期既有成果的继承与发展。持"灰色人生观"的"悲观主义者"——五四时期就被构建出来的契诃夫形象的这一大特征,直到30年代仍有市场。茅盾就认为:"柴霍甫对于人性及其弱点是有深刻的理解的。他走上文坛的时候还能轻松地笑,但立刻他沉入悲哀失望的浓雾。直到他死,他是悲痛地呻吟着,他不曾有过乐观。"[①]陆立之更认为契诃夫"是个悲观主义者,他的人生观是抑郁,悲愁与厌世,他没有勇敢的反抗时代的精神,只时常是呻吟痛苦和烦恼,他至多只在小说中冷讥热讽的指摘社会的病态,但只是指摘而已,却没有直接反叛的思想",因而断定"柴霍甫对我们的时代——二十世纪的新时

[①] 茅盾:《柴霍甫的三姊妹》,《汉译西洋文学名著》,上海:中国文化服务社,1936年版,第202—203页。

代,并没有什么特别贡献,他虽有一些特长,他虽是个讽刺作家,但那些细微得像蚂蚁般的东西,对我们,只能留一些历史的痕迹"①。

不过这种观点并不是30年代唯一的声音。相反,一种积极的评价逐渐成为主流。还在1929年,为纪念契诃夫逝世25周年,鲁迅翻译了俄国列夫·芦加乞夫斯基的《契诃夫与新文艺》,认为俄国60年代的作品都留有"事业"的痕迹,"他们的艺术,是达到目的的手段,而表现的样式,则是达到目的的工具",契诃夫"只想做一个自由作家",对于艺术的这种"不带什么一定的倾向"的新态度,使他能够把"真理和艺术,融合起来","将俄国实社会的倾向,比谁都说明得更锋利,暴露出国家的基础的丑态和空虚"②。1930年,P.K.也翻译了卢那察尔斯基《在我们时代里的契诃夫》,它把契诃夫和苏联新文学、新时代联系在了一起,阐述了契诃夫的现实意义。文章认为,契诃夫的苦闷和安德列夫失望的悲呼、法朗士的疾俗与厌世不同,它是"人类的真实而深刻的苦闷。他分明地知道生活可以有光明的一日,希望着将来总有一日在世上奏着完美的生活的凯歌",因而,他"仍不失为一个安慰者"。文章还高度评价了契诃夫"关于当时环境的真确的纪实"的写实主义,认为"这种新方法在我们新文学军队中,无疑是一支重要的生力军"③。1935年4月,《新中华》第3卷第9期刊出的"短篇小说研究特辑"中,有3篇以契诃夫的短篇小说为对象。艾芜在《屠格涅夫和契诃夫的短篇小说》中看重的"乃是他只把知识分子苦闷的脸子和灵魂,绘给知识分子看的缘故";周楞伽则认为契诃夫作品的价值"只在这灰暗的人生中间一点企求光明的热心";走得较远的伍蠡甫更是已经将契诃夫册封为印象主义的代表了。

从30年代到40年代,胡风也在稳扎稳打地为契诃夫"翻案"。在纪念契诃夫逝世30周年时,胡风翻译了高尔基的《契诃夫:回忆底断片》,给中国读者描绘了一个与"悲观主义论"者笔下迥然不同的契诃夫,并在当期译文后记中感慨道:"契诃夫底作品似乎被介绍了不少,但他在我们底眼里只是一个冷冷的'厌世家',但很奇怪,从高尔基底回忆里,这位'厌世家'却能够给读者一种为我们骂契诃夫的'乐天家'所梦想不到的向黑暗

---

① 陆立之:《柴霍甫评传·后记》,《柴霍甫评传》,(苏)米哈·柴霍甫著,陆立之译,上海:神州国光社,1932年版,第147—151页。
② 鲁迅:《契诃夫与新文艺》,《奔流》,1929年第2卷第5期。
③ 卢那察尔斯基:《在我们时代里的契诃夫》,P.K.译,《萌芽月刊》(1930)第1卷第2期。

的人生搏战的勇气。"①到1944年纪念契诃夫逝世40周年时,胡风在《A. P. 契诃夫断片》中表现出为他彻底"恢复名誉"的决心。该文逐一反驳了把契诃夫看作一个"无可救药的悲观主义者""凡俗主义底宣传者,小事件底迷恋者""意志软弱的人""客观主义者"并认为其作品"没有内容没有思想"的观点,认为他是"确信自由而光明的未来"的"一个伟大的批判的现实主义者""战士"和新时代的"预言家"②。显然,胡风并不是"一个人在战斗",伍辛的《关于契诃夫》③就与胡风相呼应,一开始就把契诃夫定性为"一个伟大的布尔乔亚底现实主义的作家",表示之所以选择契诃夫为研究对象是因为"觉得契诃夫底时代……是太和今天的中国仿佛了"。

也大概是在这个意义上,40年代被洪子诚先生称为是"中国文学界'发现'契诃夫的年代"④。只不过,单就契诃夫在当时最为看好的社会价值而言,他的身份从一个悲观主义者、厌世家"进化"到"伟大的布尔乔亚底现实主义的作家"甚至"战士",其间的跨度足够之大,其间的"走偏"也难避免,像契诃夫所梦想的新生活是否就是左翼斗士们激赏并向往的社会革命便值得商榷,或许有些郢书燕说也未可知。这里面既有论者的"当代阐释",也有阐释者的"自我阐释";既是对契诃夫的画像,也是胡风们的自画像。但是正是由于契诃夫描写灰色、黑暗、凡俗的内容被赋予"标志着一个阴暗的忧郁的旧时代的终结"和一个新时代开始的预言这样一种积极的宏大的意义,这一路数进而成为30年代中后期以降中国小说的一个相当典型的主题模式,这种对中国新文学的显著影响既在意料之外,又在情理之中。三四十年代张天翼、沙汀、师陀等相当一批小说家就曾仰慕着各自心目中的"契诃夫",从其作品中吸取丰富养料,他们的创作因此便有"契诃夫留下的'印记'"⑤,而鲁迅、巴金等对契诃夫认识和接受的"印记"则更为鲜明深刻。

作为最早认识到契诃夫的现实意义并对其人其作予以翻译和介绍的作家之一,鲁迅对契诃夫的接受在四十年代就已普遍为人所认识。郭沫若为纪念契诃夫逝世40周年曾专门著文,认为"鲁迅与契诃夫的极类似,

---

① 胡风:《译文》1935年第2卷第1期"后记"。
② 胡风:《A. P. 契诃夫断片》,《逆流的日子》,上海:希望社,1946年版,第65—98页。
③ 伍辛:《关于契诃夫》,《中苏文化》,1942年第11卷第5—6期合刊(旧俄与苏联作家专号)。
④ 洪子诚:《我的阅读史》,北京:北京大学出版社,2011年版,第39页。
⑤ 同上书,第40页。

简直可以说是孪生的弟兄。假使契诃夫的作品是'人类无声的悲哀的音乐',鲁迅的作品至少可以说是中国的无声的悲哀的音乐。他们都是平庸的灵魂的写实主义"。他感觉前期鲁迅在中国新文艺上所留下的成绩,"也就是契诃夫在东方播下的种子"①。郭沫若在文章中还对契诃夫作品中的诗性予以关注,认为:"他的作品和作风很合乎东方人的口胃。东方人于文学喜欢抒情的东西,喜欢沉潜而有内涵的东西,但要不伤于凝重……他虽然不做诗,但他确实是一位诗人。他的小说是诗,他的戏曲也是诗。"②有意思的是,郭沫若这里没有直接论述鲁迅的抒情性(诗性)与契诃夫的关系,但近40年后王富仁的鲁迅研究回应了这一点,其结论是"鲁迅前期小说逐渐加强了抒情性因素","这和契诃夫作品的影响也是有关的"③。

　　20岁的巴金第一次接触契诃夫的作品时,"读来读去,始终弄不清楚作者讲些什么"。30年代虽然"自以为有点了解契诃夫了",但仍强烈地意识到他们之间的"不一样",还多少把契诃夫看作是一个悲观主义者。直到40年代,"穿过了旧社会的'庸俗''虚伪'和'卑鄙'的层层包围"以后,他理解了契诃夫那颗"真正的仁爱的心"和他的"爱与憎"④,也懂得了高尔基对契诃夫评价的意义:"契诃夫首先谴责的不是个别的主人公,而是产生他们的社会制度;他悲悼的不是个别人物的命运,而是整个民族——祖国的命运。"⑤巴金的创作生活由此发生了与以往迥然不同的变化。对同样是大家庭的败家子,作者对《憩园》里的杨老三就不像对《家》中的克安、克定那样充满仇恨和厌恶,而是像契诃夫那样,怀着一颗"仁爱"的心,温和而诚恳地倾诉着自己的忧虑、关心和警告。《第四病室》更是可以说直接化用了契诃夫《第六病室》的主题和象征方式。《寒夜》则表明巴金已经掌握了契诃夫写实主义的精髓,摒弃了往昔擅长的"热血"抒发,转变到深刻冷静地揭示人生世相和没有英雄色彩的"小人物"日常琐事的悲剧命运。还应补充一句,新中国成立后,正是在巴金的鼓励和建议下,汝龙开

---

① 郭沫若:《契诃夫在东方》,《沫若文集》(第13卷),北京:人民文学出版社,1961年版,第168—169页。
② 同上书,第167页。
③ 王富仁:《鲁迅前期小说与俄罗斯文学》,天津:天津教育出版社,2008年版,第90页。
④ 巴金:《我们还需要契诃夫》,《简洁与天才孪生——巴金谈契诃夫》,北京:东方出版社,2009年版,第7—11页。
⑤ 转引自巴金:《印象·感想·回忆》,《简洁与天才孪生——巴金谈契诃夫》,北京:东方出版社,2009年版,第49页。

始集中、系统地翻译契诃夫小说,在20世纪50年代初就陆续推出了27卷的《契诃夫小说选集》)(平明出版社),"文革"后又经巴金介绍由译林出版社出版了《契诃夫文集》(译林社最新版本是2008年版《契诃夫小说全集》10卷,2014年该全集改由人民文学出版社出版),正如巴金欣慰地评价的:"他(汝龙)把全身心都放在契诃夫身上,他使更多的读者爱上了契诃夫……他的功劳是介绍了契诃夫。"①

上述情形说明,有着稳定的"短篇小说之王"美誉度的契诃夫,以其文学与社会影响的正能量的持续释放,在中国现代文学走向较为成熟的进程中,起到了巨大的引导和推动作用。直到今天我们都不能否认,尽管契诃夫研究的理论装备或观照重心屡经更新或切换,启示近现代中国民众认识社会和充当中国新文学形式(尤其是短篇小说)范本的意义仍是作为经典的契诃夫及其小说不可动摇的基本价值所在。

第三节 契诃夫作品的影视传播

契诃夫作为俄国19世纪末期最后一位批判现实主义大师,具有独特的写作手法和艺术特色,契诃夫用短篇小说的形式从人物的日常生活细节描写去揭示人生乃至社会的本质,表达他对沙俄制度的批判和对美好生活的向往。契诃夫小说创作涉及俄罗斯生活各个方面,成为了俄国文学中丰富而璀璨的精神财富。他的作品题材广泛,寓意深邃,塑造了各种不同阶层和类型的典型人物,一生的创作被誉为俄罗斯的"人间喜剧"。契诃夫的许多小说作品被改编成影视片广为传播。

最早的契诃夫小说电影改编片为1910年英国出品的《爱情与低音提琴》,导演罗伯特·杨格,主要演员约翰·克里斯、考利·布斯。影片中一个弹奏低音大提琴的音乐家去古堡为国王演奏,路上脱下衣服下水游泳,正好公主也在河里游泳,小偷把两人的衣服偷走了。影片讲述了失去衣服的音乐家和公主在逃回城堡过程中,他们之间产生爱情的喜剧故事。自此以后,契诃夫小说的影视片改编,成为了影视领域一道亮丽而迷人的风景。根据1996年俄罗斯国家电影基金会提供的材料,从1910年契诃夫的幽默短篇小说《爱情和低音提琴》被搬上银幕至今,契诃夫小说有80

---

① 文颖:《翻译家汝龙的一生》,《中华读书报》,2008年3月12日。

多部100多版次的电影出品,契诃夫成为文学经典传播中作品改编影视最多的作家之一。如《带小狗的女人》《脖子上的安娜》《跳来跳去的女人》《第六病室》《草原》《冬眠》等等,极大推动了契诃夫作品的传播,同时也促进了影视艺术的发展。其中具有重大影响和重要传播作用的影视片主要有以下几部。

1954年苏联出品的《脖子上的安娜》,导演伊西多·安宁斯基,主要主演阿拉拉·里奥诺娃、阿列克谢·格里波夫。影片讲述出身下层平民的18岁纯朴美丽少女安娜,母亲去世后,父亲因酗酒欠债把她嫁给了五十二岁的富官莫杰斯特,婚姻的不幸福和丈夫的虚伪势利,使她不仅不能帮助穷困的父亲和弟弟,自己也处在痛苦之中。一心想向上爬的丈夫不惜牺牲自己妻子,把安娜作为阿谀奉承上级、谋求官职的工具。一次贵族聚会上安娜成为了舞会皇后,她凭借自己的美貌赢得了大人和富翁阿尔狄洛夫的欢心,丈夫也如愿以偿获得了荣誉勋章。安娜纵情于纸醉金迷的享乐之中,舞会、郊游、取乐成了她生活的全部内容,最后父亲弟弟流落街头她也毫不关心,完全沦为卖笑的行尸走肉。影片将小说中的社会风气、生活环境以及人物性格,生动形象地展示了出来,给观众以更为直观的视觉效果。电影对小说的情节发展和人物渲染上做了较大改编,用镜头画面、语言对白等,对各种人物进行生动、细致的诠释。影片通过对安娜婚前婚后生活的对比以及安娜与丈夫角色性格的互换,揭示小市民和官僚的庸俗势利,凸显了上流社会和下层人民生活的差距,以此来反映沙俄统治下社会的种种丑态,剖析庸俗自私以及金钱和权利诱惑下的人性异化。

1955年苏联导演斯·萨姆桑诺夫改编自契诃夫同名小说的电影《跳来跳去的女人》,讲述了一对夫妻的故事。女主人公奥莉嘉·依万诺夫娜生性喜爱结交名流,追求所谓的艺术,把自己的医生丈夫戴莫夫看作庸俗之辈而加以鄙视。奥利嘉因迎逢名流而与名画家发生婚外情,丈夫以宽容之心想召唤她回归,可奥莉嘉依然我行我素,最后戴莫夫为救治病人而患上传染病。医学协会对戴莫夫的推崇与敬重,使得奥利嘉最终明白身边的人原来才是未来真正的名流,但戴莫夫终因病重而去世,留给奥莉嘉只有虚荣后的满心懊悔与惭愧。影片忠实于原著精神,改编后的电影更强化了小说的艺术风格,深化了主旨内涵,将小说中夫妻的矛盾冲突即谁是真正的英雄的思索直接呈现出来。奥莉嘉一直认为自己的丈夫只是个普通的医生,她整天都在寻觅英雄,经常参加所谓的艺术聚会、拜访名流。

电影通过具体事例来表达对奥利嘉鄙视。如她为了参加一个不相干的火车站电报员的婚礼，可以呵斥疲惫不堪的丈夫立刻返回家中为她取连衣裙、买新手套。影片中戴莫夫迎合妻子的爱好，兴趣盎然对她讲起科学问题时，奥莉嘉却睡着了。当戴莫夫兴高采烈告诉妻子自己成功通过论文答辩时，奥莉嘉却毫无兴趣，头都不回地整理着自己的头发。对戴莫夫的肯定，则通过人物默默无闻地付出以及最后不顾自身安危去抢救病人，死后通过戴莫夫同事的侧面评价中来体现。影片最后的镜头，奥莉嘉呆呆地坐在那里，戴莫夫的死给她敲响了警钟，英雄就在自己身边，失去了才知道丈夫的崇高与珍贵。影片的结尾不仅是奥莉嘉的思索，也给观众留下了思考的空间，电影立体显示了契诃夫小说中的生活哲理，即在我们的生活中往往我们最忽视的反而是最珍贵的。电影用声音和画面形象地诠释了契诃夫小说的审美意蕴，作为一部情节淡化的影片，随着人物在不同场景中的行为先后比较，以及鲜明的人物形象塑造，极大地引发观众在观赏影片时，将自己独特的生命感悟和人生体验代入其中，产生独特的影视鉴赏效果。无论是对影片的审美体验，还是对小说文本的深入理解，电影在帮助读者和观众理解把握契诃夫小说内涵方面起到了积极的引导作用。影片获得了第20届威尼斯国际电影节最佳影片银狮子奖，被誉为第一部真正契诃夫式的电影。

  1960年苏联伊·赫依弗茨导演的《带小狗的女人》出品，为契诃夫小说的电影改编，增添了浓重的一笔。影片描述的是莫斯科40岁的银行家古罗夫，与比自己大十岁的妻子结婚后，生活过得平淡无味。一次他在雅尔塔的黑海之滨邂逅带着小狗散步的少妇安娜，两人产生了感情。但好景不长，没过几天，安娜因为丈夫患病而赶回C市，古罗夫也回到莫斯科。回家后的古罗夫始终无法释怀，常去C市约会安娜，两个人从此开始他们聚少离多的爱情煎熬。影片以银屏的形式再现了契诃夫原作中"含泪的微笑"和隽永深邃的内涵，通过男女主人公的感情经历，揭示了俄国19世纪变革时期一代知识分子的忧郁与苦闷。导演准确把握原作的艺术风格，影片富有诗情画意和浪漫色彩，用俄罗斯特有的"诗电影"风格来呈现契诃夫原作中人物的"不可能的爱"。影片中以季节的变化与人的内心情欲的变化进行对应，用蜡烛转场、用镜子表现情感的虚幻，用电影配乐很好衬托出悲伤的气氛等等，使得影片具有隐喻和象征的审美意蕴，具有了浓郁的文学味。电影《带小狗的女人》对契诃夫生活哲学和艺术风格的忠实再现，被誉为契诃夫散文小说迄今最好的电影改编。伊·赫依费茨还导演出品契诃夫小说《姚内奇》改编成影片《在C城》等。

20世纪70、80年代,契诃夫小说的影视改编进入了高潮期,无论从对契诃夫小说内容意义阐释还是影视艺术而言,都达到了较高的水平,许多影视改编片纷纷获得世界级大奖。1976年苏联米哈尔科夫导演的《爱情的奴隶》出品,影片中对浪漫理想与政治现实碰撞的描绘、精致的技巧和"契诃夫式的机智",使得电影大获成功,也为导演确立了国际声誉,影片获得德黑兰电影节最佳导演奖。1977年米哈尔科夫导演了电影《未完成的机械钢琴曲》,影片主要以契诃夫的《普拉东诺夫》和其他几个短篇小说改编而成。影片的播映在苏联取得巨大成功,先后在圣塞巴斯蒂安、芝加哥、佛罗伦萨等国际电影节上获奖。影片为导演带来荣誉的同时,也对契诃夫作品起到了在世界范围内广为传播的作用。1977年苏联著名的电影艺术家、导演谢尔盖·邦达尔丘克执导的《草原》出品,受到了影界和学界的一致好评。影片描写一位男孩子随着舅父和神甫到城里读书过程中的所见所闻。在穿过大草原时,他遇到了形形色色的人物,为神秘宽广的大草原而惊讶。影片把契诃夫的诗意发挥得淋漓尽致,草原风光沁人心脾,淳朴的民风民俗、独特气质的人物,一一呈现在观众面前,然而美丽的草原风光却无法掩饰生活在那里的人们俄罗斯式的忧郁。一个孩子独自穿过大草原,见到了他永生难忘的人和事、情和景,突兀而起的歌声、肉体和灵魂的拷问,令人难忘,发人深省。影片的改编忠实于原著精髓,草原风光和人物形神兼备,观众犹如随着小主人公经历了一次草原之旅。诗化的意境和残酷的现实强烈对比,影片给人以美的享受的同时,也触发了对现实的深刻反思。影片的播映让读者和观众看到了讽刺大师契诃夫别样的艺术风格。1978年苏联艾米尔·罗梯尼导演出品的影片《我的亲昵而温柔的野兽》,改编自契诃夫小说《猎日悲剧》,影片讲述的是护林人19岁的美丽女儿奥尔加·斯克沃勒措娃,表面上自然而随和,但本质却是势利而虚荣。有三位男士同时爱上了她:鳏夫乌尔边宁、伯爵卡尔涅耶夫、法院侦查员卡梅舍夫。卡梅舍夫高大英俊、身着典雅,起初奥尔加以为他富有,但很快发现他生活困难而远离了他。为了摆脱贫穷,她嫁给了自己并不爱的50岁的庄园管家乌尔边宁。结婚那天,她却对卡梅舍夫表白自己的爱意,但又拒绝跟他出走。之后为了追求虚荣的享受,她又成了伯爵卡尔涅耶夫的情妇。最后在狩猎的时候她被杀了,涉嫌杀人并被流放的是她的丈夫乌尔边宁,四年后死在流放地,而真正的凶手是卡梅舍夫。影片将契诃夫对人生的哲理阐释,对虚伪人物以及贫富悬殊等社会问题的揭露,糅合在一个凶杀的故事情节中。影片很好地起到了对契诃夫小说正确读解的引导作用,具有较好的观赏效果。1987年,尼基塔·米哈尔科夫执导的《黑眼睛》上映,影片以契诃夫《带小狗的女人》为基础改编而成,意大利影星马尔切洛·马斯特罗尼亚扮演了一个建筑师,讲述自己当年与一个他永远无法忘怀的女人之间的浪漫故事。影片淡化了契诃夫小说中的人物生活环境与现实,凸显了一场最美的邂逅、一个幽怨爱情的故事,将契诃夫笔下令人窒息而平庸的生活展示,变成了"幸福不在长久,在乎曾经拥有"的人生感怀。影片抑或是对契诃夫小说的误读,抑或是对契诃夫小说的新解,不管是何种艺术效果,它的播映却受到了观众一致好评,起到了对契诃夫小说的传播作用,影片先后在加拿大、法国、意大利、美国、阿根廷等国上映。马斯特罗尼亚获得第40届戛纳电影节最佳男演员奖,同时提名当年奥斯卡最佳男演员奖。

契诃夫的小说代表作《第六病室》,被称为"沙皇专制制度统治下的整个俄罗斯的缩影",曾给列宁留下了强烈的印象,一直是影视改编及其读者观众所关注的一部作品。其中1975年和2009年拍摄的《第六病室》影响最大传播最广。早在1975年被誉为罗马尼亚国宝级电影大师的吕西安·平特莱执导拍摄了契诃夫的《第六病室》,电影以忠实于原著的艺术风格,再现了沙皇统治下的专制暴政,以及人民群众精神受到摧残的社会环境,影片对传播契诃夫《第六病室》起到了直接的传播作用。2009年俄罗斯导演亚历山大·戈诺夫斯基和卡伦·沙赫纳扎罗夫的《第六病室》出品,又一次在影坛掀起契诃夫小说热潮。影片中还原了小说中场景,导演用悬疑的格局构建影片框架,使得电影在观赏效果上得到了加强。影片中编导不再关注人物"身份的证明",主人公拉京不再以小说中居高临下的院长身份出场,银屏上着重表现人物"医生—病人"两重身份的变换过程。影片加入了具有强力视听冲击力的多声部混响,起到音响和影像、声音和人物的情感诉和求合二为一的作用,在观众影视审美体验中产生与契诃夫的文本形成美好共鸣的艺术效果。

在众多契诃夫小说《第六病室》的电影改编中,1975年吕西安拍摄的影片也很经典,获得了学界和观众的一致好评。影片拍摄中遵循原作内容和精神,主要情节和主要人物都没有做太大改动。影片以简洁的黑白色为主,给人一种沉重黑暗而让人不寒而栗的氛围,通过第六病室中的人物对社会以及沙皇统治的揭露,以及人物本身的悲剧命运,将契诃夫作品揭露社会的批判精神和民主精神充分地体现了出来。电影中主人公拉京医生改名为安德烈医生,由小说中的院长身份改换成为医院的精神病大夫。"第六病室"一方面是一个具体的病房,另一方面又以形象的影片画面隐喻社会现实。医院里生锈的屋顶、半歪半斜的烟囱、毁坏的台阶,笼罩了一片悲惨阴沉的气氛。病房里腐烂的恶臭、铅灰的地板、冰冷的铁窗……影片以直接的银屏画面形象展示的典型环境,就是恐怖的俄国沙皇专制的缩影,而这里的"病人"则代表着全体受苦受难的俄罗斯下层人民,病人其实就是囚徒,病室就是监狱的代名词。精神病院的主治医生安德烈在电影中是一个理想主义者,他清楚医院总务处长倒卖医疗物资以及医院员工对病人所做的阴暗勾当,尽管他厌恶他们的丑恶行径,却因为有每个人终究是要死亡的想法,不愿意也不想去阻止他们。安德烈在与六号病房"疯子"拉格莫夫的争论交流中,逐渐反思自己的想法。安德烈开始意识到尽管一个病人最终会死亡,但是医生有为病人解除痛苦的责任,病人也仍然有暂时摆脱病痛的意愿,虽然生命最终都会死亡,但是生命的过程也很重要。思想逐渐转向同情与理解那些精神病人的安德烈,最终也被当作患有精神疾病而关进了六号病室,受尽折磨中风而死。善良而正直的安德烈的悲剧,是对整个俄国社会沙皇统治的否定,也宣告了"勿以暴力抗恶"思想的破产。影片以话外音的形式,诠释了安德烈对社会的反思:"我在做有害的工作,我从人家手里领薪水,却欺骗他们。我不诚实,不过我本身什么也不是,我只是不可避免的社会罪恶的制造者之一。城里所有的官员都是害虫,不劳而获……可见,我不诚实,罪不在我,而在时代。要是我晚生两百年,也许就成了另外一个人。"画外音结合人物的肢体动作和表情,真实展示了安德烈医生心里的纠结疑惑和愤懑情绪,同时也极大表现出了影片的社会意义。电影较好体现了契诃夫揭露抨击如监狱一般阴森可怕的沙皇俄国,以及契诃夫反对勿以暴力抗恶的思想主旨。

21世纪以来,契诃夫小说的影视改编依然层出不穷,表现出契诃夫小说的审美内蕴与新的社会时代相融合的特征,影视改编对契诃夫小说的传播发挥了新的作用。如 2002 年乌克兰上映的由琪拉·穆拉托娃执导的《契诃夫的思想》;2004 年为纪念契诃夫逝世 100 周年,俄罗斯导演谢尔盖·索洛维约夫拍摄的电影《关于爱情》,在俄全国各地电影院陆续上映,受到观众的好评,影片中契诃夫关于爱情问题的看法,对俄罗斯年轻一代的生活方式与取舍具有了当下的现实意义,启迪人们对生活与感情等问题的深入思考;2010 年由杜瓦·科萨史维利执导的《安东·契诃夫的决斗》在美国上映；2014年由土耳其导演努里·比格·锡兰执导的《冬眠》在土耳其上映，影片改编自契诃夫短篇小说《妻子》和《出色的人》等，影片播出后反响巨大，获得第67届戛纳电影节最佳影片金棕榈奖。

20世纪中随着电视艺术的普及，电视片改编契诃夫小说也时有所见，电视编剧和导演不断从契诃夫小说中获得灵感和养分。契诃夫创作以短篇小说为主，内容简短、文笔洗练，在电视片的改编中，一般会采用多个小说"综合式"的改编模式，形成契诃夫电视影片集。第一部影片集是1929年由苏联雅·普洛塔占诺夫编导出品的《官员与人们》。第二部影片集是苏联1980年代出品的《家庭的幸福》。2010为纪念契诃夫150周年诞辰，英国出品了改编自契诃夫作品的喜剧电视剧：《一位做不了主的悲剧人物》《蠢货》《论烟草有害》和《求婚》，观众在电视剧中欣赏到了具有超越时代意义的契诃夫小说精髓。

第十一章
《玩偶之家》的生成与传播

剧作家易卜生不仅获得了西欧各国观众的青睐，还被多国（瑞典、挪威、丹麦、奥地利）政要授予荣誉勋章，在学术界更获赞誉无数。萧伯纳称易卜生拥有莎士比亚等前辈们所缺乏的精神力量[①]；勃兰兑斯指出，易卜生的影响力使得法语、英语等多国语文创造了"易卜生主义"之类的词汇，"没有任何一位斯堪的纳维亚的诗人或作家像他那样更加引起当代的注意……"[②]20世纪以来，易卜生对欧美各国现代戏剧的影响至深至巨，无远弗届，堪称"现代戏剧之父"。瑞典批评家马丁·拉姆认为："易卜生是戏剧上的罗马。条条大路出自易卜生，条条大路又通向易卜生。"[③]马丁·艾斯林提到，作为英语世界的三大戏剧家，易卜生毫无疑问可"被视为整个现代戏剧运动的首创者和源头之一"，他的经典剧作早已成为各大剧院的保留剧目[④]。……各国首脑政要们为易卜生颁发勋章的动机，或许出于附庸风雅，投上流社会之所好，这并不值得我们一哂。我们更需追问的是，易卜生在什么意义上可称为"现代戏剧之父"，其作品凭什么被文艺界同行们认可，乃至奉为经典，直到今天，无论中西，人们仍然在模仿易卜生，争论易卜生，怀念易卜生？

---

① 参萧伯纳：《挪威学派中的新因素何在？》，载高中甫选编：《易卜生评论集》，北京：外语教学与研究出版社，1982年版，第53页。
② 勃兰兑斯：《第三次印象》，载《易卜生文集》（第八卷），北京：人民文学出版社，1995年版，第280页。
③ 转引自王忠祥：《中国接受易卜生及其剧作史迹——易卜生的戏剧与中国现代文学》，载王宁编：《易卜生与现代性：西方与中国》，天津：百花文艺出版社，2001年版，第133页。
④ 马丁·艾斯林：《易卜生与现代戏剧》，载《戏剧》，2008年第1期。

第一节 《玩偶之家》在源语国的生成

《玩偶之家》向来被理解为一出有关女性意识、女性主义或女性问题的戏剧。尽管易卜生在一次晚会上极力辩解,称自己不是一个女权主义者,他说:"在自己的作品中我从不容许带有自觉的倾向性。与通常人们所想的不同,我主要是个诗人,而不是社会哲学家。……谁认真读读我的书,谁就会明白这一点。当然,最好是顺便也解决妇女问题,但我的整个构想不在这里。我的任务是描写人们。"[①]不过,当我们看到剧中的娜拉说出:"首先我是一个人,跟你一样的一个人——至少我要学做一个人……"[②]时,没有人会拒绝承认,这出戏是在向不平等宣战。

确实,正是剧中展示出来的强烈的追求女性自主意识的激情,使得"只要婚姻问题、男女平等问题被解决了,类似《玩偶之家》的社会问题剧就会过时"这样的言论在学界一直不绝于耳。有趣的是,有案可查的早期"过时论"提倡者,并不是易卜生的反对者,而是终生不遗余力地倡导"易卜生主义"的萧伯纳[③]。如今,"过时论"间接表现为,学术界更倾向于研讨易卜生前期和后期的作品[④]。

为了替《玩偶之家》辩护,马丁·艾斯林指出,易卜生创作《玩偶之家》的时候并不了解和关心女权主义,"而只是关心娜拉作为一个人的自我实现问题"。而易卜生之所以被后人(如品特、贝克特)不断模仿而被尊为"现代戏剧之父",其原因不在易卜生戏剧表现了"社会问题和政治问题",而在"自我问题",即"存在的问题,自我本性的问题,以及当一个人运用代词'我'意指为何的问题。自我是如何被确定的"。同时,正是"自我问题",才将易卜生的所有作品连成一个血脉贯通的整体[⑤]。艾斯林的辩护

---

① 易卜生:《一八九八年五月二十六日在挪威保卫妇女权利协会的庆祝会上的讲话》,载《易卜生文集》(第八卷),北京:人民文学出版社,1995年版,第234页。
② 易卜生:《易卜生戏剧集》(2),潘家洵译,北京:人民文学出版社,2006年版,第87页。
③ 参萧伯纳:《论问题剧》,载黄嘉德:《萧伯纳研究》,济南:山东大学出版社,1989年版。
④ 有一个例子很能说明问题。1999年6月,北京召开了"易卜生与现代性:易卜生与中国"国际研讨会,在会议论文所编的集子《易卜生与现代性:西方与中国》中,第三编"易卜生的作品新解"总11篇,讨论易卜生象征时期剧作的文章凡8篇,讨论现实主义戏剧的文章仅有关于《群鬼》和《人民公敌》的两篇。
⑤ 马丁·艾斯林:《易卜生与现代戏剧》,载《戏剧》,2008年第1期。

无疑在说,如果《玩偶之家》仅仅表现了女权主义之类的社会问题,那它确实会过时而无法被冠以"经典",所幸,易卜生关注的是更高层面的"自我问题",这是其剧作屹立不倒的根本原因。无独有偶,大名鼎鼎的卢卡契也不太赞同类似"易卜生的剧作是社会问题剧"的论断,他认为,易卜生所有作品包含的是这样一个问题:"个人主义"①。

应当说,艾斯林的"自我问题"与卢卡契的"个人主义"事实上指涉的是同一个意思,它们无非表明这样一个大问题:对一个现代人来说,我们已经意识到,每个人都是自主自觉的平等个体,接下来,自主自觉的平等个体要解决如何与自己、他人及社会国家相处。那么,所谓的"女权主义"和"个人主义"(或"自我问题")是完全不同的两种观念吗?显然不是的。

从表面看,女权主义倾向于宣扬女性的独立自主意识,关注自身在社会上的地位。但,此"表"不正是由个人主义这个"里"衍生出来的吗?换言之,对娜拉来说,当她考虑如何与自己、他人及社会国家相处这一个人主义的大问题时,她首先遇到的最具体、最活生生的问题不就是社会对女性的种种歧视吗?当娜拉意识到亟需解决男女不公平的问题时,她不就是在间接地处理个人主义的大问题吗?此其一。其二,当意识到女性在社会上的不公平境遇后,娜拉推己及人,她立刻察觉到"人"(无关乎男女)本身的问题,即人与环境的虚假性。剧末,在家庭矛盾中领悟到既有宗教、法律、道德以及由此建立的名誉和尊严之虚假性的娜拉说:"……从今以后我不能一味相信大多数人说的话,也不能一味相信书本里说的话。什么事情我都要用自己脑子想一想,把事情道理弄明白。"②此时,娜拉不仅要摆脱海尔茂(男性)强加给她(女性)的玩偶角色,而且她还要重新审视、估量社会既定的价值、信仰体系,以便重新塑造完整的个人(与性别无关)。娜拉的意思是说,需要改变的不仅仅是男女间不公平的待遇,还有所有虚假的道德、宗教和法律,以及在虚假的社会环境中随波逐流的人。正因此,娜拉才会向海尔茂宣告,他们都应该改变,非此不足以让他们平等、幸福地生活在一起。

要言之,在《玩偶之家》中,"女权主义"和"个人主义"绝非决然对立,两者是一体两面的关系。接下来的问题是,关注"女权主义"/"个人主义"的作品缘何就称得上经典呢?

---

① 参卢卡契:《易卜生创作一种资产阶级悲剧的尝试》,载《易卜生文集》(第八卷),北京:人民文学出版社,1995年版,第239—240页。

② 易卜生:《易卜生戏剧集》(2),潘家洵译,北京:人民文学出版社,2006年版,第87页。

终生同否认文学经典的"憎恨学派"作战的布鲁姆曾经提出,文学经典的标准无它,唯"原创性"矣;与既有的经典作品"竞赛",对"人性骚动的所有内容"展开原创性地书写①。"人性骚动的所有内容"其实就是一个人在处理与自己、外部世界之关系的过程中必然会出现的矛盾、焦虑与感叹。换言之,每个活泼泼的人都有自己独特的欲望、爱好和性情,然而,若活泼泼的个体欲与自身、他人、社会和谐共处,人必须使用理性来筹划、规范自己及他人的独特之处。面对个人与集体、感性与理性之间的张力,人总是难以在其中寻找到一个合适的平衡点,或者,在张力中,人总在"骚动"着。所有西方文学经典无疑就是对在个人与集体、感性与理性之张力中"骚动"的人的品尝与观照②。

　　这就是说,实际上,从社会文化的角度而言,"个人主义"所标明的"自主自觉的个体要解决如何与自己、他人及社会国家相处"是永不过时的问题。正因此,反映了社会文化之核心问题的文学,便有成为经典而永不过时的可能。那么,《玩偶之家》的经典性或者说它与经典作品的"竞赛"体现在两个方面③,首先,就西方戏剧史来说,以《玩偶之家》为代表的易卜生经典剧作,是对18世纪以来"市民戏剧"的反刍、重塑与拨乱反正;其次,就其所在时代的文学传统而言,以《玩偶之家》为代表的易卜生经典剧作,是对19世纪批判现实主义文学的继承、开拓和发扬光大。

　　熟悉西欧戏剧史的人多少都有了解,经过古罗马时期、文艺复兴时期、17世纪新古典主义时期乃至18世纪启蒙主义时期某些理论家的阐释,亚里士多德对悲剧与喜剧的区分逐渐演变成这样一条创作与评论的金科玉律:悲剧是严肃的,它表现高贵人物的伟大事件;喜剧则是滑稽可笑的,它以普通人的缺点和错误为表现对象。换句话说,传统的西方戏剧理论倾向于认为,由于自身的缺点,不管普通市民有什么样的高尚情操,他的所言所行在戏剧中往往是被讽刺和否定的。当然,西方戏剧理论实际上还存在着另一条与传统理论相对抗的"在野"理论,批评家或从实践出发,或从理论入手,持续不断地探寻悲剧与喜剧之外的可能性——严肃

---

① 参哈罗德·布鲁姆:《西方正典》,江宁康译,南京:译林出版社,2005年版,第3—13页。
② 蒋承勇对西方文学有一个精准的描述:西方文学是在"张扬个性""放纵原欲""肯定个体生命价值"与"尊重理性""群体本位""肯定超现实之生命价值"的文化张力中生长发芽的。参蒋承勇:《西方文学"人"的母题研究》,北京:人民出版社,2005年版,第1页。
③ 布鲁姆最认可《培尔·金特》这部作品,他认为易卜生戏剧的经典性体现在培尔·金特的"山妖"性,即无法摆脱的一种对实现自我心中非理性欲望的迷恋。参哈罗德·布鲁姆:《西方正典》,江宁康译,南京:译林出版社,2005年版。

地探讨表现普通人生活的戏剧。此理论任务在18世纪的狄德罗那里臻于完善。狄德罗郑重其事地将以家庭的、个人的琐事为主题,以"人的美德和责任为对象"的"市民戏剧"(又称"正剧")①提高到与模仿高贵人物、重大事件的悲剧相匹敌的高度,他还根据自己的理论创作了《私生子》《家长》等"市民戏剧"。德国邻居莱辛响应狄德罗的号召,创作了几部在戏剧史上极为重要的"市民戏剧"如《萨拉小姐》《智者纳坦》等。至此,西方戏剧开始正视普通市民的欲望和要求,不再把市民仅仅描绘为滑稽可笑的丑角,西方舞台拉开了新的一幕。

人类历史有时会停滞不前,甚至走回头路。狄德罗、莱辛等在戏剧中光明正大地关注严肃的个人生活的同时,即是在苦口婆心地劝告人们要注重培养道德、同情和宽容。比如,在《私生子》中,主人公多华尔与朋友克莱维勒的妹妹相爱,但是他又同克莱维勒的未婚妻罗莎丽陷入了爱河。在这场爱情与道德的冲突中,多华尔和罗莎丽经过痛苦的抉择,两人均以理智战胜了情感,从而中止了这场被他们认为是不道德和不正当的爱情。在《萨拉小姐》中,萨拉被情敌玛尔乌特毒害身亡。萨拉小姐临终前得知罪行的真相后并没有怪罪玛尔乌特,反而要求父亲和爱人宽容她。然而,到了19世纪,18世纪启蒙戏剧家们提倡的道德、同情和宽容却成为追名逐利者们的"遮羞布"。正如弗洛姆所描述的,由于19世纪的资本竞争,人们不再像封建时代那样自足于自己的传统位置,而是被"超越竞争对手的欲望所驱使"。在这样的大背景下,人抱持优良品质如"实际、节俭、细心、节制、谨慎、执着、冷静、秩序、有方和忠诚"并不是为了人与人之间的和谐共处,而是为了逐利,因此,优良品质的背后是:"缺乏想象力、吝啬、多疑、冷漠、焦虑、顽固、懒惰、迂腐、疯狂和占有。"②司汤达笔下对金钱至上、虚伪横行的社会痛恨不已,却终不免被金钱、权力网罗的于连,巴尔扎克笔下从只认金钱、毫无温情的葛朗台,到逐步丧失所有的人性而晋身野心家行列的拉斯蒂涅,再到踩着别人的尸体攫取资本的银行家纽沁根,陀思妥耶夫斯基笔下卑鄙无耻的老卡拉马佐夫,无一不是冷静、执着、节制与疯狂、多疑、贪婪混杂的怪胎。与此同时,在上帝与一切天经地义的事物(如伦理道德)都在自由的个人面前倒塌(或成为"遮羞布")的背景下,与追逐利益并行不悖的,是无限放大的人的欲望:福楼拜笔下的爱玛,托

---

① 参狄德罗:《狄德罗美学论文选》,徐继曾等译,北京:人民文学出版社,1984年版,第132—133页。

② 弗洛姆:《健全的社会》,蒋重跃译,北京:国际文化出版公司,2003年版,第79页。

尔斯泰笔下的安娜，最终，人在左拉笔下彻底丧失了人性，成了"生物的人"。

19世纪现实主义大家们描绘一个个自私自利、放纵欲望的"生物的人"，当然不是为了肯定、赞扬人的"生物性"，相反，他们在品尝和观照这些"骚动"之人的过程中，表达着批判、焦虑与感叹：难道这就是人吗？！

回到《玩偶之家》。易卜生对虚伪的海尔茂的描绘即是对18世纪市民文学的"反刍"，及对19世纪现实主义经典文学的一个"继承"。剧中，娜拉一直怀揣着"可怕的奇迹"：无论她做错了什么事，丈夫海尔茂都会包容、理解她。然而，当娜拉伪造签名的"罪行"被揭露出来后，海尔茂对妻子毫无怜惜之意，相反，他对身败名裂的命运充满了恐惧，对娜拉当年的罪行大加指责。当揭露"罪行"的柯洛克斯泰声称不再追究娜拉，海尔茂对娜拉的态度迅速恢复了常态，他原谅了娜拉，希望娜拉像从前那样履行一个妻子应尽的义务。在这里，海尔茂就是这样一个在利益面前既"实际""节制""谨慎""执着""忠诚"又"多疑""冷漠""焦虑""顽固""占有"的活生生的形象。

此外，易卜生对扛起理性大旗的娜拉的塑造正是他对18世纪市民戏剧的"重塑"，及对19世纪现实主义文学一个"开拓"：18世纪的作家们没有意识到后人会拿道德做遮羞布，19世纪的作家们做的正是揭下遮羞布的工作。接着前辈的工作，易卜生在作品中提出，揭下遮羞布之后，一个人应该怎么样和如何做到"应然"（运用理性）。对这部易卜生戏剧创作步入成熟时期的代表作而言，从创作的角度来看，剧中的娜拉无疑是易卜生精神状态的投射，正如易卜生自己强调的，他所写的正是自己在"精神上所经历的"①。在这一时期，依易卜生之见，从宏观的政治、经济再到关乎个体生存的面子、道德，所有这些与我们生活息息相关的道理、价值和信仰原来都建立在谎言和欺骗的基础上。他同文学盟友勃兰兑斯一道，以"真理""自由"为旗帜与现实对抗。他们认为，"未来是可以建设起来的，但务必要借助于理智、认知和思想解放的一臂之力"②。剧中，随着"奇迹"的幻灭，"理智、认知和思想解放"在娜拉心中生长，最终破土而出。觉醒的娜拉拾起"理性"之矛勇敢地站在了社会既定体系的对立面。

在上述的反刍、重塑、继承和开拓中，以《玩偶之家》为代表的易卜生

---

① 比约恩·海默尔：《易卜生——艺术家之路》，石琴娥译，北京：商务印书馆，2007年版，第14页。
② 同上书，第189页。

剧作拨乱反正了18世纪启蒙思想家们所高扬的道德、宽容在市民生活中的作用，发扬光大了19世纪现实主义作家们深刻揭露、观照和品尝"骚动"中的人的传统，是西方文学史上寻求人的理性、秩序和原欲、自由之平衡的又一次尝试。易言之，在同既有经典的"竞赛"中，在寻求人的理性、秩序和原欲、自由之平衡的尝试中，《玩偶之家》通过对"女权主义"/"个人主义"这个问题的观照，取得了其经典的原创地位。

一部作品之所以确立和生成了其经典性，在很大程度上还意味着，作为一份文学遗产，它持续不断地被后人"惦记"着。在小说领域，易卜生戏剧中的"个人主义"的主题影响了乔伊斯等现代文学大家。而在戏剧领域，易卜生的戏剧遗产（尤其是家庭主题）则深刻影响了19世纪的契诃夫、斯特林堡，20世纪的阿瑟·米勒、奥尼尔等一大批响当当的现代戏剧大家。[1] 20世纪70年代女权主义运动风靡西方之际，美国剧作家布斯·路丝和2004年诺贝尔文学奖得主耶利内克还不约而同地改编了《玩偶之家》，前者创作《玩偶之家：1970》，后者创作了《娜拉离开丈夫以后》（1977年）。

当然，除了主题的经典性，真正激发后代剧作家的创造欲望的，还在于，易卜生开辟了一条现代戏剧的形式之路。

第二节 《玩偶之家》与欧洲现代戏剧

1879年，易卜生写成《玩偶之家》。10年后，在萧伯纳和阿契尔的努力下，该剧在英国伦敦皇家大道的新式剧院正式全本上演[2]。演出结束后，大部分观众对娜拉的行为——要求独立自主，反对社会强加的角色——甚为反感，各大媒体也纷纷对娜拉的行为提出批判。此外，还有一种反对声音认为《玩偶之家》"几乎完全缺少戏剧行动"，"根本没有戏剧性"，因而沉闷无比[3]。

在西方戏剧理论史上，对"戏剧行动"或"戏剧性"最权威和有影响力的解释是黑格尔的"冲突"说，即在实践心里想法的过程中，戏剧人物遇到

---

[1] 参米基科·卡库塔尼：《易卜生怎样影响了后代剧作家》，载《艺术百家》，1985年第2期。
[2] 此前在英国上演的版本都经过英国剧作家的修改和阉割。
[3] 斯泰恩：《现代戏剧的理论与实践》（一），周诚等译，北京：中国戏剧出版社，1986年版，第35页。

来自他人和社会的阻碍。在一正(实践愿望)一反(阻碍实践愿望)的冲突中,戏剧人物的行动才有"戏剧性",或者说才"抓人"。从这个角度而言,《玩偶之家》并不缺少"戏剧行动"和"戏剧性",如娜拉和柯洛克斯泰的冲突(一个要揭发伪造签名,一个害怕被揭发,千方百计试图阻止)就是一例。但对观众来说,这一"当下"的冲突固然"抓人",但是戏剧的重心却始终落在"讨论"(萧伯纳语[①])和"对话"(艾斯林语[②])上。"讨论"什么呢?"过去"以及娜拉因"过去"而生出的"情结"。第一幕,林丹太太因工作一事求助娜拉,娜拉向好友透露,几年前自己曾经瞒着丈夫向柯氏借钱。后柯氏至,娜拉继续与柯讨论"过去":娜拉除了隐瞒丈夫借钱,还在借据上伪造签名。此"过去"在娜拉身上刻下的"情结"是:不许女儿想办法救父亲和不许妻子想办法救丈夫的法律不是好法律;第二幕,阮克医生拜访娜拉,娜拉试图与阮克讨论"过去"的情结及对策,未果。后林丹太太至,娜拉遂在与林丹太太的讨论中揭开了"过去"刻下的另一个"情结"(即娜拉说的"奇迹",到第三幕才揭开):丈夫一定会顶替她承担全部罪责,但她不希望这个"奇迹"发生;第三幕,娜拉伪造签名一事暴露,娜拉发现海尔茂并没有创造"奇迹",于是在与海尔茂的"讨论"中,娜拉把"过去"想明白的所有问题和盘托出。

这就是说,易卜生戏剧有"冲突",观众却仍觉得"沉闷"的根本原因在于,首先,就延续了几个世纪的传统西方戏剧惯例而言,戏剧人物常常通过"独白""旁白"或"对心腹知己坦白"的方式向观众坦露人物的下一步行为和动机。然而,易卜生戏剧却取消了"独白"和"旁白"。观众只能在琐碎的日常"讨论"与"对话"中猜测人物的内心动机(比如关于伪造签名,娜拉到底怎么想的,她在等待什么奇迹);其次,更为重要的是,传统西方戏剧情节是按照起因、经过、结果的顺序来构造的,或者说,戏剧中一切冲突的起因是明白无误的,戏剧的"艺术性"或"抓人"之处就在,人物"当下"如何面对冲突,并实现自己的愿望。然而,由易卜生开始,人物"当下"如何面对冲突不再是引人注目的主要"抓手","过去"及"过去"在人物内心深处印刻的某种挥之不去的"情结"才是戏剧的焦点。换句话说,戏剧人物"当下"所面临的冲突是引出"过去"及内心"情结"的一个契机,再简单点

[①] 参萧伯纳:《易卜生剧作中新的戏剧手法》,载周靖波主编《西方剧论选》(下卷),北京:北京广播学院出版社,2003年版,第459—468页。

[②] 马丁·艾斯林:《易卜生与现代戏剧》,载《戏剧》,2008年第1期。

说,"过去"代替"当下"成为戏剧的主题①。

《玩偶之家》常被人诟病的是,娜拉在一夜之间竟横下决心抛夫弃子,走上追求新生活的道路。因为对一个习惯了衣来伸手饭来张口的"玩偶"而言,如此举动未免过于夸张。事实上,如上所述,"过去"早已为娜拉埋下了"个人主义"的精神种子。娜拉当年为拯救丈夫而伪造签名时就已经朦朦胧胧地察觉到一个人应该如何生活才是好的,一个社会应该用什么样的法律把大家团结在一起才是正当的等等。在此,娜拉的"过去"和挥之不去的内心"情结"才是《玩偶之家》的主题。而且,不惟《玩偶之家》,对易卜生来说,展示"过去",把"过去"作为戏剧主题的做法不是偶尔为之的,而是他的一个全新创造。且看,《海上夫人》《野鸭》《罗斯莫庄》《博克曼》等易卜生最重要的作品无不将展示"过去"作为戏剧的核心。

然而,麻烦就在这一全新创造上。我们知道,戏剧尽管同史诗、小说等叙事文学一样,以书面形态留存于世。不过,戏剧终究还要以舞台演出的方式直接向观众"展示"其中的艺术世界。戏剧的舞台性决定了,在时间和空间的自由度上,戏剧这门艺术远远不及史诗与小说。比如,只要作者愿意,史诗与小说可以任意变换时间地点而不影响读者的阅读和理解。只要作者愿意,史诗与小说可以随时切断故事的进展,去描述人心、风景、时代背景等。而对戏剧舞台来说,戏剧无法自由地"叙事"(这是小说和史诗的特长)。这一限制主要表现为,戏剧极难"展示""过去",它本质上只能戴着时空的枷锁"展示""当下"的人和事②。如,《哈姆雷特》是一出关于16世纪的哈姆雷特为父王复仇的戏。舞台"展示"的便是哈姆雷特的"当下":哈姆雷特要查明真凶,一旦查明真凶,王子便开始着手实施复仇大计。戏剧若"展示"父王如何关心小哈姆雷特等与"当下"较远的"过去",舞台势必"展示"另一个时空,这无疑成为另一出戏剧。

既然戏剧只能"展示""当下",而极难或无法"展示""过去",易卜生是如何做到的?

最常见的一种说法是,易卜生采用"回溯法"来构造《玩偶之家》,即在

---

① 参斯丛狄:《现代戏剧理论》(1880—1950),王建译,北京:北京大学出版社,2006年版,第66页。

② 事实上,西方戏剧理论中常常被人诟病的"三一律"就是由戏剧舞台的特殊要求衍生出来的。但提请注意,与西方戏剧不同,中国本土戏剧(元杂剧、明清传奇等)的核心审美资源不在故事情节,而在诗歌艺境,因此中国本土戏曲在舞台时空上是非常自由的。参吕效平:《戏曲本质论》,南京:南京大学出版社,2003年版。

危机、灾难来临前开幕。如在中国戏剧界影响较大的《戏剧与电影的剧作理论与技巧》一书便持此观点,而且,作者劳逊还指出,该手法并非易卜生的首创,古希腊悲剧如《俄狄浦斯王》也是如此[①]。易卜生采用"回溯法"固然是不错的,但是,易卜生的《玩偶之家》与《俄狄浦斯王》的"回溯"却有着本质差别。对俄狄浦斯王来说,"回溯"过去,是正在舞台上"展示"的主题情节。经过"回溯",俄狄浦斯王从不明真相,到看清了自己"当下"的悲剧性命运。换言之,在《俄狄浦斯王》中,俄狄浦斯王即将到来的危机(认清自己弑父娶母的罪恶)是戏剧的核心,舞台正是要展示"俄狄浦斯王终于在当下意识到了自己的命运"。对《玩偶之家》中的娜拉来说,娜拉对"过去"及"过去"刻在自己身上的"情结"了如指掌,而且,这一"过去"才是戏剧的真正主题。换言之,戏剧舞台要展示的是"如今的娜拉有着怎样的过去"。因此,戏剧即将到来的危机和灾难(娜拉伪造签名一事将被揭发)是不重要的,易卜生编造这一"当下"的危机,是为了在舞台引出"过去",试图让"过去""展示"(而不是像小说一样被叙述)在舞台上[②]。斯丛狄就曾对易卜生的这一戏剧构造法做过一个精彩的分析,他说,易卜生的主题(展示过去)本质上是小说题材,要把小说题材搬上舞台,易卜生不得不用极其高明的"分析技巧"(即卢卡契说的"法兰西技巧"[③])来连接"当下"和"过去"。在"分析技巧"的帮助下,"当下"人物不断回溯、分析"过去"。遗憾的是,斯丛狄指出,在易卜生戏剧中,"过去"并不是"展示"出来的,而只是作为"内心情结"被"分析""讨论"(即"叙述")出来的,即戏剧过渡到了小说这种文体,戏剧性的"展示"过渡到了小说式的"叙述"。[④] 换言之,易卜生创造了在舞台上"展示""过去"的现代戏剧,然而,他并没有完全找到将"过去""展示"在舞台上的方式。

  话说回来,易卜生固然没有解决现代戏剧的形式问题,但这并不影响其作品的经典性,因为它们开拓了一个全新的舞台空间。沿着易卜生的道路,20世纪美国戏剧家们(奥尼尔、阿瑟·米勒、田纳西·威廉斯)不断

---

① 约翰·霍华德·劳逊:《戏剧与电影的剧作理论与技巧》,邵牧君、齐宙译,北京:中国电影出版社,1961年版,第106页。

② 另参斯丛狄对《俄狄浦斯王》和《博克曼》的比较,斯丛狄《现代戏剧理论》(1880—1950),王建译,北京:北京大学出版社,2006年版,第14—24页。

③ 参卢卡契:《易卜生创作一种资产阶级悲剧的尝试》,载《易卜生文集》(第八卷),北京:人民文学出版社,1995年版。

④ 参斯丛狄:《现代戏剧理论》(1880—1950),王建译,北京:北京大学出版社,2006年版,第66—73页。

地完善着"展示过去"的技巧。如阿瑟·米勒:在1947年《全是我的儿子》一剧中,米勒完全采用了易卜生的"分析技巧",以一段编造的、虚假的、不重要的情节来引出("叙述")"过去"这一真正的主题。到了《推销员之死》一剧中,米勒塑造了一个因精神紧张而常常陷入幻觉的人物威利。剧中,当下的情节引发了威利的幻觉,使"过去"的时空出现在"当下"的威利面前。如此,在"当下",人物不是被迫"分析""讨论"("叙述")"过去",而是直接回到"过去"。换言之,"当下"的时空随着威利的幻觉回到了"过去"的时空,舞台不是通过人物的口"讨论""过去"(像娜拉对林丹太太诉说过去那样),"过去"成为"当下"直接"展示"在舞台上。比如事业屡屡受挫的推销员威利一直有个心结:儿子之所以不成器,还用盗窃来自毁前途,是因为早年儿子发现威利和情人在旅馆约会。这一"过去"的"情结"在第一幕和第二幕均以幻觉的形式转为"当下""展示"在舞台上。尤其是第二幕,在饭馆里,父子吵架引发威利回到"过去":儿子发现父亲与情人约会。这一"过去"不是从演员口中"叙述"出来的,而是直接"展示"在舞台上的。

第三节 《玩偶之家》在中国的传播

以《玩偶之家》为代表的一批易卜生现实主义戏剧在中国的影响,主要表现在以下两个方面:思想上,个人主义、个人自由的现代启蒙;艺术上,中国戏剧的现代化。

众所公认,易卜生的戏剧首先是被作为现代思想的载体而为中国人所熟知的。如,胡适著名的《易卜生主义》,鲁迅的《文化偏至论》《摩罗诗力说》等均瞄准了易卜生的"个人主义"思想。鲁迅还在《〈奔流〉编校后记》中分析道,"五四"前后知识分子们偏偏挑易卜生说事,就是因为易卜生敢于高扬个人主义、独战社会的"壮盛意气"①。

那么,易卜生的"个人主义"思想对中国的影响结果如何呢?丹尼尔·哈康逊与伊丽莎白·埃德曾对易卜生戏剧对中国的影响做过一个总结,他们认为,中国人对易卜生的反应分为四种类型:"欣赏易卜生的社会现实意义"(以鲁迅为代表);"强调他的个人主义"(以胡适和鲁迅为代

---

① 鲁迅:《〈奔流〉编校后记》,载《鲁迅全集》(第七卷),北京:人民文学出版社,1981年版,第163页。

表);主张个人应同所在社会联系在一起(以茅盾为代表);强调戏剧对观众的效果和社会内容(以田汉、郭沫若和欧阳予倩为代表)①。

事实上,哈康逊和埃德所描述的上述四种类型最终都可归为一类:强调个人的自由解放与社会、国家之解放的同一性。这就是说,中国现代知识分子一方面在易卜生戏剧中读出了个人主义、个人自由的大问题,另一方面,他们还认为,此大问题与民族、国家和社会的解放是同一个问题。

不妨以胡适、鲁迅和郭沫若对娜拉出走的不同理解来分析。首先看胡适。胡适高瞻远瞩地指出,娜拉的出走毋庸置疑地宣扬了一种个人主义、个人自由的思想。胡适认为,这一思想应当大力提倡,因为,"社会、国家没有自由独立的人格,如同酒里少了酒曲,面包里少了酵,人身上少了脑筋,那种社会、国家决没有改良进步的希望。"②也就是说,个人、自由这些价值是重要的,但它们的重要性不在别的,就在它们是改良社会和国家的药方。再看鲁迅。众所周知,鲁迅认为,在当时的社会环境下,娜拉出走追求个人自由,其结果不是"堕落"就是"回来",再就是"饿死"。因此,妇女或者人的真正自由,必须与经济权相关联。只有经济制度改革了,个人自由才有可能。根据这一思想,鲁迅在《伤逝》中描绘了一对自由结合但未获得经济自主权的夫妻最终走向悲剧的故事。不难看出,与胡适一样,鲁迅也认为,个人和自由不仅仅是个人和自由,它们是有条件的,或者它们还与别的更宏大的事物相关联。最后看郭沫若。郭沫若同样关注"娜拉出走追求自由后,应该做什么"这个大问题。他认为娜拉应"求得应分的学识与技能以谋生活的独立,在社会的总解放中争取妇女自身的解放;在社会的总解放中担负妇女应负的任务;为完成这些任务不惜以自己的生命作牺牲——这些便是正确的答案"③。显然,郭沫若同样没有将个人和自由作为单纯自足的价值来弘扬,而是将之放到更宏大的社会、民族和国家的解放这个层面上来谈论个人自由的价值。

要言之,中国现代知识分子对易卜生的反应无论有多少种类型,他们均认为:个人主义、个人自由这些价值固然好,但是,务必要将个人自由推向更高的层面,把个人自由和民族国家的解放、独立联系在一起,唯其如

---

① 哈康逊、埃德:《易卜生在挪威和中国》,载《易卜生文集》(第八卷),北京:人民文学出版社,1995年版,第421—426页。
② 胡适:《易卜生主义》,载《新青年》,1918年6月第4卷第6号。
③ 郭沫若:《〈娜拉〉的答案》,载《郭沫若全集》(文学编第十九卷),北京:人民文学出版社,1992年版,第220—221页。

此,个人自由才有价值。否则,个人自由又有何用?

以英国自由主义大家伯林所定义的"消极自由"和"积极自由"来看,中国现代知识分子完全混淆了"消极自由"(关注"我能够自由而不受干扰的做什么"这个问题)与"积极自由"(关注"是什么人或什么东西在统治一个人"这个问题)的界限①。中国现代知识分子混淆两者界限的一个表面结果是将个人自由同民族、国家的独立自主挂钩(这事实上已是一个"积极自由"的问题),甘阳曾对此有精彩分析:"近百年来中国知识分子的最大教训或许就在于:他们总是时时、处处把社会、民族、人民、国家放在第一位,却从未甚至也不敢理直气壮地把'个人自由'作为第一原则提出,因为在他们看来,个人自由似乎只是关乎一己之私事,岂能作为社会的第一原则?"②而混淆界限的根本结果是,在中国现代知识分子那里,个人自由这个价值事实上被降格了。

无论如何,个人的自由尽管被中国现代知识分子降了格,但是,至少易卜生戏剧中的自由、平等的思想打开了中国现代知识分子的视野,他们开始意识到中国缺乏自由、平等观念的严峻现实,这无疑给中国文化界带来了全新的气象。正是这样的背景下,无数反映因缺乏自由、平等而生活不幸福的"家庭戏""出走戏"如雨后春笋般出现在中国现代文坛上。据王忠祥先生的梳理,受易卜生戏剧的影响,在中国现代文坛,戏剧界出现了:胡适的《终身大事》、欧阳予倩的《泼妇》、蒲柏英的《道义之交》、陈大悲的《幽兰女士》等剧作;在小说界出现了:冰心的《斯人独憔悴》、茅盾的《虹》、巴金的《家》、鲁迅的《伤逝》等小说③。

在这些作品的传播和影响下,易卜生戏剧中的个人主义、个人自由之精神内核逐渐在中国大地铺展开来。此外,随着胡适、欧阳予倩等人的戏剧实践,一种异质于中国传统戏曲的全新的现代戏剧也在中国舞台慢慢扎根。

对中国戏剧来说,中国本土戏曲的传统在于抒情。或者说,西方戏剧首先呈现在我们面前的是故事情节,然后才是更深远的意义。而中国戏曲长于诗词,短于故事情节,甚至可以说,中国戏曲的本质就是抒情诗

---

① 参伯林:《自由论》,胡传胜译,南京:译林出版社,2003年版,第200—215页。
② 甘阳:《自由的理念:五·四传统之阙失面》,载《读书》,1989年第5期。
③ 参王忠祥:《中国接受易卜生及其剧作史迹——易卜生的戏剧与中国现代文学》,载王宁编:《易卜生与现代性:西方与中国》,天津:百花文艺出版社,2001年版,第137—140页。

歌①。现代以来,受以易卜生《玩偶之家》为代表的西方戏剧的影响,剧作家们既看到了自由、平等一类的现代观念对中国人的心灵造成的震动,同时也察觉到西方戏剧异质于中国戏曲之处,如熊佛西②、余上沅③,当然还有中国现代戏剧史上最重要的作家曹禺。那么,受易卜生的影响,中国戏剧的现代化任务,一方面是如何运用长于抒情的戏曲表达现代思想(如1949年后田汉等人所做的工作),另一方面又是如何运用西方式的长于故事情节的戏剧(即我们现在俗称的"话剧")来表达现代中国人的所思所想(如欧阳予倩、曹禺等人所做的工作)。

以中国现代戏剧大师曹禺为例。他在回忆自己的戏剧生涯时说:"感谢南开新剧团,它使我最终决定搞一生的戏剧,南开新剧团培养起我对话剧的兴趣。当时新剧团的指导老师张彭春先生,给我很多帮助,他借给我一套英文版的《易卜生全集》,我是依靠一本英文字典择其容易懂的读过,使我从中懂得些戏剧的技巧,'话剧'原来还有这么一些新鲜的东西。"④曹禺所谓的"戏剧的技巧"便是西方戏剧构造故事情节的技巧。换句话说,曹禺很早就意识到中国戏曲与西方戏剧的根本差异不在于"唱"还是"说",而在,与中国长于抒情诗的戏曲不同,西方戏剧核心的审美资源在于故事情节。他在早年改编高尔斯华绥的《争强》时提到,《争强》一剧"章法谨严极了","试想把一件繁复的罢工经过,束在一个下午原原本本地叙出,不散,不乱,……这种作品是无天才无经验的作家写不出来的"⑤。到了曹禺真正原创《雷雨》的时候,他把构造故事情节方面的天才运用于舞台,将二三十年间的纠纷"折叠"在舞台上,以《玩偶之家》式的"回溯"展示"过去"的纠纷。如果说《雷雨》的出现真正标志了中国现代戏剧的成熟,那么,在中国戏剧现代化的道路上,以《玩偶之家》为代表的易卜生戏剧的影响功不可没。此外,受易卜生戏剧的影响,致力于中国戏曲现代化的田汉试图将中国戏曲的长处(富于艺境的抒情诗传统)与西方戏剧长处(构造戏剧性的情节之构造)融于一炉,创造了《白蛇传》等一批现代戏曲。

---

① 并不是说中国的本土戏曲元杂剧、明清传奇没有故事情节,而是说,对中国本土戏曲来说,构造完整并富有戏剧性的情节并非焦点,焦点在诗歌的抒情意境上。参吕效平:《戏曲本质论》,南京:南京大学出版社,2003年。
② 参熊佛西:《社会改造家的易卜生与戏剧家的易卜生》,载熊佛西:《佛西论剧》,上海:新月书店,1931年版。
③ 参余上沅:《伊卜生的艺术》,载《新月》,1928年5月10日一卷3期。
④ 田本相、刘一军主编:《曹禺全集》(第五卷),石家庄:花山文艺出版社,1996年版,第89页。
⑤ 同上书,第6—7页。

总之，除了思想的启蒙，易卜生对中国戏剧现代化的影响表现在，相较抒情诗及舞台表演的唱念做打，中国现代戏剧家们开始意识到戏剧舞台的另一极——完整且富有"戏剧性"的故事情节——的重要性。

时至今日，在中国乃至西方各国，易卜生及其剧作仍然是一个能够引起多重反响的话题。据统计，2006年，时值易卜生逝世100周年之际，仅在中国就有超过10部易卜生的作品在舞台上演。易卜生戏剧仍然"青春不老"的道理其实很简单，娜拉因为感到不自由、不公平而出走的剧情固然有朝一日随着社会的进步会过时，但是，易卜生所关注的夫妻之间爱恨交织的婚姻生活就像"爱情"这个古老话题一样，是说不尽的。

第四节 《玩偶之家》的影视传播

易卜生作为现代"社会问题剧"的倡导者，被誉为欧洲"现代戏剧之父"，他的社会问题剧大胆揭露现实生活中人们所关心的政治、经济、宗教、法律、道德、家庭、婚姻、妇女等一系列重大社会问题，直面现实，针砭时弊，具有强烈的批判精神，体现了作家对当时重大社会问题的关注和思考，引起了社会与文坛的巨大反响。随着影视艺术的发展，易卜生的剧作受到了影视编导的极大关注，他们不断地从他的戏剧中寻找情节和素材，经过改编之后把它们搬上银幕，通过影视二次创作的形式，不断地再次引起轰动效应，对传播易卜生的戏剧起到了巨大的推动作用。易卜生一生创作的25部戏剧中，社会影响最大、传播最广的当属《玩偶之家》。据不完全统计，从1911年美国坦豪塞电影公司拍摄《玩偶之家》以来，至20世纪末共出品了15个根据易卜生《玩偶之家》剧作改编的影视作品。其中美国5部、英国2部、德国2部、俄罗斯1部、法国1部、阿根廷1部、挪威1部以及2部电视剧。在《玩偶之家》的众多的影视改编中，最为成功并具有极大传播影响的影片是1922年和1973年的《玩偶之家》影视作品。

1922至1923年间德国的伯斯尔德·维特尔导演的无声电影《娜拉》制作了两个版本，一个版本是易卜生《玩偶之家》剧本原来的结尾，较好地体现了原作的精神，娜拉的出走本身就是对以男权为中心的社会的抗议。然而当时的德国正处于一次世界大战失败后的恢复期，以男性为中心的社会文化处于主导地位，对易卜生《玩偶之家》及其电影的改编播出，尤其是作品中所体现的女性的觉醒和出走，很难得到社会的广泛呼应和支持，德国观众似乎无法接受一部母亲遗弃幼儿出走的影视作品。稍后的1923年，德国紧接着又出品了第二版《玩偶之家》电影。第二版中的影片结尾改成了娜拉与丈夫妥协，没有离开她的孩子和家庭，海尔茂与娜拉的家庭矛盾冲突最后以和平化解为最终结局，与德国大众的社会时代、大众心态与文化诉求相一致，电影受到了德国观众的欢迎。应该指出的是，无论是忠实于原作还是对原作的大幅度改动，《玩偶之家》的播映，都使得易卜生及其《玩偶之家》在德国得到了广泛的传播。原作中所体现的女性主义思想，并没有因为电影改编的异同而在读者与观众心目中受到影响。另外，德国的电影改编反映出了《玩偶之家》影视改编中普遍存在的问题，即在电影的改编中，原作的内容和精神，随着不同国家观众的文化习惯以及思想观念的差异，都存在着或多或少的改动。

20世纪七八十年代，随着欧洲女权主义运动的掀起，易卜生的《玩偶之家》成为了热点，出现了一大批对易卜生《玩偶之家》原作不同诠释的同名影视改编片。1973年，德国的瑞纳·沃纳·法斯宾德根据《玩偶之家》改编制作了电视剧《娜拉·海尔茂》。电视剧的受众比电影更广泛，传播与影响也更大。电视剧就总体而言是德国1923年版《玩偶之家》的衍生和翻版，如果说1923年版影片《玩偶之家》中最后娜拉的妥协以及没有离家出走，在整个剧情的发展中显得生硬的话，那么1973年版的德国电视剧中，则从剧情发展、人物形象等不同方面，做了大量的铺垫，使得剧情的发展以及娜拉最后的妥协显得更加顺理成章。电视剧的出品，是对当时欧洲女权主义思潮的一种反拨，被看作是对20世纪70年代德国早期女权运动的一种挑战。影片中的布景与易卜生所指定的舞台场景相比没有太大的变化，整个情节都发生在海尔茂住处的起居室里。但是剧情与人物形象有了很大的区别。原剧中的对话被去掉很多，删去了那些反映天真、可爱的娜拉被丈夫戏弄哄玩的段落，"玩偶"的说法也不再出现在剧中。法斯宾德塑造的娜拉成为了一个略显狡黠的女人，她成功地羞辱了海尔茂，并让海尔茂恳求她留下来。电视剧的结尾暗示海尔茂尽管是有权有势的银行经理，但是在家里，占据主导地位的还是娜拉。影片中有许多照镜子的场面，产生了一种口是心非的视觉印象，其目的是为了揭示资产阶级家庭生活中虚伪或道德崩溃的现状。虽然德国读者能够认同易卜生原作中娜拉女性意识的觉醒，对《玩偶之家》结尾处娜拉"砰"然关上门出走也能够接受。但是在德国的传统文化观念中，德国的观众更倾向于娜拉与海尔茂不具冲突的结尾。有资料显示，当年针对德国的观众无法接受上演一部母亲因为家庭矛盾而抛下丈夫孩子出走,易卜生曾经十分犹豫地同意专门为德国剧院将《玩偶之家》的结尾改成娜拉与海尔茂的和解。显然,与原作相比,电视剧人物形象及其剧情变化的根本原因不是由舞台到视频这一媒介形式的转变引起的,它与不同时代不同国家的社会文化观念密切相关。同时我们也看到,影视改编的异同,它只是作为一种文艺和娱乐的形式存在,与原作的内涵意义和人物形象并没有直接的联系作用。

1973年英国出品的《玩偶之家》,由皮特里克·加兰导演,克莱尔·布鲁姆扮演娜拉。电影讲述了主人公娜拉从爱护丈夫、信赖丈夫到与丈夫决裂,传递感情奇妙所在,最后离家出走、摆脱玩偶地位的自我觉醒成长过程。影片在剧情娜拉人物的形象塑造上与易卜生的《玩偶之家》是一致的。英国社会公众中的女性主义问题,自19世纪以来一直成为社会关注的焦点之一,20世纪60年代以来,女权主义运动掀起高潮,电影《玩偶之家》的播映在英国获得了巨大的社会共鸣和反响,影片的社会功能正好与德国电视剧相悖,对英国女权主义运动起到了推波助澜的作用,同时也对易卜生《玩偶之家》的传播起到了极大的推广效应。

1973年8月于瑞典上映的电影《玩偶之家》,由英法联合制作,导演约瑟夫·洛塞,主演简·方达,影片长达一个半小时,情节结构、人物形象、人物对话等均忠实于原作。影片播出后受到了读者观众以及影评界的一致好评,影片播出后,迅速在欧洲流传,很快被译成不同版本,在世界各国上映。

易卜生的剧本创作善于利用剧院这一特定场所、利用昏暗的光线及令人窒息的空气来达到戏剧所需的舞台气氛。他的《玩偶之家》也不例外,该剧剧情的发生发展高潮结局都是在海尔茂的起居室里,但是当戏剧被改编成电影之后,这种空间效果很难转移至银幕上。对于一部电影来说所有的故事情节自始至终发生在一个房间里似乎有点不可思议,显然这并不是一个最佳的电影处理方式,加之电影观众或许希望看到起居室之外的更多的东西。因此在《玩偶之家》的电影改编上,约瑟夫·洛塞充分利用了电影艺术的空间表现优势,对原剧的场景设置大胆突破,电影中的场景并不仅仅局限于海尔茂家狭小昏暗的起居室,而是把镜头延伸到了一些剧本之外的场景、人物等。例如电影中有一个镜头是挪威小镇罗洛斯布满冰雪的街道,街道上一辆马车疾驶而过,另外还有娜拉过去的生活、克洛斯泰的儿女、克兰医生的女佣等,这些场景的设置极大地丰富了作品的内容,满足了观众的视觉需求。在电影改变中这种表现空间上的扩展也许使作品失去了易卜生的空间手段所产生的共鸣效果,但这并不影响戏剧的情节和思想主题,或许它会更加符合电影观众的审美需求,从而使这部电影成为《玩偶之家》电影改编的较成功的尝试。

1973年挪威导演阿里德·伯林克曼执导的影视片《玩偶之家》,分别由赖斯·菲尔德丝蒂、库特·里塞尼饰演娜拉和海尔茂。影片拍摄首先在电视中广为播映,获得了极大的社会反响和观赏效应。影片忠实于易卜生原著,且具有浓郁的挪威风格,被认为是《玩偶之家》影视改编中最为出色的一部,是《玩偶之家》的经典影片。电影一开场首先出场的是主人公娜拉,她满身雪花从外面回来,买回了各种圣诞礼物,快乐地哼着小曲儿整理礼品,一个漂亮、单纯、活泼、快乐甚至有几分顽皮的小女人形象展现在观众面前。接着有许多娜拉与丈夫海尔茂开心嬉闹、亲密聊天的镜头,观众有理由相信这是一个幸福快乐的小女人。但是随着情节的展开,娜拉与海尔茂之间的矛盾冲突因为借据骤然爆发,娜拉因此看透了丈夫的虚伪本质,原来这八年来丈夫从来没有真正爱过自己,他所关心的只是他的地位和名誉。娜拉彻底绝望了,于是她毅然离开了这个玩偶之家。

伯林克曼的电影《玩偶之家》,从整体来看,影片中情节、人物、语言以及走向基本与原著一致,包括很多很小的细节都最大限度地尊重了原作。相比较影片与原作最大的不同之处在于女主人公娜拉的内心活动的表现形式,原著中娜拉的心理活动是通过台词来表现的,而在电影中更多的是凭借女演员的表情和肢体动作来传达。易卜生的剧本《玩偶之家》是一部三幕话剧,将八年的时间浓缩到圣诞节前后三天,将主要戏剧冲突放在娜拉冒名借款被要挟的情节上,通过主人公的追溯交代了整个事件的来龙去脉,同时也清晰的为读者展现了剧中各个人物的特点。影片《玩偶之家》的情节结构的安排与剧本保持一致,既集中紧凑又波澜起伏,矛盾冲突尖锐。影片从圣诞节前娜拉兴奋地买礼物开始,继而林丹太太来访,运用"回溯法"娜拉讲述八年前借债顶替签名之事,接着柯洛克斯泰利用借据要挟娜拉为他保住职位,娜拉说服丈夫未果,柯洛克斯泰把说明真相的信件放进娜拉家的信箱,当海尔茂得知真相之后雷霆大发,责骂娜拉,引发了娜拉和海尔茂之间尖锐的矛盾冲突,同时也把故事情节推向高潮。最终林丹太太出面调解,柯洛克斯泰归还借据,就在海尔茂兴奋地喊着"没事了"的时候,情节急转直下,娜拉最终离家出走了,意想不到的结局收到大起大落的艺术效果。电影《玩偶之家》遵循原作的情节结构框架,从开头、回溯到高潮、结局,展现了一个家庭的聚散和一个女人的觉醒,影片忠实于原作,成功地把舞台艺术转化为银幕艺术,用电影艺术诠释了易卜生戏剧的思想内涵。在人物塑造方面,影片《玩偶之家》在银屏上恰到好处地再现原作中的人物形象和性格特点,呈现了易卜生原作精神。影片中所塑造的娜拉最初是一个热情活泼、幸福快乐、无忧无虑、像孩子一样顽皮的小女人,但就这样一个柔弱的女人却有担当有主见,丈夫生病时瞒着丈夫借债并冒充父亲签字,丈夫病好之后她又瞒着丈夫独自还债。娜拉爱家庭、爱丈夫、富有自我牺牲精神,当借债之事暴露,为了不影响丈夫的前途地位,娜拉做好了自杀的准备。娜拉这个形象的升华在于她看清了海尔茂虚伪本质之后的觉醒,她意识到自己是一个人,有人的尊严和权利,为了追求属于一个女人的人格、价值、尊严和自由,她勇敢地走出了那扇门,这是一个受个性解放思想影响正在觉醒的新女性形象。电影中的娜拉基本保留了剧本的原貌,影片中的人物语言同样忠实于剧本。整部电影没有更多的场景,故事的发生、发展、结局都是在海尔茂家的起居室,影片以人物间的大量对话为主体来推动情节发展,娜拉和海尔茂两个主要人物的对话与原作相比较没有大的改变。

和易卜生原作相比,伯林克曼的《玩偶之家》在许多地方删减了一些细节,使矛盾冲突显得更加集中。原著里第一幕中当海尔茂、阮克大夫与林丹太太正要一同出门的时候,娜拉的孩子们刚好滑雪回来,她吩咐保姆进屋去暖和一下之后开始与孩子们玩捉迷藏,而此时柯洛克斯泰来见娜拉,于是娜拉交代孩子们进去找保姆安娜并小声地抚慰孩子们,之后娜拉才心神不定的面对柯洛克斯泰。而在电影情节中,孩子们始终都没有出场,在三人离去后娜拉是一个人在屋子里玩弄买来的圣诞礼物,直到柯洛克斯泰径直推门进来,她才一脸惊慌。令人窒息的谈话结束之后娜拉表现得极其焦躁不安,不停地在屋子里走动,并试图通过整理衣服和圣诞礼物来保持镇定,直到保姆安娜回来说孩子们在滑雪。易卜生原剧的另一个片段是柯洛克斯泰走后,孩子们和娜拉一起开心地嬉闹、捉迷藏,娜拉藏到了桌子下面,而电影中同样删减了这一细节。影片在处理这两段情节时,为了使矛盾的焦点更加集中突出,把与借据关联不紧密的细节做了删减,从而把镜头聚焦在娜拉此时此刻的极度紧张与焦虑不安上,演员通过细腻的表演很好地诠释了当时娜拉的慌乱、恐惧与绝望,但在某种程度上,她还抱着一丝侥幸心理,所以她又努力表现得很镇定,但她的一系列动作却出卖了她的真实心理。

伯林克曼的影片《玩偶之家》在删除某些细枝末节的同时,影片中又添加了一些细节,真实丰富地凸显了人物性格。如原著第二幕中有一段娜拉与海尔茂的谈话,是关于娜拉跟海尔茂商量要不要辞退柯洛克斯泰的对话,原著中两夫妻只是单纯的谈话,而在电影中,或许是为了表现男主人公海尔茂在谈起柯洛克斯泰的时候那种烦躁厌恶的心情,于是特意设置了海尔茂点燃了雪茄这一动作。这个小小的细节的加入,无疑是锦上添花,流露出海尔茂的内心的虚伪和复杂情感,也为后来海尔茂知道一切真相后的行为埋下了伏笔。又如原著第二幕的最后,女仆爱伦招呼吃饭,娜拉让海尔茂和阮克都进饭厅,而她自己听林丹太太说柯洛克斯泰已经出城之后,计算了最后的"生存"时间,直到海尔茂呼唤"我的小鸟儿在哪儿"她才飞奔过去喊着"在这儿。"而电影《玩偶之家》里的细节则是海尔茂出现在饭厅门口叫娜拉的时候手里拿着一杯香槟酒,娜拉说了"在这儿"之后快步走到他身边,然后拿过海尔茂手中的酒一饮而尽。伯林克曼在影片中增加了喝香槟酒的人物动作,此时旨在表现娜拉当时那种烦乱的心情以及极力想要掩饰自己的微妙心理,与之前幸福快乐、无忧无虑的娜拉形成鲜明对比。原著的最后一幕中,当海尔茂终于看到了柯洛克斯泰的那封信,知道了娜拉所做的一切事情之后,他开始愤怒斥责娜拉,这一段对话把整部戏剧推向了高潮。而在电影里当海尔茂拉着娜拉的手臂质问"真的有这件事?他信里的话难道是真的?"娜拉看着他回答说"是真的,我只知道爱你,别的什么也不管。"此时我们从影片中看到的是娜拉话音刚落,海尔茂就用手里捏着的信纸狠狠地抽打了娜拉的脸,伯林克曼为影片增加了这样一个细节,既形象地刻画出海尔茂当时的恼羞成怒,同时也让观众更加同情娜拉,能够更好地理解娜拉最后的出走。另外电影中当海尔茂说到不敢再把孩子交到娜拉手中的时候,他坐在了椅子上掩面哭泣,这个小小的细节又体现出海尔茂作为男人在内心濒临崩溃时的真实情感流露。原著的最后娜拉从门厅走出去,离开了这个曾经带给她无数梦想和幸福的家。影片中加入了一个细节,那就是在娜拉一边流泪一边感叹自己居然和一个陌生人同居了八年并且生了三个孩子的时候,她右手使劲掰下左手上的戒指,然后握在手心浑身颤抖,最后她把这枚戒指还给了海尔茂并且从他手上摘下了另一枚。观众从这一动作既体会到此时此刻娜拉内心的痛苦和绝望,也感受到了她幡然醒悟、离开玩偶之家的决绝。电影中女演员通过坚定的眼神和简短的思考来传达娜拉决定离开的决心,这些都是在原著的文字中看不到的。在娜拉离开的那一刻,原著中海尔茂是倒在了靠门的椅子里再起身感叹,而电影里海尔茂是在娜拉离去关门的那一刻冲到了门边,拉开门大喊了一声"娜拉!",接着环视屋子,喃喃自语着坐在了沙发上。电影里添加的这一声"娜拉",让我们看到了海尔茂内心的矛盾与对娜拉的不舍,但是最终的结局依然是他没能把娜拉留在这个玩偶之家里。

伯林克曼执导的电影《玩偶之家》与易卜生的原著《玩偶之家》相比较,电影基本上遵循了原著的所有情节,一些小细节的加入更好地体现出了娜拉和海尔茂两个主要人物的性格特点。对于女主人公娜拉,电影中女演员通过其肢体动作和眼神,完美地演绎了娜拉的童真、焦躁、惊慌和坚定,让观众感受到了一个女人的成长和觉悟,并以此展开了对女性地位和妇女解放的讨论。这也是作者易卜生所要传达的真实意图,以一个女人的经历来展现当时资本主义社会背景下,男权对女性的压制以及妇女的觉醒和抗争。

易卜生《玩偶之家》所产生的巨大社会反响与大量的影视作品在世界范围内的广为传播,也对中国电影产生了巨大影响,曾多次被搬上中国银幕。《玩偶之家》作为一种精神范本和艺术源泉被成功转化为中国艺术家笔下的本土故事和人物,于是成就了20世纪初中国银幕上一大批"娜拉"式的女性形象。其中最具传播影响的有1924年李泽源、侯曜导演,王汉伦主演的影片《弃妇》中的吴芷芳;1928洪深、张石川导演的影片《少奶奶的扇子》中的瑜贞;1931年卜万苍导演,阮玲玉主演的《恋爱与义务》中的杨乃凡;1947李倩萍导演,卢碧云主演的影片《母与子》中的黄素等等。这些女性的身上都活跃着娜拉反抗和出走的影子,一时间娜拉热在中国大地盛行起来,极大地推动了中国反封建、女性解放的思想运动。如果说吴芷芳和杨乃凡是追寻自我解放以失败而告终的"娜拉",那么少奶奶瑜贞则是遭遇家庭危机,差点离家出走,最终仍皈依主流家庭秩序的"娜拉",而《母与子》中的黄素则是自强自立、成功走出男权社会、获得社会主体地位的"娜拉"。

在中国银幕上众多的中国式"娜拉"中,1924版的影片《弃妇》中的吴芷芳是最有代表性的女性形象。1924年中国早期电影的先驱人物侯曜受易卜生《玩偶之家》的启发和影响,制作了影片《弃妇》,讲述了一个中国式的"娜拉"离家出走的悲剧故事。吴芷芳原是富裕人家的少奶奶,知书达理,安守妇道,却被有外遇的丈夫遗弃。在同学杨素贞的帮助和启蒙下,吴芷芳终于觉醒,她言辞决绝地说:"我与其做万恶家庭的奴隶,不如做黑暗社会的明灯！我与其困死在家庭的地狱里，不如战死在社会的地狱里！我与其把眼泪洗面，不如拿鲜血沐浴。素贞我走了！我决定走了！"吴芷芳的呐喊成为了中国银幕上出现的最悲壮、最坚定的娜拉式"出走宣言"。吴芷芳踏进社会自立谋生，找了很多工作，积极参加女权运动，担任女子参政会会长。吴芷芳不愿再回归家庭牢笼的决定，使得丈夫恼羞成怒，诬告她为逃妇、乱党，导致吴芷芳不为社会所容，逃入空谷后又遇强盗，身心俱疲的她最终惨死在尼姑庵里。在影片《弃妇》中，吴芷芳是一个在家庭屈辱中觉醒进而走上为争取男女平等而殊死抗争的女权斗士。显然，编导在改编《玩偶之家》中，将其精神内核融入中国封建社会生活中，加入了中国民族元素，将挪威的故事中国化。同时我们也看到，影视改编又是对易卜生《玩偶之家》的超越，《弃妇》中的吴芷芳和易卜生的娜拉已经有了本质上的差异，吴芷芳不仅走出了家门而且走上了社会，融入妇女解放的洪流中，她的悲剧犹如"黑暗王国中的一道闪光"，照亮了女性解放斗争的灿烂前景。吴芷芳的悲剧从某种意义上说比易卜生的娜拉有着更深刻的思想内涵和社会意义。

从易卜生的戏剧《玩偶之家》到银屏上中国式"娜拉"的形象塑造，这一过程揭示了20世纪中国电影发展的双向维度：一方面出于自身现实话语诉求的需要，一定程度接受西方文化与文学的影响，另一方面侧重对文本进行内在的变异和改造，结合早期电影技术实现的可能性以及中国文化语境现实性，使之更符合中国的民族文化氛围。从娜拉到吴芷芳、瑜贞、杨乃凡、黄素等的塑造中，我们既看到了本土化与原作的差异，同时也看到改编者对时代背景、社会生活以及文化习俗等差异的高度重视，为《玩偶之家》在中国的传播，打下来更为坚实的本土基础。总之，在大量的影视改编和传播中，无论是忠于原著还是改头换面，它们都赋予了易卜生戏剧"持续的"生命力，使之成为世界范围内以及中国读者观众心目中的典范作品。

第十二章
安徒生童话的生成与传播

"是何种奇特的命运让丹麦这个欧洲小国与两个名字紧紧连在了一起！哈姆雷特——人类思考的主角，汉斯·克里斯钦·安徒生（Hans Christian Andersen，1805—1875）——第一位儿童文学作家"[①]。如果说哈姆雷特成为世界文学史上的经典形象主要归功于莎士比亚的文学创作，而安徒生，这位著述上千万字，却独以童话享誉世界的文学巨人，是丹麦文学真正的骄傲。

安徒生童话出现在西方浪漫主义文学的宏大背景之下。当时，丹麦发生重大社会变革，历经拿破仑战争、石勒苏益格-荷尔斯泰因独立等重大历史事件，封建君主主动结束封建王权，社会进入君主立宪制的资本主义时代。丹麦的文学、艺术也在这一阶段进入了黄金时期。在群星闪烁的"丹麦黄金时代"，安徒生与奥伦施莱厄（Oehlenschläger）、奥斯特（Hans Christian Ørsted）、克尔凯郭尔（Kierkegaard）共同完成了丹麦的"文艺复兴"。

第一节　安徒生童话在源语国的生成

1835年，年轻的丹麦诗人，成功的剧作家、小说家安徒生的童话小册子《讲给孩子们听的童话》（*Eventyr, fortalte for Børn*）（第一集）第一册

[①] Horace E. Scudder, "The Home of Hans Christian Andersen", *Harper's New Monthly Magazine*, Vol. 69, Issue 413(October 1884), p. 651.

正式出版，这是安徒生第一次发表童话作品。

本册含四篇童话：《打火匣》(Fyrtøiet)、《小克劳斯和大克劳斯》(Lille Claus og store Claus)、《豌豆上的公主》(Prindessen paa Aerten)和《小意达的花》(Den lille Idas Blomster)。前三篇都有民间传说的源本，因此如安徒生在自传中所说，这三篇童话"只是以我自己的方式，重述了我孩提时听到的老童话"①。

丹麦评论界对此书的评论大抵是消极的，《丹麦研究》(Dannora)的匿名评论称"《打火匣》《小克劳斯和大克劳斯》及《豌豆上的公主》，很可能使孩子们感到有趣，但它们肯定不会有任何教育意义，同时本人不能保证它们读了无害。"②其他评论则称《打火匣》"行为不道德"，《豌豆上的公主》——"毫无意趣"，就连被评论最缓和的《小意达的花》，也被指道德训诫意义不深刻③。

应当如何来准确评价安徒生童话生涯迈出的第一步呢？即使从负面的评价中我们也可以发现这四篇童话的优点所在：强调趣味性，洋溢着童真与想象力，与丹麦当时流行的莫尔贝克(C. Molbech)④的道德训诫童话截然不同。因此道德意义的缺失也是批评的矛头所向。此外，安徒生在童话中使用的"更生动，但却更杂乱无章的口语叙述方式"⑤也被认为不利于于儿童，莫尔贝克就直接批评安徒生"用迎合孩子们的语言对孩子们讲话"⑥。但事实上，安徒生作品的成功之处很大程度上要归功于安徒生不拘一格的生动语言。虽然他的童话在出版时常因不合书面语体而饱受非议，但假以时日，却将为丹麦文学的发展开拓全新的道路。

以笔者之见，这四则故事中的《打火匣》，甚至包括《小克劳斯和大克

---

① 安徒生：《安徒生自传》，林桦译，北京：人民文学出版社，2011年版，第224页。
② Elias Bredsdorff, *Hans Christian Andersen: The Story of His Life and Work (1805—1875)*, London: Phaidon Press Limited, 1975, p.123. 参看中译本伊莱亚斯·布雷斯多夫：《从丑小鸭到童话大师——安徒生的生平及著作(1805—1875)》，周良仁译，哈尔滨：黑龙江人民出版社，2005年版，第136页。
③ 伊·穆拉维约娃：《安徒生传》，马昌仪译，上海：上海文艺出版社，1981年版，第228页。
④ C.莫尔贝克(Christian Molbech, 1783—1857)，丹麦历史学家、文学评论家、史籍编撰者，也撰写过一些具有道德训诫意义的童话。
⑤ Dansk Literatur-Tidende, No.1, 1836, p.10. 原文为丹麦文。此处引自该评论英译，见 Jens Andersen, *Hans Christian Andersen: A New Life*, Tiina Nunnally tr. Overlook TP. 2005, p.229. 翻译参考中译本詹斯·安徒生：《安徒生传》，陈雪松、刘寅龙译，北京：九州出版社，2005年版，第200页。
⑥ 约翰·迪米利乌斯：《安徒生——童话作家、诗人、小说作家、剧作家、游记作家》，林桦译，北京：人民文学出版社，2005年版，前言第11页。

劳斯》,确实流露出对生命的冷漠,某种程度上讲,也许对儿童的教化不利。但蒙昧未开、善恶未明的独特样态又是儿童成长初期某阶段的真实展现,日后,戈尔丁(Golding)的《蝇王》(Lord of the Flies)不过是深化了这种儿童天性中的"恶"。

事实上,安徒生从来没有打算在这些故事里"教化"儿童,而是直接把读者带入一个脱离成年人道德判断的无拘无束的世界。《打火匣》中体现出的一种意图彻底打破道德规范、颠覆传统社会生活的反叛意识在他之后的童话中几乎销声匿迹,或者这也是一直循规蹈矩、努力在上流社会求生存的安徒生借"写给孩子的童话之名"实行的唯一一次小小的越轨。

同时,四篇中《小意达的花》展现了日后使安徒生童话成为世界经典的核心手法:"万物有灵"①,通过将植物及其他无生命的物体拟人化,利用这些物体的性格来反映人类的心理与活动。安徒生深沉的生命伦理也体现在故事里关于花草生命的描述中——"不过我们活不了多久。明天我们就要死了。但是请你告诉小意达,叫她把我们埋葬在花园里——那个金丝雀也是躺在那儿的。到明年的夏天,我们就又可以活转来,长得更美丽了。"(《小意达的花》)②生命与死亡的关系会在他日后的童话中一再被讨论,甚至成为他童话的核心主题之一。

不论安徒生的第一册童话在丹麦发表时遭遇了何种冷遇,在几乎一面倒的负面评论中,"丹麦黄金时代"的重要人物奥斯特③却以独特的慧眼发现了安徒生童话的意义。1835 年,安徒生给亨利特·武尔夫(Henriette Wulff)④的信中提到奥斯特对他的评价:"如果《即兴诗人》将使我闻名于世的话,这些童话会令我不朽,因为它们看起来是我写过的作

---

① Harold Bloom, "'Trust the Tale, Not the teller': Hans Christian Andersen", *Orbis Litterarum* 60:6, 2005, p.403.

② 安徒生:《安徒生全集之一:海的女儿》,叶君健译,上海:上海译文出版社,1978 年版,第 50 页。

③ 奥斯特(Hans Christian Ørsted, 1777—1851),丹麦物理学家、化学家,安徒生成长道路上的重要推动者。

④ 亨利特·武尔夫(Henriette Wulff),丹麦首位莎士比亚翻译者武尔夫上将的女儿,安徒生的好友。

品中最完美的,但我自己并不这么认为。"①②此处可见安徒生的矛盾性所在:他希望自己的童话创作得到肯定,但他并不承认童话在自己的整体文学创作中占据了最重要的位置。

1835年至1837年,安徒生继续推出了《讲给孩子们听的童话》(第一集)的第二册与第三册,开始逐渐扭转第一册受到的冷遇。第二册中的《拇指姑娘》(*Tommelise*)继承了童话的传统,清新美妙,带着土地的气息、麦子的味道和美丽的南方风情,其中善良、执着的拇指姑娘给读者们留下了深刻的印象。关于丘比特的故事《顽皮孩子》(*Den uartige Dreng*)尽管短小却温暖,风趣;加上以安氏的奇趣想象重述传说的《旅伴》(*Reisekammeraten*),第二册童话开始收获赞扬,但还仅限于朋友的小圈子以内。但普通读者的反响更为积极,否则无法解释安徒生两年内就能出版三册童话。

1937年出版的第三册中含两篇安徒生经典中最重要的童话《海的女儿》(*Den lille Havfrue*)和《皇帝的新装》(*Keiserens nye Klaeder*)。

《海的女儿》③达到了安徒生童话的最高水平。这篇童话成为经典绝非偶然:优美、动人的叙述语言;丰美的自然与海底世界的意象重叠在一起,让人目不暇接;扣人心弦的精彩情节;成功的人物塑造让小美人鱼这位美丽、勇敢、执着、善良的女主角形象深入人心。此外关于海底女巫的具体段落阴森恐怖,带有一定的哥特式小说色彩,使得故事的风格更加多样化。

同载此册的另一篇童话《皇帝的新装》则是一篇出色的政治寓言。作为胡安·曼努埃尔王子④西班牙故事改装后的重述版本,它讽刺那些为了掩饰自己的无知、不懂装懂的愚蠢小人。而安徒生的点睛之笔是,结尾由一个孩子点破成人们的真相:"可是他什么衣服也没有穿呀!"让孩童

---

① 引自 Sven Hakon Rossel 的英译本,见于 "Hans Christian Andersen: The Great European Writer" in Sven Hakon Rossel (ed.), *Hans Christian Andersen: Danish Writer and Citizen of the World*. Rodopi. 1996. pp.1-112 (p.27.) 丹麦原本见于:C. St. A. Bille and Nicolai Bogh, eds. *Breve Fra Hans Christian Andersen.1*. Copenhagen: Gyldendal, 1878, p.283.

② 此关键评价在许多安徒生传记文本中都有记录,大多仅录入前半句。

③ 鉴于叶君健翻译版本《安徒生童话全集》是国内三个主要的从丹麦源语直接翻译的安徒生童话全(选)集,且有难以撼动的历史地位。译本的语言准确、优美,以笔者的个人评价也是三种译本(叶君健、林桦、石琴娥)中最具文学性与阅读效果的版本,因此本文中所录安徒生童话篇名除此篇外都依照叶君健译本。

④ 胡安·曼努埃尔王子(Juan Manuel,1282—1348)因一部由犹太人和阿拉伯文献(一说为伊索寓言和波斯文献)改写成的训诫性故事集《帕特罗尼奥之书》(*Libro de los ejemplos*),也称《卢卡诺尔伯爵》(*El Conde Lucanor*,1335)闻名于世。

"天真的声音","颠覆一切原本貌似真理的谬误,戳穿所有成人的谎言"①,从而明确了儿童的全新立场。

在情节构造、叙述语言、人物塑造、文学意象和道德内涵诸多方面都可圈可点的《海的女儿》与风趣、辛辣的《皇帝的新装》使安徒生童话赢得了读者的喜爱,获得了商业上的成功,以至于后来他的童话"成了每年的圣诞树上不可缺少的东西了"②。丹麦的剧院里开始朗读安徒生的童话作为特别的节目,并受到了观众的欢迎,成为丹麦观众喜闻乐见的艺术形式。但是,评论界对于这些新童话的价值依然保持怀疑。

詹森·安徒生认为,从1835年到1839年间对安徒生童话的评论都基于当时社会流行的教条,而安徒生的作品对这些教条中的三大原则形成了挑战。一,文学作品绝不能采用口语化的语言——而安徒生童话大量采用了孩子说话的语气。二,童话作者不能将自己"放纵到病态的儿童世界之中"——如安徒生这样以童心看世界,就无法"产生在教育上所需的合理距离";三是童话故事必须包含明确的信息,传达正统的道德观念——而安徒生故事里的儿童活泼、独立,不需要成年人的道德判断。安徒生童话对传统的挑战因此被外界批驳为异类③。

1839—1842年,《讲给孩子听的童话·新卷》第一、二、三册陆续出版。1839年12月问世的《没有画的画册》(*Billedbog uden Billeder*)④大获成功,在接下来的数十年中,安徒生的童话飞越国界,流传到欧洲多个重要国家。当它们在德国、英国乃至整个欧洲获得高度评价之后,才引起丹麦评论界的真正重视。1843年,丹麦文艺界举足轻重的批评家柏卢丹·穆勒⑤(Paludan Müller)撰文高度肯定了安徒生的童话艺术,标志着丹麦文坛"正式承认了安徒生作为一位童话作家的地位"⑥。

安徒生的童话从此一跃走向了经典之路。从《讲给孩子们听的童话》到1843年末开始发表的《新的童话》(*Nye Eventyr*)系列和1852年开始发表的《故事集》(*Historier*)系列,他此后大半生都坚持创作童话,其中

---

① Jens Andersen, *Hans Christian Andersen: A New Life*, p 232. 翻译引用中译本第204页。
② 见安徒生:《安徒生自传》,林桦译,北京:人民文学出版社,2011年版,第224页。
③ Jens Andersen, *Hans Christian Andersen: A New Life*, pp. 229—230. 翻译参考中译本第201页。
④ 该版本仅含20夜,单独出版,30夜版本出版于1840年,33夜版本见于1847年,安徒生生前该故事并未收入他的童话集,在他生后出版的各种《安徒生童话故事全集》中却都将之归入"童话和故事"的范畴中。
⑤ 柏卢丹·穆勒(Paludan Müller,1809—1876),丹麦浪漫主义诗人,评论家。
⑥ 林桦编著:《安徒生剪影》,北京:生活·读书·新知三联书店,2005年版,第25页。

1843 年发表的《丑小鸭》(Den grimme Ælling)非常具有历史意义地获得了丹麦评论家的一致肯定①。"安徒生将自己的人生写成了童话"②,《丑小鸭》被誉为安徒生的童话自传,广为流传,成为了他的名片。

安徒生生前以"童话"(Eventyr)和"故事"(Historie)为书名在丹麦发表的故事总数为 156 篇③,"Eventyr"在丹麦文里是指童话和富于幻想的故事,而"Historie"(复数为 Historier)是简单朴素的故事。

安徒生的童话和故事可以划分成三大类别:代表作品有:一,现实的生活:通过带有或不带有超现实成分的故事,以深刻的命运感,着力展现了当时或更早时代的普通人的生活,如《大柳树下的梦》(Under Piletraet)、《幸运的套鞋》(Lykkens Kalosker)、《单身汉的睡帽》(Pebersvendens Nathue)、《幸运的贝尔》(Lykke-Peer)等;二,人生的哲理,或通过赋予花草动物甚至家庭用品以生命和思想,从它们的角度观察人类的生活,或用它们的生活指代人类的生活来表达生活的哲理,如《丑小鸭》《坚定的锡兵》《老栎树的梦》(Det gamle Egetræes sidste Drøm)等等;三、虚幻的世界:故事包含大量魔幻成分,如巫术、魔法、精灵、仙子等等,营造美丽动人的神奇天地,创造出一个可以让人逃离现实的独立世界,如《海的女儿》《拇指姑娘》《妖山》《沼泽王的女儿》等等。

据丹麦著名安徒生研究专家伊莱亚斯·布雷斯多夫(Elias Bredsdorff)统计,156 篇童话和故事中有 12 篇属于对民间故事或前人文本的转述,其余 144 篇完全是他的个人创作(当然这并不意味着其中完全没有互文性的成分)④。但即使在这 12 篇有一定文学来源的故事中,安徒生的原创性也得到了极大的发挥。

安徒生童话的主题在不同时代有不同的解读,"童心""纯洁的爱情""对生活的抗争"……不一而足。本书着重选取"永恒的生命"和"对科学时代的歌颂"这两个常常被人忽视的主题予以阐述。

---

① Jens Andersen, *Hans Christian Andersen:A New Life*,p 330.参考中译本第 283 页。
② Seth Lerer, *Child's Literature:A Reader's History From Aesop to Harry Potter*. Chicago:The University of Chicago Press.2008. p.217.
③ 关于安徒生到底创作了多少篇童话,由于对不同文本的判定不同,有不同说法。本文取布雷斯多夫等研究者的说法,为 156 篇,许多版本的安徒生童话全集也取此数。而"南丹麦大学安徒生中心"公布数字为 212 篇,前者算作一篇的《没有画的画册》被记作 33 篇,另有一些差额篇目并未被译成英文。
④ Elias Bredsdorff, *Hans Christian Andersen:The Story of His Life and Work*(1805—1875),p313.参见中译本第 369 页。

应该指出,安徒生的童话最重要的主题是"永恒的生命"(Eternity)——对死后灵魂的追求,对上帝救赎的理解,从而产生对死亡的独特感悟。

安徒生或许不是一个传统的基督徒,但是他确实是一个笃信的基督徒。由于这个重要主题对于19世纪具有虔诚信仰的读者和评论者来说过于熟悉,常常在评论时被忽视。

以他最著名的童话《海的女儿》为例。布鲁姆(Harold Bloom)认为,故事在人鱼化为泡沫的瞬间即可结束;安徒生意图将故事升华为悲喜剧,让人鱼从泡沫中上升,成为天空的女儿,三百年后将获得永恒的灵魂。但对于读者来讲,这个结尾"在艺术上是无效的"①,完全无法冲淡故事的悲剧色彩,尤其是对儿童而言,遥远的天国不能对现世的牺牲带来真实的弥补。

但事实上,《海的女儿》光明结尾的重要性绝对不可忽视。对于安徒生而言,这个带入他个人恋爱失败情绪的悲情故事固然有抒怀性质的自我宣泄成分,但最重要的是,故事阐释了他在诗歌、小说、戏剧、童话里都经常涉及的重要主题:永恒的生命。当小美人鱼得知人类能获得灵魂时如此哀叹:"为什么我们得不到一个不灭的灵魂呢?……只要我能够变成人、可以进入天上的世界,哪怕在那儿只活一天,我都愿意放弃我在这儿所能活的几百岁的生命。"当她思念王子时,"她忘记不了那个美貌的王子,也忘记不了她因为没有他那样不灭的灵魂而引起的悲愁。"当女巫向她描述变成人形后需要经历的种种极端残酷的肉体折磨时,她回应:"我可以忍受……"这时她想起了那个王子和她要获得一个不灭灵魂的志愿。即使当她得到了王子的拥抱与亲吻,"她的这颗心又梦想起人间的幸福和一个不灭的灵魂来。"在王子的结婚之夜,"这是她能和他在一起呼吸同样空气的最后一晚……同时一个没有思想和梦境的永恒的夜在等待着她——没有灵魂、而且也得不到一个灵魂的她。似乎得不到灵魂比得不到王子更令她痛苦。"②

小美人鱼对王子的爱其实并没有超过对一个不朽灵魂的渴望,王子是谁也许并不重要,重要的是他的爱可以给她带来永恒的生命。即使在王子结婚的夜晚,小美人鱼真正痛心的是她即将死亡、再也得不到人类的灵魂。

---

① Harold Bloom, "'Trust the Tale, Not the teller': Hans Christian Andersen", *Orbis Litterarum* 60:6, 2005, p.400.

② 安徒生:《安徒生全集之一:海的女儿》,叶君健译,上海:上海译文出版社,1978年版,第131—147页。

而安徒生让小美人鱼用牺牲与奉献,得到了为活命而杀害王子都无法获得的未来——三百年后就能进入天国。这个布鲁姆认为在艺术上失败的结局使《海的女儿》由一个悲情童话上升为隐含强烈道德意义和宗教内涵的寓言,也使安徒生童话与"儿童文学对儿童的良性引导"要求相符。

"永恒的生命"作为安徒生童话中最重要的主题,既有对死后生命的追求,也有经由对死亡的感悟进一步产生的对生的全新理解。安徒生童话中涉及这一主题的故事接近总体的三分之一:《小美人鱼》《安琪儿》《红鞋》《卖火柴的小女孩》《母亲的故事》《老栎树的梦》《迁居的日子》……《迁居的日子》甚至直接将死亡之日说成"迁居的日子",一个丝毫不带有悲伤意味、反而略有喜气的名词。对于安徒生来说,这个主题并不是为了对孩子们说教,而是个人信仰的自然流露。他相信,人类生命的不和谐、不平等、痛苦与煎熬是在于我们的生活其实只是"我们存在的一小部分"。假如人类的存在结束于死亡,"那么上帝的最完美的创造物就不完美了",他由此坚定地反论——"我们拥有永生"。

安徒生童话中另一个经常被忽视的主题是对科学时代的歌颂。

安徒生创作童话的时代正是浪漫主义思潮席卷欧洲之时。作为对启蒙主义的反动,浪漫主义反对理性主义与机械唯物论①。深受浪漫主义精神浸染的安徒生对科学技术的发展却有着格外开放的态度。他是丹麦当时最重要的旅行家,在他70年的人生中,30次出国长途旅行,旅行时间总共近10年。旅行不仅给他带来了《诗人的集市》《瑞典行》等6部游记的灵感,更重要的是,打开了他的眼界,使他对工业革命时期的科技发展产生了全新的理解。

19世纪上半叶,工业革命后的英国成为第一个现代国家,科技大爆炸带来的生活与社会的变化逐渐席卷欧洲。蒸汽机、火车、电报……所有的这一切似乎意味着人类的未来将会逐步从物理空间的限制和艰苦的体力劳动中解放出来。安徒生在游历的过程中见证了这种变化,他张开双臂欢迎这种变化。

在他的156篇童话与故事中,《一滴水》(*Vanddraaben*,1948)、《一千年之内》(*Om Aartusinder*,1843)、《新世纪的女神》(*Det nye Aarhundredes Musa*,1869)、《干爸爸的画册》(*Gudfaders Billedbog*,

---

① 金观涛:《探索现代社会的起源》,北京:社会科学文献出版社,2010年版,第92页。

1868)、《两个海岛》(*Vænø og Glænø*, 1867)、《树精》(1868)、《曾祖父》(*Oldefa'er*, 1870)、《海蟒》(*Den store Søslange*, 1871)八篇故事都涉及新的科学发展或科技发展对人们生活的影响，这在同时期的童话作者中是非常罕见的。其中《两个海岛》描绘了人类用建坝抽水的方式把海岛变成陆地的壮举，用散文诗般的语言歌颂了科技对自然的改造；《一千年之内》描写一群美洲人乘坐蒸汽飞船来到欧洲，用8天的时间环游欧洲，参观这里的古迹和已经成为废墟的城市，"这篇颇具科幻意味的故事堪称凡尔纳(Jules Verne)1873年的《八十天环游地球》(*Le Tour du monde en quatre-vingt jours*)的先声"[1]；《新世纪的女神》歌颂新的机器时代和大型蒸汽动力的工厂，穿着科学羽衣的新世纪女神就是新的诗的女神；为了以诗的语言描述1867年巴黎万国博览会，安徒生在1867年4月和9月两度赴法，多次参观这个"当代的阿拉丁宫殿"，然后以《树精》这篇从植物精灵的眼光见证人类奇迹的童话完成了丹麦记者认为除了狄更斯没有人能够完成的任务[2]。《曾祖父》中的曾祖父是一个挂念旧时代，与新时代格格不入的老人，却逐渐被现实感化，认识到新时代的优点。故事中重点提到了火车、电报等一系列给19世纪带来重大变化的新技术，故事非常生活化，贴近普通人的生活与情感，从这个意义上讲，它沿袭了《即兴诗人》以来，安徒生喜用当代生活作为写作对象，紧跟时代脉搏的倾向。在19世纪的作家当中，安徒生毫无疑问地站在了时代的最前端。

不过需要注意的是，安徒生对科学的理解并未与他的宗教信仰冲突。对于他来说，"科学阐明了神的启示"[3]。对于科学至上、甚至将科学视为新的宗教的科学达尔文主义，他一向非常警醒："诚然，我折服于知识的光芒、伟大和美好，但是我觉得那其中有一种人类的骄傲自大，要像上帝一样聪明。"[4]

在安徒生童话的经典化历程中，安徒生的传记作品也起到了推波助

---

[1] Sven Hakon Rossel, "Hans Christian Andersen: The Great European Writer" in Sven Hakon Rossel (ed.), *Hans Christian Andersen: Danish Writer and Citizen of the World*, Rodopi. 1996. p.27.

[2] 安徒生在自传中提及此事，见《安徒生自传》林桦译，北京：人民文学出版社，2005年版，第560页。

[3] 1855年12月末安徒生写给亨丽·埃特武尔夫的信，见 Jens Andersen, *Hans Christian Andersen: A New Life*, pp.441.参见中译本《安徒生传》第372页。

[4] 安徒生：《在瑞典》收入《安徒生文集（第三卷）》，林桦译，北京：人民文学出版社，2005年版，第345—509页，本句见第463页。

澜的作用。安徒生一生著有三部传记①：28岁创作的《我的一生(生活簿)》(Levnedsbog)、1847年首先以德语出版的《我一生的童话》(Mit eget Eventyr uden Digtning)与最后一部以英文出版的《我一生的童话故事》(The Story of My Life)，另有大量游记、书信传世。为了尽量强化自己从丑小鸭到天鹅的"童话人生"，安徒生有意识地美化自己出生在贫苦鞋匠家庭的童年精神生活，并强化他在上流社会一路攀登的过程中受到的挫折。他一直刻意地和评论界保持紧张的关系，如同他在著名的游记《诗人的集市》中所说："他们只会看我的失误之处，我在本国的道路如同穿越波涛汹涌的大海。"②许多安徒生研究者都提到，安徒生某种程度上夸大了他在国内受到的评论界的打压，意图塑造一个因为在国外受到高度赞誉而被国内同行嫉妒排挤的天才形象。但不能否认的是，安徒生的作品很早就在国外获得了高度赞誉，一跃成为代表丹麦的作家，这与他在丹麦文坛地位的落差某种程度上造成了国内批评界在安徒生评价问题上的微妙心态。此外，1843年以后，安徒生童话在丹麦国内的地位已经确定，使他深感痛苦的是国内对他的小说和戏剧作品的大量批评，但这些戏剧很少被译介到国外，被批评的小说如《生存还是灭亡》(At være eller ikke være)也确实不能代表他的最高水平。

在安徒生的有生之年，他的童话已成为畅行欧美世界的经典，他本人常年受到丹麦王室的厚待，并获得过丹麦、德国、魏玛等多国的各种荣誉勋章；哥本哈根大学聘请他为荣誉教授；丹麦大学课堂在讲授有关他的课程。几年之后，他的塑像竖立在国王广场，应他本人的强烈要求取消了原先让他由孩子们环绕其中的设计版本，因为他的目的是成为一个为"所有年龄的人写作的作家"③。1909年12月26日，根据安徒生同名童话改编的芭蕾舞剧《小美人鱼》在哥本哈根皇家剧院上演。1913年8月23日，由爱德华·艾里克森创作的小美人鱼铜像，被树立在哥本哈根港口的长堤岸边，经历时光的洗礼，伴随着安徒生的童话深入丹麦人民的心中，逐

---

① "南部丹麦大学安徒生中心"记录自传为四部，主要是将1855年安徒生所撰的丹麦文自传《我的故事》(Mit Livs Eventyr)与1871年在美国以英文出版的、扩充了新章节的该自传的增补版本《我一生的童话故事》(The Story of My Life)记作两部传记。

② Hans Christian Andersen, A Poet's Bazaar, New York: Hurd and Houghton, 1871, p. 331.

③ Elias Bredsdorff, Hans Christian Andersen: The Story of His Life and Work (1805—1875), p308. 参见中译本第319页。

渐成为了丹麦的国家象征①、永远的经典。

第二节　安徒生童话在欧美的传播

　　安徒生童话经典的生成过程是耐人寻味的。作为一种被翻译成125种语言②，并在问世150多年来经久不衰的文学经典，安徒生作品创立了一种全新的文体"文学童话"，改变了童话的构造。但它在丹麦国内影响的建立时常晚于它在其他欧洲国家的传播，出现"墙里开花墙外香"的特殊局面。

　　在安徒生的童话被译介到国外之前，他的诗歌和小说已经为他赢得了国际知名度。尤其是他的长篇小说《即兴诗人》(*Improvisatoren*)(1835)，在国内出版的几年内即被译成德、英、俄、法等六国文字，使丹麦小说真正进入了欧洲文学界的视野③。正是在这样的背景下，诗人、小说家安徒生的童话自它诞生的1835年起，就开始被译成德文、英文和法文，受到欧洲文坛的重视，"并在19世纪年代现代印刷技术的发展和快速扩张的图书工业推动下，在世界范围内广为传播"④。

　　最早走出国门的安徒生童话是《没有画的画册》(*Billedbog uden Billeder*)，1839年童话的德语译本一经问世便广受欢迎。安徒生让月亮扮演说故事的人，以散文式的笔法讲述它在夜空中俯瞰人间的所见所闻，娓娓道来，清新感人。该书到1845年就已经有了6个不同的德译本，英译本也获得了很高的评价，甚至被称为"果壳中的《伊利亚特》(*Iliad*)"⑤。

　　1846年，《讲给孩子们听的童话》系列书籍英国版面市；到1846年就已出版了由三个不同译者翻译的五卷，1847年又出版了另外四卷。与丹麦国内曾经经受的冷遇不同，安徒生的这些全新的童话故事在英国评论

---

①　白慕申：《安徒生的小美人鱼》，上海：上海书店，2010年版，第6页。

②　Christian Wenande, "Unknown Hans Christian Andersen fairy tale discovered", *The Copenhagen Post*. December 13th, 2012.

③　Sven Hakon Rossel (ed.), *Hans Christian Andersen: Danish Writer and Citizen of the World*. Rodopi. 1996. p. 26.

④　Jens Andersen, *Hans Christian Andersen: A New Life*, p. 290. 翻译参考译本詹斯·安徒生：《安徒生传》第253页，有改动。

⑤　Hans Christian Andersen, *The Story of My Life*. Boston: Houghton, Mifflin. And Company, p. 155.

界几乎受到一致的推崇。

1845年7月,安徒生的第一位英文译者玛丽·豪伊特在来信中提到安徒生在英国的地位甚至已经超过了欧洲人熟悉的丹麦作家B. S.英格曼,她说"现在,您的名字在英国受到人们的尊敬。"[①]同时代的批评家与当时发表的许多批评文章表明,安徒生此时在英国已经赢得了非常高的声望,人们普遍将他视为一位新近崭露头角的令人激动的杰出作家——"那个丹麦人"(The Danish)[②]。

大受鼓励的安徒生应邀于1847、1857年两度访英。1847年6月访英途中,他在伦敦被邀请出席各种上流社会的晚会、沙龙,结识了狄更斯等著名作家,与狄更斯惺惺相惜,一度结下深厚的友谊[③]。在他抵达伦敦的前几天,他的照片和传记已经登上玛丽·豪伊特(Mary Howitt)和丈夫威廉·豪伊特(William Howitt)主编的《豪伊特报》(*Howitt's Journal*)的头版,传遍了伦敦,玛丽·豪伊特在此文中称:"无论是把他看作一个身体力行、维护真正崇高的精神和道德价值的人,或者把他看作一位天才,仅靠自己的作品便从最贫穷、最微贱的地位上升为各国国王和王后的贵宾,安徒生都是其同代人中最杰出、最令人感兴趣的人之一。"[④]而威廉·杰丹(William Jerdan)则在《文学报》(*Literary Gazette*)上盛赞安徒生"兼备公认的天才创见和诗人的想象力","极富感染力的纯真"和"少见的坦率、忠诚"[⑤],这几乎成了安徒生在欧洲公众面前一以贯之的面貌。

19世纪的英国号称"日不落帝国",是全世界最强盛的国家。伦敦是城中之城,西方世界文化的中心。安徒生在伦敦和英国取得了如此轰动的好评,使得已经享誉欧洲的安徒生童话犹如插上了翅膀,很快飞过大洋,到达大西洋彼岸的美国。

美国杂志出版业在19世纪经历了井喷式的发展,杂志从1825年的100种上升到1850年的600余种,到1885年,升到3300种。这样大量的

---

① The Letter From Mary Howitt to H. C. Andersen July 19, 1845. http://www.andersen.sdu.dk/brevbase/brev.html? bid=16971

② Elias Bredsdorff, *Hans Christian Andersen: The Story of His Life and Work* (1805—1875), p.183. 参见中译本第211页。

③ 1857年安徒生应狄更斯之邀再度访英,除了到伦敦的短暂访问之外,在狄更斯家客居五个星期。回国后他将在狄更斯家做客的经历发表,引起了狄更斯的愤怒,从此不再回复安徒生的书信。

④ Elias Bredsdorff, *Hans Christian Andersen: The Story of His Life and Work* (1805—1875), p.186. 参见中译本第213页。

⑤ 同上书,第216页。

出版物,需要更多的文学作品来充实它们。而这一时期的美国文学市场仍处于追随英国潮流的时期。因此,安徒生的童话的英译本几乎是刚在英国发表不久就会在美国杂志上被转载[1]。英国文学界和英国社会对安徒生的高度评价很大程度上决定了美国读者对安徒生的早期认知。

当时美国杂志发表的安徒生童话中,大多沿用英国译本。最早在美国独立出版的安徒生童话是1863年由范妮·富勒(Fanny Fuller)翻译的《〈冰姑娘〉与其他的故事》(The Ice-maiden and Other Tales),之后安徒生童话和故事开始以单行本的方式源源不断地大量出版,直至今天。

1860年后期,美国青少年月刊《河畔杂志》(Riverside Magazine)的主编霍勒斯·斯库德(Horace Scudder)开始与安徒生鱼雁往来,并成为这一时期安徒生童话重要的美国翻译者。1861年斯卡德在《全国评论季刊》(National Quarterly Review)发文介绍安徒生童话。安徒生晚年所有的十篇童话都先于丹麦原文,首先以译文形式刊登在《河畔杂志》上。斯卡德翻译的《安徒生童话全集》(The Complete Fairy Tales of Hans Christian Andersen)于1871年在纽约"赫德与豪顿"出版社(Hurd and Houghton)出版,同期还出版了安徒生加长版的自传《我一生的童话故事》(The Story of My Life)和安徒生的多部小说、游记,合成一套"作者自选集"(Author Selected Version)。为此,安徒生得到了450英镑稿酬,这是他从海外得到的最大一笔稿酬[2]。

由于学界对19世纪的美国杂志缺乏完整的资料,根据已经掌握的有限资料,从1845年到1875年,发表在美国杂志上的安徒生评论有67篇,主要发表在《南部文学信使》(Southern Literary Messenger,6篇)、《哈珀新杂志》(Harper's New Monthly Magazine,6篇)等最出色的美国期刊上,也就是说,有33%(22/67)的安徒生童话评论在学界都有一定影响[3]。在19世纪之前,安徒生童话在美国俨然已获得了经典地位。

---

[1] Herbert Rowland, More Than Meets the Eye: Hans Christian Andersen and the Nineteenth-Century American Criticism, Fairleigh Dickinson University Press; July, 2006. pp. 13—14.

[2] Elias Bredsdorff, Hans Christian Andersen: The Story of His Life and Work (1805—1875), p. 260. 参见中译本304页。由于当时还没有国际版权协定,安徒生在国外的成功并未给他带来相应的经济收入。只有在译作早于丹麦原作出版时,他才有可能获得稿酬。在美国,"早在安徒生收到稿酬的三十年前"(布雷斯多夫语),他的书在市场上就很畅销。

[3] Herbert Rowland: More Than Meets the Eye: Hans Christian Andersen and Nineteenth-century. pp. 27—28.

由于丹麦语是小语种,安徒生童话在世界范围内的传播极大程度上依赖于其各种译本的流传,其中英语译本的重要性不言而喻。而翻译安徒生童话对于译者来说是极大的挑战。他喜爱使用非正规的口头语言、俚语、特殊的习语、双关语、生造词与奇特的拟声词,这也是他的语言曾在丹麦的同代作家中被视为离经叛道的原因。此外安徒生非常重视他童话中的幽默,而幽默又最难跨语言移植[①]。

　　以布雷斯多夫为代表的研究者认为,早期的安徒生翻译者根本不懂丹麦文,英译作品多从德文本转译而来,译本质量低劣。就以安徒生的第一位译者玛丽·豪伊特为例,她虽然自称懂丹麦文,但在翻译中错漏百出,还以维多利亚时代严苛的道德标准来篡改可能少儿不宜的情节;[②]还有一些英译者如查尔斯·博纳(Charles Boner)、卡罗琳·皮奇(Caroline Peachey),则频繁删改安徒生的童话,给他"润色"[③]。

　　这些译本(主要是19世纪的译本)无需再支付版权税,一百多年来被反复重印,大量流传,对安徒生在英语世界形象的形成有重要的影响。布雷斯多夫认为,虽然安徒生被他大多数的英译者"阉割得如此严重",但安徒生童话独特的想象力仍使它畅行世界;然而"蹩脚的译文"、并且主要是译文中添加的"经常存在的说教倾向,妨碍了人们对这位风格大师的正确评价"[④]。关于这一点,当代丹麦学者彼得森提出不同的看法,他虽然也认同早期英译本中存在错误与改写,但指出这些译本的水准并未低于文学译本的均值,对儿童文学在翻译中的改写亦是常规的操作方式。最早的英译者虽以维多利亚时代的标准改装了安徒生的童话,却符合市场需要,而这些译作让千百万不懂丹麦文的英文读者读到了安徒生的作品,从而使安徒生对英国儿童写作的影响比路易斯·卡罗尔之外的任何英国本土作家更加深远[⑤]。

[①] Tiina Nunnally, "Removing the Grime from Scandinavian Classics: Translation as Art Restoration" in *World Literature Today*, Sep.-Oct. 2006. pp.38—42.

[②] Elias Bredsdorff, Hans Christian Andersen: *The Story of His Life and Work (1805—1875)*, p.333. 参见中译本第396页。应该注意的是布雷斯多夫在1948年的长文"Danish Literature in English Translation"一文中,将豪伊特列入"准确传达了安徒生童话精神"的成功译者之列,而到1975年为安徒生作传时又彻底改变了这一观点。

[③] 同上书,p.335,参见中译本第397—398页。

[④] 同上书,p.347,参见中译本第412页。

[⑤] Pedersen, V. H. *Ugly Ducklings? Studies in the English Translations of Hans Christian Andersen's Tales and Stories*, Odense. University Press of Southern Denmark, 2004. pp:352—357.

如将以上两种观点与詹森·安徒生对安徒生童话丹麦接受史的研究相结合,可以推出这样一种可能:丹麦原文的安徒生童话一开始难以被丹麦文学界接受,是因为挑战了"三大原则",但安徒生童话"被阉割"的早期英译本却大大降低了文本的挑战性,规避了可能出现的问题。比较安徒生早期童话在丹麦获得的消极评价与英国的一致好评,不能不令我们想到,或许让布雷斯多夫遗憾不已的不忠实于原著的早期英译,恰恰是它们在英国一经出版就大受欢迎的原因?

从文学接受史的角度看,在安徒生生活的19世纪,他的童话能够走出国门,畅行欧美乃至全世界,除了第一节中探讨过的童话艺术特色与主题思想,还有社会思潮、宗教精神等原因。

在19世纪的欧洲,曾经改变了欧洲人精神世界的启蒙主义理性思潮,受到推崇自然、情感与想象力的新思潮的冲击。"尊崇个性自由、推举精神解放以及返回自然、关注民间的种种浪漫主义声息"[1]使得新的艺术形式——童话得到了欧洲上流社会与文化人士的欣赏。《鹅妈妈的童话》(*Tales of Mother Goose*)、《格林童话》(*Grimms' Fairy Tales*)等童话作品的出现逐渐形成了童话阅读的潮流。在此时的欧洲,童话并不仅仅是儿童读物,而是上至国王贵族、下至文学巨匠如狄更斯、雨果、托尔斯泰都熟悉的文学形式[2]。同时,从洛克(John Locker)、卢梭(Jean-Jacques Rousseau)对儿童个性的尊重与理解到华兹华斯(William Wordsworth)"儿童为成人之父"的浪漫主义推演,儿童终于脱离成人附属物或"小成人"的身份,作为一种独特的精神主体被发现了。儿童的社会地位得到了新的认定与提升,在文学艺术中,孩子甚至变成了崇敬的对象。但是这种崇敬和将儿童的"神圣化"某种程度上仍然是成人审美观主导的表达,以神圣的儿童作为解放成年人的媒介。而安徒生却"让孩子们走下圣坛",通过尊重儿童和启发成年读者内心深藏的儿童天性,"为我们指明所有人都拥有的创造力的源泉"[3]。

在本章第一节中笔者详细介绍了安徒生许多的童话故事中蕴含着深刻的道德和宗教意味。在译为英文后,这样的道德意味显然符合英国维

---

[1] 李红叶:《安徒生童话的中国阐释》,北京:中国和平出版社,2005年版,第4页。

[2] Jens Andersen, *Hans Christian Andersen: A New Life*, Tiina Nunnally tr. Overlook TP. 2006.06. p. 248.

[3] Jens Andersen, *Hans Christian Andersen: A New Life*, p. 236. 参见中译本詹斯·安徒生:《安徒生传》,陈雪松、刘寅龙译,北京:九州出版社,2005年版,第207—208页。

多利亚时代严谨的社会道德要求,他童话中如此强烈的宗教意味与死亡关怀,对于在工业革命时代日益严重的阶级冲突和深重的人民苦难起到了安慰剂的作用。一定程度上,这帮助安徒生童话,在工业化和资本主义进程远比丹麦要早的英、美、德、法等国家迅速走入寻常百姓家,成为精英与大众共同喜爱的读物。

安徒生在当时的丹麦,是少有匹敌的大旅行家,通过旅行,他在欧洲各处结交社会贤达。通过自己的努力,安徒生逐渐"在德国大城市建立了友好和具有学术意义的桥头堡"[1]。在法国、奥地利和英国各地,他都以超乎寻常的社交能力,建立了或大或小的关系网,其中不乏国王、王妃、贵族公卿、演员、画家、作家、作曲家……他拜访过伟大的诗人海涅(Heine)、作家雨果(Victor Hugo)、狄更斯(Dickens),并"通过创作童话成为他们中的一员"[2]。这种超乎寻常的结交社会精英的能力使安徒生——这个出身贫苦的欧登塞鞋匠之子,得以跻身丹麦上层社会和欧洲文化圈,对安徒生童话的经典化推波助澜。正如21世纪常见的"造星运动"与"造星神话"中的主角,安徒生通过自己50多年锲而不舍的努力,用自己的童话与传记,有意识地在整个西方世界推进了这样的造星神话。虽然他无法认同自己"在儿童的环绕中给他们讲故事"的形象被塑成铜像,但他对这种社会形象的产生也负有一定的"责任"[3]:安徒生是孩子们的朋友。他的生活"是一篇美丽的童话"[4],就是人们熟悉的《丑小鸭》。

1895年,赫乔斯·博伊森(Hjalmar Hjorth Boyesen)在他研究斯堪的纳维亚文学的重要论文中提出,将安徒生与收集民间童话的格林兄弟并列是对前者极大的不公,因为"汉斯·克里斯蒂安·安徒生是丹麦文学史上独一无二的人,同时也是世界文学史上绝无仅有的奇才"[5]。然而安徒生逝世一百多年来,伴随着安徒生童话在世界范围的传播和经典化,其深层意义却在传播过程中逐渐流失。安徒生童话在图书市场持续一百多年长盛不衰的同时,对安徒生的专业研究和评论却相对稀少,很大程度上

---

[1] 见 Jens Andersen, *Hans Christian Andersen: A New Life*, p. 225. 翻译参考中译本詹斯·安徒生:《安徒生传》,第255页。

[2] Harold Bloom, "'Trust the tale, not the teller': Hans Christian Andersen", p. 398.

[3] W. Glyn Jones, "Hans Christian Andersen in English. A Feasibility Study I". Source: http://andersen.sdu.dk/forskning/konference/tekst_e.html?id=9689

[4] 安徒生:《安徒生自传》,林桦译,北京:人民文学出版社,2011年版,第203页。

[5] Hjalmar Hjorth Boyesen, Essays on Scandinavian Literature. 1895. Source: http://www.gutenberg.org/ebooks/19908

是由于安徒生被视为单纯的儿童文学作家而得不到足够的重视。

进入21世纪以来,信息社会洪水般膨胀的信息和追求快节奏的阅读方式,使得适合慢读的传统经典文学整体的生存空间受到畅销小说、网络文学的挤压。快读时代已然来临,各种惊险刺激的小说文本争夺着全世界读者的阅读时间。即使在儿童领域,安徒生童话也受到了《哈里·波特》等魔幻小说的冲击。美国当代重要学者哈罗德·布鲁姆却曾这样评价过:一生的时间有限,在浩如烟海的文牍之间,应当把宝贵的时间用来阅读《安徒生童话》这样真正能够滋养心灵的文本①。

第三节　安徒生童话在中国的传播

如前文所论,安徒生童话虽然源于北欧小国丹麦,但其在欧美传播之广、影响之深,已使之成为西方文化,甚至英美文化的有机组成部分。安徒生童话在中国的传播与再生成,印证了"两种文化互相碰撞时的一个重要规律":"弱势文化接受强势文化中的什么内容,基本不取决于强势文化本身的状态,而依赖于弱势文化对外来文化理解的意义结构。"②以之关照安徒生童话在中国的接受历史,不难发现在不同的历史时期,中国社会对安徒生童话进行了各种不同的解读和选择性的接受;同时,对安徒生童话的接受与理解一直"与中国现代儿童文学自身的成长紧密联系在一起"③。从周作人开始,以"童心""儿童本位"和"儿童语言"来理解安徒生童话内核的"安党"④,使安徒生童话对中国现代儿童文学的发生与成长

---

① Harold Bloom, "'Trust the Tale, Not the teller': Hans Christian Andersen", *Orbis Litterarum* 60:6,2005,pp. 397—413.

② 金观涛、刘青峰:《中国现代思想的起源——超稳定结构与中国政治文化的演变》,北京:法律出版社,2012年版,第328页。

③ Xiao La, "On the Study of Andersen in China". i Hohan De Mylius, Aage Jørgensen & Viggo Højrnager Pedersen(red.):*Andersen og Verden. Indlæg fra den første internationale H. C. Andersen-konference*, 25 — 31. august 1991. af H. C. Andersen-Centret, Odense Universitet. Odense Universitetsforlag, Odense 1993. 本文是南丹麦大学第一届安徒生研究国际年会的论文之一,文中提到一个重要信息:茅盾曾在1979年召开的中国文学艺术工作者及中国作家协会第四次代表大会上呼吁作家们学习安徒生的作品,从中汲取精髓,将之汇入中国文学自身的血液中来。但该说法似为孤证,在《人民文学》1979年11月刊登的《解放思想,发扬文艺民主——在中国文学艺术工作者第四次代表大会及中国作家协会第三次代表大会上的讲话》中全文皆未提及安徒生。

④ "安党"的说法首见于周作人的《随感录》,载《新青年》第5卷第3期,泛指翻译、介绍安徒生作品,推崇安徒生作品的文化人士。

起到了至关重要的作用。

如果说,在西方,儿童的发现是现代化进程的产物①,那么在中国,现代儿童观的确立也是中国社会现代化的进程催生与推进的。1895年甲午战败唤醒"吾国四千余年大梦"②,引发中国社会"对儒学基本价值的全盘性怀疑"③,"反对传统儒家价值的价值逆反狂飙"使中国社会以前所未有的热情,欢迎西方文化。传统的封建社会"超稳定结构"面临解体之时,作为统治意识形态的儒家文化面临其逆反价值的全面挑战。这次文化与思想革命的旗手梁启超,于1900年发表《少年中国说》,以少年儿童为突破口,颠覆了中国传统封建社会里成人与儿童的关系,不仅肯定儿童的作用与重要性,甚至"将儿童视为民族救亡的希望所在"④,得到文化界的群起响应。晚清时期开始的对外国儿童文学的大量译介,就是在这样的思想观念变革中展开的。1909年至1925年,安徒生童话在中国译介的第一时期,中国社会对安徒生童话的接受与研究,都无法脱离这个宏大的历史背景。

1909年,孙毓修在《东方杂志》第六卷第一号"文苑"栏目《读欧美名家小说札记》中首次向中国人介绍了"丹麦人安徒生",称他的童话"感人之速,虽良教育不能及也"⑤。孙毓修因而成为中国"安党"第一人。四年后,他又两次在《小说月报》上撰文介绍安徒生,并编译安徒生童话《海公主》(即《海的女儿》)、《小铅兵》(即《坚定的锡兵》),分别收入商务印书馆1917年6月和1918年3月出版的《童话》丛书第一辑。

1913年,周作人以《丹麦诗人安兑尔然传》一文向中国读者详细介绍了安兑尔然(即安徒生)的生平与创作经历。周作人在此文中引用挪威评论家波亚然(Boyesen)对安徒生的评价,称赞他的童话"即以小儿之目观察万物,而以诗人之笔写之,故美妙自然,可称神品"⑥并随刊选译了《无色画帖》(即《没有画的画册》)第十四夜的故事以飨读者,这是迄今发现的

---

① 朱自强:《中国儿童文学与现代化进程》,杭州:浙江少年儿童出版社,2000年版,第6—7页。
② 见梁启超:"戊戌政变记",载《梁启超全集》,北京:北京出版社,1999年版,第181页。
③ 金观涛、刘青峰:《中国现代思想的起源——超稳定结构与中国政治文化的演变》,北京:法律出版社,2012年版,第251页。
④ 王蕾:《安徒生童话与中国现代儿童文学》,上海:华东师范大学出版社,第43页。
⑤ 孙毓修:《读欧美名家小说札记》,载于1909年《东方杂志》第六卷第一号"文苑"栏目。但是孙毓修在文中所标的安徒生英文名为Anderson.这个错误很可能来自于早年安徒生英译本中常见的错误。
⑥ 周作人:《丹麦诗人安兑尔然传》,载于1913年12月出版的《烝社丛刊》创刊号的"史传"栏

最早的安徒生童话单篇（部分）中译本。

1918年，中华书局出版的安徒生童话集《十之九》是这一时期篇幅最长的安徒生译本，著者错标为"英国安德森"，译述者为陈家麟、陈大镫。该书收录了《火绒箧》（即《打火匣》）、《大小克劳势》（即《小克劳斯和大克劳斯》）、《国王之新服》（即《皇帝的新衣》）等6篇童话，全书由安徒生童话英译本转译，虽用文言，但译笔流畅，基本能做到准确达意。

同年，周作人在《新青年》上撰文，以更大的篇目，再次介绍安徒生，他引丹麦评论家勃兰兑斯（Brandes）之语，将"小儿的语言"作为安徒生童话的重要特色，并以此对《十之九》的翻译大加批评。周作人回避了译本总体质量的问题（"误译与否，是另一问题，姑且不论"），认为其重点在于"把小儿的语言变了大家的古文，Andersen 的特色就不幸因此完全被抹杀"①。从客观上讲，童话这种题材，尤其是口语化的安徒生童话更适合用白话文翻译。但周作人对译本的批评或许包涵着排斥文言、推进白话文运动的初衷。次年《新青年》第六卷第一号上刊登了周作人用白话文翻译的《卖火柴的女儿》，作为中国第一篇安徒生童话白话文译本，成为周氏这一理念的明证。

周作人同时批评《十之九》译文中归化式的译法破坏了安徒生童话的另一重要特色"野蛮般的思想"。他把安徒生童话《打火匣》《飞箱》《小克劳斯和大克劳斯》中主人公违反道德标准的行为解释为"儿童本能的特色"，认为"儿童看人生，像是影戏：忘恩负义，房掠杀人，单是非实质的人性，当这火光跳舞时，印出来的有趣的影。Andersen 于此等处，不是装腔作势地讲道理，又敢亲自反抗教室里的修身格言，就是他的魔力所在。他的野蛮思想使他和与育儿室里的天真烂漫的小野蛮相亲近。"②如与当年丹麦评论家对安徒生这三篇童话的批评相对照，不难发现，周作人所推崇的安徒生童话中的"反道德"恰恰是丹麦评论家强烈反对的主要问题，个中区别耐人寻味。

事实上，1915年中国新文化运动的开始意味着"逆反价值对新文化

---

① 见周作人：《读安徒生的十之九》，载于王泉根编《周作人与儿童文学》，杭州：浙江少年儿童出版社，1985年版，第101—105页。原载于1918年5月15日出版的《新青年》第五卷第三期"随感录"。收录该书时的篇名为编者所加。

② 周作人：《读安徒生的十之九》，本节见王泉根编《周作人与儿童文学》，第104页。

的创造……逆反价值成为人们在乱世中认同的意义构架"①,只有"那些根据逆反价值意义重构过的外来思想,才能成为中国文化的一部分"。②周作人在评论中力荐安徒生早期童话中被许多西方评论家批判的非道德元素,就是以这样的"非道德"来冲击两千年来,中国"以道德理想作为终极关怀的文化系统"③。离开了这样的思想背景,当代的中国评论者在同样的篇目中看到的仅仅是"反文化倾向"④。

以"童心"和"儿童本位"作为安徒生童话的核心,也是这种"选择性接受"的结果。家庭两千多年来一直是中国封建社会"超稳定结构"中"家国同构"的子系统,在儒家伦理"三纲五常"的统治下,儿童不能被视为独立的个体,自然天性被束缚。"儿童本位"强烈冲击了这一封建传统,于是新文化运动以来,中国的"安党"一直忽略安徒生童话中"永恒的生命"等重要思想主题,而有选择性地"突出安徒生童话'儿童本位'的艺术特征",这是中国的"安党"们"根据自身时代精神的要求所作出的有效选择"⑤。

由于周作人本人的文化地位,他赫然成为中国安党中影响最大的知识分子。自此以后,以白话文翻译安徒生童话成为"新文化运动的重要成果",安徒生的传播亦成为20世纪20年代重要的文坛事件⑥。另一位在当时深具影响力的中国文艺主将郑振铎也将传播安徒生童话当做他最用心的文学事业之一⑦。他在当时最权威的文学刊物《小说月报》上开辟"儿童文学"专栏,多次介绍安徒生童话并登载译文。据郑振铎统计,到1925年,国内发表安徒生童话的中文译文近80篇次⑧;相关传记文论15篇,这一时期中国人对安徒生的推崇已达"顶礼膜拜"的程度⑨,受到的关注度超越了任何其他外国儿童文学作家。1925年,在郑振铎的主持下,

---

① 金观涛、刘青峰:《中国现代思想的起源——超稳定结构与中国政治文化的演变》,北京:法律出版社,2012年版,第47页。
② 同上书,第79页。
③ 同上书,第91页。
④ 张朝丽、徐美恒、姚朝文:"安徒生童话个别篇章在接受问题上的反文化倾向",载于《内蒙古大学学报》(人文社会科学版),2003年11月,35卷第6期,第56—60页。
⑤ 王蕾:《安徒生童话与中国现代儿童文学》,上海:华东师范大学出版社,2009年版,第72页。
⑥ 郑振铎:《1925年安徒生童话在中国》(节选),收入王泉根:《中国现代儿童文学文论选》,南宁:广西人民出版社,1989年版,第932—937页,原载1925年8月10日小说月报第16卷第8号(安徒生专号).
⑦ 李红叶:《安徒生童话的中国阐释》,北京:中国和平出版社,2005年版,第51页。
⑧ 该统计数字未含《小说月报》安徒生专号中所载的安徒生童话篇次。
⑨ 李红叶:《安徒生在中国》,载于《中国比较文学》,2006年第3期,第154—165页。

《小说月报》史无前例地以两期安徒生专号纪念安徒生诞辰120周年。著名作家、翻译家顾均正在专号的《安徒生传》中称赞"安徒生是一个创作文学童话的领袖",并称安徒生童话流传之广,"比荷马、莎士比亚大几百倍"[1],这一不够公允的夸大评价侧面反映了新文化运动时期一度轰轰烈烈的"安徒生热潮"。

1925年是中国第一轮安徒生热潮的顶点。此后直到20世纪50年代初,安徒生童话的译介逐渐陷入低潮。中国社会发生了天翻地覆的变化,以逆反价值破除旧意识形态的攻坚阶段已经过去,重新建立新意识形态("三民主义"与"共产主义")的正面价值是这一时期中国社会最为迫切的要求。抗日战争开始之后,遥远的丹麦童话在全社会轰轰烈烈的抗日救亡运动中成为与社会需求脱节的文化奢侈品。"安党"倘若无法找到符合新意识形态的突破口,仅仅沿袭上一阶段对安徒生童话的理解,已经无法在文化界和思想界获得足够的响应。

1935年,在安徒生诞辰130周年之际,狄福(徐调孚笔名)在《文学》杂志第4卷第1号发表的《丹麦童话家安徒生》一文中,虽然沿袭周作人的理解,将"儿童的精神"、朗朗上口的语言作为安徒生童话的最大价值加以肯定,但却将安徒生童话斥为逃避现实的精神麻醉品。他指责安徒生童话不能"把孩子们时刻接触的社会相解剖给孩子们看",因而不能"成为适合现代的我们的理想的童话作家"[2]。

虽然安徒生童话在这一时期仍然因其文学成就被持续译介,但安徒生也作为"住在花园里写作的一个老糊涂"、"一个有浪漫主义思想局限的人"而遭到批判。[3]

20世纪50年代初,中国文学艺术迎来了一个大发展的浪潮,儿童文学也重新得到了重视。由叶君健从丹麦文直接翻译的第一个安徒生童话中文全译本《安徒生童话全集》共16册于1956年至1958年陆续出版。从此至1979年,国内出版各类叶译本安徒生童话集50多种,发行超过400万册[4]。加上数量庞大,难以统计的各类改写本,安徒生从此成为在中国普及率最高的外国作家。

---

[1] 顾均正:《安徒生传》,载于1925年《小说月报》,第8号第16卷,第1—26页。
[2] 转引自李红叶:《安徒生在中国》,载于《中国比较文学》,2006年第3期,第158页。
[3] 同上,第159页。
[4] 国家图书馆编:《1949—1979翻译出版外国古典文学著作目录》,北京:中华书局,1980年版,转引自李红叶:《安徒生在中国》,第160页。

此时盛行中国的文艺理论是苏联的社会学批评方法。在新理论的指引下,中国的儿童文学评论者们改换思维,从新的角度来"选择性接受"安徒生童话,将安徒生誉为"丹麦19世纪的一个伟大的现实主义作家①",强调在新文化运动时期忽略的安徒生童话的重要特点——现实性。安徒生童话中的人物时常被片面分成不同阶级的代表,剖析童话中对资本主义社会黑暗现实的抨击、对人民疾苦的深刻同情。而童话中的基督教因素被完全剔除,就连上帝也不再是基督教的上帝,而是爱与正义的化身②。此时安徒生童话中的儿童本位与童心、诗意虽然依然受到正面的关注,但这种关注却被"遮蔽在其现实主义作家的形象之下"③。

毋庸置疑,现实性确实是安徒生创作的重要特色,他的三部长篇小说《即兴诗人》《奥·托》《不过是个提琴手》都结合了丰富的个人经历和真实的时代风貌。《即兴诗人》是丹麦的第一部现代题材的小说,"标志着丹麦长篇小说创作的突破"④。在小说与童话的创作中,他也生动描绘了18世纪丹麦人民的真实生活。但是选择性解读,甚至以夸大、歪曲安徒生童话的方式来发扬其"现实性",显然是意识形态指导下,对"安徒生童话平面化的现实主义套解"⑤。遮蔽了其他主题与超越时代的意义的安徒生童话,变成了单纯的教育儿童的工具,但恰恰因为这个原因,安徒生童话得以在50年代后期至"文革"结束期间艰难的文化环境中幸存下来。

1976年,"文革"结束,统治中国十几年的极左意识形态消退。国家思想、政治、经济上的解放与复苏带来了文艺的复苏。这是一个思想解放,各种思潮迭起,思维空前活跃的年代。从1978年至今建设有中国特色社会主义道路的新时期是一个让全中国人经历了兴奋、迷茫与各种尝试的新时代。也就是在这个时期,对安徒生童话的介绍第一次以客观、全面、多样化的方式,以从未有过的深度和广度真正展开。除叶译本外,出现了另外三种安徒生童话全译本(林桦、石琴娥的丹麦文直译本和任溶溶

---

① 叶君健:《关于安徒生的卖火柴的小女孩》,载于《文艺学习》,1955年第4期第16页。转引自李红叶:《安徒生在中国》,第160页。

② 钱中丽:《20世纪中叶中国语境下的安徒生童话》,载于《外国文学研究》,2011年第1期,第143—150页。

③ 同上,第145页。

④ 约翰·迪米利乌斯:《安徒生:童话作家、诗人、小说作家、剧作家、游记作家》,见《安徒生文集》(第一卷)第9页。

⑤ 李红叶:《安徒生在中国》,载于《中国比较文学》,2006年第3期,第160页。

的英文转译本),使中国安徒生童话的版本资源大为丰富。此外,汗牛充栋的安徒生童话选译本、改写本、缩写本、绘本和连环画,使得安徒生走入了千千万万个中国家庭,成为中国人童年记忆的一部分。

受传统思维的影响,这一时期对安徒生童话的解读,一开始仍未完全脱离"现实主义"的局限,同时童心、诗情与儿童本位也再次成为学界进行安徒生童话解读时关注的热点。进入21世纪后,受国外安徒生研究的影响,同时也是中国学人的自身开拓的要求,安徒生童话研究进入了新领域,人们对童话故事背后的文化内涵、宗教意义和文学叙述手法展开更加丰富的研究。从浦漫汀的《安徒生简论》(1984)、孙建江的《飞翔的灵魂:安徒生经典童话导读》(2003),到林桦的《安徒生剪影》、王泉根主编的《中国安徒生研究一百年》(2005)、李红叶的《安徒生童话的中国阐释》(2005)、王蕾的《安徒生童话与中国现代儿童文学》(2009),中国研究者们终于开始以更加现代的眼光,更加科学的方法,追寻安徒生童话在中国的阅读史、接受史和阐释史,这些专著与更多优秀的论文一起,开辟了中国安徒生研究的新时代。

多部国外的安徒生传记和安徒生研究论著被译介成中文,其中苏联作家穆拉维约娃的《安徒生传》、林桦译的《安徒生自传》(2011)、《安徒生文集(全四卷)》(2005)、约翰·迪米利乌斯主编的《丹麦安徒生研究论文集》、伊莱亚斯·布雷斯多夫的《从丑小鸭到童话大师——安徒生的生平及著作(1805—1875)》(2005)等著作逐渐丰富了中国读者对安徒生的认识。其中詹斯·安徒生的《安徒生传》从社会、历史、文化和心理学角度,深度立体地拓展我们对安徒生的了解,是国外安徒生研究领域的最新重要成果。

在现有的安徒生中译本里,著名作家、翻译家叶君健的全译本由于出现年代早、翻译准确、文笔优美,以及叶君健本人在中国现代文学的重要地位而广受关注,多年来深受读者的好评。叶译本甚至被认为是全世界安徒生童话译本中最杰出的成果。丹麦报纸如此评论叶君健的中译本:"只有中国的译本把他(安徒生)当做一个伟大的作家和诗人来介绍给读者,保持了作者的深情、幽默感和生动活泼的形象化语言,因而是水平最高的译本。"叶君健因此获得丹麦女王授予的丹麦国旗勋章[①]。

安徒生童话的译介对中国现代儿童文学的重要影响不容忽视。

[①] 引文见于百度百科上的"叶君健"词条。

第十二章 安徒生童话的生成与传播

中国现代儿童文学产生于新文化运动时期，它与这一时期中国知识界的安徒生译介热潮有重大的关联。两者都是出于同一种重大的思想解放和旧意识形态解魅的需求。儒家三纲五常传统思想的崩溃带来了张扬个性、强调儿童本位的观念大潮；鲁迅的"救救孩子"，周作人从"人的文学"进一步提出的"儿童的文学"，都试图以解救儿童被突破口，破除旧的意识。1920年，在《新青年》的大力倡导下，教育界、文化界着力于探讨对儿童教育的新途径，"呼吁人们把年幼一代从封建藩篱中解放出来。"①《东方杂志》《妇女杂志》及著名副刊《晨报副刊》《京报副刊》等媒体纷纷发表讨论儿童文学的文章，刊登儿童文学作品。结合这一时期的民国教育改革，"儿童文学"一时成为教育界、文学界、出版界"最时髦、最新鲜、兴高采烈、提倡鼓吹"的新事物②。

在这样的情境下，安徒生童话成为中国现代儿童文学的源头活水。安党们刻意选择推崇安徒生童话中的"儿童本位"，推动了中国现代儿童观的确立，为真正的中国现代儿童文学打下了基础。

同时，郑振铎指出"安徒生以他的童心与诗才开辟了一个童话天地，给文学以一个新的式样和新的珠宝。"③从20世纪20年代以来，"诗心"与"童言"完美结合的安徒生"文学童话"作为"中国儿童文学建设初期的理想范式"④，成为中国作家学习的对象与模仿的蓝本，叶君健、叶圣陶、严文井等中国现代儿童文学创作者追随安徒生，走上了"文学童话"的创作道路。

20世纪50年代开始，苏联社会批评学方式成为国内对安徒生童话的主流批评方法。安徒生童话因此也成为以现实主义手法创作童话的范例。

从1909年"安徒生"这个名字进入中国以来，安徒生童话为中国儿童文学提供了源源不断的精神滋养。中国学者大多认同安徒生"是对中国现代儿童文学产生影响最为深刻的外国作家。学习安徒生童话，是中国童话作家文学修养的一个重要内容。"⑤

---

① 蒋风：《中国现代儿童文学史》，石家庄：河北少年儿童出版社，1987年版，第4页。
② 蒋风：《中国现代儿童文学史》，石家庄：河北少年儿童出版社，1987年版，第4页。
③ 郑振铎：1925年8月出版的《〈小说月报·安徒生号（上）〉卷头语》，收入王泉根：《中国现代儿童文学文论选》，第101页。
④ 李红叶：《安徒生童话的中国阐释》，北京：中国和平出版社，2005年版，第93页。
⑤ 见王泉根：《中国现代儿童文学文论选》，南宁：广西人民出版社，1989年版，第938页，是编者为文选中郑振铎所著《1925年安徒生童话在中国》一文所作的编后语。

安徒生童话是世界文学与智慧的宝库中闪耀的珍宝。它们自问世以来,就飞出了丹麦国境,来到世界各国,译本覆盖世界各个国家,成为全人类共同的精神财富。2005年是安徒生200周年诞辰。安徒生的家乡奥登塞的南丹麦大学(The University of Southern Denmark)组织召开了盛大的国际文学研讨会。这次大会同时也是对安徒生研究的一个梳理。美国著名学者哈罗德·布鲁姆不仅在会上发表了他个人研究安徒生的论文,还在会后主编出版了相关论文集。此外,丹麦和国际安徒生学者在安徒生200周年诞辰前后推出了多部安徒生传记和研究专著,一时间揭起了安徒生研究的热潮。其中丹麦学者彼得森(Peterson)从接受美学角度提出,安徒生童话对于维多利亚时代的英国读者影响之大,不亚于许多英国主流作家,安徒生童话的英译本很大程度上影响了英国读者,对于他们来说,安徒生某种程度上甚至被视为一位英国作家。而休伯特·洛兰(Herbert Rowland)则在他研究19世纪美国的安徒生评论的专著中引证了1862年5月8日斯库德给安徒生的第一封信[①]——斯库德在信中说,"像所有美国人一样",他从小就读安徒生童话长大;洛兰指出,由于一代又一代美国人阅读安徒生童话长大,安徒生童话事实上已经深深渗入了美国人的国民意识(national consciousness)[②],从这个意义上讲,甚至可以将安徒生视为一位美国作家。

对安徒生童话的选择性接受与误读,一直伴随着它经典化的历程。各种归化式译本帮助安徒生童话顺利地在不同国度、不同文化背景的社会中传播。在中国,100多年的安徒生童话接受史大半部是在"童心""诗意""儿童本位"与"批判现实"等不同理解中展开的,是中国不同时期社会精神需要的一种折射。

许多评论家提出,真正令安徒生的童话故事在世界文学史上获得崇高地位的不是他选择的主题,而是他不可复制的独特风格与创作手法[③]。他的童话与故事突破了一切同时代作家的规则与桎梏,以全新的视角讨

[①] Scudder's letter to Hans Christian Andersen, May, 8th., 1862. Source: http://www.andersen.sdu.dk/brevbase/brev.html?bid=18386 [2016-03-15]

[②] Herbert Rowland: *More Than Meets the Eye: Hans Christian Andersen And Nineteenth-century . American Criticism*, p. 12.

[③] Sven Hakon Rossel, "Hans Christian Andersen: The Great European Writer" in *Hans Christian Andersen: Danish Writer and Citizen of the World*. Rodopi. 1996. pp. 1—112.

论儿童以及与儿童交流的方式①。他的想象力也打破了所有的文学定式,让动物、植物与无生命的物体具有了生命,并以强大的观察赋予这些奇特的生命以现实的品性。② 他拒绝了传统的文学语言,大量使用日常的非正规的口语语言,生动、传神、幽默。安徒生自认为自己童话的精华是"幽默",语言则是"以民间语言为基础的",以此表现出了"丹麦特性"③。"丹麦后来的全部文学都受益这种语言的革新。"④

事实上,安徒生有着化繁为简、化深刻为浅显的高超能力。他笔下这些看似简单的童话与故事,蕴含着深刻的宗教内涵与强烈的象征性,其丰富性使读者在每次阅读时都能有新的理解和发现。这些表面上是写给孩子们的故事,其实是"用我们成年人的知识和痛楚讲出来",因此,除儿童读者之外,它们更是为与他有着同样丰富生活经验与生命体悟的成人创作的⑤。在21世纪审视安徒生童话经典的生成过程,除了从文本的接受史、阐释史、影响史来追溯安徒生童话对世界的影响,也应当回归到这样一种基本现实:安徒生的童话与故事是世界文学史上当之无愧的经典作品,安徒生也是足可与19世纪任何一位文豪比肩的伟大作家。

---

① Elias Bernstorff, *Hans Christian Andersen, The Story of His Life and Work* (1805—1875), p. 272. 参见中译本第319页。
② Sven Kakon Rossel, "Hans Christian Andersen: The Great European Writer", p. 34.
③ Elias Bernstorff, *Hans Christian Andersen, The Story of His Life and Work* (1805—1875), p. 272. 参见中译本第319页。
④ 约翰·迪米利乌斯:《安徒生——童话作家、诗人、小说作家、剧作家、游记作家》,收入《安徒生文集》(第1卷),林桦译,北京:人民文学出版社,2005年版,本处见前言第11页。
⑤ 同上书,第12页。

第十三章
马克·吐温小说的生成与传播

马克·吐温可能是最受争议的美国作家。一方面他赢得了巨大赞誉，被比作美国的伏尔泰①，他的《哈克贝利·费恩历险记》（下文简称《费恩历险记》）被视为美国现代文学的源头②，另一方面他也长期受到怀疑，1886年出版的《美国文学》一书，甚至没有把马克·吐温看作是一个小说家③，直到20世纪中叶奥康纳还声称《费恩历险记》根本就不是伟大的美国小说④。

这种矛盾的现象，给理解马克·吐温小说的经典生成带来了困难。《费恩历险记》的经典性在什么地方？马克·吐温受到批评和质疑的原因是什么？这些原因与《费恩历险记》的经典性有何关系？回答这些问题，不但要对《费恩历险记》进行文本上的考察，而且还要对《费恩历险记》的阐释、批评的循环过程，进行历史上的探究。

---

① Shelley Fisher Fishkin, *A Historical Guide to Mark Twain*. Oxford: Oxford University Press, 2002, p. 3.
② Ernest Hemingway, *Green Hills of Africa*. New York: Scribner, 2002, p. 23.
③ William Lyon Phelps, *Essays on Modern Novelists*. New York: The Macmillan Company, 1910, p. 101.
④ William van O'Connor, "Why Huckleberry Finn Is Not the Great American Novel," *College English*, Vol. 17, No. 1 (Oct., 1955), pp. 6—10.

第一节 《哈克贝利·费恩历险记》在源语国的生成

(一)《费恩历险记》的经典价值

马克·吐温生活的时代,是一个社会、经济、文化急剧变化的时期。当时出于寻求独特的美国文化的需要,许多人把注意力朝向了乡镇和荒野,而不是城市。这种独特的美国文化照有的批评家看来,不在于文化与大都市的关系,而在于它与自然的荒野相连。① 这种视角有助于我们理解吐温作为现实主义小说家,为什么不像左拉一样,去描写城市里的产业工人,而是偏好自然题材。《费恩历险记》不但有马克·吐温本人的生活经验,而且在美国文化建构的背景下也有着普遍的心理认同。

《费恩历险记》就是一部自然之书。浩浩的大河、漂流的木筏、喷出火星的轮船、森林中的木屋,这些是《费恩历险记》中常见的景象。《费恩历险记》甚至把自然场景上升到宗教的层面。在目睹格兰杰福特家族和谢泼德逊家族的世仇惨剧后,小说写道:"我们说,千好万好,归根到底,还是以木筏为家最好……你在木筏上会感到非常自由、安逸、舒适。"② 这里就间接地把大河漂流生活提升到精神领域,无怪乎特里林(Lionel Trilling)认为这部小说是关于神的,他把哈克看作是河神的仆人。

哈克和吉姆不断地靠岸,又不断地离开,重新漂流,是一种无奈的精神之旅。脆弱的木筏是一个与现实隔绝开的世界,它承载着哈克和吉姆对理想的道德的坚守。但是要么出之于自然的力量(比如激流),要么出之于现实世界的入侵(比如骗子的登场),这个木筏无力保持它的独立性,理想的生活还要返回到现实中,由此作品产生了一定的悲观主义情绪。木筏、大河与码头、乡镇不但构成了这个小说基本的情节和结构,也囊括了这个小说全部的寓意。

因而这部小说又不纯粹是自然之书,它实际上是在自然与社会、乡镇的冲突中成就的。自然提供了一个反思社会的视角,而社会也反照、强化

---

① Shirley Samuels, Ed. *A Companion to American Fiction*: 1780—1865. Oxford: Blackwell, 2004, p.10.

② 马克·吐温:《马克·吐温全集,卷十:哈克贝利·费恩历险记》,潘庆舲、张许苹译,石家庄:河北教育出版社,2002年版,第173页。

了精神世界中的道德和伦理尺度。将马克·吐温的现实主义摆在社会和自然的二元对立中,这就可以看出他的小说的独特性了。左拉将现实主义摆在意志和习气的背景中,托尔斯泰将现实主义摆在国家机器与宗教精神的对立中,这两位作家对现实都有深刻的洞见,但只有马克·吐温似乎走得更远,他将宗教和习气全都抛在了后面,他追问最原始的、最直接的人性。

这种现实主义对小说的影响是多方面的。从语言上看,它注定是疏离欧洲文化的。豪威尔斯认为马克·吐温小说的语言最有活力,"这种语言像是原始语言"①,这正触及马克·吐温小说的个性所在。《费恩历险记》采用流浪汉小说的形式,也有利于表现这种现实主义。不过,这种现实主义最显著的表现,是在内容和风格上。

左拉和托尔斯泰注重选取富有心理暗示性的细节,以求解剖人物的内心世界。马克·吐温的小说中,人物的性格特征要明晰得多,再加上第一人称视角的运用,这使得小说很难在细节的暗示性上有大的建树。马克·吐温采用富有个性的方法——幽默——来解决这个问题。他更偏爱幽默的细节和故事内容。《费恩历险记》毫不夸张地说,就是一个个幽默的片断编缀起来的。这些片断,尽管有极少数顺序可以调换,但绝大多数是有内在的血脉的,是有一定的逻辑性的,它们要么反映了哈克的情感变化,要么像马克·吐温说的,"是这个故事的必需部分,应该帮助发展故事"②。

具体来看,两个家庭世仇的片断可能不一定有很强的次序,放到两个骗子的故事之后的可行性是有的。但是如此一来,故事可能会前重后轻,不大协调了。在一个故事内部,可以看到严格的顺序,比如骗子上岸行骗和偷卖吉姆的内容。这些大的故事里面,又有着许多小的幽默性的细节或事件。从结合的力度来看,小的细节和情节之间的联系,要远远超过大的故事和片断之间的联系的密切程度。而细节的积累,情节的编排,又要为叙述的高潮服务。这就要仔细思考每个幽默的细节和情节的功用,不能让细节和情节的幽默使得作品的叙述前后失衡。如果就"国王"和"公爵"的那一系列情节来看,高潮在冒领遗产,而前面的自述身世和野营布

---

① W. D. Howells, "Mark Twain: An Inquiry," *The North American Review*, Vol. 172, No. 531 (Feb., 1901): 309.

② Mark Twain, *How to Tell a Story and Other Essays*. New York: Harper & Brothers Publishers, 1906, p. 79.

道会就只是铺垫,从篇幅和幽默的程度来看,它们确实要逊色于后面的部分。

所以马克·吐温小说的幽默,是有意控制下的幽默。他的幽默并不是目的,而只是工具,要为情节和主题服务。他的幽默并不是为了纯粹的发笑,如果这样,那么幽默文学就成为普通的滑稽作品了。马克·吐温也看到了这一点,他说:"幽默的小说严格说来是艺术品,高雅的、精巧的艺术,只有艺术家可以讲述它",又说幽默文学不同于喜剧和诙谐作品的地方,"在于它依赖讲述的方式,而不是材料"①。这些观点都明确地说明了幽默的双重性。幽默文学本身含有节制幽默的要求和力量。

除了艺术性地控制幽默的细节和情节,马克·吐温小说的材料也有讲究。这些材料并不是仅仅好笑就被选进来,作家往往将材料的趣味性和严肃性结合起来。情节表面上是有趣的,能够吸引读者的注意力,但是它却很少让读者放声大笑,因为读者往往能感受到笑料背后的可悲和无奈。换句话说,这种幽默是伪装的幽默,它往往针对人性和道德的缺陷。因而马克·吐温的幽默成为了一种象征,它并不是自足的,它背后严肃的批判思想是作者更想要传达的。幽默只是马克·吐温小说复杂寓意的外衣和装饰,他的小说的意味远在幽默之外。

马克·吐温曾经说自己是一个"隐藏的道德主义者"②,他就像上帝一样,藏在他的作品背后,但是通过具体的文字和情节,人们可以察觉到创造者的意志。比如在"国王"和"公爵"上演莎士比亚戏剧的情节中,观众看到的只是光身子的"国王"在台上扭来扭去。吉姆骂两个骗子是大流氓,这时哈克却将他们与亨利八世③对比起来,并且将两个骗子比作是主日学校校长。这里好像是哈克无心之言,但顿时就将两个骗子的丑恶行径上升到宗教讽刺的层面上。布什(Harold K. Bush, Jr.)指出,虽然马克·吐温在母亲的影响下,有过清教的信仰,但他至少在1874年就成为了一个"亵渎的"、不信神的人,他常常围绕着宗教的腐败对人类道德的影

---

① Mark Twain, *How to Tell a Story and Other Essays*. New York: Harper & Brothers Publishers, 1906, p.7.

② Shelley Fisher Fishkin, *A Historical Guide to Mark Twain*. Oxford: Oxford University Press, 2002, p.56.

③ 亨利八世(1491—1547),英国国王,曾经将他的两任妻子斩首,并且改革英国宗教,使其脱离罗马教廷。

响问题,表达他的宗教怀疑主义①。因而两个骗子演戏的荒唐举止,实际上有着马克·吐温对宗教组织愚弄行为的隐喻。

一旦幽默具有了寓意,那么幽默的材料本身就有了反幽默的特点,即作者不是要突显材料的可笑,而是故意去淡化它。这种反幽默的观点也可见之于马克·吐温的小说理论中,他曾说:"幽默的故事是严肃地讲出的,讲述者尽力隐藏这种事实,即他甚至隐约地怀疑故事中有任何可笑的地方;但是喜剧故事的讲述者首先告诉你故事是他听过的最有趣的事情。"②怎样理解马克·吐温所说的这种严肃性呢?其中一个重要的因素就是笑点的模糊。在诙谐的作品中,笑点往往是要强调出来的,它是作品的关键。但马克·吐温却强调弱化笑点的功能。弱化笑点一方面使小说远离低级的诙谐,另一方面则强化了小说文风上的崇高和结构上的整体性。

在两个家庭世仇的片断中,笑点可能是这样子的:即使这两家共用一个轮船码头,在同一个教堂里做礼拜,即使这两家的青年相互爱慕,但是他们仍旧浑浑噩噩地相互厮杀,不惜斗得你死我活。或者干脆使用更加俏皮的话:山盟海誓的爱情,抹消不了鸡毛蒜皮的仇恨。但是这个要点却并没有在作品中透露出来,相反,作品只用了两句极富反讽意味的话,来突出两个家族的愚昧:"谢泼德逊家族里的人,没有贪生怕死的人——一个都没有。在我们格兰杰福特家族里,也找不到一个胆小鬼的。"③

总体来看,《费恩历险记》的现实主义置于自然和社会对立的背景之中,其艺术成就主要表现在幽默性与严肃性的综合,这就是这部小说的艺术价值。幽默性要求有趣的细节和情节,而严肃性强调对幽默细节的控制力以及道德上的寓意。幽默性和严肃性并不是分开的,而是结合在一起的,它们构成了作者整体的艺术特征。

虽然幽默性与严肃性的综合,促成了这部小说的经典地位,但是也要看到,正是这种艺术特征也产生了马克·吐温小说的某些缺陷,因而招致了长久的批评。原因在于幽默性和严肃性虽然可以互相结合,但是它们

---

① Shelley Fisher Fishkin, *A Historical Guide to Mark Twain*. Oxford: Oxford University Press, 2002, p.66.
② Mark Twain, *How to Tell a Story and Other Essays*. New York: Harper & Brothers Publishers, 1906, p.8.
③ 马克·吐温:《马克·吐温全集,卷十:哈克贝利·费恩历险记》,潘庆舲、张许蘋译,石家庄:河北教育出版社,2002年版,第165页。

毕竟是两种不同的要求，在作品中它们的调和很难全部做到适中，有时不免有强弱高下之别。这样一来，要么幽默性要迁就严肃性，要么严肃性要迁就幽默性。当作品无法达到完美的融合的时候，则幽默性和严肃性互相倒成为了累赘，它们在与完整的故事序列中，将会显示出贫乏和不协调的状态来。这时，作品内部就会出现矛盾，就有因为自身内部的压力而断裂的危险。

在冒领遗产的情节中，"国王"和"公爵"冒充彼得的兄弟，后来上演了真假兄弟对质的闹剧。这个情节采用了身份转换的手法，让骗子们扮作正经人，因而取得了强烈的幽默效果。同时，作品对骗子的理直气壮，甚至以骗子扮作牧师来暗示宗教组织的欺骗性，都具有道德上的批判性。在这个情节中，幽默与严肃的元素达到了完美的和谐。

但是有些情节可能存在着幽默性迁就严肃性的情况。在第21章的枪杀事件中，舍伯恩上校将辱骂他的酒鬼博格斯击毙，这个情节的目的，是暴露社会怪现状，讽刺蛮横愚昧的社会风气，因而偏向于严肃性的元素。但这个情节自始至终没有多少幽默的成分，甚至哈克也只是一个陌生的观察者，置身事外。这种偏离和失衡，使得情节本身像是一个插入的、无关紧要的内容，并不属于哈克的故事，它与作品开头哈克用猪血假造自己被杀现场的情节，虽然表面上事件性质接近，但动机和用意明显是越鸟胡马，无法融合。

从第32章起，作品开始了营救吉姆的故事。哈克和赶来的汤姆一起，多此一举地模仿越狱行动，想把吉姆救出来。汤姆受伤后，吉姆最终获得自由。这里用"戏拟"的手法营创了浓烈的幽默效果，使结尾和开头扮强盗的内容远远呼应起来。后面10章富有喜剧效果，严肃性的元素也大打折扣。在费尔普斯家的种植园，两个孩子在亲情里放纵他们的游戏的欲望和幻想，这里没有社会怪现状，没有仇杀和阴谋。严肃性的元素消退，使得作品的情感基调发生重大转变，与沿河漂流的主题发生冲突。

其实，承认这些缺陷本身，并不能抹杀马克·吐温小说的价值。接受一个作家，意味着接受他全部的价值和缺陷。因为缺陷同价值是相伴生的，正是作品价值的光芒，造成了灯下的阴影。每一个具有优秀价值的作家，往往都有这种价值带来的负面效果。马克·吐温小说的经典之路，就是他的经典价值和缺陷不断被解释的过程。

(二)《费恩历险记》在美国的接受和批评

马克·吐温的重要作品,虽然出版的时间在 19 世纪 80 年代前后,但是他很早就得到美国和欧洲作家的关注了。早在 1867 年的《纽约时报》上,就有人评论他的《卡拉韦拉斯县那只出丑的跳蛙》,这篇小说在 1872 年,也得到了法国《两个世界评论》的关注和讨论。1884 年,法国还出现过《汤姆·索亚历险记》的法译本[①]。

虽然马克·吐温在德国和英国赢得了声誉,但是他在美国的经典之路并不顺利。布鲁姆指出《费恩历险记》在最早的读者那里,并没有得到高度的尊敬,甚至连吐温本人也不太看好《费恩历险记》[②]。吐温对小说销量的看重,以及这个小说受到的不道德的指责,也很少唤起评论家的兴趣,但跟马克·吐温经典生成最有关系的一个现象,是人们对他作品的幽默并不理解。

费尔普斯曾经分析道,在最开始,人们并不认为马克·吐温创作的是文学,而是"仅仅把他视为幽默作家"[③]。这句话点出了要害。早期为数不多的批评家往往忽略了作家幽默的严肃性和复杂性,往往将他与喜剧作家混为一谈,这自然有碍于吐温小说价值的评估。比如在《纽约时报》上刊发的文章,看到的只是马克·吐温的作品中"有特别多的离奇的幽默和一些精辟的见识"[④],因而能确保它们"流行"。在 1886 年的一篇文章中,作者同样认为吐温小说的幽默"有些过度"[⑤]。在 1885 年桑伯恩(Franklin B. Sanborn)的文章中,作者发现《费恩历险记》中存在着一些夸张,"显得怪异而且粗糙","有超过故事所适宜的玩笑"[⑥]。这些批评,少数可能是马克·吐温的自身的失误,但更多的是批评家没有真正理解作家的特色。

[①] Archibald Henderson, "The International Fame of Mark Twain," *The North American Review*, Vol. 192, No. 661 (Dec., 1910), pp. 805—815.

[②] Harold Bloom, Ed. *Bloom's Classic Critical Views: Mark Twain*. New York: Bloom's Literary Criticism, 2009, p. 385.

[③] William Lyon Phelps, *Essays on Modern Novelists*. New York: The Macmillan Company, 1910, p. 99.

[④] Harold Bloom, Ed. *Bloom's Classic Critical Views: Mark Twain*. New York: Bloom's Literary Criticism, 2009, p. 309.

[⑤] Ibid., p. 405.

[⑥] Ibid., p. 400.

在1900年之前,还是有一些批评注意到了《费恩历险记》中的严肃性。比如桑伯恩虽然对小说的艺术性有些微词,但是他也发现在《费恩历险记》外表的虚假下,"存在着深沉的道德的血脉",有《王子与乞丐》所缺乏的"现实的气氛"①。贝赞特也说明《费恩历险记》"幽默地处理严肃的处境",认为作品幽默的原因是作者在任何事物上面"都没有看到幽默"②。这些意见都有利于马克·吐温超越纯粹的幽默作家,获得更高的价值。

1901年,作家豪威尔斯(W. D. Howells)发表《马克·吐温探析》,这是20世纪之交值得注意的一篇论文。虽然豪威尔斯是马克·吐温的朋友,难免有"戏台里喝彩"的情感存在,但是他的观点却不失中肯。他首次明确地将马克·吐温与浅薄的幽默作家区别开来:"他的作品如此具有西部特征,这并不仅仅在于它丰富的幽默,以及其中比当今世界中的幽默更为真诚的笑意。"③豪威尔斯认为马克·吐温看到了南方人严肃性的趣味,他的《费恩历险记》有比流浪汉小说更深的心理内容。

豪威尔斯的看法也被费尔普斯所继承。1910年学院派的费尔普斯在《现代小说家》一书中辟出专章来研究马克·吐温。他将马克·吐温摆在美国第一流的作家之列,认为他是"活着的美国作家中最伟大的"④;费尔普斯认为马克·吐温的作品虽然有真正的幽默,但是也超越了幽默,"他的作品显示出高度的文学性,那种文学性出现在第一流的小说中","他显示出自己是一位真正的艺术家"⑤。这里的文学性,其实指的主要就是马克·吐温对幽默的控制力量,以及幽默的材料所具有的丰富的现实寓意。到了1921年,多伦在所著的《美国小说》中,已经将《费恩历险记》称为"杰作",认为小说中有丰富的生活,有结构上显著的统一性。

大体来看,马克·吐温在一战前后在美国成为了著名作家,《费恩历险记》成为文学经典。《费恩历险记》成为文学经典的道路,就像上面所描述的,是渐渐摆脱纯粹幽默文学的印象,向着更深广的艺术性和思想性拓

---

① Harold Bloom, Ed. *Bloom's Classic Critical Views: Mark Twain*. New York: Bloom's Literary Criticism, 2009, pp. 400—401.

② Ibid., p. 408.

③ W. D. Howells, "Mark Twain: An Inquiry," *The North American Review*, Vol. 172, No. 531 (Feb., 1901): 310.

④ William Lyon Phelps, *Essays on Modern Novelists*. New York: The Macmillan Company, 1910, p. 102.

⑤ Ibid., pp. 107—108.

展的过程,换句话说,是在人们的认识中从单面的幽默发展到多面的幽默的过程,是幽默与严肃综合的过程。

虽然《费恩历险记》成为了杰作,但是对于它的批评并未停止,这说明《费恩历险记》的经典之路并没有走完。批评的矛头针对的是《费恩历险记》中的反文化、反文明的倾向,以及它能否代表西部风格的问题。但持续性最强、争论最多的还是作品的结构。上文已经说明,幽默与严肃出现脱节时,就会带来结构断裂的危险。因而作品结构的争论,实际上是《费恩历险记》幽默与严肃综合特色的讨论的深化。

早在1885年,佩里(T. S. Perry)就曾指出索耶帮助吉姆越狱的情节,有些牵强[1]。结尾部分与其他部分的相不相称的问题,一直在20世纪发酵,成为《费恩历险记》结构上的首要问题。比如斯皮勒在1955年的《美国文学的循环》一书中认为,汤姆加入的结尾故事,"让作品丧失了深度,重回到较早作品的层次上"[2]。艾略特也注意到《费恩历险记》前后的不一致状况,但是他并没有将这种不一致看作是结构的断裂,而是认为解救吉姆的情节,呼应了开头扮演强盗的情节,因而结尾和开头形成了一个圆环。

莱奥·马克思1953年著文对《费恩历险记》进行了严重的批评。他认为:"情节上浅薄的设计、不和谐的滑稽的调子,以及主要性格的解体,这些都暴露结尾的失败。"[3]马克思并不认同艾略特的回归说,认为这种回归是错误的,因为哈克经过漂流的洗礼,已经成熟了许多,他在作品开头都不认可汤姆了,怎么会在更加成熟后的结尾顺从汤姆的冒险游戏?马克思进一步指出:"真正统一的作品必须要显示出意义的连贯和主题的发展,但是《费恩历险记》的结尾却将这二者都弄模糊了。"[4]由于这些问题的存在,马克思对《费恩历险记》的经典地位颇不以为然。

两年后,巴尔丹扎(Frank Baldanza)在《〈哈克贝利·费恩历险记〉的结构》一文中,将以前批评家对作品的解释视作是情节上的或者心理学上的统一性,巴尔丹扎放弃了这些统一性的思考,而是从马克·吐温的创作

---

[1] Harold Bloom, Ed. *Bloom's Classic Critical Views: Mark Twain*. New York: Bloom's Literary Criticism, 2009, p. 403.

[2] Robert E. Spiller, *The Cycle of American Literature*. New York: The Free Press, 1955, p. 119.

[3] Leo Marx, "Mr. Eliot, Mr. Trilling, and 'Huckleberry Finn'," *The American Scholar*, Vol. 22, No. 4 (Autumn, 1953) p. 430.

[4] Ibid., p. 434.

习惯上来研究。巴尔丹扎发现作品中存在着"重复和变化"的原则,即许多前后不同的情节实际上相互重复,但也保持了一定的变化。比如吉姆在漂流前曾被响尾蛇咬过,而营救的故事中,汤姆又坚持捉一条响尾蛇给吉姆作伴。作品中还有不断的逃亡的主题①。巴尔丹扎的研究,给马克·吐温结构上的断裂问题带来了一个新的思路。巴尔丹扎的观点,两年后在《〈哈克贝利·费恩历险记〉的致命结尾》一文中得到了认同。但该文还提出其他的解释,比如认为这种看似失误的结尾,实际上是讽刺浪漫主义传统,认同现实主义传统,此外,文章还认为它"解决了哈克关于奴隶人性的问题",确定了哈克的废奴主义的立场②。

　　进入 21 世纪,关于《费恩历险记》的结构问题,仍旧还在讨论。2003年,别尔科夫(L. I. Berkove)还回应马克思,认为马克思关于《费恩历险记》主题的解释是错误的,认为作品实际上表达的是人人都没有自由的可怜状态,每个人好像都有自由的印象,但是每个人都在扮演一个角色,生活是注定了的。在这种认识的基础上,别尔科夫找到了他眼中作品结尾的价值:"结尾并非是不成功的,它没有模糊作品的情节或者主题,而是完善了它们"③。

　　从《费恩历险记》漫长的争论可以看出,它的经典地位并不是纯粹艺术价值所赋予的,批评家和读者的解释,作为美学价值的一极,也起到了至关重要的作用。这些美学价值,有些是从作品中合理生发出的,有些离作品较远,几乎属于接受的"误读"。但不管怎样,《费恩历险记》就在这两种价值的张力中确立起来了。

第二节　马克·吐温小说在中国的传播

　　马克·吐温在美国以主流作家身份出现,在中国同样受到了特别的礼遇,且这一礼遇带有极浓的政治色彩。2014 年 1 月 6 日,《纽约时报》

---

① Frank Baldanza, "The Structure of Huckleberry Finn," *American Literature*, Vol. 27, No. 3 (Nov., 1955), pp. 347—355.

② Thomas Arthur Gullason, "The 'Fatal' Ending of Huckleberry Finn," *American Literature*, Vol. 29, No. 1 (Mar., 1957), p. 91.

③ L. I. Berkove, "The 'Poor Players' of 'Huckleberry Finn' and the Illusion of Freedom," *Mark Twain Journal*, Vol. 41, No. 2 (Fall 2003), p. 23.

发表了一篇题为"中国对马克·吐温的持续热爱令人费解"(The Curious, and Continuing, Appeal of Mark Twain in China)的文章。该文章对马克·吐温在中国的持续受到欢迎表示了诧异,并对这一现象背后的原因进行了探析。客观来讲,在中国,无论是普通读者还是学界,对马克·吐温以及其作品,确实是出现了一边倒的赞誉。马克·吐温的作品研究,在中国也成了一个长盛不衰的话题。下面我们从作品翻译与评论等方面,来解析马克·吐温小说经典在中国再生成的过程。

(一) 马克·吐温小说的翻译

在中国,马克·吐温作为美国作家中的重点作家被引进,与中国现代独特的历史语境有着极大的关联。马克·吐温作品的翻译引进较早,是晚清时期很早被引入中国的美国作家。

颇有意思的是,马克·吐温最早进入中国的两个短篇,并非其经典作品,一篇是1905年6月发表在《志学报》第二期上的《俄皇独语》(The Czar's Soliloquy),译者为严通,而作者马克·吐温的名字被译作"马克曲恒"[①];另一篇则是1906年3月刊登在《绣像小说》第70期上的《山家奇遇》(The Californian's Tale),是译者吴梼从日文转译过来的,马克·吐温的名字被译作"马克多槐音"[②]。1914年,《小说时报》第17期刊登了署名为"笑""呆"的译作《百万磅》(即《百万英镑》,"笑"为包天笑,"呆"为徐卓呆)。《小说时报》为清末影响极大的一份文学刊物,发行甚广,读者由此阅读到马克·吐温的这篇小说。1917年,中华书局结集出版了周瘦鹃的《欧美名家短篇小说丛刻》,介绍了包括高尔基、托尔斯泰、马克·吐温在内的欧美作家的49篇作品,鲁迅先生赞扬其为"昏夜之微光,鸡群之鸣鹤"。这部短篇小说译集分上、中、下三卷,都由文言译出,其中包括了7篇美国短篇小说。而马克·吐温被选入的作品为 The Californian's Tale,周瘦鹃先生译为《妻》。更为重要的是,该短篇小说译集附有作家小传,介绍了作家的生卒年月、生活经历以及主要的作品,"Mark Twain"被译为"马克·吐温",此译名一直沿用至今。周瘦鹃先生第一次较为系统地向国人介绍了马克·吐温。

[①] 张晓编:《近代汉译西学书目提要:明末至1919》,北京:北京大学出版社,2012年版,第323页。

[②] 中国社会科学院外国文学研究所编:《外国文学研究集刊》(第10辑),北京:中国社会科学出版社,1985年版,第378页。

在1921年7月10日出版的《小说月报》第三部分"译丛"中，刊登了由一樵（顾毓秀）翻译的马克·吐温的短篇讽刺小说"Is He Living or Is He Dead?"一樵译作《生欤死欤》，Mark Twain被译为"马托温"。

20世纪20年代末到30年代初，美国文学的翻译介绍出现了一个高潮，马克·吐温的作品也越来越多地被介绍和翻译到中国。1923年，曾虚白在上海与其父曾朴创办真善美书店，1928年—1931年任《真善美》杂志主编。该杂志所刊登的译介文章，多出自英法作家之手，美国作家甚少，这与曾虚白对美国文学的看法有关："美国文学这个名字，在真正的世界文学史上是没有独立资格的。它只是英国文学的一个支派。"①1929年3月，曾虚白《美国文学ABC》较为系统地介绍了美国文学史和美国作家。该书一共16章，第1章为总论，其余15章为美国作家的专论，包括欧文、库柏、爱默生、霍桑、爱伦·坡等作家，马克·吐温被放在第13章予以介绍，被译作"麦克吐温"。继郑振铎的《文学大纲》之后，曾虚白的《美国文学ABC》所介绍的美国作家体系，为我国的美国文学普及与研究，提供了另一个重要参考。

1931年10月，鲁迅先生在邻居搬家后，偶然间得到马克·吐温的《夏娃日记》（Eve's Diary），让朋友冯雪峰转交李兰翻译，后来由上海湖风书局出版。鲁迅为该译文做了小引。

1932年对于马克·吐温的作品在中国的翻译而言，是一个极为重要的年份。马克·吐温的重要作品《汤姆·索亚历险记》由月祺翻译，中文名为《汤姆莎耶》，并在《中学生》杂志上连载，这是该小说在中国的最早译本。中国读者，特别是青少年第一次领略到马克·吐温作品的吸引力。此后几年，该小说在中国有多种译本出现。马克·吐温的另外一部重要作品《哈克贝利·费恩历险记》译成中文，则是1947年的事情。《民国时期总书目》中的著目如下："顽童流浪记，马克·吐温著，铎声、国振译，上海光明书局1947年10月战后第二版，1948年11月战后新三版，364页，32开，世纪少年丛刊，长篇小说。卷首有陈伯吹序。初版年月不详，陈序写于1941年10月。"②至此，马克·吐温的两部历险记力作都已译为中文。

1935年适逢马克·吐温的百年诞辰，中国文学界举办了纪念活动，

---

① 曾虚白：《美国文学ABC》，上海：世界书局，1929年版，第1页。
② 北京图书馆编：《民国时期总书目1911—1949 外国文学》，北京：书目文献出版社，1987年版，第493—494页。

几家有影响的杂志如《文学》《论语》《中学生》《新中华》,纷纷发表了相关的纪念文章。中国读者对马克·吐温及其作品的兴趣愈加浓厚,从30年代中期到1949年,马克·吐温的许多作品被译成中文,除作品翻译外,作品评论或有关马克·吐温的介绍文章也不断增多。1936年,塞先艾和陈加麟合译的《美国短篇小说集》收入了马克·吐温的小说《败坏了哈德莱堡的人》。1937年6月,傅东华、于熙俭选译的《美国短篇小说集》,收录了马克·吐温的幽默作品《卡拉维拉斯县驰名的跳蛙》,当时被译作《一只天才的跳蛙》。1943年,马克·吐温的《傻子国外旅行记》,由刘正训译为《萍踪奇遇》,由广西桂林亚东出版社出版①。1945年抗日战争末期,美国驻华大使馆文化参赞费正清提议编辑《美国文学丛书》,并由郑振铎负责组织,分北平和上海两个编委会,1949年3月由晨光出版公司出版,1950年8月补出,其中就包括毕树堂译的《密士失比河上》。该丛书的翻译出版,是我国美国文学翻译引进中的一件大事。新中国成立后,特别是从1950年开始,中国翻译界对美国文学的选择和接受,表现出极为浓厚的政治色彩。金人在《论翻译工作的思想性》谈到翻译的原则和性质时,直言不讳地指出,"翻译工作是一个政治任务,而且从来的翻译工作都是一个政治任务。不过有时是有意识地使之为政治服务,有时是无意识地为政治服了务。"②金人同时还认为,翻译应该为政治服务,认为有些美国小说是"海淫"的,而侦探小说是"海盗"。可见出于政治因素的考虑,时人多将思想性置于翻译工作的第一位,而将文学性和艺术性考虑放在一边。

对马克·吐温作品的选择性翻译,和中国的政治外交关系也息息相关。20世纪50年代至60年代,中美关系处于历史上的冰点时期,美国文学的翻译备受冷落。"在被视为'纸老虎'的大洋彼岸的帝国世界里,那些以'左翼'思想为主导性创作倾向的作家,以及专事暴露和批判美国社会与政治文化的作家,仍然被看作是中国人民的'友军'。"③官方主要选择译介暴露和批判美国和资本主义的作家作品,翻译比较狭窄地定位在几位"进步的"美国作家身上,如马克·吐温、杰克·伦敦、霍华德·法斯特、海明威、德莱塞等。当大批的美国作家被政治标尺挡在外面的时候,马克·吐温被冠以"进步作家"的身份,其作品翻译不仅未受到任何影响,

---

① 参见邓集田:《中国现代文学出版平台》,上海:上海文艺出版社,2012年版,第596页。
② 中国翻译工作者协会《翻译通讯》编辑部编:《翻译研究论文集》(1949—1983),北京:外语教学与研究出版社,1984年版,第64页。
③ 贺昌盛:《想象的"互塑"中美叙事文学因缘》,南京:南京大学出版社,2009年版,第162页。

反倒成为官方认可的美国作家,作品更为集中地被翻译。杨仁敬先生在《难忘的记忆、喜人的前景——美国文学在中国 60 年回顾》一文中指出,"文革"之前,中美中断了外交关系,文化交流也随之停滞。"但我国仍翻译出版了 215 种美国文学作品。其中小说占一半以上,达 118 种,以现代小说为主。马克·吐温占第一位,长篇小说 9 部,中篇和短篇小说集各 4 部,共 27 种译本。他的主要小说几乎都有中译本。他成为我国读者最喜爱的美国作家之一。"①

在这期间,马克·吐温的很多经典作品如《汤姆·索亚历险记》《哈克贝利·费恩历险记》《镀金时代》等已经有两个以上的译本。1954 年,人民文学出版社出版了张友松翻译的《马克·吐温短篇小说集》。张友松也从此成为专门翻译马克·吐温作品的"专业户",翻译了《汤姆·索亚历险记》《哈克贝利·费恩历险记》《王子与贫儿》《镀金时代》《密西西比河上》《傻瓜威尔逊》《赤道环游记》《竞选州长》等,并与陈玮合译《马克·吐温传奇》。

然而随着"文化大革命"的爆发,外国文学的翻译与研究成为禁区,马克·吐温作品的翻译也随之中断。1949—1978 年间,马克·吐温的主要作品均已翻译成中文,但受到政治因素的影响,对马克·吐温的作品存在重翻译、轻评论的现象。在作品的翻译选择上,国内学者,受到苏联学者的影响,缺乏有创见的评论。1959 年 8 月 18 日,苏联《文学报》刊登了苏联学者雅思·别列兹尼茨基的一篇文章,题为《普罗克勒斯提斯床上的马克·吐温》。这篇文章从政治的角度出发,剖析了马克·吐温作品的新版本和相关马克·吐温研究新论著在莫斯科举行的美国展览会上缺失的原因。该苏联学者认为,美国官方是出于政治原因,"试图把他(马克·吐温)忘掉","吐温对于美国'民主'的著名声明、他对美国在半个世纪以前从事的掠夺战争所表示的愤慨、他的讽刺随笔(它们就像打在石油大王洛克菲勒、克拉克参议员、伍德将军、西奥图·罗斯福总统以及美国扩张主义的其他骑士和仆从们脸上的响亮的耳光);这一切谁还能不知道呢?"②马克·吐温作品固然有对美国为代表的民主的揭露,但在作品和现实生活中,马克·吐温并非要给洛克菲勒等人打耳光。事实上,吐温本人和商界及富豪们联系甚多,比如他和标准石油托拉斯的首席主管罗杰斯私交

---

① 庄智象:《中国外语教育发展战略论坛》,上海:上海外语教育出版社,2009 年版,第 650 页。
② 转引自董衡巽:《马克·吐温画像》,上海:上海文艺出版社,1991 年版,第 176—177 页。

甚笃,与安德鲁·卡耐基也交往频繁。1908年,马克·吐温在阿尔丁俱乐部(Aldine Club)面对50位杂志出版商发表演说支持洛克菲勒家族①。马克·吐温的讽刺随笔固然展示了资本主义世界的种种弊端,但并非旨在给洛克菲勒代表的各界各类人士打耳光。别列兹尼茨基不顾这些事实,片面强调马克·吐温作品的政治性,有失偏颇,代表了当时马克·吐温研究的一种倾向:艺术性被忽视,马克·吐温的作品沦为社会主义阵营用来揭露和对抗资本主义阵营的政治和文化工具。

"文革"结束后,外国文学研究重新启动,马克·吐温的作品魅力在中国也再次迸发。1978年12月15日,"中美建交公报"签署并于次日正式发表,标志着中美隔绝状态的结束和关系正常化进程的开始。马克·吐温的作品翻译再度掀起一股高潮。马克·吐温的各类作品被翻译或再译,国内学者对马克·吐温的作品进行了认真思考和研究定位,逐渐从政治性的附属回归文学研究本身,从片面强调政治性和革命性,逐渐转向对其艺术性的学术化和专业化文学研究。就《哈克贝利·费恩历险记》而言,分别出现了成时(1989)、潘庆舲(2007)的新译本,也有徐崇亮、赵立秋(2000)的合译本,还出现了涵子(2001)的缩写本。而2002年,更是由河北教育出版社出版了《马克·吐温全集》。《全集》的出版,为马克·吐温的阅读和研究,提供了更大的方便。

(二) 对马克·吐温的评论

自马克·吐温的作品进入中国以来,受官方主流意识形态的影响,其受到的评价出现了"一边倒"的现象,他是在中国受到赞誉最多的外国作家之一。马克·吐温身上有很多典型的标签,"中国人民的好朋友""国际友人""同情中国人民反帝斗争,有良心的作家""金元帝国的揭露者""资本主义民主虚伪和黑暗的讽刺作家"等等。毋庸置疑,马克·吐温是美国的一流作家,也是世界一流作家,其作品在艺术上的魅力是持久的,而且马克·吐温的作品又契合了中国当时反帝、反封建、反压迫、反资本主义的革命和政治需求,自然在中国受到了至高无上的赞誉。客观而言,马克·吐温众多的作品中,有许多优秀和经典的作品,但其中也包括一些为商业化利益匆匆写成的作品,质量并不太高。但中国学界在20世纪50

---

① 萨克文·伯科维奇:《剑桥美国文学史》(第三卷),史志康等译,北京:中央编译出版社2008年版,第618页。

至60年代过分关注和挖掘其作品的思想政治内涵,把作品的艺术成就放在次要的位置,从而在一定程度上忽视了作品的艺术价值。这也能够解释为何马克·吐温的一些作品,如《百万英镑》《竞选州长》等,在美国并非上乘的作品,而在中国却被趋之若鹜。《竞选州长》因作品中涉及对资本主义政党和民主制度的揭露,而入选中学语文教材达半个多世纪之久,《百万英镑》也因其讽刺了资本主义国家金钱至上,而入选中学英语教材。马克·吐温的名字在中国也变得家喻户晓,成为"进步的"作家和中国人民的"老朋友"。

在1921年7月10日出版的《小说月报》第三部分"译丛"中,紧跟一樵的译作后面的是茅盾不足千字的"雁冰附注",对马克·吐温做了介绍。在讲到马克·吐温的生平时,茅盾先生用了"出身微贱"一词,并提到马克·吐温的生活经历,"这情形在他的小说'Roughing It'里讲得很详细"。接着,茅盾先生对马克·吐温作了如下的介绍与评价:

> 马托温在当时很受人欢迎,因为他的诙谐。但今年来评论家的意见已都转换:以为是用滑稽小说看待马托温实在是冤枉了他;在马托温的著作中,不论是长篇短著,都深深地刻镂着德谟克拉西的思想,这是很可注意的事,然而却到今年才被发现。去年出版的有"The Ordeal of Mark Twain"一书,总算是研究马托温的最好的书,很可以看得。①

茅盾先生注意到马克·吐温的半自传小说"Roughing it"(今译作"艰苦岁月"或"苦行记"),而且指出马克·吐温诙谐幽默之外的"德谟克拉西",这是与五四运动的"民主"大旗相契合的。难得的是,茅盾先生提到的范·魏克·布鲁克斯"*The Ordeal of Mark Twain*"一书,在美国于1920年刚刚出版,而且代表着马克·吐温批评研究的新阶段。这也是中国的马克·吐温批评与国外同步的一个良机,可惜当时并未得到足够的重视。国内初期的马克·吐温研究,重点还是在于作品译介,马克·吐温的批评和研究相对滞后。

继茅盾之后,1923年1月起,郑振铎任《小说月报》第13卷的主编。当时的《小说月报》已成为中国规模最大、影响最广的新文学刊物。1924年起1月起,《小说月报》开始连载郑振铎的《文学大纲》,历时三年整,才

---

① 《小说月报》第十二卷七号,1921年7月10日出版,第25页。

将这部共计42章,约80万字的洋洋大著连载完毕。1926年12月10日出版的《小说月报》第17卷12号,刊载了郑振铎《文学大纲》的第40章,题为《美国文学》,其中关于有马克·吐温及其作品的介绍:

> 马克·特文是最深沉而博大的美国人……没有一个作家比他更适宜于解释他所住之国,也没有一个国家有他那样的一个作家很适宜的去解释他,他全说出他所要说出的话,他知道怎样说,而环境又培养了他的天才。①

接下来,郑振铎提到的作品包括《海外的呆子》(即傻子国外旅行记)、《汤姆·索亚历险记》《哈克贝利·费恩历险记》《神秘的访客》《败坏了哈德莱堡的人》。郑振铎对马克·吐温、豪威尔斯及亨利·詹姆斯的评价,极为中肯。《文学大纲》于1927年结集成书出版,为中国读者和学界了解和研究外国文学,提供了重要的依据。总之,《小说月报》和《文学大纲》,为中国读者对马克·吐温的了解,做出了重要的贡献。

马克·吐温在中国所形成的积极和正面的评价,和文化界的知名人士的大力推崇不无关系。1931年,鲁迅以"唐丰喻"为笔名,为《夏娃日记》译文做小引,他认为马克·吐温是个幽默家,但是"在幽默中又含着哀怨,含着讽刺"②。1932年,赵景深在《中学生》第22期上撰文介绍了马克·吐温,时值月祺翻译的《汤姆莎耶》连载至最后一章,赵景深的观点和鲁迅比较接近,认为马克·吐温不仅仅是一个幽默小说家,还是一个社会小说家和美国写实主义的先驱,因为在马克·吐温的作品中,"幽默只是附属物","嘲讽才是主要的"。赵景深的这篇文章,眼光敏锐地看到马克·吐温幽默背后隐藏的现实主义和社会批判,也被章铎声拿来作为其译作《孤儿历险记》的序言。

赵家璧也曾致力于马克·吐温的评论。他专门介绍美国文学的重要著作《新传统》一书,第一章即为《美国小说之成长》,原载于《现代》杂志第5卷第6期。赵家璧将马克·吐温归入"早期的现实主义者"的行列,并对马克·吐温在美国小说发展历程中的重要地位做了如下评价:

> 美国小说清除了那许多荆棘,走上了这一条正道,是经历过许多阶段的。在依着这条大道进行的作家中,许多人是属于过去的,许多

---

① 《小说月报》,第17卷12号,1926年12月10日出版,第7—8页。
② 鲁迅:《夏娃日记》小引,《二心集》,《鲁迅全集》第4卷,北京:人民文学出版社,2005年版,第341页。

人是正在前进着,更有许多人把自己转变过来。这些英雄都是使美国小说成长的功臣,前人开了路,后人才能继续的扩张而进行;而马克·吐温(Mark Twain)的开辟荒芜的大功,更值得称为近代"美国的"小说的鼻祖。①

  赵家璧先生的文章写于马克·吐温诞辰百年纪念日的前一年,当时也正是美国学术界关于马克·吐温是否是杰出作家的争论进入白热化的时期。1920年,美国青年学者布鲁克斯运用弗洛伊德的精神分析学对马克·吐温进行了剖析,得出的结论是马克·吐温具有双重人格,在商业化的氛围和金钱面前出卖自己的天才,是一个受到破坏的灵魂,一个受挫折的牺牲品,以失败而告终。与此相对的,是1932年伯纳德·德沃托(Bernard Devoto)写的《马克·吐温的美国》(Mark Twain's America),作为对布鲁克斯观点的反驳。赵家璧先生在《美国小说之成长》中,很明显是站在德沃托一边支持其观点的。赵家璧肯定了马克·吐温在美国文学史中的独特贡献,称其为"英雄""开拓者""鼻祖",并强调马克·吐温作品的"美国的"民族特色,与豪威尔斯所言"美国文学中的林肯"如出一辙。赵家璧没有具体提及马克·吐温的具体作品,而是进一步从总体上强调了马克·吐温的历史地位。他指出,"马克·吐温领导的'美国故事',替美国的文学开了一条正确的路",实质上又一次强调了马克·吐温作品不仿照英国作家进行创作的民族特色。此外,赵家璧对马克·吐温的幽默小说作出了非常客观公正的评价:

  马克·吐温的幽默小说,虽然受到同时代人的攻击,可是从历史的观点来看,马克·吐温的"边疆现实主义"(Frontier Realism),或称初民的现实主义(Primitive Realism),终于替今日的美国现实小说树了一块基石。在这块坚固的基石上,我们才能够看到后世的灿烂宫殿来。跟着马克·吐温便发展到霍威耳斯(Howells)的"缄默的写实主义"(Reticent Realism)。②

  赵家璧从文学史宏观的角度,看到了马克·吐温所作出的贡献,指出马克·吐温在美国文学中的奠基者角色与地位。赵家璧的文章为美国文学在中国的介绍开启了重要的一页,也让中国读者对马克·吐温在美国

---

① 赵家璧:《新传统》,北京:中国国际广播出版社,2013年版,第8页。
② 同上书,第9—10页。

文学史上的重要性有了初步的认识。

马克·吐温作品在中国再生成的过程中,《论语》半月刊功不可没,而这一点被诸多马克·吐温研究学者所忽视。1934—1935 年,当时有关马克·吐温作品讨论和作家评介的文章并不多见,而在 1934 年 8 月 1 日到 1935 年 6 月 1 日 10 个月期间,《论语》半月刊先后刊登了有关马克·吐温的作品及相关文章多达 8 篇之多,刊登的作品多为首次在中国介绍:1934 年 8 月 1 日第 46 期刊登了黄嘉音的译作《我的表》,8 月 16 日第 47 期刊登晚航的译作《理发篇》,之后第 50 期刊登黄嘉音的译作《一个好小孩的故事》。1935 年 1 月 1 日,《论语》半月刊第 56 期推出"西洋幽默专号",更是罕见地刊登了三篇有关马克·吐温的文章,其中两篇为黄嘉音的文章,一篇为马克·吐温的幽默故事译文《睡在床上的危险》,另一篇为黄嘉音的《马克·吐温及其作品》,并附有黄嘉音绘的马克·吐温画像。黄嘉音英文功底深厚,且是当时的文化名人,1936 年与其兄黄嘉德及林语堂成立西风社,担任主编兼发行人。黄嘉音的文章,让中国读者了解到马克·吐温活泼有趣的一面。此外,曙山的文章《马克·吐温逸话》在第 56 期和 57 期连续刊载。1935 年 6 月 1 日第 66 期,则刊登了周新翻译的《马克·吐温论幽默》,原作者为 Raymond Boath Wat。1946 年 12 月《论语》复刊后,于第 119 期第 67 至 69 页,刊登了大木的译作《马克·吐温恋爱史》,译文的结尾处标明"三五、九、一三,译自世界语本《光明》"(即 1946 年 9 月 13 日),原文作者不详。《马克·吐温恋爱史》这篇短文,涉及马克·吐温的个人经历、情感和相关作品,为读者了解马克·吐温不为人知的一面,提供了材料。《论语》在 1947 年 2 月 16 日第 123 期刊登了山立翻译的马克·吐温成名作《卡拉维拉斯县驰名的跳蛙》,山立的译文标题为《青蛙跳跃比赛》。总的来讲,《论语》半月刊因受其办刊风格主导,介绍的多是马克·吐温的幽默作品,所谈论的也多为马克·吐温的幽默风格,但它为中国读者较早地了解马克·吐温,打开了一扇极为重要的窗口。

1935 年适逢马克·吐温 100 周年纪念诞辰,中国掀起了研究和介绍马克·吐温的高潮。各大杂志纷纷刊登马克·吐温的作品,并撰写了相关的纪念文章,让更多的读者了解到马克·吐温其人。《文学》杂志第 4 卷第 1 号和第 5 卷第 1 号分别刊登了胡仲持的两篇文章:《美国小说家马克·吐温》和《马克·吐温百年纪念》。1932 年 12 月 8 日《小说月报》停刊后,《文学》是 20 世纪 30 年代出版时间最长、影响最大的文学期刊。胡仲持给予了马克·吐温高度的评价,认为吐温是"美国近代最大的文学家、幽默家和社会工作者",认识到马克·吐温的作品幽默中的讽刺渗透着"社会主义和'德谟克拉西'的思想"①。胡仲持的文章侧重探讨了马克·吐温及其作品的政治倾向,在相当长的一段时间内,对我国的马克·吐温研究注重挖掘其思想和政治性有着导向性作用。《新中华》半月刊杂志第3卷第7期刊载了张梦麟的文章《马克·吐温百年纪念》,这篇文章或许是受到范·魏克·布鲁克斯《马克·吐温的严峻考验》一书的影响,布鲁克斯认为马克·吐温是"上流社会的候选人",具有双重人格,表里不一。张梦麟也持相似的观点,认为马克·吐温是两面派,其作品中虽含有可尊的讽刺,而其人格却相当可鄙。张梦麟的文章独具一格,在中国的其他文人学者对马克·吐温一片叫好声中,提出了自己的不同见解,尽管这种见解很快重新被对马克·吐温压倒性的赞誉声所淹没。1935年3月16日出版的《译文杂志》刊登了吉人的译文《马克·吐温的悲剧》,原文作者为厄普顿·辛克莱(Upton Sinclair)。除此之外,1935年11月《中学生》杂志59号也刊载了署名"不忍"的随笔《马克·吐温百年纪念》。《世界文学》第1卷第3期也刊登了题为《纪念马克·吐温》的相关纪念文章。

1949年至1978年间,外国作家都被从政治和意识形态角度进行定性,分为"反动"与"进步"两类,马克·吐温自然进入"进步"之列。有关马克·吐温的评介政治导向日渐浓厚,且深受苏联的评介影响。1950年郑雪来翻译的罗曼·撒马林的文章《马克·吐温的真面目》发表在《人物杂志上》,并在同年在上海《翻译》杂志第3卷第2期刊载。"撒马林的文章详尽地介绍了吐温晚年的政论性杂文,使中国读者较深入地了解到吐温作品中对资本主义制度批判的一面。"②《译文》杂志1954年第8期刊登奥尔洛娃的《马克·吐温论》,这篇文章公正客观地分析了马克·吐温的作品的艺术风格与文学传统,对马克·吐温的介绍比较全面,而且避免了将政治色彩放在文学研究之上的做法。1956年4月24日《光明日报》也刊载了奥尔洛娃的《美国进步作家》一文,着重强调了马克·吐温是资本主义世界里为数不多的进步作家。1956年作家出版社出版了涅布洛娃的《马克·吐温评传》③,《文学书刊介绍》1956年第6期拉尼娜《汤姆·索亚历险记及其作者》一文。在苏联学者的影响下,此阶段我国的学者受国内

---

① 《文学》杂志第4卷第1号,1935年1月1日出版,第258页。
② 中国社会科学院外国文学研究所编:《外国文学研究集刊》(第10辑),北京:中国社会科学出版社,1985年版,第391页。
③ 参见卢永茂等编:《外国文学论文索引》,河南师范大学中文系,1979年版,第76页。

政治氛围的影响,亦步亦趋,甚至人云亦云,缺乏见地,但也不乏有影响的名家推荐之作,如 1950 年 12 月 22 日《光明日报》刊登了吕叔湘的《吐温的著作的失踪》,但这篇文章写于朝鲜战争的历史背景之下,吕叔湘是通过评述马克·吐温小说《神秘的陌生人》(The Mysterious Stranger)从而批评美国政府的侵略政策。《文学书刊介绍》1955 年第 2 期刊载张友松的文章《卓越的讽刺作家马克·吐温》,1956 年 11 月 20 日《文汇报》刊载毕树棠的文章《马克·吐温轶事》。张友松和毕树棠都是马克·吐温作品的重要译者,其介绍马克·吐温的文章自然有相当的说服力和可读性。1959 年《哈克贝利·费恩历险记》由上海文艺出版社出版,张万里翻译并作了译后记;《哈克贝利·费恩历险记》译本也分别于 1959 和 1978 年由人民文学出版社出版,董衡巽做了译序。

除此之外,一些学术期刊也刊载了马克·吐温的评论文章,《人民文学》1950 年第 12 期,由茅盾撰文《剥落"蒙面强盗"的面具》,指出马克·吐温无情低揭露了美国统治集团的面目,因此为财富大亨们所痛心疾首。茅盾的文章发表于中国加入朝鲜战争的历史时期,马克·吐温成为揭露资本主义和帝国主义的政治工具在所难免。1960 年在马克·吐温逝世 50 周年之际,出现了三篇影响力极大的文章,分别是《江海学刊》1960 年第 12 期陈嘉《马克·吐温——美帝国主义的无情揭露者》,《世界文学》第 4 期周钰良《论马克·吐温的创作及其思想》,《世界文学》第 10 期老舍的文章《马克·吐温——金元帝国的揭露者》。这几篇文章,为以后的马克·吐温研究奠定了基调,马克·吐温成为反帝国主义、反资本主义、同情中国人民的反帝斗争的代表作家之一。这种情感上的纽带,是马克·吐温在中国受到长盛不衰欢迎的原因之一。

20 世纪 80 年代以来,马克·吐温的研究真正走上了学术化和专业化的道路,国内对马克·吐温的评价也趋于理性和客观,避免了以思想政治为角度的选择性切入。一大批有影响、高质量的研究文章和著作纷纷出现。1984 年《外国文学研究》第 4 期刊载了邵旭东的文章《马克·吐温述评》,该文着重概述了我国学者在"马克·吐温与'金元帝国'、马克·吐温与种族歧视、马克·吐温与幽默、马克·吐温与中国"等四个方面的研究与分歧,并指出了当时研究的成果与不足,为以后的马克·吐温研究指明了方向。董衡巽编选的《马克·吐温画像》,是我国马克·吐温研究的重要参考。这部著作汇集了 29 篇有关马克·吐温的作品,所选的文章以美国为主,同时也包括英国、法国和苏联学者的文章。文章代表性很强,反映了不同学者对马克·吐温及其作品的不同看法,比如有伯纳德·德沃托的两篇文章《阿肯色的大熊》和《绝望的症状》,同时也收集了范·魏克·布鲁克斯的《上流社会的候选人》。不仅涵盖了对马克·吐温及其作品的赞誉文章,如威廉·迪恩·豪威尔斯的《我的马克·吐温》,也包括了质疑乃至否定的文章,如亨利·赛德尔·堪比的《马克·吐温的衰落》,以及威廉·范·奥康诺的《为什么说〈哈克贝利·费恩〉不是伟大的美国小说》等。总之,《马克·吐温画像》里所收集的文章,观点各异,视角不同,对马克·吐温褒贬不一,为我国学者研究马克·吐温提供了新的思路和视野。此外,董衡巽在该书的前言中,对马克·吐温在不同时期的遭遇做了概述,指出批评家为马克·吐温画出了不同的画像,这些画像同时也是马克·吐温声名兴起与衰落起伏的见证。董衡巽的介绍文字从宏观上阐述了国外学者对马克·吐温问题的研究,并介绍了马克·吐温在中国的翻译与研究问题,具有极高的学术参考价值。

20世纪末以来,中国学者结合各种文学人类学、文化研究、后殖民主义等文学批评话语,对马克·吐温及其作品进行新的阐释,使马克·吐温批评呈现出跨学科、多元化的格局。《浙江大学学报》1999年第4期刊登了张德明的《〈哈克贝利·费恩历险记〉与成人仪式》,文章运用人类学的批评方法,并结合集体无意识的心理学理论,将小说的成长主题与人类学的仪式概念结合分析,观点独到,为马克·吐温小说研究注入了新的活力。《湖南商学院学报》2003年第1期刊登了何赫然的文章《谈马克·吐温创作中的"女性偏见"问题》,文章针对评论家认为马克·吐温作品中存在着对女性的偏见,提出了不同的看法,并得出结论,认为马克·吐温非但没有女性偏见,而且其作品的创造离不开女性。这篇文章从另一个角度为马克·吐温正名,阐明马克·吐温不是一个性别歧视者。学者们探讨的另外一个主题,是马克·吐温的种族观和对中国的态度。崔丽芳在《外国文学评论》2003年第4期上的文章《马克·吐温的中国观》利用后殖民主义批评话语,指出马克·吐温的矛盾角色:既有人道主义的情怀,又有东方主义心理;吴兰香的两篇文章《"教养决定一切"——〈傻瓜威尔逊〉的种族观研究》以及《马克·吐温早期游记中的种族观》均探讨了马克·吐温的种族观问题。马克·吐温早年的乐观与晚年的悲观,也引起了学者的关注,不少学者认为这主要是由于马克·吐温的投资失败和家庭悲剧所致。《山东社会科学》2013年第10期刊登了高丽萍、都文娟的文章《现代性与马克·吐温思想的变迁》,从更为宏观的视野,透过对现代性内在悖论性的解读,剖析了马克·吐温早期积极乐观和后期消极悲观的内在深层原因。

前文提到马克·吐温的作品被入选中学语文及英语教材,使马克·吐温的作品成为基础教育阶段的每个中国人的必读之书,客观上扩大了马克·吐温的知名度和影响力,加速了马克·吐温作品在中国的再生成。另一个不可忽视的因素是马克·吐温传记在中国的广为流传,被译成中文的马克·吐温传记多达近20种,无疑增加了马克·吐温在中国的广度和热度。最后,马克·吐温作品亦庄亦谐,雅俗共赏,拥有了不同年龄,不同文化层次的庞大读者群,这也是其作品在中国得以广泛传播和得以再生成的原因之一。

第三节　马克·吐温小说的影视传播

在19世纪的现实主义文学家中,马克·吐温是与电影走得最紧密的一位。这位伟大的小说家在自己创作的晚期目睹了美国电影的发展,这一时期,电影已从"耸动视听新闻、滑稽幽默和每日生活"走向道德正剧、早年西部掠影、美国历史和文学改编。[①] 市场需要大量的故事影片,电影制片人被迫转向舞台和文学作品寻求完整的材料。每一个可能探寻的源泉都找到了:短篇小说、诗歌、话剧、歌剧、大众喜爱的畅销书和古典作品都被加以缩写,改成为拍一卷胶片的电影剧本。1907年,根据马克·吐温作品改编的电影《奇异的梦境》还附有如下一则广告——也许是这类影片要有的证件之一。

先生们,我授权美国维太格拉夫影片公司将我的作品《奇异的梦境》改编成电影。我持有他们的一张剧照,约翰·巴特在审视他的墓碑,我觉得怪有意思,十分幽默。

签名　马克·吐温[②]

不仅如此,马克·吐温在这部《奇异的梦境》和1909年的《王子与贫儿》中还分别出镜,扮演了作者自己。保留至今的由爱迪生制造公司

---

① 刘易斯·雅各布斯:《美国电影的兴起》,刘宗锟、王华、邢祖文、李雯译,北京:中国电影出版社,1991年版,第84页。
② 同上书,第83页。

(Edison Manufacturing Company)拍摄的关于马克·吐温生活的短片，可以给今天的人们一个更直观的马克·吐温形象。

1907年的影片《奇异的梦境》和《汤姆·索亚》(*Tom Sawyer*)是最早根据马克·吐温作品改编的电影。《汤姆·索亚》由卡莱姆电影公司(Kalem Company)出品，拉开了这一部小说作品众多改编文本的序幕。另外三部在马克·吐温作品改编电影中占据重要位置的作品也开始出现最早的改编版本，包括1909年的《王子与贫儿》、1920年由派拉蒙影业公司(Paramount Pictures, Inc.)出品的《哈克贝利·费恩》(*Huckleberry Finn*)和1921年由福克斯电影公司(Fox Film Corporation)出品的《亚瑟王朝的康涅狄格州美国佬》。1918年出现了最早的根据小说《汤姆·索亚历险记》与《哈克贝利·费恩历险记》两部作品改编的《汤姆与哈克》(*Oliver Morosco Photoplay Company, Famous Players-Lasky Corporation*)，1916年杰西·拉斯基电影公司(Jesse L. Lasky Feature Play Company)推出了唯一一部根据马克·吐温后期代表作《傻瓜威尔逊》(*Pudd'n head Wilson*)改编的同名电影。

从马克·吐温小说作品被改编成电影电视的整体情况来看，《汤姆·索亚历险记》《哈克贝利·费恩历险记》《王子与贫儿》《亚瑟王朝的康涅狄格州美国佬》《百万英镑》这五部作品是被改编次数最多最集中的。

(一)《哈克贝利·费恩历险记》的电影改编

《哈克贝利·费恩历险记》是美国文学史上被人讨论最多的作品之一，也是被改编成电影次数最多的美国小说。它先后9次被改编成电影，多次被改编成电视电影或者电视剧，另有6次与《汤姆·索亚历险记》一起被改编成关于哈克和汤姆冒险故事的电影。在纯粹以《哈克贝利·费恩历险记》小说为题材的9个改编电影版本中，除1994年电影《小鬼真难缠》(*Huck and the King of Hearts*)为随意性改编的现代版本外，1920年、1931年、1939年、1960年、1972年、1974年、1993年、2012年这8个电影版本均属于忠实性改编。遗憾的是，在这一批电影中，显然缺乏真正成功的作品，而且之所以会关注其中某一部影片，往往是因为它在创作意图、手法或某些演员在表演方面有过人之处，就影片整体而言，能被看成是经典的作品始终没有出现，这也许就是《哈克贝利·费恩历险记》这部小说每隔10年左右就会被重新翻拍的原因。

《哈克贝利·费恩历险记》就像是一面镜子，对这部经典名著的改编，在电影艺术尤其是美国电影艺术发展的不同阶段,折射出的是20世纪以来电影发展进步的趋势以及经典小说改编的完善和成熟度。1920年派拉蒙影业公司(Paramount Pictures, Inc.)出品的《哈克贝利·费恩》(*Huckleberry Finn*)是第一部根据小说《哈克贝利·费恩历险记》改编的电影,影片被视为默片时代根据美国文学名著改编的电影代表作之一,这一类影片在电影史上的重要性在于它们改编自名著,而这些文学作品似乎预见电影会比较多地使用视觉隐喻和戏剧性时刻。① 这部由威廉·德斯蒙德·泰勒(William Desmond Taylor)执导的无声电影在处理原著时选取主要情节来展开讲述,使电影成为小说很有说服力的图解。这种将马克·吐温小说电影化的尝试不但相对完整地概括了整个故事,而且也给了观众很大的自由去理解原著。但这种自由一旦淹没在编剧及电影制作公司的戏剧性框架之中时,就会使得影片本身对马克·吐温及其小说的理解变得片面和狭隘。1931年派拉蒙电影公司拍摄完成的第一部有声电影版《哈克贝利·费恩》(*Huckleberry Finn*)就是其中的典型,这部电影作为1930年版电影《汤姆·索亚》(*Tom Sawyer*)故事的延续,讲述哈克贝利·费恩、汤姆·索亚和吉姆三个人在密西西比河上的漂流和冒险经历,与马克·吐温原著不同的是,影片从汤姆·索亚和吉姆解救被关在父亲小屋中的哈克贝利·费恩开始就将汤姆这一角色纳入历险的任务之中,这个三人团队削弱了小说中的主题,取而代之的是《汤姆·索亚历险记》类型的轻松浪漫历险故事。1939年由米高梅公司(Metro-Goldwyn-Mayer, Inc.)出品、理查德·索普(Richard Thorpe)导演的《哈克贝利·费恩历险记》(*The Adventures of Huckleberry Finn*)选用当年票房冠军米基·鲁尼(Mickey Rooney)饰演全新的哈克形象,观众们在银幕上看到的是个悠闲地抽着烟斗赤脚走路的男孩子,他调皮捣蛋的方式,甚至眨眼睛的动作都会给人留下深刻印象,影片保留了哈克大部分的冒险经历,在故事情节上有意将哈克作为一名男子的成长经历视为重点,使得电影更像道德故事而不仅仅是冒险故事,同时,从这部作品开始,《哈克贝利·费恩历险记》的电影改编文本更注重文化、伦理和种族的主题②。当时的电影更多是以一种谦恭的态度去对待马克·吐温以及他的小说

---

① Paula Marantz Cohen, *Silent Film and the Triumph of the American Myth*. New York: Oxford University Press, 2001, p. 40.

② Ian Wojcik-Andrews, *Children's Films: History, Ideology, Pedagogy, Theory*. New York: Garland Publishing, Inc, 2000, p. 31.

《哈克贝利·费恩历险记》,并且尽可能地在银幕上使小说的内容以电影的方式再现,甚至努力达到一种对小说的模仿。之后,许多电影导演和编剧逐渐意识到小说《哈克贝利·费恩历险记》有着丰富的主题,将它改编成电影也应该呈现出不同的手法,于是开始探讨改编《哈克贝利·费恩历险记》的主题选择和倾向性问题。1960年版的电影《哈克贝利·费恩历险记》(The Adventures of Huckleberry Finn)将马克·吐温对奴隶的态度和原著中曲折的情节主线加以消解,导演迈克尔·柯蒂斯(Michael Curtiz)和编剧詹姆斯·李(James Lee)依据马克·吐温的原著进行了一番删减和重组,并创造出了一些在书中从未出现过的场景,电影的闹剧情节虽然毫无新意但却令人愉快,是马克·吐温经典小说一个不无遗憾和制作过于仓促的电影版本[①]。到了50年代与60年代,英美两国的电视剧向电影发起全面的进攻,根据马克·吐温作品改编的电视剧层出不穷,其中大部分作品来源都是像《汤姆·索亚历险记》《哈克贝利·费恩历险记》《王子与贫儿》《亚瑟王朝的康涅狄格州美国佬》《傻瓜威尔逊》这样的代表性题材。60年代之后,这股风潮波及苏联及一些东欧国家,根据马克·吐温作品改编的电影电视剧制作迎来了一个新的高潮。其中,1972年苏联版本的《哈克贝利·费恩历险记》(Приключения Гекльберри Финна / 英译 Hopelessly Lost)显示出与之前美国诸版本截然不同的风格。这部由格鲁吉亚籍导演格奥尔基·达涅利亚(Georgi Daneliya)执导的影片呈现出对这部伟大小说的全新态度,电影中俗套的笑料和冷峻的写实交相融合,在许多段落的处理上丝毫不亚于美国版本,而且在探索电影改编新的形式和深入挖掘原著精神方面都提供了一些思路。在电影改编《哈克贝利·费恩历险记》这部作品要采取什么形式的问题上,1974年的音乐片《哈克贝利·费恩历险记》(Huckleberry Finn)更具有特殊性。这部由阿雅克电影公司(Apjac International)制作、J. 李·汤普森(J. Lee Thompson)执导的作品是谢尔曼兄弟(Richard M. Sherman and Robert B. Sherman)在创作改编音乐片《汤姆历险记》(Tom Sawyer)剧本和曲目成功之后又一次对马克·吐温作品的音乐改编尝试,影片在故事情节遵循原著的同时沿用了原著作品的部分主题,吉姆作为黑人奴隶对自由的追求以及在漂流途中哈克与吉姆之间的友谊促使哈克对奴隶、奴隶制

---

① "The Adventures of Huckle-Berry Finn", *Film Quarterly*, Vol. 13, No. 4 (Summer, 1960), p. 60.

度、自由的了解过程贯穿了整部作品。显然,只有理解马克·吐温小说在主题上的丰富性和故事情节的复杂性,才能在改编过程中正确处理马克·吐温的小说,音乐化的改编尝试并不一定就能赋予这部小说新的生命,但在改编过程中的主动性却逐渐进入电影。到了1993年,沃尔特·迪士尼影片公司(Walt Disney Pictures)让年轻的斯蒂芬·索莫斯(Stephen Sommers)担纲《哈克贝利·费恩历险记》(The Adventures of Huck Finn)的导演时,索莫斯身为一名导演与编剧的天赋才开始为观众所熟悉,这一版《哈克贝利·费恩历险记》最为突出的便是雅致与趣味性兼而有之的特点,索莫斯不想减弱观众们对马克·吐温作品的兴趣,因此只是力图使这部小说在他的处理之下变得生动起来。最新一部作品是2012年由赫敏·亨特格博斯(Hermine Huntgeburth)导演的德国影片《哈克贝利·费恩历险记》(Die Abenteuer des Huck Finn),导演试图借助具有现代化风格的摄制技术来真实呈现密西西比河乡村生活并对马克·吐温原著作全新阐释,这种综合性改编技巧的运用似乎意在突破马克·吐温这部小说的范围,进入到马克·吐温本人生活的时代和真实世界之中,影片结尾处马克·吐温作为剧中人物的出场就具有明显的象征意义。影片在故事情节上的处理也尝试着突破小说的范围,哈克和吉姆的木筏生活与帕卡德(Packard)一伙、哈克父亲追捕吉姆的过程构成故事的核心内容,与马克·吐温原著情节有很大出入。

显然,《哈克贝利·费恩历险记》始终没能找到与这部伟大作品相对应的电影风格。在电影中,当这部长篇小说的故事内容无法铺陈、它最受推崇的叙事风格、讽刺以及对美国社会文化的犀利见解无法展现的时候,导演和编剧往往会面临结构和主题上取舍的困境:是图解原著,还是发挥改编的自由度,或者像马克·吐温研究学者克莱德·V.豪普特(Clyde V. Haupt)所说的那样实施"适应性变形"[①]的改编手法。在过去的90多年时间里,每一次改编都是一次新的探索和尝试,也给长篇小说改编电影提出了很多难题——包括风格、形式以及经典原著的阐释和取舍等等。

---

① "适应性变形"(adaptive distortion),是马克·吐温研究学者克莱德·V.豪普特(Clyde V. Haupt)提出的关于《哈克贝利·费恩历险记》从小说到电影过程中所发生现象的术语。(Clyde V. Haupt, *Huckleberry Finn on Film: Film and Television Adaptations of Mark Twain's Novel*, 1920—1993, McFarland & Company, 1994.)

(二)《汤姆·索亚历险记》的电影改编

小说《汤姆·索亚历险记》是一个男孩单纯快乐的往事,充满对逝去的童年的留恋和回忆,里面的故事情节对富于幻想的儿童和善于怀旧的成人来说都是真实可信的。1938 年的电影《汤姆·索亚历险记》(*The Adventures of Tom Sawyer*)包含了原著中所有读者喜爱的情节,尤其是刷栅栏、孩子的葬礼、山洞里的冒险等几个段落。事实上,很少能有这样一部电影能捕捉到故事中的孩子气和孩童般的幸福。这部总长 91 分钟的电影由诺曼·陶洛格(Norman Taurog)执导,影片中的小演员们表演都几乎完美。12 岁的汤米·凯利(Tommy Kelly)饰演的汤姆·索亚获得了所有观众的认可,他的谎话、淘气、恶作剧等等,还有他可爱的笑容、脸上的雀斑和悲伤的眼睛,对同时代的观众来说,汤米·凯利就是汤姆·索亚的化身。虽然是一部以儿童为主角的家庭电影,影片的配角页却是群星闪耀,一批老牌演员如饰演波莉姨妈的梅·罗宾逊(May Robson)、饰演穆夫·波特的沃尔特·布伦南(Walter Brennan)、饰演印江·乔的维克托·乔里(Victor Jory)、饰演校监的唐纳德·米克(Donald Meek)等。值得一提的是,这部影片采用了当时最为先进的特艺彩色技术(Technicolor),摄影师是黄宗霑(James Wong Howe)。

1973 年由阿雅克电影公司(Apjac International)制作的《汤姆·索亚》(*Tom Sawyer*)是唐·泰勒(Don Taylor)执导的一部音乐片,选在密苏里州马克·吐温故事的发生地拍摄。影片的音乐监制是约翰·威廉姆斯(John Williams),由谢尔曼兄弟(Richard M. Sherman & Robert B. Sherman)作曲。作为音乐片,影片选取一些兴高采烈的欢乐场景配以音乐,如刷栅栏、野餐等,一些音乐曲目会给观众留下深刻的印象,像"男人的爱"(什么,他是天生的)(Man's Gotta Be)和"海盗生涯"(Freebootin)等。主人公汤姆由童星约翰尼·惠特克(Johnny Whitaker)出演,当时他和汤姆一样,只有 12 岁,银幕上的顽童汤姆头发卷曲、满脸雀斑,脸上常常会呈现出顽皮的笑容。而饰演哈克·费恩的则是杰夫·伊斯特(Jeff East),虽然戏份不多,但却牢牢把握住了哈克性格中的闲散特点。沃伦·奥茨(Warren Oates)饰演穆夫·波特,流浪汉与醉鬼角色在他身上被刻画得淋漓尽致,他与孩童之间的友谊,他隐藏酒瓶的小伎俩,还有他被陷害时候的无助,都为故事增添了不少有分量的情节。虽然在情节上作了一些删减,电影在本质上仍是原著的重现,轻松、引人共鸣且留给观众无尽的回味空间。

1968年罗马尼亚、法国、联邦德国合作拍摄的《印第安人乔的冒险》(Moartea lui Joe Indianul)是在4集电视迷你剧集《汤姆·索亚历险记》的基础上剪辑而成,影片选取小说《哈克贝利·费恩历险记》中舍伯恩上校残杀老博格斯的段落和小说《汤姆·索亚历险记》中汤姆与印江·乔之间的恩怨,围绕着汤姆指证印江·乔谋杀、汤姆和哈克发现了印江·乔的宝藏、汤姆与贝基在山洞冒险时遭遇印江·乔并最终脱险的情节展开。这一时期与《汤姆·索亚历险记》有关的电影作品还包括1969年墨西哥巅峰电影公司(Cima Films)由阿尔贝托·马里斯卡尔(Alberto Mariscal)执导的《朱利安的冒险》(Aventuras de Juliancito)。

1976年捷克斯洛伐克拍摄的《绅士男孩》(Páni kluci)是对《汤姆·索亚历险记》的又一次完美阐释,马克·吐温笔下密西西比河上行进的邮轮被途径捷克小镇的火车所取代。影片主人公汤马斯是一名顽皮的似乎永远在追逐火车的男孩,他住在阿波利娜姨妈家中,姨妈老是想管教汤马斯,但却总是无能为力,瓦茨拉夫姨夫是小镇火车站上的值班人员,他和汤马斯关系不错,休伯特、瓦格纳两人是汤马斯最好的朋友,他们捉弄老师、欺负同学,过着无忧无虑的生活。影片保留了马克·吐温原著中的诸多浪漫情节,如刷栅栏、汤马斯与女孩之间的爱恋故事、督学的到来、男孩们的失踪以及在葬礼上的现身、发现财富等等。尽管影片中围绕小镇平静生活而展开的描述与汤马斯三人喧闹的活动形成了鲜明的对比,但编剧还是像马克·吐温原著一样将汤马斯的经历巧妙地镶嵌在故事中,看似复杂但却让故事本身波澜起伏,演员们夸张而不失荒诞的表演则加强了影片的喜剧效果。

《新汤姆历险记》(Tom and Huck)于1995年底在美国上映,这部由沃尔特·迪斯尼公司(The Walt Disney Company)出品的电影是对马克·吐温原著充满创意和想象力的演出。乔纳森·泰勒·托马斯(Jonathan Taylor Thomas)饰演汤姆·索亚,自作聪明的感性和漫不经心的态度,涵盖了他的孩子气魅力。英年早逝的好莱坞演员布拉德·兰弗洛(Brad Renfro)在片中饰演哈克,他们帅气的外形以及在影片中表露出来的友谊使这部家喻户晓的儿童读物焕发出新的生机。就像影片的标题那样,汤姆与哈克的友谊才是影片的亮点。哈克不再是《新汤姆历险记》中的二号人物,而成了汤姆的一个很特殊的参照物。哈克像一个野孩子,生活在树林里,他没有父母或其他亲属,过着属于自己的理想生活。

汤姆羡慕哈克的勇敢和独立,他也想摆脱小镇乏味的生活和周边的妇女们。导演彼得·休伊特(Peter Hewitt)将自己对小说的一种个性化的解读和敏锐感受融入影片之中,并充分挖掘了小说的魅力。

近几年关于《汤姆·索亚历险记》电影改编的重心转移到了德国。导演赫敏·亨特格博斯(Hermine Huntgeburth)与编剧萨沙·阿朗戈(Sascha Arango)于2011年合作的全新版本《汤姆·索亚》(*Tom Sawyer*)由德国新顺豪森电影公司(Neue Schönhauser Filmproduktion)和尊贵电影公司(Majestic Filmproduktion)推出。由路易斯·霍夫曼(Louis Hofmann)饰演的汤姆和莱昂·塞德尔(Leon Seidel)饰演的哈克延续了马克·吐温小说中人物风格;而海克·玛卡琪(Heike Makatsch)饰演的波莉姨妈一改以往影视作品中常见形象,取而代之的是一位略显古板的有爱心的阿姨;但电影最具有原创性的内容出现在本诺·福尔曼(Benno Fuehrmann)饰演的印江·乔身上,影片通过适当的服装和化妆刻画了一个仇视白人、冷血但又捍卫尊严的人物形象。他似乎游移于英雄和恶棍之间,在与波莉姨妈以及汤姆的晚宴上,演员通过面部表情的变化在同一个时间点内呈现出杀气腾腾的凶手和乐于助人彬彬有礼的客人两个截然不同的形象。由此可见,影片试图从印江·乔作为种族歧视的受害者的角度讲述他的故事,这也是医生被谋杀的真正原因和他犯罪的唯一原因。与原著小说有意忽略生活的阴暗面不同的是,医生被杀和孩子们与印江·乔之间的恩怨这一类情节成为这部电影的主线,他的故事及其人物刻画贯穿始终。同时,影片中呈现的墓地复活、种族纷争、绞刑架、酒鬼等内容已经颠覆了原著作为儿童读物的意义,充分体现出编剧对马克·吐温原著的想象力。2012年,凯文·李电影公司(Kevin Lee Filmgesellschaft)为首的几家德国电影公司联合摄制的《汤姆与哈克》(*Tom und Hacke*)将故事搬到了"二战"之后的德国巴伐利亚州,呈现动荡战争后孩子们的生活困境、黑市交易等更残酷黑暗的现实内容。

(三)《亚瑟王朝的康涅狄格州美国佬》的电影改编

汉克·摩根的亚瑟王朝之行,不仅揭示了马克·吐温对贵族统治和英国国教贪婪迷信的讽刺,也暴露了人类自身的某些弱点。自20世纪初以来,《亚瑟王朝的康涅狄格州美国佬》这个著名的故事已经多次被搬上舞台、拍摄成电影或是动画片。其中最早的电影版本是福克斯电影公司1921年拍摄的无声电影《误闯亚瑟王宫》(*A Connecticut Yankee in King*

Arthur's Court)，由哈里·C.迈尔斯（Harry C. Myers）主演。这部部分内容佚失的电影在改编时与马克·吐温的原著小说保持了一种特殊的关系。迈尔斯饰演的不是小说中工匠英雄汉克·摩根，而是马丁·卡文迪什（Martin Cavendish），一名生活在1921年爵士时代的单身汉，在被窃贼击中头部之前，他刚好读过马克·吐温的小说《亚瑟王朝的康涅狄格州美国佬》。和汉克·摩根一样，当他醒来时已经处在英国亚瑟王时代。由于卡文迪什读过马克·吐温的书，他知道自己接下来应该做的是什么。这部无声电影已经初步显示了亚瑟王时代华丽的布景和服装。到了1927年，理查德·罗杰斯（Richard Rodgers）和劳伦兹·哈特（Lorenz Hart）将小说被改编成音乐剧《康涅狄格美国人》。

1931年的美国电影《康涅狄格州美国人》（A Connecticut Yankee）由大卫·巴特勒（David Butler）执导，剧本则由威廉·康塞尔曼（William M. Conselman）、欧文·戴维斯（Owen Davis）和杰克·莫菲特（Jack Moffitt）合作完成。这一部同样由福克斯电影公司出品的有声电影在故事情节上呈现出更多的创新。影星威尔·罗杰斯（Will Rogers）在影片中饰演主人公汉克·马丁（Hank Martin），一个无线电修理工。他在某个风雨交加的夜晚到一所豪宅去修复一台机器，在这所幽灵般的房子里他遇到了一位疯狂的科学家，科学家发明了一台机器，尝试利用无线电波调频听到过去一段时间的声音，结果，汉克·马丁在房间里一次意外撞击使他置身于亚瑟王时代，开始了独特的时间旅行。他在亚瑟王朝廷上利用打火机和日全食与梅林周旋，并且得到亚瑟王信任，利用现代技术知识创造各种不合时宜的电气化设备，以帮助亚瑟王和他的国家。影片开头沿用了恐怖和科幻影片的套路，并保留了原著的幻想性质，具有趣味性和闹剧效果，就故事本身而言，仍然是非常有趣的阐释。这个带有梦幻性质的时间旅行使得影片被分成两个部分——即现实世界与梦幻世界，影片中很多演员都在两个部分同时出现，扮演不同的角色。影片的主角威尔·罗杰斯是很有天赋的演员，身上带有"美国佬"的诸多特点：可爱，平易近人，充满魅力等等，他的台词看起来是半心半意的妙语连珠，却具有独特的讽刺能力。

到了1947年10月，小说《亚瑟王朝的康涅狄格州美国佬》被改编为长达一个小时的广播剧在福特剧院播出，主演是卡尔·斯文森（Karl Swenson）。1949年，由加内特（Tay Garnett）执导的音乐喜剧电影《误闯阿瑟王宫》（A Connecticut Yankee In King Arthur's Court）恰到好处地融合了幽默、动作、阴谋、音乐、幻想和魅力，使之成为了一部杰作。这部轻松愉快的影片由埃德蒙·伯洛伊特（Edmund Beloin）编剧，他将所有表现主人公机械师汉克·马丁荒诞离奇故事的滑稽冲突有条不紊地呈现在观众的眼前，包括他与萨格拉默（Sir Sagramore）的友谊、与兰斯洛特（Lancelot）的决斗、与阿丽桑德（Alisande）小姐的爱恋等等。亚瑟王这个角色在影片中被设定为年迈的昏庸形象，塞德里克·哈德威克（Cedric Hardwicke）饰演的这个有红色敏感鼻子的人物带有明显的滑稽色彩。作为一部音乐片，电影由吉米·范·赫森（Jimmy Van Heusen）和维克多·杨（Victor Young）制作音乐，其中的神来之笔是汉克·马丁在宫廷舞会上教宫廷音乐家如何改中世纪音乐为"爵士乐"。派拉蒙电影公司在这部电影中采用了特艺彩色技术（Technicolor），布景和服装丰富多彩，成功地唤起了观众对亚瑟王时代的独特感受。

在1970年，这部小说被改编成一个74分钟的动画电视电影，导演是佐兰·雅季奇（Zoran Janjic）。1978年"曾经经典"（"Once Upon a Classic"）剧集中，《亚瑟王朝的康涅狄格州美国佬》是其中的一部。1979年迪斯尼公司拍摄的《不明飞行物》（UFO/The Spaceman and King Arthur）在情节构思场景道具上受到了1977年《星球大战》的影响，这部迪斯尼喜剧电影曾经使用过的海报副标题为"一次6世纪的太空冒险"，电影对马克·吐温原著小说改动较大，在娱乐方面的想象力也超越了以往版本。机械工人汉克用来炫耀的打火机、放大镜、日全食之类内容被更时髦的航天飞机、宇航服、机器人、激光枪、月亮越野车和喷气推进器等更具有时代特征的内容和道具所取代。影片在很多细节方面专注于喜剧风格的呈现，主人公汤姆·特林布尔（Tom Trimble）利用磁化与萨格拉默的斗剑、汤姆帮助亚瑟王平定叛乱时出现的人体多米诺、汤姆用无线电控制在航天飞机中与叛乱部队的周旋都让观众开怀大笑，这部电影被看成是一次充满乐趣的冒险和富有想象力的作品。事实证明，在摒弃了马克·吐温原著中的深刻思想之后，作为社会讽刺小说的《亚瑟王朝的康涅狄格州美国佬》在人们心中的印象慢慢成为了一部纯粹的喜剧作品。

在马克·吐温看来，汉克·摩根是一位平民代表，他集中体现了完美的品质。在特殊的时间和空间中，他按照他所代表的世界的标准实行了"文明化"，而不仅仅是一名旁观者。但电影的改编却一步步将他推向旁观者的境地，他的"文明化"举措则弱化为喜剧或者闹剧的元素。从1978年的兔八哥特别版本《康涅狄格兔在亚瑟王朝廷》（*A Connecticut Rabbit in King Arthur's Court*)开始,根据《亚瑟王朝的康涅狄格州美国佬》改编的电影依旧层出不穷,但是故事主角都发生了更具有时代性的改变,影片的娱乐性变得更强,如 1989 年《误闯亚瑟王宫》(*A Connecticut Yankee in King Arthur's Court*)中的黑人小女孩卡伦、1995 年的《神气威龙》(*A Kid in King Arthur's Court*)中的棒球小子卡尔文、1996 年的《在亚瑟王朝廷里的康涅狄格州美国年轻人》(*A Young Connecticut Yankee in King Arthur's Court*)中喜欢弹吉他的 17 岁男孩汉克、1998 年电视电影《凯姆洛的武士》(*A Knight in Camelot*)中由乌比·戈德堡(Whoopi Goldberg)饰演的摩根博士。此外,1999 年的电视电影《王子之剑》(*Arthur's Quest*)和 2001 年的《黑骑士》(*Black Knight*)也明显受到这一部小说的影响。

(四)《王子与贫儿》的电影改编

今天,小说《王子与贫儿》的读者更多是青少年。实际上,这部作品与《亚瑟王朝中的康涅狄格美国人》一样属于历史讽刺小说,是对早期英国社会缺乏民主和黑暗的悲叹。《王子与贫儿》这个故事是通过离奇的互换身份事件来揭示社会的贫困不平等和宫廷之中的尔虞我诈,故事的传奇性使它成为马克·吐温作品中受欢迎的改编题材。早在 1909 年和 1915 年就已经出现了最早的根据这部小说改编的电影作品,分别是爱迪生制造公司(Edison Manufacturing Company)出品由赛尔·道利(J. Searle Dawley)执导的短片《王子与贫儿》(*The Prince and the Pauper*)和 Famous 名家电影公司(Players Film Company)出品休·福特(Hugh Ford)和埃德温·鲍特(Edwin S. Porter)共同执导的 50 分钟《王子与贫儿》(*The Prince and the Pauper*),早期改编影片还包括 1920 年由萨沙电影公司(Sascha-Film)出品亚历山大·柯达(Alexander Korda)执导的 75 分钟版本。

1937 年,由华纳兄弟公司(Warner Bros.)推出的《王子与贫儿》是早期最有影响力的一部,影片由威廉·凯利(William Keighley)执导,这位技巧纯熟、平易近人且风格鲜明的美国导演通过对原著的有效把握赢得了很多观众的赞同。在构建故事情节的过程中,角色和情节的有限性促使威廉·凯利和编剧莱尔德·多伊尔(Laird Doyle)解开电影与原著小说之间的束缚,让核心故事与华丽的演员阵容和谐地紧密联系。当时,埃罗尔·弗林(Errol Flynn)作为华纳的后起之秀在多部影片中崭露头角,他俊朗的外表和潇洒的行为使电影中迈尔斯·亨顿（Miles Hendon）的戏份大量增加，这也对整部作品的改编风格产生了影响。但这部电影的主角并不是他，而是发挥更加出色的比利和波比双胞胎两兄弟（the Mauch twins, Billy and Bobby），由他们饰演的爱德华王子和流浪儿汤姆表演极为精彩。在故事情节的选择上，原著小说中有关爱德华王子流浪的冒险经历和迈尔斯·亨顿的家族恩怨被全部删去，只留下承接故事发展的几条线索，因此，在电影中故事发展异常紧凑，剧中角色不停地转换在各个场景之中，戏剧效果显得尤为强烈。影片中的叙事节奏、人物刻画、对白甚至是埃里希·沃尔夫冈·科恩戈尔德（Erich Wolfgang Korngold）创作的电影音乐都给人一气呵成的感觉。

对许多观众而言，1937年版《王子与贫儿》已经是不错的改编文本。但之后关于这一小说的电影改编仍然层出不穷，如1943年的苏联版和1963年的土耳其版，1968年由艾利奥特·杰辛格（Elliot Geisinger）执导的《新乞丐王子》（*The Adventures of the Prince and the Pauper*）则受到了音乐剧风格的影响。到了1977年，国际电影制作公司（International Film Production）又把这部作品搬上了银幕，给观众们展现了全新的《王子与贫儿》故事。电影制片人伊尔亚·萨尔金德（Ilya Salkind）和皮埃尔·斯彭格勒（Pierre Spengler）在1973年《豪情三剑客》（*The Three Musketeers*）获得极大成功之后，就致力于挖掘类似的古典题材，不仅如此，剧组成员包括奥立弗·里德（Oliver Reed）、拉蔻儿·薇芝（Raquel Welch）、查尔顿·赫斯顿（Charlton Heston），还有编剧乔治·麦克唐纳·弗雷泽（George Macdonald Fraser），都是《豪情三剑客》的原班人马。这部明星云集的电影由理查德·弗莱彻（Richard Fleischer）执导，在情节上削弱了马克·吐温故事的讽刺和机智，选取并改编了原著中几处关键情节，来展现爱德华王子与汤姆两人因为互换身份而造成的命运的转折，达到了满意的效果。编剧在人物设置上将两个角色加以区分：汤姆的角色从一开始就被设定为具有玲珑狡黠但不失诚实的气质，而爱德华王子则表现出高贵气质和在逆境中顽强生存的品质。这部长达两小时的电影在不断的打斗中显得异常紧凑，故事情节中儿童的游戏、无奈的屈从、宫廷的反叛等此起彼伏。演员们通过更具有娱乐性的技巧，为观众带来耳目一新的表演，其中，马克·莱斯特一人饰演两个主要角色，在饰演爱德华王子时他的遭遇令人怜悯，饰演汤姆的时候他的胆怯与诚实同样具有迷人的魅力。这部影片制作风格奢华，服装道具华丽，摄影精湛，即使是杂乱的伦敦贫民窟场景也刻画得颇为到位,令人回味无穷。

在小说中,马克·吐温强调了他所处时代的社会弊端和不公正,并通过对英国都铎王朝的社会和法律习俗的讽刺来加以表达。汤姆和爱德华同样都是聪明、善良的孩子,但机遇和环境决定了他们的行为和外表。《王子与贫儿》的现代影像阐释慢慢偏离了马克·吐温所设定的年代,呈现出时代特性。如在 1990 年、2004 年先后拍摄的两个动画片版本,即"米老鼠系列"的《王子与贫儿》和"芭比系列"的《芭比之真假公主》(*Barbie as the Princess and the Pauper*);还有 1999 年和 2007 年出现的两个现代版本,即《王子与滑板少年》(*The Prince and the Surfer*)和《王子与贫儿》(*A Modern Twain Story:The Prince and the Pauper*)。

(五)《百万英镑》的电影改编

《百万英镑》与《亚瑟王朝的康涅狄格州美国佬》一样,是借助于冒险故事对英美文化的深入探究。其中,故事性和惊人的想象力是《百万英镑》获得成功的关键。1954 年,这部短篇小说被集团电影制作有限公司(Group Film Productions Limited)搬上银幕,获得一致好评。电影由罗纳德·尼姆(Ronald Neame)执导,编剧是吉尔·克雷吉(Jill Craigie),影星格里高利·派克(Gregory Peck)在影片扮演了故事的男主角亨利·亚当。电影叙述了一个美国人于国王爱德华七世执政期间在伦敦的故事。他想把唯一的一张面值为 100 万英镑的钞票兑现,影片描写了这个人的种种经历。马克·吐温的意图是想用他的故事说明人对金钱的反应。在罗纳德·尼姆的执导下,这部影片忠于原作①,它保留了小说中的悬念手法以及幽默滑稽、讽刺的语言。不同的是,影片从宝博斯饭店,也就是原著中那个"昂贵而幽静的旅馆"开始有意将故事拉长,呈现出故事的延展性,以符合电影适应需要的长度。其中比较明显的改动包括,鲍西亚·兰斯当恩(Portia Lansdowne)从打赌的富翁两兄弟其中一位的女儿,变成了公爵夫人的侄女,这一改动消除了原著中结尾的巧合;另外以波西亚为中心,增加了亨利·亚当参加社交晚会、慈善捐款等活动的内容,对亨利·亚当与波西亚之间的恋情有了一个完整的交代;增加了弗罗格纳尔公爵(Duke of Frognal)以及洛克(Rock)两个重要的人物形象,让发生在宝

---

① 托尼·托马斯:《格利高里·派克》,鲁人、余玉熙译,北京:中国电影出版社,1987 年版,第 52—53 页。

博斯的故事变得更加曲折;弗罗格纳尔公爵与洛克在饭店中的遭遇都与亨利·亚当有关,他们的出现从两个不同的侧面展现了亨利·亚当的慷慨与宽容;而发生在劳埃德·赫思廷斯(Lloyd Hastings)身上的有关金矿投资的事件因为饭店里弗罗格纳尔公爵不满亨利·亚当而开的小小玩笑而变得复杂得多,由于百万英镑纸钞丢失而引发的骚乱在交易所和宝博斯两个地方得到了形象化的展示;除此之外,发生在美国大使馆的不同境遇是对此的小小讽刺,亨利·亚当满大街追逐百万英镑纸钞的荒诞场景是对整部作品最形象的阐释。派克的这部影片,风格是令人开心的。这部影片非常精致的布景和柔和的彩色摄影,给它带来了利润。[①]

1983年由约翰·兰迪斯(John Landis)执导的《运转乾坤》(*Trading Places*)明显受到马克·吐温小说《百万英镑》和《王子与贫儿》的影响,这部80年代的喜剧电影同样以打赌为故事核心,两位富豪拉尔夫·贝拉米和唐·阿米奇为了一美元的赌注故意将养尊处优的职业经理人艾克罗伊德与流浪汉比利·雷·瓦伦丁(Billy Ray Valentine)的身份互换,使艾克罗伊德无家可归。一次偶然的机会,瓦伦蒂诺了解到事件的真相,他联合艾克罗伊德在期货市场上成功狙击,让拉尔夫·贝拉米和唐·阿米奇血本无归,以一种更残酷的赌约方式让他们两人以及身边帮助他们的人都过上了富裕生活。

1994年,《百万英镑》被改编成一个现代题材的墨西哥移民的浪漫喜剧故事,那就是由保罗·罗德里奇斯(Paul Rodriguez)导演的电影《百万乡巴佬》(*A Million to Juan*)。

(六)其他电影作品和电视剧

除了以上五部小说的电影改编之外,还有不少马克·吐温的小说先后被搬上银幕,虽然这些作品的反响远不如以上罗列的电影作品,但仍有不少作品在马克·吐温小说电影改编史上值得一提,其中,既包括与《汤姆·索亚历险记》为同一系列的《汤姆·索亚当侦探》在1938年由派拉蒙电影公司(Paramount Pictures)出品的改编电影,也有续写马克·吐温故事反映汤姆和哈克生活的1990年的电视电影《回到汉尼拔》(*Back to Hannibal: The Return of Tom Sawyer and Huckleberry Finn*),也有

---

① 托尼·托马斯:《格利高里·派克》,鲁人、余玉熙译,北京:中国电影出版社,1987年版,第53页。

1998 年根据中篇小说《亚当和夏娃日记》改编的《夏娃的神奇冒险》(Ava's Magical Adventure)、2000 年根据中篇小说《三万美元遗产》改编的《江湖正将》(The Million Dollar Kid)和 2002 年根据长篇小说《风雨征程》改编的电视电影《淘金岁月》(Roughing It)等等。关于马克·吐温传记类型的电影中，比较有名的包括 1944 年根据哈罗德·M. 舍曼(Harold M. Sherman)剧本《马克·吐温》改编的电影《马克·吐温的冒险旅程》(The Adventures of Mark Twain)、1985 年的粘土动画电影《马克·吐温的冒险旅程》(The Adventures of Mark Twain)以马克·吐温与哈雷彗星的故事为出发点，讲述马克·吐温与汤姆·索亚、哈克贝利·费恩、贝蒂·撒切尔等人乘坐热气球近距离观看哈雷彗星的经历，影片中穿插了马克·吐温的一系列作品，如包括《卡拉威拉县驰名的跳蛙》(The Celebrated Jumping Frog of Calaveras County)、《亚当和夏娃日记》(The Diary of Adam and Eve)、《神秘的外来者》(The Mysterious Stranger)、《斯多姆菲尔德船长天堂之游摘录》(Captain Stormfield's Visit to Heaven)等，这些作品反映了马克·吐温的不同时期的创作，同时又加入了马克·吐温本人的生活经历和人生态度，整部电影是在轻松幽默的冒险旅程中对马克·吐温文学生涯的巡礼。

根据马克·吐温作品改编的电视剧最早出现在 1949 年，长度仅为 30 分钟的《百万英镑》(The Million Pound Bank Note)作为《你的表演时刻》(Your Show Time)第一季第 18 集在美国全国广播公司(NBC)电视台播出，这是一个根据著名小说作家如莫泊桑、罗伯特·路易斯·史蒂文森、亨利·詹姆斯、柯南·道尔爵士等人作品摄制的电视短剧集。此后，1952 年美国哥伦比亚广播公司(CBS)推出了根据《汤姆·索亚历险记》第二章改编的《最佳粉刷匠汤姆·索亚》(Tom Sawyer, the Glorious Whitewasher)，这部长度也是 30 分钟的电视短剧是美国哥伦比亚广播公司电视台(CBS)《电视工坊》(Television Workshop)第一季第 5 集作品。同年，在美国哥伦比亚广播公司电视台(CBS)《第一演播室》(Studio One)系列剧集中，还出现了根据马克·吐温同名长篇小说改编的 60 分钟长度的《亚瑟王朝的康涅狄格州美国佬》。自 50 年代以来，根据马克·吐温作品改编的电视剧层出不穷，其中大部分作品来源都是像《汤姆·索亚历险记》《哈克贝利·费恩历险记》《王子与贫儿》《亚瑟王朝的康涅狄格州美国佬》《傻瓜威尔逊》这样的代表性题材。如 1954 年美国全国广播公司(NBC)电视剧集《坎贝尔剧场》(Campbell Playhouse)第二季中根据的

《汤姆·索亚历险记》片段改编的《一个小男孩会带着他们》(*A Little Child Shall Lead Them*)、1954年美国全国广播公司(NBC)卡夫电视剧场(Kraft Television Theatre)第一季中的《亚瑟王朝的康涅狄格州美国佬》、1955年德国电视系列剧《伟大的侦探画廊》(*Die Galerie der großen Detektive*)第一季中根据《傻瓜威尔逊》片段改编的《大卫·威尔逊搜集的痕迹》(*David Wilson sammelt Spuren*)、1955年美国哥伦比亚广播公司(CBS)电视剧集《高潮》(*Climax!*)第二季中的《哈克贝利·费恩历险记》、1957年美国哥伦比亚广播公司(CBS)电视系列剧《杜邦每月秀》(*The DuPont Show of the Month*)第一季中的《王子与贫儿》、1956—1957年美国哥伦比亚广播公司(CBS)电视系列剧《美国钢铁时间》(*The United States Steel Hour*)中的《汤姆·索亚历险记》《哈克贝利·费恩历险记》、1960年Mel-O-Toons动画系列中的《汤姆·索亚历险记》、1960年美国全国广播公司(NBC)电视系列剧《秀兰·邓波儿的故事书》(*Shirley Temple's Storybook*)的《王子与贫儿》和《汤姆与哈克》。1960年美国全国广播公司(NBC)电视系列剧《星时间》(*Startime*)第一季中的根据《亚瑟王朝的康涅狄格州美国佬》改编的《田纳西厄尼·福特遇见亚瑟王》(*Tennessee Ernie Ford Meets King Arthur*),这一系列剧也是美国最早播出的彩色电视剧集。

1960年,英国广播公司(BBC)推出了最早的根据马克·吐温改编的7集电视连续剧《汤姆·索亚历险记》。此后,在1976年和1996年,英国广播公司先后两次推出根据马克·吐温作品改编的6集电视连续剧《王子与贫儿》,都得到了好评。

60年代之后,苏联及东欧很多国家开始大量拍摄根据马克·吐温作品改编的电视剧,比较具有代表性的作品包括1967年波兰拍摄的电视短剧《败坏了赫德莱堡的人》(*The Man that Corrupted Hadleyburg*),1968年罗马尼亚、法国、联邦德国合拍的4集电视迷你剧《汤姆·索亚历险记》,1971和1972年捷克斯洛伐克与苏联先后拍摄的电视电影《王子与贫儿》,1981年苏联的电视电影《汤姆·索亚历险记》。与此同时,欧洲其他一些国家也推出相关的电视剧集,如西班牙电视台(Televisión Española,TVE)1963—1978年间推出的剧集系列"小说"(Novela)包括有6部根据马克·吐温改编的电视剧和芬兰广播公司(Yleisradio,YLE)1976年拍摄的电视短剧《神秘的陌生人》(*Salaperçinen Vieras*)。

80年代之后,根据马克·吐温作品改编的电视剧数量有所减少,比较具有代表性的作品包括日本动画公司（Nippon Animation Co. Ltd.）1980 年推出的 49 集电视动画片《汤姆历险记》和 1980 年瓦格纳—海灵电影公司（Wagner-Hallig Film）推出的 29 集电视系列片《哈克贝利·费恩和他的朋友们》（Huckleberry Finn and His Friends）。在《迪斯尼乐园》（Disneyland，1954—1992）系列电视剧中有两部作品跟马克·吐温有关，分别是 1962 年的《王子与贫儿》和 1982 年根据《亚瑟王朝的康涅狄格州美国佬》改编的《太空人与亚瑟王》（The Spaceman and King Arthur）。1981 和 1985 年先后在《ABC 周末特别节目》（ABC Weekend Specials）中亮相的《卡拉威拉县臭名远扬的跳蛙》（The Notorious Jumping Frog of Calaveras County）和《康·索亚和哈克贝利·费恩历险记》（The Adventures of Con Sawyer and Hucklemary Finn）两部作品则是对马克·吐温原著小说的戏仿。此外，1984 至 1989 年间美国公共电视网（Public Broadcasting Service）陆续播出的电视系列片《美国剧场》（American Playhouse）中包括《哈克贝利·费恩历险记》《傻瓜威尔逊》等四部作品。

马克·吐温以一个边疆幽默作家开始他的写作生涯，最后成为美国 19 世纪最重要最有代表性的作家。从《汤姆·索亚历险记》《哈克贝利·费恩历险记》一直到《亚瑟王朝的康涅狄格州美国佬》《傻瓜威尔逊》，马克·吐温逐渐形成了自己独特的风格，塑造出美国在世界上的形象。他的作品不仅给一代又一代的年轻人带来快乐和消遣，还以电影电视多种形式持续传播和影响了整个 20 世纪直到今天。

第十四章
左拉小说的生成与传播

左拉及其开创的自然主义小说创作，于19世纪中后期在法国文坛形成了一种文学潮流。左拉提出的自然主义文学新观点对当时的文学创作产生了极大的冲击，兴起之初，受到了读者大众和批评家们的强烈攻击。但随着人们的文学审美和阅读倾向的变化，后来法国逐渐形成了一股对自然主义的接受热潮，随后这股热潮迅速席卷世界，传播到欧洲、美洲、亚洲等国家，产生了极大的影响。

第一节 自然主义文学的文化成因

19世纪下半叶，法国资本主义获得长足发展，由自由资本主义向垄断资本主义过渡。19世纪50至70年代，处于第二帝国时期的法国，经济发展，对外进行殖民扩张。拿破仑三世在政治上实行高压政策，迫害共和派。在军事上的无能，导致他在普法战争中败北。国内民族矛盾加剧，社会主义思潮和工人运动此起彼伏，由此引发了1871年的巴黎公社运动。法国工人为了摆脱地狱般的生活现状，为生存进行了可歌可泣的斗争。黑暗与丑恶、苦难与反抗成为了社会生活的真实存在，为自然主义的客观真实展示生活提供了坚实的社会基础和丰富的文学养分。在文学创作内部，19世纪以来主导文坛的浪漫主义文学和批判现实主义文学两大潮流受到质疑，单纯温柔的浪漫激情在残酷的现实面前变得甜腻而幼稚，法国大革命以来的社会动荡、理想破灭以及丑陋社会现实的存在，本身就是对浪漫主义的一种嘲讽。批判现实主义单纯的揭露现实已经无法满足知识阶层对文化新秩序的渴求,以至于被看作是"半面的现实主义"。他们面对残酷社会现实的时候显得十分软弱无能,甚至转而肯定它曾经否定的东西。至19世纪后期批判现实主义失去了早先文学的先锋性和战斗性。随着自然科学和社会科学的发展,达尔文的社会进化论、实验医学的长足发展,生理学遗传学的创立,以及实证主义、唯意志论、直觉主义等哲学思潮广泛流行,自然主义文学的形成拥有了哲学和文化的依据。

"自然主义"一词最初是古代哲学中代表朴素唯物主义哲学思想的一种世界观与认识论,即认为自然是万物的本源。在16世纪的西方哲学中该词是享乐主义者或无神论者的生活信条,17世纪开始用于美术领域,指对大自然的模仿和描绘,18世纪成为一种哲学体系,认为人仅仅生活在一个可被感知的现象世界之中。[①] 19世纪文学家引入自然的概念,以真实自然的描写作为信条。1848年波德莱尔称现实主义大师巴尔扎克为"自然主义者"。1858年,泰纳在论巴尔扎克的文章里第一次给文学中的自然主义下了定义,即根据观察和按照科学方法来描写生活。1868年,左拉在《泰莱丝·拉甘》的第二版序言中,第一次使用了"自然主义小说家"这个名称。

自然主义的孕育生成受到实证主义、遗传学说和决定论的深刻影响。19世纪的欧洲在科学和技术方面取得了巨大的进步,爱因斯坦的相对论、达尔文的进化论、斯宾塞的社会达尔文学说的出现,极大地改变了传统的神学观念,人们开始用科学的眼光审视自己和人类社会。在此背景下实证主义哲学应运而生,50年代后在社会科学领域中占据统治地位。孔德在他的《实证哲学教程》中提出实证只研究具体的事实和现象,不追究事实和现象领域内的本质与规律性,他把一切现象看成不变的自然规律,不去探索原因和目的。孔德力图将哲学融化于自然科学中,强调艺术要探索人,认为个人的社会性是生理条件所决定的,主张以人的病理状态作为道德研究的基础。他提出人类的智慧在经过神学阶段和形而上学阶段之后,现在进入了第三个阶段,即实证阶段,它的任务不再是探索宇宙的奥秘,而是用科学的方法来研究社会事物。[②] 此外,他将自然科学思想融入哲学之中,他认为外部宇宙世界可以决定人和人类社会,人的生理因素又决定着人的社会性及其发展,人的外显的病理状态可以展现人物内

---

① 吴岳添:《左拉学术史研究》,南京:译林出版社,2014年版,第3页。
② 吴岳添:《法国小说发展史》,杭州:浙江大学出版社,2004年版,第200页。

部的道德性。孔德的实证主义构成了自然主义文学的主要哲学基础。法国的文艺批评家泰纳继承孔德思想,提出了文学形成及其文学评论中"种族、环境、时代"三要素的观点。种族包含人的先天的、生理的、遗传的和特定民族诸因素;环境包含物质和社会两重因素,也包括地理气候条件;时代包含文化和当时占优势的社会观念等。他注意到要综合研究人所受到的各种影响,从而塑造特定时代、特定环境和特定类型的人物形象。显然泰纳淡化人的社会属性和阶级属性,强调人的种族因素和环境因素。泰纳的《艺术哲学》以这种观点去研究意大利、尼德兰和希腊艺术。他以希腊的温和气候、多山的地貌、大海的包围、古代生活的简朴等来解释希腊雕塑的特点,用实证主义来解释文学现象及其发展规律。他认为文学的发展取决于种族、环境、时代,主张把自然科学的理论应用到文学的领域。① 泰纳的实证主义文学观为自然主义文学奠定了理论基础。此外,遗传学和决定论对自然主义也产生了重大影响。19世纪下半叶自然科学迅速发展,遗传学是其中的一个分支,遗传学家吕卡斯在他的《自然遗传论》中把一切肉体的和精神的病例都归结为与遗传有关,认为遗传分先天和后天两种,生育具有先天性,但个体存在独特性和个性,遗传可表现在外部相似或内部相似,一个家族成员的过失可以影响整个家族等等,并认为遗传的作用几乎包括社会、政治、世俗等一切方面。吕卡斯理论为自然主义的决定论提供了最初的理论依据。克洛德·贝尔纳(1813—1878)的《实验医学研究导论》(1865)以实验方法来对抗片面的经验论和唯理论,他把自己的世界观方法论称为决定论。他认为在研究任何实物的性质时,必须探讨实物的特性和环境。贝尔纳的实验医学观为自然主义文学观的形成,提供了直接的可供借鉴的方法论基础。左拉由此提出文学创作者应该把自己当作一个医生,根据社会各种"病态"对人类社会这个"生物学集体"进行实验剖析。

显然,自然主义创作方法,就是把自然科学知识运用于创作实践,以自然规律特别是生物学规律解释人和人类社会,就像研究生物一样,用自然科学(生理学、遗传学等)的方法,剖析人的生理对性格和行为的影响,反对浪漫主义描写中的主观因素,轻视现实主义对生活的典型概括,以求完全客观地描绘现实,对现象作记录式的写照。左拉自然主义文学的主要特征为:第一,执着追求真实地反映时代和生活,认为真实感是小说家

---

① 吴岳添:《法国小说发展史》,杭州:浙江大学出版社,2004年版,第200页。

最高的品格，否定想象，把"他有想象"看成是对一个作家的贬责。张扬真实性，自然主义与现实主义本质上是一致的，但比后者来得严苛，它所要求的真实，是已被证实的事实，小说家无权杜撰。在创作实践中，自然主义作家拓宽了题材范围，打破了描写禁区，既表现美的善的事物，也不规避甚至更重视丑的现象。为追求真实，自然主义作家还注重写作前的实地勘查和详尽材料的搜集。第二，强调客观、冷静地反映生活。左拉认为，小说家是"法官"，应该站在科学立场"去研究性格、感情、人类和社会现象"，研究方法是观察、实验，最后记录结果即可，反对个人情感渗入。自然主义作品常表现为生活的实录和文献资料的展示。第三，突显人的生物属性。自然主义以生理学、遗传学最新成果为依据，在对人的认识和描写上开掘生理的层面，主张以自然的人代替抽象的、形而上学的人。自然主义小说把生理因素尤其是遗传因素看成是人的内部环境，它们与外部的社会环境一起决定着人的情感和行为，而且比后者更为重要，人的生物属性构成了人的存在和生命体的核心。第四，淡化情节，显示物对人的异化。自然主义小说不追求新鲜奇怪的故事和紧张复杂的情节，提倡简单的情节和平淡的故事。自然主义的形成和发展时期，正是资本主义向帝国主义的过渡阶段，机器大生产和垄断组织纷纷出现，人们激动于财富的创造，物的欲望急剧膨胀，导致了物对人的统治及其对人性的异化。自然主义作家敏锐地捕捉到了这一社会现象并作了真实描写。

第二节　左拉小说在源语国的生成

左拉的小说创作及其自然主义小说最初形成与传播的源语国主要是法国。现代意义上的自然主义文学主张在18世纪法国作家克洛德·克雷比雍（1707—1777）的著作《心和精神的迷惘》（1736）中已见端倪。他强调小说的真实性、科学性以及研究人和人类活动的重要性。他宣称要用小说的形式为人类社会勾勒"人类生活的画图"，让读者看到的不仅仅是社会："人终于看见自己的面目"，使小说成为所谓"人的资料"。为此，他甚至让真实的情书也一字不动地进入自己的小说。自然主义文学巨匠与文艺思潮领袖当属爱弥尔·左拉（1840—1902），作为法国19世纪后期最重要也最杰出的文学家之一，他一生勤奋写作，留下了丰硕的成果。他首创自然主义文学理论，被称为自然主义文学大师。1865年左拉开始使用

"自然主义"这个词。左拉在《实验小说》和《自然主义小说家》两部论文集中，明确提出了自然主义的创作理论。在《自然主义小说家》里，左拉按照巴尔扎克、司汤达、福楼拜、龚古尔兄弟、都德顺序排列，论述这些作家的作品和理论观点，将他们引以为同道。左拉在1880年《实验小说论》中再次强调了《黛蕾丝·拉甘》前言中的主要观点，为自然主义文学制定创作法规。左拉认为，小说家在创作时，应该像科学家做实验一样，以科学研究的理论成果为指导，以现实世界的真相为载体，把人物放到各种环境中去，以便考察情感在自然法则决定下的活动规律。小说家要做的即是客观冷静地记录下这种实验的结果。在左拉看来司汤达和巴尔扎克的小说里反映的真实是社会环境和典型人物的历史命运，是他们将小说情节和人物放到社会环境中进行实验的结果。作家对生活的提炼本质上是对实验结果的描述而已。他主张对现实世界应采取实录的态度，写现实生活中的琐事和平庸的小人物。在创作态度上，他认为小说家在进行创作时，不应加入自己的情感，要在科学理论的指导下，对所叙述的事件和人物保持绝对的客观和中立。在创作方法上，左拉认为创作前要对生活进行细致的观察，收集大量的数据，把人物放在各种环境之中进行观察和记录，像做实验一样严谨地写作。

1865年左拉的第一部长篇小说《克洛德的忏悔》发表，小说描写主人公克洛德和妓女劳伦丝的交往经历。克洛德原本是一个清高而单纯的青年诗人，一天夜里失足与妓女劳伦丝有了肉体关系后，克洛德深感羞愧，第二天想要打发劳伦丝时，发现她无依无靠，出于怜悯把她留了下来，想通过自己的帮助让她重新走上正道。意想不到的是劳伦丝充满情欲，旧习难改。最终穷困潦倒的克洛德不得不放弃自己的初衷，独自离开巴黎回到自己家乡，逐渐恢复了往日的纯真与活力。小说对于贫穷知识分子生活状况以及在社会上遭到的不公待遇的描写，显然带有作者自己生活经历的写实主义色彩。对人物情欲的细腻描写，体现了左拉早期文学创作中"没有遮掩的自然主义"倾向。小说的发表引起了文坛和社会的极大争议，左拉也因此成为了舆论的中心和抨击的对象。为回击社会的攻击，左拉于1867年发表了《黛蕾丝·拉甘》，小说中女主人公黛蕾丝是法国上尉与非洲部落酋长女儿的后代，强健的体格、炽烈的情欲使她抛弃了孱弱多病的丈夫，而与身材高大、体魄强健的洛朗私通并谋杀了丈夫。人物在罪恶的恐惧中惶惶不可终日，最后双双自杀身亡。小说从人物的遗传及其杀人后人物的病态两个方面展开故事情节。《黛蕾丝·拉甘》的发表标志着左拉自然主义小说的形成,小说的发表再次引起了社会和文坛的指责,也因此展开了一场文学大讨论,使左拉及其自然主义名声大振。左拉小说第一次明确地将遗传学、生理学、病理学的分析引入文学,注重主人公在犯罪与毁灭过程中的情欲与病态心理。左拉的自然主义创作理念和成功实践,不仅在他本人的文学创作中,而且在整个法国文学中都具有代表性的意义。因此,圣-伯夫当时就对左拉说:"您这部作品是出色的,认真的,从某些方面来说,它可以在当代小说的发展中开辟一个时代"。①1968年《玛德莱娜·费拉》发表,主人公玛德莱娜从父亲处继承了强健体格,从母亲处继承了多愁善感与神经质,成为了性格豪爽、生活放荡的雅克的情人,被抛弃后与温柔的贵族私生子吉约姆结婚,并生有一女。当雅克再度出现时,玛德莱娜始终无法摆脱对雅克的回忆和雅克在她身上打下的烙印,灵与肉的激烈冲突,使玛德莱娜陷入了深深的痛苦之中,不由自主地又委身于雅克。事后她羞愧自责,当回家得知女儿生病去世后,耻辱与悔恨交加,最后服毒自杀。小说中玛德莱娜父亲强壮体格的遗传因素是人物情欲追求的基础,而母亲基因的遗传又成为人物不断内省、自我谴责、最后酿成悲剧的成因。小说的发表标志了左拉自然主义创作的成熟。

1868年开始,左拉模仿巴尔扎克的《人间喜剧》,酝酿创作系列家族史小说《卢贡·马卡尔家族》的宏伟计划,经过25年勤奋写作,终于完成了这部包括20部长篇小说的鸿篇巨著。左拉试图通过系列小说,真实自然地展示法国第二帝国时期的社会生活与人的生存状况。左拉所要描写的第二帝国时期是法国历史上最反动的时期。1851年12月路易·波拿巴用武力解散了议会,大批拘捕共和党人,导致南方各地暴发激烈的内战。1852年波拿巴平定内战后称帝,号称强大的"第二帝国"。拿破仑三世在政治上实行独裁高压,虚伪地宣称要维护法国的传统道德,对先进的生产力和富有革命性的共和党人进行镇压,工人生活环境极度恶化,资产阶级发展受到压制,上流社会骄奢淫乐,贫富悬殊加大,社会矛盾尖锐。为了转移民众的不满情绪,拿破仑选择了对外军事冒险,于1870年对普鲁士宣战,企图通过战争强化国内统治,进而称霸欧洲。同年9月他在色当城被普鲁士军队包围而宣告投降,第二帝国顷刻分崩瓦解。第二帝国时代是一个反动而又动荡的时代,也是人民群众在贫困和压迫中觉醒的

---

① 柳鸣九主编:《自然主义》,北京:中国社会科学出版社,1988年版,第61页。

时代。为了全面反映这一时代的社会生活,左拉以《卢贡·马卡尔家族》为统领构筑起一个宏伟的艺术框架,通过描写卢贡·马卡尔家族的繁衍以及在社会上不同阶层的生活状况,以一个家庭几代成员的不同生活和遭遇,构筑起"第二帝国时代一个家庭的自然史和社会史"的艺术宫殿。《卢贡·马卡尔家族》作为左拉自然主义理论实践最主要的代表作,小说中塑造了1200多个各种各样、各行各业的具有血缘关系的人物,追溯了一个大家族五代人的家史,同时对第二帝国时期的社会生活进行了全面的展示,具有史诗般的性质,堪与《人间喜剧》相媲美。老祖宗阿戴拉意德·福格是受父亲遗传影响的精神病患者,活了100多岁,经历过两次婚姻。前夫卢贡是个园丁,身体健康,后代大多健康,而且多为金融家、医生、政治家等上流人士。后来与神经质的酒鬼、私货贩子马卡尔同居,所生后代都因遗传而有各种先天性疾病,后代多为工人、农民、店员、妓女等下层成员。左拉在全面而深刻地表现第二帝国反动腐朽本质的同时,在生活图景的制作上,特别重视实录性的细节,而且要求具有资料式的详尽、摄影式的准确与真切。为此,左拉每描写一种生活场景,不仅要阅读大量有关这种生活的书籍与资料,而且还要进行详细的实地考察。左拉在进行人物描绘中注意表现出不同阶级阶层、不同类型的人物身上不同的社会属性、职业特点,使这些人物一一具有各自的社会真实性。整个家族史小说丰富地、真实地反映与表现出时代社会的现实。左拉在小说创作中兼有观察者和实验者的身份。他一方面对客观世界进行细微地观察,客观地搜取人物和现象资料,另一方面则像实验者一样,把这些人物和现象放在一个特别的故事里,来证明人物命运中生理学和生物学意义上的命定论。《卢贡·马卡尔家族》中两大家族后代的不同境遇和结局,尽管也有社会的原因,但基因遗传所起的作用则贯穿始终。《卢贡·马卡尔家族》系列家族史长篇小说中,重要的作品有《小酒店》《娜娜》《萌芽》《金钱》《崩溃》《巴斯卡医师》等。1870年,家族史小说的第一部《卢贡家族的发迹》开始在《时代报》上连载,后因普法战争爆发而停载,1871年正式出版。之后左拉又连续发表了《贪欲的角逐》等五部长篇,左拉在文坛的名声日盛。1877年,家族史小说的第7部《小酒店》问世,销量空前,在社会上引起巨大反响,使左拉一举成名。1880年长篇小说《娜娜》的问世,又一次轰动社会与文坛。1885年左拉最具艺术成就和社会意义的小说《萌芽》问世,将自然主义与现实主义有机结合,代表了左拉小说创作的最高成就。在左拉自然主义理论宣传与小说创作的过程中,在他周围聚集了一群活跃的青年文学作家,极大地推动了左拉及其自然主义文学的传播,奠定了左拉作为自然主义文学领袖以及法国文坛的霸主地位。

1877年,左拉的名作《小酒店》发表,引起了社会极大的反响,标志自然主义文学思潮正式形成。小说中的洗衣工绮尔维丝是马卡尔第三代,也是其后创作的《娜娜》中的主角娜娜和《萌芽》中的主人公艾蒂安的母亲。她与老实本分的工人古波组成了新的家庭,勤奋劳动,生活幸福。但自从古波摔坏腿以后,失去了生活信心,整天沉溺于酗酒之中。小酒店的劳作以及生活的重担都压在了绮尔维丝一人身上,终于令她无法承受而崩溃,后也酗酒成性,与丈夫先后惨死。小说中左拉以自然写实的笔法,写出了第二帝国兴盛时期下层劳动者的生存状况,左拉称自己要写的是:"我们城郊的腐败环境中一个工人家庭的不幸的衰败情况。酗酒和不事生产的结果,使家庭关系也十分恶劣,使男女杂居,无所不为,使道德的观念逐渐沦丧,到头来就是羞辱和死亡。"小说中左拉以遗传学的观点,即绮尔维丝夫妇都具有酒精遗传的基因,表达人们在如此贫困的环境、艰辛的生活中无法生存,最后酒精遗传基因凸显,在酗酒恶习中毁灭。自然主义客观冷静的叙事使得小说细节描写细腻精确,小说仿佛是男女主人公一生的忠实纪录,下层劳动者苦难创伤一览无余。小说以自然主义遗传作为线索,展示了人物在困境中的悲剧人生。绮尔维丝勤劳而本分,对生活没过分苛求,她的理想不过是有吃有住,不挨饿受冻,不挨男人的打。她的堕落及其悲惨人生的本身,就是整个堕落世界与悲惨世界的一部分,他所引发的不仅仅是自然主义遗传给读者带来的对人物悲剧的遗憾和同情,同时形成了心灵的震撼,对社会的反思。因而《小酒店》不仅仅是一部道德劝诫小说,其在全世界范围内得到不同人的赞赏,更在于小说中所体现的浓郁的人道主义精神。小说的发表引发了社会以及评论界的批评、争议,同时也使得作品得以广泛传播,《小酒店》多次重版,随即又被改编成滑稽模仿剧搬上舞台,风靡巴黎。

1880年,《娜娜》发表再次轰动社会与文坛。娜娜以出卖肉体为求生手段到以淫乱报复社会的行为,震惊社会震撼人心。《娜娜》是左拉的《卢贡—马卡尔家族》中的第9部,也是自然主义文学的一部力作,小说具有尖锐的揭露性,是暴露文学的成功典型。小说中出身于下层贫困普通工人家庭的娜娜,十五岁时因饥饿外出觅食而受骗失身,遭抛弃后,贫困潦倒之际只得浪荡街头,沦为妓女。她被剧院老板看中,在一场色情戏剧中裸体出演金发爱神而走红,凭借着她的性感,被捧为艺坛明星,成为巴黎上流社会王公贵族竞相追逐的玩物。具有美好女性意识的娜娜也渴望过正常人的生活,她义无反顾地爱上了丑角丰唐。但是在与其同居的日子里即使她甘愿忍受虐待、殴打,却仍逃不了被扫地出门的厄运。为了生活她只好重蹈覆辙,再次沦为娼妓,并对不公的社会展开疯狂的报复。她把莫法伯爵为其打造的黄金床变为吞噬男人及其财产的深渊。她让整个巴黎上流社会都拜倒在她的石榴裙下。最后因照料生病儿子感染天花而死。《娜娜》小说创作中体现了左拉自然主义的创作理念,即"打算从生理学角度对一个家族的生理元素与其后代的种种关联和必然性进行科学研究;另一方面,还要表现外部世界对这个家庭的影响,描写时代的狂热行为使其衰落的过程,最后是说明环境的作用。"《娜娜》就是左拉对自己自然主义文学理论亲身实践的成果,力图在总体上用一种生物学、医学或遗传学的观点来分析和把握人物与事件。在对娜娜形象的塑造上,左拉着重突出遗传性和生理性本能的自然主义倾向,强调遗传对人的巨大影响。他从"生物遗传决定论"的观点出发,断言娜娜之所以沦为一个淫荡的娼妓,一只"落在男人身上,就能把男人毒死"的金苍蝇,是由于家族基因遗传的结果。小说中多处直接或间接地提到,娜娜由于父祖辈的遗传,"在生理上与神经上形成一种性欲本能特别强旺的变态",因而故事中过分地渲染丰腴的肉体和旺盛的情欲,过分强调先天的遗传作用。《娜娜》自问世以来一直饱受争议。娜娜作为文学史上一个不朽的妓女典型,褪下自然主义的外衣,其实我们还是可以明显看到娜娜的悲剧是社会、家庭和其自身原因综合因素造成的。左拉的重点并不在于娜娜,而在于通过娜娜去展示丑陋的社会现实,通过娜娜情欲生活以及沉浮兴衰的人生历程,揭开第二帝国时期那种令人难以置信的糜烂,暴露娼妓生活所赖以存在的上流社会的淫乱与腐朽。作为肮脏丑恶的代名词,妓女一直被排挤在社会的边缘。在文学里妓女题材的作品虽属异数,但仍不乏一批有血有肉、性格各异的经典妓女形象,娜娜就是其中最具代表性的典型。在一种特殊的社会背景下,她们的生活往往凸显最真实的社会现象,反映最真实的社会状态,在对她们的描写中负载着作者的思想与情感诉求。《娜娜》于1879年10月15日开始在《伏尔泰报》上连载,1880年2月5日载完。该报为这部小说大做广告,左拉的作品从未像这样被大肆宣扬,每家香烟店都贴有广告:"请看《娜娜》!《娜娜》!!《娜娜》!!!"小说的单行本于同年2月14日由夏庞蒂埃出版社出版,发表后在法国引起了轰动,小说出版的第一天,其销售量达五万五千多册深受读者欢迎,半年内销售十三万五千册,此后连续再版了十次。《娜娜》开创了法国出版界从未有过的盛况。1981年4月5日,法国《世界报》曾发表评论,认为左拉在《娜娜》中"非常真实地描写的19世纪那个剧变的时代,到今天还没有过时,他描绘的那些人物所遇到的一些问题,也正是我们今天所遇到的。"罗马教廷的禁书目录,左拉的《娜娜》也一度在列。① 然而,《娜娜》自问世后的一个多世纪中,在全世界范围内拥有广泛的读者,相继被译成数十种语言,在世界各国广为流传。

1885年左拉后期创作的小说代表作《萌芽》发表,在真实再现工人的劳动生活和罢工斗争方面,达到了19世纪西方文学难以达到的高度,表现出自然主义和现实主义的高度融合特色。《萌芽》是《卢贡·马卡尔家族》中的第13部,小说中用自然主义的客观描写手法全面真实展示了19世纪末法国矿工的悲惨命运。小说描写北方蒙苏矿区煤矿工人所遭受的剥削和压迫,矿井里工人每天像畜牲一样被送到巨兽口中,然后在几百米深的掌子面,在极度恶劣的条件下从事非人的原始挖煤劳动。矿井设备年久失修,随时都有倒塌的危险。长期的矿下作业导致矿工染上严重的矽肺。矿工在死亡威胁下累得筋疲力尽,资本家还以各种名目克扣工资,工人根本无法养家糊口。矿工马赫祖上数代挖煤,有累死的,有矿难而死的,至今依然一贫如洗。整个矿区笼罩在贫困和死亡的阴影下。铁路机修工艾蒂埃失业后来到矿上,带领矿工进行了大罢工。愤怒的矿工涌向周围所有的矿井,捣毁设备,砸烂机器,包围总经理公馆,发生了暴力事件,最后被军警驱散镇压。资本家从比利时雇来矿工,在军警的保护下强行恢复生产。无政府主义者苏瓦林反对复工,破坏矿上设备,致使巷道被水淹没,艾蒂埃与凯瑟琳等人都被困在矿下水中。最后大水退去,艾蒂埃获救,而他所钟爱的凯瑟琳却在他的怀中死去。小说最后艾蒂埃踏着大地萌发的绿草,离开矿区,去向远方。1871年巴黎公社以后,面对整个欧洲掀起的波澜壮阔的社会主义运动,左拉决定写一部"特别具有政治意义的工人小说"。左拉在阅读当时关于煤矿罢工的报道后,萌发了要以小说的形式去表现煤矿工人的生活想法。他收集和参阅了大量有关煤矿的文献和罢工的资料,系统查阅1869—1870年的《法院公报》所载奥班·里卡马里等地连续发生的惨剧,钻研了罗朗·西摩南有关采矿的技术著作。1884年2月19日法国北部的煤矿区爆发大罢工,成为左拉写作《萌芽》

---

① 刘建明:《舆论传播》,北京:清华大学出版社,2001年版,第317页。

的直接动因。在罢工爆发的第三天左拉就来到矿区进行实地采访和调查。调查矿工家庭生活情况,下到矿井深处去观察工人们的劳动。调研采访10天,回巴黎后左拉专门听取法国社会主义运动领袖盖德和龙格在工人党会议上的讲话,深入研究国际工人协会纲领。左拉随后开始《萌芽》创作,从1884年11月26日起,《萌芽》在《吉尔·布拉斯》报上连载,次年出版单行本。小说以大量收集的原始材料去展示矿区工人的生活,力图客观真实而完整细致地再现出工人阶级生活与劳动的现状。小说既有工人日益高涨的革命情绪、规模宏大的罢工场面、可歌可泣的人物悲惨命运,也有因生活和劳动环境恶劣而带来的无知、粗鲁和情欲放纵,具有全景式史诗般的磅礴气势和悲壮雄伟的艺术特色。左拉作为自然主义作家,小说中充斥着自然主义元素。他把工人罢工归结为"环境"的因素,以自然主义的无动于衷的客观真实去表现工人生活环境。对工人生活、恋爱活动的描写,从生理学层面渲染人的动物本能,过分强调生理因素和动物本能作用。人物病理及遗传的描写也时有所见,如在描写艾蒂安喝酒后"眼睛里燃烧着杀人的狂怒",被说成是他的酒精中毒的祖先遗传的结果。即使是雄伟壮丽的罢工,在左拉笔下也具有一种动物性的冲动,犹如失却理性的左冲右突的野兽,盲目地破坏矿上的一切。但同时我们也看到,《萌芽》突破了自然主义的窠臼,体现出了批判现实主义的成分。小说忠实地记录事实,罢工的场景固然是自然主义实验报告的"结果"。然而左拉建筑在事实基础之上的实验报告结果,却是用事实"把这个竟然允许这样剥削的社会尖锐地揭示出来。"他将法国拿破仑第三时代产业资本的迅猛发展中,资本家荒淫无度、穷奢极欲,穷人饥寒交迫、生计无望的贫富悬殊社会真相,形象地展示了出来,体现出了批判现实主义文学倾向。《萌芽》作为世界文学史上第一部从正面描写煤矿工人罢工的小说,成功塑造了革命的无产者形象,表现了下层人民坚定的革命意志和可歌可泣的斗争精神,在文学史上占有卓越地位。左拉在《萌芽》最后写道:"黑色的复仇大军正在田野里慢慢地成长,要在未来的世纪获得丰收。这支队伍的萌芽就要破土而出,活跃于世界之上。"左拉甚至在小说中抑制不住地表现出自己的思想情感和倾向,他评说道:"如果说必须有一个阶级被吃掉,难道不该是那生命旺盛、正在成长的人民去吃掉穷奢极欲的、垂死的资产阶级吗?"文中饱含了作者思想情感中对日益壮大的产业工人的满腔热情和无限希望。小说体现了左拉由早期一味对自然主义的青睐,转向了对社会对未来的现实主义关注。《萌芽》作为左拉后期的代表作,表现出了自然主义和现实主义相融合的特征,代表了左拉小说创作的最高成就。

第三节 左拉小说在欧美的传播

法国是左拉及其自然主义传播的发源地。19世纪60年代法国作家龚古尔兄弟爱德蒙·龚古尔与于勒·龚古尔的文学创作标志着自然主义文学的初步形成。龚古尔兼有作家和历史学家的身份,最初,他们共同致力于法国历史和艺术史研究,将历史研究的方法带入小说创作之中,要求资料真实性、精确性,非常注重细节的真实,情节描写则退居次要地位。他们在不同场合以及在自己创作的小说中,宣传自然主义,将科学研究的方法与艺术创作的方法融合在一起。强调作家应该像医生一样,对人进行疾病分析和人性解剖,把主人公的命运和行为归咎于某种病理现象,使一种命运过程变成了一种疾病史,一种心理缺陷史。1865年左拉开始使用"自然主义"这个词界说龚古尔小说创作中所具有的文学现象。1865年龚古尔小说《翟米尼·拉赛特》的问世,表现出浓郁的自然主义特色。小说描述了下层女子拉赛特悲惨的一生。她在当时社会恶劣风气的影响下,爱上一个好吃懒做的无赖汉,最终一步步堕落,沦为卖淫女,悲惨死去。这是以龚古尔兄弟家里的女仆罗斯为原型而写成的真实故事,作家将女主人公当作"神经紊乱"的病例来分析。此外,他俩还写有小说《夏尔·德马依》(1860)、《修女菲洛美娜》(1861)、《玛耐特·萨洛蒙》(1867)、《勒内·莫普兰》(1864)、《翟维赛夫人》(1869)等。龚古尔兄弟的作品,大都产生在六十年代,多数以文献般事实为依据写成。龚古尔兄弟对小说的功能、内容及描写人群都有着清晰的定位,他们曾经指出:"我们试图通过对这个社会各阶级的研究,写出这个时代的社会史,写出它的生活方式、一些重要的类别,即艺术家、资产者和人民大众。"①此外,他们还认为小说担负着科学研究和科学课题的工作,可以通过分析和心理研究成为当代的一部道德史。②他们最早把心理学引进小说,他们将注意力转向单一的人物,并从心理学和病理学观点分析人物的精神状态,旨在探讨疾

---

① 米歇尔·莱蒙:《法国现代小说史》,徐知免、杨剑译,上海:上海译文出版社,1995年版,第144页。
② 朱雯等编选:《文学中的自然主义》,上海:上海文艺出版社,1992年版,第294页。

病与情绪之间的关系。龚古尔兄弟用研究自然科学的方式来写作小说,为自然主义小说的兴起开辟了道路。然而他们作品仍有一些不足之处,他们往往机械地把科学与艺术等同起来,把注意力集中在次要的日常生活细节上,以显示作家对客观事物的客观性,名之为绝对科学。他们的主要兴趣往往是从心理学和生理学的角度把人物当作"临床病例"来对待,忽视人物生活和构成命运的社会环境。[1] 实际上,这和真正的客观真实态度是相违背的。

福楼拜(1821—1880)被文坛称之为自然主义的先驱者之一。他在小说《包法利夫人》(1857)中对爱玛因为不满足平庸的生活而逐渐堕落过程的描写,侧重显示爱玛为了追求浪漫和优雅的生活而与人通奸过程中的情欲心理,表现出对人物自然属性的关注。《包法利夫人》也因而被看作是自然主义孕育于现实主义文学之中的萌芽之作。莫泊桑(1850—1893)作为自然主义文学的杰出代表,师承福楼拜,在福楼拜指导下接受严格的完全客观真实的描写技法训练,使得莫泊桑短篇小说具有严谨结构,也习得了自然主义客观真实描写的真谛。他的名作《羊脂球》(1880)、《一生》(1883)、《漂亮朋友》(1885)等中,注重心理分析和朦胧潜意识表现,如对羊脂球的肉感描写,对《一生》中约娜从少女到老年的性意识的真实演变,《漂亮朋友》中对杜洛阿的情欲描写,无不浸侵了浓郁的自然主义元素。莫泊桑的美学思想体现在论文《论小说》中,强调小说创作中的现实主义真实论,作家必须保持无动于衷,"不着痕迹,看上去十分简单,使人看不出也指不出作品的构思,发现不了他的意图",成为自然主义真实论的理论之一。都德(1840—1897)作为左拉坚定的支持者,和莫泊桑一样深受自然主义的影响,宣扬自然主义理论,强调文学写作的纯粹真实,注重感官印象的描写。他1866年发表《磨坊书简》成名,擅长于写短篇,《最后一课》《柏林之围》等给作家带来极大声誉。其代表作《小东西》(1868)以自传形式自然真实记叙了作者青少年时期因家道中落,不得不为生计而奔波的辛酸经历。

1879年夏天,一群追随左拉的年轻作家保尔·阿莱克西(1847—1901)、昂利·塞阿(1851—1924)、莱昂·埃尼克(1851—1935)、于斯曼(1843—1907)和莫泊桑,聚会于左拉的梅塘别墅,商定各写一篇以普法战争为背景的小说,汇总以后以《梅塘之夜》(1880)之名出版,其中左拉的

---

[1] 何孔鲁:《略谈左拉与自然主义文学》,《扬州大学学报》,1980年第4期。

《磨坊之围》、于斯曼的《背上背包》、莫泊桑的《羊脂球》等,都被誉为名篇佳作,受到文坛与读者普遍好评。《梅塘之夜》问世后左拉等六人即被称为"梅塘集团",为左拉及其自然主义的传播,起到了重要的作用。小说集《梅塘之夜》的发表被看作是这个集团发起的自然主义运动的宣言,将自然主义推向高潮。然而我们也看到,就自然主义文学观念而言,梅塘集团内部成员之间的理论主张本身存在着分歧,他们只是在自然主义文学发展的高潮中集结在左拉的大旗之下,他们中有人开始就不赞同或后来否定了自然主义理论,有的认同左拉自然主义文学创作的某些理论,却并不认可自己就是自然主义文学作家。而事实上,即使左拉自己对他的自然主义创作准则也不是刻板遵守,他在创作中也常常跳出自然主义的局限,"左拉自己却违背了自然主义的理论,并且与大部分自然主义作家相反,他不是从微不足道的事实、偶然事件、零零碎碎的事情出发,他并不仅仅限制于直线条的描写因而排除了伟大的思想。他是以一个哲学家和一个社会学家的立足点来构思他的小说。"①这表现出左拉在创作自然主义小说的同时,又不受限于自然主义,体现出对自然主义的超越。这也是一大群包括左拉在内的自然主义作家创作,越来越受到社会和文坛的关注,自然主义作品从最初的被排斥到后来被广泛接受的根本原因。就总体而言,左拉及其自然主义作家的小说创作,不同程度都打上了自然主义的烙印,都以精细地描写上流社会的荒淫和小市民的苦难见长,自然真实地揭示社会弊病,注重观察和描绘。不做分析的自然展示,是他们的共同特征。80年代中后期,随着梅塘集团的分裂解体,自然主义运动在法国终结。然而左拉小说创作及其自然主义理论依然广为传播,对后世法国文学创作的影响还常有所见,自然主义作为一种文学创作的观念,为后来作家所广为接受。左拉及其自然主义越出法国国门,及至20世纪传至世界各国,成为一个对世界文学产生重大影响、取得辉煌成就的文学流派。左拉小说创作及其自然主义文学理论至今依然对文学创作发挥着作用。

德国作为法国近邻,在文化上有着天然的联系,德国文学大多受到法国文学的影响。法国左拉小说及其自然主义传播期间,正值德国1781年统一后崛起的时期。德国的资本主义发展虽然落后于英法,但是依靠普法战争的赔款和先进技术后来居上。工业繁荣、无产阶级队伍日益壮大,

---

① 弗莱维勒:《自然主义文学大师》,王道乾译,朱雯等编选《文学中的自然主义》,上海:上海文艺出版社,1992年版,第413页。

为自然主义文学在德国的传播创造了有利的社会基础。德国文坛受左拉及其自然主义影响是从诗歌开始的,它也是唯一一个尝试创作自然主义诗歌的国家,而自然主义运动的主要成就却在戏剧方面。1873年到1878年为德国自然主义的发现期,左拉的小说被陆续介绍到德国,但由于当时德国的社会风气比法国保守,不少左拉小说中较为外露情色描写只有被删改后才能出版和发行,有的作品甚至被禁止发行。1873年,《文学娱乐手册》的小册子中首次提到了左拉作品《欲的追逐》。1875年,第一篇关于左拉的研究论文出现在《德国和外国文学》刊物上。1880年在德国出现了第一部左拉小说的译本《小酒店》。1877年佩特森在《我们的时代》上发表文章介绍法国小说家,对左拉以高度的评价。他指出描绘情欲能起到宣泄的作用,因为它能使人们更直接更深切感受到那些道德上受指责的东西。[①] 1879年爱德华·恩格尔发表文章讨论《娜娜》,文中强调了左拉"严厉现实主义"中反映社会现实的有益作用。然而在这个时期,德国批评界大多数人对左拉还是持否定态度的,其中保守派将自然主义与道德败坏、无政府主义和社会主义相联系,对左拉进行了激烈的抨击。1877年,保尔·达布莱斯在《现代》杂志上说道,"我断定《小酒店》一页也不能在可敬的人们跟前阅读,""作者在令人作呕的粪土里打滚,读者也跟着他一起"。1880年,哥特沙尔在《我们的时代》杂志上撰文:"人们不知道如何批判性地处理这部作品(《小酒店》)而不弄脏他的手指。"1879年到1882年是自然主义在德国流行期,出现了大量左拉作品的译本,读者广泛受到左拉作品的影响,自然主义美学理念动摇了以传统道德观念为核心的文学评论。德国的青年作家掀起了一场自然主义运动,引发了长达十年的激烈争论。在19世纪80年代初,以希·哈特和尤里乌斯·哈特兄弟为中心的德国自然主义批评家群体形成,对以左拉为代表的自然主义思潮大加肯定,对反对自然主义的德国批评家加以讽刺。哈特兄弟主张以诗人的方式来处理主题,要对主题进行诗意的变形,提倡以日常生活为出发点,将自然变成了某种理想的东西。1882年,德国作家米夏埃尔·康德拉从巴黎回到德国后,当年就发表散文《露泰西娅夫人》,高度赞赏左拉及其自然主义小说,力图把左拉的观点运用到德国的社会现实,他把左拉的自然主义等同于现实主义。作家马克斯·克莱策被称为德国的

---

① 高建为:《自然主义诗学及其在世界各国的传播及影响》,南昌:江西教育出版社,2004年版,第176页。

左拉,他创作了德国自然主义小说的主要样式"柏林小说"——描绘柏林的风俗人情和下层人民的苦难生活。他的第一部小说《时代的市民——柏林风俗画》揭露了资产阶级对金钱的追逐。1883年之后是左拉自然主义在德国的全盛时期,出现了豪普特曼、霍尔茨等具有相同创作倾向的自然主义作家团体,左拉的创作引起了德国文坛和读者的高度关注,成为了当时德国拥有最多读者和批评者的作家。这个时期德国出现了引起轰动的自然主义作品,主要成就在戏剧方面。德国自然主义文学的重要作家豪普特曼(1862—1964)在自由剧场上演了第一部剧作《日出之前》(1889),具有明显的自然主义色彩,戏剧以自然主义手法表现德国的社会矛盾,把富人道德沦丧的原因归结为酒精中毒的遗传。《织工》(1912)写作中作家进行了大量的调查,凸显劳资矛盾和工人起义,在自然主义中融入了现实主义,表现出对现实的批判意义。霍尔茨(1863—1929)是德国柏林自然主义团体"突破"的成员,是左拉自然主义理论的传播者,也是德国自然主义理论的建立者。他在自然主义理论专著《艺术的本质及其规律》(1891—1892)中指出:"艺术的趋向就是再度成为自然",或者"艺术的趋向就是自然",认为文学的自然主义体现了科学的艺术规律,应该抛弃从亚里士多德到泰纳的"艺术的伪科学"。他的诗集《时代的书》(1886)描写城市工人的贫困和妓女的痛苦,是德国自然主义诗歌的代表之作。1889年他与施拉夫合作完成的短篇小说集《哈姆雷特的爸爸》,被称之为德国自然主义文学样品。1890年他创办《自由剧场》杂志,并于同年在自由剧场上演他和史拉夫合写的剧本《塞利克一家》,以客观写真的自然主义手法表现赛利克及其家庭生活。

  美国文学受左拉创作影响所形成的自然主义文学,是在特定社会背景下出现的一种文学现象,并具有自己的鲜明特征。南北战争后,美国资本主义经济快速发展,工业化生产给人们的生活带来了巨大变化,科学和技术成为了时代的主角,使得之前文学创作中以人为中心的观念受到了极大的冲击,人的自然主角身份和生物世界中心的地位受到了挑战。人们对由社会界说的人的本质产生了怀疑,期望返回人类在思想和肉体上的自然属性。此外,由达尔文进化论发展而来社会达尔文主义思潮在美国泛滥,"弱肉强食,物竞天择,适者生存"的进化论理论在美国备受青睐,它适时地满足了美国政府及民众的政治和心理文化诉求,迅即成为美国社会文化价值观的核心。在这样的社会文化背景下,左拉小说迅速为美国文坛和社会接受,美国自然主义以小说为主要表现形式迅速发展起来,并在 19 世纪末到 20 世纪 20 年代出现了繁荣。美国自然主义文学与欧洲的自然主义文学相比,在对自然主义文学理论阐述上发生了变化。首先,两者处于不同的宏观社会运动范畴。法国的自然主义文学产生于自然科技刚刚兴起之时,人们倾向于以一种全新的自然科学观来阐释人生意义。而自然主义传入美国时,美国的自然科学已经趋于成熟,社会矛盾逐步暴露,因此美国自然主义文学在反映社会进步的同时,更侧重于揭露经济发展后美国社会的阴暗面,呼吁人们奋起反抗以促进社会进步,从异化的社会回归自然的社会。其次,文学创作主张不同。左拉及其法国的自然主义文学主要是对浪漫主义的反拨,其概念经常与现实主义混用。而美国自然主义文学却是对美国现实主义文学的一种反拨。当时美国的年轻作家们并不在意自然主义的哲学基础,而更关注用新的自然主义理论旗幡取代豪威尔斯式的高雅文学。再则,两者的自然主义理论内涵与外延不同。美国自然主义文学已突破了左拉自然主义理论的局限,具有更新的内涵和更广阔的外延。它不再注重解剖、分析人的生理、遗传等,而是把人与自然、人与社会的关系结合起来。最后,两者的自然主义理论基石及核心价值观不同。达尔文生物进化论对欧洲的自然主义影响深远,作家们竭力表达外部力量的强大,环境和遗传基因影响的不可控制,人无法改变自己的命运,故而被称为"悲观的现实主义"。而自然主义思潮进入美国时,达尔文生物进化论已发展为社会达尔文主义,人们认识到了人的主观能动性和命运的可变更性,这给予美国民众一种乐观主义的精神。小说家们有意识地将带有明显进步色彩和积极作用的浪漫主义,与当时美国人民追求社会前进和崇尚个人奋斗精神以及向往科学发展的思想观念紧密地联系在一起。[①] 很多美国人受清教观念影响,不能接受左拉在性话语方面的开放,最初对左拉是抱有敌意的。发生德雷福斯事件后,左拉为正义挺身而出的形象感动了美国,让美国读者看到了一个有高尚情怀的社会批评家,因此左拉的小说在 1878 年后被陆续翻译出版。由于美国当时没有版权保护政策,很多译本实际上多是译者的改写本。

弗兰克·诺里斯(1870—1902)被称为"少年左拉",美国自然主义文学开创者,是左拉倡导的自然主义的坚定支持者和实践者,也是第一位将左拉的自然主义技巧运用到美国小说创作中的作家,被誉为"美国自然主义之父",其代表作有《麦克梯格》(1899)、《凡陀弗与兽性》(1914)、《章

[①] 毛信德:《美国小说发展史》,杭州:浙江大学出版社,2004 年版,第 122 页。

鱼》(1901)等。诺里斯将心理自然主义和社会自然主义引入美国自然主义文学创作之中，一反豪威尔斯式的高雅文学，认为文学应探索"人类深层心理未探测的领域、性欲冲动的秘密、人生遭遇的问题以及那黑暗的、未知的灵魂密室"。诺里斯倾向于描写遗传因素对人物命运的影响。他的第一部长篇小说《麦克梯格》就是命运小说的典型。主人公麦克梯格体格魁梧、头脑简单、笨拙迟钝，这些生理遗传很大程度上决定了他后来的悲剧命运。麦克梯格代表了作者对"人"这一概念的理解：它是含有正常与非正常的、人性与兽性的混合因素的一种机体，它以社会的影响和反射为转移，只有在人感到无法生存下去的时候，动物兽性的本能才会占上风，成为时代与精神蜕变的牺牲品。

斯蒂芬·克莱恩(1871—1900)作为美国自然主义文学的先驱，他的小说《街头姑娘梅季》是最早在创作中具体描写贫民窟、卖淫、酗酒及其他一些自然主义文学经常涉及的"不愉快"题材的美国作家之一，也是第一位从一个普通士兵的视角客观冷静地描写战争的美国作家。克莱恩自然主义表现为强调社会环境对人的影响。《街头姑娘梅季》(1893)由于受时代的限制，找不到女主人公这个底层人物的悲剧根源，只能把女主人公梅季的悲剧完全归罪于脏乱、繁杂的社会环境。他运用实验的方法把人物放到特定环境之中，以展示出她的情感在自然法则决定下的生存规律。他的战争题材小说《红色英勇奖章》(1895)是一部"纯战争小说"，也是一部表现"恐怖心理"的分析小说。在作者看来，世界就如战争一样充满了无意义的困顿，机缘和命运决定了人是英雄还是懦夫。小说突破了政治立场客观冷静而又真实地反映战争生活，展现了主人公亨利·弗莱明从幼稚到成熟过程中对外界的心理反应，特别显示人的生理心理的"恐惧"状态，表现出人类对自身命运的无助之感。小说通过普通士兵亨利在战争中的亲身经历，表现了自然对人遭遇的冷漠以及宗教和英雄主义的虚幻性。

杰克·伦敦(1976—1916)是美国社会主义倾向的自然主义小说家代表，他的小说侧重描写人在自然环境中的自然野性和生命意志。《狼子》(1901)、《野性的呼唤》(1903)、《白牙》(1906)、《热爱生命》(1907)等主要作品中不同程度表现了其受左拉自然主义以及尼采超人哲学、斯宾塞社会达尔文主义和马克思社会主义思想影响。他的第一本小说集《狼子》，以自然客观的手法展示自己具有传奇色彩的人生经历和体验。根据早年的航海和淘金经历写成的"北方故事"和"太平洋短篇"系列小说，多写人与恶劣自然的搏斗,展现人的生命韧性和坚强意志。《热爱生命》《野性的呼唤》中的主人公,在人与自然、文明与野蛮的艰难搏斗和生命抉择之中,表现了人与动物在痛苦和死亡面前,生命所体现出来的野性与坚毅。小说中充满对生命本体的崇拜,表现主人公与严酷而自然的荒原融为一体的生命原始形态,传达人对生命、生存意义追求的原生状态与自由精神。人物身上迸发的旺盛生命力和充满筋肉暴突的阳刚之气乃至狂暴的情绪,体现了即使面对死亡也不轻言屈服的英雄主义气质。这种直面艰难生存环境而表现出来的顽强生存意志,是古希腊神话中酒神狄俄尼索斯的自然生命体与自由激情的再现。杰克·伦敦笔下的动物小说,将人的世界与动物的世界进行对比性描写,《野性的呼唤》以巴克雪橇狗恶劣的生存环境隐喻伦敦工业化进程中人类的生存环境,在展示美好的自然景物与自然人性的同时,将人类的恶习以及人性的丑恶暴露无遗。

赫姆林·加兰(1860—1940)是美国早期自然主义倾向作家。他的自传体小说《中部边地农家子》(1917)中,以客观自然的笔法描绘了19世纪末美国垄断资本主义的发展给中西部农民带来的灾难。作家在对西部壮观而神奇的自然环境、雄壮的拓荒先驱、神秘的西部牛仔、狂热的淘金者等神话般的人物以及他们的英雄故事叙述中,自然真实展示了神秘的西部环境与西部生活。他的作品另有《大路》《杰生·爱德华兹》《猎官》等,其奉行的创作原则被称为"真实主义",对生活做完全真实自然的客观描写。他的自然主义是土生土长的现实主义,来源于民众,扎根于民众。因此他在作品中表现出一种近乎眷恋、缅怀和虔诚的情绪来描绘他的父老乡亲和养育他的故乡故土。

西奥多·德莱塞(1871—1945)的创作标志了美国自然主义文学创作的成熟与最高成就。在他的作品《嘉莉妹妹》(1900)问世和《美国悲剧》(1925)发表的这段时间中,自然主义已然成为了美国小说的一种稳定的创作手法,他的大多数小说都融入了自然主义理念和创作手法。《嘉莉妹妹》中作家以自然纪实的手法描写了嘉莉从农村到城市的人生历程,对生活在社会底层的小人物如穷姑娘嘉莉、推销员杜洛埃、最终沦为乞讨者的赫斯特伍德的命运进行实验性的剖白展示,运用自然主义写作手法,显示了人的欲望本能和环境对个体命运的决定作用。《美国的悲剧》被认为是德莱塞最杰出的作品和最重要的美国自然主义作品。小说从家庭遗传和环境决定个人命运的自然主义决定论出发,塑造了主人公克莱德,其人物的命运悲剧与社会环境影响、人物动物本能和遗传作用密不可分。正如美国学者斯皮勒所说,"由于有了德莱塞,自然主义在美国才变成了与风靡中部欧洲各国文学的那场运动合一的运动。"德莱塞做过新闻记者,他的小说往往是根据自己的生活体验或经过详细调查后的真实材料写出来的,严格遵循自然主义客观真实性原则,小说中甚至插入报纸新闻、诉讼材料、档案文件等真实资料。其创作注重自然逼真的细节描写,让读者有身临其境的真实感觉,对人物在不同状况下的心理生理表现,有十分深入的了解。

舍伍德·安德森(1876—1941)擅长写美国中西部地区小城镇的市民生活,表现出对资本社会崇拜金钱的蔑视与反对,其创作标志了美国自然主义文学的转型,主要作品有《俄亥俄州瓦思堡镇》(1919)、《贫穷的白人》(1920)、《多种婚姻》(1923)和《黑色的笑声》(1925)等。小说多以小城镇为背景,描写小市民的惶惑情绪,带有自然主义和神秘主义色彩。小说体现了作家创作重心由自然环境向社会环境的转变、由自然人性向人性异化的转变。代表作《俄亥俄州瓦思堡镇》中描写了自然环境下的几个真实小故事,书中多个小故事相互关联,客观冷静地展示出一幅真实自然的生活画卷,白色框架建成的房屋和随处可见的枫树榆树使人浮想起英格兰乡间的风貌。小说反映了工业化时期小镇生活的真实状况,因而被认为是最诚实、最富于想象力和洞察力的著作。作者改变了小说传统的旁观式叙述描写方法,大量运用散文笔法和内视角叙述手法,以达到小说自然真实效果。自然主义在美国20世纪发展后期,着重表现在对美国社会的自然本质和人性异化上的揭示,因此,逐步与批判现实主义融合,其中部分自然主义作家转向左翼小说创作,成为20世纪30年代美国左翼小说的骨干,如激进的自然主义作家多斯·帕索斯(1896—1970)、自然主义与现实主义相结合的约翰·斯坦贝克(1902—1968)、黑色幽默作家库尔特·冯尼古特(1922—2007)等。总体而言,20世纪30年代以后,标榜正宗的自然主义文学在美国文坛逐渐式微。

日本虽然地处亚洲,但近代以来随着经济的强盛以及社会政治的日益西化,其文化与文学的发展也与西方同步,具有明显的欧洲社会文化特征。在近代历史中,就经济科技和思想文化等层面而言,日本常常将自己归入欧洲范畴。日本自然主义作家全盘接受左拉及其自然主义创作观,所形成的自然主义文学是日本特定社会文化与法国自然主义相融合的必然产物。日本1868年明治维新后,在政治体制上建立了与封建制度相对的君主立宪制。在知识文化上,大量引进西方先进的科学技术和文化文学,促进了科学思想和科学技术的普及。政治文化上的变革,改变了人们的生存方式和社会观念,人们要求自由平等,用科学客观的眼光审视外部世界。自然主义所信奉的科学和技术,对批判封建伦理道德、反抗封建家族制度具有进步意义,因而一度成为日本文坛主流。自然主义运动的先驱们基于日本当时日趋帝国主义化、社会矛盾日益加剧的现实,提出了文学要迫近人生、要彻底解放个性的口号。由于明治维新改革的不彻底,日本的传统家族观念仍发挥着重要的作用。日本特殊的历史时代和社会环境,决定着人们特殊的思想观念,这使得左拉及其自然主义传播到日本时,呈现出具有本土特色的特征。首先,日本自然主义作家过分强调人的动物属性的一面,生理情欲描写不再只是左拉笔下的一种题材、一种线索或者一种因素,而是逐渐成为一种对人物行为起决定性作用的因素,甚至可以说取代了社会环境对于人的决定性作用。其次,日本自然主义文学明显忽视环境与社会的因素,一味强调个人因素,使文学成为了张扬人物内心丑陋的"公开告白"和对个人道德堕落的"忏悔",呈现出内容远离社会生活的弊端。再则,日本自然主义文学在真实论的基础上,提出了"无理想""无解决"和进行"平面描写"的理论,主张文学创作应该放弃一切目的和理想追求,这样才能达到对生活的自然真实的感悟。日本作为一个具有传统东方生活模式的文明古国,家庭、家族始终是国民生活的中心和社会的主要基础部分。一切对国家、政治的观念与思想,都会在家庭生活中得到淋漓尽致的表现。日本自然主义试图摆脱精神压抑和束缚,在作品中更多地以"家""家族"生活的真实展示,来反封建道德、反家族制度、反因袭观念。1890年前后到1906年是日本自然主义文学的孕育时期,被称为前期自然主义。1889年,自然主义这一文学术语被日本作家森鸥外(1862—1922)译出使用,左拉和他的自然主义思想被介绍到日本而形成早期日本自然主义,之后文坛开始有人模仿自然主义创作理论和小说进行创作尝试。1901年小杉天外的《流行歌》、1902年永井荷风《地狱之花》等作品被称为日本最早的自然主义文学作品。这些作家未能全面而深刻地理解左拉的自然主义,只是机械地照搬"遗传和环境"等一些自然主义观念进行创作,他们的作品虽有朴素的自然主义写实倾向,但还只是停留在模仿阶段。1906年到1912年是日本自然主义文学运动的鼎盛时期,作家们摆脱早期的盲目模仿左拉自然主义和一味西欧化的倾向,从消化、吸收到成熟,形成了具有日本民族特色的自然主义文学。1906年岛村抱月(1871—1918)的文学理论著作《被囚禁的文艺》和岛崎藤村

(1872—1973)的小说《破戒》，推动了日本自然主义文学运动全面展开。1907年田山花袋发表的中篇小说《棉被》，其中的"露骨描写"与自然主义创作原则相符合，被视为日本自然主义文学的正宗和鼻祖。《棉被》的出现从根本上决定了日本自然主义文学的发展方向，开启了自我暴露和自我反省的"告白小说"的"私小说"先河。[①] 1908年岛村抱月在《文艺上的自然主义》一文中，从描写方法的角度将日本文坛上的自然主义分为两类：一是纯客观的——写实的——本来的自然主义；二是主观写人的——解释的——印象派自然主义。前者是由西方输入的左拉式自然主义，后者则是在此基础之上经过日本化了的自然主义。20世纪20年代之后，日本自然主义进入分化时期。发展到这一时期的日本自然主义文学和由此发展而来的私小说，已经完全失去了暴露社会的积极意义。由于追求纯客观的自我暴露和自我反省，作品的内容和格调更为灰暗、虚无和颓废，自然主义开始受到来自文坛其他势力的责难和非议。随着自然主义作家队伍不断分化，日本自然主义文学逐渐失去了它在日本文坛的霸主地位，走向衰弱。

英国于19世纪80年代开始传播左拉的英译小说，在引起英国读者热烈反响的同时，也受到了来自官方的强烈阻截。英国众议院在1888年提出了左拉的作品败坏道德，并要求加以限制。英国的自然主义文学出现并没有受左拉小说传播的影响而直接形成团体或运动，这是由于英国现实主义具有悠久传统的缘故，现实主义文学历来被英国人视为严肃文学，从不涉及暴力和色情。因此，英国虽有一些自然主义倾向的作家，但始终没有脱离现实主义的传统。其实，左拉式自然主义文学元素，在英国浪漫主义笔下已见端倪。作为一种思想倾向的自然主义，最初在华兹华斯的笔下反映了出来，它体现为对一切永恒的自然现象的爱，以及对动物、儿童、乡村居民和"精神上的赤贫者"的虔诚敬意。而柯勒律治和骚塞，则与德国的浪漫主义接近，追随着后者步入神话和迷信的世界，以自然主义的方式来处理浪漫主义主题，始终张开一只眼睛注视着大地、海洋和一切自然的要素。雪莱的作品，表现出一种对于自然激情的爱和一种充满诗意的激进主义。拜伦《恰尔德·哈罗尔德游记》的主人公从异化的专制社会游离出去，成为了自然的一员，在欧洲大地到处游荡，成为了自由与和平的象征。受自然主义影响英国出现了"贫民窟文学"潮流，热衷

---

① 于胜荣等编：《日本文学简史》，北京：北京大学出版社，2011年版，第169页。

于表现生活中的肮脏与丑陋。乔治·吉辛(1857—1903)一生贫困,作品描写"适者生存"下的伦敦贫民窟强徒横行、弱者受难,以及遗传因素下穷人的苦难与无助。代表作《新寒士街》(1891)以冷酷逼真和近似素描的自然主义手法,表现对不同价值观的反思。埃德温恪守传统文人道德底线,最终死于贫困,而趋炎附势的加斯帕却名利双收。"适者生存"的自然法则在人与社会的价值探寻中,成为作者对现实生活反思的依据。乔治·莫尔(1852—1933)是左拉自然主义的崇拜者和出色的实践者,他的第一部小说《现代情人》(1883)以及后来发表的自传体小说《一个青年的自白》(1888)和诗集《情欲之花》(1878)等,无不显示出左拉自然主义的深刻影响。阿诺德·班纳特(1867—1931)善于描绘家乡塔福德郡五个盛产陶瓷的小城镇里中产阶级自然状态下的普通日常生活,因而被誉为"五镇小说家"。《五镇的安娜》(1902)在自然清纯的姑娘安娜与冷酷贪婪的父亲两种道德观的对立中,表现对现实社会利益使得人性异化的反思。小说《老妇人的故事》(1908)中,小镇布店老板贝恩斯的两个女儿从朝气蓬勃的姑娘变成平庸的老妪,她们生活中的悲剧正是平庸空虚的小市民社会环境所造成的,小说在对青春和美丽不可避免地要变成衰老和丑陋的描绘中,鲜明展示了环境决定论和自然生物进化论的自然主义痕迹。班纳特善于描写平凡的生活琐事,在平淡无奇中揭示生活中的诗意。他认为作家不应成为生活的评论者或辩护者,其小说以一种置身其外、无动于衷的照相机般精确记录的方法,观察和记录人生,客观冷静地描述小镇人的生活,不让作者的个人意志和情感渗透其中。他的作品是自然主义真实论在小说创作中的成功运用。戴维·赫伯特·劳伦斯(1885—1930)的作品《儿子与情人》(1913)、《虹》(1915)和《查泰莱夫人的情人》(1928)等作品中所表现的自然情欲,可以看作是左拉自然主义的生理情欲理论在英国小说领域的绚丽蝶变,引来文坛巨大反响。

意大利受左拉小说传播及其自然主义文学的影响,形成了自己独特的名为"真实主义"的文学潮流。意大利所谓的"真实主义"文学创作实际上源自于批判现实主义,是意大利批判现实主义与法国自然主义相结合的产物,出现于19世纪70年代初,到20世纪初结束,持续了三十年之久。意大利的自然主义虽受到国外自然主义的影响,但在欧洲各国中却与法国自然主义最为接近。在左拉及其自然主义理论尤其是真实论的影响下,意大利自然主义文艺理论家路易吉·卡普安纳(1839—1915)和小说家乔万尼·维尔加(1840—1922)共同奠定了意大利自然主义"真实主义"的理论基础。卡普安纳推崇左拉,用左拉自然主义理论来阐述自己的观点,并称之为"真实主义",写有《意大利文学研究》(1880)等理论专著。他认为作家应当从现实生活中选取题材,像新闻报道那样描述正在发生的事实,使作品不仅在艺术上有美学价值,而且在科学上是真实的历史资料,提出了直接描写现实生活中真事的真实主义基本原则。强调创作的科学性在于作家必须依据已经发现的或自己观察到的生活真实,艺术地进行再现。为使作品具有强烈的真实感,他在创作中追求一种客观的、不加修饰的完全真实的文学表现形式。代表作小说《姬雅琴塔》(1879)以真实的手法描绘一个自幼受到社会歧视凌辱而最终被逼走向叛逆的妇女的遭遇,对不公正的社会和封建礼教提出了控诉。长篇小说《香气》(1891)表现人物在环境影响下的生理、病态特征,流露出自然主义的倾向。真实主义代表作家维尔加的小说《奈班》(1874)、《马拉沃利亚一家》(1881)等,从达尔文的进化论和生存竞争学说出发,描写出社会中资产者和穷人之间弱肉强食的残酷事实。真实主义所强调的真实性、科学性在小说中得到了充分体现,尤其对贫困落后所引发的社会矛盾的真实描绘,反映了当时意大利社会的本质。左拉及其自然主义在意大利被广为传播并被社会和读者接受。1884年10月30日,左拉赴意大利,在罗马受到翁贝托国王的亲切接见,所到之处受到隆重热烈的欢迎。一个多世纪以来,意大利对左拉的兴趣有增无减,不断有关于左拉的译著和评论专著问世。

西班牙文学深受左拉小说创作及其自然主义理论影响,形成了西班牙自然主义文学思潮。19世纪六七十年代西班牙文坛正处于浪漫主义没落与批判现实主义兴起的交替时期,当时左拉对浪漫主义的批判正好为西班牙现实主义的发展开辟了道路。西班牙《当代》杂志驻巴黎记者查尔斯·比戈特在1876年发表了关于《欧仁·卢贡大人》的评论,将左拉作为"生理学派"介绍到西班牙。1881—1882年,马德里的"阿特纳奥"组织了关于自然主义问题的辩论,对左拉及其自然主义在西班牙的传播起到了重要作用。艾米丽娅·帕尔多·巴桑(1852—1921)曾游历欧洲,在法国与左拉相识,深受自然主义影响,被称为西班牙的"女左拉"、西班牙自然主义文学创作第一人。《帕斯库雅尔·洛佩斯》(1879)客观真实地描写自然环境及其对人的命运的决定作用。《乌略阿侯爵府邸》(1886)描写侯爵一家从主人到仆人的情爱情欲,暴露上流社会的荒淫生活。《追切的问题》(1882—1883)全面接受并宣扬左拉自然主义理论的"科学性"和"客观性",为自然主义在西班牙的传播起到了推广的作用。还有佩雷斯·加尔多斯(1843—1920)在现实主义创作中,融入了自然主义真实论以及情欲描写手法,如《被剥夺遗产的女人》(1881)对少女伊西多罗的堕落经历的描写、《福尔图纳达和哈辛达》(1886—1887)中对1868年革命与波旁王朝复辟时期马德里资产阶级骄奢淫乐生活的客观真实描述。从1886年开始,西班牙作家更多受到俄国文学特别是托尔斯泰的影响,自然主义创作进入低谷。

瑞典的剧作家约翰·奥古斯特·斯特林堡(1849—1912)早期的剧作也属于自然主义范畴,他曾创作了瑞典文学史上优秀的自传体长篇小说《女仆的儿子》(1886—1909)、以描写群岛风光而著名的中篇小说《海姆斯岛上的居民》(1887)、《在海边》(1890)等,都带有明显的自然环境和自然属性的描写。他的剧作《朱丽小姐》(1888)和《债主》等(1889)等被认为是欧洲自然主义戏剧典范。

俄国和东欧也受到左拉及其自然主义文学思潮的影响,俄国作家托尔斯泰的作品《复活》《安娜·卡列尼娜》作品中关于情欲的描写以及真实自然的心理描写具有自然主义的倾向。瞿秋白认为左拉在俄国的成名比在法国还早。莫泊桑也早就指出左拉在国外比在法国更负盛名,尤其是在俄罗斯。然而由于国情不同,俄苏和东欧并没有形成像法国、德国那样的自然主义文学流派。

第四节 左拉自然主义在现代主义文学中的衍生

19世纪以左拉为核心的自然主义文学所创导的主张和观念,诸如真实自然的生活展现、遗传病理和情欲描写、文学实验论,以及重视环境对人的决定作用等,包括自然主义的创新精神与思想态度,对20世纪文学尤其是现代主义文学创作,产生了极大的影响,得到了充分的发展和衍生。巴比塞因而评说左拉:"不应该把他归入19世纪,而应归于20世纪和未来的世纪"。[①] 尽管20世纪文学创作中"很少有一个文学运动的成果像被曲解的自然主义的成果那样,被后代如此积极地利用。它的影响一直是隐蔽的,从未被无保留地承认过"[②],但左拉及其自然主义影响,我

---

① 亨利·巴比塞:《左拉》,莫斯科:莫斯科出版社,1953年版,第111页。
② 罗特:《自然主义的德语戏剧》,宁瑛译,柳鸣九主编:《自然主义》,北京:中国社会科学出版社,1988年版,第226页。

们或多或少可以在现代主义各思潮流派作家的文学创作中找到影子。诚如卢卡契所说:"现代主义文学具有根本上属于自然主义性质的东西,从这里可以看到意识形态继续性在文学上的表现。"[1]

左拉自然主义文学反对巴尔扎克式的图解社会生活,认为虽然现实主义文学也是真实的表现生活,但这种真实是经过作家的理性过滤之后的真实,是一种扭曲的变形的真实,和自然的真实相去甚远。自然主义认为,真正的真实不在客观外部而在人物心理内部,要求将生活中本质与非本质的自然真实现象乃至琐碎细节,尤其是人的生理心理本能都纳入文学描写范围。西方现代主义文学中的"泛心理主义",流露出文学创作的内倾化和创作主体的客体化倾向,其本质内涵就是提倡文学创作的"全面心理化""心理自然主义"。早在自然主义作家福楼拜、莫泊桑那里,人物内心世界的细微感受、潜意识描写、心理真实自然流露等已见端倪,他们开创了现代主义文学心理自然主义先声。

意识流小说可谓是心理自然主义的代表流派。意识流作家将弗洛伊德精神分析理论和柏格森直觉主义与自然主义真实表现结为一体,主张完全真实自然展示人物内在意识流程。普鲁斯特认为,自然而真实的东西,存在于"意识的不可分割的波动之中"。《追忆似水年华》通篇都是主人公马赛尔对往事的追忆,沉浸于主观真实的世界之中。普鲁斯特把这种内在自然真实的心路历程创作观念,称之为"主观真实论"。英国作家伍尔芙认为,只有人的精神世界才是"真实和永恒的",因此要求小说表现人物"私有的幻想",并把它看成是人与生俱来的自然天性。从她的第一部意识流小说《墙上的斑点》所描写的人物单一的意识流,到后期《波浪》中六个人物交叉复合的复杂意识流,从《达罗威夫人》中女主人公情欲意识、死亡意识的展示,到《到灯塔去》中对生与死、时间与空间的哲理思索,无一不是在人物的意识流程展示中,真实自然显现第二次世界大战期间,西方人对社会人生的痛苦彷徨与思考探索。伍尔芙称自己的意识流理论为"内在真实论"。意识流小说强调的对人内在真实自然的心理意识表现,在乔伊斯的《尤利西斯》和福克纳的《喧哗与骚动》中,达到了十分完善和精美的程度。《尤利西斯》中由布鲁姆、斯蒂芬和莫莉一天的意识流程所构成的意识流王国,将爱尔兰社会及全人类无可挽回的分崩离析,"现

---

[1] 卢卡契:《现代主义的意识形态》,李广成译,袁可嘉等选编:《现代主义文学研究》,北京:中国社会科学出版社,1989年版,第154页。

代社会英雄们"的人格分裂、猥琐渺小、内心苦闷和精神崩溃,刻画得淋漓尽致。布勒东评价说:"针对有意识的联想这种虚假的思潮,乔依斯代之以一种竭力从四面八方涌现的潮流,而归根到底趋向于最近似地模仿生活,……与已排成一字长蛇阵的自然主义、表现主义者为伍"。①意识流从对外部世界真实自然反映导向内心世界的真实自然显示,将外部自然衍生到"心理的自然"。作家是一个单纯的心理事实的记录者,一个纯粹的自然主义者。意识流作家对心理不加变化和增减,忽视了强调与概括,放弃倾向与评价,运用的是自然主义照相式的手法反映人物内心意识流动,形成一种特殊的心理自然主义。表面上看意识流是远离客观现实,实际上是一种更贴近现实、更逼近生活原生态的自然,是一种超越观念客观真实,是生活现实和心理现实的自然主义合流。

表现主义文学比意识流小说走得远些,它的作品情节内容更是虚幻不定,人物形象也更不清晰,仅仅是一种类型化的标志物。然而表现主义作品创作中,作者所遵循的是细节和人物内心感受的绝对真实自然。无论奥尼尔《琼斯皇帝》中的黑人琼斯、凯泽《从清晨到午夜》中的银行出纳员,还是卡夫卡《城堡》中的约瑟夫·K、《变形记》中的格里高尔等,人物丰富的内心心理,无不真实自然显示人物对世界的恐惧灾难及其孤独忧郁的内心世界感受。表现主义的这种对外部世界变形扭曲而对内心感受的真实表现的审美观念,是自然主义的外部真实向内在真实、心灵感受真实的衍生和发展。它与意识流一起,构成了文学领域的一场由外向内的哥白尼式的革命。事实上,文学创作只有两种选择,或者是通过精心挑选和安排的自然事件的自然延续,或者就是对完全存在于人类心中的直觉感受的自然流露。人的感受对于客观现实来讲,尽管不乏其扭曲变形、虚幻朦胧,但却是作家内在心理的完全真实而自然的写照。同时每一个自然现象都相应于某一个心灵状态,这种自然现象的真实可信越丰富复杂,它所对应产生的心灵状态也就越真实自然,越丰富多彩。德国的表现主义作家、评论家贝恩指出:"表现主义所表现的与别的时期、别的风格的诗人所表现的并无二致:都是他与自然的关系、他的爱、他的悲伤、他对上帝的想法。只要艺术和风格是某种自然的东西,表现主义也就是某种绝对

---

① 布勒东:《论活生生的作品之中的超现实主义》,丁世中译,柳鸣九主编:《未来主义、超现实主义、魔幻现实主义》,北京:中国社会科学出版社,1987年版,第348页。

自然的东西"。①

左拉自然主义文学强调人物遗传、生物和病理的作用,认为作为生命本体的人,除了人性以外,不可避免地具有其他生物体所共有的原始本性。自然主义运用生理学、遗传学的观点分析人,描写人,还原人所具有的本性、本能的动物性一面,把人作为一个个病例加以对待,大量描写酗酒、淫荡、神经质等畸形病态现象。左拉的《卢贡·马卡尔家族》,以卢贡家族遗传谱表为框架,构建起 20 卷长篇系列小说巨集,以家族血缘关系的内在因素形成人物生理、情欲的相似气质描绘,并借助他们的各自不同的遭遇,"为我们揭示了第二帝国的整个历史时代"。自然主义的"人学"观念,尤其是对人的生理情欲的表现,深受欧美现代主义青睐,并被全盘接受,成为了西方现代主义文学创作的主要内容而广为流行。在象征主义先驱波德莱尔《恶之花》里,女人与肉欲,成了诗人表现内心忧郁苦闷的常用象征意象和主题。其放浪形骸与颓废丑恶的情欲描写,在魏尔伦那里得到了进一步继承与沿袭。被称为"兰波之谜"的《母音》与《醉舟》,尽管不乏人们给其罩上"审美"的光环,但就诗歌意象的客观性来探究,《母音》中诗人所描绘的,其实只是横卧在诗人面前的美丽裸女形体。《醉舟》则是少年兰波初次与女性交合的真实自然的直觉感受。以"纯诗"著称的"象征主义中的象征"诗人马拉美,描写了《牧神的午后》中牧神与西西里海边沐浴仙女交欢的场景,似真非真,朦胧优美,热烈的情欲竟致埃特纳火山喷发。在象征主义丰碑艾略特的《荒原》中,安东尼奥与克莉奥佩特拉、海伦、狄多式的上流社会人士淫逸放荡。而生活在下层社会"老鼠洞"里的人,也在过着颓废空虚、放纵情欲的庸俗日子。荒淫无度的情欲泛滥,是导致社会荒芜的主要原因。艾略特明确指出,只有皈依上帝,遵循告诫,控制泛滥横流的情欲,灵魂才能获得自由超脱和新生。象征主义诗歌作为现代诗歌的主导,认为生活的意象与内心的真实是相通的,充满颓废丑恶和情欲生活,是 19 世纪后期至二战期间,西方社会最真实自然的生活内容和人生状态的真实展示。弗朗茨·梅林说:"艺术只有在它看来像自然,而我们又意识到它是艺术时才可以说是美的",据此,他称象征主义大师梅特林克及其作品为"现代自然主义"。②

---

① 贝恩:《〈表现主义十年抒情诗选〉序》,张荣昌译,袁可嘉等选编:《现代主义文学研究》,北京:中国社会科学出版社,1989 年版,第 454 页。
② 梅林:《美学初探》,绿原译,钱衍善等选编《后现代主义》,北京:社会科学文献出版社,1993 年版,第 9—11 页。

在魔幻现实主义文学中,我们到处可以看到自然主义生理情欲的影子。《百年孤独》中的布恩迪亚家族中一代代人身上,充满了难以抑制的旺盛的情欲。奥雷良诺与到他帐篷过夜的各种女人生了 17 个孩子;雷贝卡最终抵挡不住阿卡迪奥的肉欲诱惑而嫁给了他,从此夜夜放纵;奥雷良诺第二的情人狂热的情欲,可以促使家禽成倍繁殖;第五代乌苏拉与第六代布恩迪亚乱伦,过度的情欲,致使婴儿被红蚂蚁吞噬都全然不知。马孔多的百年历史,也是布恩迪亚家族绵延不断的情欲史。略萨的《绿房子》就是以绿房子妓院的情欲生活内容为中心,概括出 20 世纪 20 年代以后,秘鲁北方长达 40 年的荒淫堕落与愚昧落后的社会生活面貌。在鲁尔福的《都是因为我们穷》中,达霞与两个姐姐长大成人,放荡而成为妓女,及至"深更半夜,只要他们一吹口哨,她们马上就领会其意,后来连大白天都会去鬼混。她们老是去河边打水,有时稍不留神,她们就溜到畜栏里,光着身子,每人抱着一个男人,在地上打滚"。作者从自然生理情欲的角度来叙说,在描写物质匮乏、生活贫穷的同时,将人物的在情欲裹挟下的道德堕落真实自然地表现了出来。而左拉塑造的娜娜,因饥饿而去街上勾引男人,沦为巴黎高级妓女,与之有着异曲同工之妙。如果说,象征主义文学中的自然主义情欲表现为颓废和含蓄,意识流小说是对人的情欲的本真还原,劳伦斯的情欲渲染具有诗化美感的话,那么,魔幻现实主义作品中的生理情欲描写,则具有放浪奇特和丑恶变态的特征。自然主义在 20 世纪上半叶传入拉丁美洲以后,很快被拉美作家所接受,对龌龊污秽、丑恶情欲的自然描写,贯穿了拉丁美洲文学创作。"著名魔幻现实主义作家乌斯拉尔·彼得里说,悲剧是拉丁美洲现代小说的基调。它源自自然主义,……从这个悲剧基调中首先应该看到的是:现实就是这等龌龊、恶心和可悲"。[①] 拉美作家反复宣称,这不是为了以感官刺激去赢得读者,而是出于无奈,因为他们无法将现实的丑恶变成美丽。

在左拉的自然主义作品中,人的遗传、生理情欲等因素,往往是作为文学作品中情节内容的串联线索和特定题材出现的,是作者借以表达思想感情、观念倾向和主题内涵的一种依据或材料。现代主义则把生理情欲内容当作生活本身,当作现代人生的本质来渲染描绘,甚至不乏欣赏和展示的成分。人的潜意识中的情欲意识,人的本能感受体验,成为了现代

---

① 陈众议:《拉丁美洲小说的自然主义倾向》,《自然主义》,北京:中国社会科学出版社,1988 年版,第 317—318 页。

派文学创作关注与描写的重点和中心。在现代派作家创作的内倾化和创作主体客体化的审美观照下,对外部世界的淡化,转而对人体内部本身的生理情欲、个人体验做自然主义的全方位描写,成为现代主义作家的一种创作主流和主要倾向。自然生理情欲,已不再是自然主义作品中的线索和展开故事情节的工具式载体,成了现代主义文学的主要内容,而具有社会人生的本质内涵属性,是现代人面对社会异化,而形成的一种人性异化,是生活在20世纪现代人的一种人生内容和价值取向。人不再直面社会、充满理性、承担扭转乾坤的重任,而是蜗居到内心潜意识或生理情欲的宣泄中,去感受自我的存在,从而获得人生的慰藉。自然生理情欲是现代人的人生体验和自我感受的一个重要方面,也成为西方现代主义文学创作和艺术审美的重要内容。

左拉自然主义重视文学创作的科学性与实验性,使得自然主义创作具有文学与科学相结合的特征。左拉认为,既然实验的方法可以引导人们认识肉体现象,那么,它也可以引导人们认识感情和精神的现象。"既然以往作为一种技艺的医学现在构成了一门科学,文学为何就不能借助实验方法也成为一门科学呢?"[①]自然主义文学创作内容、艺术审美观念的反传统倾向,对人物进行实验观察分析,对文学语言形式及其舞台表演的实验探索与革新精神,给20世纪欧美现代派文学,带来极为深远的影响。他们继承自然主义的反传统精神,在对人生做生理实验分析,对文学艺术形式进行革新实验的同时,走向了人的全面内在自我异化。在否定现实世界的同时只感受到人在现实生活中的忧郁孤独和灾难恐惧,进一步发展了自然主义作家世界观的悲观成分,对未来充满了悲观失望,直至到梦幻之中去寻求生存空间。同时,现代主义的语言形式的历险试验,甚至把语言本身当作文学的对象和内容,成为存在和思想的家园。象征主义的语言形式探索,未来主义的合成戏剧实验,超现实主义的梦幻记录和自动写作试验,荒诞派戏剧的舞台革命,存在主义的人生哲理的境遇验证等,现代主义诸多文学流派,无不具有自然主义及其"实验文学"倾向。正如美国欧·豪在《现代主义概念》一文中所说:"一个具有现代主义精神的作家,会自然而然地倾向于试验"。[②]

超现实主义是一个典型的从内容到形式进行文学试验的流派。超现

---

① 左拉:《实验小说论》,《自然主义》,北京:中国社会科学出版社,1988年版,第44页。
② 欧·豪:《现代主义的概念》,刘长缨译,袁可嘉等编选:《现代主义文学研究》,北京:中国社会科学出版社,1989年版,第181页。

实主义作家认为，本质的真实自然不在客观现实世界，而在人的梦幻世界之中。在他们看来，梦境、幻觉和潜意识内容，源于生活，同时又排除了现实中的理性思维的偏见。超现实不同于常人观念中的真实，却比现实生活更自然真实。文学创作只要把直觉中涌现出的感受自动记录下来就行。超现实主义作家通过大量的实验，来证明自己的理论观点和创作主张。他们集体酗酒至醉，或打针吸毒，在人处于梦境幻觉中，快速自动记录下大脑中闪现的念头和句子，醒后稍加整理，打印成文，也可数人合作，随意拼凑成文。《磁场》就是布勒东和苏波自动写作的一种成功实验。阿波利奈尔早期称超现实主义为"超自然主义"。他界定超现实主义的梦幻自动记录实验为："回到自然本身但是不像摄影师那样去模仿自然"。[1]超现实主义随意并置转换意象，玩弄文字魔术，打破语言常规，用实验的形式来组织语言，暗示作品内涵，在自然中流露出神奇新颖，在真实中显示出深奥神秘。在对文学创作的实验中，在使得文学内容回归纯粹自然——梦幻自然，使文学创作手法回归自然——自动写作的同时，也把文学引向到超自然或超现实。超现实主义深入的潜意识显示，使人难堪的梦境描述，放纵的非理性观念，尤其是半抽象、半程式化、密码式、实验性的表现方法，是"对于对象世界的具体的、自然主义的'可信'的表达"，超现实主义"企图在传统的、同时虽然又是自然主义但却联系着现实对象的形式中，使人为地设想出来的，但却仍然是虚幻的、极端可怕的幻象世界，得到具体化"。[2]

未来主义不仅把左拉自然主义进化论、实证论的认识，用于对当今社会人生的观察认识，还进一步发展移植到对未来社会的观念中，将自然主义强调的"自然选择""弱肉强食"原则用于人类社会，从自然主义走向了原始主义，从对自然社会的探索，沦为了反自然反社会。在尼采主义否定传统的大旗下，未来主义由一味颂扬一切自然运动之物，走向讴歌战争，讴歌赤裸裸的人的无理性冲动。奥·佩特罗丘克在《未来主义》一文中说："马里奈缔描绘自己的尼采式的'马法尔克的未来主义者'，还表现为未来主义的一种原始主义倾向"，"他们常常将类似内容体现于其中的形

---

[1] 程晓岚：《超现实主义述评》，柳鸣九主编：《未来主义、超现实主义、魔幻现实主义》，北京：中国社会科学出版社，1987年版，第93—94页。

[2] 特·卡普特列瓦：《达达主义和超现实主义》，基霍米洛夫等著：《现代主义诸流派分析与批评》，王庆璠译，北京：中国文联出版公司，1989年版，第298、305页。

式,乃是自然主义和新印象主义的混合"。①未来主义的反传统,还表现在艺术形式的大量的革新实验上。阿波利奈尔将毕加索立体派绘画艺术与先锋派艺术理论融进文学,把雕塑、绘画等艺术与诗歌创作结成一体,在形式上进行种种实践试验和创新探索,创立了"立体诗""图画诗"和"阶梯诗"。阿波利奈尔的《酒精集》、马里内蒂的《的黎波里之战》《扎—勃—土—勃》、帕拉泽斯基的《诗集》等作品,都体现出未来主义语言革新实验精神。意大利未来主义作家称未来主义的这种语言实验为"记叙的自然主义"。未来主义的"合成戏剧"则是未来主义在戏剧舞台上的戏剧实验。未来主义的合成戏剧抛弃一切传统戏剧手法,表演时间极短,台词简单,动作性强,以造型艺术的表演来传达人物直觉的、潜意识的、幻觉的心理感受,以物代替人,无情节,无冲突,简短得使人无法理解戏剧内容的台词,以杂乱无章的运动,淡化作为戏剧主体的人的作用。未来主义戏剧在毫不做作的自然本色表演中,透露出现代人对世界的恐惧、对人生的无奈,在抒发对生活和社会自然而真实的独特感受的同时,也透露出神秘主义色彩。马里内蒂的三句半台词剧《他们来了》,将抽象主义、自然主义和象征主义融成一体,展示现代人对社会和生活的内心恐惧和灾难感受,可谓是未来主义合成戏剧实验的经典之作。叶赛宁说:"未来主义曾号召要诙谐和滑稽,结果却是写冰冷的神秘,写城市的神秘剧。说真的,艺术从未像现在(第三阶段未来主义时期)这样接近自然主义,这样远离现实主义"。②

荒诞派戏剧是继象征主义戏剧、未来主义戏剧之后,一个无论从艺术内容到表演形式,从人物塑造到语言动作,从舞台背景到音响道具等,改革创新最彻底、最全面,也是最成功的一个实验戏剧流派。荒诞派戏剧深受自然主义影响,在其戏剧实验之中,无论在题材、创作意图,还是在情节细节上,及至舞台提示、动作说明上,都将自然主义实验的精神,包括自然主义的诸多要素,贯穿融汇于戏剧创作之中。"荒诞派艺术本质上有其实验性和创新性"。③如果说,左拉当年痛斥剧坛是"陈规旧习的最后堡垒",

---

① 奥·佩特罗丘克:《未来主义》,基霍米洛夫等著:《现代主义诸流派分析与批评》,王庆璠译,北京:中国文联出版社,1989年版,第165页。

② 谢·叶赛宁等:《意象主义宣言》,朱逸森译,袁可嘉等编选:《现代主义文学研究》,北京:中国社会科学出版社,1989年版,第406页。

③ 盖洛威:《荒诞的艺术、荒诞的人、荒诞的主人公》,杉木译,袁可嘉等编选:《现代主义文学研究》,北京:中国社会科学出版社,1989年版,第637页。

提出剧坛"要走自然主义的路,否则就会一无所成",①上述只是一种愿望和预言的话,那么,在荒诞派戏剧中,我们看到了自然主义戏剧成功的身影。或者说,在荒诞派戏剧里,我们看到了自然主义戏剧的新生。罗特说"没有自然主义,一直到今天戏剧的根本发展都是不能想象的"。②那么没有自然主义,荒诞派戏剧的巨大成功也是不可想象的。首先,自然主义所主张的人对环境的依赖,人与人关系中的优胜劣汰、生存竞争原则,人的病态及本能的生理因素,在荒诞派戏剧中转化为人性的异化、人与社会不可调和的矛盾冲突。人以病态丑陋、自我危机的形式出现在舞台上。人物美好而荡漾诗意的憧憬,成为了自然主义的平庸而怪异的散文生活。其次,自然主义的真实自然而细致全面的叙述方法,变成了荒诞派的那些日常语言中夸张到极点的语无伦次、重复唠叨、各说各的那种纯自然舞台语言。同时,自然主义的大量的舞台提示、开放型结尾、不强加结论、借助观众理性推导来完成戏剧的模式,转换成荒诞派戏剧的舞台背景、道具和情节的荒诞异常和奇特怪诞的特征。荒诞派戏剧中的人物、细节、感情的自然真实,使得剧中虚构、荒诞、怪异的人物和事件,不落俗套,发人深思,荒诞中不失真实,怪异中尤显自然,不求真但比真实更真,滑稽中蕴含原始真理。在荒诞派戏剧中"不自然的东西在强烈状态中就会显得自然",尤奈斯库因而说:"我们也可以把散文性的东西和诗意的东西对立起来,把日常的东西和异常的东西对立起来。我在《雅克或降服》中正是这样做的,我把这个剧本称为'自然主义的喜剧',因为我想从一种自然主义的基调出发而超过自然主义"。③

第五节 左拉"写实主义"在中国的再生成

20 世纪初左拉小说及其自然主义传入中国,对中国作家的文学创作,产生了巨大影响,许多中国现代文学中模仿借鉴左拉自然主义小说的作品,甚至可以看成是左拉小说创作在中国文坛的再生成。左拉自然主

---

① 韦勒克:《近代文学批评史》,杨自伍译,上海:上海译文出版社,1997年版,第4—22页。
② 罗特:《自然主义的德语戏剧》,宁瑛译,柳鸣九主编:《自然主义》,北京:中国社会科学出版社,1988年版,第226页。
③ 尤奈斯库:《戏剧经验谈》,闻前译,袁可嘉等编选:《现代主义文学研究》,北京:中国社会科学出版社,1989年版,第624页。

义理论及其影响下的中国文学创作,首先是确立了现代写实主义美学原则。从倡导自然主义理论入手,"真实"被强调为写实文学的第一美学原则。自然主义写实主义的精神内核是真实,它既是一种创作技法,也是一种思想观念,与左拉自然主义真实观相契合的是一种批判和揭露的精神。正是因对真实执着的追求,左拉才会在对一切恶势力的憎恶中,在为马奈的辩护中,在德莱福斯案件中,在他一切作品中使他成为了读者心目中的"人类良知的代表"。左拉追求真理的精神,极大地启迪和感召了中国现代作家。中国文坛受左拉自然主义思潮影响起始于五四时期,其传入中国有两个渠道:一是通过直接翻译介绍左拉小说和自然主义理论以及欧洲文学史、文学作品,二是通过翻译介绍日本的有关自然主义的论著和文学作品,从日本自然主义文学的接受中去进一步深入了解法国左拉自然主义。显然后者对中国现代文学和作家创作的影响更明显,日本自然主义是中国接受左拉自然主义的过渡和桥梁,是自然主义在中国传播的先声。梁启超、陈独秀、鲁迅、郁达夫、郭沫若等,都曾在1902—1922年前后赴日留学,其时日本正值岛崎藤村、德田秋声、田山花袋、正宗白鸟等一大批作家极力推崇左拉,创作日本自然主义"私小说"的高潮。最早在日本留学期间接触到法国自然主义文学的中国学者回国后,在中国新文学运动和"文化救国"召唤下,以左拉及其自然主义写实主义为中国文人模仿和学习的终极目标,投身于中国新文化运动。中国最早传播左拉及其自然主义的是新文化运动的先驱陈独秀,他在1915年《青年杂志》第一卷第三、四号上连载发表的《现代欧洲文艺史谭》一文中,重点介绍了自然主义,并站在进化论的立场来肯定自然主义,认为"国民文学""写实文学"和"社会文学",其选择取向首先应是自然主义,并在《文学革命论》中呼唤中国的"虞哥、左拉、桂特……"。之后周作人等新文学作家学者在他们的文章中向国人介绍了左拉与自然主义。1918年从欧洲视察归来的梁启超发表了《欧游心影录》,其中"文学的反射"一节,介绍了欧洲的文学流派,分析了"自然派"勃兴的原因,指出自然主义文学家把社会当作理科实验室,当成医疗解剖室,用极严格极冷静的客观分析,将人类心理层层解剖。那些名著,就是极翔实极明了的实验结果报告。1920年自然主义在中国文坛和文论界成了热点,许多学者和作家纷纷撰文介绍和推崇自然主义。仅《少年中国》就陆续发表了周无的《法兰西近世文学的趋势》、李劫人的《法兰西自然主义以后的小说及其作家》、田汉的《诗人与劳动问题》等一系列较为系统地介绍自然主义文学与文艺理论的文章,介绍岛村抱月的

"自然主义构成论"、厨川白村的"自然主义论"和卢梭的"自然主义"、左拿的"自然主义"等,并把自然主义和社会主义放在一起比较,以显示自然主义的进步性。田汉撰文说:"自然主义的大成者是法国的左拿,所以叫左拿主义,社会主义的大成者是德国的马尔克思,又叫做马尔克思主义。它们共通的色彩,便是'科学的'(scientific)、'唯物的'(materialistis);他们共同的目的,便是改革人类的境遇,不过左拿的手段在探出社会的原因,马尔克思的手段在移动社会经济的基础"。① 茅盾也在这年1月发表《我对于介绍西洋文学的意见》《小说新潮栏宣言》等文,主张"中国现在要介绍新潮小说,应该先从写实派自然派介绍起。"②

1922年,自然主义宣传形成高潮,多位作家纷纷撰文,赞誉左拉为"写实主义之渠魁",指出"自然主义是经过科学陶成的文学,以冷静的理智,求自然底真,以客观事实为本位,渗溶作者理想与现实中……而为文学辟一新国。"同年,茅盾的《自然主义与中国现代小说》更是高度赞扬左拉与自然主义,被称之为是中国自然主义的旗帜,改造中国文坛的总宣言。真正使左拉自然主义思潮在中国文坛被广泛认可、引起人们对其瞩目的,当属1922年2—7月以茅盾为首的文研会理论家展开的一场关于自然主义的大讨论,进而演变成挽救当时文坛颓波的一场广泛的自然主义文学运动,大讨论成为左拉及其自然主义文学思潮在中国文坛扎根的温床。鲁迅、茅盾、周作人、沈泽民、夏丏尊、陈望道、沈雁冰、郑振铎、胡愈之、谢六逸、瞿世英、李之常等一大批中国现代文学大家和理论家都纷纷加入这场文学的大讨论,并撰写文章展开论述,赞誉左拉及其写实主义为作家指明了创作方向,并宣称唯有自然主义才可"起中国底沉疴"。它是中国文学史上第一次具有严格意义上的关于创作方法的理论研讨,也是20世纪中国唯一一次自然主义文学的大讨论,为作家创作中植入自然主义元素提供了理论引导。左拉小说及其自然主义文学被推崇为中国新文学借鉴及模仿的范本和典范,并进而成为中国现代文学史上"文化救国"行为的一种表现形式。

在自然主义文学被视为新文学标本的示范作用下,现代作家在题材选择、人物塑造、场景描写方面都有刻意模仿左拉小说的痕迹。有些作家甚至直接受左拉影响而走上文学创作道路,如李劼人、巴金等青年时代就

---

① 宋聚轩:《论中国现代文学中的自然主义思潮》,《清华大学学报》1999年第2期。
② 《小说月报》,第11卷第1号,1920年1月。

赴法留学，他们在法国期间直接接触到了左拉及其自然主义文学。李劼人曾被郭沫若称为"中国的左拉"①。在长达四年的法国留学期间阅读、翻译和研究了左拉的自然主义小说后，李劼人的人生价值观包括道德观、伦理观以及文学创作观发生了变化。他放弃了早期创作中那种喜欢给读者和社会开医方、主观臆断较强的评判式叙述模式，转向了自然主义写实式的直面人生，直面社会，强调叙述的客观性和自然写实的创作理念。他写道："左拉学派（自然主义）的长处，就是能利用实验科学的方法，不顾阅者的心理，不怕社会的非难，敢于把那黑暗的东西，赤裸裸地揭示出来。"自然主义的出现，"始一扫前弊……免了罗曼主义的传染，也就是里西儿所谓的胡思乱想病症。"②受左拉写实主义真实观理论影响，他在创作中采用摄影师式的方式，拍摄生活画面，完全是一种纪实性的显现。他的"大河小说"三部曲《死水微澜》《暴风雨前》《大波》，以模仿左拉系列长河小说的形式，真实描绘出从甲午战争到辛亥革命时期十余年的社会历史。创作中他仿照龚古尔兄弟和左拉的写实主义严谨风格，亲自去"实地观察"，从而"照实描写"。茅盾因而评说"辛亥革命虽然是他亲身经历，又有直接的见闻，但他为了资料的真实，仍尽力收集档案、公牍、报章杂志、府州县志、笔记小说、墓志碑刻和私人诗集。"③他在创作中借鉴左拉的自然主义写作手法，重视"真实观察"和"赤裸裸的、无讳饰的描写"，甚至不乏繁琐细节和感官享受的详尽描述。其代表作《死水微澜》，从社会风习到生活起居，从服饰打扮到日常摆设，描写都极其细致详尽，被郭沫若称为"小说的近代史"。巴金也称赞说"只有他才是成都的历史家，过去的成都都活在他笔下。"

巴金留学法国时系统阅读了左拉《卢贡－马卡尔家族》的二十部小说，十分钦佩左拉小说创作中的写实风格以及对社会和人性的深刻揭示。后来巴金多次说及自己当时就是因为要学左拉，才致力于写小说。巴金始终对左拉怀着崇拜与景仰之心，甚至直接模仿左拉《萌芽》，创作了一部同名小说。巴金对左拉小说中庞大的体裁样式和深刻的人生命运的描写尤为青睐，他的三部曲《家》《春》《秋》的构思和写作都深受左拉小说创作的启发。巴金受左拉自然主义影响，但也并非是全盘接受，他曾说过"并

---

① 郭沫若：《中国左拉之待望》，《中国文艺》，1937年6月15日。
② 转引自胡丹：《死水微澜——主题的史诗性与法国自然主义》，《大连理工大学学报》，2000年第3期。
③ 茅盾：《自然主义的怀疑与解答》，《小说月报》，第13卷第6期。

不喜爱那二十部小说,从写实主义自然主义时代以来,暴露社会的黑暗,表现人生悲哀的作品,已经很多很多了,此后需要新的社会新的人生的光明"。巴金对左拉自然主义观念进行了修正,一方面则继承了左拉自然主义中以客观的态度表现人物命运的写实主义,强调在描写个人命运的同时深刻体现社会意义。另一方面,他认为左拉小说中赤裸裸的黑暗面描写过于悲哀,摒弃了左拉自然主义中"以人生为实验室",只停留在冷静的观察和解剖的创作方法,反对对丑恶现象的过多描写。巴金四十年代创作的那些描写生活琐事和平凡小人物的小说,思想感情上已经逐步显露出冷静、客观、写实的趋势。例如鞭笞黑暗社会的小说《第四病室》,小说是巴金住进贵阳中央医院三等病房后据所见所闻而写的,他曾说,第四病室可以说是当时中国社会的缩影。小说中具有浓厚的实录成分,其中很多描写都是根据当时所见,按照真实描述,没有任何的夸张,也没有任何拔高和概括。虽然小说是以第一人称和日记体记述,但没有掺杂任何主观的抒情色彩,始终以一种客观的态度来表现人物的命运发展。在空气污浊的病房里,各种病员杂处,有人不断死去,又有人不断进来,他们缺钱少助,在病房里受尽苦痛的折磨,忍受百般难忍的煎熬,他们自己无法饮食便溺,都需要别人照料,但护工却因有人没钱打点而十分冷漠。一个个病员的不幸命运中,我们看到了残酷的现实社会,小说在描写个人命运的同时蕴含了丰富而深刻的社会意义。从巴金后期小说创作所体现的冷静客观写实的特征中,我们不难看出其中左拉写实主义的影响。

郁达夫创作也深受左拉自然主义写实主义影响,体现出注重个人自我审视、表现人的生物本能、自我暴露、不重技巧的写实方法。他常常从人物内心的探索开始,既大胆地抒写人性之苦闷,又抒写人生之苦闷,从个人的不幸中,力求寻找社会根源,使个人命运小说具有了广泛的社会意义。郁达夫创作直接受日本自然主义私小说作家田山花袋创作影响,注重从生理学、心理学、社会学的角度来探究人物命运。郁达夫留学日本的十年正处于日本大正时期,两性解放呼声日益高涨,私小说传播兴盛,世纪末的各种文艺思潮此起彼伏,他曾将这一切描述为:"当时的名女优像衣川孔雀、森川律子辈的妖艳的照相,化妆之前的半裸体的照相,妇女画报上的淑女名姝的记载,东京闻人的姬妾的艳闻等等,凡足以挑动青年心理的一切对象与事件,在这一个世纪末的过渡时代里,来得特别多,特别杂。伊孛生的问题剧,爱伦凯的恋爱和结婚,自然主义派文人的丑恶暴露论,富于刺激性的社会主义两性观,凡这些问题,一时竟如潮水似地杀到了东京,而我这一个灵魂洁白,生性孤傲,感情脆弱,主意不坚的异乡游子,便成了这洪潮上的泡沫,两重三重地受到了推挤,涡旋,淹没,与消沉。"在自然主义影响下,他把情欲与性的描写看作是文学创作中最具有人的本质的要素,认为这种欲望是爱情、婚姻、家庭、社会得以存在的基础,他在作品中毫不讳言性的问题,毫不掩饰地勾勒出自己的思想感情、个性和人生际遇。郁达夫的自传体小说代表作品《沉沦》中大胆地描写男女性爱、性心理,同时也发出了"祖国呀祖国!我的死都是你害我的!""你快富起来吧!强起来吧!""你还有许多儿女在那里受苦呢"的悲号。在他看来只有人物性的体现和思想的体现二者合一,才是完整的人的本质体现。郁达夫写实主义小说如《春风沉醉的晚上》《薄奠》《日本的文化生活》《茫茫夜》《迷羊》等,除了表现自然情欲外,同时也以自然写实的手法反映下层知识分子失意苦闷,表现处于社会底层民众的疾苦,体现了作家对社会现实的反思和对劳苦大众的同情和关怀。郁达夫的小说体现了自然主义、个人命运和社会反思相融合的创作特色。

茅盾是中国现代文学中受左拉自然主义影响,同时又突破自然主义窠臼,提出符合中国民族现状的写实主义创作主张的重要作家和理论家。五四运动前后的茅盾是以一个外国文学研究者、翻译者和评论家的姿态出现于文坛的。作为左拉自然主义的崇拜者,茅盾"爱左拉",评介过左拉的作品,极力宣扬和推崇左拉以及自然主义。但同时我们也看到,在对左拉小说及其自然主义写实主义的传播中,茅盾并不是一味的拿来,不是死搬硬套地全盘接受,而是化为血肉的"拿来"。他的文学创作观既有左拉自然主义的烙印,同时又具有独特的创作理念和思想。他认为在介绍左拉自然主义文学时不宜一味囫囵吞枣,阅读和学习左拉的作品,其目的并不是去单纯模仿和复制,而在于创造出一种能真实反映中国现代社会生活与人生的"新文学"。他提出了"为人生的艺术"的主张,强调新文学必须具有"进化""普遍性"和"为平民的非为一般特殊阶级的人"三大要素。茅盾主张的文学写实主义,摈弃了左拉所说的回到"动物"的人和自然,而是社会人生的写实。茅盾思想中的社会人生也不是左拉所谓的在遗传规律支配下的个人及家族史,"绝不是一人一家的人生,乃是一社会一民族的人生",认为文学应该反映一定社会关系中的社会生活和真实人生。茅盾反对左拉认为社会毛病是由个人引起的,明确指出中国社会问题是由封建专制制度和旧的礼教观念造成的,因此要求新文学揭露社会病根,唤起人们改造社会。他认为自然主义写实主义是纯客观机械论的写实,他们对社会的罪恶和人生的黑暗,只做纯客观的写实描写,放弃了作家对社会和人生的指导作用。他认为"自然派只用分析的方法去观察人生,表现人生,以至于见到的都是罪恶,其结果是使人失望悲闷。"他认为自然派文学对人生只能起客观展示作用,并无积极意义。茅盾则强调文学应具有"表现人生、指导人生的能力"。对左拉自然主义理论中论及的泰纳种族、环境、时代因素决定论观点,茅盾提出了与左拉不同的阐释。他认为社会环境对文学的决定作用,其要点在于文学要表现社会生活,提出只有"表现社会生活的文学是真文学"的观点。他认为时代对文学的影响,是要求文学反映时代面貌,表现时代精神,认为"真的文学也只是反映时代的文学"。他认为由于人种、民族的不同,文学的情调、风格等各不相同,其重点在于作家在文学作品中要体现自己民族特性。茅盾的文学理论显然既有自然主义的影子,同时又承载了全新的内涵,表现出对左拉及其自然主义的延承与超越,是左拉自然主义写实主义与中国社会民族文化相结合的产物,对中国现代文学作家创作产生了巨大的影响。他的《幻灭》《虹》《子夜》《林家铺子》《春蚕》《腐蚀》《霜叶红似二月花》等一系列中国现代文学中的经典之作,表现了具有浓郁中国民族色彩的社会生活。作为自然主义的倡导者,茅盾截取生活片断、情欲描写以及大规模反映中国社会面貌的创作风格,与左拉写实主义具有一定的延承关系,然而作品中更有对社会人生的深刻揭露,融入了对社会、对人生的反思与启迪,在对黑暗社会与悲剧人生的写实主义描写中,起到"激励人心""唤醒民众而给他们力量""引导到正确的人生观"作用,表现出对左拉自然主义写实主义的超越。

张爱玲虽然从未被冠以自然主义作家的名号,但其小说创作却深受自然主义的影响,尤其深受左拉写实主义的影响,作品中具有浓郁的写实主义倾向。张爱玲信奉左拉"实录写真"的艺术原则,在题材上更贴近普通百姓的世俗生活和庸常状态,主张描写普通人生活和人生,不关注重大题材、英雄人物,而是致力于描写日常化生活、常人小事。艺术表现上她坚持实录写真艺术手法,不忌讳对人的丑陋、人的本能、性欲的描写。许多研究者把张爱玲第一部完整的长篇小说《半生缘》与左拉的《人兽》进行比较,《半生缘》中所受的左拉自然主义与写实主义影响一目了然。《半生缘》讲述了旧上海的几对年轻人的爱恨情怨,他们曾经都是有缘人,最后却各奔东西。一群都市生活的平凡男女,并不离奇的痴爱怨情故事,却植入了翻天覆地的中国近代社会变迁,抗日战争、国民党统治、上海解放等真实背景以及极具写实风格的故事情节,使得小说具有了左拉自然主义写实主义倾向。小说中的沈世钧本与顾曼桢相爱,家里却催促他与表妹石翠芝成婚。期间顾曼桢的姐姐顾曼璐为讨好丈夫,令她与姐夫祝鸿才生下一子,并阻拦沈世钧寻找顾曼桢。当顾曼桢终于逃脱控制找到沈世钧时,他已与石翠芝结婚。不久姐姐去世,顾曼桢为了照顾儿子,与祝鸿才结了婚。张爱玲《半生缘》从某种视角来看,可以说是左拉自然主义写实主义在中国小说中的再现。小说中对顾曼桢、顾曼璐等小人物的生活描绘,那种纤细入微的客观展示,更像是对小人物普通生活的实录,就小说的写实内容而言,几乎就是左拉自然主义写实主义记录式描绘生活理论的创作实践。小说中对天气、景物的描写细致真实,不论是顾曼桢住的弄堂、阁楼,还是沈世钧南京老家的豪门大院,所有的景物和环境描写都用了不同的形容词,例如:大风、黑丝丝、湿漉漉……真实表现出秋冬季节的阴暗湿冷,在这种气氛中压抑的绝望,就好似一张巨网压迫着每个人。小说中人物是从客观世界采撷而来,犹如现实世界的标本。书中的一个个普通人的悲欢离合都十分真切,也正因为每一个人物都是平凡的普通人,作品中的人性显得更加真实,与现实生活更加贴近,如多行不义、诡计多端的顾曼璐、祝鸿才夫妇,单纯憨厚老实、惹人喜欢的沈世钧,清纯可爱而又孤独无助的顾曼桢等。这些悲剧人物都是小人物,也都是底层人民,即使面临悲剧,也没有产生超人或者英雄式的醒悟。这恰似生活中的那些无奈——作为平凡的普通人,不是英雄,没有超凡的能力,无法去改变既定的不尽如人意的现实。小说以写实主义的笔触更大程度地让读者去反省真实的社会。《半生缘》还深受自然主义人类兽欲主题的影响。自然主义善于从生物本能出发描写人的兽性,当处在生死攸关的时刻或者是自身利益受损时,人类文明的外衣就被剥落,裸露出人类原始求生的本能。如《半生缘》中的顾曼璐开始反思祝鸿才对她态度逐渐冷淡的心理活动,恰到好处地体现了人的兽性特点,她不仅没有抑制她的兽欲,为了挽回自己丈夫的心,在争夺祝鸿才的较量中,甚至于牺牲自己妹妹幸福,全然不顾手足之情。这样一种原始的野兽本能的描写,让我们看到了左拉《人兽》中的自然主义影子。另外,张爱玲可以不受任何主观情绪的影响去还原历史真相,隐匿主观,不介入不评价。在她的半自传体小说《小团圆》中,作者并没有对胡兰成进行攻击,她只是在叙述事情,简单而写实的叙事中隐匿了作者自己的主观色彩。这种近乎无情克制的写实,有人因而评论她"冷静客观的态度"是"毫无人性的冷漠",这也是张爱玲受左拉自然主义写实主义影响、奉行只对生活记录而不做评论家的创作理念的必然结果。

左拉自然主义虽然没有在中国文坛成为主流文学思想,但在中国现代文学史上,不同年代作家都或多或少受到左拉及其自然主义影响,写实主义成为他们的共同标签。除了上述论及的作家,包括像鲁迅、沈从文、张资平、李韵人、路翎、张天翼、吴组湘等人,在他们的文学创作中,都不同程度地打上左拉自然主义的印痕。虽然每位作家对自然主义写实主义并不是全盘接受,而是撷取自己认同和精华部分,再结合当时社会环境以及自己的创作理念进行写作。从某个层面上说,左拉写实主义丰富和发展了中国新文学,它在中国现代文学中所产生的影响不可忽视,形成了左拉写实主义在中国现代文学创作中再生成的独特景观。许多作家他们最终都从单纯地模仿左拉的写实主义走上了对自然主义进行民族化改造的道路。他们的创作既借鉴了左拉小说中的历史意识、史诗性的宏大叙事、多卷体长篇小说形式、对人的本能欲望的自然主义展示和对社会生活和人生的写实主义描写,同时又将其融汇在中国社会与文化之中,贴近中国现实社会和真实人生,书写民族重大现实题材,深入描绘20世纪上半叶中国社会的真实状态,力图用写实文学为武器去解决社会问题。现代作家通过写实主义小说创作促进了自然主义与中国新文学的融合,为自然主义文学在中国的民族化做出了贡献。

之后的中国文学,由于受到意识形态的影响,现实主义创作手法一直在中国居于霸主地位,中国理论界曾一度把左拉及其自然主义视为异端而一味排斥。直到20世纪80年代,自然主义元素又开始在很多作家的作品中复苏。新写实小说、新体验小说、纪实小说蕴含了自然主义元素,我们可以从这些文本的强调实录、崇尚实证、反对典型、提倡本色语言等方面看出其内在的自然主义写实主义特质。如池莉《烦恼人生》中所描写的烦恼是生活中普通人都会遇到的烦恼。他们已经被日常生活琐事左右,被眼前的利益支配。大量真实写实的日常世俗生活描绘,将现象背后的本质揭示推到了幕后。芸芸众生的"知足""能忍""顺乎自然""烦恼"的人生态度,显示了一种特定时代的社会心态和文化倾向,预示着人们在现实生活磨砺中已经失去了对美好理想的冲动。应该说池莉的"人生""新写实"系列小说中,去除了想象而更多地表现出自然写实的倾向。刘震云的《一地鸡毛》中将生活的原始声貌及动物性本能,一一写实地呈现在读者面前,具有鲜明的自然主义客观写实主义倾向,被认为是对自然主义的突破和变异。另外如刘恒的《狗日的粮食》《伏羲伏羲》,刘震云的《单位》

《官人》、张贤亮的《绿化树》《男人的一半是女人》《初吻》，莫言的《红高粱》《丰乳肥臀》等作品中都具有浓郁的自然主义色彩。

左拉自然主义及其写实主义作为极具冲击力的文学思潮，在经过异质文化碰撞交融、作家学者转化性吸收后，对中国现代小说生成产生了深远的影响。许多作品可以看作是左拉自然主义及其写实主义小说在中国的再生成，极大地丰富了中国小说创作，为后世留下了一批论说不尽的文坛经典和传世佳作。

第六节 左拉小说的影视传播

左拉的自然主义理论思想及其文学作品，得以在世界范围内形成一场持续时间最长、影响最深远的自然主义文艺思潮运动，除了文本的流传以外，很大程度上也得力于影视的改编与传播。左拉的许多作品都被改编成电影或者电视剧。左拉一生丰硕的创作中，大部分小说都被改编成影视形式而广为传播，有的甚至被多次改编拍摄。据不完全统计，先后有包括法国、美国、荷兰、意大利、德国、瑞典、墨西哥等多个国家改编左拉16部小说并拍摄成影视片。比较经典并获得观众与影视界好评的影视片有《娜娜》《酒店》《萌芽》《衣冠禽兽》《戴蕾斯·拉甘》等。其中如《娜娜》先后被改编拍摄8次，《戴蕾斯·拉甘》被改编拍摄4次，《萌芽》被改编拍摄3次。

1938年法国出品的电影《衣冠禽兽》，导演让·雷诺阿，主演让·迦本、西蒙妮·西蒙、费尔南·勒杜、布兰切特·布若尼等。影片改编自左拉的同名小说《衣冠禽兽》。火车司机雅克·朗蒂尔出生于酒精遗传家庭，一天他在火车上遭遇了一起谋杀，因对同事妻子萨维丽有好感而对警察隐瞒了她在场的事实，并与萨维丽相好。后他得知萨维丽有了新欢，在嫉妒的驱使下疯狂掐死了萨维丽。最后雅克在火车上跳车自杀。电影《衣冠禽兽》具有很强的观赏性，采用悬疑情杀片格局，观众仿佛看到了希区柯克悬念和凶杀片的影子。影片较好地体现了左拉自然主义元素，雷诺阿在影片中凸显了雅克身上遗传基因的生理因素：家族酗酒遗传使得雅克具有暴力倾向，最终走上犯罪道路。但我们也看到，影片突出了凶杀的个人因素，凶杀案中又套有凶杀故事，强化观众观赏性的同时，弱化了原作中社会上凶杀乱伦、偷情堕落等现象背后对第二帝国时期社会的社会腐败、骄奢淫乐的社会意义的揭示。左拉的《衣冠禽兽》在当时是禁书，却以电影的形式出现在观众面前，对原著起到了突破禁区广泛传播的作用。1954年美国改编左拉《衣冠禽兽》出品的电影《人之欲望》，导演弗里茨·朗，主演格伦·福特、格洛丽亚·格雷厄姆，影片中对人性善恶的反思，同样起到了很好的影视传播效果，受到了观众的好评。

左拉小说《黛蕾丝·拉甘》1953年在法国被改编为电影《红杏出墙》（又译《悲哀的桃乐丝》），导演马塞尔·卡尔内，主演西蒙·西涅莱、雷夫·瓦朗、杰克斯·杜比。影片将小说内容改编为桃乐丝整天面对体弱多病且性格古怪的丈夫卡米耶和凶悍的婆婆，十分可怜。她与丈夫的朋友洛朗相遇后产生了感情，相约私奔，事情败露后被送去亲戚家软禁。洛朗追上了他们乘坐的火车，找到了桃乐丝，将卡米耶从火车上推下。影片结尾正当洛朗暗自高兴时，警察破门而入。影片中女主人公桃乐丝形象和小说中大致相同，具有家庭遗传影响，外表冷若冰霜，内心欲望似火。桃乐丝丈夫卡米耶形象则显得过于瘦小弱智。电影中的洛朗虽然会受情欲控制，但也表现出他真诚的爱，为了让桃乐丝不受威胁，可以和她远走高飞甚至不惜筹钱50万法郎，一改小说中的自私虚伪。拉甘太太在小说中善良仁慈，爱儿子疼儿媳，影片中却成为了恶婆婆，人物形象与小说相去甚远。电影淡化了小说中自然主义的遗传和生理因素，情节紧凑，人物关系复杂，具有较好的观赏性。影片的播映，极大推动了观众对左拉原著的阅读与传播，受到了观众的普遍好评，影片获威尼斯电影节最佳导演银狮奖。2013年英美合作翻拍电影《红杏出墙》，由查尔斯·斯特拉顿执导，主演汤姆·费尔顿、伊丽莎白·奥尔森和奥斯卡·伊萨克。剧情改为特瑞萨和情人劳伦特合伙谋杀了自己的丈夫卡米尔。在两人终于如愿以偿结婚后，卡米尔的鬼魂却回来复仇了，他使用各种伎俩，让这对原本相爱的杀人凶手开始逐渐厌倦并憎恨对方，最后双双自杀。相比较之前版本，该片更贴近左拉《黛蕾丝·拉甘》小说原作。此外，另有荷兰1999年拍的《红杏出墙》版本，主演玛德莱娜·拉斯科娃、乔斯娜·斯蒂克丝卡、亚历山大·多莫加罗夫等。

左拉的成名作《小酒店》是世界文学史上第一部真实表现工人生活的小说，具有极高的文学价值，其电影的改编一直受到文坛和影坛的关注。1956年法国导演雷内·克莱芒执导，玛丽亚·雪儿主演的改编影片《洗衣女的一生》，被认为是最佳的一个版本。影片以原著为主要蓝本，讲述勤劳善良的绮尔维丝，从小饱受酒鬼父亲折磨，与制帽工郎第耶同居生了两个儿子后来到巴黎。郎第耶与别的女人私奔后,绮尔维丝与锌工古波结婚并生下娜娜,开设小酒店以谋生计。但好景不长,古波从房顶上摔下后造成腿瘸而无法干活,酒精的遗传使得他酗酒成瘾。家庭的重担全部压在绮尔维丝身上,加上郎第耶对她身心的摧残,长期的压力使她也酗酒堕落。古波酗酒而死后,绮尔维丝也染病身亡。影片是写实风格的黑白片,银屏上真实显示了艰难生活在社会底层普通工人的生存状况,显示了他们粗鄙的举止、恶劣的生活环境,导演用镜头展示出拿破仑第三帝国统治下人民的苦难,充满了对现实生活的控诉和对下层人们悲惨命运的同情。影片主演玛丽亚·雪儿在1956年第21届威尼斯电影节被评为沃尔皮杯最佳女演员,导演雷内·克莱芒获得费比西奖,并提名金狮奖。影片获评1957年第29届奥斯卡金像奖最佳外语片。

左拉的代表作《萌芽》同样有很多影视改编版本。1963导演伊夫·阿勒格莱特执导的《萌芽》影片,在法国、意大利、匈牙利同时播映,引起了巨大反响。1993年法国著名编导克洛德·贝里又一次将左拉小说《萌芽》搬上银幕,当红演员茱蒂斯·亨利饰演凯瑟琳,著名影星杰拉尔·德帕迪扮演马厄。电影再现了19世纪末矿工悲惨的命运,传达出底层阶级的呐喊,震撼着读者与观众心灵。影片忠实于原著,再现了小说中工人与资本家之间不可调和的矛盾冲突以及煤矿工人非人的劳动环境与悲惨的生活状况。具有进步思想的矿工艾蒂埃喜欢上了凯瑟琳。生活条件恶劣和不断出现的矿难,使他鼓动工人进行大罢工,但很快就被镇压了。工人复工后,一个无政府主义者破坏了矿下设备,致使巷道被水淹没,艾蒂埃与凯瑟琳等都被困在里面,最后艾蒂埃获救而他喜爱的女人凯瑟琳死了。影片的导演、编剧甚至演员为了真实表现出矿区真实的生活现实,如同小说作者左拉一样,做了大量的影片拍摄前期准备工作,阅读了大量有关工人状况和社会主义的书籍,还亲自下矿井,体验矿下工人艰苦的劳动。影片获1994年第19届法国电影凯撒奖。影片的播出引发了社会和观众巨大的反响,使得《萌芽》及其左拉的小说畅销,同时也促进了法国影坛向经典作品的回归。巴黎录像馆举办"左拉周"活动,放映以左拉作品和生平为题材的影视片,举行各种学术讨论会,极大地推动了左拉及其小说的传播。

左拉小说在不同时代不同国家被改编拍摄的电影,除上述影片外,较具影响的还有:1921年由法国雅克·巴恩瑟利导演的左拉长篇小说同名电影《梦》;1930年法国出品影片《妇女乐园》,导演朱利恩·杜维威尔,主演蒂塔·保洛；1957年法国出品的影片《家常事》，主演朱利恩·杜维威尔，主演阿努克·艾梅，杰拉·菲利浦；1957年阿根廷出品的影片《人兽》，导演丹尼尔·提纳里，主演罗伯特·埃斯卡拉达、马西莫·吉洛提；1966年根据左拉长篇小说《贪欲》改编的法国、意大利电影《游戏结束》，导演罗杰·瓦迪姆，主演简·方达、米歇尔·皮寇利；1970年法国出品的影片《穆雷教士的过错》，导演乔治·弗朗叙，主演弗朗索瓦·乌斯特、吉莲·希尔斯；1995年法国出品影片《爱情的一页》，导演塞尔热·莫阿蒂，主演缪缪、雅克·贝汉；2001年英国导演安德鲁·柯廷拍摄的由左拉《土地》改编的影片《这个肮脏的地球》；2012—2013年英国广播公司（BBC）根据左拉《妇女乐园》改编的8集电视剧《乐园》播映，左拉作品对现代社会中女性意识反思具有了新的启迪意义。

在左拉众多小说的影视改编和传播中，影响最大的是《娜娜》，小说文本多次被改编翻拍成电影，深受观众的热捧。1910年丹麦版《娜娜》是最早改编电影片，导演克努特·卢姆比，娜娜由爱伦·卢姆比扮演。1926年法国版《娜娜》由让·雷诺阿于拍成无声电影，卡特琳·赫斯林出演娜娜，忠于原著而又别有风味。1934年美国版《娜娜》，导演多萝西·阿兹纳，电影追溯了娜娜的身世，从娜娜母亲的葬礼展开故事，影片对娜娜的遗传因素作了一定的暗示。1944年墨西哥同名电影，导演罗伯托·格瓦丹，主演卢普·韦莱斯、阿尔科利萨·路易斯。1955年法国版《娜娜》，导演克里斯蒂安·雅克，娜娜最后被米法伯爵掐死。该片1999年由九洲音像出版社出版影像碟片发行，在我国广为传播。1981年法国莫里斯·卡兹纳夫拍摄《娜娜》十四集电视连续集，他用记者福什里的独白把各个部分串联起来，基本上按小说的叙述顺序来拍，最后三章用倒叙的手法，将小说中的故事内容及其人物事件全面地进行了展示。与其他因电影受长度制约而有不同程度删减的影片相比，电视剧内容更为丰富，对原作的表现更为全面。然而尽管如此，还是有评论认为电视剧对左拉小说中的自然主义遗传以及对人物不同的女性意识表现还有欠缺，在注重对上流社会腐败揭露的同时，忽略了作品中的自然主义因素，另外对小说中上流社会盛大的生活场景的表现还有不尽如人意之处。1983意大利版的《娜娜》影片，由丹·沃尔曼导演拍摄而成，在这部电影中，娜娜最终并没有得天花去世，也没有被米法伯爵掐死，而是乘着热气球离开巴黎，相对于其他版本的悲剧来说，这部电影对娜娜的描写显得仁慈宽容。《娜娜》影视的改编拍摄，扩大了对原作的传播和影响，虽然在改编中都对小说的内容进行不同程度的改动、增删,但整体而言都能较好地保留原著的情节和对娜娜的自然主义描述,从人物情欲以及妓女的线索出发,去揭示上流社会腐化堕落的本质。1985年墨西哥出品《娜娜》同名电影,导演伯莱特·莱佛,主演加斯德罗·维罗尼卡。影片讲述了主人公娜娜在巴黎的妓女生涯,对普法战争法兰西第二帝国时期上流贵族骄奢淫乐的腐化以及人民的苦难,进行了形象地展示。影片较好地诠释了左拉原作,推动了《娜娜》小说的传播,成为左拉小说百年之后至今依然具有较高的历史价值和审美价值的佐证。在对左拉小说《娜娜》的影视改编中,受到学界和观众普遍好评和高度肯定的是1955年法国版和1983年意大利版的《娜娜》电影。

在1955版《娜娜》电影中,编导将这些人物作为典型形象——展示在银屏上,力图去表现文学上的自然主义。影片与小说由于表述功能与方法手段的不同,在人物的塑造上有着明显区别。小说中的娜娜是一个立体的形象,她的性格是在社会熏陶下逐渐变化的。娜娜一开始是不谙世事的,她虽然是个妓女,会裸体演出,生活过得乱糟糟,读者依旧觉得她是幼稚可爱的。她漂亮热情,率直纯真,对男人极具吸引力。虽然她爱钱,却也多情,甚至也有她的爱情。她对乔治充满怜爱,兼具着母性的光辉和少女般情感。她真心爱着丑角丰唐,死心塌地梦想着有一天和他远走高飞,她甚至以卖淫补贴家用,希望过上常人的生活。小说中随着情节的发展,娜娜开始从她的幻想中回归到残酷的现实,于是变得十足的势利,穷奢极欲,将金钱、男人乃至自己玩弄于股掌之间,最终惨死。小说作品中娜娜的形象立体多变而又丰满。

相比较,电影中演绎的娜娜角色,性格多是单向不变的,她多情浪荡,四处勾搭男人,爱钱,对男人充满情欲。不仅如此,电影受时空和放映长度的局限,减少了许多非常重要的情节,比如女性意识及其爱情等等,使娜娜人物形象的塑造变得单一。在电影中娜娜就是妓女、薄情女的代名词,性格单一形象扁平。然而我们也应该看到,从电影剧情的总体发展来说,娜娜单一形象背后所引申的情节内容的意义,依然是非常深刻的。娜娜使她周围的男人产生兽性的欲望,使这些所谓的上流社会正派男人在道德假面具掩盖下的放荡行为一览无余。娜娜的性格单一正好直接而形象地将上流社会不同面目的人物一一押上银屏,形象地显示他们的丑陋。娜娜是她的嫖客的陪衬,娜娜的性格越是单一平面、放荡无耻,她身边的人的就越暴露得荒淫无度、丑态毕露。在电影的结尾处,娜娜从舞会上感染了天花而不是像小说里因她儿子感染，突出显示了巴黎社会上流贵族的道德败坏。对人物极度的人生狂欢到悲惨结局显示，是第一次世界大战之后悲观宿命论思想在电影上的表现。电影的结尾是十分经典的，给人留下了极大的思索空间。影片最后娜娜在战火弥漫中，在画外音的多个猜测中消失了，据说得了天花最后在旅馆死去，社会依旧硝烟弥漫混乱不堪。这样的结尾令人深省，象征腐败的社会肮脏奢靡，最终也逃脱不了娜娜一样的毁灭结局。左拉小说创作中努力体现自然主义原则，在《娜娜》中花了大量的细节来刻画人物，讲述故事。但在让·雷诺阿看来，只需寥寥几笔就足以充分展现出来。因此，电影在在有限的时空中以一条比较简单的线索和简单的人物性格来构建整个剧情。整个巴黎贵族生活的全部内幕，在从剧院到私人旅馆的娜娜生活中，一览无余地立体表现了出来。就影片的改编和传播而言，让·雷诺阿独特的想象力超越了左拉原著的画面，使人仿佛置身于当时法国社会场景中。电影《娜娜》对于左拉小说《娜娜》的改编，是一种对原作成功的创造性再现，一种全新人物形象的再塑造。此外小说的真正主题即有关情欲描写背后所隐藏的象征意义，在电影的传播中也被人们发现并接受，电影在画面和空间上的创新对后来的法国电影产生了深远的影响。

1983年意大利版的电影《娜娜》，为了在传播中满足更多观众的接受需求，相对于文本在信息处理上选择"意在言外"的处理方式，则更多是调动肢体语言，强调添加背景音乐、渲染气氛等方式。在叙述上，电影改变文本直线式的叙事模式，而采取镜头切换的方式，选取其中最具表现力的经典片段将不同的场景串联起来。影片在人物形象的塑造和人物设置上，除了娜娜以外，娜娜的追求者大都是年过中年之人。他们社会地位很高，有自己的家庭儿女却沉浸在淫欲中无法自拔。导演有意识地突出展现上层贵族滑稽丑陋的一面，王公贵族被娜娜任意玩弄，被当做马骑、当成狗捡树枝，丑态毕露。老伯爵干枯衰败的形体与娜娜鲜活美丽的肉体形成鲜明对比。在小说中，娜娜作为腐朽的上层贵族的腐蚀剂，将他们一点点瓦解，最终自己得天花而死，象征整个社会的腐化。电影的结尾让娜娜乘坐热气球离开巴黎，众人汇集一处，脱帽依依送别，仿佛等待娜娜的是一个新的世界，让观众从令人窒息的腐朽场景中走出来，在对未来美好愿望的期待中获得全新的审美预期。电影和文本还有一个重要的差别在于性爱的描写。电影在性爱描写上比文本来得更加直接。文本中并未出现的直接性爱描写，在电影中却毫不避讳地进行展示，影片也因追求纯粹的娱乐功能和满足观众窥私癖而备受诟病。但无可置疑的是1983版的《娜娜》电影,无论在忠于原著、体现原作意义,以及电影新技术的应用、电影观赏性和对观众心理预期的满足上,都是相当出色的。

参考文献

阿金编:《思想体系的时代》,王国良、李飞跃译,北京:光明日报出版社,1989年版。
艾恺:《世界范围内的反现代化思潮》,张信译,贵阳:贵州人民出版社,1991年版。
奥布洛米耶夫斯基:《巴尔扎克评传》,刘伦振、李忠玉等译,北京:中国社会科学出版社,1983年版。
巴尔扎克:《巴尔扎克论文艺》,袁树仁等译,北京:人民文学出版社,2003年版。
巴尔扎克:《高老头》,傅雷译,南京:江苏文艺出版社,2011年版。
巴赫金:《陀思妥耶夫斯基诗学问题》,白春仁、顾亚铃译,见《巴赫金全集》第5卷,石家庄:河北教育出版社,1998年版。
本间久雄:《欧洲近代文艺思潮概论》,沈端先译,上海:开明书店,1928年版。
波诺马廖娃:《陀思妥耶夫斯基:我探索人生奥秘》,张变革等译,北京:商务印书馆,2011年版。
伯恩斯等:《世界文明史》(第三卷),罗经国等译,北京:商务印书馆,1995年版。
伯科维奇:《剑桥美国文学史》(第三卷),史志康等译,北京:中央编译出版社,2008年版。
勃兰兑斯:《十九世纪文学主流》(第五分册),刘半九等译,北京:人民文学出版社,1997年版。
布鲁克斯:《精致的瓮》,郭乙瑶等译,上海:上海人民出版社,2008年版。
布鲁姆:《西方正典》,江宁康译,南京:译林出版社,2005年版。
布斯:《修辞的复兴——韦恩布斯精粹》,穆雷等译,南京:译林出版社,2009年版。
曹靖华主编:《俄国文学史》,北京:人民文学出版社,1989年版。
陈建华:《二十世纪中俄文学关系》,北京:高等教育出版社,2002年版。
陈建华编:《文学的影响力:托尔斯泰在中国》,南昌:江西高校出版社,2009年版。
陈建华主编:《中国俄苏文学研究史论》(第四卷),重庆:重庆出版社,2007年版。
陈林侠:《从小说到电影——影视改编的综合研究》,北京:中国社会科学出版社,2011年版。
陈平原:《20世纪中国小说史》(第一卷,1897—1916),北京:北京大学出版社,1989年版。

丹皮尔:《科学史及其与哲学和宗教的关系》,李珩译,桂林:广西师范大学出版社,2001年版。
狄德罗:《狄德罗美学论文选》,徐继曾等译,北京:人民文学出版社,1984年版。
狄更斯:《演讲集》,丁建民等译,杭州:浙江工商大学出版社,2012年版。
弗洛姆:《健全的社会》,欧阳谦译,北京:中国文联出版社,1988年版。
福楼拜:《包法利夫人》,李健吾译,北京:人民文学出版社,2003年版。
高尔基:《论文学》(续集),冰夷等译,北京:人民文学出版社,1983年版。
歌德:《歌德谈话录》,朱光潜译,北京:人民文学出版社,1978年版。
古谢夫:《托尔斯泰艺术才华的顶峰》,秦得儒译,武汉:湖北人民出版社,2000年版。
郭建中编著:《当代美国翻译理论》,武汉:湖北教育出版社,2000年版。
哈代:《还乡》,张谷若译,北京:人民文学出版社,1980年版。
哈代:《苔丝》,吴笛译,杭州:浙江文艺出版社,1991年版。
哈代:《无名的裘德》,张谷若译,北京:人民文学出版社,1958年版。
海默尔:《易卜生——艺术家之路》,石琴娥译,北京:商务印书馆,2007年版。
赫拉普钦科:《艺术家托尔斯泰》,刘逢祺、张捷译,上海:上海译文出版社,1987年版。
黑格尔:《美学》第一卷,朱光潜译,北京:商务印书馆,1979年版。
洪子诚:《我的阅读史》,北京:北京大学出版社,2011年版。
黄嘉德:《萧伯纳研究》,济南:山东大学出版社,1989年版。
黄忠廉:《变译理论》,北京:中国对外翻译出版公司,2002年版。
蒋承勇:《十九世纪现实主义文学的现代阐释》,北京:高等教育出版社,1996年版。
蒋承勇:《西方文学"人"的母题研究》,北京:人民出版社,2005年版。
蒋承勇:《英国小说发展史》,杭州:浙江大学出版社,2007年版。
杰姆逊:《后现代主义与文化理论》,唐小兵译,西安:陕西师范大学出版社,1987年版。
金观涛:《探索现代社会的起源》,北京:社会科学文献出版社,2010年版。
李健吾:《福楼拜评传》,桂林:广西师范大学出版社,2007年版。
利维斯:《伟大的传统》,袁伟译,北京:生活·读书·新知三联书店,2002年版。
梁鹤年:《西方文明的文化基因》,北京:生活·读书·新知三联书店,2014年版。
令狐若明:《埃及学研究:辉煌的古埃及文明》,长春:吉林大学出版社,2008年版。
陆建德:《破碎思想体系的残编》,北京:北京大学出版社,2001年版。
陆扬、王毅选编:《大众文化研究》,上海:三联书店,2001年版。
罗伯兹:《英国史·1688年至今》,鲁光桓译,广州:中山大学出版社,1990年版。
罗经国编选:《狄更斯评论集》,上海:上海译文出版社,1981年版。
罗新璋编:《翻译论集》,北京:商务印书馆,1984年版。
马克·吐温:《马克·吐温全集,卷十:哈克贝利·费恩历险记》,潘庆舲、张许蘋译,石家庄:河北教育出版社,2002年。
马克思:《英国资产阶级》,《马克思、恩格斯论艺术》(第2卷),北京:中国社会科学出版社,1983年版。

马克思、恩格斯:《马克思恩格斯选集》第1卷,北京:人民出版社,1995年版。
马克思、恩格斯:《马克思恩格斯选集》第4卷,北京:人民出版社,1972年版。
米尔斯基:《俄国文学史》,上卷,刘文飞译,北京:人民出版社,2013年版。
莫洛亚:《狄更斯评传》,王人力译,上海:上海译文出版社,1986年版。
穆拉维约娃:《安徒生传》,马昌仪译,上海:上海文艺出版社,1981年版。
纳乌莫娃:《屠格涅夫传》,刘石丘、史宪忠译,天津:天津人民出版社,1982年版。
倪蕊琴:《列夫·托尔斯泰比较研究》,上海:华东师范大学出版社,1989年版。
聂珍钊:《文学伦理学批评导论》,北京:北京大学出版社,2014年版。
彭克巽:《陀思妥耶夫斯基小说艺术研究》,北京:北京大学出版社,2006年版。
契诃夫:《契诃夫文集》(第十四卷),汝龙译,上海:上海译文出版社,1999年版。
任光宣:《俄罗斯文学简史》,北京:北京大学出版社,2006年版。
什克洛夫斯基:《感伤的旅行》,杨玉波译,兰州:敦煌文艺出版社,2013年版。
司汤达:《红与黑》,郝运译,上海:上海译文出版社,1989年版。
斯洛宁:《现代俄国文学史》,汤新楣译,北京:人民文学出版社,2001年版。
斯泰恩:《现代戏剧的理论与实践》(一),周诚等译,北京:中国戏剧出版社,1986年版。
屠尔科夫:《安·巴·契诃夫和他的时代》,朱逸森译,北京:中国社会科学出版社,1984年版。
汪流:《电影编剧学》,北京:北京广播学院出版社,2000年版。
王宁编:《易卜生与现代性:西方与中国》,天津:百花文艺出版社,2001年版。
王秋荣编:《巴尔扎克论文学》,北京:中国社会科学出版社,1987年版。
文言主编:《文学传播学引论》,沈阳:辽宁人民出版社,2006年版。
吴笛主编:《多维视野中的百部经典·外国文学卷》,杭州:浙江古籍出版社,2004年版。
谢列兹涅夫:《陀思妥耶夫斯基传》,徐昌翰译,北京:人民文学出版社,2011年版。
谢天振、查明建:《中国现代翻译文学史(1898—1949)》,上海:上海外语教育出版社,2004年版。
亚里士多德:《诗学》,见《诗学·诗艺》,北京:人民文学出版社,1962年版。
阎景娟:《文学经典论争在美国》,北京:社会科学文献出版社,2010年版。
颜纯钧主编:《文化的交响:中国电影比较研究》,北京:中国电影出版社,2000年版。
易卜生:《易卜生戏剧集》(2),潘家洵译,北京:人民文学出版社,2006年版。
张晓编:《近代汉译西学书目提要:明末至1919》,北京:北京大学出版社,2012年版。
赵一凡、张中载、李德恩:《西方文论关键词》,北京:外语教学与研究出版社,2006年版。
智量等著:《俄国文学与中国》,上海:华东师范大学出版社,1991年版。
朱光潜:《诗论》,北京:生活·读书·新知三联书店,1984年版。
朱宪生:《在诗与散文之间:屠格涅夫的创作和文体》,西安:陕西人民教育出版社,1999年版。

Allott, Miriam ed. *Charlotte Bronte's Jane Eyre and Villette*, London:

Macmillan, 1973.

Balzac, H. de. *Correspondance de H. de Balzac 1819—1850*, Paris: Calmann Lévy, Éditeur, 1876.

Blair, W. *The History of the World Literature*, Whitefish: Kessinger Publishing, 2012.

Bloom, Harold ed. *Bloom's Classic Critical Views: Mark Twain*. New York: Bloom's Literary Criticism, 2009.

Brown, James M. *Dickens, Novelist in the Market-Place.*, London: Macmillan Press, 1982.

Fishkin, Shelley Fisher. *A Historical Guide to Mark Twain*. Oxford: Oxford University Press, 2002.

Ford, Boris. *The Pelican Guide to English Literature: From Dickens to Hardy*, London: Penguin Books, 1958.

France, Peter. *The Oxford Guide to Literature in English Translation*. Oxford: Oxford University Press, 2000.

Grant, Allan. *A Preface to Charles Dickens*, London: Longman, 1984.

Hardy, Thomas. *Letters of Thomas Hardy*, ed by Carl Jefferson Weber, Waterville: Colby College Press, 1954.

Johnson, Samuel. "Review of a Free Inquiry into the Nature and Origin of Evil." *The Oxford Authors: Samuel Johnson*. Donald Greene ed. London: Oxford UP, 1990.

Levinas, Emmanuel. *Ethics and Infinity*. Trans. Richard A. Cohen. Pittsburgh: Duquesne UP, 1985.

Newmark, P. *About Translation*. Clevedon: Multilingual Matters Ltd., 1991.

Nietzsche, Friedrich. *Basic Writings of Nietzsche*. New York: Modern Library, 1992.

Paupe, Adolphe. *Histoire des Oeuvres de Stendhal*. Paris: Dujarric et Cie, Éditeurs, 1903.

Poetzsch, Markus. "Towards an Ethical Literary Criticism: the Lessons of Levinas", *Antigonish Review*. Issue 158, Summer 2009.

Stendal. *Le Rouge et le noir*, Paris: A. Levavasseur, Libraire, 1831.

Terry, R. C. *Victorian popular fiction*, 1860—80, London: Macmillan, 1983.

Zola, Émile. *Les Romanciers Naturalistes*. Paris: G. Charpentier, 1881.

Достоевский., Ф. М. *Собрание сочинений в 15 томах*. Т. 1. Л.: «Наука», Ленинградское отделение, 1988.

Толстой, Л. Н. *Собрание сочинений в 22 т*. М.: Художественная литература, 1983.

Тургенев, И. С. *Полное собрание сочинений и писем. В Тридцати томах*. Том 1. М.: «Наука», 1978.

Кулешов, В. И. *История русской литературы*, М.: Русский язык, 1989.

索 引

A

"埃格敦荒原" 205,210—212,225
埃斯库罗斯 92,221
艾略特 179,213,432,490
爱克曼 24
《爱弥儿》66
《安娜·卡列尼娜》287,288,290—292,297,
    300—302,304,487
《安提戈涅》58
安徒生 177,398—423
奥斯汀 134,136

B

巴尔蒙特 239
巴尔扎克 5,9,14,16,17,21,23,28,30,32,
    46—98,109,113,114,135,173,284,
    293,380,464,467,468,488
巴赫金 248
巴金 241,247,293,294,330,332—334,367—
    369,388,497—499
《白夜》242,251,254—259,261,262,265
班扬 134
《包法利夫人》99,103—110,112—114,116,
    118,122—132,475
别林斯基 227,228,233,234,238,309—311,
    314
夏洛蒂·勃朗特 133—135,137,139,141,
    142,144—151,153—158,160,162
哈罗德·布鲁姆 324,379,404,413,421,430

C

陈独秀 290,326,327,496
"成长小说" 134—137
《初恋》322,326,327,330,334,341—343
厨川白村 31,77,115,497

D

《大卫·科波菲尔》135,166,167,171,172,
    175,177,180—182,188,203
丹纳 19,20,78
但丁 228,247
狄更斯 5,11,12,79,134,135,151,163—
    199,201—204,360,406,409,412,413
笛卡尔 6
《地下室手记》229,242,265,270
《第六病室》352,353,368,370,373,374

董衡巽 444,445
董秋斯 289

E

《俄狄浦斯王》385
《恶魔》245
《恶之花》99,490

F

法朗士 28,112,366
菲尔丁 51,172,356
福楼拜 5,9,17,18,21,61,67,71,99—118,
　　　120,123—129,131,132,242,275,
　　　278,284,324,380,467,475,488
《父与子》315,321,323,327—333,338,339
《复活》286,287,288,291,294,297,299,487
傅雷 81—84

G

盖斯凯尔夫人 141,142,151
冈察洛夫 238,280,281,286,311,312
高尔基 1,234,235,237,245,246,282,296,
　　　312,330,347,351,358,361,366,
　　　368,434
《高老头》9,50,53,57,61—65,67,69,70,
　　　73,75,79,81,84—86,89,135
高名凯 81
歌德 24,71,135,308,322
《葛朗台》70,73,75,80,81,85—89
耿济之 242,244,287,292,327,328,333
《贵族之家》312—315,317,320,323,327,
　　　328,330,333,340,341
郭沫若 243,288,289,327,329,330,333,
　　　334,367,368,387,496,498

H

哈代 205—225
《哈克贝利·费恩历险记》177,424—426,
　　　428,430—433,435,437,438,440,
　　　444,447—450,452,460—462
《哈姆雷特》159,384
豪威尔斯 426,431,440,441,445,479,480
郝运 35—37
赫德勒 24
欧·亨利 347
《红与黑》14—19,22—25,27—30,32—35,
　　　38—45,99,135,151
《呼啸山庄》141,142,147,156
《还乡》210,211,215,216,219
《荒凉山庄》166,175,178,179,181,182,
　　　187,203
霍普金斯 111,112

J

《艰难时世》170,172,177,181,182,183
《简·爱》133—162
进化向善 205—209,217

K

《卡拉马佐夫兄弟》226,229,231,232,235,
　　　242,244,249,250,254,256,258,
　　　262,264,269,270
卡莱尔 135
《卡斯特桥市长》211,215,216,219,220
库列绍夫 358

L

兰波 21,490

《勒内》51
李霁野 149-152
李健吾 33,34,80,116-122
李劼人 118-122,497
《猎人笔记》307,310-312,314,318-320,327,333,345
林纾 77,80,180,287,360,361
柳鸣九 80
卢卡契 378,385,488
卢梭 3,4,33,66,238,248,284,412,497
鲁迅 150,244,246,247,287,290,292,293,333,360,365-368,386-388,421,434,435,440,496,497,503
《罗亭》307,312-316,320,323,327-330,334,340,344

M

迈科夫 227,230
茅盾 114,115,117,243,288,289,291,293,295,296,328,330,331,333,362,365,387,388,439,444,497,498,500,501
梅里美 16,32,324
莫泊桑 31,35,80,115,324,347,360,460,475,476,487,488
穆木天 33,79-84

N

内特芒 20-22,69
《尼古拉斯·尼古贝尔》166,170
聂珍钊 216,217
涅克拉索夫 227,228,286,311,312

P

《帕尔马修道院》14,16,17,24,99,275

帕里戈 23,25
《胖子和瘦子》360
《匹克威克外传》12,164-166,169,178,180,182,184,193
普希金 237,249,262,272,278,280,285,286,309,310,317-319,353,355,356

Q

契诃夫 177,224,237,272,286,293,294,312,313,319,342,347-375,382
《前夜》315,321,323,327,328,330,332,334,338,356
《穷人》226,227,232,246,247
瞿秋白 329,487
《群魔》229,230,235-237,243,249,265-267,269

R

《人间喜剧》5,9,50,56,58,64,73,78,79,84,85,96,468,469
汝龙 368,369

S

萨克雷 9,141,151,184
萨义德 31,325
莎士比亚 10,58,63,72,109,234,238,247,275,308,320,376,418,427
沈端先 115
圣-伯夫 18-22,77,103,104,106,468
《圣经》134,279
《双城记》165,167,171,177,181,182,187-189,194
司汤达 14-28,30-34,38-41,43,44,51-53,60,68,76,80,99,113,135,275,

380,467
宋兆霖 182
孙毓修 415
索福克勒斯 58

T

《苔丝》200,205,207—213,215—225
《汤姆·琼斯》51
《汤姆·索亚历险记》177,430,435,437,440,444,447—449,451—453,459—462
《天路历程》134
田汉 31,77,114,115,328,387,389,496,497
屠格涅夫 238,245,247,266,272,273—275,277,281,285,294,307—324,326—346,352,355,356,361,366
马克·吐温 177,424—462
托尔斯泰 5,9,53,60,233,234,237,238,245,247,248,258,271—286,289—306,312,321,326,329,330,333,347,349,352,353,355,357,360,361,363,412,426,434,487
陀思妥耶夫斯基 5,9,53,75,177,215,226—240,244,247—262,264—270,284,355,357,380

W

《玩偶之家》376—379,381—386,389—397
王维克 32,79,116
魏易 180—182
闻家驷 35
《无名的裘德》211,212,215,216,219
吴钧燮 152
伍建光 149,150

X

夏多布里昂 51
萧伯纳 127,376,377,382,383
徐霞村 32,79,116
许渊冲 118

Y

《雅典的泰门》58
亚里士多德 379,478
叶君健 418,420,421
易卜生 295,376—379,381—394,396,397
郁达夫 247,248,331—333,496,499,500

Z

亨利·詹姆斯 71,108,142,294,295,440,460
《战争与和平》272—285,288,289,291,296—298
赵家璧 440,441
赵瑞蕻 35
郑克鲁 80
郑振铎 150,243,329,362,364,417,421,435,436,439,440,497
周瘦鹃 149,150,181,326,434
周扬 287
周作人 113,240,246,292,360—364,414—418,421,496,497
《罪与罚》177,229,230,241—250,252—254,257,265,266,269,270
左拉 5,14,19,21,22,24,61,97,99,105,106,247,284,293,295,324,381,425,426,463—480,482—488,490—510

后　记

历时六年，国家社科基金重大项目"外国文学经典生成与传播研究"子课题《外国文学经典生成与传播研究》(第五卷，近代卷·下)，于2016年12月完稿。本子课题由蒋承勇教授根据该重大项目研究与书稿撰写的总体要求，具体拟定研究与写作大纲，并落实任务；在初稿完成后，又对每个章节作反复推敲、修订、改写等等，并多次统稿和校阅。感谢参与本子课题研究与撰写的各位同仁，他们努力获取一手资料，认真完成所承担的任务，态度严谨，精神可嘉。

本卷书稿具体撰写分工如下(按章节顺序排列)：

绪　论：人的生存方式演变与现实主义文学经典的生成
　　　　蒋承勇(浙江工商大学)

第一章　《红与黑》的生成与传播
　　　第一节　李国辉(台州学院)
　　　第二节　李国辉(台州学院)
　　　第三节　李国辉(台州学院)
　　　第四节　项晓敏(杭州师范大学)

第二章　巴尔扎克小说的生成与传播
　　　第一节　蒋承勇(浙江工商大学)
　　　第二节　李国辉(台州学院)
　　　第三节　李国辉(台州学院)
　　　第四节　李国辉(台州学院)
　　　第五节　王欣(台州学院)

第三章 《包法利夫人》的生成与传播
　　第一节　李国辉（台州学院）
　　第二节　李国辉（台州学院）
　　第三节　李国辉（台州学院）
　　第四节　王欣（台州学院）

第四章 《简·爱》的生成与传播
　　第一节　高万隆（浙江工商大学）、蒋承勇（浙江工商大学）
　　第二节　蒋承勇（浙江工商大学）、高万隆（浙江工商大学）
　　第三节　蒋承勇（浙江工商大学）、高万隆（浙江工商大学）
　　第四节　王欣（台州学院）、高万隆（浙江工商大学）

第五章 狄更斯小说的生成与传播
　　第一节　蒋承勇（浙江工商大学）
　　第二节　李艳梅（浙江工商大学）、蒋承勇（浙江工商大学）
　　第三节　李艳梅（浙江工商大学）、蒋承勇（浙江工商大学）
　　第四节　王欣（台州学院）

第六章 《苔丝》的生成与传播
　　第一节　吴笛（浙江大学）
　　第二节　吴笛（浙江大学）
　　第三节　吴笛（浙江大学）

第七章 陀思妥耶夫斯基作品的生成与传播
　　第一节　顾宏哲（辽宁大学）、曾思艺（天津师范大学）
　　第二节　倪正芳（湖南人文科技学院）
　　第三节　王欣（台州学院）

第八章 托尔斯泰作品的生成与传播
　　第一节　顾宏哲（辽宁大学）、曾思艺（天津师范大学）
　　第二节　张成军（江苏师范大学）
　　第三节　项晓敏（杭州师范大学）

第九章 屠格涅夫作品的生成与传播
　　第一节　杨玉波（哈尔滨师范大学）、曾思艺（天津师范大学）
　　第二节　张成军（江苏师范大学）
　　第三节　王欣（台州学院）

第十章 契诃夫作品的生成与传播
　　第一节　顾宏哲（辽宁大学）、曾思艺（天津师范大学）

第二节　倪正芳(湖南人文科技学院)

第三节　项晓敏(杭州师范大学)

第十一章　《玩偶之家》的生成与传播

第一节　陈军(浙江工商大学)

第二节　陈军(浙江工商大学)

第三节　蒋承勇(浙江工商大学)、陈军(浙江工商大学)

第四节　项晓敏(杭州师范大学)

第十二章　安徒生童话的生成与传播

第一节　赵海虹(浙江工商大学)

第二节　赵海虹(浙江工商大学)

第三节　蒋承勇(浙江工商大学)、赵海虹(浙江工商大学)

第十三章　马克·吐温小说的生成与传播

第一节　李国辉(台州学院)

第二节　吴澜(台州学院)、蒋承勇(浙江工商大学)

第三节　王欣(台州学院)

第十四章　左拉小说的生成与传播

第一节　项晓敏(杭州师范大学)

第二节　项晓敏(杭州师范大学)

第三节　项晓敏(杭州师范大学)

第四节　项晓敏(杭州师范大学)

第五节　项晓敏(杭州师范大学)

第六节　项晓敏(杭州师范大学)

后记　蒋承勇(浙江工商大学)

感谢项目首席专家吴笛教授以及各子课题负责人范洁平教授、殷企平教授、张德明教授、彭少键教授、傅守祥教授等,大家齐心协力合作攻关的过程中,互相启发、互相学习,我也深受教益。

蒋承勇
2018年10月1日于钱塘江畔